Kira Licht

LOVELY CURSE
ERBIN DER FINSTERNIS

Kira Licht

LOVELY CURSE
ERBIN DER FINSTERNIS

Band 1

Ravensburger

Bibliografische Information der Deutschen Nationalbibliothek:

Die Deutsche Nationalbibliothek verzeichnet diese Publikation in der
Deutschen Nationalbibliografie. Detaillierte bibliografische Daten
sind im Internet auf www.dnb.d-nb.de abrufbar.

1 2 3 4 5 E D C B A

Originalausgabe
Copyright © 2019 Ravensburger Verlag GmbH
Postfach 2460, 88194 Ravensburg

Copyright © 2019 by Kira Licht
Dieses Werk wurde vermittelt durch die
Michael Meller Literary Agency GmbH, München.

Herzlichen Dank an die Brighton Verlag GmbH und
Josepha Gelfert, Autorin von »Traum und Schwert«,
für die freundliche Genehmigung der Verwendung des Untertitels
»Erbin der Finsternis«.

Umschlaggestaltung: Anna Rohner unter Verwendung von Fotos von
Inara Prusakova/Shutterstock, Casther /AdobeStock, nizas/Shutterstock
und Yevhen Rehulian/Shutterstock

Lektorat: Charlotte Hütten

Alle Rechte dieser Ausgabe vorbehalten durch
Ravensburger Verlag GmbH

Printed in Germany
ISBN 978-3-473-58552-6

www.ravensburger.de

»Verstehen kann man das Leben nur rückwärts,
leben muss man es vorwärts.«

Søren Kierkegaard

Kapitel 1

Es war nicht die Trauer, die Wut oder die Verzweiflung, die mich verrückt machen würde. Es war die Stille.

Dieses unerträgliche Fehlen vertrauter Alltagsgeräusche: das Hupen der Taxen, die Sirenen der Polizei, das Rattern der Müllcontainer und die Musik aus den Cafés.

Nicht mal der Wind schien hier ein Geräusch zu machen. Lautlos bog er das hüfthohe Präriegras und strich um die Stallungen wie ein neugieriger Fuchs auf der Hühnerjagd.

Ich streckte die Hand aus. *Komm her, Wind. Lass mich fühlen, dass du da bist. Lass mich fühlen, dass ich da bin.*

Eine hauchzarte Brise wand sich um meine Finger, kühl und weich. Ich lachte leise auf und es schien, dass sich selbst der Boden zu meinen Füßen vor dem Klang meiner Stimme erschrak. Oh, diese Stille. Was gäbe ich nun darum, die ewig streitenden Nachbarn über uns zu hören. Früher waren sie mir auf die Nerven gegangen – Cally und Svensson, das Künstlerpaar, das sich nie einig zu sein schien –, jetzt fehlten sie mir.

Ich stand auf einer kleinen Anhöhe und sah auf das, was seit einer Woche mein Zuhause war: eine Ranch, gebaut aus kräftigem whiskyfarbenen Holz und umgeben von wackligen Zäunen, deren Farbe bereits abblätterte. Nahe des Haupthauses befanden sich große Stallungen, an die sich unzählige Hektar Weideland anschlossen. Windschief, idyllisch, gemütlich. Hier konnten Touristen rustikal eingerichtete Gästezimmer mieten, um fernab des Großstadttrubels ein paar Tage Urlaub zu machen. Mir gehörte ein großes Zimmer unter dem Dach. Sie hatten sich so viel Mühe gegeben: Möbel bestellt, Deko gekauft und mein Zimmer liebevoll hergerichtet. Und ich wollte nichts anderes, als weg von hier. Ich fühlte mich roh, wund und noch so gar nicht bereit. Für einen Neuanfang. Eine neue Heimat. Ein neues Leben.

»Ariana?«

Geh weg. Ich zog den Kopf ein. Niemand nannte mich Ariana. Vielleicht konnte ich mich noch tiefer in die Kapuze meines Hoodies verkriechen. Einfach darin verschwinden.

»Ariana?«

Geh weg. Ich holte tief Luft. »Ja?«

Suzan blieb neben mir stehen.

»Wir wollen abendessen. Ich konnte dich auf dem Handy nicht erreichen.«

Was vermutlich daran lag, dass es die Handymasten noch nicht bis nach Texas geschafft hatten? Der Empfang war außerhalb des Wohnhauses praktisch nicht existent und selbst dort reichte das WLAN kaum bis in mein Zimmer unter dem Dach. »Ich hab keine Nachricht bekommen.«

Suzan beugte sich vor, bis sie an der Barriere der Kapuze vorbei in mein Gesicht sehen konnte. Sie hatte Moms Augen. Schnell sah ich weg.

»Alles in Ordnung?«

Ich wertete das als rhetorische Frage und gab keine Antwort. Der Unfall war jetzt vier Wochen her. ›In Ordnung‹ würde bei mir in naher Zukunft so gar nichts sein.

Mom war nach ihrem Schulabschluss aus Texas geflohen, weil sie das ländliche Leben nicht mehr aushielt. Sie hatte in New York studiert und bald meinen Vater kennengelernt, mit dem sie sich eine winzige Bude in Chinatown mietete, während Suzan die elterliche Farm in Littlecreek übernahm. Die beiden Schwestern hatten sich nie wirklich nahegestanden. Trotzdem hatte meine Tante sofort ihre Koffer gepackt, die Ranch ihrem Ehemann und zwei Verwaltern überlassen und war zu mir nach New York geeilt, als sie von dem Unfall erfahren hatte.

Ich war das letzte Mal vor acht Jahren bei ihr zu Besuch gewesen, wobei wir verfrüht abgereist waren, weil Mom und Suzan sich mal wieder gestritten hatten. Dementsprechend steif war unser erstes Aufeinandertreffen ausgefallen. Dad hatte keine Geschwister und meine Großeltern waren schon lange tot. Suzan, als meine einzige Verwandte, war mir so fremd, dass ich mich an den Gedanken, bei ihr zu wohnen, nur schwer gewöhnen konnte.

Ich zwang mich zu einem Lächeln. »Okay, ich komme mit.«

Ich gehöre hier nicht hin. Warum wache ich nicht endlich auf?

Suzan erwiderte mein Lächeln. Sie wirkte erleichtert. »Macy hat dir einen Obstsalat gemacht.«

Bei dem Gedanken an die lebenslustige Köchin der Ranch hellte sich meine Stimmung ein wenig auf.

Suzan streckte den Arm nach mir aus, doch dann zögerte sie. Ich schlüpfte darunter weg und gemeinsam spazierten wir den Hügel hinab.

Eine Tante, die eine Fremde für mich war, ein ungewollter Neuanfang und die unendlichen Weiten der texanischen Prärie. Ob es sich jemals richtig anfühlen würde?

»Und freust du dich auf den ersten Schultag?«

Mein Onkel Richard blinzelte im nächsten Moment, weil Suzan ihm einen ziemlich eindringlichen Blick zuwarf. »Ich meine … äh …« Er nahm seine Brille ab und putzte die Gläser an seinem Hemd. »Also … das wird schon.« Er lächelte tapfer.

Suzan mir gegenüber verdrehte die Augen, doch um ihre Mundwinkel zuckte es amüsiert.

Der große Tisch in der Mitte der gemütlichen Ranchküche brach unter all den von Macy zubereiteten Köstlichkeiten fast zusammen. Gegrilltes Fleisch, Coleslaw und ein paar Klassiker der Tex-Mex-Küche wie Fajitas, Enchiladas und Tortillas türmten sich auf bunt gemusterten Tellern. Schon beim Reinkommen war mir das Wasser im Mund zusammengelaufen. Derzeit waren die Gästezimmer nicht vermietet, trotzdem ließ es sich Macy nicht nehmen, das volle Programm aufzutischen. Während die Touristen normalerweise mit im Haupthaus aßen und das authentische Ranchfeeling erlebten, hatten die Arbeiter einen eigenen kleinen Speiseraum in einem der Nebengebäude, aber auch sie wurden von Macys Kochkünsten verwöhnt.

»Danke, Richard.« Ich konnte mir ein Grinsen nicht verkneifen, während ich mir vom Coleslaw nachnahm. Richard wirkte selbst nach Jahren auf der Ranch in Jeans und Karohemd verkleidet. Er hatte Geschichte und Archäologie studiert, sogar promoviert und war dann der Liebe wegen hier im Grasland gestrandet. Richard und die freie Natur jedoch schienen einander so spinnefeind wie gleich gepolte Magnete. Nicht nur, dass er das ganze Jahr unter Heuschnupfen und einer Katzenallergie litt, er war – und das kam hier im Rinderstaat Texas einer achten Todsünde gleich – Vegetarier. Mit der goldgerahmten Nickelbrille, den weichen Gesichtszügen und dem schlanken, hoch aufgeschossenen Körperbau sah er aus wie ein Akademiker, der einfach fehl am Platz schien. Er half Suzan mit der Buchhaltung und erledigte kleinere Arbeiten auf der Farm. Hauptberuflich unterrichtete er jedoch Geschichte an einem College in Odessa, der nächstgrößeren Stadt.

Ich sah zu Suzan und erhaschte gerade noch den Blick, mit dem sie ihn bedachte, begleitet von einem feinen Lächeln, das die zarten Falten unter ihren Augen kräuselte. Sie liebte ihn. Vermutlich auch, weil er es ihr zuliebe jeden Tag aufs Neue mit einer Flora und Fauna aufnahm, die ihm so feindlich gesonnen schien.

»Ich bin mir sicher, du wirst dich hier gut einleben, Ariana«, sagte Suzan. »Schließlich bist du kaum eine Woche bei uns.« Der erzwungene Optimismus in ihrer Stimme ließ sich auch durch ihr strahlendes Lächeln nicht vertuschen. »Da kommt mir eine Idee. Was würdest du davon halten, in Zukunft eines unserer Pferde zu betreuen? Ich könnte mir vorstellen, dass du so das Ranchleben besser kennenlernst.«

Ich wand mich innerlich. »Äh …« Ein Pflegepferd? In New York hielten die Menschen sich kleine Haustiere wie Katzen oder Hunde. Ich selbst hatte nie etwas Größeres als einen Hamster besessen. Suzans American Quarter Horses waren im Gegensatz dazu riesige, majestätische Tiere und schüchterten mich, um ehrlich zu sein, ganz schön ein.

»Ich überleg es mir«, antwortete ich möglichst unverbindlich.

Richard, der wohl spürte, dass ich mich unwohl bei dem Gedanken fühlte, sprang in die Bresche und wechselte abrupt das Thema, bevor Suzan weiter nachhaken konnte. »Wir werden noch mehr Wasser dazukaufen müssen.«

Suzan schob ihren halb vollen Teller von sich, als sei ihr plötzlich der Appetit vergangen. »Wie soll das bloß weitergehen?«

»Geht es um das Algenproblem?« Ich hatte Suzan und Richard immer wieder darüber tuscheln hören, das Ausmaß der Lage aber bisher nicht begriffen. Die einzigen Algen, die ich kannte, verstopften schon mal den Brunnen im Central Park, waren ansonsten aber ungefährlich.

Suzans Blick wurde ernst. »Die roten Algen sind hochgiftig und die Pferde nehmen sie beim Trinken auf. Selbst winzige Blättchen sind bereits tödlich. Sie überwinden jeden Filter, jedes noch so moderne System. Wir haben keine Ahnung, woher sie so plötzlich gekommen sind. Und komischerweise scheinen die anderen Dörfer im Umkreis nicht betroffen. Mittlerweile pumpen wir Grundwasser ab, obwohl das verboten ist. Doch es ist das einzige Wasser, das bisher noch nicht befallen scheint.«

Ich wollte etwas erwidern, doch mir blieben die Worte im Hals stecken.

Suzan nahm eine Scheibe geröstetes Weißbrot von ihrem Teller, brach ein Stück davon ab und zerbröselte es gedankenverloren zwischen den Fingern. »Für uns ist es eine Katastrophe, da wir normalerweise einen Großteil des Wassers für die Ranch aus den Flüssen schöpfen. Wir brauchen es zum Tränken der Tiere, zum Sauberhalten der Ställe, für alles Mögliche. Es ist sehr teuer, Wasser dazuzukaufen, und auf Dauer nicht tragbar.«

»Aber unternimmt denn die Regierung nichts dagegen?«, warf ich ein.

Suzan lächelte knapp. »Die County Regierung ist bereits informiert. Es waren Vertreter der Umweltschutzbehörde hier und haben Proben genommen. Doch seitdem haben wir nichts mehr von offizieller Stelle gehört.« Als Suzan mein betroffenes Gesicht sah, schien sie innerlich einen Schalter umzulegen. »Aber genug davon. Das sind unsere Sorgen und nicht deine. Morgen ist dein erster Schultag, darüber wollten wir reden.« Sie nahm ihren Teller, stand auf und schüttete die Krümel in den Müll, bevor sie ihn in die Spüle stellte. »Die Littlecreek High hat einen sehr guten Ruf. Ich bin mir sicher, du wirst dort schnell Freunde finden. Alle Jugendlichen der umliegenden Farmen gehen dort zur Schule. Ich verspreche dir, du wirst dich dort leicht eingewöhnen.«

»Ja, bestimmt.« Ich seufzte innerlich. Die Cowgirls, die Farmerboys und ich … wir würden dicke Freunde werden.

Oder ich würde endlich aus diesem Albtraum aufwachen. In unserer chaotischen Wohnung mitten in Brooklyn. Umgeben von meinen Eltern, meinen Freunden und dem vertrauten Lärm in den Straßen.

Ich war so tief in diesen sehnsüchtigen Gedanken versunken, dass ich zusammenzuckte, als Suzan mir eine Hand auf die Schulter legte. Ich hatte gar nicht bemerkt, dass sie zu mir rübergekommen war. »Bist du fertig mit essen? Wir haben noch eine kleine Überraschung für dich.«

Gemeinsam mit Suzan und Richard ging ich über den ordentlich gefegten Hof. Die unerträgliche Hitze des Tages ließ langsam nach und die Pferde waren schon zurück in die Stallungen gebracht worden. Nur ein leises Grillenzirpen und die gedämpften Stimmen der Arbeiter aus dem Nebengebäude waren zu hören. Wir steuerten auf eine alte Scheune zu. Bei meinem ersten Rundgang über die Ranch hatte Suzan mir erklärt, dass hier die Wagen für die Rancharbeiter geparkt und größere Werkzeuge gelagert wurden. Ich selbst war aber noch nie dort drin gewesen. Suzan öffnete das Schloss und schob mit Richards Hilfe die großen Flügel des Holztors auseinander. Die sanften Sonnenstrahlen fielen in das Innere der Scheune und gaben den Blick auf einen Pick-up frei. Ein Ungetüm von Auto, froschgrün lackiert und mit breiten Reifen. Der Wagen sah aus, als habe er schon so einiges erlebt, aber er wirkte immer noch beeindruckend. Das Chrom war aufpoliert und der Rost im Lack geschickt kaschiert worden. Statt zwei Scheinwerfern besaß er vier. Ein Paar war oben auf dem Dach montiert und sogar die Halterungen leuchteten in diesem wirklich auffallend fröhlichen Grün. Für den Bruchteil einer Sekunde starrte ich die Front des Wagens an und fragte mich, an wen oder was er mich erinnerte. Mein Blick glitt erneut zu den abstehenden Scheinwerfern auf dem Dach, die irgendwie aussahen wie Ohren. Da fiel es mir ein: Shrek. Ich liebte den abenteuerlustigen Oger aus dem DreamWorks-Film. Er besaß die gleiche Farbe, und seine Ohren sahen genauso aus und standen genauso ab wie die Scheinwerfer des Pick-ups. Dieses Auto musste einfach Shrek heißen.

Suzan kam auf mich zu und drückte mir etwas Kühles, Metallisches in die Hand. »Für dich.«

Ich sah auf die Autoschlüssel in meiner Handfläche. »Für mich?«, fragte ich ungläubig. Ich sollte Shrek fahren?

Richard nickte vergnügt. Suzan grinste mich erwartungsvoll an. »Siehst du sonst noch jemanden hier draußen?«

»Oh«, flüsterte ich total überrumpelt. »Ich meine …« Ich sah sie beide an. »Danke. Vielen Dank. Das ist echt großzügig.« Ich wollte lächeln, mich freuen, doch die Erinnerungen schlugen über mir zusammen wie eine schwarze Welle. Bisher war ich immer nur mit Dad gefahren. Wir hatten im verrückten New Yorker Straßenverkehr geübt und er hatte sich Halt suchend am Armaturenbrett abgestützt, wenn ich versuchte, sein geliebtes Auto rückwärts einzuparken. Eine Gänsehaut jagte meine Wirbelsäule hinab. Seit dem Unfalltod meiner Eltern hatte ich mich nicht mehr hinter ein Lenkrad gesetzt. Der Gedanke, in Shrek herumzufahren und in dieser Einöde mobil zu sein, war verlockend, aber … Ich straffte entschlossen die Schultern und hielt Suzan die Autoschlüssel entgegen. »Es tut mir leid, aber ich kann das nicht annehmen. Ich weiß nicht, ob ich schon dazu bereit bin … und überhaupt, die Pferde sind wichtiger. Kauft davon Wasser dazu und ich nehme den Schulbus.«

Suzans Mundwinkel sanken nach unten. Sie hatte wohl damit gerechnet, dass ich ihr um den Hals fallen würde. Richard und sie sahen mich sprachlos an, und da Suzan den Schlüssel nicht nehmen wollte, verschränkte ich unbehaglich die Arme vor der Brust. »Unsinn«, stieß Suzan plötzlich hervor. Sie schien sich wieder gefangen zu haben. »Der Wagen gehört zur Ranch und verkauft wird er nicht. Wenn du in zwei Jahren aufs College gehst, wird er als Ersatzfahrzeug genutzt, so wie vorher auch.« Sie kam auf mich zu und legte mir eine Hand auf die Schulter. Instinktiv schien sie zu wissen, dass ich zu einer Umarmung noch nicht bereit war. »Was mit deinen Eltern passiert ist, war ein furchtbarer Unfall und ich weiß, du hast Angst. Aber hier in der Prärie ist ein Auto unverzichtbar.«

Ich schaute in Suzans so vertraute und doch fremde Augen und drehte unsicher den Autoschlüssel in meiner Hand hin und her.

»Wie wäre es erst mal mit einer Probefahrt?« Richard, der die Daumen in die Taschen seiner Jeans gehakt hatte, lächelte mich aufmunternd an.

Erneut sah ich zwischen Suzan und ihm hin und her. Die beiden meinten es nur gut und ich wollte sie nicht enttäuschen. »In Ordnung.«

»Dann los.« Suzan nickte mir zuversichtlich zu. »Der Wagen hat keine einzelnen Sitze, sondern eine Bank. Da passen wir locker nebeneinander.«

Mit zitternden Händen schloss ich die Tür auf und wir quetschten uns ins Wageninnere. Es roch nach einer Mischung aus Bienenwachs und Zitrusreiniger, und das abgeschabte Leder der Sitzbank zerrte an meiner Jeans, als ich mich zurechtsetzte.

»Im Navi sind bereits alle wichtigen Adressen in Littlecreek eingespeichert«, erklärte Suzan und zeigte auf das kleine Gerät, das mit Saugnäpfen an der Innenseite der Frontscheibe angebracht war. Sie beugte sich quer über Richard, öffnete das Handschuhfach und deutete hinein. »Hier findest du außerdem eine Tankkarte. Sie gilt für die Tankstelle in Littlecreek. Du brauchst also nicht mit Bargeld zu bezahlen, es sei denn, du tankst außerhalb.«

»Vielen Dank, das ist sehr großzügig«, wiederholte ich etwas steif. Sie hatten wirklich an alles gedacht.

»Magst du den Motor mal starten?«, ermutigte mich Suzan.

»Klar.« Ich klang optimistischer, als ich mich fühlte. Moms und Dads Unfall war erst vier Wochen her. Obwohl ich nicht im Fahrzeug gesessen hatte, bekam ich seitdem in Autos immer ein mulmiges Gefühl. Als Richard Suzan und mich vom Flughafen abgeholt hatte, hatte es mich all meine Kraft und Überwindung gekostet, in diesen fremden Wagen zu steigen. Ich atmete einmal tief durch. *Du schaffst das. Du bist stark. Du wirst die Angst nicht gewinnen lassen.* Ich schnallte mich an, dann drehte ich entschlossen den Schlüssel im Zündschloss und legte meine vor Nervosität schweißnassen Hände auf das Lenkrad. *Ich lasse die Angst nicht gewinnen. Ich bin stark. Ich schaffe das.* Shrek hörte sich an, als würde ein Flugzeug starten. Er knurrte und brummte, bockte einmal und dann tuckerte der Motor wie der Takt eines schlagenden Herzens. Und auch mein Herz schien dadurch erstaunlicherweise wieder im Takt zu schlagen. *Hi, Shrek,* dachte ich. *Wir beide packen das schon, oder?*

Ich drehte ein paar zaghafte Runden auf dem Hof, bevor ich mich auf die schmale Straße wagte, die zur Ranch führte. Auch wenn er von einer Servolenkung noch nie etwas gehört zu haben schien, hatte Shreks Motor ordentlich PS. Beim Lenken fühlte es sich an, als würde ich das störrische Steuerrad eines Schiffes drehen. Dennoch absolvierte ich die Probefahrt ohne Zwischenfall und fühlte mich danach glücklich und erleichtert. Suzan und Richard schien es ähnlich zu gehen. Ich hatte meiner Angst ins Auge gesehen und als ich mich jetzt noch einmal bei den beiden bedankte, meinte ich es von ganzem Herzen.

Beide winkten bescheiden ab, stattdessen schickten sie mich lachend ins Bett mit dem Argument, dass ich morgen Schule hätte. Das war natürlich nur ein Spaß, aber es fühlte sich ungezwungener an als bisher. Suzan wollte noch mal nach einer trächtigen Stute sehen, Richard seinen Unterricht für die kommende Woche vorbereiten, und ich würde ein bisschen mit meiner besten Freundin Tammy texten und dabei eine Netflix-Serie laufen lassen. Fast wie eine ganz normale Familie.

Der Gedanke versetzte mir einen schmerzhaften Stich, doch ich ließ es nicht zu, dass die Traurigkeit wieder die Oberhand gewann. Suzan und Richard würden Mom und Dad niemals ersetzen, aber vielleicht konnten wir uns irgendwie arrangieren, wenn wir uns besser kennengelernt hatten. Wenn es sich nicht mehr anfühlte, als sei ich nur zu Besuch.

Obwohl ich Tammy von meinem Zimmer aus mehrmals antextete, antwortete sie nicht. Ich stöberte ein wenig auf Instagram, aber auch dort gab es keine neuen Fotos von ihr. Komisch. Das passte so gar nicht zu ihr. Tammy lud gerne energiegeladene Fotos ihrer Kampfmoves hoch und erfreute sich dafür einer vierstelligen Follower-Zahl. Was vermutlich daran lag, dass sie mit ihren knapp 1,50 Meter, den langen schwarzen Haaren und dem Puppengesicht nicht das Klischee eines muskulösen Karatemeisters erfüllte. Vielmehr sah sie aus wie eine Kampf-Elfe, die es so ziemlich mit jedem aufnehmen konnte. Da sie Kampfsport machte, seit sie laufen konnte, war sie beeindruckend gut und ich gönnte ihr jeden Like. Ich schrieb ihr ein letztes Mal und ging dann ins Bad, um mir schon mal meinen Schlafanzug anzuziehen.

In dem kleinen Raum roch es nach frisch gewaschenen Handtüchern und kürzlich versiegelten Armaturen, denn Suzan hatte das Bad extra renovieren lassen. Hätte sie mich vorher eingeweiht, hätte ich ihr klargemacht, dass ich solchen Luxus nicht brauchte. Unser Bad daheim in New York war das gefühlt älteste der Welt – mit quietschenden Kupferrohren, abgesplitterten Porzellanarmaturen und Wasserhähnen, deren Chrom schon lange blind geworden war. Mom und Dad hatten ewig davon gesprochen, es renovieren zu lassen, aber nie das Geld dafür gehabt. Und ich hatte unser Chaos geliebt.

Dieses Bad hingegen wirkte so neu und steril wie in einem Hotel. Nur die pinken Handtücher sorgten für einen fröhlichen Farbklecks. Ich schlüpfte in meinen Schlafanzug, der aus Shorts und einem von Dads alten Bandshirts bestand, und putzte mir die Zähne, bevor ich zurück in mein Zimmer tappte.

Immer noch keine Antwort von Tammy. Ich ließ das Handy frustriert zurück aufs Bett fallen und sah mich etwas unschlüssig um. Zwar war es erst kurz nach neun, aber ich konnte weder meine beste Freundin erreichen, noch hatte die neue Folge »Shadowhunters« mich wirklich packen können. Und vielleicht war es gar keine schlechte Idee, etwas früher ins Bett zu gehen. Immerhin sollte ich mich noch vor Unterrichtsbeginn zu einem kurzen Gespräch mit Direktor Carmack treffen. Außerdem kannte ich das Schulgelände nicht und hatte keine Ahnung, wo sich meine Klassenräume oder mein Spind befanden. Also zog ich die Jalousien runter und kuschelte mich in die Kissen. Jetzt im Halbdunkel fühlte sich das Zimmer besonders fremd an. Von meinen geliebten Vintagemöbeln aus New York hatte ich kaum etwas mitnehmen können. Unter diese Schrägen hätten sie sowieso nicht gepasst. Suzan hatte wohl einen kreativen Schreiner zur Hand, denn alle Regale und Schränke fügten sich perfekt in den Raum unterm Dach ein. Das Zimmer war raffiniert unterteilt, sodass man jeden Winkel wirklich nutzen konnte. Doch die meisten Umzugskartons standen immer noch unberührt in der Ecke. In den ersten Nächten auf der Ranch war ich nachts wach geworden und hatte gar nicht gewusst, wo ich war. Ich zog die Decke hoch bis zur Nase. Es war meine eigene Bettwäsche und sie roch noch nach dem Weichspüler, den Mom immer benutzt hatte. Mein Herz krampfte sich schmerzlich zusammen.

In letzter Zeit hatte es zu viele letzte Male gegeben: die letzte Nacht in unserer Wohnung, der letzte Besuch am Grab meiner Eltern. Ein letzter Gang durch das vertraute Wohnzimmer. Ein letzter Blick in Moms Kleiderschrank. Eine letzte Schüssel selbst gekochte Lasagne im Gefrierfach.

Zum Glück mussten wir die Wohnung nicht räumen, denn meine Eltern hatten sie vor Jahren gekauft, als Suzan Mom ihren Erbanteil ausgezahlt hatte. Jetzt erschien es Suzan zu stressig, die Wohnung zu vermieten, da sie nicht vor Ort sein konnte, wenn es Probleme mit den Mietern gab.

Deshalb hatte sie nur die Schränke ausgeräumt, gründlich durchgewischt und die Zimmerpflanzen einer Nachbarin angeboten, damit sie nicht vertrockneten. Wir hatten weiße Laken über die Möbel geworfen und dem Verwalter des Wohnhauses einen Schlüssel übergeben, damit er regelmäßig nach dem Rechten sah. Mom und Dad hatten bei meiner Geburt ein Konto für mich angelegt, damit ich später aufs College gehen konnte. Ich war erleichtert, dass ich die Wohnung auch deswegen nicht würde verkaufen müssen. Denn eines hatte ich mir geschworen: Ich würde wieder dort wohnen. In New York, meiner Heimat, meinem Zuhause.

Eine nervöse Unruhe überkam mich und ich richtete mich auf, um noch einen Schluck Wasser zu trinken. Doch das reichte nicht aus, um mich zu beruhigen. Ich musste irgendetwas mit meinen Händen machen. Ich musste mich irgendwie beschäftigen, damit meine Gedanken nicht ständig zurück zu Mom und Dad wanderten. Morgen war mein erster Schultag, und obwohl ich keine Lust auf die neue Schule, die fremden Mitschüler und die Lehrer hatte, wollte ich einen guten ersten Eindruck machen. Denn um später mein absolutes Wunschfach studieren zu können, musste ich meinen guten Notendurchschnitt halten.

Ich schwang die Beine über die Bettkante, knipste die Nachttischlampe an und stand auf. Wieder ließ ich meinen Blick durch das Zimmer schweifen, bis er an einer dunklen Holzkiste hängen blieb. Mom und ich hatten die Kiste auf einem Flohmarkt in der Bronx erstanden, und der Verkäufer hatte behauptet, dass sie antik sei. Mir war egal gewesen, ob er die Wahrheit sagte, denn ich hatte mich sofort in sie verliebt. Sie war groß, ziemlich schwer und massiv verarbeitet. Das Schloss war in Form eines großen bronzefarbenen Fisches gestaltet, der den Riegel des Schlosses zu verschlingen schien. Von innen hatte die Kiste ganz schwach nach Sandelholz gerochen und ich hatte das dunkle rotbraune Holz immer wieder poliert, um ihm neues Leben einzuhauchen. Ich ging in die Hocke und öffnete behutsam den schweren Deckel der Kiste. Unzählige kleine Fläschchen aus braunem Glas reihten sich ordentlich nebeneinander. Dad hatte das hier scherzhaft meinen ganz persönlichen Giftschrank genannt. Er hatte immer behauptet, die kleinen dunklen Fläschchen mit den schwarzen Verschlüssen sähen aus wie die Ausstattung eines Auftragskillers. Was natürlich Quatsch war, denn die Fläschchen enthielten kein Gift, sondern ätherische Öle.

Andere Mädchen interessierten sich für teure Klamotten und Make-up, gingen täglich zum Sport oder gaben all ihr Geld für Bücher aus. Meine Welt hingegen waren die Düfte.

Mein Dad hatte als Chemiker für einen großen Konzern gearbeitet und dort Düfte für Putzmittel kreiert, die nach frisch gewaschener Wäsche oder sauberen Badezimmern rochen. Von ihm hatte ich meine feine Nase geerbt. Ich nahm die Welt nicht nur in Farben und Geräuschen wahr, sondern erinnerte mich vor allem an Gerüche. Ich wusste noch, wie die Luft gerochen hatte, als ich mit Tammy zum letzten Mal im Central Park gewesen war, und genauso erinnerte ich mich an das Aroma der heißen Schokolade mit Zimt, die meine Eltern mir vor Jahren an der Schlittschuhbahn des Rockefeller Centers gekauft hatten. Ich schloss die Augen und holte tief Luft. Das Potpourri verschiedener Öle stieg mir in die Nase, so dicht und episch wie ein Konzert in der Carnegie Hall. Regelmäßig trainierte ich meinen Geruchssinn mit diesen Fläschchen. Ich schloss die Augen, schraubte wahllos eines auf und benannte den Duft. Ich wollte zwar nicht in Dads Fußstapfen treten und den Menschen Putzmittel verkaufen, aber ich wollte genauso wie er Chemie studieren und danach eine Ausbildung zur Parfümeurin machen. Anders als Dad jedoch nicht in einem Konzern, sondern in einer der berühmten französischen Schulen. Es war mein Traum und ich hatte gewusst, was ich werden wollte, schon lange bevor die meisten Kinder überhaupt darüber nachgedacht hatten. Obwohl die Kiste eine gefühlte Tonne wog, klappte ich den Deckel zu und schleppte sie zu meinem Schreibtisch, wo ich sie vorsichtig abstellte. Ich wollte keinen Krach machen, denn ich wusste nicht, ob Richard und Suzan schon ins Bett gegangen waren. Dann wandte ich mich zu einem der Umzugskartons und wühlte darin herum. Ich seufzte erleichtert auf, als ich die Sojawachsflocken fand. Schnell knipste ich auch noch das Licht am Schreibtisch an und wühlte erneut in dem Karton, um ein paar Gläser und einige vorgefertigte Dochte herauszuholen.

Doch dann hielt ich inne. Wie würde Suzan es finden, wenn ich mitten in der Nacht in ihrer Küche Duftkerzen herstellte? Ich seufzte leise, sortierte die Dochte ordentlich auf der Schreibtischunterlage und schob den Gedanken energisch beiseite. Ich würde ja nicht gleich das ganze Haus abfackeln. Immerhin produzierte ich schon seit über einem Jahr meine eigenen Kerzen und verkaufte sie in meinem Etsy-Shop. Der monatliche Verdienst war zwar nicht riesig, aber ich konnte mir mein Taschengeld ein wenig aufbessern. Ich hatte den Shop natürlich offline genommen, nachdem das mit Mom und Dad passiert war.

Doch heute wollte ich sowieso nichts Kommerzielles produzieren. Ich nahm ein kleines Mischgefäß aus der Kiste und legte einen Spatel dazu. Dann setzte ich mich und ließ meinen Blick über die Aromafläschchen gleiten. Ich entschied mich für Zypresse. Die immergrüne Zypresse als Zeichen für ewiges Leben, war genau die richtige Basisnote. Mit einem traurigen Lächeln schraubte ich den Deckel des Fläschchens ab und schloss die Augen. Der Duft war harzig, würzig und geradlinig. Ich ließ ein paar Tropfen in die kleine Schüssel fallen und griff erneut in die Kiste. Vanille bildete das weiche, schmeichelnde Pendant zur Zypresse – süß, harmonisch und sanft. Sie roch nach warmem Pudding und selbst gebackenem Kuchen. Als ihren Gegenspieler wählte ich Beifuß. Das kräftig-bittere Aroma von schwarzem Tee stieg mir in die Nase und weckte Erinnerungen an meinen Dad, der den typisch britischen Earl Grey so geliebt hatte. Bei dem Fläschchen mit der Aufschrift »Rose« musste ich an Moms Lieblingsparfüm denken, das aus fünf verschiedenen Sorten seltener Rosenessenzen bestanden hatte. Obwohl es ein Vermögen kostete, hatte Dad es sich nicht nehmen lassen, ihr jedes Jahr zu ihrem Hochzeitstag eine neue Flasche davon zu schenken. Tränen stiegen mir in die Augen, als der zarte Duft sich entfaltete. Zum Schluss fügte ich noch meinen Lieblingsduft hinzu: Sandelholz. Ich rührte vorsichtig um und musste dann ein letztes Mal in dem Umzugskarton wühlen, um das Tablett zu finden, auf dem ich die drei Schraubgläser samt Docht und die Schüssel mit den gemischten Duftölen transportieren konnte. Außerdem legte ich noch einen kleinen Flakon dazu, in dem ich das übrig gebliebene Öl auffangen würde. Die teuren Essenzen wollte ich nicht verschwenden. So leise wie möglich verließ ich mein Zimmer.

Im Rest des Hauses war es schon dunkel, doch zu meiner Überraschung brannte in der Küche noch Licht. Ich spähte neugierig durch den Türschlitz. Macy stand an der Theke und schrubbte die Arbeitsfläche.

»Kannst du nicht schlafen, Liebes?« Ich schreckte zusammen und ließ dabei fast das Tablett fallen. Macy schien Augen und Ohren wie ein Luchs zu besitzen, denn sie hatte mich sofort bemerkt.

Ich schob die Tür mit dem Fuß auf und betrat den Raum. »Erwischt«, sagte ich scherzhaft und grinste, als ich Macys kritischen Gesichtsausdruck sah. Mit zusammengezogenen Brauen musterte sie das Tablett in meiner Hand und griff dann mit spitzen Fingern nach den Sojawachsflocken.

»Sag mir nicht, dass das irgendein neumodischer Kram ist, den man jetzt in New York isst. Wehe, du wirfst diesen Mist in mein Müsli!« Sie deutete mit dem Zeigefinger auf drei große Glasbehälter mit selbst kreierten Müslimischungen, die schon für das morgige Frühstück bereitstanden.

»Das würde ich nie wagen«, sagte ich in gespieltem Entsetzen und Macy stimmte in mein Lachen ein.

»Also, was treibt dich so spät noch um?«, wollte Macy wissen, als wir uns wieder beruhigt hatten. Ich stellte das Tablett auf der Arbeitsfläche ab und sah Macy, die mich mit einem Lächeln bedachte, nachdenklich an. Ihr dunkles Haar wand sich in weich fallenden Locken bis zu ihrem Kinn. Sie trug ein etwas altmodisch geschnittenes Kleid, das um ihren Busen spannte, und goldene Zehensandalen. Mein Blick verweilte einen Moment auf ihren grün lackierten Fußnägeln, die einen stylischen Bruch zu ihrem coolen Retrostil bildeten. Trotz ihres stressigen Jobs auf der Ranch schien sie immer gut gelaunt und hatte für jeden ein offenes Ohr. Selbst wenn man um zehn Uhr abends in ihrer Küche auftauchte und so aussah, als habe man die Werkstatt eines irren Wissenschaftlers überfallen.

»Ich bin einfach etwas nervös wegen morgen.« Selbst bei Macy fiel es mir schwer, über meine Eltern zu sprechen. »Ich dachte, es könnte mich ablenken, ein paar Kerzen zu gießen.«

»Dafür ist all das Zeug also da«, stellte sie fest und zeigte auf das voll beladene Tablett. Sie schien zu merken, dass mir noch mehr auf der Seele brannte, drängte mich aber nicht. Dafür war ich ihr sehr dankbar.

»Genau. Ist es okay, wenn ich das Wachs kurz im Wasserbad erhitze?«

Macys Blick glitt besorgt zu ihren blitzblank geputzten Kochtöpfen, die ordentlich gestapelt in einem der großen Küchenschränke hinter Glas standen. Ich hob zwei Finger in die Höhe. »Ich schwöre, du wirst kein Wachs an deinen Töpfen finden.«

»Na gut.« Sie kapitulierte und kramte einen Topf aus der hintersten Ecke des Schrankes. An einer Seite hatte er eine deutliche Beule und einige Kratzer zierten die polierte Oberfläche. Ich musste grinsen, denn so ganz schien sie mir nicht zu vertrauen. »Produzierst du Kerzen grundsätzlich im Pyjama?«, fragte sie beiläufig, während sie etwas Wasser in den Topf laufen ließ, und entlockte mir damit ein weiteres Grinsen.

»Nur dann bin ich kreativ.«

Macy machte eine große Geste mit der freien Hand und seufzte. »Künstler.«

Sie platzierte den Topf auf dem Herd und ich sah ihr fasziniert dabei zu, wie sie die Gasflamme anzündete. In diesem Moment war ich froh, sie noch erwischt zu haben, denn den Profi-Gasherd mit seinen acht Platten hätte ich garantiert nicht bedienen können.

»Das geht jetzt relativ zügig, weil Gas viel schneller heizt als Elektro«, erklärte Macy. »Willst du, dass ich noch hierbleibe, oder musst du allein sein, damit die Kreativität fließt?«

Ich schüttelte den Kopf. »Quatsch, ich freue mich, wenn du bleibst und mir hilfst. Ich hätte vermutlich noch nicht mal den Herd anbekommen.«

Während wir darauf warteten, dass das Wasser zu kochen begann, reichte ich Macy die Schüssel mit dem selbst kreierten Duft. »Möchtest du mal riechen?«

Sie beugte sich zu dem Behältnis und schnupperte. »Mhmm…« Sie seufzte genüsslich. »Ich rieche auf jeden Fall Vanille, aber es hat auch eine erdige Note.«

Ich nickte erfreut und erklärte ihr, welche Öle ich verwendet hatte. Sie sah mich anerkennend an. »Auf diese Kombination wäre ich nie gekommen. Du hast wirklich Talent.«

»Vielen Dank, es macht mir richtig Spaß und …«, ich zögerte, denn plötzlich kamen die Erinnerungen wieder in mir hoch. Zuletzt hatte ich mit meinem Dad so vertraut in der Küche gestanden und die verschiedensten Duftkombinationen ausprobiert. Tränen stiegen mir in die Augen und ich drehte mich eilig weg. *Reiß dich zusammen, Aria.* Mit fahrigen Bewegungen platzierte ich die Dochte in die Mitte der Gläser. Da spürte ich eine warme Hand im Rücken.

»Setz dich nicht so sehr unter Druck. Du bist keine Maschine, du musst nicht funktionieren. Gib dir und deinem Herzen Zeit, das Erlebte zu verarbeiten.« Macy ließ die Hand sinken und stellte sich neben mich. »Es ist gut, dass du ein Ventil hast. Dass du kreativ sein kannst, um mit alldem umzugehen. Es gibt Menschen, die fressen alles in sich hinein, bis sie platzen. Oder sie werden einfach immer stiller und ziehen sich komplett zurück.«

Ich spürte ihr sanftes Lächeln mehr als ich es sah und nickte. »Danke.« In diesem Moment begann das Wasser im Topf zu blubbern und ich konzentrierte mich auf die nächsten Arbeitsschritte.

Ich nahm den Topf von der Platte, drehte die Flamme aus und ließ das Wasser einen Moment abkühlen.

Nach einem prüfenden Blick auf die Uhr stellte ich die Gläschen in den Topf. Die Wachsflocken schmolzen fast augenblicklich. Macy schaute fasziniert zu. »Man könnte meinen, es wäre Eis.«

Ich nickte. »Wenn das Wachs vollständig geschmolzen ist, nehmen wir die Gläschen wieder raus und lassen sie noch einmal einen Moment abkühlen. Das Wachs darf nicht zu heiß sein, sonst verfliegen die Aromen der ätherischen Öle.«

»Das ist ja eine richtige Wissenschaft für sich.« Macy reichte mir ein paar Topflappen. Vorsichtig hob ich die Gläser aus dem Wasserbad. Mit einem kleinen Löffel dosierte ich das Duftöl und rührte das Wachs schnell um, bevor es wieder fest wurde. Das restliche Öl füllte ich vorsichtig in den kleinen Flakon ab. Aus den Gläsern stieg inzwischen ein zarter Duft auf.

Macy schloss die Augen. »So schön! Die Kerzen, die man im Laden kaufen kann, riechen alle irgendwie nach Chemie.«

»Ich verwende nur natürliche Essenzen, konserviert in Öl.«

»Das hört sich ziemlich teuer an.«

Ich nickte. »Stimmt, aber ich sammle meine Fläschchen schon seit fast drei Jahren. Mittlerweile besitze ich über sechzig ätherische Öle. Wenn du magst, kann ich sie dir gerne zeigen.«

»Ein andermal sehr gerne. Aber jetzt muss ich wirklich ins Bett. In knapp sechs Stunden klingelt mein Wecker.« Macy gähnte hinter verstohlen vorgehaltener Hand.

Wie unsensibel von mir. Ich wusste schließlich, dass sie noch vor allen anderen aufstand, um das Frühstück vorzubereiten.

»Natürlich, entschuldige. Danke für deine Hilfe. Ich räume hier noch ein wenig auf und dann verschwinde ich auch ins Bett.«

»Schlaf gut.« Aufmunternd drückte Macy meine Schulter, dann drehte sie sich um und verließ leise die Küche.

Ich leerte das Wasser aus dem Topf, trocknete ihn ab und stellte ihn zurück in den Schrank. Nachdem ich den kleinen Löffel in der Spülmaschine untergebracht und meine Utensilien und die fertigen Kerzen auf das Tablett gestellt hatte, war ich startklar.

Das Wachs in den Gläsern begann schon fest zu werden und der Duft erfüllte die ganze Küche.

Vorsichtig und möglichst leise ging ich hinauf in mein Zimmer. Auf meinem Schreibtisch stellte ich das Tablett ab und betrachtete es eine Weile nachdenklich, bevor ich mich setzte. Dann zog ich einen Bogen Klebeetiketten aus meiner Schreibtischschublade hervor und suchte in meinem Federmäppchen nach einem Kalligrafie-Füller. Ich würde die Kerzen weder verschenken noch in meinem Etsy-Shop verkaufen. Ich trennte drei Klebeetiketten von dem Bogen ab, schloss dann für einen kurzen Moment die Augen und genoss, wie der Duft mein Zimmer eroberte. Zypresse für die unerschütterliche Liebe zwischen Eltern und Kind. Vanille für die Geborgenheit eines Zuhauses. Das hier waren wir. Schwarzer Tee, Rose und Sandelholz. Dad, Mom und ich. Ich zögerte keine Sekunde, als mein Blick auf die drei Klebeetiketten fiel. Ich nannte den Duft »Familie«.

Kapitel 2

Am frühen Morgen schreckte ich plötzlich auf. Dank des beruhigenden Dufts der Kerzen hatte ich tief und fest geschlafen, doch jetzt war ich hellwach. Ein kurzer Blick aufs Handy verriet mir, dass es erst halb sechs war … und dass Tammy immer noch nicht geantwortet hatte. Langsam machte ich mir echt Sorgen; auf dem Weg zur Schule würde ich sie auf jeden Fall anrufen.

Einen Augenblick blieb ich unschlüssig liegen, dann krabbelte ich aus dem Bett und schlich nach unten. Der bevorstehende Schultag machte mich viel zu nervös, um noch einmal einzuschlafen, und vielleicht konnte ich Macy bei der Zubereitung des Frühstücks zur Hand gehen. Immerhin hatte sie mir gestern auch geholfen. Doch als ich die Küche betrat, wurde ich enttäuscht. Zwar blubberte die Kaffeemaschine schon fröhlich vor sich hin und im Ofen backten goldgelbe Brötchen auf, aber von Macy fehlte jede Spur. Vermutlich war sie im Frühstücksraum der Rancharbeiter beschäftigt. Also schnappte ich mir ein paar Würfel Butterkäse aus dem Kühlschrank und beschloss, noch mal nach oben zu gehen, um mich anzuziehen und meine Sachen für den Tag zu packen.

Auf dem Rückweg von der Küche kam ich an Suzans Büro vorbei. Die Tür war angelehnt und ich konnte unterdrückte Stimmen hören. Eigentlich war es nicht meine Art zu lauschen, aber

Suzans aufgeregter Tonfall ließ mich hellhörig werden. »Ich sage dir, das ist alles nicht mehr normal.«

»Liebling. Wir finden eine Lösung. So wie wir immer eine Lösung gefunden haben. Es ist nicht das erste Mal, dass die Ranch finanziell in eine Schieflage gerät.« Ich hörte die Sorge in Richards Stimme, obwohl er alles daran zu setzen schien, meine Tante zu beruhigen.

»Das ist mehr als eine Schieflage. Die Wasserrechnung bricht uns das Kreuz.«

»Ariana wird es bald so gut gehen, dass es sie nicht mehr stört, wenn wir Gäste auf der Ranch haben. Es ist lieb von dir, auf Fremde auf der Ranch zu verzichten, damit sie sich leichter einlebt. Aber die Gästezimmer sind Teil unserer Einkünfte. Sie sind wichtig und ein monatlicher Puffer, auf den wir nicht länger verzichten können.«

»Ich weiß.« Suzan klang resigniert. »Ab nächste Woche inseriere ich wieder. Aber das löst nicht unser Problem. Diese rote Alge vergiftet unser Land. Sie vergiftet unsere Tiere. Und diese plötzlichen Unwetter … Richard, ich habe so etwas noch nie erlebt.« Meine Tante schluchzte auf und durch den Türspalt konnte ich sehen, wie Richard tröstend einen Arm um sie legte.

»Ich habe kaum genug Personal, die Pferde in Sicherheit zu bringen, wenn es wie aus dem Nichts losgeht. Die Blitze schlagen ein, als suchten sie geradezu nach einem Ziel. Ich habe solche Angst.«

Ich schluckte betroffen. So hatte ich Suzan noch nie gesehen. Vor mir wirkte sie immer so tough und selbstsicher. Wieder meldete sich mein schlechtes Gewissen. Die Ranch hatte scheinbar massive Geldsorgen, und trotzdem hatte Suzan das Dachgeschoss aufwendig renoviert und stellte mir obendrein noch ein eigenes Auto zur Verfügung.

Ich hatte genug gelauscht. Leise ging ich die Treppe hinauf und zurück in mein Schlafzimmer. Vor lauter Unbehagen kuschelte ich mich noch einmal unter die Decke, bevor ich das Licht löschte. Ich hatte von den Gewittern gehört, die so rasend schnell und gewaltig über Littlecreek aufzogen. Blitze hatten Scheunen in Brand gesteckt, Bäume gespalten und Pferde getötet. Wie unheimlich!

Zwar hatte ich noch keins dieser Unwetter miterlebt, aber ich war auch nicht scharf darauf. Schon seit meiner Kindheit fürchtete ich mich vor diesem Naturphänomen.

Als ich Schritte auf der Treppe hörte, schloss ich schnell die Augen und tat so, als ob ich schliefe. Meine Tür ging auf, wurde aber kurz darauf wieder leise zugezogen. Bestimmt war es Suzan, die nach mir sah. Sie tat mir leid, weil sie neben dem ganzen Drama um mich und den Tod ihrer Schwester und ihres Schwagers noch so viele andere Probleme zu haben schien. Das war unfair. Genauso unfair, wie mit gerade mal sechzehn Jahren seine Eltern zu verlieren.

Natürlich war ich spät dran, obwohl ich beim ersten Klingeln des Weckers die Beine über die Bettkante geschwungen hatte. Macy, die wieder aufgetaucht war, zog mich liebevoll mit meiner Hektik auf. Suzan guckte finster und hielt sich an einem überdimensional großen Kaffeebecher fest. Richard war schon auf dem Weg zum College. Im Laufschritt eilte ich aus dem Haus, in einer Hand meine Schultasche, in der anderen die Autoschlüssel. Ich lief über den Hof und grüßte ein paar Rancharbeiter, dann zog ich Shreks Tür mit Schwung auf. Meine Sachen warf ich auf die Beifahrerseite, bevor ich auf die erhöhte Sitzbank kletterte. Zum Glück hatten wir Shrek gestern Abend nicht mehr in die Scheune gestellt und auch die Adresse der Highschool war bereits im Navi eingespeichert, sodass ich nicht noch mehr Zeit verlieren würde.

Doch auch wenn ich in Eile war, musste ich unbedingt mit Tammy sprechen. Also klemmte ich die Halterung meines Telefons knapp neben die des Navis, drückte die Kurzwahltaste und schaltete den Lautsprecher an, bevor ich Shrek sanft die Sporen gab und vom Hof rollte. Die schmale, nicht geteerte Landstraße und mein ungezügelter, temperamentvoller Oger forderten meine gesamte Aufmerksamkeit. Schließlich war ich bisher nur in dem braven Kleinwagen meines Vaters gefahren. Gleichzeitig hörte ich mit einem Ohr nervös auf das Klingeln meines Handys. Trotz einer Stunde Zeitverschiebung war ich mir sicher, Tammy zu erreichen. Sie war eine Frühaufsteherin, ganz im Gegensatz zu mir. Es klingelte viermal und ich wollte schon auflegen, als ich plötzlich Tammys vertraute Stimme hörte: »Guten Morgen.«

Vor Überraschung hätte ich fast die falsche Abzweigung genommen.

»Hallo«, antwortete ich knapp. Zwar war ich ihr nicht böse, aber wegen ihres merkwürdigen Verhaltens machte ich mir wirklich Sorgen. »Seit wann spiele ich in unserem Chat denn den Alleinunterhalter?« Ich stimmte absichtlich einen versöhnlichen Ton an, so als würde ich nur Spaß machen.

Normalerweise wäre Tammy darauf eingestiegen, hätte mich »Blödmann« genannt und wir hätten uns so lange gegenseitig aufgezogen, bis wir wieder beste Freundinnen gewesen wären.

Stattdessen wirkte sie seltsam kühl und distanziert, als sie weitersprach. »Müsstest du nicht längst in der Schule sein?«

Mein Magen krampfte sich schmerzhaft zusammen. Sie redete so neutral, als sei ich nicht länger Teil ihres Lebens. Aus den Augen, aus dem Sinn. So als habe sie mir am Flughafen zwar nachgewinkt, aber danach meine Nummer direkt aus ihren Kontakten gelöscht.

»Tams, was ist denn bloß los?« Mir war nicht mehr nach Spaßen zumute.

Wieder Schweigen am anderen Ende der Leitung. Um mich herum erstreckte sich die weite Prärie und die Sonne knallte trotz der frühen Uhrzeit unerbittlich vom Himmel. Zum Glück musste ich nur der Landstraße folgen, bis ich in das kleine Industriegebiet gelangte, in dem meine neue Schule lag. Auf dem Weg konnte ich mich nicht mehr verfahren. Also konzentrierte ich mich ganz auf Tammy. »Ich schreibe dir ständig und du reagierst einfach nicht. Tams, ich brauche dich. Ich brauche dich mehr denn je. Ich bin hier irgendwo im Nirgendwo gestrandet und heute ist mein erster Schultag an einer fremden Schule. Ich hätte mir gewünscht, dass wir vorher irgendwie darüber geredet hätten. Immerhin bist du meine beste Freundin! Du hättest für mich …«

»Es tut mir leid«, unterbrach Tammy mich und ihre Stimme klang ernst. »Hier war einfach so viel los …«

Ich spürte ganz deutlich, dass etwas nicht stimmte. »Tammy, was ist passiert? Geht es deinen Eltern gut? Was ist denn los? Oder ist da ein Kerl, von dem ich nichts weiß, der dir das Herz gebrochen hat? Seit ich New York verlassen habe, habe ich ja überhaupt keine Ahnung mehr, was du den ganzen Tag so treibst.«

Mein leidenschaftlicher Wortschwall entlockte ihr ein Lachen und plötzlich klang sie wieder etwas mehr nach der Tammy, die ich kannte. »Nein, kein Kerl in Sicht.«

»Gab es Stress mit deinen Eltern? Musstest du wieder so viel aushelfen?«

»Nein, im Restaurant läuft alles gut. Mom hat gerade erst einen neuen Kellner eingestellt.«

Tammys Eltern besaßen ein Spezialitätenrestaurant, das berühmt für seine pazifische Küche war. Seitdem es in einem landesweiten Zeitungsartikel erwähnt wurde, pilgerten sogar kulinarische Experten aus allen US-Staaten nach New York, um dort essen zu gehen. Das war toll, aber der Erfolg forderte auch harte Arbeit. Und so musste Tammy immer wieder einspringen, wenn ein Kellner krank wurde oder ihre Eltern eine große Gesellschaft erwarteten.

»Was ist es dann? Ich merke doch, dass etwas nicht stimmt.«

Wieder Schweigen.

Nervös klopfte ich mit den Fingern auf das Lenkrad. Ein Blick auf das Navi verriet mir, dass mir nicht mehr viel Zeit blieb, um meiner besten Freundin eine Antwort zu entlocken. »Tammy? Bist du noch dran? Ich bin gleich schon da. Wenn du mir etwas zu sagen hast, solltest du es also jetzt tun.«

Tammy seufzte. »Es ist nichts, okay?«

»Tamsin Malia Firelight.« Mittlerweile klang meine Stimme regelrecht warnend, denn ich wusste einfach, dass sie mir etwas verschwieg. Immerhin waren wir seit dreizehn Jahren befreundet, hatten uns kennengelernt, als ich kaum geradeaus laufen konnte und sie noch die winzigste Dreijährige war, die die Welt je gesehen hatte. Wir gehörten zusammen und zwar in guten wie in schlechten Zeiten.

So schnell würde ich nicht aufgeben, denn bestimmt nahm sie nur Rücksicht, weil sie dachte, dass ich mit dem Tod meiner Eltern schon genug Sorgen hatte.

Tammy, die wusste, dass es ernst wurde, wenn ich sie bei ihrem vollen Namen nannte, seufzte leise.

»Bald«, sagte sie. »Lass mich hier erst einiges klären und ich verspreche dir, ich erzähle dir alles. Bald …«, wiederholte sie. »Gib mir etwas Zeit. Und bitte hab Verständnis, auch wenn es dir schwerfällt.«

Ein komisches Gefühl kroch in mir hoch und ich musste mich konzentrieren, Shrek weiterhin so sicher die Landstraße hinunter zu kutschieren. Das alles hörte sich überhaupt nicht gut an. »Ich will dich einfach nicht verlieren, Tams.« Ich schluckte heftig, um die aufkommenden Tränen zu unterdrücken. In letzter Zeit hatte ich schon zu viel verloren, was mir etwas bedeutete.

»Das wirst du nicht«, erwiderte sie leise und sehr sanft. »Ich denke oft an dich. Ich glaube, ich denke öfter an dich, als du dir das vorstellen kannst. Nur im Moment ist mein Kopf so voll, dass er fast zu platzen droht. Es gibt hier so viel zu organisieren, dass ich einfach nicht dazu komme, dir zu antworten und dir die Aufmerksamkeit zu schenken, die dir zusteht. Das tut mir total leid und ich hoffe, das weißt du auch. Ich mache das nicht absichtlich. Es ist nur einfach, weil …« Wieder brach sie ab. Im Hintergrund hörte ich sie mit Geschirr klappern.

»Ich verspreche dir, ich melde mich. Und bald werde ich dir alles erzählen. Nur gib mir noch ein wenig Zeit.«

Ich musste ihr glauben, ich wollte ihr glauben … ja, ich würde ihr glauben. Sie war meine beste und älteste Freundin, und ich vertraute ihr blind. Daran würden auch die fast 2000 Meilen nichts ändern, die uns nun trennten. »Einverstanden. Aber melde dich, wenn du mich brauchst.«

»Klar.« In Tammys Stimme konnte ich die Erleichterung hören und auch ich war froh, dass wir genug Zeit zum Reden gefunden hatten.

Im selben Moment ragte ein Schild vor mir auf: »Littlecreek Highschool.« Gleich würde ich in das winzige Industriegebiet abbiegen müssen. Es lag noch vor Littlecreek und bereits jetzt war dort mehr los, als ich erwartet hatte. Direkt vor mir bogen zwei riesige Traktoren ab und ich konnte einige Mitschüler in ihren Wagen entdecken. Bei den Entfernungen hier ging wohl niemand zu Fuß, weshalb ich mich jetzt wirklich konzentrieren musste, vor allem weil ich mich noch nicht an Shreks Ausmaße gewöhnt hatte. »Du, ich fahre jetzt in das Industriegebiet und muss ein bisschen aufpassen.«

»Wie? Du fährst?«, fragte Tammy neugierig.

»Ich habe ein Auto geschenkt bekommen. Er heißt Shrek und ich liebe ihn.«

Tammy lachte. »Ich fasse es nicht. Wieso habe ich noch kein Bild von ihm?« Endlich war sie wieder meine alte Tammy.

»Ich habe dir noch kein Foto geschickt, weil du auf meine anderen Nachrichten auch nicht geantwortet hast. Und Shrek und ich konnten warten.«

Tammy lachte schon wieder. »Ich will einen ausführlichen Lagebericht, Miss Clark, und zwar pronto.«

»Wirst du darauf antworten?«

»Das werde ich, versprochen.«

Ein breites Lächeln malte sich auf mein Gesicht. »Abgemacht. Dann bis später.«

»Bis später.«

Wir legten auf und ich manövrierte Shrek die breite Straße entlang. Immer wieder ließ ich den Blick nach links und rechts schweifen, um mir die einzelnen Fabriken anzuschauen. Eine Fabrik verarbeitete Cranberrys, eine stellte alles Mögliche aus Mais her und zwei weitere bauten technische Geräte. Scheinbar war die Wirtschaft hier auf die umliegenden Farmen ausgerichtet. Als ich um die nächste Straßenecke bog, kam das Schulgebäude in Sicht. Nichts daran erinnerte mich an die chaotisch kreative Highschool, die ich in New York besucht hatte. Kein einziges Graffito verunstaltete die schneeweiß getünchten Hauswände, kein Müll lag herum und die Autos auf dem Parkplatz standen nicht kreuz und quer, sondern adrett nebeneinander. Die meisten Schüler hier schienen größere Wagen wie SUVs oder Pick-ups zu fahren. Zumindest mit Shrek würde ich also nicht allzu sehr auffallen. Ich fand einen Parkplatz und stellte den Motor aus, dann zückte ich mein Handy, um ein paar Fotos für Tammy zu machen. Die Grünflächen um das Gebäude herum wirkten perfekt gepflegt, und jeder Baum und Strauch war akkurat geschnitten. Die Wege waren mit breiten Steinplatten belegt, zwischen denen keinerlei Unkraut wuchs. Einige Schüler standen in Grüppchen zusammen und trugen alle eine Art Einheitslook. Die meisten Jungs hatten Bermudas und Polohemden oder schlichte T-Shirts an, während die Mädchen in Shorts oder kurzen Kleidchen unterwegs waren. Alles in allem eher leger und praktisch. Ich erinnerte mich daran, was Suzan mir beim Abendessen erzählt hatte. Vermutlich kamen die meisten meiner Mitschüler von den umliegenden Farmen und waren es gewohnt, bei der Landarbeit mit anzupacken. Auch deshalb schienen sie sich nichts aus ausgefallener Mode zu machen. Niemand schubste irgendjemanden herum, niemand rauchte und bei den meisten hatte ich den Eindruck, dass sie sich schon seit ihrer Kindergartenzeit kannten.

Ich seufzte tief, dann gab ich mir einen Ruck und stieg aus. Eine Gruppe Mädchen, alle bekleidet mit bunten Cowboystiefeln zum Sommerkleidchen, spazierten lachend auf dem Gehweg an mir vorbei. Zum Glück war ich noch halb von der Tür meines riesigen Shreks verdeckt, sodass ich ihnen nicht auffiel. Prüfend sah ich an mir herunter. Meine dunkelgraue Röhrenjeans war an den Knien modisch zerrissen. Dazu trug ich weder Cowboystiefel noch niedliche Ballerinas, sondern meine heiß geliebten neonpinken Chucks. Mein schlichtes weißes Shirt zierte die Aufschrift: »Jeder Mensch ist ein Künstler.« Ich hatte es gemeinsam mit Tammy im Museumsshop des Metropolitan Museum of Art gekauft, das wir häufig zusammen besucht hatten. Irgendwie hatte ich gehofft, dass der Spruch das Eis brechen konnte und ein paar Schüler mich darauf ansprechen würden. Und vielleicht hätte auch jemand das Logo des beliebten New Yorker Kunstmagazins erkannt, das am Saum abgedruckt war. Hier jedoch, da war ich mir plötzlich sicher, würde ich mit diesem Shirt keinen Treffer landen.

Ich griff nach meiner Schultasche, hängte sie mir einmal quer über und schlug dann Shreks Tür zu. Als ich aus dem Schatten der hohen Autos hervortrat, hörte es sich an, als ginge ein leichtes Raunen durch die Luft. Die Tonalität der vorher so ausgelassenen Gespräche änderte sich. Ich spürte förmlich, wie alle sich fragten, wer ich wohl sei. Anscheinend gab es hier nicht oft ein neues Gesicht. Ich versuchte es mit einem freundlichen Lächeln in die Runde, doch die meisten wandten sich ab, sobald sich unsere Blicke trafen. Sie wichen sogar zur Seite, als ich mich auf die Treppe hinauf zum Schultor begab. Das Raunen wurde lauter und ich zog unwillkürlich den Kopf ein, dann passierte ich den Eingang. Hier gab es keine Metalldetektoren, kein Sicherheitspersonal, ja nicht mal Kameras! Das wäre in New York nicht denkbar gewesen. Der Linoleumboden zu meinen Füßen war sauber und spiegelglatt poliert. Keine Brandflecke, keine verschmierten Pop-Tarts in den Ecken, ja sogar der Trinkbrunnen glänzte, als diene er lediglich zur Dekoration. Es roch nach Plastik, Putzmitteln und einem zitrushaltigen Raumspray. In der Schule, auf die Tammy und ich bisher gegangen waren, hatte es zeitlebens nach altem Frittierfett aus der Mensa, stinkenden Turnschuhen und kaltem Zigarettenqualm gerochen, weil eigentlich ständig irgendjemand heimlich auf der Toilette geraucht hatte.

Hier hingegen wirkte alles seltsam perfekt und irgendwie unecht. Die vielen bunten Plakate an den Wänden und die Teilnahmelisten für die AGs hatte niemand heruntergerissen oder mit Obszönitäten beschmiert, und die offiziellen Aushänge mussten nicht hinter Glas geschützt werden. Ungläubig schüttelte ich den Kopf und schoss noch ein Foto für Tammy, dann folgte ich dem Schild mit der Aufschrift: »Schulleitung«.

Auf dem Weg kam ich an mehreren Spindreihen vorbei, wo die Schüler ihre Unterlagen für den heutigen Tag ordneten. Manche drehten sich um und musterten mich neugierig. Aber niemand, auch wirklich niemand, sagte Hallo. Stattdessen sahen sie mich an, als wäre ich eine Außerirdische, die sich nur zufällig nach Littlecreek verirrt hatte. Na, herzlichen Dank. Suzans Prophezeiung, dass ich an der Littlecreek High schnell Freunde finden würde, schenkte ich nun keinen Glauben mehr.

Direktor Carmack klappte meine Akte energisch zu. Die dünnen Haarsträhnen, die er quer über seine beginnende Glatze gekämmt hatte, wehten kurz hoch, um dann leicht zerzaust zurück auf ihren Platz zu sinken.

»Gut, Miss Clark. Das waren die Formalitäten. Sie bringen gute Noten mit, deshalb bin ich mir sicher, dass Sie auch bei uns gut zurechtkommen werden.«

Damit war ich entlassen und stand im nächsten Moment – bewaffnet mit meinem Stundenplan und einem Stapel Bücher – etwas ratlos vor Direktor Carmacks Büro. Normalerweise tauchte zu diesem Zeitpunkt ein Nerd mit Pickeln, Brille und Schulsprecherambitionen auf, der einen herumführte. Oder die lustige überdrehte Außenseiterin, die irgendwann zur besten Freundin werden würde. In meinem Fall erschien niemand. Ich musste meinen Klassenraum wohl alleine finden.

Zum Glück war die Littlecreek High aufgebaut wie die meisten amerikanischen Schulen: durchnummerierte Klassenräume, dazwischen lange Reihen mit Spinden für die Schüler, eine kleine Mensa, eine Schulbibliothek, das Lehrerzimmer mit angrenzendem Sekretariat und ein Raum, der das Reich der Schulkrankenschwester war.

Ich studierte also meinen Stundenplan und wollte mich gerade auf den Weg machen, als mich ein dunkles, warmes Lachen aufblicken ließ.

Neben dem Trinkbrunnen an der nächsten Ecke stand ein großer blonder Typ, der von gleich vier Cheerleadern umringt war. Er trug eine blauweiße Jacke mit einem Pegasus-Emblem, dem Wappentier der Schule. Seine Schultern waren breit und er überragte die Mädchen um fast einen ganzen Kopf. Sie kicherten über jedes Wort, das er von sich gab. Er sah gut aus, aber ich vermutete, dass er eines dieser arroganten Sportasse war, die Frauen gleich grüppchenweise abschleppten. Und genau deshalb sah ich schnell weg, als er meinen Blick auffing und mich anlächelte. Außerdem wollte ich nicht schon am ersten Tag zu spät kommen, also verstaute ich meine neuen Bücher in der Tasche und ging eilig weiter.

Mit klopfendem Herzen betrat ich den Klassenraum, in dem meine erste Stunde stattfinden würde. Unzählige Augenpaare sahen mich an. Ich murmelte ein »Hallo« und suchte nach einem freien Platz.

»Der ist schon belegt«, sagte eine Blondine mit hollywoodreifem Schmollmund, als ich meine Tasche auf den Platz vor ihr legen wollte. Ihr hellrosafarbenes Polohemd spannte über ihrem Busen. Sie musterte mich aus seltsam farblosen, grauen Augen, die nur durch die dick getuschten Wimpern mehr Kontur bekamen. Ihre Haare waren so glatt geföhnt, dass sie fast wie ein Spiegel glänzten, und ich vermutete, dass sie im Gegensatz zu den meisten unserer Mitschüler nicht auf einer Farm aufgewachsen war. Mit ihrem auffälligen Make-up und den perfekt manikürten Nägeln passte sie eher in das sonnige Beverly Hills als in die einsamen Weiten Texas'.

»Oh, tut mir leid«, murmelte ich und wollte den freien Tisch neben ihr belegen.

»Der ist auch nicht mehr frei.«

Ich sah sie an und erntete ein zuckersüßes Lächeln.

»Okay.« Ich deutete auf einen Tisch zwei Plätze weiter. »Und der?«

»Sorry. Belegt.«

Um uns herum hob ein verhaltenes Kichern an. Meine Wangen brannten. »Ist das dein Ernst?«

»Such dir einen anderen Platz.« Sie schien wirklich Spaß daran zu haben.

Ich deutete auf den letzten freien Platz. »Und der?«

Sie schüttelte den Kopf. »Leider nein. Wie wäre es mit dem Fußboden?« Noch mehr Gekicher im Hintergrund. Sie stützte die Ellenbogen grazil auf dem Tisch ab, faltete die Hände und legte dann ihr Kinn darauf. »Oder du gehst dahin zurück, wo du hergekommen bist.«

Ich starrte sie an. Mit so viel offener Feindseligkeit hatte ich nicht gerechnet. »Was ist dein Problem?«

Sie lächelte, aber ihre Augen sprühten Funken. »Wie redest du mit mir? Verschwinde einfach, Großstadtmädchen, und nimm deine geschmacklosen Klamotten gleich mit, ja?« Dann wendete sie sich ab, als sei mein Anblick eine zu große Zumutung für ihre Augen.

Eigentlich hatte ich mir ein Outfit ausgesucht, das eher in die Kategorie ›Hey-sprecht-mich-an-ich-bin-nett‹ fallen sollte, aber offenbar hatte ich das genaue Gegenteil erreicht.

Ich wollte etwas erwidern, irgendetwas Schlagfertiges, Bissiges, das sie in ihre Schranken weisen würde. Doch mir blieben die Worte im Hals stecken. Stattdessen begann alles in mir zu flattern.

Oh nein, bitte keine Tränen.

»Ah, Sie müssen Miss Clark sein.«

Ich drehte mich zu der Stimme um. Ein Mann Mitte vierzig, in staubbraunen Hosen und ungebügeltem Hemd ließ seine Tasche auf das Pult fallen und lächelte mich an. »Willkommen. Ich bin

Mr Mallory. Suchen Sie sich doch einen Platz, dann stelle ich Sie kurz der Klasse vor, bevor wir loslegen.«

Etwas hilflos blieb ich stehen.

»Wie wäre es neben Miss Gladis?« Er deutete auf den freien Platz neben der Schmollmund-Blondine, die gerade einen Spiegel und Lipgloss zückte, als wären wir Luft.

»Okay.« Ich ließ mich auf den Platz gleiten, woraufhin Mr Mallory zufrieden zu seinem Pult ging.

Ein Mädchen huschte durch die Reihen nach vorn und stellte der Blondine eine kleine Flasche auf den Tisch. »Dein Wasser, Noemi.«

Noemi sagte weder danke, noch beachtete sie das Mädchen großartig.

Mr Mallory schüttelte den Kopf, schien das Prozedere aber zu kennen. »Wenn wir dann so weit wären, Miss Gladis?«

Noemi ließ ihren Spiegel sinken. »Aber sicher, Mr Mallory.«

Ich warf ihr einen ungläubigen Seitenblick zu. Warum behandelten sie alle wie eine Prinzessin? Ich war ziemlich sicher, dass es die Monarchie in Texas nie gegeben hatte.

Mr Mallory beschränkte sich auf ein paar knappe Infos zu meiner Person, bevor er die Arbeitsblätter austeilte. Ich war der Meinung, nun würde es besser. Doch dann ließ Noemi ihren Kugelschreiber mit voller Absicht vom Tisch rollen. Er fiel geräuschlos zu Boden. Als ich sie ansah, deutete sie mit dem Kopf auf den Kuli. Ich hätte fast gelacht, so absurd war diese Situation. Sie wollte, dass ich ihn für sie aufhob? War das ihr Ernst?

Noch mal deutete sie auf den Kuli.

Ich schüttelte den Kopf.

Sie hob das Kinn und ihre vollen Lippen formten das Wort: »Sofort.«

Mein Herz raste. Ich schüttelte erneut den Kopf und versuchte mich auf den Unterricht zu konzentrieren.

Als Mr Mallory sich zur Tafel drehte, huschte ein Schüler los, hob den Kuli auf und legte ihn auf Noemis Tisch. Wieder kein Dankeschön.

Jetzt öffnete Noemi ihre Wasserflasche. Ich ahnte Böses.

Und richtig, im nächsten Moment stieß sie die Flasche schwungvoll um. Ein Schwall kalten Wassers ergoss sich über mich, bevor die kleine Flasche klappernd auf dem Boden aufkam.

Mein erstickter Laut ließ Mr Mallory herumfahren. Er musterte erst mich, dann wandte er sich an Noemi, als habe er die Situation sofort durchschaut.

»Es tut mir so leid, Mr Mallory.« Noemi lächelte wie ein Unschuldsengel. »Das war ein Versehen. Ich bin mit dem Ellenbogen gegen die Flasche gestoßen.«

Mir rann das Wasser vom Bauch die Oberschenkelinnenseiten hinunter. Ich sah aus, als hätte ich mir in die Hose gemacht. Schon wieder begann alles in mir zu flattern.

Bitte, lass mich aufwachen. Lass mich endlich aus diesem Albtraum aufwachen.

»Miss Clark, suchen Sie ruhig einen der Waschräume auf und trocknen sich etwas ab.« Er sah mich mitleidig an. Ich nickte nur, weil ich einen Kloß im Hals hatte, der mir das Sprechen unmöglich machte. Die Klasse kicherte, als ich aufstand und nach meinem Handy griff. Ich schluckte und sah niemanden an. Als ich zur Tür stürzte, standen Tränen in meinen Augen.

Nachdem ich mich in einem der Waschräume notdürftig wieder hergerichtet hatte, kehrte ich nicht zurück in dieses Haifischbecken, das sich ›Klassenzimmer‹ nannte. Stattdessen kaufte ich mir mit dem letzten zerknüllten Dollar aus meiner Hosentasche eine Coke an einem der Getränkeautomaten und setzte mich auf die Treppe vor dem Schuleingang.

Ich legte eine Hand über die Augen, weil die Sonne auf mein Gesicht brannte. Abwesend starrte ich auf mein Smartphone und klickte mich durch die verschiedenen Bilder von Tammy und mir auf Instagram: Selfies von unseren Streifzügen durchs East Village oder gemeinsam auf der Couch bei endlosen Netflix-Marathons. Unser Gespräch heute Morgen hallte immer noch in mir nach. Sie war meine beste Freundin, meine Seelenverwandte und gerade jetzt brauchte ich sie mehr denn je. Auch wenn sie mir schon bald erzählen wollte, was sie bedrückte, hatte ich das Gefühl, dass wir uns immer weiter voneinander entfernten. Und jetzt musste ich mich auch noch mit dieser Zicke Noemi auseinandersetzen. Tammy hätte sie locker mit einem ihrer frechen Sprüche in die Schranken verwiesen. Ich hingegen hatte kurz vor einem Heulkrampf gestanden. Wie peinlich.

Wenigstens sorgte die unbarmherzige Sonne dafür, dass mein Shirt und die Jeans schon nach kurzer Zeit vollständig getrocknet waren. Jetzt würde ich nicht mehr aussehen, als hätte ich Inkontinenz-Probleme. Ich lehnte mich zurück, trank einen großen Schluck von meiner Coke und versuchte die nötige Kraft zu sammeln, um zurück in die Klasse zu gehen. Nach weiteren zehn Minuten stand ich auf und beugte mich meinem Schicksal. Immerhin konnte ich nicht ewig hier draußen sitzen. Also warf ich die leere Coke-Dose in den nächsten Mülleimer und machte mich bereit für eine weitere Runde gegen Noemi.

Mr Mallory nickte nur nachsichtig, als ich zurück in die Klasse schlich. Meine Mitschüler feixten. Noemi lächelte hochmütig, würdigte mich aber keines Blickes.

Am Ende der Stunde erwartete mich noch eine fiese Überraschung: In einem unbemerkten Moment musste jemand sich meine Tasche gegriffen und eine halbe Tube Handcreme darin ausgequetscht haben. Das entdeckte ich, als meine weiß verschmierten Hände an den ehemals neuen Schulbüchern entlang rutschten. Was hatten die anderen für ein Problem? Waren wir hier etwa im Kindergarten?

Ich raffte meine Sachen zusammen und stürzte mal wieder in die Toilettenräume. So wie es aussah, würde ich Stammgast hier werden. Zum Glück war der Schaden nicht so groß, wie ich zuerst angenommen hatte. Die meisten Schulbücher konnte ich einfach abwischen und das Innere der Ledertasche war fast unversehrt – ganz im Gegensatz zu meinem Ego.

Für die nächste Doppelstunde setzte mich unser Chemielehrer Mr Wallis in die letzte Reihe, wo ich mich praktisch unsichtbar machen konnte. Erleichtert nahm ich Platz.

In der Mittagspause war ich froh, dass Macy mir heute Morgen ein reich belegtes Sandwich mitgegeben hatte, für das ich keinen Tisch brauchte. Also setzte ich mich wieder auf die Treppe, nur neugierig beäugt von einem Schülergrüppchen, das ebenfalls dort lagerte. Als ich lächelte, sahen sie weg. Kindergarten ...

Nachdem ich mein Sandwich verputzt hatte, machte ich mich auf die Suche nach meinem Spind. Ich musste dringend ein paar

Bücher loswerden, bevor mir deren Gewicht noch die Schulter brach.

Wie es das gemeine Schicksal wollte, lag mein Spind genau neben Noemis. In Gesellschaft zweier Freundinnen, die ich aus dem Unterricht bei Mr Mallory erkannte, stand sie da und zog sich schon wieder die Lippen nach. Die drei sahen aus, als wären sie im selben Labor geklont worden: Sie waren schlank, sorgfältig geschminkt und trugen ihr Haar aalglatt geföhnt. Die eine Freundin war dunkelhaarig, die andere aschblond. Sie alle trugen beigefarbene Minishorts, die ich allerhöchsten am Strand anziehen würde. Dazu hautenge Polohemden in verschiedenen Pastelltönen, die das Logo einer bekannten Designermarke zierte. Die drei passten zu ihren eher sportlich und einfach gekleideten Mitschülern wie Fische in die Wüste.

Das Motto ihrer Gruppe war unübersehbar: Hallo, ich bin Prinzessin Puderrosa und das sind meine Hofdamen Lady Lavendelblau und Comtesse Cremeweiß.

Noemi ließ das Lipgloss zurück in die Handtasche fallen. Ich spürte ihren Seitenblick, als sie in ihrem Spind kramte. Dann nebelte sie sich mit einem Bodyspray ein. Und mich gleich mit. Offenbar hatte ihr die Aktion mit der Handcreme noch nicht gereicht. Keine Ahnung, was der Chemiker, der diesen Duftcocktail entworfen hatte, vorher so geschluckt hatte, aber das hier war nicht nur pink, es roch auch pink. Kaugummi, Zuckerwatte und Eiscreme prallten in all ihrer künstlich süßen Herrlichkeit aufeinander. Ich hielt mir verstohlen die Nase zu, um nicht zu niesen.

Noemis Blick brannte mir ein Loch in die Seite. »Was?«

Ich seufzte innerlich, schüttelte nur den Kopf und belud weiter meinen Spind.

»Ich rede mit dir.«

Sie würde nicht aufgeben. Gut, konnte sie haben. Vorhin hatte sie mich kalt erwischt und mich fast zum Weinen gebracht. Damit war jetzt Schluss. Ich gab mir einen Ruck und drehte mich zu ihr. »Weißt du, Konversationen beruhen auf der gegenseitigen Bereitschaft dazu. Das ist bei uns eindeutig nicht der Fall.«

Sie starrte mich an. Ihr linkes Auge zuckte einmal, was irgendwie witzig aussah.

»Du wirst es hier sehr schwer haben, kleines Stadtmädchen.«

Sie war gut einen halben Kopf größer als ich, doch ich versuchte, es mir nicht anmerken zu lassen, dass mich dieser Umstand irgendwie einschüchterte. »Warum? Weil ich keinen Knicks vor dir mache?«

Sie spitzte die Lippen. »Genau.«

Ich unterdrückte ein Lachen. »Oh, bitte. Wo sind wir hier? Miami Beach? Las Vegas? Oder in einem kitschigen Highschool-Film?« Ich tippte mir gespielt nachdenklich ans Kinn. »Nein, stimmt ja gar nicht. Wir sind irgendwo im Nirgendwo in Texas. Mitten im flachen Land, wo es mehr Pferde als Einwohner gibt. In einem Kaff, das nicht mal einen Wikipedia-Eintrag hat.« Ich beugte mich zu ihr. »Ich bin mir sicher, du hast es wirklich nett in deinem kleinen, bedeutungslosen Königreich.« Laut knallte ich meinen Spind zu. »Aber sei mir nicht böse, wenn ich darauf verzichte, dir treue Gefolgschaft zu leisten. Das ist mir einfach zu langweilig.«

Mit diesen Worten drehte ich mich um und ließ sie stehen.

Ich lief ohne Ziel los und mein Herz raste. Es hatte mich Kraft gekostet, mich Noemi zu stellen. Noch mal würde ich das nicht durchstehen. Ich hatte genug für heute. Es war jämmerlich, aber ich spielte mit dem Gedanken, den Rest des Tages zu schwänzen. Auf meinem Weg durch die Gänge starrten mich alle an. Einige sahen von ihren Smartphones hoch oder zeigten sich etwas auf den Displays. Mein kleines Gerangel mit ihrer Königin schien sich wie ein Lauffeuer zu verbreiten. Aber niemand hielt mir die Hand zum High Five hin. Niemand flüsterte mir Glückwünsche ins Ohr oder versicherte mir seinen Zuspruch. Sie schienen sich alle einig. Das, was ich mir gerade erlaubt hatte, war Hochverrat.

Ich haderte mit mir, traute mich dann doch nicht und flüchtete mal wieder in die Mädchentoilette. Etwas kaltes Wasser auf die Hände, um mich abzukühlen. Ein letztes Mal das Handy checken. Keine neuen Nachrichten von Tammy. Ein letztes Mal die Konsequenzen des Schuleschwänzens überdenken. Doch ich blieb dabei. Ich musste raus hier. Für heute hatte ich genug Kämpfe ausgefochten. Was nicht bedeutete, dass ich klein beigeben würde. Aber jetzt wollte ich nur noch weg.

Ohne meine Mitschüler weiter zu beachten, verließ ich das Gebäude und ging zielstrebig zum Parkplatz, wo Shrek bereits auf mich wartete. Ich schwang mich in den Pick-up und warf meine Tasche so fest auf den Sitz, dass sie zu Boden rutschte. Aber das war mir egal. Ich schrieb noch eine kurze Nachricht an Tammy und machte mich dann auf den Heimweg. Als ich in den Rückspiegel blickte, sah ich den großen blonden Sportlertypen, der gerade durch das Schultor schritt. Noch mehr Mädels umringten ihn, ganz vorne und halb unter seinem Arm, Noemi. Ich schüttelte innerlich den Kopf. Das war ja klar!

Ich bog um die nächste Ecke und war froh, die beiden nicht mehr sehen zu müssen. Möglich, dass mein Leben jetzt noch mehr zur Hölle würde. Aber ich legte mich lieber jeden Tag mit Prinzessin Puderrosa an, als den Rest der Highschool-Zeit auf meiner eigenen Schleimspur auszurutschen. In der Theorie war der Plan gut, aber in der Praxis fühlte sich mein Inneres immer noch an wie ein wackliges Kartenhaus, das jeden Moment in sich zusammenbrechen konnte. Und ich wollte mit Sicherheit nicht als die ständig heulende Neue in die Geschichte der Littlecreek High eingehen.

Der Weg zur Farm dauerte fast eine halbe Stunde und ich legte mir sicherheitshalber schon einmal eine Geschichte zurecht, falls ich Suzan oder Richard treffen sollte. Denn von Noemi wollte ich ihnen nichts erzählen. Doch ich traf niemanden im Hauptgebäude der Ranch an. Erleichtert verkroch ich mich in mein Schlafzimmer und schaute nach, ob Tammy inzwischen geantwortet hatte. Leider nichts. Vermutlich saß sie im Gegensatz zu mir brav im Unterricht. Oder sie hatte mir doch geantwortet, aber die Nachrichten kamen wegen des schlechten WLAN einfach nicht durch. Ich versuchte alle möglichen Tricks, doch es half nichts. Instagram lud keine Fotos und Videos bei YouTube starteten mal wieder nicht. Wo war ich hier bloß gelandet?

Deprimiert ließ ich das Handy sinken. Auf meine Hausaufgaben hatte ich keine Lust und die kleine Infomappe über Littlecreek, die Suzan mir gebastelt hatte, interessierte mich auch nicht so brennend. Also lag ich einfach nur auf dem Bett, starrte Löcher in die Luft und dachte an Mom und Dad, bis die unvermeidlichen Tränen wieder über meine Wangen liefen. Der Duft der Kerzen hing noch schwer in der Luft und Traurigkeit überwältigte mich. Ich wollte stark sein. Ich hatte mir vorgenommen, das alles hier zu schaffen. Aber es schien doch sehr viel schwerer zu werden, als ich gehofft hatte.

Natürlich regte Suzan sich fürchterlich auf, als am Nachmittag der Anruf von Direktor Carmack kam.

»Was ist das für ein Eindruck am ersten Schultag?«, blaffte sie mich an. Sie hatte mich in die Küche zitiert und hielt mir nun einen Vortrag, der Mom alle Ehre gemacht hätte.

»… und dann bekomme ich diesen Anruf und muss mich rechtfertigen, als wärst du gerade zwölf. Melde dich im Sekretariat ab, wenn es dir nicht gut geht. Dafür hätte jeder Verständnis. Aber was machst du? Du haust einfach ab! Wie stehe ich denn jetzt da?«

Ich ballte meine Hände zu Fäusten und meine Nägel bohrten sich schmerzhaft in die Haut. In meinem Inneren kämpften zwei Parteien um die Oberhand. Die eine, die vernünftig sein wollte, freundlich und dankbar. Und die andere, die schreien wollte und toben, zusammenbrechen und weglaufen zugleich. Ich wusste, dass Suzan recht hatte, aber nach den Schikanen des heutigen Tages hatte ich einfach nicht mehr die Energie, mich ihrer Standpauke zu stellen.

Jetzt kam sie näher und baute sich vor mir auf. Ich konnte ihr nicht in die Augen sehen. Stattdessen öffnete ich meine Hände und betrachtete die roten Spuren, die meine Nägel dort hinterlassen hatten. Ich musste raus hier. Weg, durchatmen, vergessen.

»Muss ich dir jetzt den Pick-up wieder wegnehmen? Dich jeden Tag an der Schule abliefern und wieder abholen? Oder willst du wie die Kinder der Middleschool mit dem Schulbus fahren? Ist es das, Ariana?«

Shrek, richtig. Ich besaß ja ein Auto. Meine Hand glitt über die Tasche meiner Jeans. »Ich muss mal raus hier, Suzan. Es tut mir leid.« Ich fischte den Autoschlüssel hervor. Vielleicht würde ich irgendwann nicht mehr weglaufen. Aber im Moment konnte ich an nichts anderes denken. Ich wartete Suzans Antwort nicht ab, sondern ließ sie einfach stehen.

»Ariana!« Suzan blieb mir dicht auf den Fersen. »So funktioniert das nicht mit uns. Du bleibst jetzt sofort …«

Ich hörte nicht mehr hin. Stattdessen stürmte ich nach oben in mein Schlafzimmer und griff mir einen von Dads Sweatern und meine Handtasche. Suzan war kaum oben angekommen, als ich schon wieder auf dem Weg nach unten war. Sie schimpfte irgendetwas hinter mir her, aber noch bevor sie mich erneut einholen konnte, ließ ich die schwere Haustür der Ranch hinter mir zufallen.

Kapitel 3

Shrek und ich waren ohne Ziel losgefahren, aber allzu viele Optionen gab es hier mitten im Nirgendwo nicht. Also beschloss ich, mich ein wenig in Littlecreek umzusehen. Als ich auf dem Weg an dem Industriegebiet mit meiner neuen Schule vorbeifuhr, entdeckte ich in dessen Ausläufern eine ausgebrannte kleine Lagerhalle. Zwar liefen Arbeiter geschäftig hin und her, um den Schaden zu beheben, aber das Gebäude sah immer noch aus, als habe ein Blitz es regelrecht auseinandergerissen. Die Szene wirkte wie aus einem Katastrophenfilm.

Kurz darauf veränderte sich die Gegend merklich: trockene rotbraune Erde, nur durchbrochen von schmalen Grünstreifen, deren Ränder gelblich verblichen waren. Ein Bach glitzerte in der Ferne und wand sich ein gutes Stück Richtung Straße, wo er von hohen Gräsern gesäumt wurde. Je näher ich dem Gewässer kam, desto dichter, grüner und höher wurde die Graslandschaft. Als ich zwei Kaninchen entdeckte, die fröhlich hintereinander her hüpften, lächelte ich und fuhr extra langsamer.

Doch als mein Blick den beiden Nagern durch die Lücken im hohen Gras folgte, verriss ich vor Schreck das Lenkrad und brachte den Wagen am Straßenrand zum Stehen. Unzählige Kadaver kleiner Tiere verdorrten in der Sonne – Waschbären, Kojoten, Stinktiere. Überall dazwischen entdeckte ich rote Schlieren, die sich über Land und Gewässer zogen. Das musste die giftige Alge sein, von der Suzan gesprochen hatte. Eine Gänsehaut jagte meinen Rücken hinab. Das war ja wie der Friedhof der Kuscheltiere!

Jetzt betrachtete ich den Bach genauer und erkannte, dass die rote Alge nicht auf dem Wasser trieb, sondern ein paar Zentimeter darunter. Fast so, als verstecke sie sich, als lauere sie unter der Oberfläche ... grässlich!

Immer noch mit Gänsehaut wandte ich mich ab, startete den Motor und sah dann stur geradeaus, bis ich das Ortseingangsschild von Littlecreek passierte. Irgendetwas stimmte mit dieser Gegend ganz und gar nicht.

Erst als ich den Ortskern erreichte, fuhr ich wieder langsamer. Viel mehr als eine Hauptstraße mit einer verstaubten Ladenzeile und ein paar verträumte Nebengassen gab es hier nicht zu sehen, und der Anblick der toten Tiere ging mir einfach nicht aus dem Kopf. Deshalb legte ich eine spontane Vollbremsung ein, als ich das einladende Diner an der Ecke sah. Ein Milchshake, kühl und süß, wäre jetzt genau die richtige Ablenkung.

Ich parkte Shrek direkt vor der Tür, auf dem geräumigen Kundenparkplatz des Diners, dann zog ich Dads Sweater an, griff nach meiner Handtasche und stieg aus. Kaum war ich aus dem klimatisierten Auto raus, bildete sich ein leichter Schweißfilm auf meiner Stirn. Es war viel zu warm für einen Pullover. Doch nach den Ereignissen des heutigen Tages brauchte ich etwas Geborgenheit und die gab mir Dads alter Sweater.

Ich lief auf den Eingang zu, über dem in großen Lettern die Worte »Farmhouse Diner« prangten. Rechts und links wurde der Schriftzug von dem schwarzweiß gescheckten Gesicht einer Kuh flankiert, der je ein Kirschenpärchen über dem Ohr hing. Ich musste grinsen. Der Laden gefiel mir jetzt schon.

Von innen drang mir leise Rock'n'Roll-Musik entgegen. Ich drückte die Tür auf und die Musik wurde etwas lauter. Leder – dunkel, erdig und rau – verband sich mit der Süße von Karamell, Schokolade und kandierten Früchten. Der weiche, leicht synthetische Geruch nach Bohnerwachs mischte sich darunter. Ich sah mich in dem ganz im Fünfzigerjahre-Stil eingerichteten Diner um. Bunte Ledersitzbänke rahmten die im Boden verankerten Tische aus Bakelit; alle Armaturen waren auf Hochglanz poliert und sogar eine Jukebox stand in der Ecke. Es war schwer auszumachen, ob die Einrichtung originalgetreu nachgebaut oder tatsächlich schon so alt und einfach sehr gut erhalten war.

Ich entdeckte ein paar Mitschüler, die neugierig die Köpfe reckten, und für einen panischen Moment war ich mir sicher, auch Noemi wäre unter ihnen. Doch ich hatte mich getäuscht. Die Schüler wandten sich wieder ihren Shakes, Burgern und Wraps zu, und ich stellte erleichtert fest, dass sie schon nicht mehr so interessiert an mir waren wie heute Morgen. Vielleicht bekam ich ja doch noch die Chance auf eine ruhige Highschool-Zeit.

»Willkommen im Farmhouse Diner.« Eine angenehm melodische Stimme unterbrach meine Überlegung. Sie kam aus Richtung Theke, wo gerade jemand durch die Schwingtür zur Küche getreten war. Eine ewige Sekunde verging, dann wusste ich, warum der blonde Typ mir so bekannt vorkam. Es war der von Cheerleadern umschwärmte Sportler von heute Morgen und – wie ich nach der Szene vor dem Schultor vermutete – Noemis Freund.

Ich machte den Mund auf, klappte ihn aber wieder zu. Warum bekamen die größten Zicken eigentlich immer die niedlichsten

Jungs ab? Mir fiel auf, dass ich immer noch nicht geantwortet hatte. Okay, Plan B musste her. Mit Sicherheit hingen Noemi und ihre pastellfarbenen Freundinnen ständig hier ab. Ich würde etwas zum Mitnehmen bestellen und dann schnell wieder verschwinden. Die Einrichtung konnte ich auch ein anderes Mal bewundern.

Das Lächeln des Blonden wurde noch breiter. »Was kann ich für dich tun?«

»Oh, ähh …« Ein Königreich für eine Ausrede! »Ich wollte nur kurz die Einrichtung bewundern.«

Er straffte die Schultern, ließ die Muskeln spielen und grinste schief. »Verstehe.« Dann stützte er seine kräftigen Arme auf der Theke ab. Sein freches Grinsen wurde noch breiter. »Dein Heimweg ist lang. Bei dem Wetter solltest du dir vorher eine Erfrischung gönnen.«

Natürlich ging ich nur zu ihm an die Theke, weil mich dieses Argument überzeugte und nicht sein gutes Aussehen. Das redete ich mir zumindest ein, während ich die Speisekarte musterte. Die Auswahl war groß und ein Milchshake kostete nur 3,50 Dollar. Im Vergleich zu New York war das fast geschenkt. Sofort kramte ich in meiner Handtasche nach meinem Portemonnaie – und griff ins Leere. Dann fiel es mir siedend heiß wieder ein. Mein Portemonnaie befand sich noch in meiner Schultasche. Dank meines überstürzten Aufbruchs hatte ich nicht mehr daran gedacht.

»Unser Shake der Woche ist der Blueberry-Cheesecake«, sagte der Blonde. »Der steht nicht auf der Karte.«

»Okay …«, murmelte ich, während ich immer noch in meiner Tasche kramte. Meine Stimme klang dabei, als wohnte nicht nur ein Frosch in meinem Hals, sondern eine ganze Großfamilie. Wie schaffte ich nun einen halbwegs zivilen Abgang? Ich konnte ihm doch unmöglich erzählen, dass ich kein Geld dabeihatte. Vor allem nicht vor den unzähligen Mitschülern, deren Blicke sich in meinen Rücken bohrten.

»Du bist die Neue, oder?«

Ich kapitulierte. Mein Portemonnaie würde nicht wie von Zauberhand in meiner Handtasche auftauchen, egal wie lange ich jetzt noch danach suchte. Ich musste den Kopf heben, so groß war er. Er sah wirklich aus wie der Typ Highschool-Sportler, der für Calvin Klein oder Hollister modeln konnte. Ebenmäßige Gesichtszüge, perfekt geschnittene, goldglänzende Haare, umwerfend schöne Zähne.

Er musste die Verwunderung in meinem Gesicht gelesen haben, denn in seinen tiefblauen Augen blitzte es auf. »Neuigkeiten sprechen sich schnell herum.«

Ich würgte ein »Oh, wirklich?« hervor.

»Littlecreek ist ein Dorf. Was hast du erwartet?« Seine Stimme klang noch etwas tiefer. Sein amüsierter Blick wurde überdacht von Brauen, die drei oder vier Nuancen dunkler waren als seine hellen Haare.

Besser, ich versank nicht allzu tief darin. So wie es schien, gehörte er einer anderen. Zicke hin oder her, ich hatte meine Prinzipien. Vergebene Jungs waren tabu, egal wie gut sie aussahen. Fieberhaft überlegte ich, wie ich aus dieser Situation wieder rauskommen konnte. Ich sollte schnell irgendetwas Nettes über die Einrichtung sagen und dann die Flucht ergreifen. »Also diese Drehhocker sind wirklich …«

»Magst du es lieber süß oder fruchtig?«, unterbrach er mich.

Ich stutzte. »Wie bitte?«

»Süß oder fruchtig?«

Das Grübchen in seinem Kinn war genauso unwiderstehlich wie die Zweideutigkeit in seiner Stimme.

»Setz dich einen Moment, Fremde.« Er deutete mit dem Kopf nach rechts ans Ende der Theke, die in einer leicht abgeschirmten Ecke eingezwängt zwischen Garderobenständer und dem Zugang zur Küche endete.

Ich hatte aber doch kein Geld dabei. Warum also sollte ich mich setzen? Ich musste das jetzt dringend richtigstellen.

Er wartete schon am Ende der Theke. Also folgte ich ihm dorthin, um meine peinliche Lage nicht vor meinen Mitschülern zu klären. »Ich sollte jetzt gehen. Leider habe ich mein …« Ich brach ab, weil er mahnend den Zeigefinger hob.

»Setz dich, sieh zu und staune.«

Ich seufzte innerlich auf. Er konnte echt überzeugend sein. Aber wenigstens lag dieser Platz so weit entfernt von den übrigen Tischen, dass niemand unserer Unterhaltung lauschen konnte. Noch während ich auf den Hocker kletterte, begann er, hinter seiner Theke zu wirbeln. Ich hatte es gerade geschafft, meine Umhängetasche abzulegen, da stellte er mir einen cremegelben Shake vor die Nase. Mein Blick glitt am Glas entlang. Goldgebräunte Finger, lang und kräftig. Ich sah weiter hoch, Arm, Shirt, Schulter, Hals, Gesicht. Alles an ihm war eine optische Einladung.

Als er lächelte, sah ich schnell zurück auf den Shake. Er wurde gekrönt von einer großen Portion Sahne und war mit Schokostreuseln und einer quietschroten Cocktailkirsche garniert. Mir wurde heiß und kalt zugleich. Der Shake sah super aus, aber ich konnte ihn nicht bezahlen.

»Du, ich kann nicht … ich meine, ich habe nicht …« Ich wünschte mir, dass sich ein Erdloch unter mich auftat. »Es tut mir leid, ich kann den Shake nicht bezahlen. Ich habe mein Portemonnaie vergessen.«

»Geht aufs Haus«, erwiderte er und steckte einen bunt geringelten Strohhalm ins Glas. »Sag mir einfach, wie du ihn findest.«

»Danke schön.« Meine Stimme war zu einem Flüstern verebbt. Ich probierte. Der Shake war cremig und nicht zu süß, aber mit einer unverkennbar exotischen Note. »Der ist super lecker.« Ich probierte noch mal. War das etwa Tonkabohne? »Was ist da drin?«

»Rate.«

Schon wieder musste ich mich von seinem Lächeln losreißen. Ich wollte ihm den Spaß nicht nehmen, also zuckte ich nur mit den Schultern.

»Vanilleschote und Tonkabohne.« Er hatte die Arme vor der Brust verschränkt und wirkte unverkennbar stolz.

»Hast du den kreiert?«

Er nickte. »Nicht schlecht, hm?«

Ich stimmte begeistert zu. »Lecker, wirklich.« Mein Blick verweilte auf ihm und im nächsten Moment wurde ich mir meiner Situation wieder bewusst. Ich hatte mich von Noemis Freund auf einen Milchshake einladen lassen. Unser Start war sowieso schon schwierig gewesen, da wollte ich nicht auch noch ein Eifersuchtsdrama provozieren. Ich nahm zwei große Schlucke und die Kälte des Milchshakes stieg mir unangenehm in den Kopf. »Nochmals vielen Dank. Aber ich sollte jetzt wirklich los.«

Er runzelte die Stirn und sein Blick war ratlos. »Habe ich etwas Falsches gesagt?«

»Nein.« Ich griff nach meiner Tasche und ließ mich von dem Barhocker gleiten. »Ich will nur einfach keinen Ärger.«

»Mit wem hast du denn Ärger?«

»Es ist nur … Na ja, ich dachte, du und …« Ich brach ab.

Sein Blick wurde noch ratloser.

»Noemi und ich kommen nicht gut miteinander aus, und da du …«

»Da ich was?«

»Ich bin mir sicher, Noemi ist sehr eifersüchtig.« Aus irgendeinem Grund wollte mir nicht über die Lippen kommen, dass die beiden ein Paar sein könnten.

»Was hat das mit Noemi zu tun? Ist sie es, mit der du Ärger hast?«

Ich gab auf. Ich konnte ihn einfach nicht direkt fragen, ob er mit meiner neuen Erzfeindin zusammen war.

In diesem Moment schien es bei ihm Klick zu machen.

»Oh, du meinst …« Er schien erleichtert. »Nein, zwischen uns läuft nichts. Noemi und ich sind seit dem Kindergarten befreundet, aber sie hat definitiv kein Interesse an mir.« Er grinste. »Und ich übrigens auch nicht an ihr.«

»Verstehe.« Ich bemühte mich um einen neutralen Gesichtsausdruck. Doch innerlich jubilierte ich ein klein wenig.

»Du und Noemi also.« Er begann einen Eisbecher zu polieren. »Will ich mehr wissen?«

Es war das eine, mir gedanklich allerlei Gemeinheiten vorzustellen, mit denen ich mich bei Noemi für ihr Verhalten revanchieren konnte, aber es war etwas ganz anderes, mit jemand anderem darüber zu reden. Das empfand ich als kindisch und armselig.

Solche Probleme klärte ich lieber allein. Also schüttelte ich den Kopf. »Nichts Wildes.«

Er nickte vielsagend und da er Noemi schon wesentlich länger kannte als ich, war ihm vermutlich sofort klar, dass »nichts Wildes« die Untertreibung des Jahrhunderts war. Doch er fragte mich nicht weiter aus, stattdessen deutete er wieder einladend auf den Barhocker. »Da wir die Formalitäten geklärt haben, könntest du dich wieder setzen.«

Ich lachte verlegen auf, rührte mich aber nicht. Es war ein verlockender Gedanke, noch ein wenig hier zu bleiben. Aber Suzan war garantiert außer sich und ich wollte meine kleine Flucht nicht auf die Spitze treiben. Schließlich hatte ich ihr nicht mal erzählt, wohin ich gefahren war.

»Bist du bestechlich? Wenn ja, würde ich gerne versuchen, dich mit einer weiteren Eigenkreation von mir zu beeindrucken. Und wir reden hier von sehr viel Schokolade und Karamell.«

Er wusste wirklich, wie man das Herz eines Mädchens gewann. Karamell war eine der besten Erfindungen der Welt und bei Schokolade konnte ich sowieso nicht Nein sagen. Nur noch eine Viertelstunde, sagte ich mir. Dann würde ich Suzan anrufen, mich auf den Weg zurück zur Ranch machen und mich dem Donnerwetter stellen.

Also seufzte ich auf, tat so, als würde mir die Entscheidung sehr schwerfallen, und schob mich zurück auf den Barhocker.

»Eine gute Wahl.« Er deutete eine ebenso theatralische Verbeugung an. Wir lachten beide und plötzlich war es mir egal, ob die anderen uns hören konnten.

Er fing meinen Blick auf, hielt ihn und mit einem Mal hatte

sich etwas in seinem Lächeln verändert. Es war wärmer geworden, irgendwie weicher. In meinem Bauch begann es zart zu kribbeln.

»Ich bin übrigens Simon. Ich gehe in die Zwölfte, aber da ich dich nicht im Unterricht gesehen habe, tippe ich, du bist in der Elften?«

»Genau.« Ich schüttelte seine dargebotene Hand. »Ich bin Aria.« Selbst diese unschuldige Berührung ließ meinen Puls in die Höhe schnellen. Zwar war das Diner klimatisiert, aber in Dads Sweater war mir doch schlagartig zu warm.

»Freut mich, Aria. Dann mache dich nun bereit für den Schokoladen-Overkill.« Simon nahm mein halb volles Glas von der Theke und wandte sich schwungvoll ab. Schnell zog ich mir den Pullover über den Kopf und legte ihn auf den Hocker neben mir. Ich beobachtete, wie Simon hinter seiner Theke wirbelte, dann warf ich einen kurzen Blick auf mein Handy. Suzan hatte schon fünf Mal angerufen. Mein schlechtes Gewissen meldete sich, doch in diesem Moment drehte Simon sich zu mir um und schnell ließ ich das Telefon auf meinen Schoß sinken.

Er stellte einen dunkelbraunen Shake vor mir auf die Theke. Ein Wirbel aus Karamellsoße rann in der cremigen Masse hinunter. Kurz bewunderte ich den Shake, dann sah ich zurück in Simons Gesicht. »Wow. Vielen Dank!«

»Da ist es ja wieder, das coole Shirt.«

Eigentlich hatte ich seinen Shake feiern wollen, aber Simon wechselte das Gesprächsthema so rasch, dass einem schwindelig werden konnte.

»Ist das nicht der Werbeslogan von ›ArtEtMisc‹?«

Nun wäre mir wirklich fast die Kinnlade auf die Brust geklappt.

Simon kannte den Namen einer Kunstzeitschrift? Hatte sogar ihren Slogan erkannt?

»Ich habe das Online-Mag abonniert.«

Ich schwankte zwischen Faszination und Ungläubigkeit. »Du kennst ›ArtEtMisc‹?« war alles, was ich herausbrachte.

Simon nickte und sah ein klein wenig selbstzufrieden aus. »Klar. Warum denn nicht? Bloß weil ich aus einem Dorf komme, heißt das doch noch lange nicht, dass ich mich nur für Landwirtschaft interessiere. Los, probier den Shake.«

Er hatte sowas von recht und ich fühlte mich unglaublich dämlich, aber nachdem ich heute Morgen mit meinem Shirt so abgeblitzt war, hatte ich mit so einer Reaktion nicht mehr gerechnet. Ich nahm zwei große Schlucke. Kakao, Karamell und ein Hauch Chili. Der Shake schmeckte grandios, verblasste aber gerade zur Nebensache.

»Natürlich. Sorry, so sollte das nicht klingen. Du interessierst dich also für Kunst? Und der Shake ist übrigens ein Gedicht. Ich mag die Schärfe, die sich durch die Süße kämpft. Sehr kreativ.«

»Vielen Dank.« Er zuckte die Schultern. »Ich mag das moderne Zeug, Pollock, Serra, Sherman, Moore … Egal ob Leinwand, Skulptur oder Installation. Hauptsache laut und nicht zu übersehen.«

»Moore?«, hakte ich nach und nahm noch mal einen Schluck von dem Shake. Ich kannte mich eigentlich ganz gut aus, aber dieser Name war mir nicht geläufig.

»Alan Moore zeichnet Comics«, erklärte Simon. »Die zähle ich zur modernen Kunst dazu.«

»Faszinierend.« Ich hatte das Wort ausgesprochen, bevor ich darüber nachdenken konnte.

Simon lehnte sich über die Theke zu mir. Ich roch kein Parfüm, dafür aber ein Potpourri der Zutaten, mit denen er kürzlich gearbeitet hatte: frisches Vanillemark, reife Kirschen, die bittere Süße von Kakao. Außerdem Reste eines herben Duschgels und noch mehr … etwas Chemisches, vielleicht ein Haarspray?

»Wo hast du das Shirt her?«

»Ich habe es im Shop des Metropolitan Museums gekauft.«

Simon richtete sich hinter seiner Theke wieder auf. »Wahnsinn. Du warst schon mal in New York? Wie lange warst du da? Was hast du dir alles angesehen? Das wäre ja auch mal ein Traum von mir.«

Mein Lächeln wurde immer breiter. »Ich habe mein ganzes Leben dort verbracht.«

Er zog die Augenbrauen hoch. »Ein echtes Großstadtmädchen also. In New York zu leben stelle ich mir total cool vor.«

»Ja, das ist es auch.« Bis ein lebensmüder Geisterfahrer deine Eltern mit in den Tod reißt. Da war es wieder, dieses Zittern. Meine Kehle zog sich zusammen. Ich traute mich nicht zu atmen, aus Angst, ein Schluchzen würde erklingen. Nein. Ich würde mir nicht gestatten, wieder in Traurigkeit zu verfallen. Der Tod meiner Eltern würde immer einen Teil meines Lebens ausmachen, aber ich durfte nicht zulassen, dass diese Erinnerung jeden meiner Tage dominierte.

»Dann erzähl mal, wie ist das Leben so im Big Apple?«

Simons Stimme riss mich aus dem Abwärtsstrudel meiner Gedanken. Ich klammerte mich daran, an ihn, seine Freundlichkeit, die Art, wie er mich anlächelte, und plötzlich bekam ich wieder Luft. Ich erzählte ihm von gemeinsamen Sommernachmittagen mit Tammy im Vergnügungspark auf Coney Island, Streifzügen über die unterschiedlichsten Flohmärkte und beschrieb all die Gerüche und Farben, die New York für mich ausmachten.

Simons Blick ruhte auf mir, er polierte nebenbei Gläser und sein warmes Lächeln umfing mich wie eine weiche Decke. Normalerweise war ich Fremden gegenüber eher reserviert. Er schien die Ausnahme, die die Regel bestätigte.

Als ich geendet hatte, stellte Simon das letzte Glas hinter sich in eins der breiten Holzregale. »Ich gebe es ungern zu, aber ich bin echt neidisch. Nicht nur auf dein fabelhaftes Leben im Big Apple, sondern auch auf das da.« Er zeigte wieder auf mein Shirt. »So was bestellt man nicht im Internet, das muss man einfach vor Ort kaufen. Man muss eine Erinnerung damit verknüpfen.«

Ich strahlte ihn an. »Also wenn dir mein Shirt schon gut gefällt, wie findest du dann das hier?« Ich zog meinen Schlüsselbund hervor und zeigte ihm den Anhänger daran. Es war das ›ArtEtMisc‹-Logo aus dunklem, mattem Plastik.

Simon beugte sich über die Theke. »So was machen die auch? Das habe ich ja noch nie gesehen. Wie cool.«

»Den gibt es nicht zu kaufen. Tammy kennt einen Food-Blogger, der auf eine Veranstaltung des Magazins eingeladen war. Als er kurzfristig absagen musste, hat er uns seine Karten überlassen. Der Anhänger war in der Goodie-Bag, die man am Eingang bekommen hat.«

Simon lehnte sich zurück, verschränkte die Arme vor der Brust und zog die Augenbrauen zusammen. »Ich gebe mir gerade wirklich Mühe, dich ein wenig zu hassen.« Er ließ die Schultern hängen. »Im Moment klappt es leider noch nicht.«

Ich hatte gehofft, dass er so etwas sagen würde, denn nun kam mein großer Moment. »Wenn du auch einen haben willst, ich habe noch einen zweiten.«

Simon machte große Augen, sagte aber nichts.

»Tammy wollte ihren nicht haben und hat ihn mir als Reserve geschenkt. Wenn du magst, bringe ich ihn dir morgen zur Schule mit.«

Simon deutete auf den Milchshake vor mir. »Dir ist aber schon klar, dass du die Shakes nicht bezahlen musst, oder?«

Ich lachte. »Es ist ein Geschenk, Simon. Geschenke nimmt man an und freut sich. Genauso wie ich mich über die Shakes gefreut habe.«

Er fiel in mein Lachen ein. »Wow, ich weiß noch gar nicht, was ich sagen soll. Vielen Dank.«

»Ach Quatsch, das ist doch keine große Sache.« Mir kam ein Gedanke. »Du sagtest, du interessierst dich für Comics. Zeichnest du auch selbst?« In diesem Moment brummte das Handy auf meinem Schoß und ich sah kurz auf das Display. Suzan schon wieder. Nur noch ein paar Minuten. Dann würde ich mich von Simon losreißen.

»Ja, allerdings mehr schlecht als recht.«

Ich war mir sicher, dass er sein Licht unter den Scheffel stellte. Er mochte auf den ersten Blick zwar wie das beliebte Sportass wirken, doch er war so ganz anders, wenn man ihn etwas näher kennenlernte. »Hast du Fotos von deinen Zeichnungen?«

Simon schüttelte den Kopf. »In der letzten Zeit bin ich wegen des intensiven Football-Trainings nicht so viel zum Zeichnen gekommen. Aber ich arbeite an etwas. Wenn du magst, fotografiere ich es dir heute Abend und schicke es dir.«

»Sehr gerne.« Jetzt war ich wirklich neugierig geworden.

Wieder brummte das Handy auf meinem Schoß. Ich ließ die Schultern hängen.

»Du solltest drangehen. So oft, wie derjenige jetzt schon angerufen hat, scheint es wichtig zu sein.«

Ich seufzte. »Ich muss sowieso los.«

Simon streckte mir die Hand über die Theke entgegen. »Gib mal dein Telefon her.«

Ich sah ihn überrascht an. Doch dann entsperrte ich schnell mein Handy und legte es in seine Handfläche. Simon tippte auf der Tastatur herum und als er es mir zurückreichte, sah ich, dass er sich in mein Telefonbuch eingetragen hatte.

»Schreib mir später, wenn dir danach ist, ein paar meiner linkischen Gehversuche im Comic-Genre geschickt zu bekommen.«

Natürlich. Daran hatte ich gar nicht gedacht. Wie sollte er mir sonst Fotos schicken? Das zarte, aufregende Kribbeln in meinem Bauch kehrte zurück. Er hatte mir seine Handynummer gegeben. Er wollte mir Bilder seiner Zeichnungen schicken. Passierte das hier wirklich?

Wieder brummte mein Handy, doch ich drückte den Anruf schnell weg. Trotzdem wollte ich Suzan nicht länger auf die Folter spannen. »Es tut mir leid, Simon, aber ich muss jetzt wirklich los.« Ich ließ mich von dem Barhocker gleiten und griff nach Dads Sweater und der Handtasche. »Vielen Dank für die Shakes, du bist nicht nur mit Stift und Papier ein echter Künstler.«

»Danke. Es war schön, dich kennenzulernen, Aria.«

Es fiel mir so schwer, mich von diesem umwerfenden Lächeln loszureißen. Und als ich an meine Hinfahrt und die vielen toten Tiere dachte, wurde mir plötzlich ganz unwohl.

Simon schien es sofort zu bemerken. »Ist alles okay? Du bist ja ganz blass geworden.«

Ich presste Dads Sweater vor meine Brust. »Auf der Hinfahrt habe ich unzählige Tierkadaver am Straßenrand gesehen. Was hat es damit auf sich?«

Er seufzte leise. »Es ist die Alge.«

Also hatte ich mit meiner Vermutung richtig gelegen. »Ich habe schon davon gehört. Gibt es keine Möglichkeit, den Tieren zu helfen?«

Simon schüttelte den Kopf. »Im Moment haben die Wildtiere die Wahl zu verdursten, oder das verseuchte Wasser zu trinken. Es ist schrecklich, wie qualvoll sie verenden. Ein paar von uns haben Tränken aufgebaut, aber die trocknen in dieser Hitze so rasant aus, dass wir kaum zum Nachfüllen kommen. Und viele der Wildtiere sind zu scheu und trauen sich erst gar nicht an die Tränken heran. Es ist echt schlimm.«

»Mein Gott.« Ich schluckte betroffen. Zwar hatte ich bisher nur wenig mitbekommen, aber jedes Tier, das an dieser Alge starb, war eins zu viel. »Warum unternimmt die Countyregierung denn nichts? Immerhin ist es nicht nur die rote Alge, der ganze Landstrich sieht aus wie ein Katastrophengebiet.« Ich dachte an die abgebrannte Lagerhalle und die rasanten Wetterwechsel, von denen Suzan heute Morgen im Büro geredet hatte.

Simon griff resigniert nach einem Küchentuch. »Vergiss die Regierung. Littlecreek ist zu klein und unwichtig, um groß Alarm zu schlagen. Vermutlich glauben sie, wir leiten das Wasser unserer Kläranlage unsachgemäß in die Wildnis, und nun bekommen wir die Quittung.«

»Wie soll Abwasser denn Gewitter verursachen?«

Simon lachte freudlos auf und warf das Küchentuch zurück auf die Theke. »Die sogenannten Experten haben zwei Tage lang Bodenproben genommen und dann hier die abstruseren Erklärungen präsentiert. Auf die ist kein Verlass.«

»Das klingt echt schlimm. Aber die Idee mit den Tränken gefällt mir richtig gut. Ich finde es super, dass du dich so engagierst.«

Jetzt wirkte Simons Lächeln wieder etwas verlegen. »Die Waschbären sind relativ zutraulich. Manche sehen uns sogar dabei zu, wenn wir die Becken auffüllen.«

»Wie süß. Vielleicht kann ich euch ja mal dabei helfen.«

»Sehr gern. Wir können jede helfende Hand gebrauchen.«

Wir sahen uns an und plötzlich war da etwas zwischen uns. Vielleicht mehr Wunschtraum als Wirklichkeit, aber nach dieser Zeit des Schmerzes ein Gefühl, das den zarten Beiklang von Hoffnung in sich trug.

Wieder brummte mein Handy und zerstörte den Moment. Dieses Mal ließ Suzan es scheinbar endlos klingeln. Ich sollte dringend zurück zur Ranch fahren, bevor sie weitere Maßnahmen ergreifen würde.

Auch Simon entging mein erneuter Blick aufs Handy nicht. »Schön vorsichtig fahren, Fremde. Wir sehen uns morgen in der Schule.«

Die meisten unserer Mitschüler beobachteten uns, aber in diesem Moment war es mir egal. Ich hob zum Abschied kurz die Hand. »Wir sehen uns morgen.«

»Aria.«

Ich war schon auf halbem Weg zur Tür, als ich mich noch mal zu ihm umdrehte. Seine meerblauen Augen blitzten im Licht der sinkenden Nachmittagssonne. »Schreib mir.«

Er mochte zwar nicht mit Noemi gehen, aber wenn sie ihn als Teil ihres Gefolges betrachtete, wäre das sowas von ein Super-GAU. Ich lächelte. »Auf jeden Fall.«

Als Littlecreek im Rückspiegel immer kleiner wurde, kehrte mein schlechtes Gewissen mit voller Macht zurück. Ich hatte versucht, Suzan vom Parkplatz des Diners aus anzurufen, um ihr zu sagen, dass ich auf dem Rückweg war, aber der Empfang hatte mal wieder nicht mitgemacht.

Gerade drehte ich an Shreks uraltem Radio, um einen funktionierenden Sender zu finden, da gab es plötzlich einen lauten Knall. Reflexartig umklammerte ich das Lenkrad fester. Shrek brach aus, schlingerte wie auf Glatteis und kam von der Straße ab. Wie aus weiter Ferne hörte ich meinen eigenen Schrei. Ich krallte meine Finger noch fester um das Lenkrad, als ich ein gutes Stück ins Ödland neben der Straße rollte. Dann stand der Wagen still. Mein Herz donnerte laut in meiner Brust. Was war passiert?

Ich wollte aussteigen, um nachzusehen, doch weil meine Hände so stark zitterten, brauchte ich mehrere Versuche, um den Sicherheitsgurt zu lösen. Ob ich etwas überfahren hatte? *Oh Gott, bitte nicht.*

Meine Knie waren wie Pudding, als ich aus dem Wagen kletterte. Ich sah nach hinten zu Shreks Ladefläche und in Richtung Straße. Dort war nichts zu sehen. Erleichtert atmete ich auf, dann ging ich langsam um den Wagen herum, immer in Erwartung einer beängstigenden Überraschung. Ich hatte Shrek fast komplett umrundet, als ich den Grund meines unfreiwilligen Halts entdeckte. Der rechte Vorderreifen war nur noch ein trauriger Schatten seiner selbst. Er war geborsten, sodass die rohe Felge freilag. Was für ein Glück, dass ich nicht allzu schnell gefahren war, sonst hätte ich den Wagen kaum unter Kontrolle halten können. Ich kniete mich hin und betastete das in sich zusammengesunkene Gummi. Mir war plötzlich eiskalt. Meine Eltern waren erst vor Kurzem bei einem Autounfall gestorben und jetzt war auch ich nur knapp einem Unglück entgangen.

Wie paralysiert hockte ich neben dem zerstörten Reifen und es dauerte eine Weile, bis ich die Fassung wiedergewonnen hatte. Mit immer noch zittrigen Fingern kramte ich das Handy aus meiner Tasche, aber wie so oft hatte ich keinen Empfang. Na toll …

Ich sah nach rechts und links. Die Schotterpiste, die sie hier Straße nannten, lag völlig verlassen da. Unwahrscheinlich, dass so bald jemand vorbeikommen würde. Ich musste mir also selbst helfen, wenn ich mich nicht von Anfang an damit abfinden wollte, hier unfreiwillig am Straßenrand zu übernachten.

Hatte ich überhaupt einen Ersatzreifen dabei? Selbst wenn … Ich hatte noch nie einen Reifen gewechselt und ohne Internet konnte ich mir nicht mal eine Anleitung auf YouTube ansehen. Mal davon abgesehen, dass ich auch kein Werkzeug bei mir hatte. Prüfend betastete ich die Radmuttern. Nicht eine einzige davon konnte ich mit der bloßen Hand bewegen. Ich seufzte leise. Super. Eine Nacht im Pick-up. Suzan würde ausrasten vor Sorge. Wenn ich wenigstens gesagt hätte, dass ich in Littlecreek war …

Ein Geräusch ließ mich aufhorchen. Über mir kreisten zwei Raben und ihr lautes Krähen hörte sich an, als würden sie mich verhöhnen. Es waren ungewöhnlich große Tiere und ihre Federn glänzten wie poliert. Einer der Raben flog nun etwas tiefer und das Geräusch, als seine Schwingen die Luft teilten, ließ mich frösteln. Ich erinnerte mich, dass Raben im Mittelalter als böses Omen für Unglück und Tod gegolten hatten. Was für ein Unsinn. Doch ganz konnte ich ein Gefühl von Angst nicht unterdrücken. Zuerst waren meine Eltern mit einem Auto verunglückt und nun platzte mir ein Reifen. Hier auf der einsamen Landstraße war alles glimpflich ausgegangen. Doch ich wollte mir nicht vorstellen, was passiert wäre, wäre mir Shrek auf einem fünfspurigen Highway ausgebrochen. Noch mal schrie einer der Vögel. Ich riss die Arme hoch, als wollte ich etwas nach ihnen werfen. »Verschwindet!« Das Krächzen des einen Raben klang wie ein heiseres Lachen. »Na los!« Die Raben krächzten ein letztes Mal höhnisch, dann drehten sie ab und stiegen hoch in den Himmel auf. Als sie nur noch verblassende Punkte am Horizont waren, sah ich wieder auf Shrek. Ich schüttelte das unbehagliche Gefühl ab und betastete noch einmal den Reifen. Da war nichts zu machen. Was für ein Mist.

Plötzlich hörte ich ein Knirschen, ein seltsames Zischen. Was war das? Zuerst rechnete ich erneut mit einem Auftauchen der Raben, doch das Geräusch kam nicht von oben. Ich hielt mich am Reifen fest und lehnte mich nach hinten.

Fliegende schwarze Haare und ein Mountainbike mit auffällig breiten Reifen jagten an mir vorbei. Im ersten Moment war ich zu perplex, um zu reagieren. Wer bitte legte die kilometerweiten Entfernungen hier mit dem Fahrrad zurück? Der Radfahrer war schon fast außer Hörweite, als ich mich endlich auf meine Lage besann.

Ich tauchte hinter meinem Wagen hervor, sprang auf die Füße und rief: »Hallo! Ich brauche Hilfe.«

Der Typ zuckte zusammen, dann drehte er sich trotz der atemberaubenden Geschwindigkeit zu mir um. Im nächsten Moment bremste er so scharf ab, dass Schotter und Kies in einer Fontäne hinter ihm aufstoben. Er wendete das Rad und kam zu mir zurück.

Es war mir egal, wo er herkam oder wo er hinwollte. Ich strahlte ihn an wie einen vom Himmel gefallenen Helden, der mich aus meiner misslichen Lage befreien würde. Oder zumindest auf seinem Fahrrad bis zur nächsten Ranch mitnehmen konnte.

»Ich habe dich nicht gesehen«, sagte er zur Begrüßung. »Dachte, jemand hat hier geparkt, um ein paar Kojoten zu schießen.«

Ich starrte ihn ungläubig an. Stadt und Land, es fühlte sich an, als prallten zwei Welten aufeinander. Ich stellte mir vor, wie jemand in New York mit den Worten »Ich gehe noch ein paar Kojoten schießen« einen Pub verließ und die anderen Gäste nur unbeeindruckt nickten. Als ich nicht sofort etwas erwiderte, musterte er mich, während er sein Fahrrad abstellte.

Ich schätzte ihn auf etwa mein Alter. Seine Augen waren fast so dunkelbraun wie sein Haar. Er war ein gutes Stück größer als ich und eine seltsam unruhige Energie schien von ihm auszugehen. Sein Gesicht war kantig, mit ausgeprägtem Kinn, gerader Nase und hohen Wangenknochen. Seine Haut war gebräunt, dunkler als Simons und erinnerte mich an die Farbe von flüssigem Karamell. Sein Mund war weich geschwungen, mit einer sinnlich aufgeworfenen Oberlippe, die ihm einen leicht spöttischen Zug verlieh. Obwohl sein Blick ernst war, sah er trotzdem so aus, als würde er sich ein klein wenig über mich lustig machen.

»Hallo«, sagte ich und besann mich auf meine gute Erziehung. »Danke, dass du angehalten hast. Mir ist ein Reifen geplatzt und ich habe keine Ahnung, wie ich nach Hause kommen soll.«

Er riss die Augen auf und sah von mir zu dem Pick-up. Dann lief er mit großen Schritten auf Shrek zu.

Er trat mit dem Fuß prüfend vor den zerstörten Reifen. »Du hast verdammt Glück gehabt.«

Ich stellte mich neben ihn und nickte nur, denn ich wollte lieber nicht zu genau darüber nachdenken, was alles hätte passieren können. Stattdessen warf ich dem Dunkelhaarigen einen unauffälligen Seitenblick zu. Er trug eine schwarze Röhrenjeans und schwere Boots, die aussahen, als hätten sie schon so einiges mitgemacht. Sein graues Shirt spannte um seine breiten Schultern. Er roch nach Motoröl und … Zitronengras. Ich stutzte. Ich schnupperte noch mal unauffällig. Motoröl, okay. Hier auf dem Land reparierten sie bestimmt ständig an ihren Traktoren herum. Aber Zitronengras? Ich konnte mir nur schwerlich vorstellen, dass man diese indische Pflanzenart hier im Dorfladen erstehen konnte. Ob er damit gekocht hatte? Mein Blick fiel auf seine Hände, als er in die Hocke ging und die Überreste des Reifens untersuchte. Die Knöchel waren aufgeschrammt, an ein paar Stellen sogar rot verkrustet. Ich sah alte Narben und neue Wunden und fast verheilte blaue Flecken. Egal, was er mit ihnen angestellt hatte, es hatte sicher wehgetan.

»Was ist mit deinen Händen passiert?« Wie so oft war meine Zunge schneller als mein Verstand. *Ganz toll, Aria!* Er ignorierte meine Frage. Stattdessen richtete er sich auf und überragte mich nun wieder ein gutes Stück.

»Ich bin übrigens Dean.« Er streckte mir die Hand hin.

»Aria.« Ich spürte die Schwielen auf seiner Haut, obwohl seine Berührung mehr als sanft war.

»Du bist die Neue.« Es klang nicht wie eine Frage.

Ich nickte trotzdem. »Du gehst also auch auf die Littlecreek High? Ich habe dich heute gar nicht gesehen.«

Er grinste schief. »Was daran liegen könnte, dass ich nicht da war.«

Das leuchtete ein. Wieder fiel mein Blick auf seine Hände. Die Schrammen, die blauen Flecken. »Hattest du einen Fahrradunfall und deshalb heute frei?«

Deans Grinsen verblasste ein wenig. Er kräuselte die Lippen, was den spöttischen Zug um seinen Mund noch verstärkte. Dann folgte er meinem Blick auf seine Hände. »Nein. Die sehen immer so aus.« Seine Stimme klang plötzlich eine Nuance tiefer.

Ich verstand die Botschaft: Es war dreist, ihn nun zum zweiten Mal darauf anzusprechen, obwohl er meiner Frage schon beim ersten Mal ausgewichen war.

Er sah auf mich hinunter, ein Funkeln in den schwarzen Augen. »Sollen wir wetten, dass du ein drittes Mal fragst? Oder können wir das lassen, weil ich sowieso gewinne?«

»Was gewinne ich, wenn ich mich beherrsche und nicht mehr danach frage?«

Deans Blick fiel für einen Moment auf meinen Wagen. Als er sich mir wieder zuwandte, verschränkte er die Arme vor der Brust. Das war definitiv die Art von Muskeln, die man sich nicht beim Bodybuilding, sondern im echten Leben zulegte. Schlank, sehnig und vermutlich ziemlich zäh.

»Machen wir es anders: Du hast drei Versuche, zu erraten, warum meine Hände so aussehen, wie sie aussehen. Liegst du drei

Mal falsch …« Er beugte sich zu mir und seine Stimme verebbte zu einem Flüstern. »… wirst du es nie erfahren und dich jeden Tag aufs Neue mit der Frage quälen, was den armen, kleinen Dean so zugerichtet hat. Traust du dich das, New York?«

Er wusste sogar, dass ich aus New York kam?

Ich wich ein Stückchen zurück, um ihm wieder in die Augen sehen zu können. Deans leicht überhebliches Lächeln verrutschte nicht.

»Du arbeitest auf einer Baustelle?«

Er schüttelte den Kopf. »Versuch es weiter, New York. Du verlierst sowieso.«

Ich erinnerte mich, wie professionell er Shreks Reifen untersucht hatte. »Du jobbst in einer Werkstatt.«

Als es um Deans Mundwinkel verdächtig zuckte, wusste ich, dass ich ins Schwarze getroffen hatte.

»Ich habe gewonnen.«

Jetzt war meine Neugier erst recht geweckt.

»Was repariert ihr da? Randalierende Kampfroboter mit Kurzschluss im Chip?«

Dean lachte heiser auf. »Genau.«

»Darf ich sie mal sehen?«

»Sorry. Geheimes Regierungsprojekt.«

»Hilfst du mir trotzdem mit dem Ersatzreifen?«

»Klar. Autos repariere ich im Schlaf.«

Ich warf ihm einen gespielt fragenden Blick zu. »Also sollen wir noch warten, bis es dunkel ist?«

»Wenn du willst.« Sein Lächeln war messerscharf. »Ich habe die ganze Nacht lang Zeit.« Ich betrachtete sein markant geschnittenes Gesicht, die blitzenden Augen und diese süffisante Nuance in seinem Lächeln, und mir wurde klar, dass all das ein Spiel für ihn war. Die Wette, das Flirten, die Art, wie er mir die Worte im Mund herumdrehte …

Gerade wollte ich etwas erwidern, als Geräusche auf der Straße ein Fahrzeug ankündigten. Ich erkannte Suzans weißen SUV schon aus weiter Entfernung. Meine Schultern sanken nach unten. Die zweite Standpauke des Tages würde mich also schon im Wagen erwarten.

»Ah«, sagte Dean. »Da reitet die Kavallerie heran.« Er warf mir einen Blick zu. »Vermutlich in heller Panik um deine Tugend.«

Ich schnalzte. »Wo hast du das Wort denn gelernt? Liest du in deiner Freizeit heimlich Jane Austen?«

Noch mal lehnte er sich mit dieser unverschämten Selbstverständlichkeit zu mir. »Ich mache gar nichts heimlich, New York.«

Mit quietschenden Bremsen kam der weiße SUV zum Stehen. Ich rückte ein Stückchen von Dean weg, um mich dem Wagen zuzuwenden. Die Fahrertür schwang auf und Suzan stand praktisch in der nächsten Sekunde vor uns.

»Geht es dir gut?« Sie klang besorgt und ihre Stimme zitterte fast. »Was ist mit dem Auto passiert?«

»Hi, Suzan. Mir ist ein Reifen geplatzt, aber es geht mir gut.«

»Du liebe Zeit.« Suzan ließ ihren Blick kurz über Shrek gleiten, bevor sie Dean und mich musterte. Dann deutete sie auf ihren SUV. »Setz dich ins Auto, Ariana.«

»Und was wird aus meinem Wagen?«

»Den wird einer der Arbeiter holen.«

»Guten Abend, Mrs Harper«, warf Dean artig dazwischen, verdarb den Eindruck dann aber mit seinem Aufreißergrinsen.

Suzan ignorierte ihn.

»Kennt ihr euch? Warst du mit ihm unterwegs?« Sie klang alarmiert, als sie zu mir sah. Offenbar hatte sie Deans Mountainbike in all der Aufregung übersehen.

»Wir haben uns gerade erst kennengelernt«, erklärte ich. »Dean wollte mir helfen.«

Suzan sah aus, als würde sie mit den Zähnen knirschen. »Steig bitte in den Wagen, Ariana.«

Dean hatte doch nur helfen wollen. Wieso behandelte sie ihn so unhöflich? Ich drehte mich kurz zu ihm, um mich zu verabschieden. »Danke, dass du angehalten hast.«

Deans Gesicht wurde ernst. »Das war doch selbstverständlich.«

Ich lächelte ihn an. »Trotzdem danke. Wir sehen uns in der Schule.«

»Auf jetzt«, sagte Suzan mit Nachdruck.

Deans Grinsen kehrte zurück, als er sich noch einmal an meine Tante wandte. »Einen schönen Abend, Mrs Harper.« Er griff nach seinem Bike, das immer noch an Shrek lehnte, dann drehte er sich ein letztes Mal zu mir. »Wir sehen uns morgen, New York. Ich denk an dich.«

Suzan schnaubte, ich musste ein kleines Lachen unterdrücken. »Wir sehen uns«, sagte ich schnell, bevor Suzan sanft, aber energisch meinen Oberarm umfasste und mich mit sich zog. Ich verstand ja, dass sie sich Sorgen gemacht hatte. Mir war auch klar, dass ich mich falsch verhalten hatte. Und der Anblick von Shrek so halb schief am Straßenrand hatte ihr vermutlich den nächsten Schrecken eingejagt. Warum aber schien sie in erster Linie sauer auf Dean zu sein?

»Was hatte er dort zu suchen?«, fragte Suzan, kaum dass wir losgefahren waren. Jetzt würde ich also Antworten bekommen.

Ich erzählte ihr die ganze Geschichte, während ich unauffällig Dean beobachtete, der auf seinem Bike im Seitenspiegel immer kleiner wurde. Obwohl er in die entgegengesetzte Richtung fuhr, hätte es sich schon aus Höflichkeit gehört, ihm anzubieten, ihn irgendwo abzusetzen.

»Ich bin froh, dass es dir gut geht. Aber ihr standet auffallend nah zusammen. Das habe ich gesehen.«

Das war ihr erster Gedanke, als sie uns und den Pick-up am Straßenrand gesehen hatte? Nachdem sie extra losgefahren war, um mich zu suchen? Ich verstand nur Bahnhof. »Was hast du für ein Problem mit Dean?«

»Er ist kein Umgang für dich, Ariana. Dean Musgrove steht für Ärger, Probleme und unliebsame Überraschungen. Das trifft auf seine ganze Familie zu. Sein Vater ist eine Schande für die Stadt, ebenso wie die meisten seiner Brüder.«

»Und was ist Dean für die Stadt?«

Suzan presste die Lippen so fest aufeinander, dass sie weiß wurden. »Reden wir lieber über deinen kleinen Ausflug. Hast du eine Ahnung, was für Sorgen ich mir gemacht habe?«

Natürlich hatte sie recht. Sie hatte mit allem recht. Ich machte ihr unnötige Sorgen und ich schämte mich dafür. Die Probleme mit der Ranch sollten im Vordergrund stehen, denn schließlich hatte Suzan damit mehr als genug zu tun.

»Es tut mir leid.« Ich sah meine Tante nicht an, denn ihren enttäuschten Gesichtsausdruck wollte ich nicht sehen. Stattdessen blieb mein Blick an etwas am Straßenrand hängen und mein Magen krampfte sich schlagartig zusammen. Ein dunkles Bündel, Fell und Pfoten. Ich wollte wegsehen, aber ich konnte es nicht. Ein Kojote, mit glasigen Augen und rotem Schaum vor dem Maul. Eine Pfote zuckte noch. Ich presste mir die Hand vor den Mund, um nicht zu würgen. Irgendetwas stimmte hier ganz und gar nicht.

Kapitel 4

Tag Nummer zwei, Littlecreek High, irgendwo im Nirgendwo. Ich befand mich mal wieder an meinem neuen Stammplatz: der Mädchentoilette. Natürlich nicht, weil ich mich davor drückte, Prinzessin Puderrosa und ihrem pastelligen Gefolge zu begegnen – das redete ich mir zumindest ein. Trotzdem nahm ich mir ausgiebig Zeit, mich im Spiegel zu betrachten, nachdem ich mir die Hände gewaschen hatte. Nach dem gestrigen Desaster hatte ich mich für einen unauffälligeren Look entschieden. Ich trug einen engen Jeansrock und ein tiefblaues Oberteil, das meine helle Haut und meine blonden Haare betonte. Sogar Suzan hatte mir trotz des Krachs von gestern einen wohlwollenden Blick zugeworfen und mir beim Aussteigen aufmunternd über den Rücken gestrichen. Obwohl ich mit meinem Spiegelbild zufrieden war, fühlte ich mich ein wenig verkleidet. Wie lange ich diesen braven Look wohl durchhalten würde?

Da Shreks Reifen heute Morgen noch nicht gewechselt war, hatte Suzan mich zur Schule gefahren. Mir war es recht gewesen, denn mir schlotterten immer noch die Knie wegen meines Beinahe-Unfalls. Ich hatte Suzan zuvor lautstark mit einem der Arbeiter diskutieren hören. Wenn ich das richtig verstanden hatte, war er derjenige, der die Fahrzeuge der Ranch wartete. Es war nicht zu überhören gewesen, dass sie außer sich war. Es rührte mich und ich konnte sie gut verstehen. Erst hatte sie ihre Schwester bei einem Unfall verloren und nun dieser Zwischenfall mit Shrek. Auch ich hatte die Nacht schlecht geschlafen und immer wieder an Mom und Dad gedacht.

Vor dem Spiegel herrschte reges Gedränge, aber da mich alle freundlich ignorierten, kamen wir uns nicht in die Quere. Mir fiel auf, dass praktisch alle Mädchen mit Puderdosen, Camouflage-Sticks oder Concealern hantierten. Erst jetzt bemerkte ich die schlechte Haut meiner Mitschülerinnen. Die meisten hatten Pickel auf Wangen, Stirn und Kinn, die sie so gut abgedeckt hatten, dass man sie nur bei genauerem Hinsehen erkannte. Ob in diesem Kaff ein Mangel an Gesichtsreinigungsprodukten herrschte? Oder hatte die rote Alge etwas damit zu tun? Die Blätter wurden zwar aus dem Wasser gefiltert und die Alge galt als ungiftig für Menschen, aber hatte sie vielleicht doch einen Einfluss auf uns?

Als eines der Mädchen meinen Blick bemerkte und mich wütend anfunkelte, raffte ich meine Sachen zusammen. Es half ja sowieso nichts. Aufgeschoben hieß nicht aufgehoben und das wiederum bedeutete, dass ich Noemi nicht ewig aus dem Weg gehen konnte.

Mit hängenden Schultern verließ ich den Waschraum.

Ich sah ihn sofort. Meine Augen schienen wie magnetisch von ihm angezogen zu werden. Er stach aus der Menge hervor wie das einzige schwarze Schaf einer Herde. Dean Musgrove. Querulant, Tunichtgut und Schürzenjäger. Alle diese Schlagworte entstammten nicht einem Wörterbuch der prüden Fünfzigerjahre, sondern Suzans Tirade auf der gestrigen Heimfahrt.

Dean trug eine graue Jeans, ein schwarzes Shirt mit tiefem V-Ausschnitt und seine dunklen Boots. Er stand mit ein paar Typen zusammen, die ähnlich dunkel gekleidet waren wie er. Sie alle hatten Lacrosse-Schläger dabei. Deans war sogar mit einem schwarzen Netz bespannt. Als Dean mich sah, ließ er seine Freunde stehen und kam zu mir herüber. Unsere Mitschüler bildeten eine Gasse und starrten ihm nach. Sein Blick jedoch war auf mich gerichtet wie ein Laserstrahl. Niemand, aber wirklich niemand konnte missverstehen, wen er da so fixierte. Ich seufzte innerlich. Die Neue und der böse schwarze Wolf. Sie würden sich die Mäuler über uns zerreißen, selbst wenn er mich nur nach der Uhrzeit fragte.

Dean Musgrove steht für Ärger, hallte Suzans Stimme in meinem Kopf. *Er verführt Mädchen nur zum Spaß. Er meint es nie ernst. Er ist ein notorischer Herzensbrecher. Die ganze Stadt redet über ihn. Sollen sie auch über dich reden?*

»Guten Morgen, New York.«

Halte dich von ihm fern.

»Gut geschlafen?«

Er bedeutet nur Ärger.

»Siehst nett aus.«

Er bricht Herzen am laufenden Band, nur so zum Spaß.

»Alles okay?« Er sah mich fragend an.

Kein Wunder, ich hatte ihm noch nicht geantwortet. Stattdessen hatte ich Suzans mahnenden Worten in meinem Kopf gelauscht. »Äh … ja, klar. Hallo. Ich meine, guten Morgen … äh … Hallo Dean.« Super. Peinlichkeit, dein Name sei Aria. »Alles okay.«

»Aria?«

Das war nicht Deans Stimme. Er hatte nicht mal die Lippen bewegt. Ich drehte mich um und sah gerade noch aus dem Augenwinkel, wie Dean das Gesicht argwöhnisch verzog.

»Simon!« Ich strahlte. »Guten Morgen.« Ich hatte ihm gestern noch getextet und er hatte mir ein paar seiner Zeichnungen geschickt. Und ich war so was von begeistert. Er hatte definitiv Talent und ein Gespür für Dynamik und Proportionen.

»Guten Morgen.« Simon stellte sich neben mich. Er sah super aus in dem engen weißen Shirt und den Bermudas, die seine langen Beine betonten. Und Himmel … sein Lächeln konnte Steine schmelzen. Leider hielt es gerade so lange an, bis sein Blick auf Dean fiel. »Was geht?«, sagte er kurz angebunden.

Dean reckte zur Antwort nur das Kinn.

Ich fühlte die aggressive Spannung, die zwischen ihnen aufwallte. Sie duellierten sich mit Blicken.

Simon sah als Erster weg und wandte sich wieder mir zu. »Wir haben am Freitag ein Freundschaftsspiel. Soll ich dir einen Platz auf der Spielerbank reservieren?«

Dean verdrehte die Augen. »Sieht sie aus wie dein Groupie, oder was?«

»Ich rede mit Aria.« Simon blieb ganz ruhig.

Ich, die zwar gemeint war, aber dadurch trotzdem nicht schlauer, sah ihn etwas überfordert an. »Was spielt ihr denn?«

Simons Lächeln wurde weich. »Entschuldige, ich hatte gar nicht mehr daran gedacht, dass du neu an der Schule bist.« Noch mal so ein Steine schmelzendes Lächeln. »Hier spielen wir Football.«

»Und Lacrosse«, warf Dean ein.

»Ja«, erwiderte Simon liebenswürdig. »Aber dafür interessiert sich niemand.«

»Du spielst also Football?«, fragte ich schnell nach, weil sich die Stimmung zwischen den beiden weiter gefährlich aufheizte.

»Genau. Ich bin seit zwei Jahren der Mannschaftskapitän. Die Spiele sind immer eine Riesenparty, die schon vor dem Anpfiff losgeht. Kommst du?«

»Da muss ich erst meine Tante fragen.«

»Klar, kein Problem. Du kannst mir ja einfach schreiben.«

»Klar.« Ich lächelte beim Gedanken an unsere Begegnung im Diner.

Dean ließ sich von Simon nicht verschrecken. Er machte einen Schritt auf mich zu. »Hast du jetzt auch Bio?«

Ich nickte. »Ja, genau.«

Er streckte den Arm aus. »Dann lass uns gehen. Und auf dem Weg kannst du mir erzählen, wie es um deinen Wagen steht.«

Simon horchte auf, aber sagte nichts. Er wollte sich wohl vor Dean nicht die Blöße geben, dass er keine Ahnung hatte, worum es ging. »Wir haben doch noch zehn Minuten bis es klingelt.«

Dean betrachtete ihn mit einem amüsierten Grinsen. »Jetzt mach mal keinen Aufstand, Goldjunge.«

Simon schnaubte. »Mach 'nen Abflug, Musgrove. Deine Anwesenheit hier ist überflüssig.« Er drehte sich zu mir. »Du hast doch noch einen Moment Zeit, oder? Ich wollte dir ein paar Leute vorstellen. Dann bringe ich dich zu Bio.«

Na, ganz toll, eine klassische Zwickmühle … Als wenn mein Highschool-Leben hier nicht schon kompliziert genug wäre.

Beide sahen mich an. Unsere Zuschauer sowieso. *Entscheide dich*, schienen sie mir zuzuraunen. *Triff jetzt deine Wahl und dann finde dich mit den Konsequenzen ab.*

Ich sah zu Dean. Er hatte seine dunklen Augen auf mich ge

heftet. Alles an ihm schien rastlos, voller pulsierender Energie und wildem Temperament. Er würde mich mit sich in den Abgrund reißen. Einfach nur, weil er es nicht anders kannte. Ich wandte mich von ihm ab und sah zu Simon. Dieser lächelte, seine meerblauen Augen trotz der kühlen Farbe voller Wärme. Er wirkte wie ein Fels in der Brandung – in sich ruhend, gelassen, der geborene Beschützer.

Sie erwarteten also, dass ich mich entschied. Meine Wahl traf zwischen Licht und Schatten.

Ich wollte das hier nicht. Schließlich kannte ich beide kaum.

Einen Moment lang sah ich auf die Riemen meiner silbernen Sandalen, dann schloss ich die Augen. Blonde Haare, ein umwerfendes Lächeln, die Art, wie er mich ansah, wie er mir ein Gefühl von Geborgenheit vermittelte. Es könnte alles so einfach sein …

Meine Wahl war gefallen.

Ich sah zu Dean. »Danke für dein Angebot, aber ich gehe mit Simon. Wir sehen uns dann im Unterricht.«

Simon neben mir wurde noch ein Stückchen größer. »Sollen wir dann?«

»Gerne.«

Dean sagte nichts. Er sah mich nur an, erst völlig ausdruckslos, dann schluckte er. Seine Brust hob sich, als er tief Luft holte.

Ich strich mir unbehaglich eine Haarsträhne hinters Ohr.

Für den Bruchteil einer Sekunde huschte ein Lächeln über Deans Züge. *Feigling.* Er sprach das Wort nicht aus, doch ich las es auf seinen Lippen.

»Bis später«, sagte er mit rauer Stimme.

Simon berührte mich sanft am Arm. »Komm. Hast du eigentlich schon einen Tisch, an dem du mittags sitzt?«

Mir fiel der Anhänger des Kunstmagazins wieder ein. »Schau mal, woran ich gedacht habe.« Ich reichte ihm das Folientütchen.

Simon strahlte. »Wahnsinn. Vielen Dank.« Er umarmte mich kurz. Zitrone, das herbe Duschgel, Sonne in seinem Haar. Ich holte noch ein weiteres Mal unauffällig Luft. Das war er.

Sanft lösten wir uns voneinander. Simon hob über meinem Kopf grüßend die Hand. »Oh, da sind Steven, Samantha, Karen und Isaac. Leute, das hier ist Aria und sie …«

Ich ließ mich von ihm fortführen.

Als ich das Klassenzimmer betrat, hing Dean mit einigen seiner Mannschaftsmitglieder in der letzten Reihe. Ich war froh, ihn nicht direkt im Blickfeld zu haben, und auch Prinzessin Puderrosa, die sich drei Plätze entfernt hingesetzt hatte, schien heute mit anderen Sorgen beschäftigt zu sein: Sie lackierte hingebungsvoll ihre Fingernägel in gleich mehreren Schichten. Unsere Biolehrerin Mrs Simmons interessierte das Verhalten ihrer Klasse nur mäßig. Sie ratterte ihren Stoff herunter, ohne von ihrer PowerPoint-Präsentation aufzusehen.

Ich konnte das Ende des Schultages kaum erwarten, denn Simon hatte mich gerade per Messenger gefragt, ob er mich nach Schulschluss noch etwas auf dem Gelände herumführen sollte, damit ich mich schneller zurechtfand. Ich hatte schon zugesagt, aber mein Herz klopfte immer noch wild vor Aufregung. Ich nutzte das Desinteresse meiner Lehrerin und textete Tammy alle Neuigkeiten. Doch die Antwort blieb leider aus – wie so häufig in letzter Zeit.

Nach der Doppelstunde verstaute ich schnell einige meiner

Bücher im Spind und war froh, dass Noemi und ihr Bodyspray mich heute nicht mit ihrer Anwesenheit beehrten. Dann verzog ich mich – mal wieder – auf die Mädchentoilette.

Nur wenige Klassen hatten jetzt eine Freistunde, weshalb der Waschraum leer war. Ein Glück. Ich atmete auf, hielt im nächsten Moment jedoch inne. Aus einer Kabine erklangen ziemlich eindeutige Geräusche. Das Rascheln von Stoff, Lippen, die sich voneinander lösten, atemloses Keuchen.

Ich musste grinsen. Knutschen auf dem Mädchenklo, wie innovativ. Ich bückte mich und entdeckte ein Paar weiße Ballerinas und schwarze Boots. Boots, die mir sehr bekannt vorkamen.

»Oh jaaa …«, wisperte eine Mädchenstimme. Noch mehr feuchtes Geschmatze.

Ich kam wieder hoch, lehnte mich mit dem Rücken an den Waschtisch und verschränkte die Arme vor der Brust.

»So schnell sieht man sich wieder, Mr Geheimdienst.«

Einen Moment war es still. Dann flog die Kabinentür auf.

»New York, was für eine Freude!« Deans Shirt war verrutscht. Das Mädchen hinter ihm zupfte immer noch hektisch an ihren Klamotten.

Ich nickte bloß wissend.

Dean kam auf mich zu. »Kann ich was für dich tun? Willst du dich anstellen?«

Ich hob den Kopf. Wir standen gefährlich nah voreinander. »Liege ich falsch oder hast du dich in der Tür geirrt?«

Er lächelte wie ein Raubfisch. »Ganz und gar nicht.« Blitzschnell hob er eine Hand und strich mir unter dem Kinn entlang. Ich schob sie weg. »Verschwinde, Dean.«

Er grinste. »Rufst du sonst nach deinem Goldjungen?«

»Mit *dir*«, ich betonte das letzte Wort, »werde ich auch allein fertig.«

In diesem Moment drängte sich das Mädchen an uns vorbei. Ich schätzte, dass sie eine Klasse unter uns war. Ihre Lippen waren von den Küssen leicht geschwollen und ihr Haar von Deans Berührungen wild verstrubbelt.

»Ich muss los.« Sie zupfte unbehaglich am Kragen ihres Shirts. Ihr war es wohl peinlich, dass ich sie mit Dean zusammen erwischt hatte. Dachte man an seinen Ruf, konnte ich es ihr nicht verübeln. Sie sah keinen von uns beiden an und stürzte zur Tür hinaus.

Dean warf ihr nur einen kurzen Blick hinterher. »Wir sehen uns später, Süße!« Die Ironie in seiner Stimme war nicht zu überhören. Schließlich hatte das Mädchen ihn fallenlassen wie eine heiße Kartoffel, als ich aufgetaucht war.

»Tut mir leid, ich wollte dein Date nicht sprengen.« Ich legte eine Hand theatralisch auf mein Herz und ließ meine Stimme genauso ironisch klingen wie Dean.

Der schnappte sich meine Hand, vermutlich um diese alberne Geste zu beenden. »Unverhoffte Begegnungen eröffnen ganz neue Möglichkeiten.«

»Träum weiter, Casanova.« Ganz bestimmt würde ich seine kleine Freundin nicht ersetzen.

Dean lachte leise und verschränkte geschickt seine Finger mit meinen.

»Lass die Spielchen, Dean.«

Ich wollte ihm meine Hand entziehen und ordentlich die Meinung geigen, doch stattdessen fiel mein Blick auf seinen Mund. Seine Lippen waren vom Küssen noch sinnlicher geworden.

Dean gab ein leises Geräusch von sich und alle Anspannung

schien von ihm abzufallen. Seine Finger glitten sanft aus meinen. Wir standen so nah, dass unsere Körper sich fast berührten, wenn wir tief Luft holten. Ich sah hoch. Seine Pupillen waren so groß, dass sie seine Iriden fast verschlangen. Er sah auf meinen Mund, zurück in meine Augen und dann wieder auf meinen Mund.

Er würde mich küssen. Ich wäre die Nächste, die in dieser Kabine enden würde. Die Nächste, die er wie ein uninteressant gewordenes Spielzeug vergessen würde.

Niemals. Ich konnte nicht nach hinten ausweichen, weil dort die Waschtische waren, also schob ich ihn energisch von mir weg.

Dean taumelte gespielt nach hinten. »Wow, New York. Hast du ein Aggressionsproblem? Ich sollte unseren Goldjungen warnen. Nicht, dass er sich bei dir noch einen Kratzer holt.«

»Lass Simon da raus.«

Dean tat so, als überlegte er ernsthaft. »Simon und ich kennen uns seit dem Kindergarten. Es wäre meine Pflicht, ihn vor dir zu warnen. So ein Kuscheltyp wie er wäre mit einer Wildkatze wie dir ganz bestimmt überfordert.« Er wandte sich mit schnellen Schritten zur Tür. »Ich sollte das jetzt sofort erledigen.«

»Dean!« Er verschwand zur Tür hinaus, ich stürzte hinterher. »Ich warne dich.«

Dean lachte bloß und bog direkt die nächste Tür in die Jungentoilette ab.

Ich zögerte ein paar Sekunden, dann polterte ich hinter ihm her.

Dean fing mich geschickt ab und legte schwungvoll einen Arm um meine Taille. »Ich hingegen stehe total auf Wildkatzen.«

Er wirbelte mich zweimal herum, als wären wir ein Tanzpaar auf elegantem Parkett.

Ich war so überrascht, dass ich erst nicht reagierte. Beim Drehen erhaschte ich unsere Reflexion in der breiten Spiegelfront über den Waschtischen. Konnte das hier noch verrückter werden? Ich blieb abrupt stehen, damit wir uns nicht noch ein drittes Mal drehen konnten.

Dean klang atemlos und amüsiert zugleich. »Vielen Dank für den Tanz, New York.« Dann küsste er mich auf die linke Wange knapp unterhalb meines Ohrs. Es war ein kurzer, wilder Kuss. Kein Zögern, kein Fragen, keine Wahl. Ich keuchte auf. Treffer versenkt.

Reflexartig presste ich meine Hand auf die Stelle, damit das Prickeln erstarb. Hitze flammte über meine Wangen und schnell wich ich einen Schritt zurück. Wieso hatte er so eine Wirkung auf mich?

»Was soll das?« Ich hatte Mühe, meiner Stimme einen festen Tonfall zu geben. Dean lächelte unbeeindruckt.

»Lass diese verdammten Spielchen, Dean. Keine Dates, kein Tanzen und erst recht küsst du mich nicht einfach so. Ich bin kein Püppchen, das dir willenlos um den Hals fällt, bloß weil du es anlächelst.«

Dean verschränkte die Arme vor der Brust. »Überspring die Schnarchpartie mit unserem Goldjungen. Er wäre mit dir bloß überfordert.«

Dann beugte er sich erneut zu mir. Mein Vortrag hatte ihn also nicht beeindruckt. Super. Ich hielt seinen Blick und sah möglichst emotionslos zurück. Was ziemlich überflüssig war, denn meine feuerroten Wangen sprachen eindeutig eine deutlichere Sprache.

Sein Lächeln bewies, dass er sich dessen auch bewusst war.

»Falls es dich beruhigt, New York: Ich stehe genauso auf dich wie du auf mich.«

Ich wollte etwas erwidern, dementieren, meinen Vortrag wiederholen, da hob er die Hand, bevor ich etwas sagen konnte. »Überlege es dir. Man sieht sich.«

Und schon war er zur Tür hinaus verschwunden.

Ich holte tief Luft. Einmal, zweimal. Für einen kurzen Moment schloss ich die Augen. Wie zur Hölle hatte er mich so mühelos eingewickelt? Wie machte er das?

Dann fiel mir ein, dass ich ganz allein im Waschraum der Jungs stand. Ich sollte schnell verschwinden, bevor mich noch ein Lehrer erwischte. Vorsichtig öffnete ich die Tür. Zum Glück war es auf den Gängen sehr ruhig, da die meisten Klassen Unterricht hatten.

Ich spähte nach rechts. Dean war verschwunden. Als ich nach links sah, blickte ich in ein anderes Paar Augen. Augen, die mich ziemlich überrascht musterten.

»Miss Clark?«

»Direktor Carmack.« *Oh, Mist.*

»Möchten Sie mir erklären, was Sie auf der Toilette der Jungen zu suchen haben?«

»Ich … äh … habe mich … ähm … vertan?«

Direktor Carmack baute sich vor mir auf. »War das jetzt eine Frage?« Er ging an mir vorbei und spähte in den Waschraum. »Mit wem waren Sie dort drinnen?«

»Mit niemandem?«

Oh nein, das klang schon wieder wie eine Frage.

Direktor Carmack musterte mich mit dem klassischen Lehrer-Starren. Sein Blick registrierte meine überhitzten Wangen und glitt dann wieder hinauf zu meinen Augen. Er musste vollkommen falsche Schlüsse ziehen.

»Sie sind sich also sicher? So sicher, dass Ihre Antwort schon wieder wie eine Frage klingt?«

»Ganz sicher.«

Direktor Carmack nickte bedächtig. »Es tut mir leid, Miss Clark, aber in Anbetracht dieses Verstoßes gegen die Schulregeln und Ihres unentschuldigten Fehlens gestern werden Sie heute nachsitzen müssen. Wir alle hier haben Verständnis für Ihre schwierige Situation, aber Regeln sind Regeln. Bitte finden Sie sich in der Mittagspause im Sekretariat ein. Dann besprechen wir alles Weitere. Ich werde darüber hinaus Ihre Tante telefonisch benachrichtigen.«

Oh nein. Bitte nicht schon wieder Ärger mit Suzan. Ich manövrierte mich von einem Fettnäpfchen ins nächste. Hörte das denn gar nicht auf? »Aber ich war doch bloß …« Ich brach ab.

»Ja?«, fragte Direktor Carmack scharf.

Ich war doch bloß wegen Dean Musgrove auf der Jungentoilette. Nein, die Erwähnung von Deans Namen würde meine Situation ganz sicher nicht verbessern. Außerdem war ich zwar sauer auf ihn, aber ich würde ihn nicht verpfeifen. Das war einfach nicht meine Art.

»Ja, Miss Clark?«

»Es tut mir leid.«

»Ich nehme Ihre Entschuldigung an und werte sie als Zeichen Ihres guten Willens. Das Nachsitzen bleibt davon jedoch unbetroffen.«

Ich wollte protestieren, doch er hob die Hand. »Bessern Sie sich, Miss Clark. Wir erwarten, dass Sie Ihre guten Noten halten.«

Mit diesen Worten ließ er mich stehen.

Toll. Ganz toll. Ich würde mir heute Nachmittag sicher wieder einen Vortrag anhören dürfen. Das wurde ja so langsam zur Gewohnheit.

Während ich nach Schulschluss zum Eingang der Mensa lief, textete ich Tammy das ganze Debakel. Irgendwie kam ich mir vor wie in einem Shakespeare-Stück. Eine junge Frau taucht in der Gegend auf und die verfeindeten Clans duellieren sich um ihre Gunst.

»Aria!« Simon hob aus der Ferne die Hand. Er stand mit ein paar Leuten zusammen, die alle neugierig zu mir herübersahen. »Wo hast du denn gesteckt?«

In meinem Bauch machte etwas Kleines, Prickelndes eine Rolle vorwärts. *Dort drüben stand Simon. Und er wartete auf mich. Und er sah einfach nur toll aus. Und er war lieb. Und süß. Und …* Ich hob die freie Hand und winkte zurück. Jetzt würde ich ihm erklären müssen, dass ich zum Nachsitzen verdonnert worden war, weil man mich auf der Jungentoilette erwischt hatte. Und dass unsere Verabredung deshalb leider flachfiel. Das Prickeln in meinem Bauch schmolz wie Schnee in der texanischen Sonne.

Ich hatte mir eine harmlose Erklärung zurechtgelegt, aber ob Simon mir glauben würde? Er hatte mir schon in der Mittagspause getextet und gefragt, ob ich verloren gegangen war. Ich hatte nicht geantwortet. Zum einen, weil ich einen Großteil meiner freien Zeit im Sekretariat auf Direktor Carmack hatte warten müssen. Zum anderen, weil es mir peinlich war, Simon von dem ganzen Debakel zu erzählen. Ich hatte gehofft, der Direktor würde Gnade vor Recht ergehen lassen und mir das Nachsitzen ersparen. Doch das hatte er nicht getan, stattdessen hatte er in meinem Beisein meine Tante angerufen. Ich wollte mir das Donnerwetter, das mich auf der Heimfahrt erwartete, lieber nicht vorstellen.

Doch ein Problem nach dem anderen. Ich straffte die Schultern und ging weiter auf Simon zu.

Kapitel 5

Eine Gänsehaut raste meine Wirbelsäule hinab. Etwas berührte mich, hüllte mich ein und ließ mich von innen heraus frösteln. Hunderte feine Nadelstiche schienen sich in meine Haut zu bohren, eiskalt und unbarmherzig. Ich riss die Augen auf. Doch war ich wirklich wach? Ich rieb mir über die Arme, um die Kälte zu vertreiben, als ich sie sah. Hunderte Bilder krochen an den Wänden meines Zimmers hoch. Erinnerungsfetzen, die die glücklichen Zeiten mit meinen Eltern heraufbeschworen. Ein Sommernachmittag im Central Park. Ein Ausflug in den Zoo. Der gemeinsame Kinobesuch. Moms Lächeln, wenn ich nach der Schule durch die Tür kam. Dads glückliches Gesicht, wenn wir alle drei am Wochenende zusammen auf der Couch saßen und einfach nur quatschten. Seine finster zusammengezogenen Augenbrauen, als ich meinen ersten Freund Matthew mit nach Hause brachte. Mom und ich hatten ihn nachher damit stundenlang aufgezogen. Doch dann veränderten sich die Bilder, verschwammen, wurden unscharf und lösten sich von den Rändern her auf. Eine dicke, zähflüssige Dunkelheit rann von der Decke und schien alle Farben zu ersticken. Ich holte erschrocken Luft, zu überrascht, um mich zu bewegen. Die Dunkelheit kam näher. Ich hörte sie wispern, raunen und kichern, und ich spürte, dass ich sie nicht vertreiben konnte.

»Nein«, flüsterte ich noch, dann schlugen die schwarzen Wellen

über mir zusammen. *Ich bekam keine Luft. Etwas drang in meinen Mund, meine Nase, rann über meine geschlossenen Lider und versuchte, sich einen Weg durch den Kranz meiner Wimpern zu bahnen. Ich schlug um mich in Todesangst. Ich spürte die Bewegung der Dunkelheit wie ein sanftes Wiegen. Grelle Sternchen tanzten vor meinem inneren Auge.*

Als mein letzter Sauerstoff verbraucht war, dachte ich an meine Eltern. Ich liebe euch. Ihr fehlt mir. Sehen wir uns wieder?

Stille. Leere. Nichts.

Im nächsten Moment tauchte ich aus den Wellen empor wie aus einem Meer der Finsternis. Ich sog gierig die kalte Luft in meine Lungen und musste husten. Einen Moment sah ich nur verschwommen. Dann endlich wurde meine Sicht wieder scharf und ich bekam genügend Luft, um mich etwas umzusehen. Mein Zimmer war verschwunden. Meine Arme waren nackt, doch ich fror nicht. Überrascht sah ich an mir hinab. Ich trug ein schneeweißes Kleid mit langem, weitschwingendem Rock. Der Stoff war nicht feucht oder dunkel verfärbt, wie ich es nach einem Bad in diesem schwarzen Meer vermutet hätte. Ich schnappte immer noch ein wenig nach Luft, bis ich bemerkte, dass das Kleid zum Teil schuld daran war. Das Oberteil bestand aus einer eng geschnürten Korsage. Ein Kleid, das ich mich niemals zu tragen getraut hätte und für das mir bisher auch immer der Anlass gefehlt hatte. Etwas Schweres lag um meinen Hals und ich tastete neugierig danach. Eine Kette, die mit in Krappen gefassten kleinen Edelsteinen übersät zu sein schien.

Ein Summen erhob sich, ein leichtes Brausen und ein sanfter Wind kräuselte meine langen Röcke. Ich sah mich um, doch ich konnte nichts als Dunkelheit ausmachen. Unter meinen nackten Fußsohlen spürte ich felsigen Boden. Das Summen wurde lauter, intensiver und bedrohlicher. Blitze zuckten über das konturenlose Firmament und ich konnte das herannahende Unwetter förmlich riechen. Ein metallischer Geruch lag in der Luft und ich schmeckte die Blitze auf meiner Zunge, noch bevor ich sie sah. Der Himmel wurde von gleißender Helligkeit zerrissen und ich spürte den Boden unter mir beben. Obwohl sich ein Gewitter über mir zusammen- braute, spürte ich keine Angst. Ich stand aufrecht und still, und all das schien mir nichts anhaben zu können. Das Haar wurde mir vors Gesicht geweht und eilig bändigte ich die langen Strähnen. Als ein weiterer Blitz die Dunkelheit um mich erhellte, meinte ich zu erken- nen, dass mein Haar fast silbrig schimmerte. Doch dann war es wie- der dunkel. Neugierig ließ ich meine Finger an einer der Strähnen entlanggleiten, doch sie fühlte sich ganz normal an. Vermutlich hatte ich mich getäuscht. Der immer heftiger wehende Wind blähte meine Röcke wie ein Segel und nun hatte ich doch Mühe, mein Gleichge- wicht zu halten.

Dann hörte ich sie. Ein leises herannahendes Krächzen und das Geräusch mächtiger Schwingen. Wo kamen hier, irgendwo im Nir- gendwo, Vögel her? Mein Herz klopfte wie wild, denn erst in diesem Moment wurde mir klar, dass ich mich an einem Ort befand, den ich nie zuvor gesehen hatte.

Das Kreischen wurde lauter. Die Vögel brachten kalte Luft mit sich und Eiskristalle schmolzen auf meinen Lippen. Wieder jagte ein Blitz über das Firmament und die Einöde wurde taghell erleuchtet. Der graue Boden zu meinen Füßen war rissig und trocken. Ich sah wieder hoch. Die Raben waren größer, als ich erwartet hatte, mit tiefblauschwarzen Schwingen und langen spitzen Schnäbeln, die das Licht der Blitze in schillernd düsteren Farben reflektierten. Sie flo- gen direkt auf mich zu und ich schrie auf, als die ersten mich erreich-

ten. Einige von ihnen packten den Saum meines Kleides mit ihren kräftigen Schnäbeln und rissen daran. Dort wo sie es berührten, löste das Kleid sich in weißen Nebel auf, der sich mit den zarten Schneeflocken in der Luft vermischte. Die Flügel der Raben hinterließen einen blauen Schleier in der Luft, der eins wurde mit den irisierenden Nebelfetzen meines Kleides. Ich hatte schon die Befürchtung, gleich nackt in dieser Eiswüste zu stehen, doch meine Angst war unbegründet. Zwar zerrten die Raben an meinem Kleid, doch da, wo der Stoff sich auflöste, bildete er sich sofort wieder neu.

Dann flog ein Rabe so dicht an mir vorbei, dass ich seine Augen sehen konnte. Dies waren nicht die Augen eines Vogels, stellte ich erschrocken fest. Es waren wache, intelligente und seltsam menschliche Augen. Das Tier drehte den Kopf so, dass wir uns direkt ansehen konnten. Es musste den Moment der Erkenntnis in meinem Blick bemerkt haben, denn nachdem es einen eleganten Bogen geflogen war, kam es zurück. Der Rabe hielt meinen Blick und kam direkt auf mich zu, und je mehr er sich näherte, desto unwirklicher und weniger vogelhaft wirkte seine Gestalt. Sein Gesicht veränderte sich, die Augen wurden größer, der Schnabel schien kleiner zu werden. Die Flügel hatte er weit ausgebreitet, als wolle er sich auf mich stürzen, um mein Gesicht zu zerfetzen. Ich schrie laut auf. Dann hatte der Vogel mich erreicht und sein Körper prallte gegen meine Wange. Im letzten Moment hatte ich meinen Kopf noch zur Seite gedreht. Die Federn waren eiskalt und hart und kratzten über meine Haut. Wieder löste sich ein Schrei aus meinen Lungen. Der Vogel rutschte meinen Körper hinab und fiel mit einem dumpfen Geräusch zu Boden. Ich konnte den Staub auf den Flügeln des Raben riechen. Übelkeit kroch in mir hoch. Da war etwas Animalisches, etwas Beißendes und die Ahnung eines süßlichen, pulvrigen Aromas,

das ich niemals wieder hatte riechen wollen. Der Rabe zu meinen
Füßen rührte sich nicht mehr. War er gestorben, weil er gegen mich
geprallt war? Mein Herz überschlug sich. Jetzt war der Geruch über-
all um mich herum, in der Luft, in den wirbelnden Eiskristallen. Ich
musste würgen, so sehr hatte mich die Erinnerung gefangen genom-
men. Die Raben rochen nach Tod. Ich presste eine Hand auf die ver-
letzte Wange, würgte und etwas in meinem Kopf zog die Notbremse.
Ein schwarzer Vorhang fiel und löschte mein Bewusstsein aus.

Meine Augenlider fühlten sich bleischwer an. Ich stöhnte und
legte eine Hand an meine erhitzte Stirn. Erinnerungsfetzen wir-
belten mir durch den Kopf wie im Wind tanzende Blätter. Mit
Mühe schaffte ich es zu blinzeln. Da war mein Schreibtisch, auf
dem immer noch die große Kiste mit den Duftölen stand. Erleichtert stellte ich fest, dass ich mich in meinem Zimmer befand.
In der Luft hing noch ein schwacher Duft frisch gebackener Brötchen, gemischt mit einem zarten Aroma von Heu und kürzlich
gemähtem Gras. Mein Mund war ganz trocken, also griff ich nach
der Wasserflasche auf dem Nachttisch. Hatte ich wirklich nur
geträumt? Ich tastete über meine Wange, doch sie schien unversehrt. Es hatte sich so real angefühlt. Ich erinnerte mich an Dunkelheit, an ein Unwetter, das Gefühl von Angst und den metal-
lischen Geruch in der Luft, während Blitze über das Firmament
zuckten. Und an die Raben, die so unheimlich gewirkt hatten und
von denen einer mich sogar attackiert hatte. Noch mal strich ich
prüfend über meine Wange, doch die Haut fühlte sich glatt und
makellos an. Irgendwo unter meinem Fenster bellte ein Hund
und jemand schrie einen Befehl. Die Welt war schon lange er-

wacht, nur ich verschlief den freien Tag. Als Erstes griff ich nach meinem Handy. Keine Nachricht von Tammy. Zwei neue Nachrichten von Simon. Ich überflog sie kurz und sofort hellte meine Stimmung sich auf. Simon war wie ein Licht in meiner Dunkelheit. So ganz konnte ich es immer noch nicht fassen, dass ich ausgerechnet jetzt, in meinen schwärzesten Tagen, jemanden wie ihn getroffen hatte.

Ich rieb mir über die Augen, schwang die Beine über die Bettkante und tapste hinüber ins Badezimmer. Es half ja doch nichts.

Hier gab es keine Rollläden vor dem kleinen Fenster und ich konnte sehen, dass die Sonne bereits hoch am Himmel stand. Ich kniff die Lider zusammen, kaum dass ich vor dem Waschtisch stand. Mit beiden Händen hielt ich mich am Rand des Waschbeckens fest, um noch eine ewige Sekunde zu dösen. Ob ich doch noch mal zurück ins Bett schlüpfen sollte? Ich war mir relativ sicher, dass es schon später Morgen war, doch ich fühlte mich weder ausgeschlafen noch erholt. Eigentlich sollte ich mich erleichtert fühlen. Immerhin hatte ich eine ganze Woche an der Littlecreek High überlebt. Suzan hatte mir zwar als Strafe für das Nachsitzen nicht erlaubt, zu Simons Footballspiel zu gehen, aber wir hatten die letzten Tage viel getextet, weil wir uns auch in der Schule nicht oft gesehen hatten. Trotz allem schwebte ich ein klein wenig auf Wolke sieben.

Obwohl mein Puls sich bei dem Gedanken an Simon beschleunigte, wollte diese lähmende Müdigkeit nicht ganz verschwinden. Der nächtliche Albtraum schien empfindlich an meinen Kraftreserven gezehrt zu haben. Ich öffnete die Lider, um nicht blind nach meiner Zahnbürste tasten zu müssen. Doch beim kurzen Blick in den Spiegel erstarrte ich.

Spielte mein Kopf mir einen Streich? Träumte ich etwa immer noch? Ich legte die Zahnbürste zur Seite, stützte beide Hände auf dem Waschtisch ab und beugte mich näher Richtung Spiegel. Das war eindeutig ich. Aber warum …?

Dann fiel es mir auf. Wie automatisch fuhr ich mir mit der Hand durchs Haar. Wie konnte das sein? Mein Haar war schon immer hell gewesen, aber nun schimmerte es fast weißblond. Noch mal fuhr ich prüfend hindurch. Ich war mir sicher, dass es nicht möglich war, dass sich die eigene Haarfarbe von allein über Nacht um mehrere Nuancen aufhellte. Und das ganz ohne Chemie.

Mein Haar war immer noch weich und nicht rau und porös, so als habe man es mit Bleichmittel behandelt. Ich wusste, wie sich das anfühlte, denn Tammy hatte mal ein paar ihrer dunklen Strähnen aufgehellt. Und außerdem: Wer würde jemandem beim Schlafen die Haare färben? Wie krank war das denn bitte?

Doch ich war so verunsichert und vermutlich auch etwas paranoid, dass ich zu meinem Bett zurückstürzte. Die wildesten Ideen spukten mir im Kopf herum. Waren Mitschüler unbemerkt in mein Zimmer eingedrungen? Hatten sie mich betäubt und mir dann die Haare aufgehellt? Ich hielt mir mein Kopfkissen vor die Nase, um nach eventuellen Resten eines Färbemittels zu suchen. Da war nichts außer dem verblassenden Duft von Moms Weichspüler. Ich untersuchte sogar meine Arme, um nachzusehen, ob mir jemand eine Betäubungsspritze gegeben hatte. Doch ich fand natürlich nichts.

Irgendwann stand ich einfach nur da und wusste gar nicht mehr, was ich denken sollte. Brauchte ich Hilfe? Verlor ich den Verstand? Ich eilte zurück ins Bad, doch mein Spiegelbild blieb unverändert. Im Gegenteil. Nun stand ich mitten in dem Sonnenfleck, der durchs Fenster fiel, und mein Haar wirkte so silberhell, dass es fast einen bläulichen Schimmer besaß. Erst da fiel mir auf, dass sogar meine Augenbrauen diese Farbe angenommen hatten. Ich betastete mein Gesicht und kniff mir in die Wange, um ganz sicher zu sein, dass ich nicht mehr schlief. Ich schwang zur Dusche herum. Doch gerade als ich das Wasser aufdrehen wollte, hielt ich inne. Vielleicht hatte es irgendetwas mit dem Wasser zu tun? Vielleicht lag es an der roten Alge? Vielleicht sonderte sie eine Chemikalie ab, die meinem Haar die Farbe entzogen hatte? Vielleicht zeigte sich diese Wirkung erst nach einigen Tagen? *Oh mein Gott.*

Mein Puls explodierte, aber egal wie überrascht und verunsichert ich war, mein Verstand arbeitete auf Hochtouren. Mein Blick fiel auf die Wasserflasche, aus der ich eben noch einen Schluck getrunken hatte. Damit würde ich mir die Haare waschen. Vielleicht war es ja nur eine Ablagerung im texanischen Wasser, die diesen seltsamen Schimmer verursachte. Doch ich hatte in den letzten Wochen täglich mindestens einmal geduscht. Warum war diese Veränderung nicht schon früher aufgetreten?

Egal. Ich suchte in meinem Necessaire nach einem Shampoo, das Farbreste auswaschen konnte. Ich hatte es mir gekauft, als Tams und ich uns die Haare für ein Konzert mit bunter Kreide angemalt hatten. Mit der Wasserflasche bewaffnet, stand ich vor dem Waschbecken. Ich brauchte circa die Hälfte des Inhalts, um mein Haar anzufeuchten. Dann shampoonierte ich es so lange, bis ich mir sicher war, jede einzelne Strähne erwischt zu haben. Den Rest des Wassers benutzte ich dafür, den Schaum mehr schlecht als recht auszuspülen. Schnell rubbelte ich meine Mähne mit einem Handtuch, dann föhnte ich sie trocken. Meine Hoffnung sank, als ich einen ersten Blick in den Spiegel wagte. An der Farbe hatte sich nichts geändert. Sie schimmerte so hell wie frisch gefallener Schnee.

Meine offensichtliche Typveränderung war nicht zu übersehen. Und vermutlich würden sie alle für reine Provokation halten. Suzan, meine Klassenkameraden, sämtliche Einwohner Littlecreeks. Ganz toll. Ob sie mir glauben würden, dass ich nichts damit zu tun hatte? Ich stand immer noch wie paralysiert vor dem Spiegel. Was nun? Ob ich krank war? Angst überkam mich. Ich legte beide Hände flach auf dem kühlen Stein des Waschtischs ab. *Ruhig bleiben, nicht den Kopf verlieren, nachdenken.* Das hatte Dad immer zu Mom gesagt, wenn ihr Temperament mal wieder mit ihr durchging. Dad. Mom. Warum waren sie nicht hier? Verzweiflung wollte mich überkommen, doch ich kämpfte mit aller Macht dagegen an. *Ruhig bleiben.* Ich atmete einmal tief ein und dann langsam wieder aus. *Nicht den Kopf verlieren.* Ich konzentrierte mich auf meine Atmung, meinen rasenden Puls, das Flattern in meinem Inneren. *Nachdenken.* Haare bestanden aus Keratin. Genau wie Fingernägel konnten sie sich nicht mehr in ihrer Struktur ändern, sobald sie den Körper einmal verlassen hatten. Vielleicht durch Färben, Tönen oder Schneiden, aber nicht aus eigener Kraft. Haare konnten grau nachwachsen. Aber keine Krankheit der Welt konnte eine Haarfarbe über Nacht ändern.

Ich dachte an Tammy. Meine kleine verpeilte Freundin, die notorisch zu spät kam und ihren eigenen Geburtstag vergaß, die man aber mitten in der Nacht anrufen konnte, um sich bei ihr auszuheulen. Zumindest war es früher so gewesen. Ich ging zurück zum Bett und griff nach meinem Handy. Tammy würde Rat wissen. Es klingelte mehrfach, dann sprang die Mailbox an. Frustriert schrieb ich ihr eine Nachricht und bat sie, sich schnellstens bei mir zu melden. Ich brauchte jemanden zum Reden. Dringend!

Zurück vor dem Badezimmerspiegel betrachtete ich mich erneut kritisch. In New York gaben Blogger und It-Girls zurzeit sehr viel Geld beim Friseur aus, um sich genauso eine silberweiße Mähne zaubern zu lassen. Aber wir waren nicht in New York. Ich straffte die Schultern. Mir blieben genau zwei Möglichkeiten: durchdrehen, hysterisch rumschreien und das Zimmer nicht mehr verlassen. Oder so tun, als wäre die Haarfarbe meine Idee gewesen, und möglichst schnell herausfinden, wer oder was an meinem Kopf herumgepfuscht hatte. Da Suzan in mir den trotzigen Teenager sah und meine Klassenkameraden mich für einen Großstadt-Punk hielten, entschied ich mich für Variante zwei. Um jeden Zufall auszuschließen, wusch ich mir unter der Dusche noch einmal die Haare, sicher war sicher.

Als ich mein Zimmer verließ, war mir doch ein wenig mulmig. Nicht nur aufgrund meiner Haare – die Farbe war auch nach dem zweiten Mal waschen unverändert geblieben –, sondern auch bei dem Gedanken daran, wie Suzan darauf reagieren würde. Wir waren nicht immer einer Meinung, aber trotzdem wollte ich sie nicht mutwillig provozieren oder verärgern. Ich kaute auf meiner Unterlippe, als ich die knarrenden Stufen der Holztreppe nach unten lief. Vielleicht war ihr dieses seltsame Phänomen ja sogar bekannt, weil es in Texas schon öfter vorgekommen war?

In der unteren Etage der Ranch roch es immer noch herrlich

verführerisch nach Frühstück. Aus Richtung Küche hörte ich Macy mit Geschirr klappern. So liebenswürdig, wie ich sie kannte, hatte sie mir bestimmt ein paar Leckereien zur Seite gelegt, damit auch ein Langschläfer wie ich noch etwas in den Magen bekam. Doch zunächst würde ich Suzan und Richard einen guten Morgen wünschen, denn auch wenn ich plötzlich aussah wie ein hippes It-Girl, hatte ich meine gute Erziehung nicht vergessen.

Durch die angelehnte Tür des Arbeitszimmers drangen leise Stimmen zu mir. Ich klopfte an den Türrahmen, dann trat ich ein. Suzan und Richard saßen tief über dicke, ledergebundene Bücher gebeugt, von denen ich annahm, dass es sich um Rechnungsbücher handelte. Ich sah die steile Sorgenfalte zwischen Suzans Brauen und sofort meldete sich das schlechte Gewissen, weil sie sich schon wieder wegen mir aufregen würde. Genau in diesem Moment hob sie den Kopf. Ein Lächeln spielte um ihre Mundwinkel, doch es verschwand sofort, als ihr Blick auf meine Haare fiel. Sie wünschte mir keinen guten Morgen, stattdessen starrte sie mich ein paar Sekunden einfach nur sprachlos an. Ich wollte gerade den Mund aufmachen, um wenigstens ein Mindestmaß an Höflichkeit walten zu lassen, da sagte sie: »Was soll das, Ariana?« Okay, ihr schien das Phänomen der sich über Nacht verändernden Haare nicht geläufig, denn sonst hätte sie anders reagiert.

Richard, der mich nun auch musterte, schien nicht recht zu wissen, worum es ging. Er sah zwischen mir und Suzan hin und her, als könne er die Antwort in unseren Augen finden. Suzan schüttelte den Kopf und faltete dann die Hände über dem dicken Buch, als müsse sie sich an irgendetwas festhalten, zur Not auch an sich selbst.

»Gefällt dir die Farbe nicht?«, fragte ich, ärgerte mich aber gleichzeitig, wie scheinheilig ich klang. Immerhin sprach Suzans Blick Bände. Ich hatte unter der Dusche lange überlegt, ob ich ihnen die Wahrheit erzählen sollte – dass ich keine Ahnung hatte, wie all das passiert war, und genauso ratlos war wie sie. Doch wieso sollten sie mir glauben? Vermutlich werteten sie es als einen rebellischen Akt meinerseits, als verzweifelten Versuch, Aufmerksamkeit zu erregen. Richard warf mir einen weiteren fragenden Blick zu. »Worüber reden wir hier eigentlich?«

Suzan schnaubte. »Das sieht man doch.«

Ich wickelte extra eine weißblonde Strähne um den Finger, um ihm auf die Sprünge zu helfen.

Richard ließ die Schultern hängen und trommelte dann leicht genervt mit den Fingern auf einem der Rechnungsbücher herum. »Könnte mich bitte jemand einweihen?«

Männer! Ihm fiel die Veränderung nicht mal auf ...

Suzan schien kurz davor, die Geduld zu verlieren. »Ihre Haare, Richard. Sieh dir bitte ihre Haare an. Sie sieht aus, als habe man sie in Quecksilber getaucht.« Aufgebracht gestikulierte sie in meine Richtung und wandte sich dann wieder an mich. »Wie kann man sich nur freiwillig so verunstalten? Jede andere Frau auf diesem Planeten würde dich um deine schöne Naturhaarfarbe beneiden. Weißt du eigentlich, wie wenig echte Blondinen es noch gibt?«

Ich zuckte erneut die Schultern. Auch ich hatte meine blonde Mähne geliebt, also konnte ich Suzan wohl kaum widersprechen.

»Was ist das überhaupt für eine Farbe? Platin? Weißblond? Silberblond? Und woher hast du diese Tönung? In Littlecreek wirst du sie garantiert nicht gekauft haben«, fuhr Suzan nahtlos fort.

»Hatte ich noch in meinen Sachen«, erwiderte ich knapp. Suzan war mittlerweile so aufgebracht, dass sie von ihrem schweren Stuhl aufsprang. Das gedrechselte Möbelstück wich ächzend nach hinten aus. Dann stemmte Suzan beide Hände auf den antiken Eichenschreibtisch. Ich sah sie an und entdeckte Enttäuschung unter all der Wut. Unbehaglich drehte ich mich zur Seite und betrachtete scheinbar interessiert die Bücherregale zu meiner Rechten. Romane, Sachbücher, Biografien. Als ich das letzte Mal auf der Ranch mit Mom und Dad Urlaub gemacht hatte, war ich noch zu klein, um mich an dieses Zimmer zu erinnern. Es überraschte mich, dass Suzan und Richard neben der Arbeit mit den Pferden noch so ausgiebig zum Lesen kamen. Vielleicht hatten wir doch mehr Gemeinsamkeiten, als ich dachte, und ich konnte mir sogar das ein oder andere Buch ausleihen.

»Du wäschst das aus. Sofort.« Suzans Stimme drang in meinen Gehörgang, doch sie erreichte mich nicht wirklich.

»Sofort, Ariana, hörst du mich? Du hast schon genug Probleme in der Schule und bist mehrmals negativ aufgefallen. Ganz sicher werde ich dich nicht mit so einer Haarfarbe in den Unterricht gehen lassen!«

Suzan schien kurz davor zu platzen, bis Richard ihr beruhigend eine Hand auf die Schulter legte. Ich hingegen betrachtete weiterhin ausweichend die Einrichtung. Der bunte Teppich zu meinen Füßen war aus Flicken gefertigt und wirkte gemütlich und einladend. Bestimmt konnte man sich dort niederlassen und in einem der vielen Bücher blättern.

»Reg dich nicht auf, Liebes«, hörte ich Richard sagen. Und

irgendwie schaffte er es wohl, dass Suzan sich wieder hinsetzte, denn kurz darauf quietschte das Holz.

»Ariana wollte dich mit ihrer neuen Haarfarbe sicher nicht verärgern. Vielleicht war das in New York gar keine große Sache. Vielleicht wäre es für Linda und Bryce vollkommen okay. Wir können sie nicht mehr fragen. Also müssen wir Ariana vertrauen.« Als er die Namen meiner Eltern erwähnte, musste ich schlucken. Ihnen hätte ich die Wahrheit sagen können. Sie hätten mir geglaubt. Ganz sicher. Plötzlich fühlte ich mich wieder unendlich fremd hier. Ich spürte, dass Richard mich ansah, und hob den Kopf. Sein Blick war eindringlich und ernst. »Ariana, du bist uns sehr wichtig. Wir wollen, dass es dir gut geht. Und dazu gehört auch, dass du dich hier integrierst und …«

»Ich habe mir die Haare nicht gefärbt, um irgendjemanden zu verärgern«, unterbrach ich ihn.

»Gefärbt?«, warf Suzan ein und ihre Stimme hatte einen gefährlich hohen Ton angenommen. »Du hast sie sogar gefärbt? Hätte nicht eine Tönung gereicht? Das heißt ja, es wäscht sich nicht wieder aus.«

»Liebes, beruhig dich«, wiederholte Richard. »Lass Ariana ausreden.« Er nickte mir zu. Eine stumme Aufforderung.

»Niemand nennt mich Ariana. Ich heiße Aria.« Ich wusste, wie kindisch und bockig ich mich benahm, doch in diesem Moment fühlte ich mich fast wie in meinem Traum, als würden die tiefschwarzen Wellen mit aller Macht an mir reißen und über mir zusammenschlagen. Suzan und Richard kannten mich einfach nicht so wie meine Eltern, und das würden sie auch nie. Wir würden nie so ein Verhältnis haben. Sie würden es gar nicht zulassen. Da konnte ich die Probe auch aufs Exempel machen. Ich sah eine

Handbreit an Richard vorbei in den flirrenden Staub, der in einem Lichtstrahl über dem Schreibtisch tanzte. »Sie haben sich über Nacht so verändert. Ich habe damit nichts zu tun.«

Suzan schnaubte. »Oh, bitte …«

Ich lachte traurig auf. Das war eindeutig. »Okay, okay. Ich brauchte eine Veränderung.« Und erst als sich die Worte formten, merkte ich, dass auch sie einen Funken Wahrheit enthielten. »Mein altes Ich hat mich zu sehr erinnert an die Zeit …« Meine Stimme brach. Nun machte es irgendwie Sinn. Vielleicht würde mir die neue Haarfarbe helfen, mit meinem Leben in New York endgültig abzuschließen, einen Neuanfang zu wagen. »Andere Frauen färben sich die Haare nach einer Trennung oder schneiden sie ab. Und auch ich brauchte einen klaren Cut.« Es war eine gute Erklärung und vielleicht würde das fremde Ich im Spiegel mir helfen, mich nicht in meiner Trauer zu verlieren. Nicht ständig mich selbst zu sehen und mich zu fragen, was von mir noch übrig blieb, jetzt, da ich eigentlich ganz alleine war. Allein unter Fremden, in einem fremden Haus in einer fremden Stadt. Tränen sammelten sich in meinen Augen. Ich wusste nicht, warum mein Haar sich so verfärbt hatte, aber nun fühlte sich diese seltsame Veränderung willkommen und heilend an.

Eine andere sein. Eine andere werden.

Richard sah meine feuchten Augen und auch Suzans Miene wurde weicher. Doch noch bevor einer von uns etwas sagen konnte, klopfte es an der Tür.

»Entschuldigen Sie die Störung. Suzan, das müssen Sie sich ansehen.«

Ich schwang herum und atmete den würzigen Geruch von gelagertem Stroh und einem rauchigen Aftershave ein. Tom, einer der Verwalter der Ranch, sah mit eindringlichem Blick an mir vorbei zu meiner Tante. Er trug ausgeblichene Bluejeans, Cowboystiefel und ein Karohemd. Ein lebendes Klischee. Obwohl ich mich am Anfang ein wenig darüber amüsiert hatte, hatte ich schon bald feststellen müssen, wie nett Tom war. Zusammen mit Suzan hatte er mir die Stallungen gezeigt und konnte tatsächlich zu jedem der kostbaren Zuchtpferde eine kleine Geschichte erzählen. Er liebte seinen Job und vor allem die Pferde über alles.

Suzan sprang erneut auf. Plötzlich war meine neue Haarfarbe Nebensache. »Was ist passiert?«

Erst jetzt fiel mir der große dunkle Fleck an Toms Jeans auf. Das passte so gar nicht zu ihm. Normalerweise sah er trotz der Arbeit im Stall immer aus, als wäre er einer Werbereklame entsprungen.

»Haben Sie ein neues Pferd gekauft?« Tom sprach die Frage zwar aus, schien aber selbst nicht ganz daran zu glauben. Für einen Moment war es so still, dass man eine Stecknadel hätte fallen hören. Suzan starrte Tom an, als wäre der betrunken zur Arbeit erschienen.

»Wie bitte?«, brachte sie schließlich hervor.

Richard hatte die Stirn krausgezogen. »In der jetzigen Situation würden wir doch kein neues Pferd kaufen. Wir haben schon Mühe, unseren Bestand am Leben zu halten.«

»Aber da steht ein fremdes Pferd im Stall.« Tom gestikulierte wild. »Es ist wie aus dem Nichts aufgetaucht. Ich bin nur aus der Stallgasse raus, um noch einen Ballen Hafer für Candy und Isabelle zu holen, und als ich wieder zurückkam, stand es mitten auf dem Gang.«

Suzan legte den Kopf schief und ließ ihren Blick an Toms hochgewachsener, kräftiger Gestalt entlanggleiten. Als Tom ihren Blick bemerkte, hob er in einer verzweifelten Geste beide Arme. »Suzan, ich habe Zeugen. Die halbe Ranch hat sich im Stall versammelt. Und Sie wissen, ich trinke nicht.«

Das schien nun wohl auch meiner Tante klar zu werden, denn sie kam mit ein paar langen Schritten hinter ihrem Schreibtisch hervor und stürmte gemeinsam mit Tom voraus, bevor Richard und ich aufschließen konnten.

»Das geht doch alles nicht mehr mit rechten Dingen zu«, hörte ich sie fluchen, dann folgten wir ihr.

Als wir die Küche passierten, stieg mir der verführerische Duft von Macys selbst gekochter Cranberry-Marmelade in die Nase. Der aromatisch-herbe Geruch ließ mir das Wasser im Mund zusammenlaufen. Ein Klecks davon auf ein weiches Stück Weißbrot, das dick mit Erdnussbuttercreme bestrichen war … Ich seufzte leise. Mein Frühstück würde sich noch weiter nach hinten verschieben, denn jetzt gab es wichtigere Dinge.

Hitze prallte mir entgegen wie eine Welle, als wir durch die breite Doppeltür des Haupthauses traten. Am Himmel konnte ich kein einziges Wölkchen ausmachen. Ich hielt eine Hand über die Augen und bemühte mich, den Anschluss nicht zu verlieren. Wir eilten über den Hof, an den Weidezäunen entlang und auf die Stallungen zu. In die letzte bog Tom scharf ab und lief in Richtung Stallgasse. Der unverkennbare Geruch der Pferde empfing mich und mischte sich mit dem von Leder, Politur und Heu.

»Kennen Sie die Stute?«, fragte Tom in dem Moment, als wir stehen blieben. Schaulustige Arbeiter hatten sich zu beiden Seiten in der Stallgasse versammelt. Zwischen ihnen tänzelte ein weißes Pferd nervös hin und her und zuckte mit den Ohren. Ein paar der Anwesenden warfen mir neugierige Blicke zu, denn sie bemerkten vermutlich meine ungewöhnliche neue Haarfarbe. Suzan war selten sprachlos, doch in diesem Moment sah es so aus, als würde ihr gleich die Kinnlade runterklappen.

»Sie ist nicht mal ein Quarter Horse«, erklärte Tom und deutete auf das zierliche Tier, das ein gutes Stück kleiner war als die Pferde in den umliegenden Boxen. Ich starrte es fasziniert an. Sein Fell war so hell, dass es fast weiß wirkte. Dort wo Licht durch die schmalen Schächte im Dach fiel, glänzte es silbrig. Die Stute war das Schönste, was ich jemals gesehen hatte. Grazil, anmutig und eine absolute Augenweide.

»Sie ist aber echt eine Schönheit.« Suzan klang immer noch völlig ungläubig. »Hat sie eine Lippentätowierung oder sonst eine Kennzeichnung?«

Tom zuckte entschuldigend die Schultern. »Das wissen wir noch nicht. Sie lässt niemanden an sich ran. Mich hat sie auch schon erwischt.« Er deutete auf den Dreck an seiner Hose. »Zum Glück war es nicht das schlimme Knie. Sonst könnte ich jetzt gar nicht mehr laufen.«

»Lass trotzdem mal einen Arzt darauf sehen«, sagte Suzan und Tom nickte knapp. »Wir sollten herausfinden, ob sie hier aus der Gegend stammt.« Sie wandte sich an ihren Mann. »Richard, sei du doch so lieb und ruf bei den umliegenden Höfen an, ob jemand eine kleine Araberstute vermisst. Stellt ihr einen Eimer mit Wasser hin und vielleicht auch etwas Hafer. Falls sich bis heute Abend niemand von den anderen Farmen gemeldet hat, rufen wir Doktor Braunegger an, dann muss er sie sedieren, damit wir in ihr Maul schauen können. Ich will mir schließlich nicht nach-sagen lassen, dass ich irgendjemandes Pferd gestohlen hätte.«

Ich warf Suzan einen kurzen Seitenblick zu und bewunderte sie dafür, wie unglaublich routiniert sie mit so einer ungewöhn-lichen Situation umging. Die Männer um sie herum nickten. Ihre Autorität schien unantastbar. »Schließt das hintere Tor«, fuhr Suzan fort. »Wenn wir gehen, machen wir das vordere auch zu. So kann sie sich frei in der Stallgasse bewegen, aber nicht abhauen. Sollte sie randalieren, müssen wir sie laufen lassen, dann tut es mir für den Besitzer leid. Er wird sie selbst wieder einfangen müssen.«

»Wollen Sie mal versuchen, sich ihr zu nähern?«, fragte Tom. »Es gibt ja auch Pferde, die haben Angst vor Männern.«

Suzan zuckte die Schultern. »Eine gute Idee.« Behutsam machte sie einen Schritt nach vorne, woraufhin die Stute sofort reagierte. Sie schüttelte den Kopf, sodass ihre helle Mähne wirkte, als wür-den Blitze um sie herumtanzen. In diesem Moment erinnerte ich mich an den Traum von letzter Nacht. Er war so deutlich und plötzlich so klar vor meinen Augen, als hätte ich all das wirklich erlebt. Meine Haare. Auch im Traum waren sie schon so hell ge-wesen, da war ich mir ganz sicher. Ich holte erschrocken Luft.

Sofort drehte Richard sich zu mir. »Alles in Ordnung?«

Ich nickte. »Danke, Richard, alles okay.« Das alles war reiner Zufall, sagte ich mir. Es konnte gar nicht anders sein.

Mit offensichtlicher Sorge im Blick drehte Richard sich wieder zu seiner Frau, die einen weiteren Schritt auf das majestätische Tier zuging. Die Stute wurde unruhiger, je näher Suzan kam. Sie stampfte mit den Vorderhufen auf und feine Staubpartikel er-hoben sich vom Boden. Ihr Schnauben klang wie eine Mischung aus Wut und Angst. Wieder schüttelte sie die beeindruckend schöne Mähne.

»Passen Sie auf!«, rief Tom eine Sekunde, bevor die Stute plötzlich stieg. Sie warf die Vorderhufe in die Luft und verfehlte Suzan nur um Haaresbreite direkt unter dem Kinn.

Doch Suzan reagierte so, wie es nur routinierte Pferdehalter können. Sie wich zurück und hob in einer beschwichtigenden Geste beide Hände. »Alles gut, Mädchen. Wir wollen dir nichts Böses.« Ich hingegen war viel zu verängstigt von diesem beeindruckenden Schauspiel, um mich zu bewegen. Denn obwohl die Stute kleiner war als die Quarter Horses in den Boxen, wirkte sie in diesem Moment so wild und gefährlich, dass es mir den Atem verschlug. Jetzt sah sie an Suzan vorbei und fixierte mich, den Kopf gesenkt wie ein Stier, der zum Angriff bereit war. Ich machte einen halben Schritt zurück und prallte gegen einen Arbeiter, der hinter mir stand. Noch bevor ich eine Entschuldigung murmeln konnte, machte die Stute zwei weitere Schritte in meine Richtung. Wieder wich ich zurück, wieder prallte ich gegen den Mann.

»Ariana, du verlässt sofort die Stallgasse.« Suzan stellte sich der Stute in den Weg. »Das hier ist nur etwas für Leute, die sich mit Pferden auskennen. Es ist zu gefährlich für dich.«

Ich nickte, doch mein Körper gehorchte mir nicht. Die Stute beachtete Suzan überhaupt nicht. Stattdessen wich sie ihr aus, nur um dann weiter auf mich zuzugehen. Sie sah mich direkt an und ihr Blick veränderte sich. Da war nicht mehr diese blinde Wut, die Verzweiflung und die Angst. Ihre Augen waren groß und pechschwarz. Sie glänzten wie polierter Obsidian. Der Kontrast zu ihrem schneeweißen Fell war einfach phänomenal und obwohl mir bewusst war, in was für einer bedrohlichen Situation ich mich befand, konnte ich die Stute nur anstarren. Urplötzlich wuchs in mir das unbändige Verlangen, sie zu berühren, mit der Hand über ihr weiches Fell zu streicheln und durch die silbrige Mähne zu fahren. Ich hatte noch nie in meinem Leben ein Pferd berührt. Als Großstadtmädchen, aufgewachsen in New York, hatte ich diese Tiere nur im Zirkus bewundert und auch auf der Ranch hatte ich mich bisher nicht näher herangetraut. Die Stute machte noch mal zwei Schritte auf mich zu, wobei ihre Hufe laut auf dem Steinboden klapperten.

»Ariana«, hörte ich Suzan mit Nachdruck sagen. »Dreh dich um und geh einfach langsam weg. Wir werden sie aufhalten, wenn sie dir folgt.«

Wieder konnte ich mich nicht rühren.

»Ariana, dreh dich um und geh weg. Los.«

Ich nickte, aber ich bewegte mich nicht. Die Stute betrachtete mich neugierig. Ihre Nüstern, die eine zarte rosa Färbung besaßen, bebten ganz leicht, als wolle sie meine Witterung aufspüren.

Wie in Trance streckte ich die Hand nach ihr aus.

»Ariana!« Suzans Ruf hallte durch die angespannte Stille. Keiner der Arbeiter rührte sich. Um uns herum schien die Zeit stillzustehen. Staub flirrte durch die Luft und für einen kurzen Moment schien selbst er sich nicht mehr zu bewegen. Die Stute machte zwei letzte Schritte auf mich zu und brachte den Duft von fallendem Schnee mit sich. Von Winter, von eisiger Kälte, von ewigen Einöden, von Licht und bodenloser Dunkelheit. Prickelnd, kalt und wie eine frische Brise hier im brütend heißen Texas.

Ihre samtweichen Nüstern berührten meine Handinnenfläche. Ich spürte ihren warmen Atem an meiner Haut und da wusste ich, dass sie mir niemals wehtun würde. Sie würde mich nicht angreifen, so wie sie es mit Suzan getan hatte.

Dann war die Welt wieder da.

Suzan holte scharf Luft, und um die Stute und mich wallte ein ungläubiges Gemurmel auf. Doch ich störte mich nicht daran. Ich machte einen Schritt auf die Stute zu und mit der freien Hand strich ich ihr durch die Mähne. Sie war unglaublich weich. Ihre spitzen Ohren kitzelten an meinem Kinn, als sie ihren Kopf an meine Armbeuge drückte und ihn senkte. Ich schmiegte meine Wange an ihre Stirn und schloss für einen kurzen Moment die Augen. Stille, Kälte, der Duft von fallendem Schnee.

Das hier war kein Kennenlernen. Es fühlte sich an wie ein Wiedersehen. So als hätten wir ewig aufeinander gewartet und einfach nichts davon gewusst. Als hätte uns das Schicksal zusammengeführt. Wie Schlüssel und Schloss, die perfekt zueinander passten. Wie die Zahnräder einer Uhr, die nahtlos ineinandergriffen. Ich atmete ihren frischen, eisigen Geruch ein und auch die Stute schnupperte vorsichtig an meiner Handfläche.

»Hallo«, flüsterte ich ganz leise und die Stute schnaubte wie zur Antwort. Ich lächelte, dann löste ich mich von ihr.

Alle um uns herum starrten uns an. Einigen Arbeitern standen sogar die Münder offen. Suzan sah aus, als habe sie einen Geist gesehen. Richard war kreidebleich. Toms Blick schwankte zwischen Ungläubigkeit und Anerkennung.

»Habt ihr eine freie Box für sie?«

Noch mehr ungläubige Blicke.

»Ich glaube, sie möchte sich etwas ausruhen.« Weder kannte ich die Stute, noch hatte ich Ahnung von Pferden. Trotzdem wusste ich es einfach. Ich konnte ihre Erschöpfung spüren und es schien, als würde sie auf eine Art mit mir kommunizieren, die nicht in Worte fassbar war. Da war dieses tiefe innige Band, das ich einfach nicht beschreiben konnte.

Suzan stellte sich zu uns. Die Stute legte erst die Ohren an, dann schnappte sie kurz nach ihr.

»Jetzt mal halblang, kleines Fräulein«, sagte Suzan streng. Zuerst dachte ich, sie habe mit mir gesprochen, doch ihr Blick lag auf der Stute, die nun ihren Kopf wieder eng gegen meinen Arm drückte.

»Wenn du freundlich bist, können wir dich hier unterbringen, bis sich dein Besitzer meldet. Wer pöbelt, fliegt raus.«

Trotz des strengen Tonfalls spielte ein Schmunzeln um ihre Lippen. Und auch ich musste lächeln. Ebenso wie Tom liebte Suzan jedes einzelne ihrer Pferde, als wären sie ihre Kinder. Und ganz bestimmt hätte sie die kleine Stute nicht wieder hinaus in die sengende Hitze geschickt, nur weil sie vor Angst ein paar Mal um sich getreten hatte. Ich streichelte beruhigend über ihre Mähne und sie blieb friedlich.

»Soll ich mal nachsehen, ob sie eine Tätowierung hat?«

»Gerne, aber sei vorsichtig.« Suzan behielt die Stute immer noch fest im Blick. »Vielleicht erinnert sie dein Parfüm an das ihrer Besitzerin und deshalb ist sie so zutraulich. Doch das kann jederzeit wieder umschlagen. Sie hat schon bewiesen, was für ein Temperament in ihr schlummert.«

Ich nickte zustimmend, doch ich machte mir nicht wirklich Sorgen.

»In Ordnung, dann hör mir jetzt gut zu. Stell dich seitlich zu ihr und lege deine rechte Hand auf ihre Nüstern. Dann kannst du die Oberlippe vorsichtig mit dem Daumen hochrollen. Aber pass auf ihre Zähne auf.«

Ich trat einen Schritt zur Seite und machte es genauso, wie Suzan es mir erklärt hatte. Als ich die Oberlippe der Stute berührte, blinzelte sie ein paar Mal, doch sie blieb ganz ruhig.

»Lass mich mal sehen«, sagte Suzan. Kurz darauf schüttelte sie den Kopf. »Nein, da ist nichts.«

Sie wirkte resigniert.

»Was, wenn sich niemand meldet?«

Suzan warf erst einen grüblerischen Blick auf die Stute, dann auf mich. »Meine Pferde sind viel größer und kräftiger als sie. Ich weiß nicht, ob sie es zulassen werden, dass sie sich in die Herde integriert.«

»Glaubst du, sie kann sich nicht gegen sie wehren?«

Suzan lächelte schief. »Das traue ich ihr durchaus zu, doch die Wahrscheinlichkeit ist sehr gering, dass hier wie aus dem Nichts ein Pferd auftaucht, das niemandem gehört.« Sie sah mich an. »Ich weiß, du magst sie. Und sie scheint dich auch zu mögen, das spürt man. Aber bitte finde dich damit ab, dass sie nur eine begrenzte Zeit bei uns sein wird. Irgendwann wird hier jemand vorbeikommen und sie suchen. Sie ist ein auffallend schönes Tier. Und ganz gewiss hat sie eine Stange Geld gekostet. Man wird mit ihr züchten wollen und für die Fohlen einen hohen Preis verlangen, allein schon wegen ihrer außergewöhnlich hellen Fellfarbe.«

»Kennen wir hier in der Gegend überhaupt jemanden, der Araber züchtet?«, fragte Richard. Die Arbeiter schüttelten den Kopf. Und auch Suzan tat es ihnen nach kurzem Überlegen gleich.

»Mir fällt absolut niemand ein, und ich bin hier geboren und aufgewachsen. Ich kenne jeden einzelnen Pferdehof, jeden Züchter, sogar die Großbauern hier in der Gegend. Klar halten sich auch die ein paar Pferde, aber das sind dann Arbeitstiere, die sich nicht zur Zucht eignen. Sie hingegen …«, Suzan deutete mit dem Kopf auf die Stute, »… ist so hübsch und perfekt, dass sie gewiss schon ein paar Preise gewonnen hat. Ich wüsste, wenn hier jemand solche Schmuckstücke züchten würde. Dennoch … In der freien Wildbahn wird sie derzeit kein Wasser finden können. Denn das ist ja durch die Alge vollkommen verseucht. Sie muss also jemandem gehören.«

Ich kraulte die Stute an der Wölbung ihres Halses, was sie mit einem leichten Schnauben kommentierte. »Möchtest du uns verraten, woher du kommst?« Sie schnaubte erneut. Was vielleicht eine Antwort war, die ich jedoch leider nicht verstand.

Suzan behielt mal wieder den Überblick. Sie klopfte mir auf die Schulter, dann drehte sie sich zu ihren Arbeitern.

»Peter, John und Emilio, ihr macht die Box ganz unten am Ende des Nordausgangs fertig.« Die Männer nickten und machten sich an die Arbeit. Die Stute drückte sich noch enger an mich, als wolle sie mir sagen: »Geh jetzt nicht, bleib bei mir. Ich fühle mich besser, wenn du da bist.«

Wieder spürte ich Suzans musterndem Blick. »Möchtest du dich um sie kümmern, während sie bei uns ist?«

Ich zögerte. »Ich habe überhaupt keine Ahnung von Pferden …«

»Ich kann dir alles erklären«, schlug Tom vor und stellte sich zu uns. Die Stute warf ihm einen Funken sprühenden Blick zu, doch dann schmiegte sie sich wieder an mich. »Hast du Lust?«

Ich brauchte nicht lange zu überlegen. Die bedingungslose Zuneigung, die mir die Stute entgegenbrachte, rührte mich und tat mir unglaublich gut. Es war schön, dass sie mir so sehr zu vertrauen schien. Und ich liebte es jetzt schon, meine Finger durch ihre lange Mähne gleiten zu lassen. »Ja, sehr gerne. Vielen Dank, Tom.«

Er lächelte erfreut. Tom hatte schon mehrmals versucht, mich für die Pferdepflege zu begeistern. Bisher hatte ich vor Suzans großen Quarter Horses noch zu viel Angst gehabt, um mich näher an sie heranzutrauen. Doch bei dieser Stute, klein und filigran gebaut, spürte ich dieses Unbehagen nicht.

»Dann ist es abgemacht.« Suzan schien zufrieden. »Tom, du nimmst Ariana unter deine Fittiche und erklärst ihr alles. Ariana, bleib du bitte bei der Stute, während die Box fertig gemacht wird. Ich bin mir sicher, sie folgt dir, wenn du vorausgehst. Solltest du irgendeine Veränderung in ihrem Verhalten spüren, dann mache sofort ein paar Schritte zur Seite.« Ihr Blick spiegelte Sorge, aber auch einen unverkennbaren Stolz wider. Wir lächelten uns an und das Kriegsbeil von heute Morgen schien erst mal begraben. Suzan räusperte sich. »Tom, pass gut auf sie auf. Sie ist den Umgang mit Pferden nicht gewöhnt.«

Tom setzte ein schelmisches Grinsen auf. »Diese Städter sind doch alle gleich. Typisch Touri eben.«

»Hey …« Ich knuffte ihn freundschaftlich vor den Oberarm. »Ist eine alte Cowboy-Weisheit«, verteidigte er sich lachend.

Ich schüttelte den Kopf. »Schon klar, Cowboy.« Die Stute sah zwischen uns hin und her, wobei sich ihre Ohren neugierig bewegten. Sie schien schon wesentlich entspannter als zu Beginn unseres Kennenlernens.

»Du lässt mich aber nicht mit ihr allein, oder?«

Er schüttelte den Kopf. »Keine Angst.«

»Tom hat recht. Du bist ein Großstadtmädchen und nicht mit Tieren aufgewachsen«, betonte Suzan erneut und ich wollte schon zu einer verärgerten Antwort ansetzen – denn immerhin besaß ich trotz alledem einen gesunden Menschenverstand und musste nicht bemuttert werden –, doch dann wurden ihre Züge weich. »Aber dieses Pferd und dich scheint ein ganz besonderes Band zu verbinden, und ich bin mir sicher, dass du das hervorragend machen wirst.«

»Das stimmt. Ihr passt echt super zusammen.« Tom deutete zwischen mir und der Stute hin und her, wobei er schon wieder ein feixendes Grinsen aufsetzte. »Ihr habt sogar fast die gleiche Fellfarbe.«

»Hey«, ich stupste ihn erneut an und die Stute ahmte meine Bewegung mit dem Kopf nach.

Tom lachte. »Gleiche Farbe, gleicher Sturkopf. Kein Wunder, dass es Liebe auf den ersten Blick war.«

Auf Suzans Miene zogen erneut Gewitterwolken auf. »Über die Haarfarbe sprechen wir später noch.«

Tom zwinkerte mir zu. »Sehr rebellisch.«

Ich verschränkte die Arme vor der Brust. »Soll ich dir was sagen? Ich wusste, dass dieses Pferd heute im Stall auftauchen würde, Cowboy. Und ich wusste, dass es für mich bestimmt ist, und genau deshalb habe ich mir über Nacht die Haare gefärbt, damit wir einfach perfekt zusammenpassen.« Es war eine unbedachte Aussage und Tom lachte laut. Aber innerlich hallten die Worte seltsam schrill nach. Es sollte ein Spaß sein, etwas, um die Stimmung aufzulockern und vielleicht auch, um Suzans finstere Miene zu vertreiben. Doch was, wenn an all dem wirklich etwas dran war? Es stimmte, unsere Haar- beziehungsweise Fellfarbe glich sich verdächtig. Aber wie konnte das sein? War es wirklich nur ein Zufall? Ich schüttelte über mich selbst den Kopf. Natürlich war es nur ein Zufall. Gleich würde irgendein aufgebrachter Züchter mit seinem beeindruckend großen Pick-up auf den Hof rauschen und nach einer Stute fragen, die ihm entlaufen war. Niemand würde ein so wertvolles Pferd einfach aufgeben. Die Stute war nicht für mich bestimmt. Sie gehörte jemand anderem und ich würde ihr bald Lebewohl sagen müssen. Der Gedanke daran machte mich unendlich traurig. Dann wollte ich lieber an die kitschige Vorstellung von Schicksal glauben – dass die Stute von irgendwoher aufgetaucht war, weil sie nach mir gesucht hatte. Weil wir ein lang verlorenes Doppel waren.

»Oh, die Box ist schon fertig«, unterbrach Suzan meine Gedanken. »Na dann. Auf geht's. Ariana, versuch mal, ob sie dir folgt.«

»Gerne«, stieß ich schnell hervor.

Tom und Suzan wichen zurück, denn die Stute würde sich umdrehen müssen, um mir hinterher zu laufen. Und das war etwas, was die beiden mir von Anfang an eingebläut hatten: Niemals hinter einem Pferd stehen, das man nicht kennt. Denn die Hinterbeine waren besonders kräftig und ein Tritt mit den Hufen konnte schwerste Verletzungen verursachen. Die beiden wichen also nach rechts und links in der Stallgasse aus, und auch ich machte einen großen Bogen um das Pferd, um dann in die entgegengesetzte Richtung der Stallgasse zu laufen. Die Stute sah mir kurz nach, dann folgte sie mir, genauso, wie Suzan es vorausgesagt hatte.

»Wunderbar«, hörte ich sie flüstern. »Das klappt ja wie am Schnürchen.«

Als wir die Box erreichten, stieg mir der Geruch von frischem, süßem Hafer in die Nase und mischte sich mit dem harzigen Duft des Holzes. Der Innenraum war sehr groß und gepflegt. Hier würde die Stute sich bestimmt wohlfühlen. Da die Box ganz außen lag, hatte sie nur zu ihrer Rechten ein fremdes Pferd. Selina war eines der älteren Tiere, das schon nicht mehr zur Zucht genutzt wurde. Sie beäugte den Neuankömmling gutmütig und widmete sich dann wieder ihrem Futter, ohne uns weiter zu beachten.

»Du gehst jetzt einfach bis zum Ende der Box und wenn die Stute dir gefolgt ist, gehst du an der Wand entlang wieder raus – in der Hoffnung, dass sie sich mit dir dreht. Verstanden?«

Ich nickte kurz. Suzan und Tom waren einige Schritte entfernt stehen geblieben, und auch Richard war uns gefolgt. Er hatte die Arme über der Brust gekreuzt und schien angespannt. Ich ging in die Box und wie auf Befehl kam die Stute hinter mir her.

»Schau mal, ist das nicht schön?« Die Stute stupste mich mit ihrer weichen Nase sanft in den Rücken und ich lachte. »Nein, ich ziehe hier nicht ein. Das wird dein Zuhause, solange du bei uns bist.«

Wie von Suzan erklärt, ging ich bis ans Ende der Box und dann nahe der Wand wieder zurück zum Ausgang. Die Stute schnüffelte kurz an dem bereitgelegten Hafer, kam mir aber gleich wieder hinterher.

»So, jetzt bleib einfach stehen.« Suzan mit ihren wedelnden Armbewegungen erinnerte mich entfernt an einen Fluglotsen. »Dreh dich zu ihr und hebe beide Arme langsam in die Luft. Sie wird wissen, dass sie anhalten muss.«

Ich tat, wie mir geheißen, und die Stute schien meine Geste

wirklich zu verstehen. »Ich habe noch nicht gefrühstückt«, sagte ich zu ihr. »Ich weiß nicht, wie es dir geht, aber vielleicht hast du auch Hunger?«

»Sehr gut«, sagte Suzan. »Rede mit ihr, beruhige sie. Sage ihr, dass du wiederkommen wirst, um dich um sie zu kümmern.«

Ich nickte. Die Stute senkte den Kopf, ihre Ohren zuckten. »Schau mal, der Hafer ist dir doch schon aufgefallen«, sagte ich. »Das habe ich genau gemerkt.«

Sie schnaubte und schüttelte den Kopf.

»Doch, doch, ich habe gesehen, wie du daran geschnuppert hast.«

Wieder schnaubte sie.

Hinter mir hörte ich Tom leise lachen.

»Pass auf, wir machen es so. Ich suche mir jetzt ein Frühstück und du nimmst auch einen Happen. Dann ruhst du dich ein bisschen aus. Und sobald ich mit dem Essen fertig bin, komme ich wieder zu dir. Dann zeigt Tom mir, wie ich dich ein bisschen hübsch machen kann, und wir beide unterhalten uns noch ein wenig. Wie ist das?«

Die Stute zuckte nur mit den Ohren, als wolle sie sagen: »Na, von mir aus. Aber schöner wäre es, wenn du gar nicht weggehen würdest.«

Ich lächelte sie an und strich zwischen ihren Ohren hinab bis zu ihren weichen Nüstern. »Ich komme bald wieder. Versprochen. Hab keine Angst, hier wird es dir gut gehen.« Sie senkte den Kopf, was ich als Einverständnis interpretierte.

»In Ordnung, dann sehen wir uns gleich.«

»Mach noch einen Schritt zurück«, sagte Suzan hinter mir. »Und dann zieh die Tür der Box langsam zu. Sie ist mit Sicherheit kein Wildpferd und wird diesen ganzen Prozess kennen. Versuch so zu tun, als wäre es das Normalste der Welt.«

»Bis bald, meine Kleine.« Ich griff nach einer der Metallstreben und zog die Tür daran zu. Es machte leise Klick, als das Schloss einrastete, woraufhin die Stute den Kopf hob und ihn gegen die Gitterstäbe presste, um mich anzusehen.

»Ich bin bald wieder da«, wiederholte ich ein letztes Mal. Dann stellte ich mich zwischen Suzan und Tom, die gespannt die Reaktion der Stute beobachteten. Doch sie blieb friedlich. Sie blinzelte, sah uns noch einmal alle drei an, dann drehte sie sich um und ich hörte sie wenig später an dem Hafer knabbern.

»Das hast du gut gemacht.« Suzan legte einen Arm um mich. »Jetzt hast du dir dein Frühstück redlich verdient.«

Ich seufzte theatralisch. »Ich habe schon immer geahnt, dass ich hier eines Tages für mein Essen arbeiten müsste.«

Tom lachte. »So wie wir alle, Kleines, so wie wir alle.«

Richard klopfte mir anerkennend auf die Schulter. »Eine Pferdeflüsterin auf dem Hof ist wirklich eine Bereicherung.«

Ich grinste, wurde aber tatsächlich aus Verlegenheit ein wenig rot und schüttelte bloß den Kopf, weil mir keine passende Antwort einfiel. Innerlich jedoch fühlte ich mich so glücklich wie schon lange nicht mehr.

Kapitel 6

»Was war denn das für eine Aufregung gerade?«, fragte Macy, als wir die große gemütliche Küche der Ranch betraten. Sie war dabei, das Geschirr aus der Spülmaschine zu räumen, und die Geschichte der kleinen Stute war wohl noch nicht zu ihr vorgedrungen. Ich wollte gerade zu einer Antwort ansetzen, da knurrte mein Magen so elendig, dass sich sofort ein Lächeln auf Macys Gesicht malte. »Ach, du arme Kleine, es wird Zeit, dass du endlich etwas in den Magen bekommst. Es ist ja schon nach Mittag. Soll ich dir noch ein paar Pancakes machen?«

Ich nickte dankbar und ließ mich auf einen der Stühle sinken.

»Du verwöhnst sie, Macy«, sagte Suzan und setzte sich neben mich. »Haben wir noch Kaffee?«

Macy wirbelte durch die Küche, als habe sie acht Arme. Gerade eben noch hatte sie den Pancake-Teig aus dem Kühlschrank geholt, nun stellte sie Suzan schon die Kaffeekanne samt Tasse vor die Nase. »Wohl bekomm's.«

Richard, der kurz im Arbeitszimmer verschwunden war, um nach dem Telefonbuch zu suchen, gesellte sich zu uns. »Oh, es gibt noch Kaffee, herrlich.«

Wortlos reichte Macy auch ihm einen Becher. »Danke dir, du bist ein Engel.«

»Gerne.« Macy wandte sich wieder zurück zum Herd, wo bereits eine Pfanne mit geschmolzener Butter stand. Eine kleine Gasflamme tanzte darunter und sofort roch es unglaublich verführerisch nach süßen Pancakes. Während ich auf mein Essen wartete, gab ich Macy eine Kurzfassung der Geschehnisse.

»Wer züchtet denn hier in der Gegend Araber?«, fragte sie, während sie die drei kleinen Pfannkuchen schwungvoll wendete. »Das arme Tier muss ja Hunderte Meilen gelaufen sein.«

»Das ist ja das Komische.« Suzan stellte ihren Kaffeebecher wieder ab, um noch mal nach dem Milchkännchen zu angeln, das in der Mitte des Tisches stand. »Die Stute wirkt, als wäre sie geradewegs vom Himmel gefallen. Wir alle wissen, wie Wildpferde aussehen, wenn sie tagelang gerannt sind. Sie sind dreckig, verschwitzt, ausgehungert und haben überall Moskitobisse. Mähne und Schweif sind verknotet, die Augen verklebt und entzündet vom Staub. Mal ganz davon abgesehen, dass es durch die Algenplage keine natürliche Wasserquelle weit und breit gibt, die nicht verseucht ist. Dieses Pferd sieht aus, als habe man es nur aus einem Hänger geführt und in unsere Stallgasse gestellt. Es ist absolut mysteriös.«

Richard legte seinen Arm auf Suzans Stuhllehne ab. »Zerbrich dir nicht den Kopf, Liebes. Jemand, dem so ein Tier wegläuft, sucht meilenweit nach ihm.«

Bei Richards Worten ließ ich den Kopf hängen und nickte nur kurz, als Macy mir ein großes Glas Zitronensprudel vor die Nase stellte. Ich war durstig, doch der Kaffee roch eindeutig verführerischer. »Danke, aber ich glaube, ich brauche auch einen Kaffee«, murmelte ich. Weil es mir unangenehm war, dass Macy mich dauernd bediente, rutschte ich aus der Bank, um mir einen Becher zu holen.

Macy schnalzte erst tadelnd mit der Zunge, zwinkerte mir dann aber dankbar zu.

»Darfst du denn schon Kaffee trinken?«, fragte Suzan. »Dürfen Minderjährige Kaffee trinken?«

Sie sah zu Richard, doch der zuckte die Schultern. »Da bin ich überfragt.«

»Ich darf Kaffee trinken«, erwiderte ich leicht genervt. Manchmal hatte ich das Gefühl, dass Suzan mich für eine Fünfjährige hielt. Bisher hatte ich zwar morgens darauf verzichtet, da Heißgetränke bei 30 Grad im Schatten nichts für mich waren, aber nach dieser Nacht sehnte ich mich nach einem Koffeinkick. »Es ist ja nicht so, dass ihr mir noch ein Fläschchen zubereiten müsst.«

Macy kicherte leise. »Ein Baby auf der Ranch wäre doch auch entzückend.«

Suzan sah streng zu mir. »Betrachte das bloß nicht als eine Aufforderung.«

»Genau.« Richard nickte, doch ein Grinsen zuckte um seine Mundwinkel. »Kein Freund vor dem College. Haben wir uns verstanden?«

Ich spielte mit und stöhnte theatralisch. »Das hier ist keine Ranch, das ist ein Kloster. Kein Kaffee, keine Jungs, nicht mal das Pferd darf ich behalten.«

Suzan blieb ernst und rührte energisch in ihrem Kaffeebecher. »Es gehört uns nicht. Ich werde mir nicht nachsagen lassen, dass ich das Eigentum anderer Leute unterschlage.«

Sie drehte sich zu Richard. »Wir sollten mit den Formalitäten beginnen. Ariana kann jetzt in Ruhe frühstücken und danach ist sie bei Tom im Stall. Ich werde mich vor die Züchterliste setzen und alle im Umkreis von vierzig Meilen anrufen. Dann kontaktiere ich auch noch Dr. Braunegger. Als zuständiger Tierarzt hier in der Gegend sollte er eigentlich wissen, ob jemand eine kleine Araberstute vermisst. Oder zumindest, dass jemand so ein auffallend hübsches Tier besitzt. Du hast zu tun, oder?«

Richard bereitete sonntags immer seinen Unterricht für die nächste Woche vor. Als Geschichtsdozent sorgte er für ein regelmäßiges Einkommen und das schien jetzt wichtiger denn je. Suzan hingegen konnte nie voraussehen, wann sie eins ihrer Pferde verkaufen würde. Sie züchtete selbst, doch nicht immer wurden die Schwangerschaften erfolgreich ausgetragen. Dann hatte sie viel Geld investiert und das Fohlen starb bei der Geburt oder noch weit davor. Pferdezucht war nur schwer zu kalkulieren.

Richard nickte. »Aber sobald ich damit fertig bin, unterstütze ich dich.«

»Das ist lieb von dir.« Suzan lächelte dankbar und wie auf ein geheimes Zeichen erhoben sich beide mit ihren Kaffeebechern.

»Bleib bitte vorsichtig, Ariana.« Meine Tante sah mich eindringlich an. »Und mach, was Tom dir sagt. Er ist ein Profi. Du kannst ihm vertrauen.«

Ich nickte. »Alles klar.«

Die beiden verließen die Küche und Macy stellte mir postwendend einen großen Teller mit Pancakes hin. Dazu reichte sie mir ein Kännchen mit Ahornsirup und eine Schüssel Blaubeeren. »Die riechen wunderbar, Macy. Vielen Dank. Ich bin kurz vorm Verhungern.«

Sie lächelte. »Lass es dir schmecken.«

Ich suchte mir Messer und Gabel aus dem Becher mit Besteck, der neben dem Milchkännchen und einem Stapel Servietten auf dem Tisch stand, und begann sofort zu essen. Die Pancakes schmeckten süß, mit einem Hauch von Sahne und einer leicht nussigen Note. Ich seufzte genüsslich. Mom hatte immer Pancakes aus einer Tütenmischung zubereitet. Die waren zwar auch lecker gewesen, aber lange nicht so aromatisch wie Macys. Trotzdem versetzte mir die Erinnerung einen kleinen Stich. Gerade als ich wieder in Traurigkeit versinken wollte, brummte das Handy in meiner Tasche und ich zog es hervor. Mein Herz machte einen kleinen Satz. *Tammy! Na endlich.*

Doch die Freude war nur von kurzer Dauer, denn mal wieder ging sie überhaupt nicht auf das ein, was ich ihr geschrieben hatte. Dabei hatte ich ihr das Haarfarben-Drama in allen Ausmaßen geschildert. Als beste Freundin sollte sie zumindest danach fragen, stattdessen schickte sie einfach nur ein paar Bilder aus dem Restaurant ihrer Eltern und ein Selfie aus unserem Lieblings-Secondhandshop im East Village. Das passte so gar nicht zu ihr. Eigentlich hatte ich damit gerechnet, dass sie mich endlos mit meinen Verschwörungstheorien aufziehen oder mir sogar bei der Lösung dieses Rätsels helfen würde. Sie war immer noch online. Also schrieb ich schnell zurück.

Ich habe jetzt übrigens ein Pferd. Es hat die gleiche Fellfarbe wie ich. Haha. Klingt das nicht witzig? Es stand plötzlich einfach im Stall und es war Liebe auf den ersten Blick. Suzan versucht nun, den Besitzer zu finden, aber ich hoffe, dass sie keinen Erfolg damit hat. Ich will es behalten.

Die Nachricht wurde als gelesen markiert, doch Tammy antwortete nicht.

Alles okay?

Nichts.

Brauchst du Hilfe?

Endlich erhielt ich eine Antwort.

Was ist das für eine Frage?

Tams, ich habe dir gerade einen halben Roman geschrieben
und heute Morgen noch mehr. Und du hast rein gar nichts
dazu zu sagen?

Mittlerweile war ich nicht mehr verwundert, sondern sauer. Offenbar hatte sie mich tatsächlich abserviert. Kaum dass ich New
York verlassen hatte, interessierten sie meine persönlichen Probleme einen Dreck. Ich konnte es einfach nicht fassen. Tammy
und ich waren Freundinnen seit dem Kindergarten. Wieso hatte
sie sich plötzlich so sehr verändert?
    Doch mit der nächsten Antwort nahm sie mir den Wind aus
den Segeln.

Haha, du Psycho, hast du Mondsüchtige etwa im Schlaf
deine Haare gefärbt? Ich komme gerade gar nicht klar.
Schick mal ein Foto von deinem neuen Look. Und was soll
die Geschichte mit dem Pferd? Haben sie dir in Texas etwa
irgendwelche Drogen untergejubelt? Komm bloß wieder
zurück, du drehst ja völlig durch.

Okay, das klang definitiv nach Tammy. Doch warum hatte sie nicht schon vorher geantwortet? Und wieso überging sie auch jetzt meine Wut und Besorgnis? Hatte ich sie vielleicht geweckt und sie war noch zu verschlafen, um richtig mitzukommen?

Wenn Tammy im Restaurant aushelfen musste, blieb sie häufig sehr lange wach und dann schlief sie bis mittags. Ich schluckte meine Wut herunter und beschloss, das Ganze erst mal zu ignorieren. Denn auch wenn ich misstrauisch war, brauchte ich jetzt meine beste Freundin. Also antwortete ich ihr noch einmal ausführlich zu all den neuen Ereignissen und machte sogar ein Selfie von mir, um ihr meine weißblonden Haare zu zeigen.

Tammy klang nun wieder wie immer. Sie wollte wissen, wie es in der Schule lief und ob ich mit Suzan und Richard klarkam. Als ich ihr von Noemi und ihrem pastellfarbenen Gefolge erzählte, drohte sie nach Littlecreek zu kommen und Prinzessin Puderrosa persönlich in den Hintern zu treten, wenn sie mich nicht in Ruhe ließ. Ich lachte. Typisch Tammy!

Dann nörgelte ich über den schlechten Internetempfang auf der Ranch und versicherte Tammy, dass ich mir bald einen WLAN-Repeater zulegen würde, damit ich das Smartphone in meinem Zimmer nutzen konnte, ohne minutenlang darauf warten zu müssen, dass die Seiten sich aufbauten. Um auch etwas Positives zu berichten, schwärmte ich noch etwas von der kleinen Stute. Woraufhin Tammy eine ganze Batterie Herzchen-Emojis schickte. Sie brachte mich auf den neuesten Stand, was den Klatsch und Tratsch in meiner alten Klasse betraf – wer sich mal wieder von wem getrennt hatte beziehungsweise wer zusammengekommen war. Früher hatten wir unser gesamtes Leben auf Instagram geteilt, doch nun, da ich irgendwo im Nirgendwo und ohne richtigen Internetempfang gestrandet war, hatte ich es aufgegeben, meinen Feed aktuell zu halten.

Kurz darauf kündigte Tammy an, dass sie gleich zum Kampfsporttraining wollte. Als ich noch in New York gelebt hatte, hatte sie mich ab und an mitgezerrt und während ich schon nach zehn Minuten außer Puste gewesen war, konnte dieses kleine Energiebündel gar nicht genug kriegen. Irgendwie vermisste ich diese Strapazen …

Inzwischen hatte ich meine Pancakes verputzt, und wir beschlossen, heute Abend noch mal zu texten. Ich nahm meinen Teller, das Besteck und den Becher und räumte sie in die Spülmaschine, während Macy schon mit dem Mittagessen beschäftigt war. Sie kämpfte mit einem riesigen Weißkohl und einer Küchenreibe, vermutlich um ihren berühmten Coleslaw zu produzieren. Daneben lagen ein paar Möhren, die sie unter das Weißkraut mischen würde. Mom war nie eine große Köchin gewesen und wir hatten viel bestellt oder Fertiggerichte gegessen. Deshalb war ich immer wieder aufs Neue fasziniert, wie kreativ und abwechslungsreich die Arbeit in der Küche doch zu sein schien. Wäre ich nicht mit Tom verabredet, hätte ich Macy angeboten, ihr zu helfen. Doch ich konnte es kaum erwarten, zurück in die Stallungen zu kommen. Ich bedankte mich bei Macy, die mir noch die Zeit fürs Mittagessen nannte, dann verließ ich die Küche, um mich wieder zu der mysteriösen kleinen Stute zu begeben.

Zurück in den Stallungen fehlte von Tom jede Spur. Ich betrat die Stallgasse und ein paar der Pferde hoben neugierig den Kopf.

»Hallo zusammen«, rief ich in die Runde, wobei ich keine Ahnung hatte, ob es üblich war, Pferde zu grüßen. Aber das war mir im Grunde auch egal. Einige der Tiere antworteten mit einem freundlichen Schnauben. Mit klopfendem Herzen lief ich durch die Stallgasse, bis ich das nördliche Ende erreicht hatte. Die kleine Stute kam sofort zu mir und ich streckte eine Hand durch das Gitter, weil ich nicht wusste, ob ich die Box einfach öffnen durfte.

»Na, meine Kleine, schon ein bisschen eingelebt?« Sie presste ihre Nüstern in meine Handfläche.

»Ach, du bist schon da«, erklang es hinter mir. Tom kam die Stallgasse hinunter auf mich zu, schwer beladen mit allerlei Utensilien. Er stellte einen großen Plastikkasten auf den Boden, der entfernt aussah wie ein Schminkkoffer. Was kam denn nun?

»Eine gute Möglichkeit, engeren Kontakt zwischen Reiter und Pferd herzustellen, ist der gemeinsame Akt der Fellpflege«, erklärte Tom mit seltsam feierlicher Stimme. Ich hob fragend die Augenbrauen.

»Ich komme nicht ganz mit.«

Tom grinste. »Hat auch niemand erwartet, Stadtkind.«

»Hey.« Schon wieder knuffte ich ihn vor den Oberarm. Tom war Ende zwanzig und absolut nicht in der Position, mich Kind nennen zu dürfen. Sein Grinsen wurde noch breiter.

»Ohren gespitzt und zugehört.« Er hob einen Zeigefinger. »Bevor wir die Box öffnen, versichern wir uns, dass es dem Pferd gut geht. Und versuchen herauszufinden, in was für einer Stimmung es heute ist. Fest angelegte, nach hinten gedrehte Ohren bedeuten häufig Alarm. Dann musst du genau auf seine Körperspannung achten, um herauszufinden, ob es nur ein Geräusch gehört hat oder wirklich ängstlich ist. Merk dir das.«

Ich nickte.

»Die Kleine da wirkt angespannt, aber vor allem neugierig. Das heißt, wir können die Boxentür gefahrlos öffnen und ihr Hallo sagen.« Er zog schwungvoll an den Gitterstäben und die Tür glitt zur Seite.

»Na, wie geht's dir?«, begrüßte er die Stute. Sie stampfte ein paarmal mit den Vorderhufen auf, doch sie wirkte weder aggressiv noch angriffslustig.

»Sehr schön«, sagte Tom. »Ich hoffe, du bringst ein wenig Geduld mit.«

Ich sah zu ihm, doch er redete offenbar mit der Stute. Na herzlichen Dank …

»Komm, stell dich neben mich«, wies Tom mich an. Er strich der Stute einmal prüfend über den Rücken. »Sie sieht zwar aus wie aus dem Ei gepellt, aber es kann nicht schaden, wenn ich dich mit ein paar üblichen Handgriffen in Sachen Pferdepflege vertraut mache. Sieh dir mal den Inhalt der Putzbox an.«

Ich fand den Schnappverschluss des großen Plastikkoffers und bog ihn auf. Er glitt zu beiden Seiten auseinander und teilte sich in mehrere Etagen. Die Box war gefüllt mit unterschiedlichen Bürsten und anderen Werkzeugen, die ich nicht ganz zuordnen konnte.

»Ich soll ihr also einfach die Haare kämmen?« Wie schwer konnte das schon sein?

»Es geht hier tatsächlich nicht nur ums Putzen beziehungsweise ›Haare kämmen‹.« Er schien sich schon wieder ein Grinsen verkneifen zu müssen. »Es geht auch um den Kontakt zwischen Pferd und Reiter, das hatte ich doch gerade schon erklärt.«

»Okay.«

Tom schob den Kasten mit dem Fuß an, sodass er zwischen

uns stand. »Siehst du die Bürste da oben?« Er zeigte auf eines der größeren Exemplare. »Man nennt sie Striegel. Du schiebst deine Hand unter den Griff, sodass sie flach auf dem Bürstenkopf liegt.« Er nahm den Striegel aus dem Kasten, streifte ihn über meine Hand und zeigte mir, wie ich ihn halten sollte. »Und dann führst du ihn mit kreisenden Bewegungen über das Fell.«

Für mich war es logisch, am Kopf anzufangen, doch Tom fing meinen Unterarm ab. »Nein, nicht dort. Der Kopf, die Innenseite der Schenkel und auch der Halsansatz sind besonders empfindliche Stellen, für die wir noch andere Bürsten haben.«

»Okay.« Schnell zog ich meine Hand weg.

»Fang hier an.« Tom dirigierte mich zur Flanke der Stute.

»Und jetzt immer schön mit kreisenden Bewegungen arbeiten.«

Vorsichtig setzte ich den Striegel an und überraschenderweise glitt er viel leichter über das Fell, als ich erwartet hatte.

»Damit löst du groben Dreck und Schlamm«, erklärte Tom. »Aber viele Pferde mögen es auch, einfach nur so gestriegelt zu werden, und empfinden es als Zuwendung.«

Das schien auch hier der Fall zu sein. Die kleine Stute hatte ihren Kopf zu mir gedreht und drückte ihre weichen Nüstern an meinen Arm. Mein Herz sank. »Also ist sie kein Wildpferd?« Trotz Suzans Ausführungen am Esstisch hatte ich diese Hoffnung noch nicht ganz aufgegeben. Die Hoffnung, dass die kleine Stute keinen Besitzer hatte, sondern einfach zu mir gehörte …

Tom gluckste leise. »Wenn sie ein Wildpferd wäre, hätten wir sie nicht mal in diese Box bekommen.«

Ich seufzte innerlich, überspielte meine Enttäuschung aber mit einem verlegenen Lachen. »Entschuldige, ich habe wirklich überhaupt keine Ahnung.«

»Du kannst mir so viele Fragen stellen, wie du möchtest.« Er sah mich ernst an. »Es gibt keine dummen Fragen. Und je mehr du wissen willst, desto mehr zeigst du, dass du wirklich Interesse an den Tieren hast. Also, löchere mich ruhig, dafür bin ich da.«

»Danke. Ich fürchte nur, du wirst einiges an Geduld brauchen.«

Er winkte ab. »Kein Problem. Ich werde dich herumkommandieren, dich ständig abfragen und wenn du ein Profi im Striegeln bist, dafür einspannen, den gesamten Zuchtbetrieb – und das sind immerhin knapp fünfzig Pferde – jeden Morgen vor der Schule aufzuhübschen. Mal sehen, was du dann sagst.«

Ich schüttelte den Kopf. »Ich habe es geahnt.«

Tom lachte kurz, dann hob er eine weitere Bürste aus der Putzbox. »Das hier ist eine Wurzelbürste, die hast du bestimmt schon mal gesehen.«

Ich nickte. So ähnlich sahen die Bürsten aus, mit denen die Schuhputzer in New York arbeiteten.

»Normalerweise hat jedes Pferd seinen eigenen Putzkasten, das hat hygienische Gründe. So können zum Beispiel Krankheiten nicht so leicht übertragen werden. Dies ist unser Ersatzequipment. Ich habe die Bürsten alle noch mal desinfiziert, deshalb hat es vorhin etwas länger gedauert.«

»Soll ich dann jetzt die Wurzelbürste benutzen?«, fragte ich. »Ich habe die andere Seite doch noch gar nicht bearbeitet.«

Tom machte eine wegwerfende Handbewegung. »Im Moment ist es nur Unterricht. Du putzt sie ja nicht wirklich, denn das hat sie gar nicht nötig.«

Tom nahm mir den Striegel aus der Hand und gab mir die Wurzelbürste. »Weiter geht's. Keine Müdigkeit vortäuschen.« Ich bürstete vorsichtig über die bereits gestriegelten Stellen.

»Genau so. Das reicht fürs Erste. Jetzt nehmen wir mal an, die gröbsten Schmutzpartikel sind abgebürstet, dann greifen wir uns die Kardätsche.«

»*Kardashian?*«, wiederholte ich lachend. »Haben die jetzt schon eine Linie für Pferdepflegeprodukte auf dem Markt?«

Tom verdrehte die Augen. »Kar-dät-sche. Damit bekommt man auch den feinen Staub aus dem Fell.«

»Schon klar, das war doch nur ein Witz.« Ich nahm Tom die ovale Bürste aus der Hand und schob mir den Riegel über die Finger. Doch als ich der Stute damit über das Fell strich, lief ein Zucken über ihre Haut. Sie schüttelte die Ohren und drückte ihren Kopf enger gegen meine Schulter.

Tom hielt meine Hand fest. »Moment, das hätte ich dir sagen müssen. Du darfst immer nur in Wuchsrichtung bürsten. Schau, so.« Er glitt mit der Hand über das Fell.

Ich startete einen neuen Versuch und dieses Mal schien es der Stute zu gefallen.

»Prima. Nehmen wir mal an, dass das Fell nun perfekt sauber ist und glänzt. Jetzt widmen wir uns der Mähne. Manche Tiere kehren nach zwei Stunden auf der Weide in den Stall zurück und haben einen halben Urwald in Schopf und Schweif hängen, andere sehen aus, als hätten sie ihre Box gar nicht verlassen. Es kommt also immer ein wenig auf das Temperament an, wie intensiv dieser Schritt ausfallen muss. Gras oder Blätter kannst du einfach per Hand entfernen. Dann nimmst du einen Kamm oder auch die Wurzelbürste, um ein noch schöneres Ergebnis zu erhalten. Wir beschränken uns jetzt mal nur auf ihre Mähne, denn so müssen wir uns nicht hinter sie stellen. Sie ist immer noch ein fremdes Pferd und um den Schweif zu bürsten, braucht es schon einiges an Vertrauen zwischen Reiter und Tier.«

Ich war einverstanden, denn obwohl ich die kleine Stute sofort ins Herz geschlossen hatte, hatte ich immer noch ziemlichen Respekt vor ihr. Mit der Wurzelbürste kämmte ich ihr durch die seidige Mähne. Wieder lief ein Zucken durch ihren Körper, doch dieses Mal schien es eher ein Zeichen von Zustimmung zu sein, denn sie schnaubte leise.

»Sie ist wirklich brav«, stellte Tom lächelnd fest. »Jetzt könntest du ihr noch die Augen putzen. Aber nötig ist es nicht.«

Zärtlich ließ ich meine Finger durch die Mähne der Stute gleiten. »Ich glaube, für heute ist es genug. Mein Herz klopft mir immer noch bis zum Hals und wenn ich oben auf meinem Zimmer bin, garantiere ich dir, dass ich das Adrenalin aus meinen Sneakers schütten kann.« Tom lachte und die Stute drehte die Ohren, als wolle sie verstehen, was so lustig war.

»Alles klar. Das war wirklich sehr viel Information.« Tom bückte sich zu der Box und klappte sie zu. »Normalerweise räumen wir die Putzkästen alle in eine Kammer, dass sie nicht im Weg herumstehen.« Er kam wieder hoch. »Aber diesen lasse ich hier neben der Box stehen, dann findest du ihn sofort. Wir sollten das heute Abend noch mal wiederholen, einfach, damit du ein wenig Routine bekommst. Nachdem sie abgeholt wurde, kann ich dich dann direkt anderswo einspannen.«

Ich lächelte, doch innerlich kroch wieder diese Traurigkeit in mir hoch. Die Vorstellung, dass die Stute bald wieder fortging, erschien mir unerträglich.

»Kann ich dich einen Moment mit ihr alleine lassen?«

Ich nickte schnell. »Natürlich.«

Tom betrachtete die Stute kurz. »Aber tu mir einen Gefallen: Stell dich mit dem Rücken gegen die Boxentür.« Er zeigte mir, wie ich mich positionieren musste. »So hast du sie zwar im Blick, aber immer die Möglichkeit, aus der Box zu flüchten, sollte sie doch noch durchdrehen.«

»Das glaube ich nicht, denn …«

»Sie ist ein Tier und kein Mensch, Aria. Das musst du dir immer wieder sagen«, unterbrach Tom mich scharf. »Ich sage mir das auch jeden Tag. Pferde sind sehr groß und kräftig und haben einen ausgeprägten Fluchtinstinkt. Es braucht nur ein lautes Geräusch, etwas fällt um oder ein Wassereimer scheppert, und sie steigen und ergreifen die Flucht. Die Stute wird es gar nicht böse meinen und dich sicherlich nicht absichtlich verletzen wollen, trotzdem musst du bitte immer vorsichtig sein. Versprich mir das.«

Ich nickte.

»Also noch mal, ich lasse dich mit ihr alleine. Aber wirklich nur für einen kurzen Moment. Drüben im Südstall haben wir eine trächtige Stute, die wir engmaschig überwachen müssen. Eigentlich sehe ich alle halbe Stunde nach ihr, also wird es jetzt dringend Zeit.« Er sah mich noch einmal eindringlich an. »Denk daran, du kannst in der Box bleiben und dich mit ihr unterhalten und sie streicheln, aber bleib mit dem Rücken zum Ausgang. Wenn sie irgendetwas macht, das dir komisch vorkommt, reißt du die Tür auf, lässt dich in die Gasse fallen und rollst aus dem Fluchtweg. Haben wir uns verstanden?«

Ich nickte erneut. »Es wird schon nichts passieren. Da bin ich mir ganz sicher.« Ich strich der Stute über die Nüstern.

Tom lächelte. »Wenn man euch so beobachtet, könnte man meinen, ihr wärt zusammen aufgewachsen.«

Ich erwiderte sein Lächeln. »Danke.«

Tom verließ die Box und ich blieb mit der Stute zurück.

»Hat dir das gefallen?« Sie schnaubte und kam auf mich zu – so langsam und bedächtig, als wollte sie mir beweisen, dass sie mir nicht gefährlich werden würde. »Du bist ganz schön verschmust«, stellte ich fest, als sie ihre Nüstern wieder unter meinen Arm schob. Ich senkte den Kopf und lehnte meine Wange an ihre Stirn. Sie rührte sich nicht, nur hin und wieder zuckten ihre Ohren, während ich mit den Fingern durch das lange seidige Fell ihrer Mähne fuhr.

Wieder stieg mir ihr eigentümlicher Duft in die Nase. Ein Geruch, der so gar nicht hierher ins brütend heiße Texas passte. Kühl wie der frische Nordwind, eiskalt, knisternd fast wie das Prickeln von Kohlensäure auf der Haut. Dazu etwas Pulvriges, das mir auf seltsame Weise vertraut schien. Ich konnte es nicht einordnen. Seltsam.

Doch die frische Kälte überwog und brachte den Duft von Schnee mit sich. Schon als kleines Kind war ich an kalten Wintertagen vor die Haustür getreten, hatte tief Luft geholt und den aufkommenden Schnee gerochen. Als ich zwölf Jahre alt war, waren meine Eltern und ich zum Skifahren nach Vermont gefahren. Noch heute erinnerte ich mich an das klirrend kalte Aroma des Winters.

»Du bist Snow«, flüsterte ich. Die Stute schnaubte leise und drückte sich noch ein wenig enger an mich. Ich brach ab, weil ich plötzlich einen Kloß im Hals hatte. »Weißt du eigentlich, wie ich heiße?« Sie rührte sich nicht. »Ich heiße Aria.« Wieder ließ ich meine Finger durch ihre Mähne gleiten. »Aria und Snow. Klingt das nicht wunderschön?«

Sie bewegte ihren Kopf und hätte ich es nicht besser gewusst, würde ich es für ein Nicken halten.

»Ich will nicht, dass du gehst.« Der Kloß in meinem Hals wurde noch größer. »Sag mir, dass du bleiben kannst. Sag mir, dass ich dich nicht wieder hergeben muss.«

Snow löste sich von mir und ihre Augen zuckten nervös. Ich wusste nicht, wie ich reagieren sollte, aber ich spürte keine Angst, als sie ganz leicht die Lippen auseinanderschob und ihr beeindruckendes Gebiss zum Vorschein kam. Ihre Nase glitt an mir vorbei und ich hielt ganz still. Dann knibbelten ihre Lippen zärtlich an meiner Armbeuge. Es kitzelte und ich musste unwillkürlich lachen. Obwohl ich die Sprache der Pferde nicht verstand, war ich mir sicher, dass Snow mich mit dieser Geste aufheitern wollte.

»Danke schön.«

Für einen Moment standen wir einfach nur da und ich genoss die Zuneigung, die Snow mit jeder Pore verströmte. Ich fühlte mich so wohl in ihrer Gegenwart, so willkommen und geborgen zugleich. Mit ihr schien die Zeit einfach stillzustehen.

Ich fuhr unwillkürlich zusammen, als ich plötzlich Schritte hinter mir hörte.

»So, da bin ich schon wieder.« Tom klang angespannt, obwohl er versuchte, seiner Stimme einen fröhlichen Tonfall zu verleihen. Ob mit der schwangeren Stute alles in Ordnung war? »Wie ist die Lage, die Damen?«

Ich drehte den Kopf, so gut es ging, zu ihm, ohne mich von Snow zu lösen. »Hier ist alles bestens.«

»Sehr schön, dann komm mal raus und ich zeige dir, wo du das Wasser für sie nachfüllen kannst.« Ich streichelte Snow noch einmal, dann öffnete ich die Box und trat hinaus in die Stallgasse.

»Darf ich Snow auch mal eine Möhre geben?«

»Wer ist Snow?«

Etwas verlegen sah ich zur Seite. »Das ist die Stute. Ich habe sie Snow getauft.«

Tom warf der Stute einen Blick zu, dann sah er mich ernst an. »Aria, ich gebe dir jetzt einen guten Rat und das soll nicht oberlehrerhaft klingen. Dieses Pferd gehört jemandem und sie wird uns über kurz oder lang wieder verlassen müssen. Mach nicht den Fehler und verschenke dein Herz an sie, denn es beschert dir nur unnötigen Kummer.« Er legte eine Hand sanft auf meine Schulter. »Und du hast in letzter Zeit schon genug durchgemacht.« Toms Geste war freundschaftlich, ja fast väterlich und ich wusste, dass er es nur gut mit mir meinte. »Aber ich muss gestehen, dass Snow ein wirklich schöner Name für sie ist.«

Ich gab mir alle Mühe, doch meine Stimme zitterte trotzdem ein wenig. »Danke dir. Es war auch einfach nur so eine Idee, weil ihr Fell so hell ist.«

»Du bist jung und wir alle machen Fehler, das gehört zum Leben dazu. Nur du musst dich schützen. Deshalb sage ich dir das.«

Ich warf Snow einen letzten Blick zu. Tom ging samt Eimer voraus, vermutlich um mir noch einen Moment zu geben.

»Ich bin gleich wieder da«, flüsterte ich. Die Stute schnaubte leise, als ich mich abwandte. Ich hatte Tom nicht verraten, dass ich Snow den Namen nicht wegen ihrer Fellfarbe gegeben hatte. Ich hatte ihren Namen in meinem Kopf leise widerhallen hören, noch bevor ich ihn ausgesprochen hatte. Er war plötzlich einfach da gewesen, wie ein Flüstern im Wind.

Und ich hatte ihn einfach nur wiederholt.

Kapitel 7

Montag, zweite Woche an der Littlecreek High. Dieses Mal pünktlich, dafür mit neuer Haarfarbe. Mir war ein wenig mulmig.

Als ich aus Shrek stieg und das gleißende Licht der Morgensonne auf meine Haare fiel, schien es für einen Moment totenstill auf dem Schulgelände. Alle starrten mich an, dann begannen die Ersten zu tuscheln und ein paar zeigten sogar ganz offen auf mich. Klamottentechnisch hatte ich mich ziemlich zusammengerissen und mich nur für eine dunkle Röhrenjeans und ein schlichtes Top entschieden. Doch meine Haare trug ich offen. Im grellen Licht des beginnenden Tages mussten sie strahlen wie eine Supernova. Ich knallte die Wagentür hinter mir zu, ignorierte die gaffende Menge und ging hoch erhobenen Hauptes auf das Schultor zu.

In den Gängen erwartete mich ein ähnliches Schauspiel. Die Schüler standen Spalier an ihren Spinden und alle glotzten mich an. Ich verdrehte die Augen.

»Herrgott Leute, diese Haarfarbe gibt es in New York in jedem zweiten Drugstore «, murmelte ich. »Kommt mal wieder runter.«

Kurz bevor ich meinen ersten Klassenraum erreicht hatte, stellte sich mir jemand in den Weg.

»Lange nicht gesehen, Großstadtmädchen.« Natürlich. Heimlich hatte ich gehofft, auf Simon zu treffen, doch wen präsentierte mir das Schicksal: Prinzessin Noemi und ihr pastelliges Gefolge.

»Ja, das war schön«, sagte ich in seligem Tonfall und versuchte dann, mich an ihnen vorbeizuschieben. Die Chemiekeule, in der die drei jeden Morgen badeten, trieb mir Tränen in die Augen. Kokosnuss, Vanille, Zuckerwatte und alles so unecht, dass die Düfte wirkten, als habe Barbie persönlich sie kreiert.

Noemi streckte grazil eine Hand aus, doch sie berührte mich nicht. »Nicht so schnell. Ich würde ja behaupten, deine Haare spiegeln dein wahres Alter wieder, aber da ich kaum jemanden kenne, der sich kindischer benimmt als du, wäre das vermutlich ein Kompliment.«

Mir erschloss sich ihre Logik nicht. »Wo hast du das denn gelesen? In der App ›Kalendersprüche für jeden Tag‹, oder was?«

Sie rümpfte die zierliche Nase. »Du warst schon ein Außenseiter und jetzt stempelst du dich endgültig zum Freak ab. Willkommen in der Loser-Ecke.«

Ich sah sie erneut an und ließ meinen Blick über das adrett gebügelte Kleidchen bis hinunter zu den niedlichen Ballerinas gleiten, auf denen tatsächlich Schleifchen in Herzform befestigt waren. Ich unterdrückte ein Stöhnen. »Schätzchen, die 50er haben angerufen, die wollen ihr Outfit zurück.«

Ihr Gefolge holte empört Luft.

Noemi sah an sich hinab und dann zurück zu mir. »Geschmack kann man nicht kaufen und du bist das beste Beispiel dafür, Grufti.«

»Wären wir dann bereit für den Geschichtsunterricht oder möchten wir uns und den Rest der Menschheit erst noch mit unserem Bodyspray einnebeln? Es wird dich schockieren, aber nicht jeder im Radius von zehn Meilen möchte pink riechen.«

»Pink ist eine Farbe, die kann man nicht riechen«, warf eine der Hofdamen ein. Sie sah Beifall heischend zu Noemi.

»Oh doch, man kann.« Ich schenkte allen dreien ein zuckersüßes Lächeln. »Allerdings nur, wenn man ein Gehirn besitzt, das größer ist als das einer Amöbe.«

Noemi schnaubte. »Mach dich auf was gefasst, Großstadtmädchen.« Ihre Stimme war zu einem Zischen verebbt. »Das hier fängt gerade erst an.« Dann hob sie das Kinn, schmiss sich die Haare über die Schulter und stolzierte an mir vorbei in den Klassenraum.

Ich atmete erleichtert auf, denn solche verbalen Auseinandersetzungen kosteten mich mehr Kraft, als ich mir anmerken ließ. Wenn das so weiterging, würde ich nach jedem Schultag ein Mittagsschläfchen brauchen wie ein Kleinkind. Und vermutlich auch noch ein warmes Glas Milch mit Honig, um runterzukommen. Was für ein Leben. Ich sah ein letztes Mal unauffällig den Gang entlang, in der Hoffnung, Simon zu entdecken. Doch er saß vermutlich schon in seinem Klassenzimmer. Wie schade, ein paar nette Worte hätten mir gutgetan. Mit hängendem Kopf schlich ich in den Klassenraum, bereit für weitere Attacken von Noemi.

Offenbar war der Rest unserer Mitschüler schon über meinen erneuten Schlagabtausch mit Noemi informiert, denn ich wurde mit Verachtung gestraft. Außerdem war der Platz, den ich mir in der letzten Woche so hart erkämpfen musste, heute von Noemis blonder Hofdame besetzt. Also suchte ich mir einen neuen in der letzten Reihe, die heute noch vollkommen leer war, und stellte mich darauf ein, den Rest meiner schulischen Laufbahn ignoriert oder beschimpft zu werden.

Als sich ein Mädchen umdrehte, um ganz unauffällig ein Bild

von mir beziehungsweise meinen Haaren zu machen, zeigte ich ihr den Mittelfinger. Es klingelte schon zum dritten Mal und eigentlich sollte der Unterricht jetzt losgehen, doch von Mr Mallory fehlte jede Spur. Als ich einen forschenden Blick in Richtung Eingang warf, sah ich direkt in ein paar Augen, die mich wieder einmal mit der Genauigkeit eines Laserstrahls trafen. *Dean. Oh nein.* Hastig sah ich mich um. Alle Plätze in den Reihen vor mir waren belegt. Ich hatte die letzte Reihe komplett für mich, aber da ich mich in die Ecke am Fenster verzogen hatte, blieb noch genug Auswahl für Dean. *Er würde sich garantiert nicht direkt neben mich ...* Ich erstarrte, als er auf mich zu kam. *Er würde nicht ... nein, das würde er nicht.* Er hatte noch vier Tische zur Auswahl.

»New York, welch eine Freude«, sagte er mit tiefer Stimme, als er sich geschmeidig auf den Stuhl neben meinem sinken ließ.

Okay, würde er doch. Konnte dieser Tag eigentlich noch schlimmer werden? Ich schnaubte, schlug demonstrativ mein Geschichtsbuch auf und sah ihn nicht an. »Ich bin beschäftigt, Dean. Und mein Name ist immer noch Aria, falls du es dir bis jetzt nicht hast merken können.«

Dean klatschte seinen Rucksack auf den Tisch, beugte sich darüber und stützte seinen Kopf auf den gefalteten Händen ab. Aus dem Augenwinkel sah es so aus, als würde er neben mir liegen und zu mir hochsehen.

»New York, New York, New York«, murmelte er leise. »Hat deine Tante dir etwa Bleichmittel ins Shampoo gekippt, weil du ein böses Mädchen warst? Du kannst sie anzeigen wegen so was, weißt du? Dann kommt das Jugendamt und du bist hier raus. Was für eine Chance.«

Gegen meinen Willen musste ich grinsen. Die Vorstellung,

dass die überkorrekte Suzan zu derartig martialischen Mitteln greifen würde, war absurd. Ich drehte den Kopf zu Dean. »Es ist schön, dass dir meine Haarfarbe auffällt. Aber auch die geht dich nichts an.«

Natürlich ignorierte er meine Abfuhr. »Ich bin dein Banknachbar, New York, das verbindet. Natürlich geht mich das etwas an.« Ich schnaufte genervt und ließ mein Buch mit einem Knall zuschnappen.

»Du sitzt bloß neben mir. Das heißt nicht, dass wir verheiratet sind oder so.«

Er grinste. »Allerdings, denn sonst hättest du mir heute Morgen das Frühstück ans Bett gebracht.« Er wackelte mit den Augenbrauen.

Ich ließ den Kopf in den Nacken sinken und gab ein Schnarchen von mir.

Neben mir hörte ich ihn dunkel kichern. »Was denn? Der war doch gut.«

Ich hob den Kopf und sah ihn erneut an. Seine schwarzen Augen funkelten vor Belustigung. Er senkte leicht das Kinn, sodass er mich unter tief liegenden Augenbrauen ansehen konnte. Diesen Flirtblick hatte er sehr lange vor dem Spiegel geprobt, da war ich mir sicher. Und er verfehlte seine Wirkung nicht – selbst bei mir, die sich nach der Szene auf den Toiletten fest vorgenommen hatte, ihn nicht leiden zu können. Dean strich sich mit einer geschmeidigen Geste die langen Haare nach hinten und sein Blick wurde sogar noch intensiver. Okay, den hatte er definitiv geübt. Ich schluckte.

»Sag mal …« Ich trommelte mit einem Stift auf meinem Pult herum und schaute ihn dabei betont nachdenklich an. »Wie fühlt es sich eigentlich an, so mitten in der Pubertät zu stecken? Diese Fantasien von Mädchen, die niemals wahr werden, all die Erfahrungen, die man noch nie gemacht hat, alles was man sich so vorstellt, aber das nie passieren wird?« Ich lächelte zuckersüß. »Wie ist das so?«

Er richtete sich auf, streckte die Schultern und beugte sich dann so nah zu mir, dass ich die goldenen Sprenkel in seinen schwarzen Augen erkennen konnte. »Ich bin ein Mann, New York. Märchen sind was für kleine Kinder. Ich rede nur von Tatsachen.«

Ich lachte leise. »Oh, du meinst die vielen ›Tatsachen‹, die man in den Schulgängen über dich hört, die vielen Geschichten, die man sich erzählt, all die herrlich abstrusen Märchen, die sich die Mädchen auf den Toiletten zuflüstern?«

Mit einer schnellen Bewegung schnappte er mir den Stift aus den Fingern, legte ihn unter mein Kinn und bog es so hoch, dass unsere Gesichter auf gleicher Höhe waren. Seine vollen Lippen verzogen sich zu einem Lächeln, das arrogant und verführerisch zugleich war. »Geh davon aus, dass alles, was du über mich gehört hast, wahr ist.« Er kam noch etwas näher. Der Duft seiner Haut … er hatte etwas Hypnotisches an sich, gegen das ich machtlos war.

»Alles ist wahr«, flüsterte er noch mal. »*Alles.*«

Ich starrte auf seine sinnlich geschwungene Oberlippe, als er dieses letzte Wort formte. Wie er mit diesem Mund wohl küssen konnte …

Irgendwo im vorderen Teil des Klassenzimmers fiel die Tür krachend zu. »Guten Morgen, Herrschaften. Genug der unfreiwilligen Pause, jetzt geht es los.«

Die Spannung, das Kraftfeld zwischen Dean und mir zerbarst in tausend Funken. Hastig wandte ich mich ab. In den vorderen Reihen kicherte jemand, denn unser Schauspiel war natürlich nicht unbeobachtet geblieben. Dean wandte sich grinsend ab, vollkommen unbeeindruckt von den Blicken der Menge.

»Wer's glaubt …«, murmelte ich, aber meine Wangen brannten verräterisch.

»Auch ein schlechter Ruf verpflichtet, Baby, auch ein schlechter Ruf verpflichtet.«

Ich seufzte innerlich. Nie wieder würde ich es zulassen, dass Dean mir so nah kam, dass er seine Netze auswarf und ich darin zappelte wie ein hilfloser Fisch.

Den Rest der Doppelstunde hielt selbst Dean die Füße still, denn Mr Renfro, den wir normalerweise in Englisch hatten, war ein waschechter Choleriker in der Midlife-Crisis. Er vertrat heute den ruhigen Mr Mallory in seinem Zweitfach Geschichte. Sogar Noemi brüllte er an, als die nach ihrem obligatorischen Lipgloss griff. Sie zog einen Flunsch, als wäre sie die Queen persönlich, der man eben verboten hatte, ihren geliebten Fünfuhrtee einzunehmen. Mit absichtlich großer Geste ließ sie das Lipgloss in ihre Designerhandtasche fallen und hob dann kein einziges Mal mehr die Hand zu einer Wortmeldung. Mr Renfro war das herzlich egal. Keine Ahnung, welche Laus ihm über die Leber gelaufen war, aber ich war irgendwie dankbar dafür. Denn um keinen Ärger zu bekommen, hielt auch Dean sich zurück, anstatt mich die ganze Stunde lang von der Seite aus zuzutexten.

Gerade als Mr Renfro sich zur Tafel drehte, blinkte eine Nachricht von Suzan auf meinem Handy auf, das ich halb unter meinem Federmäppchen versteckt hatte. Ich schluckte nervös. Sie hatte versprochen, sich zu melden, sollte Snows Besitzer auftauchen. Sofort nahm mein Kopfkino Fahrt auf. Hatte sie den Besitzer gefunden? Würde die Stute abgeholt werden, noch bevor ich nach Hause kam? Ich würde keine Chance mehr haben, mich von ihr zu verabschieden. Das durfte einfach nicht sein.

Schnell tippte ich auf die Nachricht, um sie komplett zu lesen. Ich musste einfach wissen, was passiert war. Doch noch bevor ich den kurzen Text überfliegen konnte, drehte sich Mr Renfro wieder um. Innerhalb von Sekundenbruchteilen realisierte ich, dass ich das Handy nicht mehr würde verstecken können, bevor er mich entdeckte. *Oh, Mist.*

Neben mir ließ Dean seinen Rucksack geräuschvoll zu Boden fallen und es schepperte metallisch. Mr Renfro lief sofort rot an vor Wut. »Ich wäre Ihnen dankbar, wenn Sie nicht Ihren gesamten Werkzeugkasten mit in die Schule schleppen würden, Mr Musgrove. Packen Sie das sofort weg. Oder wollen Sie unbedingt nachsitzen? Lastet Sie mein Unterricht nicht ausreichend aus?«

Dean bückte sich und hob zwei Schraubenschlüssel und einen kleinen Hammer auf, die aus seinem Rucksack gerutscht waren. Vermutlich hatte er sie für seine Arbeit in der Werkstatt dabei. »Tut mir leid, Mr Renfro. Ich hatte nach meinem Notizheft gesucht und dabei ist mir der Rucksack runtergefallen. Es kommt nicht wieder vor.«

Erstaunt betrachtete ich ihn, denn so sanft hatte ich Dean noch nie sprechen hören. Dieser arrogante, leicht spöttische Tonfall fehlte nun völlig. Er klang, als würde er einen aufgebrachten Stier beruhigen. »Es tut mir wirklich leid. Sorry, das war keine Absicht.«

Mr Renfro nickte knapp, aber besänftigt. Dean packte das

Werkzeug weg und setzte sich dann so brav an sein Pult, als wäre er der Musterschüler der Klasse.

Ich starrte ihn immer noch ungläubig an, als mir klar wurde, dass er mir gerade eben den Hintern gerettet hatte. Dass er absichtlich diesen Krach verursacht hatte, um Mr Renfros Blick auf sich zu lenken. Genau in der Sekunde, in der dieser mich erwischt hätte. Da die meisten Lehrer auf Handys im Unterricht nahezu allergisch reagierten, konnte ich mir seinen Tobsuchtsanfall nur allzu gut vorstellen. Und ich hatte weiß Gott schon genug Ärger.

Unauffällig schob ich mein Handy unter mein Mäppchen. Dean sah kurz zu mir herüber, wandte den Blick aber schnell wieder ab. Offenbar hatte er nur sichergehen wollen, dass ich mein Telefon gut versteckte. Ich lehnte mich ein wenig in seine Richtung. »Danke«, flüsterte ich, als Mr Renfro sich wieder hingebungsvoll seinem Tafelbild widmete.

Dean sah mich nicht an, sondern zuckte nur mit der linken Schulter. »Kein Ding.«

Da er keine weitere Reaktion zeigte, drehte auch ich mich wieder zur Tafel und tat so, als würde ich zuhören. Doch in Wirklichkeit brannte ich innerlich vor Neugier. Ich musste einfach lesen, was Suzan mir geschrieben hatte. Als ich erneut die Finger Richtung Handy ausstreckte, schnalzte Dean missbilligend mit der Zunge. Also schob ich es in meine Hosentasche und hob dann die Hand, um Mr Renfro schnipsend auf mich aufmerksam zu machen. Er drehte sich um, die Augenbrauen schon wieder finster zusammengezogen.

»Sir, dürfte ich wohl mal auf die Toilette?«

Mr Renfro mochte es, wenn man ihn mit Sir ansprach. Ich vermutete, dass er früher beim Militär gewesen war. Jedenfalls spielte ich mit, um ihn wohlwollend zu stimmen.

»Kann das nicht bis zum Ende der Stunde warten?«, bellte er. »Es kann doch kein Problem sein, die Pausen für den Toilettengang zu nutzen.«

Innerlich seufzte ich auf. Herrgott, dieser Mann war so ein Pedant. Also zückte ich die eine Karte, gegen die er machtlos war. »Sir, es ist ein Frauenproblem.« Ich tat so, als würde ich verschämt auf mein Pult sehen. Um mich herum wurde gekichert und als ich wieder hochsah, wich Mr Renfro meinem Blick aus.

Er machte nur eine wedelnde Handbewegung, die mich wohl zur Tür hinausscheuchen sollte. »Natürlich, natürlich.«

Er drehte sich zur Tafel um und tat so, als wäre nichts geschehen. Noemi verdrehte die Augen und ihre Hofdamen hielten die Hände vor den Mund gepresst, um ein Kichern zu unterdrücken. Die meisten Jungs feixten unverhohlen, nur Dean schüttelte den Kopf, als wolle er sagen: »Ich weiß genau, was du vorhast.«

Ich ignorierte sie alle, denn schließlich hatte ich so bekommen, was ich wollte. Mit schnellen Schritten eilte ich aus dem Klassenraum und den Gang hinunter zur nächsten Mädchentoilette. Schon im Laufen las ich die Nachricht.

Liebe Ariana, wollte dich nur wissen lassen, dass es Snow gut geht. Bisher haben wir noch nichts Neues gehört. Melde mich sofort, wenn sich das ändert. Gruß und Kuss, Suzan.

Mir entfuhr ein Fluch und frustriert steckte ich das Handy wieder weg. Verdammt. Dafür hatte ich so viel Ärger riskiert. Suzan und ich hatten keine Statusmeldungen vereinbart. Sie wollte mir nur schreiben, wenn irgendetwas passiert war. Jetzt hatte ich mir unnötig Sorgen gemacht, obwohl Suzan es sicherlich nur gut meinte. Ich stieß die Tür zur Mädchentoilette auf, um mir wenigstens alibimäßig die Hände zu waschen. Schließlich konnte ich nicht nach einer halben Minute wieder ins Klassenzimmer stürzen.

Zwei der Kabinen waren verschlossen und ich hörte Mädchenstimmen, die sich durch die Trennwand leise unterhielten. Ich wollte sie nicht belauschen, also stellte ich das Wasser an, um so auf mich aufmerksam zu machen. Das Wispern verstummte. Kurz darauf ertönte das Rauschen der Spülungen und beide Kabinentüren schwangen fast gleichzeitig auf. Heraus kamen zwei Mädchen, die eindeutig jünger waren als ich, vielleicht neunte, maximal zehnte Klasse. Sie nickten mir freundlich zu und ich erwiderte das Lächeln. Betont langsam trocknete ich mir die Hände ab und hoffte, die beiden würden mein Verhalten nicht allzu seltsam finden.

Die kleine Blonde mit dem adrett gebügelten Faltenrock und den sorgfältig geflochtenen Zöpfen warf mir einen verstohlenen Seitenblick zu, bevor sie mich ansprach. »Ich mag deine Haarfarbe«, piepste sie.

»Ich auch«, sagte ihre Freundin, deren gebräunte Beine in kurzen Shorts steckten. Dazu trug sie eine rosafarbene Bluse mit Puffärmeln und einen straff gebundenen Pferdeschwanz. Die beiden sahen fast aus wie die zierlichen Figuren aus Fondant, mit denen Macy ihre Cupcakes manchmal verzierte.

Ich lächelte erneut. »Vielen Dank, ihr beiden.« Es tat gut, zur Ausnahme mal nicht schief angeguckt oder beleidigt zu werden.

»Wo hast du die Tönung her?«

»Die habe ich aus New York mitgebracht«, sagte ich schnell.

Die beiden ließen simultan die Schultern hängen. »War ja klar.«

»So was kann man aber auch im Internet bestellen«, erklärte ich. »Da gibt es jede Menge Anbieter, die solche Farben im Repertoire haben.«

»Das würden meine Eltern niemals erlauben«, sagte die in den Shorts.

Die andere nickte bekräftigend. »Meine werfen mir sowieso schon vor, dass ich nicht genug in der Schule mache und meinen Abschluss nicht schaffen werde, da will ich es nicht auch noch riskieren, wegen so einer Haarfarbe Ärger zu bekommen.«

Ich hielt inne. Das war eindeutig zu vertraulich dafür, dass wir uns eigentlich gar nicht kannten. Trotzdem wollte ich nicht unhöflich sein. »Hast du denn Probleme in der Schule?«

Sie schüttelte den Kopf. »Ich habe gute Noten. Aber meine Eltern machen mir so viel Druck, dass ich immer Angst habe, die nächste Klassenarbeit nicht zu schaffen.«

»Und ich habe Angst, dass mein Dad uns wieder verlässt. So wie er es vor zwei Jahren getan hat«, warf ihre Freundin ein. Ich erstarrte. Okay, das kam mir jetzt eindeutig seltsam vor. Was passierte hier gerade?

»Er hat eine andere Frau kennengelernt und ist mit ihr abgehauen. Nächtelang habe ich geweint und gebetet, dass er wieder zu uns zurückkommt. Ich habe solche Angst davor, ihn noch einmal zu verlieren!« Jetzt standen ihr Tränen in den Augen.

Ich ließ die Papiertücher in den Korb unter dem Waschbecken fallen und betrachtete die Mädchen verwirrt. Bisher war mir nichts als Misstrauen und Aversion entgegengeschlagen, und nun schütteten mir die beiden ihr Herz aus? Und das vollkommen aus dem Nichts?

»Und ich habe Angst, dass meine Pickel nicht mehr weggehen«, setzte die im Faltenrock nach und ihre Augen füllten sich mit Tränen. »Ich brauche jeden Morgen zwei Stunden im Bad, um sie abzudecken. Das ist so ein Aufwand. Ich würde gerne mal länger schlafen, aber ungeschminkt traue ich mich einfach nicht aus dem Haus, weil die anderen mich dann den ganzen Tag damit aufziehen.« Sie schluchzte auf, wischte sich über die Augen und ihr Mascara verschmierte.

»Weißt du, dass es spezielle Kosmetik für unreine Haut gibt?« Ich hatte Mühe, mir meine Verwirrung nicht anmerken zu lassen. »Da gibt es doch auch Onlinehändler, die sicherlich nach Littlecreek liefern.« Ich erntete nur bitterliches Schluchzen.

»Meine Mutter ist der Meinung, es reicht völlig aus, wenn ich die Produkte aus Betsy's Drugstore kaufe. Sie versteht mich einfach nicht. Und überhaupt hat sie meinen Bruder Brendan viel lieber als mich.«

Mein Unbehagen wuchs ins Unermessliche. Das war nun wirklich zu viel an privaten Informationen. »Deine Mutter hat euch beide gleich lieb, da bin ich mir sicher«, versuchte ich es. »Und ich glaube, es ist nicht gut, wenn du dich den ganzen Tag so zukleisterst. Wie soll denn die Haut da atmen? Vielleicht solltest du mal ganz aufs Make-up verzichten.«

»Aber ich habe Angst, dass mich dann niemand mehr mag. Kennst du dieses Gefühl nicht? Jeder will doch schön aussehen.« Sie schniefte. »Ich habe die Pickel erst seit ein paar Wochen. Es ist kein Hautausschlag, das hat unser Hausarzt bestätigt, das sind einfach Pickel. Und sie sind so unglaublich widerlich.« Ihre Stimme brach. »Ich bin so unglaublich widerlich!«

Ich hob die Hand in einer beschwichtigenden Geste. »Nein, das bist du nicht. Es ist total …«

»Wenn mein Dad uns wieder verlässt, schminke ich mich gar nicht mehr«, stieß die in den Shorts plötzlich hervor. »Dann ist mir alles egal.«

Ihre Freundin legte ihr schützend eine Hand um die Schulter. »Du hast doch immer noch mich, Eliza, wir halten zusammen.«

»Danke, July.« Elizas Blick glitt zu mir. »Es hat ihn überhaupt nicht interessiert, wie es mir bei der Trennung geht. Dabei ist er mein Vater.«

Ich sah die beiden ungläubig an. »Sagt mal, haltet ihr mich für eine Lehrerin?« Zwar taten sie mir leid, aber nun war ich mit meinem Latein am Ende. »Ich glaube, ihr solltet euch mal an eure Vertrauenslehrerin wenden.« Ich wandte mich an Eliza. »Gerade die Sache mit deinem Dad scheint dich doch sehr zu belasten.«

»Wir wissen, dass du keine Lehrerin bist.« July blinzelte die letzten Tränen fort. Eliza wischte ihr mit einem aus dem Nichts herbeigezauberten Taschentuch den verschmierten Mascara unter dem Auge weg. »Es war nur einfach so ein Gefühl, dass man mit dir gut reden kann.«

»Und deine Haare sind schön«, ergänzte Eliza und warf das Taschentuch in den Müll.

Okay … Ich räusperte mich. »Danke, das ist lieb. Es tut mir wirklich leid, dass ich euch nicht helfen kann.«

Eliza straffte die Schultern. »Wir sollten zurück in den Unterricht.« Ihre vom Weinen feuchten Augen glänzten, als würden sie von innen heraus strahlen. Sie schenkte mir ein übertrieben fröhliches Lächeln, das eher mechanisch als herzlich wirkte.

Die Haare auf meinen Armen stellten sich so abrupt auf, dass es fast schmerzte.

»Vielleicht sehen wir uns ja mal in der Mensa oder so«, sagte July betont unbekümmert. Es klang, als habe sie einen Schalter umgelegt.

Ich musste mich zwingen zu antworten. »Ja, natürlich.«

Aber erst als die beiden durch die Tür verschwunden waren, atmete ich erleichtert auf. Dann drehte ich mich zum Spiegel und betrachtete meine Reflexion. Was zur Hölle war hier gerade passiert?

Kapitel 8

Nach einer Doppelstunde Chemie, die ich zum Glück ohne Dean und Noemi hinter mich gebracht hatte, wollte ich zu meinem Spind, um ein paar schwere Bücher abzuladen. Mittlerweile war ich der Meinung, dass sich die Schüler gegen mich verschworen hatten. Mein Laborpartner Collin, ein magerer Typ mit mausgrauem Haar und einer Schwäche fürs Fingernägelkauen, hatte mir tatsächlich gestanden, dass er panische Angst vor Waschbären hatte. Eigentlich mochte ich Collin, denn er war einer der wenigen, die mir nicht offen mit Misstrauen entgegentraten. Aber sein Geständnis war so plötzlich und mitten in einer leisen Unterhaltung zwischen Kolben und dampfendem Trockeneis aus ihm herausgeplatzt, dass ich mich immer noch fragte, ob vielleicht irgendeine Chemikalie dafür verantwortlich war. Außerdem passte es so gar nicht zu ihm, sich irgendeiner albernen Aktion gegen meine Person anzuschließen. Meine Gedanken glitten zu dem Gespräch mit July und Eliza auf der Mädchentoilette. Was war heute bloß los?

Schon das Kichern in den Gängen verhieß nichts Gutes. Da ich noch über Collins merkwürdiges Verhalten nachgrübelte, fielen mir die Flugblätter erst auf, als eines direkt vor meinen Füßen landete. Ich war so überrascht, dass ich stehen blieb, um mich danach zu bücken und die Kopie genauer zu betrachten. Jemand

hatte mich frontal abgelichtet und das Foto wie ein Fahndungsplakat gestaltet. Zu allem Überfluss guckte ich auf dem Bild, als
habe ich einen Geist gesehen. Darunter stand in großen Lettern:
»Wer vermisst diesen Zombie?«

Im ersten Moment war ich zu schockiert, um zu reagieren. Der
gesamte Gang war gepflastert mit diesen Plakaten. Gerade warf
jemand einen großen Stapel der Zettel in die Luft und ein paar
Leute johlten, als sie tanzend zu Boden segelten. Wie hatten
Noemi und ihr Gefolge es in so kurzer Zeit geschafft, die ganzen
Dinger aufzuhängen? Offensichtlich hatten ein paar Leute ihre
Freistunden genutzt, um sich kreativ zu betätigen.

Ich schnaubte und wollte einfach weitergehen, doch der Anblick traf mich härter, als ich es zugab. Wieder richteten einige
Schüler ihre Handys auf mich, wahrscheinlich um meine Reaktion zu filmen. Würde ich sie anschreien, wäre das nur eine weitere großartige Show. Diesen Triumph gönnte ich ihnen nicht.
Ich senkte den Kopf erneut und marschierte durch die lachende
Meute bis zu meinem Spind.

Ein unangenehmer Geruch stieg mir in die Nase, doch vermutlich wurde ich nur paranoid. Das hatte sicherlich nichts mit
meiner Situation zu tun. Ich schüttelte den Kopf, stellte die Zah-
lenkombination ein und das Schloss sprang auf. Gerade als ich
den Riegel lösen wollte, tauchte Dean neben mir auf.

»New York, dich habe ich gesucht.« Er lehnte sich lässig an den
Spind neben mir und schenkte mir sein Aufreißergrinsen. »Sollen wir mittagessen gehen?«

Ich sah ihn vielsagend an und hoffte, dass das Antwort genug
war. Natürlich war ich ihm dankbar, dass er Mr Renfro abgelenkt
hatte. Aber wegen der Aktion auf der Jungentoilette und dem

Nachsitzen, das ich mir damit eingebrockt hatte, war ich ihm immer noch sauer. Ganz zu schweigen von dem Donnerwetter, das es auf der Ranch von Suzan gehagelt hatte. Nein, Dean würde nicht noch eine Chance bekommen, mir Ärger zu machen. Mein Leben war im Moment turbulent genug.

»Hey, ich bin mir sicher, der Goldjunge hat dich nicht gepachtet. Du bist ein freies Mädchen und wirst ja wohl mit mir zu Mittag essen können. Da ist doch nichts dabei. Wir könnten über deinen Wagen reden, über das Wetter, über dein aufregendes Leben hier in Littlecreek, immerhin arbeite ich an einem Geheimprojekt für die Regierung, du erinnerst dich?« Er legte theatralisch eine Hand auf sein Herz. »Mir kannst du vertrauen …«

Ich schüttelte den Kopf. »Ich habe gerade andere Sorgen. Oder hast du die Fahndungsplakate noch nicht gesehen?« Deans Blick wurde ernst. »Das sind Kinder. Sie sind auf der Suche nach Neuigkeiten und Sensationen, weil ihr eigenes Leben so schrecklich langweilig ist. Ignorier sie und sie werden das Interesse verlieren. Du musst einfach aufhören, ihnen immer wieder neue Vorlagen zu liefern.« Er zupfte an meinem Haar. »Obwohl ich der Meinung bin, dass dir die Farbe wirklich gut steht.«

Ich seufzte. Er machte es einem echt nicht leicht. Ich wollte nicht unhöflich sein und schenkte ihm ein kurzes Lächeln. »Danke, Dean. Doch jetzt möchte ich bitte einfach nur meine Bücher abladen und in die Mensa verschwinden. Lass uns ein anderes Mal reden, ja?«

Er verschränkte die Arme vor der Brust. »Ist der Gedanke, Zeit mit mir zu verbringen, wirklich so schrecklich?«

»Ich bin mit Simon verabredet«, umging ich seine Frage. Und obwohl das nicht stimmte, würde ich Simon und seine Freunde vermutlich an ihrem Tisch in der Cafeteria treffen. Genau darauf hatte ich mich den ganzen Tag gefreut.

Dean wollte gerade etwas erwidern, da schnippte ich den Riegel des Spindes hoch und die Tür öffnete sich wie von selbst. Mir fiel eine Ladung Müll entgegen. Benutzte Taschentücher, zusammengedrückte Getränkedosen, Reste von Snacks und dazwischen unzählige der Zombie-Fahndungsplakate. Sofort stieg mir ein beißender Geruch in die Nase und ich musste würgen. Dean neben mir sah so schockiert aus, dass ich unmöglich annehmen konnte, dass er etwas damit zu tun hatte. »Ach, du Scheiße«, gab er tonlos von sich.

In diesem Moment erschien die Königin allen Unheils auf der Bildfläche. Noemi, ihre Schrecklichkeit persönlich.

»Oh, du liebe Zeit«, sagte sie mit gespielter Süße in der Stimme. »Da hat wohl jemand deinen Spind mit einem Mülleimer verwechselt? Wie schrecklich.« Sie kam noch näher und ich wunderte mich über ihren offenbar nicht vorhandenen Geruchssinn. Hatte ihn das pinke Zeug, mit dem sie sich täglich einnebelte, schon komplett zerstört? Die Mischung aus vergorenen Getränken und schimmeligem Brot ließ mich erneut würgen.

»Wahnsinnsaktion, Noemi. Absolut erbärmlich.« Ich presste die Hand auf den Mund.

»Müll zu Müll«, säuselte sie und sah überaus zufrieden aus.

Doch dann wurden Schritte hinter uns laut. »Was ist denn hier los?« Direktor Carmack schoss heran, erstaunlich schnell für sein Alter. Die Schüler, die bisher am Rand zugesehen hatten, stoben auseinander.

Noemi verpasste den geeigneten Zeitpunkt für eine Flucht oder vielleicht dachte sie auch, sie habe es nicht nötig. »Was ist hier los?«, fragte Direktor Carmack erneut. »So eine Schweinerei. Wer war das?« Sofort glitt sein Blick zu Dean. Der hob beide Hände zu einer abwehrenden Geste.

»Dean hat damit nichts zu tun«, warf ich hastig ein.

»Ach, wie süß.« Noemi schien die Anwesenheit von Direktor Carmack komplett zu ignorieren. »Beschützt du deinen kleinen Freund? Was wohl Simon dazu sagt?«

Ich drehte mich zu ihr. »Krieg das endlich in dein Spatzenhirn: Ich gehe weder mit Simon noch mit Dean und selbst wenn, würde dich das nichts angehen.«

Sie schnaubte verächtlich.

»Ihr Beziehungsstatus interessiert mich reichlich wenig, Miss Clark. Sie sagen mir jetzt sofort, wer das war.« Direktor Carmack sah aus, als würde er jeden Moment die Geduld verlieren.

»Na, wer wohl.« So langsam nahmen Noemis Streiche Ausmaße an, die ich nicht mehr tolerieren konnte. Also deutete ich mit dem Kopf auf meine Widersacherin.

Der schien endlich klar zu werden, in was für eine Situation sie sich eigentlich manövriert hatte. Sie hob angriffslustig das Kinn. »Das könnte jeder gewesen sein.«

»Könnte es nicht«, erwiderte ich und mir kam ein Gedanke. »Mein Spind liegt direkt neben deinem. Du hattest oft genug die Gelegenheit, dir meine Kombination abzuschauen. Woher sollte sie sonst jemand wissen? Gib es zu.«

Noemi wurde feuerrot und verriet sich damit selbst. Direktor Carmack machte zwei Schritte auf sie zu und baute sich dann vor ihr auf. »Miss Gladis, ich bin zutiefst enttäuscht von Ihnen. Wie kommen Sie dazu, den Spind einer Mitschülerin mit derartig ekelhaftem Müll zu füllen?«

Eigentlich war ich mir sicher, dass Noemi sich nicht selbst die Hände schmutzig gemacht hatte. Vermutlich hatte sie sich die Kombination gemerkt, den Spind geöffnet und irgendeiner ihrer Lakaien hatte die Drecksarbeit erledigt. Doch Noemi war Königin genug, um ihre Untertanen nicht zu verraten. »Sie hat es verdient«, blaffte sie stattdessen.

»Niemand hat so etwas verdient.« Direktor Carmack schien kurz vorm Platzen.

Noemi zeigte mit ausgestrecktem Zeigefinger auf mich. »Sie hat mich eine Amöbe genannt.«

Nun schwenkte Direktor Carmacks Todesblick zu mir. »Stimmt das, Miss Clark?«

Ich zögerte die Antwort noch etwas hinaus.

»Miss Clark, Sie hatten mir doch versprochen, sich aus Schwierigkeiten herauszuhalten«, sagte er gefährlich ruhig. Einen Moment lang weilte sein Blick irritiert auf meinen Haaren, als würde er die neue Farbe jetzt erst bemerken. Dann sah er zurück in meine Augen. »Erinnern wir uns daran?«

Ich nickte kleinlaut.

»Ach, kommen Sie schon«, sagte Dean und setzte das Grinsen auf, mit dem er offensichtlich alle Welt rumkriegte. Sogar Lehrer, die mitten in einem Wutanfall steckten. »Wir alle wissen, wie Noemi drauf ist, wenn ihr irgendwas gegen den Strich geht. Sie geht über Leichen.«

»Jetzt reicht es aber.« Direktor Carmack holte zum Rundumschlag aus. »Sie alle werden bis zum Beginn der Klassenfahrt drei Tage die Woche nachsitzen. Und wenn Sie sich nun vorstellen, dass Sie in einem gemütlichen kleinen Zimmer hocken und ein paar Stunden lang Löcher in die Luft starren so wie sonst immer, dann haben Sie sich getäuscht. Der Sheriff hat mich gestern angerufen, weil er Freiwillige sucht, die im Naturschutzgebiet die Folgen der Unwetter aufräumen. Und natürlich hat unsere Schule ihm ihre Hilfe angeboten. Sie werden also mit Ihren Mitschülern, die ebenfalls zum Nachsitzen verdonnert wurden, in den umliegenden Wäldern unterwegs sein und dort für Ordnung sorgen. Das bedeutet harte körperliche Arbeit, die Sie hoffentlich auf andere Gedanken bringen wird. Wo kommen wir denn da hin? Was für eine Sauerei.« Er deutete mit dem Finger auf den beachtlichen Müllberg. »Damit Sie schon mal üben können, werden Sie jetzt alle zum Hausmeister gehen und sich Handschuhe besorgen, um diesen Unrat zu beseitigen. Ich zähle bis drei, dann sind Sie verschwunden.«

Dean wollte protestieren, klappte aber den Mund schnell wieder zu, als er Direktor Carmacks Blick sah.

Noemi und ich schauten uns an, als würden wir uns am liebsten in der Luft zerreißen. Schließlich stürmte sie voraus und ich nahm die Verfolgung auf.

Irgendwo hinter uns hörte ich, wie Dean den Gang entlang joggte, um uns einzuholen.

Was hatten wir uns da bloß eingebrockt?

Wir trafen den Hausmeister in seiner Werkstatt an und er versorgte uns mit allem Nötigen. Wieder schoss Noemi voraus, als hätten Dean und ich eine ansteckende Krankheit. Wieder nahm ich die Verfolgung auf, denn ich würde mich nicht von ihr abhängen lassen. Zwar würde ich es ihr durchaus gönnen, den ganzen Müll alleine wegzuräumen, aber ich ließ bestimmt nicht zu, dass sie mich mit ihrer Übereifrigkeit vor Direktor Carmack schlecht dastehen ließ.

Ich bog gerade um die letzte Ecke, da sah ich den ersten Lichtblick dieses Tages. Simon stand mit ein paar seiner Teamkollegen an einem der Trinkbrunnen. Als er mich erkannte, hellte sein Gesicht sich deutlich auf und mein Herz machte einen kleinen Hüpfer. Ich blieb so abrupt stehen, dass Dean, der nur wenige Schritte hinter mir lief, gegen mich prallte.

»Simon«, stieß ich erfreut und ziemlich atemlos hervor. Atemlos war ich vor allem wegen der kurzen Verfolgungsjagd, aber für Simon klang es wohl so, als wäre ich kurz vorm Ausrasten, ihn zu sehen. Er grinste schief.

»Hallo Fremde«, sagte er, ließ seine Freunde stehen und kam zu mir herüber. Dean gab ein Schnauben von sich.

»Hi«, sagte ich wenig einfallsreich und schnappte immer noch nach Luft.

»Was hast du denn jetzt wieder ausgefressen?« Er deutete mit dem Kopf auf den Kehrbesen und das Paar Handschuhe, das ich trug. Ich wollte abwinken, hatte aber leider keine Hand frei. Also zuckte ich nur die Schultern.

»Sie hat gar nichts ausgefressen«, antwortete Dean für mich. »Sondern die da.« Er deutete mit dem Kopf auf Noemi, die nun zu uns zurückgeschlendert kam oder besser gesagt zu Simon. Ohne dass ich es bemerkte, spannten sich meine Kiefermuskeln an.

»Simon«, sagte sie und gab ihrer Stimme einen flirtenden Unterton.

»Hi, Noemi.« Er nickte ihr kurz zu. Genauso hätte er auch eine entfernte Verwandte begrüßen können. Ich jubilierte innerlich.

»Alles klar?« Jetzt hakte sie sich bei ihm unter, doch Simon löste sich sofort und schob sie sogar ein kleines Stückchen von sich weg. »Was soll die Show, Noemi?«

Das hatte gesessen. Ich konnte Deans Grinsen fast körperlich spüren. Noemi sah aus, als habe man einen Eimer eiskalten Wassers über sie ausgekippt.

»Kann ich mich nicht bei einem alten Freund einhaken?« Sie klang pikiert, aber nicht so dermaßen aufbrausend, wie sie mit mir umging. Simon schenkte ihr einen vielsagenden Blick.

»Na, dann will ich euer kleines Kaffeekränzchen nicht weiter stören«, sagte sie schnippisch und rauschte davon. Ich war immer noch zu überrumpelt, um irgendetwas zu der Situation beizutragen. Ich folgte Simons Blick, doch leider ging der nicht in meine Richtung.

»Musgrove.« Simon nannte Dean lediglich beim Nachnamen und eine stumme Aufforderung schwang darin mit. Doch anders als Noemi rührte sich dieser nicht vom Fleck, sondern stellte sich absichtlich dumm.

»Hi, Simon.«

Über meinen Kopf hinweg lud die Stimmung sich gefährlich auf.

»Okay, dann noch mal für Begriffsstutzige«, sagte Simon. »Ich hätte gerne eine Minute allein mit Aria. Warum schließt du dich nicht Noemi an?«

Dean tat so, als müsse er nachdenken. »Also ich weiß ja nicht«, erwiderte er gedehnt und blieb da stehen, wo er war. »Euch Sportlern kann man nicht trauen. Und so ganz ohne Anstandswauwau …«

Ich drehte mich zu ihm. »Soweit ich mich erinnere, spielst du Lacrosse?«

Er grinste.

»Sie hat recht«, warf Simon ein.

»Womit?«

»Dass man dir nicht trauen kann.« Simon deutete mit dem Kopf nach rechts. »Verschwinde, Dean.«

Dean sah mich an und ich las in seinem Blick: »Wenn du mich wegschickst, gehe ich, ansonsten wird das hier gleich unschön.« Ich seufzte. Ich wollte keine Konfrontation zwischen den beiden schüren. Im Gegenteil, ich wollte Simon gerne näher kennenlernen und mit Dean musste ich auch irgendwie klarkommen. Schließlich waren wir zum gemeinsamen ›Outdoor-Nachsitzen‹ verdonnert worden. Kurz legte ich Dean die Hand auf den Arm.

»Geh doch schon mal vor und sag Direktor Carmack, dass ich noch eben aufs Klo musste. Ich bin in zwei Minuten wieder da. Versprochen.« Deans Pupillen weiteten sich sichtbar, doch er erwiderte nichts. Er nickte nur knapp, dann schob er sich an uns vorbei und ging den Gang entlang hinter Noemi her.

»Entschuldige«, sagte ich zu Simon, als Dean außer Hörweite war. »Er meint es nicht so.«

Simon verschränkte die Arme vor der Brust und sah mit kritischem Blick hinter Dean her. »Ich bin mir sicher, er meint alles ganz genauso.«

Doch noch bevor ich widersprechen konnte, malte sich ein sanftes Lächeln auf Simons Gesicht. »Aber genug von Dean. Echt schade, dass du am Freitag nicht zu unserem Spiel kommen konntest.« Er legte den Kopf schief und kniff die Augen zusammen. »Coole neue Haarfarbe. Sag nicht, dass du die in Littlecreek gekauft hast.«

Es wurde ganz warm in meinem Bauch. Wir hatten zwar schon

die ganze letzte Woche immer mal wieder kürzere Gespräche geführt, wenn wir uns durch Zufall in den Gängen begegnet waren, und hatten auch ein bisschen getextet, doch das hier fühlte sich anders an. Irgendwie vertrauter. In diesem Moment kam es mir kindisch und feige vor, dass ich ihm noch nichts von meiner Typveränderung erzählt hatte. Ich glaubte wirklich, dass er mich mochte und dass er vertrauenswürdig war. Warum hatte ich Angst gehabt, ihm meine neue Haarfarbe zu zeigen?

»Nein, habe ich nicht.« Ich lachte, ging aber nicht weiter drauf ein, weil ich mir immer noch nicht sicher war, ob ich Simon die Wahrheit erzählen sollte.

»Wir müssen dann mal los«, sagte einer seiner Teamkollegen, die ein bisschen abseits auf ihn gewartet hatten. Er deutete Richtung Treppenhaus, woraufhin Simon nickte. »Ich komme gleich nach.«

Die Jungs trollten sich und endlich waren wir allein. »Die neue Farbe ist zwar echt krass, aber ich finde, sie steht dir sehr gut«, sagte Simon leise. So leise, dass ich automatisch noch ein Stückchen näher rückte, um ihn besser zu verstehen. Wieder zögerte ich. Sollte ich ihm von dem Phänomen der über Nacht verfärbten Haare erzählen? Kannten wir uns dafür schon gut genug? Ich beschloss, vorsichtig zu bleiben.

»Ja, weißt du, das war so eine spontane Idee. Die Farbe habe ich noch in einem Umzugskarton gefunden, als ich am Wochenende ausgemistet habe. Und da mir langweilig war, dachte ich mir, ich probiere es einfach mal aus.«

Er nickte. »Sieht schön aus.«

Verlegenes Schweigen breitete sich zwischen uns aus. »Du … wegen Noemi … ich hoffe, sie setzt dir nicht zu sehr zu«, sagte

Simon schließlich. »Eigentlich ist sie ganz anders, aber nach der Sache mit …« Er brach ab. »Egal, ihr Verhalten ist durch nichts zu entschuldigen. Also, was hat sie diesmal angestellt?«

Ich gab ihm die Kurzfassung und erzählte auch von meiner Strafe, die ich im Naturschutzgebiet würde ableisten müssen. Simon seufzte. »Was für eine kindische Aktion. Ich werde mich mal umhören, wer daran beteiligt war, und den Betreffenden ein paar Takte dazu sagen.«

»Ich will nicht, dass du auch noch Ärger bekommst.«

Er lächelte breit. »Keine Bange, ich will nur ein ernstes Wörtchen mit ihnen reden, mehr nicht.«

»Versprich es.«

»Versprochen.«

Einen Moment sagten wir nichts, dann gab ich mir einen Ruck. »Hast du die schrecklichen Flugblätter gesehen, die sie von mir gemacht haben?« Ich schämte mich deswegen, obwohl mich keine Schuld traf. Und ausgerechnet heute war ich auch noch komplett in Schwarz unterwegs. Ich mochte dunkle Farben, aber meistens peppte ich meinen Look mit einem Farbklecks auf – wie zum Beispiel meinen pinkfarbenen Chucks.

Simon nickte knapp, dann nahm er meine Hand und strich mit dem Daumen ganz zart über meinen Handrücken. »Das tut mir total leid. Hör nicht auf diese Idioten. Du siehst toll aus.«

»Danke«, murmelte ich und war innerlich wie erstarrt. Mein Blick glitt hinauf in sein Gesicht und dann wieder zurück zu unseren ineinander verschlungenen Händen. Ein Gefühl, neu und aufregend zugleich, durchflutete mich. Ein Gefühl von Ehrlichkeit, Vertrauen und Zuneigung, das so rasant größer und immer größer wurde. Das sich mit aller Kraft einen Weg in mein geschundenes Herz bahnte. Simon war etwas ganz Besonderes. Er war so ernst und so liebevoll und schien wirklich daran interessiert, dass es mir gut ging. Er war der Erste hier in Littlecreek, in dessen Gegenwart ich mich nicht mehr so verloren fühlte.

Als ich nach Schulschluss in Shrek saß, fiel mein Blick in den Rückspiegel und ich wich geblendet zurück. In diesem strahlenden Sonnenschein schimmerte meine neue Haarfarbe so gleißend wie frisch gefallener Schnee. Ich strich mir eine Strähne hinters Ohr. Eigentlich war ich nicht der Typ, der Dinge so einfach hinnahm. Eine neue Haarfarbe über Nacht? Klasse, kein Problem! Das klang so gar nicht wie ich …

Besonders aber nagte an mir, dass ich keine plausible Erklärung für meine Verwandlung fand. Noch mal ließ ich meine Finger durch die hellen Strähnen gleiten. Mir hatte mein Hellblond immer gut gefallen. Anders als Tammy wäre ich nie auf die Idee gekommen, meine Haare umzufärben. Haarkreide, okay, aber Farbe? Das war für mich nie ein Thema gewesen. Ich mochte meine gesunde, weich fallende Mähne, der man ansah, dass sie ganz ohne Chemie auskam. Meine neue Haarfarbe versuchte nicht mal, natürlich zu wirken. Und obwohl ich nicht zugeben wollte, dass ich wegen der Reaktion meiner Mitschüler kapitulierte, so wünschte ich mir doch plötzlich mein altes Blond zurück. Zwar hatte ich mir vorher gesagt, dass mir diese Typveränderung guttun könnte, doch jetzt fühlte ich mich plötzlich fremd damit.

Meine Entscheidung war gefallen. Irgendwo in Littlecreek würde es einen Drugstore geben, der eine hellblonde Tönung auf Lager hatte. Ich traute mich nicht, auf eines der sanften Bioprodukte zu hoffen, die immer mal wieder in der Werbung auftauchten. Stattdessen würde ich mich mit dem zufriedengeben, was ich fand. Und wenn gar nichts half, müsste ich eben färben.

Auf meinem Weg ins ›Zentrum‹ grübelte ich wieder über meine seltsame Verwandlung nach. Ich wusste, dass Chlor blondiertes Haar grünlich verfärben konnte. Aber wenn es in Littlecreek Chemikalien gab, die blonde Haare weiß bleichten, warum war ich dann die einzige, die aussah wie die Eiskönigin persönlich? Suzan war blond, sie und ich benutzten Wasser aus den gleichen Rohren. Das ergab doch alles keinen Sinn! Ich hatte das Shampoo aus New York mitgebracht, die Flasche war schon halb leer, warum sollte es plötzlich so eine Wirkung entfalten? Und ich war mir sicher, ich wäre aufgewacht, hätte jemand versucht, mir im Schlaf die Haare zu färben. Allein das Peroxid würde meine Nase reizen wie ein Pfefferspray und ich stünde senkrecht im Bett, noch bevor die Tinktur fertig gemischt war.

Ich seufzte und warf einen Seitenblick auf mein Handy, das mal wieder neben dem Navi in seiner Halterung hing. Warum antwortete mir Tammy nicht? Ihr konnte ich erzählen, dass hier irgendwas nicht mit rechten Dingen zuging. Sie war die einzige, die mir glauben würde. War sie so gar nicht neugierig? Oder hatte sie doch das Interesse an mir verloren und ich hatte mich in unserem letzten Chat getäuscht?

Ich verwarf den Gedanken und konzentrierte mich auf etwas Schöneres. Simon war so süß! Er hatte meine Hand gehalten und danach sogar geholfen, den Müll zu beseitigen. Dean und Noemi hatten ausgesehen, als hätten sie auf eine Zitrone gebissen, als er an meiner Stelle Kehrblech und Schaufel schwang. Direktor Carmack war zum Glück schon in seinem Büro verschwunden.

Danach waren wir zusammen zum Mittagessen gegangen und hatten noch ein wenig auf den Treppen in der Sonne gesessen. So nah, dass sich unsere Oberschenkel berührten. Ich schwebte ein klein wenig auf Wolke sieben.

Als ich das Schild »Betsy's Drugstore« entdeckte, fiel ich abrupt von besagter Wolke und legte eine Vollbremsung ein. Hinter mir wurde gehupt und ich hob entschuldigend die Hand. Dann schoss ich in die nächste Parklücke und würgte Shrek ab.

Etwas unentschlossen sah ich aus dem Seitenfenster. Das also nannten sie hier einen ›Drugstore‹. Im Schaufenster hatte jemand altmodische Trockenhauben und ein paar winzige Lockenwickler drapiert. Das ehemalige Blau der Stoffmarkise war von der Sonne verschossen und das Werbeplakat für ein Herrenduschgel schien aus den Achtzigern zu stammen. Ich seufzte, schnallte mich ab und ließ mich auf den Bordstein gleiten. Dann warf ich Shreks Tür hinter mir zu und betrachtete den Laden weiterhin kritisch. Ob ich hier noch Seidenpapier und Brennschere zum Lockendrehen kaufen konnte?

Ein Vögelchen zwitscherte fröhlich, als ich die Tür aufstieß. Es zwitscherte noch mal, als die Tür hinter mir zufiel. In der Luft schwang ein Potpourri aus Zitronenreiniger, Schuhcreme und Veilchenduschgel. Die Frau hinter der Kasse legte ihr Magazin weg und hob neugierig den Kopf. Ihr Lächeln verblasste. Sie hatte vermutlich ein bekanntes Gesicht erwartet, also praktisch jeden anderen außer mir. Sie trug einen altmodischen Apothekerkittel, auf den links über der Tasche der Name »Betsy« eingestickt war. Die Dame des Hauses also höchstpersönlich. Ihr dunkles Haar war streng frisiert, ihr Alter dank eines gekonnten Make-ups geschickt verschleiert.

»Guten Tag.« Sie musterte mich von oben bis unten, doch sie schien zu wissen, wer ich war.

»Guten Tag.« Ich lächelte ihr zu. »Darf ich mich umsehen?«

»Natürlich, Miss Harper.« Sie erwiderte mein Lächeln, doch ihr Blick blieb wachsam.

Harper. Sie nannte mich bei Suzans Nachnamen. »Eigentlich Clark«, korrigierte ich sie. »Aber Sie können gerne Aria sagen.«

Eine Kundin stellte ihren prall gefüllten Korb auf dem Band ab. Anders als Betsy grüßte sie mich nicht, sondern starrte mich unverhohlen an.

»Gern, Aria. Wenn du Hilfe brauchst, sag Bescheid.«

Ich wollte mich bedanken, doch da hatte sie sich schon der Kundin zugewandt. »Das wäre alles für heute, Kirsten? Wie geht es dem kleinen Flynn? Ist sein Arm gut verheilt?«

Die Kundin murmelte eine Antwort, den Blick immer noch auf mich geheftet. Ich beschloss, ihr den Gefallen zu tun und endlich in einem der Regalgänge zu verschwinden.

Es gab genau eine Kosmetikmarke, vor deren Counter sich ein Grüppchen Mädels herumdrückte, die vermutlich noch zur Middleschool gingen. Sie probierten jeden einzelnen Nagellack aus und testeten verschiedene Concealer auf dem Handrücken. In dem Gang mit den Küchenrollen, Toilettenpapier und Hygieneartikeln stand eine Mutter mit Baby und unterhielt sich mit einem Cowboy, der einen Stapel Tempos unter den Arm geklemmt hatte. Ich nickte höflich, erhielt aber nur einen neugierigen Seitenblick. Dann endlich hatte ich den Regalabschnitt mit den Haarfarben entdeckt. Blondes Haar schien in Texas beliebt zu sein, denn die Auswahl war besser, als ich erwartet hatte. Ich griff nach der Packung mit den Blüten und grünen Ranken darauf, weil sie noch am wenigsten chemisch wirkte.

Alles war gut, bis ich auf den Schriftzug »Nicht geeignet für einen Grauanteil von über 50 Prozent« stieß. Mein Haar war eher silberweiß. Bedeutete das nun, dass diese Tönung nicht für mich infrage kam? Ich griff nach der nächsten, doch hier fand ich denselben Vermerk. Lag es an der hellen Farbe oder daran, dass die Haarstruktur sich veränderte, wenn das Haar grau wurde? Warum stand das nirgendwo? Ich zückte mein Handy. Natürlich gingen auch hier die Meinungen auseinander. Fakt war: Sobald man mehr als nur ein paar graue Härchen auf seinem Kopf fand, sollte man färben, um ein gutes Ergebnis zu erzielen. *Oh Mann!* Ich war genervt. Trotzdem, so leicht würde ich mich nicht von meinem Wunsch nach einer sanften Tönung verabschieden. Ich beschloss, beides zu kaufen. Eine Tönung und eine Koloration, und zwar in Nuancen, die meiner alten Haarfarbe ziemlich ähnlich sahen.

Ich bog in den nächsten Gang ab, um auf direktem Weg zur Kasse zu gelangen. Schon von Weitem erkannte ich das Design der Flasche und wie erstarrt blieb ich stehen. Meine Hände verkrampften sich so stark, dass erst das Knistern der Verpackungskartons mich in die Realität zurückriss. Einatmen, ausatmen. Ich wollte mich umdrehen, den Anblick aus meinem Kopf radieren, einfach vergessen. Doch wie ferngesteuert lief ich los, bis ich vor »Johnson's Badreiniger« stehen blieb. Dad hatte den Duft des Putzmittels entwickelt – Bitterorange statt der überall enthaltenen Zitrone. Er hatte sogar einen Preis dafür gewonnen. Unser Bad hatte fortan immer danach gerochen. Ich schluckte schwer. Er war so stolz gewesen. Ich bückte mich und hob eine der Flaschen aus dem Regal. Tränen stiegen mir in die Augen. Ich wollte stark sein, aber diese Momente der Erinnerung, die mich anfielen wie aus dem Nichts, rissen mich zurück in meinen Abgrund aus Trauer. Zurück an ihr Grab, zurück zu ihrer Liebe und Zuwendung, die mir so sehr fehlten. Wie durch einen Schleier nahm ich die veränderten Umgebungsgeräusche wahr. Das Vögelchen an der Tür zwitscherte, eine tiefe Stimme, selbstbewusst und flirtend, rief einen Gruß, die Mädchen am Make-up-Counter kicherten.

Ich schluckte ein zweites Mal schwer, um meine Augen nicht überlaufen zu lassen. *Stell die Flasche endlich weg. Stell sie einfach weg!*

Ich konnte nicht.

Stell sie weg. Du wirst sie nicht kaufen. Du siehst nach vorn. Das hätten sie so gewollt.

Meine Hand zitterte und ich blinzelte, um besser sehen zu können.

»New York! Wer hat dir erzählt, dass ich hier heute einkaufen würde?«

Dean. Seine Stimme war so markant und unverwechselbar wie ein Fingerabdruck. Warum hatte ich sie nicht sofort erkannt?

Ich sah ihn nicht an, spürte nur den Schatten seiner großen Gestalt, als er sich zu mir stellte. Zitronengras, immer wieder Zitronengras, frisch, süß und herb zugleich.

»Weißt du, wir können das vereinfachen. Wir machen einfach ein Date aus und dann brauchen wir nicht Betsy als Kupplerin.«

Ich stand immer noch dem Regal zugewandt, den Badreiniger fest in der Hand.

»Lass mich in Frieden, Dean.« Ich schämte mich dafür, wie jämmerlich ich klang. Wie unfreundlich, weinerlich und erbärmlich zugleich. Zu allem Überfluss begann das Zittern wieder stärker zu werden.

Ich fühlte Deans Hand auf meiner Schulter, bevor er mich ganz sanft ein Stückchen zu sich drehte.

»Geht es dir gut? Was ist passiert?«

Ich presste die Lippen aufeinander. Er sollte nicht so mitfühlend klingen. So ernsthaft und interessiert. Ich wollte seine dummen Sprüche nicht, aber noch weniger wollte ich sein Mitleid. Meine Verletzlichkeit ging ihn nichts an. Sie machte mich schwach und in seiner Welt vermutlich zu einem perfekten Opfer. Ich schüttelte stumm den Kopf.

»Weinst du etwa?« Deans Stimme war zu einem Flüstern verebbt. »Hey, du bist ja völlig aufgelöst. Was ist passiert, sag es mir.«

Wieder schüttelte ich den Kopf. Deans Blick fiel auf den Badreiniger. Er sah zu mir, auf den Reiniger und dann forschend zurück in mein Gesicht. »Was hat es damit auf sich?«

Es war erschreckend, wie empathisch genau er mich durchschaut hatte. Den Haarfarben in meiner anderen Hand hatte er keinen Blick gegönnt.

Ich wollte etwas erwidern, ihm sagen, dass ihn das nichts anging, aber ich schloss den Mund einfach wieder. Denn ich traute mir keinen ganzen Satz zu.

»Soll ich das machen?« Seine Stimme war ungewöhnlich sanft, als er seine Hand ein Stückchen unter meiner um die Flasche legte.

Ich wich seinem Blick aus, dann nickte ich.

»Okay.« Wieder diese Stimme, die alle ihre harten Ecken und Kanten verloren hatte.

Ich sah nicht hin, aber ich ließ los, hörte nur das Geräusch, als

Dean die Flasche zurück ins Regal stellte. Dann atmete ich aus. »Danke.«

Dean erwiderte nichts. Ich spürte seinen Blick, aber ich sah ihn immer noch nicht an. Ein Moment verging, dann berührte er mich wieder an der Schulter. »Sollen wir gehen?«

»Ja.« Hektisch schwang ich herum und ging voraus, um ihn nicht ansehen zu müssen.

Ich bezahlte bei Betsy, die kurz meine weißen Haare, meine feuchten Augen und dann die Tönung musterte, bevor sie wortlos kassierte. »Alles Gute, Schätzchen«, sagte sie, als sie mir die Tüte reichte. Sie lächelte nicht, aber das ließ ihre Worte nur noch ehrlicher wirken.

»Vielen Dank.«

Dean bezahlte ebenfalls. Ich hatte nicht mal gesehen, was er in der Hand gehalten hatte.

»Benimm dich«, rief Betsy ihm hinterher. Ich hörte nicht, was Dean antwortete, denn ich riss schon die Tür auf und das Vögelchen zwitscherte über alle Umgebungsgeräusche hinweg.

Vor Shrek drehte ich mich zurück Richtung Geschäft. Dean hatte schon aufgeholt.

»Danke«, sagte ich, bevor er den Mund aufmachen konnte. »Wir sehen uns in der Schule, okay?«

Dean antwortete nicht, bis er sich vor mir aufgebaut hatte, die Arme vor der breiten Brust gekreuzt. »Kommst du klar? Soll ich dich fahren?«

»Ich komme schon klar, danke.«

Meine abweisenden Worte verletzten ihn. Ich sah es in der Sekunde, in der seine Gesichtszüge verrutschten. Ich fühlte mich mies, aber ich konnte ihn überhaupt nicht einschätzen. Entweder er war ein Arsch, der auf nett machte, damit er mich nachher damit aufziehen konnte. Oder er war nett, machte aber auf Arsch, um seinen zweifelhaften Ruf zu verteidigen. Was auch immer so toll daran sein sollte. So oder so, ich traute ihm nicht über den Weg, weil er noch zerrissener wirkte als ich.

Dean schnaubte leise und ich sah zurück in sein Gesicht.

»Es ist okay, auch mal Hilfe anzunehmen, New York. Wir sind nicht alle glänzende Metallmaschinen wie unser Goldjunge. Sein Grinsen verrutscht bloß, wenn eins seiner Zahnräder klemmt.«

»Lass Simon da raus.« Es war ein wütend hervorgestoßenes Zischen und Traurigkeit verwandelte sich spontan in Wut. »Keine Ahnung, was du gegen ihn hast, aber ich habe keine Lust, mir mehr darüber anzuhören.«

Deans linker Mundwinkel hob sich zu einem Lächeln. »Und weg sind die Tränen.« Er tippte sich salutierend an die Stirn, dann drehte er sich um und ließ mich stehen.

Ich legte eine Hand um den Griff der Autotür, weil ich mich irgendwo festhalten musste. Er hatte das absichtlich gemacht. Er hatte gewusst, dass meine Wut die Trauer verdrängen würde. Ich sah ihm nach, wie er mit lässig schwingenden Schultern die Straße hinabging. Warum wusste er so viel über Trauer?

Zuerst überlegte ich, ihm nachzurufen. Doch dann entschied ich mich dagegen. Der morgige Schultag würde zeigen, ob er all das gegen mich verwenden würde. Danach würde noch genug Zeit bleiben, mich für mein Verhalten zu entschuldigen.

Ich sah ihm immer noch nach. Erst als er außer Sichtweite war, schloss ich die Tür auf und öffnete sie. Dean besaß zwei Gesichter, die unterschiedlicher nicht sein konnten. Als ich mich in den

Wagen schwang und den Gurt umlegte, fragte ich mich, welches davon eine Maske war.

Nach dem Abendessen sah ich noch kurz nach Snow, dann verabschiedete ich mich in mein Zimmer. Mein Plan war, Suzan mit meiner ›neuen alten‹ Haarfarbe zu überraschen und vielleicht ein paar Pluspunkte zu sammeln. Da ich ihr die Sache mit dem Nachsitzen noch beichten musste, wohl nicht der schlechteste Plan.

Zuerst probierte ich die Tönung aus. Die Farbe gefiel mir schon beim Auftragen gut. Ich summte ein vergnügtes Liedchen und stalkte Simon auf Instagram, während die Farbe auf meinem Kopf einwirkte. Meine Güte, die Oben-ohne-nach-dem-Footballtraining-Fotos hatten es wirklich in sich. Auch die Fotos seiner Zeichnungen ernteten begeisterte Kommentare. Nachdenklich ließ ich mich auf der Bettkante nieder. Ob ich ihn abonnieren sollte? Ich hatte nur ein Drittel seiner Follower-Zahl. Sein Kanal war bunt und schrie die Freude am Leben nur so hinaus in die Welt. Mein Kanal wurde von einigen Selfies mit Tammy und sehr vielen Schwarz-Weiß-Aufnahmen aus New York – Gebäude, Kunst, Straßenschluchten – dominiert. Wir schienen wie Feuer und Wasser. Als mein Handyalarm sich meldet, weil ich die Farbe auswaschen musste, nahm ich all meinen Mut zusammen und klickte auf »abonnieren«. Dann ließ ich das Handy aufs Bett gleiten, sprang auf und huschte ins Bad. Ob Simon mich auch »abonnieren« würde?

Im Spiegel sah mein Kopf schon wieder richtig blond aus. Ich zog eine Strähne hervor und ließ sie durch die Finger gleiten. Ungläubig betrachtete ich meine Reflexion im Spiegel. Die

Farbe haftete nicht an meinem Haar. Im Gegenteil: Das Weiß schimmerte so grell, als wolle es mich hämisch anlachen. Die Farbe war überhaupt nicht eingezogen, ich konnte sie mühelos abstreifen. Bei genauerer Prüfung stellte ich fest, dass alle meine Haare immer noch weiß waren. Ich murmelte einen leisen Fluch und drehte das Wasser der Dusche an. Obwohl ich es bereits ahnte, wollte ich es nicht wahrhaben.

Nur wenige Minuten später offenbarte mir der Spiegel das volle Ausmaß meiner störrischen Haarpracht. All die wunderbare hellblonde Farbe war nutzlos den Abfluss hinuntergespült worden. Mir würde nichts anderes übrig bleiben als zu färben. Ich fluchte noch mal. Wollte ich das wirklich? Ja, ich wollte einfach nur wieder wie ich selbst aussehen. Mich wieder wie ich selbst fühlen …

Ich öffnete den Karton der Koloration und las mir die Anleitung durch. Zuerst würde ich mir die Haare föhnen müssen, denn diese Farbe funktionierte wohl nur auf trockenem Haar. Ich seufzte laut und stöpselte den Föhn ein. Während ich mir die Anleitung weiter durchlas, trocknete ich mir die Haare. Die Farbe musste ganze vierzig Minuten einwirken. Wie sollte ich meine Neugier so lange im Zaum halten?

Als der Föhn wieder verstaut war, streifte ich mir die in der Verpackung beigelegten Handschuhe über. Dann griff ich nach der Plastikflasche mit der Entwicklerflüssigkeit, um die Komponenten zu mischen. Der beißende Geruch trieb mir Tränen in die Augen. Ich mischte alles, schüttelte die Flasche und griff nach dem bereitliegenden Kamm. Jetzt oder nie.

Ich kämpfte mit meinen Haaren. So kompliziert hatte ich es mir nicht vorgestellt, aber allein die einzelnen Partien abzuteilen war gar nicht so leicht. Ganz zu schweigen davon, die Farbe am Hinterkopf aufzutragen, ohne den größten Teil auf die Fliesen tropfen zu lassen. Bis ich mit dem ganzen Kopf fertig war, waren zwanzig Minuten schon um. Ob ich diese Zeit von der Einwirkzeit abziehen musste? Ich beschloss, den Timer auf dreißig Minuten zu stellen.

Danach ging ich zurück in mein Zimmer, machte mir eine neue Folge »Shadowhunters« an und sah auf mein Handy. Mein Herz machte einen kleinen Satz. Simon hatte mich jetzt auch auf Instagram abonniert. Und das schon seit einer halben Stunde! Ein Lächeln schlich sich auf mein Gesicht. Gerade kam die Meldung »Simon Bellamie gefällt dein Foto.« Dann noch mal und noch mal und noch mal! Ich lachte. Er war so süß, und alles in mir wurde ganz warm und kribbelig zugleich, wenn ich nur an ihn dachte. Ich stalkte noch ein wenig weiter sein Profil und machte sogar einen Screenshot von einem Foto, das mir besonders gut gefiel.

Dann endlich piepte mein Timer. Schneller als der Schall stand ich im Bad vor dem Spiegel. Mir entfuhr sogar ein entzücktes Quietschen, als das Weiß der Strähnen einem kühlen Platinblond gewichen war. Endlich würde ich wieder aussehen wie ich selbst. Ich wusch das Haar aus, föhnte es und blieb dann geschlagene zehn Minuten vor dem Spiegel stehen, um die Farbe zu bewundern. Ich war entzückt und erleichtert zugleich. Was auch immer mir diesen seltsamen Zufall beschert hatte, nun war ich versöhnt. Zufrieden knipste ich das Licht aus und begab mich ins Bett. Ich sah mir noch mal Simons Foto an, dann schaltete ich auch meinen Laptop aus. Wenigstens etwas hatte sich wieder zum Guten gewendet.

Als ich am nächsten Morgen aufwachte, hatte ich als Erstes den sanften Duft von Arganöl in der Nase. Erst einen Moment später erinnerte ich mich an die Färbeaktion des gestrigen Abends. Das Arganöl war in der Spülung der Koloration gewesen.

Ich setzte mich auf und griff nach dem Bändchen der Jalousie, um sie hochzulassen. Mich erwartete mal wieder der texanische Sonnenschein, doch dieses Mal passte er zu meiner Laune. Ich schwang die Beine über die Bettkante, spazierte ins Bad und griff nach meiner Zahnbürste. Ich wollte meinem Spiegelbild gerade ein Lächeln schenken, als ich erstarrte. Woher kam dieses schneeflockengleiche Schimmern?

Oh nein.

Nein!

Meine Zahnbürste fiel mir aus dem Mund. Das musste eine optische Täuschung sein. Oder ich schlief noch.

Ich stellte das Wasser an und wich vor der kühlen Nässe zurück. Okay, ich schlief nicht.

Mit hektischen Bewegungen strich ich mir durchs Haar. Seidig weich, gut duftend … und so weiß und schimmernd wie frisch gefallener Schnee.

Ich machte zwei Schritte zurück vom Waschtisch und sah zu meinem Bett. Auf dem Kopfkissen fanden sich keine Spuren von Haarfarbe. Ich beugte mich wieder über das Waschbecken und betastete meinen Kopf. Nichts. Keine Spur mehr von dem Blond. Es wirkte, als habe mein Haar die Farbe absorbiert.

Wie konnte das sein?

Was passierte mit mir?

War ich vielleicht tot und hatte es einfach nicht bemerkt? Lebte ich vielleicht in einem Paralleluniversum oder einem Computerspiel? Kamen als Nächstes durch die Luft wirbelnde Ninjas und sprechende Pilze?

Ich schluchzte auf und klammerte meine Hände um den Waschtisch. Was auch immer hier passierte, ich stand ganz allein da. Suzan würde mir kein Wort glauben. Tammy schien keine Zeit mehr für mich zu haben. Mom, der ich alles hatte anvertrauen können, war nicht mehr da.

»Machst du dich fertig?«, rief Suzan in diesem Moment die Treppe rauf. »Du musst in zwanzig Minuten los!«

»Bin wach!« Ich seufzte. »Und einen guten Morgen, Suzan!«

»Dir auch einen guten Morgen!«

Was nun? Sollte ich noch einen Versuch wagen? Sollte ich mich in Profihände begeben? Für was auch immer ich mich entschied, jetzt musste ich zur Schule. Ich beschloss, später noch gründlicher im Internet zu recherchieren. Vielleicht hatte dort jemand von diesem Phänomen gehört.

Kapitel 9

Mit einem mulmigen Gefühl in der Magengrube kletterte ich von Shreks Sitzbank auf den asphaltierten Schulparkplatz. Die Sonne schien vom Himmel und als ich zum gefühlt tausendsten Mal eine Haarsträhne durch meine Finger gleiten ließ, verhöhnte mich die schneeweiße Farbe noch immer. Was war bloß mit mir los? Mit hängenden Schultern ging ich Richtung Eingang.

Nach dem gestrigen Donnerwetter hielten sich wenigstens meine Mitschüler heute weitestgehend zurück. Sie hatten wohl alle von Direktor Carmacks neuer Version des Nachsitzens gehört und niemand wollte ihn reizen, um sich uns im Naturschutzgebiet anzuschließen. Zwar hatte irgendein Witzbold ein paar der Zombie-Fahndungsplakate aus dem Müll gezerrt und wieder aufgehängt, doch die meisten schien der Hausmeister entsorgt zu haben.

Außerdem war der Gag auf meine Kosten beim zweiten Mal nur noch halb so witzig und kaum einer der Schüler sah genauer hin. Was mich allerdings wirklich traf, war der Umstand, dass irgendjemand das Fahndungsplakat bei Instagram hochgeladen und mich sogar markiert hatte. Ich wusste nicht viel über Cybermobbing, aber das hier nahm eindeutig Formen an, denen ich nicht mehr lange gewachsen sein würde. Sogar Simon, der vor einem meiner Klassenräume auf mich wartete, hatte davon mitbekommen und schäumte. Zwar hatte er sich bereits zwei von Noemis Lakaien vorgenommen, doch das Bild machte im Netz so schnell die Runde, dass auch er nicht viel ausrichten konnte.

Noemi ließ es sich nicht nehmen, mir zu versichern, dass ich auf dem Fahndungsplakat deutlich besser aussah als in echt. Wir standen an unseren Spinden und mal wieder nebelte sie mich mit ihrem ekelhaften Duftspray ein. Mir traten die Tränen in die Augen, was ein Anblick zu sein schien, den Noemi sehr genoss. Sie schenkte mir ein Lächeln, das jeglichen Zufall ausschloss, und stolzierte dann davon.

Dean ließ sich übrigens gar nichts anmerken. Weder zu meinem Beinahe-Zusammenbruch in Betsy's Drugstore noch zu meinen nun doch nicht gefärbten Haaren. Er nickte mir nur zu und lief an mir vorbei, ohne etwas zu gestern zu sagen. Ich war unendlich erleichtert.

Doch diese Erleichterung hielt nur kurz. In den Umkleiden für den Sportunterricht musste ich feststellen, dass jemand die Sportklamotten aus meinem Spind geholt und ganz im Zeichen einer Zombie-Apokalypse verschönert hatte. Sie waren zerrissen, mit Dreck beschmiert und an einigen Stellen sogar mit Kunstblut beträufelt. Vermutlich hätte ich in diesem Aufzug tatsächlich wie ein Zombie ausgesehen, denn wer auch immer dahintersteckte, hatte sich richtig viel Mühe gegeben. Was mir allerdings noch mehr böse Blicke einbrachte, war der Umstand, dass ich wegen der zerstörten Klamotten nicht am Sport teilnehmen konnte und auf den Tribünen in der Sonne chillte, während sich meine Mitschüler durch die mittägliche Hitze quälten. Hin und wieder siegte eben doch die Gerechtigkeit.

Meine ab da eigentlich ganz gute Laune bekam einen herben Dämpfer, als Direktor Carmack mich in sein Büro zitierte. Ich hatte erwartet, dass das Nachsitzen heute Nachmittag beginnen würde, aber der Ranger brauchte unsere Hilfe erst ab Freitag. Offenbar gab es dringendere Probleme mit der roten Alge. Freitagnachmittag würde ich also das erste Mal nachsitzen müssen, wobei das Wort »sitzen« ein Witz war, denn ich sollte durch ein angrenzendes Naturschutzgebiet kriechen, um dort entstandene Sturmschäden zu beseitigen. Bevor ich protestieren konnte, warf Direktor Carmack mich schon wieder raus.

Da tröstete es mich auch nicht, dass Simon mir während der zweiten Hälfte des Schultages schon dreimal gesimst hatte, um mich zu fragen, ob alles in Ordnung sei, und um sicherzugehen, dass es keine weiteren Mobbingattacken gegeben hatte. Seine Fürsorge war wirklich rührend, aber ich wünschte mir, ich könnte das Wochenende statt in der Pampa mit ihm zusammen einläuten. Freitags hatte er frei und wir hatten eigentlich überlegt, außerhalb des Diners etwas zu unternehmen. Vielleicht sogar nach Odessa zu fahren und einfach mal nur zu zweit irgendwohin zu spazieren, ohne dass sich die Leute das Maul über uns zerrissen. Ich seufzte. Dieser Traum musste wohl noch warten.

Als ich Suzan am Freitag erzählte, warum ich nachmittags noch einmal losmusste, war sie kurz vorm Explodieren. Ich hatte es lange vor mir hergeschoben, ihr davon zu berichten, und erst überlegt, ihr etwas aufzutischen, das nur so halb der Wahrheit entsprach – einen spontanen Schulausflug oder etwas Ähnliches.

Doch ich war mir sicher, sie würde dahinterkommen, und dann wäre das Donnerwetter nur noch größer.

Bevor ich mich auf den Weg machen konnte, kündigte Suzan noch ein ›ernstes Gespräch‹ unter vier Augen an, sobald ich wieder zu Hause war. Das war jedoch so sehr zur Gewohnheit geworden, dass es mich nur noch wenig beeindruckte.

Kaum dass ich ihr Büro verließ, sah ich aus dem Augenwinkel noch, wie sie mit fahrigen Fingern nach einem Erziehungsratgeber griff wie nach einem Rettungsanker. Ich war doch kein Kleinkind mehr …

Direktor Carmack hatte mir die Adresse gegeben, an der ich mich um Punkt 17 Uhr einfinden sollte. Er hätte mir jedoch besser die GPS-Koordinaten mitgeteilt, denn das kleine Büro des Rangers außerhalb von Littlecreek zu finden, fühlte sich an wie die Suche nach der Nadel im Heuhaufen. Mein Navi schien die Adresse nicht wirklich zu kennen und lotste mich mehrmals auf gut Glück in irgendeine Richtung, die sich dann als falsch herausstellte. Ich wollte schon umkehren, da sah ich aus dem Augenwinkel das kleine Gebäude kurz vor dem Waldrand aufragen. Ich seufzte vor Erleichterung auf und bog in den unauffälligen Feldweg ein.

Die anderen ›Übeltäter‹, wie Direktor Carmack uns gerne nannte, waren schon da. Dean stand mit zwei Jungs zusammen, die er gut zu kennen schien, was mich nicht wunderte, denn er zog Ärger an wie Motten das Licht. Sein uralter klappriger Kleinwagen, der aussah, als würde er beim nächsten Windhauch auseinanderfallen, stand neben einem unauffälligen silbernen Mittelklassemodell. In diesem entdeckte ich Noemi, die sich gerade die Lippen im Rückspiegel nachzog und nicht im Entferntesten daran zu denken schien, sich zu den anderen zu gesellen. Erst als ich parkte und ausstieg, schien ihr Interesse zu erwachen, und auch sie bequemte sich aus ihrem Wagen.

Zum Glück hatte Direktor Carmack mir festes Schuhwerk empfohlen, denn als ich sah, wie hoch das Gras bereits am Waldrand wuchs, war ich mir sicher, dass ich mit meinen Sandalen nicht weit gekommen wäre. Noemi trug trotz der Hitze sogar rosafarbene Gummistiefel. Dean sah aus wie immer und auch die meisten anderen Schüler schienen sich nicht extra umgezogen zu haben.

»Was'n das überhaupt für 'ne bescheuerte Haarfarbe! Wie nennt die sich? Friedhofsblond?«, grölte einer der Typen, die mit Dean zusammenstanden. Ich wusste, dass er eine Klasse über mir war und ebenso wie Dean zum Lacrosse-Team gehörte.

»Halts Maul, Marc.« Dean ließ es wie ein freundschaftliches Knuffen vor die Schulter aussehen.

Trotzdem taumelte der Typ einen großen Ausfallschritt zur Seite. »Alter …« Er rieb sich den Oberarm.

»Komm schon. Da tut doch 'ne Kissenschlacht mehr weh.« Dean klopfte Marc beruhigend auf den Rücken, dann sah er wieder zu mir und zwinkerte mir zu.

Ich verdrehte die Augen und wandte mich ab.

Der Ranger, der nun aus der kleinen Hütte trat, wirkte genervt, weil er sich um uns kümmern musste. Er hielt uns einen großartigen Vortrag über die Verantwortung, die wir diesem Naturschutzgebiet gegenüber hätten, und dass wir ja nichts einsammeln durften, was noch zu retten war. Ich fragte mich ernsthaft, wie ich an einem halb abgebrochenen Ast erkennen sollte, ob ich ihn aus Sicherheitsgründen mitnahm oder doch lieber dran ließ?

Plötzlich tauchte Dean neben mir auf, doch ich ignorierte ihn. Noemi hörte überhaupt nicht zu, sondern tippte leidenschaftlich auf ihrem Smartphone herum. Hatte sie etwa hier draußen Netz? Das brachte mich auf eine Idee. Unauffällig machte ich einen halben Schritt zurück und tauchte dann ein Stückchen hinter Dean ab. Er drehte sich kurz um, aber als er sah, dass ich mein Handy aus der Tasche zog, wendete er sich wieder ab.

Ich hatte zwei Nachrichten von Simon, aber keine von Tammy. Warum wurde ich das Gefühl nicht los, dass sie mir nicht die Wahrheit gesagt hatte? Ich hatte Snow in allen Lebenslagen fotografiert und meiner besten Freundin einen ausführlichen Bericht geschickt. Doch sie hatte sich die Bilder nicht mal angesehen. Simon hingegen war so süß wie immer. Er wünschte mir viel Erfolg und versprach, dass er sein Handy nah bei sich tragen würde, damit er ja keine meiner Nachrichten verpasste. Außerdem bot er an, sofort herzukommen, sollten sich Noemi oder Dean mal wieder danebenbenehmen. Allein der Gedanke an Simon ließ mich lächeln.

Genau in diesem Moment sah Dean wieder über seine Schulter. »Du hast Geheimnisse vor mir, New York«, sagte er mit dieser betont lässigen Stimme.

Ich schenkte ihm nur einen kurzen Blick. »Und es freut mich sehr, dass dich das unentwegt zu beschäftigen scheint.«

»Lass mich raten. Unser Goldjunge textet dich voll? Hält er dich schön auf Trab, damit du nicht nach rechts oder links siehst?«

Da ich wusste, worauf er eigentlich anspielte, sah ich betont zu beiden Seiten, wo nur ein paar Autos standen.

»Und wenn schon. Da ist ja niemand von Interesse.«

»Du wirst dich mit ihm langweilen, New York. Das garantiere ich dir.« Trotz des Rangers drehte er sich komplett zu mir um und sah mir direkt in die Augen. »Du bist nicht so brav, wie du tust, New York. Da ist etwas Leidenschaftliches, Unbändiges in dir – damit würdest du unseren Goldjungen nur umhauen. Such dir jemanden, der gerne mit dem Feuer spielt.« Für einen Moment wanderten seine schwarzen Augen zu meinen Lippen. Mein Herz begann zu klopfen und es ärgerte mich ganz gewaltig. Ich wollte Simon und *nur* Simon. Er war liebenswürdig, aufmerksam und wirklich darum besorgt, dass es mir gut ging.

Dean war ein Spieler und ich hatte keine Lust, ihm für kurze Zeit die Langeweile zu vertreiben und dann schachmatt vom Platz geschickt zu werden.

»Na, dann solltest du mir vielleicht mal die Jungs der Feuerwehr vorstellen«, erwiderte ich schnippisch und klimperte liebenswürdig mit den Wimpern. »Die spielen doch gerne mit Feuer und Männer in Uniform sind ja sowieso irgendwie heiß.«

Deans Grinsen verschwand. Rumms. Das hatte gesessen. Innerlich jubilierte ich, doch dann fiel dem Ranger auf, wie halbherzig seine Truppe zuhörte.

»Ey! Ihr da hinten!«, bellte er.

Dean schwang herum, salutierte gespielt und brüllte »Ay, ay Lieutenant.« Ich hob den Kopf und ließ ertappt das Handy in der Hosentasche verschwinden. Noemi hingegen reagierte gar nicht. Natürlich fühlte sie sich von so einem Tonfall nicht angesprochen.

Der Ranger und ich verdrehten gleichzeitig die Augen, während Noemi ungerührt weitertippte. Sie hatte die Beine grazil voreinander gekreuzt und wirkte in ihren kurzen Shorts und dem adrett gebügelten weißen Puffärmel-Blüschen völlig deplatziert in dieser apokalyptisch zerstörten Wildnis.

»Hey!«, brüllte der Ranger erneut. Noemi reagierte immer noch nicht. Wenn sie mir nicht nur Verachtung entgegengebracht hätte, hätte ich sie angestupst, doch so blieb ich einfach stehen und beobachtete das Schauspiel.

»Hör zu, Malibu-Barbie«, brüllte der Ranger. »Du legst jetzt das Handy weg oder ich werde es persönlich dem nächsten Waschbären zum Fraß vorwerfen.«

Da endlich verstand Noemi, dass es um sie gehen könnte, und hob den Kopf. »Entschuldigen Sie mal?« Ihre Stimme klang überhaupt nicht reumütig. Sie betrachtete den Ranger in seinen verknitterten kakifarbenen Shorts und dem dazu passenden Hemd mit Emblem, als handele es sich um einen Angestellten, der sich im Ton vergriffen hatte.

»Handy weg«, blaffte der Ranger erneut. »Und dann zugehört. Ich bin hier kein Alleinunterhalter.«

Noemi erwiderte nichts, ließ ihren Blick aber erneut so vielsagend an dem Ranger hinauf- und hinabgleiten, als wolle sie diese Aussage ehrlich in Frage stellen.

Am Kinn des Rangers zuckte ein Muskel, dann streckte er die Hand aus. »Her damit.«

Noemi sah so dermaßen angeekelt auf die schwielige Handfläche, dass ich mir sicher war, sie würde ihr Handy niemals dort hineinlegen.

Der Ranger schnippte mit den Fingern. »Wird's bald, Prinzessin? Sonst muss ich deinen Direktor anrufen und dann wird es wirklich spaßig.«

Noemis Mundwinkel verzogen sich voller Abscheu. Mit spitzen Fingern ließ sie das Handy in die ausgestreckte Hand des Rangers fallen und drehte sich dann weg, als könnte sie sich das Elend nicht ansehen.

»Geht doch. Also weiter im Text«, sagte der Ranger. »Der Bereich, in dem ihr aufräumen sollt, ist durch rote Fahnen abgesteckt. Außerhalb dieser Markierungen dürft ihr euch nicht bewegen. Erwische ich jemanden jenseits der markierten Zone, werde ich ihn persönlich zum Sheriff eskortieren. Solange ihr hier seid, bin ich für eure Sicherheit verantwortlich, also kommt nicht auf dumme Gedanken.« Er warf einen weiteren strengen Blick in die Runde. »Da drüben liegen Handschuhe und Müllbeutel. Damit sammelt ihr abgeknickte Äste und verstreuten Unrat ein und stapelt die vollen Beutel hier vor der Hütte. Verbandskasten ist im Haus, aber versucht trotzdem, keine Körperteile zu verlieren. Das nächste Krankenhaus ist in Odessa und es ist schon so mancher auf dem Weg dorthin verblutet.« Er sah uns ein letztes Mal an. »Also dann, Abmarsch.« Ohne ein weiteres Wort drehte er sich um und verschwand in seiner Hütte.

Die Tür knallte er so laut hinter sich zu, als wollte er uns raten, ihn bloß nicht mehr zu belästigen.

»Gott, ich hasse mein Leben«, murmelte Noemi und zog ein paar Handschuhe aus der Box, die gerade herumgereicht wurde.

»Hilft ja nichts«, murmelte Dean und schnappte sich zwei Müllbeutel, von denen er mir einen reichte. Dann machten wir uns an die Arbeit.

Irgendwie hatte ich es mir schlimmer vorgestellt. Als Erstes fand ich eine große Plastikplane, die sich wohl irgendwo losgerissen hatte, im Wald aber garantiert nichts verloren hatte. Ich zerrte sie von einem großen Strauch herunter, knüllte sie so gut es ging zusammen und stopfte sie in meinen Beutel. Da es schon nach 17 Uhr war, nahm die Hitze des Tages etwas ab. Trotzdem hatte ich mich vorher am ganzen Körper dick mit Sonnenmilch eingecremt, denn gerade an den Ausläufern des Waldes standen die Bäume nicht so dicht und die Sonne brannte ungebremst vom Himmel.

Als ich das erste tote Tier fand, kroch mir ein eisiger Schauer die Wirbelsäule hinab. Ich wandte den Blick von den leblosen Augen des Waschbären ab und ignorierte die vielen kleinen Insekten, die sich bereits auf ihm ausgebreitet hatten.

Doch insgesamt kamen wir gut voran und drangen immer weiter in das Waldgebiet vor. Die Fahnen waren zum Glück relativ eng gesteckt, sodass wir uns nicht verirren konnten. Dean blieb immer irgendwo in meiner Nähe und ich ertappte mich dabei, wie ich ihn hin und wieder beobachtete. Die körperliche Arbeit schien ihm nichts auszumachen. Ganz im Gegenteil, er wirkte weniger rastlos als sonst in der Schule.

Ich zuckte zusammen, als das Handy in meiner Tasche brummte, und hastig drehte ich mich wieder um. Es wunderte mich wirklich, dass ich ausgerechnet hier Empfang hatte. Vielleicht besaß der Ranger in seinem Büro einen Mobilfunk-Repeater oder etwas Ähnliches?

Es war schon wieder Simon.

Geht es dir gut? Trinkst du auch genug?

Seine Sorge rührte mich, aber das war heute schon die achte Nachricht. Ich textete ihm zurück, doch meine Antwort wurde nicht gesendet. Natürlich nicht. Wenn ich mein eigenes Handy bediente, stellte es sich tot. Ich hatte ihm geschrieben, dass alles in Ordnung war, doch eigentlich hatte ich nur halbherzig getippt. Jemanden acht Mal am Tag zu fragen, wie er sich gerade fühlte, kam mir doch etwas übertrieben vor, aber vielleicht wollte Simon nur aufmerksam und sensibel sein. Immerhin wusste er von meinen Problemen mit Noemi.

Also schob ich das Handy zurück in meine Tasche und ging tiefer in das Waldstück hinein. Hier brach die Sonne durch die immer spärlicher werdenden Baumwipfel, bis der Wald sich schließlich zu einer kleinen Lichtung öffnete. Es sah ein bisschen aus wie in einem Märchenfilm und fast erwartete ich, dass kleine sprechende Tiere herumhüpfen würden. Stattdessen fand ich ein totes Reh, das von sengender Hitze und Aasfressern schon so malträtiert worden war, dass seine Knochen weiß durch die zerrissene Haut hervorstanden. Ich unterdrückte meinen Brechreiz.

Mit verhangenem Blick stolperte ich weiter hinaus auf die Lichtung, wo ich vom hellen Schein der Sonne geblendet wurde. Ich sog die Luft ein und plötzlich war sie eiskalt. Die Helligkeit erinnerte mich an die Reflexion von frischem Schnee. Wie aus dem Nichts fühlte ich mich zurückversetzt in meinen Albtraum, in die Eiswüste und das Meer aus Finsternis. Der Geschmack von Schnee lag mir auf der Zunge und der metallische Geruch von Blitzen stieg mir in die Nase.

Ich blieb stehen und legte mir eine Hand auf die Stirn. Sie war eiskalt. Prüfend fuhr ich meine Arme hinab. Meine gesamte Haut schien wie von einer feinen Eisschicht überzogen und das im sonnenheißen Texas … Ob mir meine Sinne einen Streich spielten?

Und dann hörte ich sie. Das Schlagen großer Flügel, ein schrilles Kreischen. Ich riss die Augen auf und drehte mich im Kreis. Noch bevor sie aus dem Dickicht brachen, wusste ich, dass sie da waren. Es waren die Raben aus meinem Traum, und sie waren noch viel größer und beängstigender, als ich sie in Erinnerung hatte. Ich schrie auf, doch ich konnte mich nicht rühren. Einer der Raben kam mir so nah, dass ich seine Augen erkennen konnte. Diese seltsam menschlichen Augen. Dieser wissende Blick. Die Bosheit, die darin zu schlummern schien.

Ich schrie erneut auf, als einer der Raben sich mit seinen spitzen Klauen in den Stoff meiner Jeans krallte und daran zerrte. Ich hörte das Reißen von Stoff und spürte einen scharfen Schmerz. Wie in Trance schlug ich nach den Vögeln, doch ich verfehlte sie jedes Mal. Da war wieder dieser Geruch, diese trockene, pulvrige Schärfe, die mir die Tränen in die Augen trieb. Die Raben hatten mich mittlerweile komplett eingehüllt. Sie flogen einen so engen Kreis, dass ich den Wald um mich herum kaum noch erkennen konnte. Ich sah gedrehte Hörner auf ihren Köpfen wachsen und dolchartige Zähne, die aus ihren Schnäbeln hervorbrachen. Mein Gott, was waren das für Monster?

Wieder attackierte mich ein Vogel und seine Federn bauschten mein Haar auf, als er mein Gesicht nur knapp verfehlte. Ich ließ mich auf die Knie fallen, schützte meinen Kopf und dann hörte ich jemanden meinen Namen rufen.

»Verschwindet, ihr Viecher«, brüllte eine männliche Stimme und durch das Schlagen der Flügel nahm ich die näher kommenden Schritte wahr.

»Igitt, was ist das denn?«, quiekte eine hohe weibliche Stimme.

»Los, such dir irgendetwas, womit du sie schlagen kannst!«

»Niemals. Die Viecher sind ja völlig durchgedreht.«

»Jetzt mach schon!«

Etwas zerrte an meinem T-Shirt, ein Schnabel traf mich am Rücken. Ich bekam kaum noch Luft vor Angst, ein Schrei verhallte ungehört in meiner Kehle. Doch ich würde nicht kampflos aufgeben. Ich war nicht mehr allein und das ließ meinen Mut zurückkehren. Wie von selbst drückte ich meine Handflächen auf das Gras und sprang zurück auf die Füße. Mein Körper streifte Federn und Krallen, als ich hochkam, und das wütende Krächzen wurde noch lauter. Ich schloss die Augen, um sie zu schützen. Es waren doch bloß Vögel, verdammt! Mein Verstand musste mir einen Streich spielen. Mit beiden Händen schlug ich blind um mich, traf harte Vogelkörper und riss sogar ein paar Federn aus.

Dann war Dean da. Ich wusste, dass er es war, erkannte in dem Bruchteil einer Sekunde seine Nähe. Ich blinzelte durch halb geschlossene Lider. Mein Gefühl hatte mich nicht getäuscht. Er ragte vor mir auf, hielt einen großen Stock in der Hand und schlug nach den Wesen. Doch er konnte nicht richtig ausholen, wenn er nicht riskieren wollte, mich aus Versehen zu treffen.

»Verschwindet endlich, ihr Mistviecher, oder wollt ihr mich richtig kennenlernen?«

War das etwa Noemi?

Ich hörte, wie Dean einen der Vögel erwischte, das schmerzerfüllte Krähen und dann das dumpfe Geräusch, als etwas im Gras landete. Nun traf auch meine geballte Faust ein Ziel. Ich rutschte an glatten Federn ab und so etwas wie ein elektrischer Schlag fuhr durch meinen Körper. Wieder schrie ich auf, während mir der Vogel direkt auf den Fuß fiel.

Im nächsten Moment veränderte sich das Krächzen der Raben. Ich hörte ein hohes, schnelles Zwitschern, das fast klang wie eine Trillerpfeife, wie ein Signal zum Aufbruch … Die anderen antworteten, tief und keckernd, als würden sie sich über etwas lustig machen.

Ich spürte noch, wie der Vogel zu meinen Füßen sich aufrappelte, fühlte das kräftige Schlagen der Flügel als einen Luftzug. Dann waren sie fort.

Dean gab einen überraschten Laut von sich. Als ich die Augen öffnete, ließ er gerade den Ast ins Gras fallen. Die Raben waren verschwunden, nur noch ein dunkler Schatten zwischen den Baumkronen. Mein Herz schlug so heftig, ich hatte das Gefühl, es würde mir jeden Moment aus der Brust springen.

»Alles okay?«, fragte Dean. Er hatte eine Hand auf die Schulter gelegt und sah mich prüfend an. »Bist du verletzt?«

»Hast du sie auch gesehen?«, rief ich, obwohl er so nah vor mir stand. »Hast du sie gesehen? Sag mir, dass ich nicht verrückt werde. Bitte sag mir, dass ich nicht verrückt werde. Dean, sag es mir!«

Dean war trotz seiner Sonnenbräune kreidebleich geworden. »Ich habe keine Ahnung, was ich da gerade gesehen habe.«

Noemi, immer noch bewaffnet mit einem Ast, stellte sich zu uns. »Freaks ziehen auch echt nur Freaks an.«

Meine Überraschung hätte nicht größer sein können. Noemi war zu meiner Verteidigung geeilt? Gerade ließ sie den Ast fallen, zog sich die Handschuhe aus und wischte sich die feuchten Hände an ihren Shorts ab. »Ekelhaft«, murmelte sie mehr zu sich selbst als zu uns.

Ich musste mir alle Mühe geben, nicht zu zittern. Die Stellen, an denen mich die Schnäbel erwischt hatten, begannen unangenehm zu brennen. Nochmals sah ich in die Richtung, in die die Raben verschwunden waren. Doch der Wald blieb ruhig. Etwas entfernt hörte ich Mitschüler, die sich lachend etwas zuriefen. Ich zuckte zusammen, bevor ich realisierte, dass uns keine Gefahr mehr drohte. Offenbar war niemand außer mir von einem Schwarm Vögel angegriffen worden.

Dean drehte sich zu Noemi, ließ seine Hand aber auf meiner Schulter. Irgendwie tat mir seine Berührung gut, sie hatte etwas Tröstliches, etwas Beruhigendes. »Hast du erkannt, was das für Viecher waren? Ich glaube, eins davon hatte sogar Hörner.« Er sah aus, als könne er selbst nicht glauben, was er da gerade gesagt hatte.

Noemi schüttelte den Kopf und ihre Miene zeugte immer noch von abgrundtiefem Ekel. »Irgendwelche riesigen Vögel?«, überlegte sie laut. »Wäre es nicht so verrückt, würde ich behaupten, im Schnabel des einen Zähne gesehen zu haben. Aber das kann auch eine optische Täuschung gewesen sein, so dicht wie sie nebeneinander geflogen sind …« Ich korrigierte sie nicht, denn auch ich war mir nicht sicher, ob und was ich wirklich gesehen hatte. Noemi warf einen Blick auf das tote Reh unweit neben uns im Gras. »Raben sind doch Aasfresser, oder? Vielleicht haben sie gedacht, Aria will ihnen das Futter streitig machen, und waren deshalb so aggressiv.«

Dean nickte, sah zurück zu mir und betrachtete mich nachdenklich. »Das könnte möglich sein. Aber es war echt … gruselig.

Aus der Ferne sahen sie aus wie ein riesiger Klumpen aus Federn, Krallen und leuchtenden Augen, der dich komplett einzuhüllen schien. So was habe ich noch nie gesehen. Ich wusste zwar, dass Aasvögel über ihrer Beute kreisen, aber dass Raben jemanden auf diese Art angreifen, wäre mir neu.« Er strich einmal sanft über meine Schulter, bevor er die Hand sinken ließ. »Konntest du mehr erkennen?«

»Die sind einfach auf mich zugeflogen«, erwiderte ich mit zitternder Stimme. »Sie sahen aus wie Raben, aber als sie näher kamen, ich weiß nicht … zwei von ihnen haben sich sogar in meine Haut gekrallt.« Ich rieb mir geistesabwesend den Arm, als wolle ich jede Spur der Vögel abstreifen. Meine Haut fühlte sich wieder warm an, der zarte Eisfilm schien verschwunden, doch das nahm ich nur am Rande wahr. »Ihre Krallen waren so scharf, dass sie sogar meine Jeans zerrissen haben.«

»Sie haben dich verletzt?« Deans Augen weiteten sich. »Zeig mal her.«

»Nein, das ist schon okay.«

Doch er begab sich selbst auf die Suche. Er fand den Riss in meiner Jeans und holte erschrocken Luft, doch den zweiten schien er nicht zu entdecken.

»Hier.« Noemi zog an meinem T-Shirt. Sie spreizte das Loch, um hindurch auf meine Haut zu sehen. »Die haben sie am Bauch erwischt«, erklärte sie seltsam nüchtern. »Sieht aus, als ob es wehgetan hätte.«

Ich rechnete immer noch damit, dass sie kreischend davonstürzen würde, doch sie war überraschend tough. Sie wirkte gefasst und ließ sich durch die Situation überhaupt nicht aus der Bahn werfen.

»Danke«, stieß ich hervor und sah erst Noemi und dann Dean an. »Ich danke euch, dass ihr mich verteidigt habt.«

»Das ist doch selbstverständlich.« Dean winkte ab, Noemi nickte nur hoheitsvoll.

»Ist es nicht. Vielen Dank. Ich weiß nicht, ob ich es ohne euch geschafft hätte, sie zu vertreiben.« Immer noch klang mir dieses unheimliche Krächzen in den Ohren. Immer noch spürte ich die Berührung ihrer Federn.

Dean bückte sich, hob seine Arbeitshandschuhe auf und schob sie in eine seiner Jeanstaschen. »Wir sollten dich zum Ranger bringen. Deine Wunden müssen versorgt werden.« Er sah zu Noemi, dann hakte er sich bei mir unter. »Hilf mir mal bitte.«

Noemi nahm meinen anderen Arm. Ich wollte protestieren, doch sie ignorierten mich. Als wir losgingen, war ich dann doch dankbar, denn ich fühlte mich immer noch ziemlich wacklig auf den Beinen.

»Bist du gegen Tollwut geimpft?«, fragte Dean.

Ich nickte. Mom und Dad hatten immer penibel darauf geachtet, dass ich alle notwendigen Impfungen auffrischte. »Ich habe alles«, krächzte ich, weil mein Mund fast zu trocken zum Sprechen war. »Ich will nur … Lasst uns einfach raus aus diesem Wald.«

»Dann mal los«, hörte ich Noemi neben mir. Wieder klang sie so ruhig und erwachsen, wie ich es ihr niemals zugetraut hätte. Sie hatte sich fest bei mir untergehakt und Dean stützte mich auf der anderen Seite. Gemeinsam eskortierten sie mich aus dem Wald.

Immer wenn ich über einen herumliegenden Ast oder hochstehende Wurzeln steigen musste, zog ich ein Gesicht. Besonders die Wunde an meinem Bein brannte schmerzhaft. Dean und Noemi schwiegen, schienen nachdenklich, und auch ich dachte mit einem Schaudern daran, wie gezielt die Vögel mich als Opfer ihres Angriffs ausgewählt hatten. Das konnte doch einfach kein Zufall sein. Diese Raben waren schon in meinem Traum aufgetaucht und nun hatten sie mich in der Wirklichkeit angegriffen. Auch meine hellen Haare hatte ich im Traum gesehen und dann waren sie plötzlich Realität geworden. Mir wurde klar, dass ich sogar Snow im Traum irgendwie gespürt hatte. Sie war mir bekannt vorgekommen, der pudrige Geruch ihres Fells und dieser Duft von Schnee in ihrer Mähne … und dann hatte sie plötzlich leibhaftig vor mir gestanden, war wie aus dem Nichts aufgetaucht. Wie eine Schneeflocke lautlos und unbemerkt vom Himmel gefallen. Alles was mir in den letzten Tagen Mysteriöses passiert war, hatte ich bereits im Traum gesehen. Ich stolperte, weil mich die Erkenntnis unachtsam werden ließ. Dean stützte mich und dann reagierte auch Noemi. Ich murmelte ein Dankeschön, bevor wir langsam weitergingen.

Was passierte bloß mit mir? War ich auf dem besten Wege, verrückt zu werden? Durchzudrehen? Begann ich als Nächstes, Stimmen zu hören?

Natürlich glaubte der Ranger uns kein Wort, als wir bei der Hütte ankamen. Stattdessen unterstellte er mir, dass ich mich beim Einsammeln der Äste einfach blöd angestellt hätte und dafür auch noch früher nach Hause wollte. Als er meine Wunden sah, wurden seine Lippen schmal. Er nahm mich mit in seine Hütte und befahl Noemi und Dean zu warten.

»Jetzt erzählen Sie noch mal in Ruhe. Sie sind von einem Schwarm Vögel angegriffen worden? Wirklich?« Der Ranger ließ mich auf einem Stuhl vor seinem Schreibtisch Platz nehmen und drehte sich dann zu einem kleinen Schrank an der Wand.

Ich gab ihm die Kurzfassung, allerdings ohne Details wie Zähne und Hörner. Da er mit Direktor Carmack in Kontakt stand, wollte ich es nicht riskieren, auch noch Sitzungen beim Schultherapeuten aufgebrummt zu bekommen.

Der Ranger kam zurück zum Schreibtisch und stellte einen Verbandskasten darauf ab. Er musterte mich erneut prüfend, dann ließ er die Verschlüsse des Kastens aufspringen. »Irgendetwas stimmt nicht«, sagte er, sah mich aber nicht an. »Die Tiere spielen verrückt, gehen sich gegenseitig an die Gurgel, sind aggressiv.« Er wühlte geräuschvoll in dem Verbandskasten. »Es ist nicht nur diese Alge. Sie bringt sie um, aber das wissen sie vorher nicht. Das ist es nicht, was ihnen Angst macht.« Bedächtig ließ er eine kleine Schere auf die Tischplatte gleiten. »Ich war mal während meiner Ausbildung ein halbes Jahr in Kalifornien. Eine ganze Woche lang waren die Pferde unruhig und die Hunde wollten nicht mehr schlafen. Die Vögel sind verstummt, und die Katzen waren aggressiv und haben sich gegenseitig angegriffen. Am achten Tag hat die Erde gebebt. Es war kein großes Beben, nur ein paar Teller sind aus dem Regal gefallen.« Er nahm eine Rolle Pflaster aus dem Kasten und sah mich an. Seine wässrig blauen Augen schimmerten fast fiebrig. »Aber die Tiere wussten Bescheid. Sie wussten, was kommt.« Fahrig deutete er mit der Hand Richtung Tür. »Wie groß muss das, was auf uns zukommt, sein, wenn die Tiere derartig durchdrehen?«

Ich war mir nicht ganz sicher, aber sollte er mich als Aufsichtsperson nicht eher beruhigen, als meine Ängste noch weiter zu schüren? Etwas unbehaglich rutschte ich auf meinem Stuhl herum.

Ich wollte gerade etwas erwidern, da klappte er den Kasten mit der Hand energisch zu. »Ich habe Angst, dass uns etwas Schlimmes bevorsteht. Dass ich nicht zu Hause bin, wenn meine Familie mich braucht. Dass ich nicht allen helfen kann, für die ich verantwortlich bin.« Seine Stimme wurde rau. »Jedes Tier, das in meinem Wald verendet, bricht mir das Herz. Jeden Morgen, wenn ich mich von meiner kleinen Tochter verabschiede, frage ich mich, ob ich sie gesund wiedersehen werde. Jede Nacht frage ich mich, ob das alles hier – die Alge, die Gewitter, die sengende Sonne – nicht erst der Anfang ist.«

Einen Moment lang war es so still, dass nur das Ticken einer kleinen Uhr über der Tür zu hören war.

Mein Stuhl knarrte, als ich mich erneut darauf zurechtrückte. »Sir, ich bin mir sicher …«

Der Ranger blinzelte, dann klarte sein Blick auf. Als er sich an sein Geständnis erinnerte wurde er erst blass und bekam dann nervöse rote Flecken am Hals. »Entschuldigen Sie«, stammelte er. »Ich stand wohl kurz neben mir. Wir … also ich meine, die Regierung hat alles im Griff. Der Sheriff und ich arbeiten daran, Tag und Nacht. Wir kümmern uns und schon bald wird alles zum Normalzustand zurückkehren. Machen Sie sich keine Sorgen.«

Beim Stichwort »Sorgen« klingelte es bei mir. Wie ein Puzzleteil setzte sich alles zusammen. Es war schon wieder passiert. Das hier war ein Déjà-vu. Erst July und Eliza auf der Mädchentoilette, dann Collin im Chemieunterricht und nun der Ranger. Sie alle hatten fast wie in Trance gewirkt und so, als könnten sie im Nachhinein gar nicht verstehen, warum sie ausgerechnet mir ihr Herz ausgeschüttet hatten.

»Entschuldigen Sie bitte. Das tut mir wirklich leid. Ich weiß gar nicht …«

Ich zwang mich zu einem möglichst unbedarften Lächeln. »Ist schon okay. Ich war mit meinen Gedanken sowieso woanders.«

Der Ranger nickte vielsagend, wirkte aber erleichtert.

Ich bekam ein Glas Wasser, während er meine Wunden desinfizierte. Zum Glück war das Loch in meiner Jeans groß genug, dass ich die Hose nicht ausziehen musste.

Nachdem er mich mit Pflastern und dem Rat, noch heute den Hausarzt in Littlecreek aufzusuchen, versorgt hatte, schickte der Ranger mich nach Hause. Er bot an, meine Eltern anzurufen, damit sie mich abholten. Die Erwähnung von Mom und Dad riss mich abrupt aus meinen fieberhaften Überlegungen, wie all diese seltsamen Umstände zusammenpassten.

»Meine Eltern sind …« Ich brach ab, weil ich sofort wieder einen Kloß im Hals hatte. All das hier wurde langsam zu viel, brach über mir zusammen und ich sehnte mich so sehr nach jemandem, dem ich mich bedingungslos anvertrauen konnte. »Danke, das ist nicht nötig. Ich kann selbst fahren. Es sind ja nur zwei Kratzer.«

Der Ranger schnalzte missbilligend, begleitete mich dann aber aus seiner Hütte zu meinem Wagen.

Dean protestierte, doch auch ihm konnte ich sein ehrenvolles Anliegen ausreden.

Noemi weigerte sich, nach diesem ›Killerrabenangriff‹ den Wald wieder zu betreten. Der Ranger, immer noch mit roten Flecken am Hals, kapitulierte und blies die gesamte Aktion ab.

Einerseits fühlte ich mich besser, nicht als Einzige früher gehen zu dürfen. Andererseits würde dies die Gerüchte um den Vorfall noch weiter anheizen. Und da Noemi sich nirgendwo wohler fühlte als im Rampenlicht der ungeteilten Aufmerksamkeit, war ich mir sicher, dass sie diesen Zwischenfall übergebührlich ausschmücken würde. Ich entschied, das Feld zu räumen, bevor der Ranger meine Mitschüler evakuiert hatte.

Dean schloss Shreks Tür hinter mir, sein Blick war ernst. »Geh zum Arzt«, formten seine Lippen lautlos.

Ich nickte, dann wartete ich, bis er ein letztes Mal grüßend die Hand hob und sich abwandte. Mein Blick ruhte noch auf ihm, als ich mich nach vorn beugte, um das Navi anzuschalten. Ein Schmerz schoss meinen Oberschenkel hinab. In dieser Position drückte mein Handy unangenehm auf die Stelle, an der mich einer der Raben erwischt hatte. Ach ja, mein Handy. Das hatte ich völlig vergessen. Als ich das Display anknipste, erschrak ich ein wenig: acht neue Nachrichten und alle waren von Simon. Zuerst klangen sie noch locker und eher fürsorglich. Aber ab der fünften Nachricht machte er sich Sorgen, weil ich mich nicht meldete. Er wusste doch, dass ich in einem Wald arbeitete. War ihm nicht klar, dass der Empfang dort eher mäßig war und ich außerdem vermutlich zu beschäftigt zum Texten sein würde? Doch ich konnte und wollte das nicht weiter hinterfragen. Ich war Simon wichtig, das las ich in jeder seiner Zeilen. Und gerade jetzt brauchte ich jemanden wie ihn mehr denn je. Schnell antwortete ich ihm, dass alles okay war. Zuerst hatte ich ihn anrufen, ihm alles erzählen wollen. Doch nur ein kurzer Gedanke an diese unheimlichen Rabenwesen wühlte mich wieder so auf, dass mir vor Angst die Hände zitterten.

Als Simon noch fragte, ob ich morgen schon etwas vorhätte, fand ich, dass es eindeutig besser war, ihm persönlich davon zu berichten. Er machte ein Geheimnis daraus, warum er mich gefragt hatte, was wirklich niedlich war. Ich vermutete, er wollte mich überraschen, und drängte ihn nicht weiter. Dennoch war ich in Gedanken schon ganz bei dem morgigen Tag. Es lenkte mich ab und als ich endlich Shreks Motor startete, zitterten meine Hände nicht mehr.

Kapitel 10

Es hatte lange gedauert, bis ich am Abend eingeschlafen war. Irgendwie rechnete ich immer noch damit, dass die Raben zurückkehrten. Dass sie durch mein Fenster brechen und mich erneut anfallen würden. Obwohl die Jalousien die Schwärze der Nacht aussperrten, machte mir die Dunkelheit in meinem Zimmer Angst. Die Wunden hatten aufgehört zu brennen, was mich erleichterte, trotzdem hatte ich mich noch nicht getraut, unter die Pflaster zu sehen. Ich hoffte, dass sie sich nicht entzünden würden und ich nicht doch noch einem Arzt erklären müsste, dass mich ein Schwarm Vögel angefallen hatte.

Am Morgen schlurfte ich ins Bad, war immer noch müde und befürchtete, dass ich bei meinem Vielleicht-Treffen mit Simon aussehen würde wie eine Leiche, die zu lange im Wasser gelegen hatte. Ich schüttelte den Kopf, weil es irgendwie lächerlich war. Der Überfall der Raben gestern war schmerzhaft, beängstigend und mysteriös gewesen, und ich machte mir Gedanken darüber, wie ich aussah. Seufzend zog ich mir das obligatorische Bandshirt über den Kopf, das ich zum Schlafen getragen hatte, und entfernte das Pflaster an meinem Bauch. Die Wunde darunter war erstaunlich gut verheilt. Ich zog meine Hose aus, entfernte das zweite Pflaster und auch hier entdeckte ich nur noch leicht gerötete Haut. Offenbar hatten die Wunden dramatischer ausgesehen, als sie letztendlich waren. Erleichterung durchflutete mich und ich war froh, dass es doch keine Fehlentscheidung gewesen war, auf einen Arztbesuch zu verzichten. Stattdessen hatte ich nämlich Tammy eine gefühlt zwei Stunden lange Sprachnachricht geschickt, die sie noch nicht mal abgehört hatte. Offenbar war meine ehemals beste Freundin an einem Freitagabend zu beschäftigt, um meinen Sorgen zu lauschen. Es tat immer noch weh und war so schwer zu begreifen. Was hatte ich getan, dass sie mich von jetzt auf gleich links liegen ließ? Ich hatte mich nicht verändert. Gut, ich war mehrere Tausend Meilen von ihr weggezogen, aber sollte das eine Freundschaft von jetzt auf gleich beenden? Wir waren doch kein Paar, das sich im Streit getrennt hatte.

Angst kroch in mir hoch, als ich mich erneut im Badezimmerspiegel betrachtete. Was, wenn alles anders kam? Was, wenn Simon mich als verrückt abstempeln und nie wieder mit mir reden würde? Wenn er nicht schon über die Buschtrommeln der Schule irgendetwas mitbekommen hatte. Ich war mir sicher, ich würde nicht gut dabei wegkommen. Umso erleichterter war ich, dass ich heute persönlich mit ihm darüber reden konnte. Denn egal, was er davon hielt, er sollte auch meine Version der Geschichte erfahren. Ich hatte allerdings beschlossen, bis zum Ende unseres Treffens zu warten und ihm erst auf der Rückfahrt alles zu erzählen, sollte er mich nicht früher darauf ansprechen. Ich wollte meine Zeit mit ihm genießen und sollte er mich danach nicht wiedersehen wollen, so hätte ich wenigstens einige Stunden mit ihm verbracht, in denen er ganz allein mir gehörte. Die Vorstellung, er könne mich nach heute links liegen lassen, behagte mir gar nicht.

Nachdem ich mich geduscht und angezogen hatte, nahm ich ein schnelles Frühstück zu mir, bei dem Macy mir Gesellschaft leistete. Ich hatte mich etwas hübscher zurecht gemacht als sonst und Macy schenkte mir ein wissendes Zwinkern. Suzan und Richard sah ich nicht, was die Standpauke, die mir noch blühte, weiter nach hinten verschob. Immer wieder schielte ich verstohlen auf mein Handy, doch Simon meldete sich nicht, um eine Verabredung auszumachen.

Für weitere tief greifende Gedanken am Morgen blieb keine Zeit, denn ich wollte mich noch etwas um Snow kümmern. Tom fand mich in der Futterkammer und nickte mir anerkennend zu. Ich war mittlerweile fast schon ein Profi in Sachen Pferdepflege, und Snow und ich waren ein eingespieltes Team. Ich kuschelte ein wenig mit ihr und flocht ihr sogar einen kleinen Zopf in die Mähne, als Tom auftauchte, um sie mit auf die Weide zu lassen. Suzans Suche nach dem Eigentümer hatte immer noch nichts ergeben, und hin und wieder wagte ich es tatsächlich zu hoffen, dass Snow für immer bei mir bleiben würde. Gerade blickte ich meiner kleinen Stute wehmütig nach, da tauchte Suzan im Stall auf. In den eng geschnittenen Jeans, den Cowboyboots und der bunt bestickten Bluse sah sie genauso aus, wie man sich die Chefin einer texanischen Pferderanch vorstellte. Sie zitierte mich in ihr Büro und natürlich wusste ich, was mir nun blühte.

Sie hatte garantiert sämtliche Erziehungsratgeber durchforstet, um ein adäquat autoritäres Gespräch mit mir zu führen. Ganz förmlich ließ sie mich vor ihrem Schreibtisch Platz nehmen.

»Ariana, wir müssen reden.«

Ich ließ die Schultern hängen. Natürlich wusste ich, dass sie recht hatte, aber nach den Ereignissen des gestrigen Tages fehlte mir einfach die Kraft für eine weitere Diskussion. Deswegen sagte ich leicht gereizt: »Jeder macht mal Fehler, Suzan. Warst *du* immer eine Musterschülerin?« Suzans linkes Auge zuckte.

Treffer versenkt.

»Wir reden hier nicht über mich, sondern über dich. Ich habe die Schule schon lange hinter mir und führe ein eigenständiges Leben. Du hast deine Zukunft noch vor dir und …«

»Suzan«, unterbrach ich sie. »Mir ist meine Zukunft wichtig und mir sind auch meine Noten wichtig. Du weißt, dass ich Chemie studieren will, so wie Dad. Ich habe große Pläne, aber im Moment …«, ich brach ab.

Suzan schien völlig aus dem Konzept gebracht. Vermutlich hatte sie mit so viel Einsicht nicht gerechnet. Sie schielte unauffällig auf einen Bogen, der vor ihr auf dem Schreibtisch lag, dann schüttelte sie sich, um sich wieder zu sammeln. Ihre Notizen schienen ihr nicht weiterzuhelfen.

»Aber im Moment was? Warum musstest du nachsitzen?«

»Es war nicht meine Schuld«, erwiderte ich ungewollt scharf. »Eine meiner Mitschülerinnen hat meinen gesamten Spind mit Müll vollgestopft und als wir uns darüber gestritten haben, ist Direktor Carmack dazwischengegangen und hat uns beide bestraft. Ich habe einfach nur meinen Spind geöffnet und in Müll gebadet. Das war's.«

Suzan wurde bleich. Sie sah auf ihren Zettel, dann zurück zu mir und dann wieder auf ihren Zettel. Schließlich schob sie das Papier energisch zur Seite. »Du musst mit mir über so was reden. Du bist nicht allein mit deinen Problemen.«

Da hatte sie einen wunden Punkt angesprochen. »Soll ich dir was sagen? Im Moment fühle ich mich total allein. Meine beste Freundin textet mir nicht mehr und in der Schule werde ich gemieden. Und was das Schlimmste ist: Ich fühle mich alleingelassen von meinen Eltern, obwohl sie nichts für ihren Tod können. Manchmal mache ich ihnen sogar Vorwürfe, auch wenn das mehr als unfair ist.«

Suzans Lippen wirkten völlig blutleer.

»Und ich wollte eigentlich nicht darüber jammern, dass man mich in der Schule unfair behandelt, denn das ist nicht meine Art, aber du lässt mir keine andere Wahl. Also: Ja, alles ist schrecklich. Ja, ich wünsche mich nach New York zurück. Aber trotzdem versuche ich, hier das Beste daraus zu machen, und ich wäre dir unendlich dankbar, wenn du mir genügend Zeit geben würdest, um mich einzuleben.« Ich war von meinem Stuhl aufgesprungen.

»Ariana«, murmelte Suzan tonlos. »Bitte setz dich wieder hin.«

Ich zitterte schon wieder. Trotzdem tat ich so, als müsse ich erst überlegen, bevor ich mich auf meinen Stuhl zurücksinken ließ. Langsam nervte es mich wirklich, dass ich immer so aus der Fassung geriet.

Suzan sah mich einen Moment lang wortlos an und ich konnte beobachten, wie es hinter ihrer Stirn ratterte. Ich wusste, dass sie überfordert mit mir war, und es tat mir auch leid, dass ich ihr so viel Stress bereitete. Gleichzeitig schlitterte ich von einem Nachsitzen ins andere, obwohl ich mir nie etwas hatte zuschulden kommen lassen. Und nun saß ich hier vor Suzan und musste mein Verhalten rechtfertigen.

Wir steckten beide in einer schwierigen Situation. Ich, die kein Unrecht einsehen wollte, weil ich so gesehen auch keins begangen hatte. Und Suzan, die keine Erfahrung mit Jugendlichen hatte und sich nun der Erziehung einer 16-Jährigen widmen musste.

Ich sah ihre Unsicherheit und wie ihre Finger fast von selbst wieder zu einem der Erziehungsratgeber glitten. In diesem Moment tat sie mir leid. Sie wollte alles richtig machen, für mich da sein und trotzdem dafür sorgen, dass ich nicht über die Stränge schlug. Eigentlich war ich auch überhaupt gar nicht der Typ, der irgendwie in der Schule auffiel. Meine Eltern hätten sich vermutlich scheckig gelacht und Suzans Berichten nicht geglaubt, wenn sie ihnen davon erzählt hätte.

Ich beschloss, den Anfang zu machen, denn ich wollte ja mit Suzan klarkommen. Ich wollte nicht im Streit mit ihr oder Richard leben und hatte mir fest vorgenommen, mich auf der Ranch zu integrieren, um all das hier irgendwann als mein Zuhause bezeichnen zu können. Als einen Ort, an dem ich angekommen war, an dem ich verstanden wurde. Dafür würde ich mich öffnen und gleichzeitig Suzan Respekt entgegenbringen müssen.

»Ich wollte mich nicht so im Ton vergreifen«, begann ich. Sofort entspannte sich Suzans Haltung. »Es ist nur so, dass ich mit der letzten Aktion wirklich nichts zu tun hatte. Ich habe einfach bloß die Strafe dafür aufgebrummt bekommen. Und glaube mir, ich will keinen Ärger in der Schule. Das kann ich nur noch mal betonen.«

»Und ich möchte betonen, dass ich eigentlich gar nicht so pedantisch bin.« Suzan lächelte. »Nur mache ich mir natürlich Sorgen, wenn ich innerhalb von zwei Wochen so oft mit deinem Direktor sprechen muss.«

Ich wollte gerade protestieren, da hob sie die Hand. »Du hast mir jetzt erzählt, dass es sich um Missverständnisse handelt, für die dich keine Schuld trifft. Belassen wir es dabei und nehmen uns für die Zukunft vor, offener miteinander zu sein.« Sie lehnte sich über ihren Schreibtisch. »Richard und ich wollen für dich da sein, Ariana. Du bist mit deinen Problemen nicht allein. Wenn man dich ungerecht behandelt, dann sprich mit uns und wir werden uns darum kümmern. Du bist hier keine Einzelkämpferin, die ein Zimmer unterm Dach gemietet hat. Wir sind eine Familie. Wir halten zusammen und wir kümmern uns umeinander. Bitte denk daran, wenn du das nächste Mal in Schwierigkeiten gerätst.«

Ich dachte an den Vorfall mit den Raben, doch ich schwieg. Stattdessen bemühte ich mich um ein Lächeln. Suzan und ich würden miteinander klarkommen, aber noch war mein Vertrauen in sie nicht groß genug, um ihr von all dem zu erzählen. »Danke dir. Das ist wirklich lieb.«

»Richard und ich verstehen beide, dass du Zeit brauchst. Aber bitte versprich mir, Ariana …«

»Aria«, unterbrach ich sie. »Bitte sag einfach Aria.«

Suzan nickte. »Gut. Versprich mir, Aria, dass du dich in allen Problemen an uns wendest.«

»Das mache ich. Danke.«

Suzans Lächeln wurde breiter und sie wollte gerade noch etwas sagen, als die Tür einen Spalt aufgeschoben wurde und Macy ihren Kopf hereinstreckte.

»Hier ist Besuch für dich, Aria. Er sagt, er heißt Simon und jetzt gerade wartet er in der Küche auf dich.« Sie zwinkerte mir zu.

Ich wäre vor Freude fast von meinem Stuhl aufgesprungen. Simon war hier? Was für eine wundervolle Überraschung.

Suzan sah von Macy zu mir und ihr Blick wurde fragend. »Du hast mir gar nicht erzählt, dass du heute verabredet bist.«

»Ich bin auch eigentlich gar nicht verabredet. Simon hatte nur etwas angedeutet. Ich glaube, er will mich überraschen.«

»Na dann«, Suzan erhob sich hinter ihrem Schreibtisch und auch ich sprang auf. »Sollten wir ihn mal begrüßen.«

Macy stolzierte mit wiegenden Hüften voraus und ich ging so dicht hinter ihr, dass ihre fliegenden Röcke meine Knie streiften.

Simon stand auf, als wir drei die Küche betraten. Als sein Blick auf mich fiel, war da plötzlich wieder dieses Strahlen in seinen Augen. Ich erwiderte seinen Blick und tief in meinem Bauch wurde es ganz wohlig warm. Er umarmte mich zur Begrüßung und schüttelte Suzan die Hand. Die beiden kannten sich entfernt, denn Suzan war wohl mit Simons Vater zusammen zur Schule gegangen.

Simon hatte tatsächlich einen kleinen Blumenstrauß dabei, den er mir überreichte, bevor er sich an Suzan wandte. »Ich wollte Aria mit einem Ausflug nach Odessa überraschen. Wir wollen vielleicht ins Kino gehen und danach noch ein wenig spazieren.«

Ich wurde ganz hibbelig vor Aufregung. Das klang wie ein richtiges Date. Nicht wie ein Ausflug unter Freunden, bei dem er mir die Stadt zeigen wollte, sondern wie eine waschechte Verabredung.

Mit einem stummen Flehen im Blick sah ich zu Suzan. Sie musste es einfach erlauben, nachdem sie mir schon verboten hatte, zu Simons Spiel zu gehen. Und wir hatten uns doch auch ausgesprochen, oder? Sollten jetzt nicht neue Zeiten anbrechen? Zeiten des Vertrauens und der Offenheit?

Suzan schien einen Moment zu überlegen. Einen Moment, der mir ewig vorkam.

»Das klingt nach einem schönen Plan für einen Samstag«,

sagte sie schließlich. »Odessa ist eine hübsche kleine Collegestadt und ich bin mir sicher, es wird dir dort gefallen, Aria.«

Mir fiel nicht nur ein Stein vom Herzen, sondern gleich ein ganzer Steinbruch.

»Danke, Suzan!«

»Seid aber bitte heute Abend spätestens um 21 Uhr wieder da.« Sie sah einmal kurz zu Simon und dann zurück zu mir. »Und lass dein Handy eingeschaltet.«

»Natürlich.« Wenn es nur das war. Ich hätte Suzan so einiges versprochen, um den Tag heute allein mit Simon verbringen zu dürfen.

»Sehr schön. Dann viel Spaß.«

»Danke.« Ich war vor lauter Aufregung leicht außer Atem.

»Vielen Dank, Mrs Harper«, sagte Simon.

Macy nahm meine Blumen und stellte sie in eine Vase, während ich nach oben galoppierte, um meine Tasche zu holen. Gefühlte zwei Sekunden später war ich schon wieder unten. Simon wartete im Flur auf mich, in der Küche dahinter sah ich Macy, die gerade die kleine Blumenvase auf der Fensterbank platzierte. Suzan nippte an einem Becher Kaffee und schien es sich in der Zwischenzeit nicht anders überlegt zu haben.

Ich rief ihnen noch einen kurzen Gruß zu, dann traten Simon und ich durch die Haustür auf den Hof.

Simons Pick-up war im Gegensatz zu Shrek ziemlich neu, und mit der dunkelblauen Lackierung und den hellen Ledersitzen machte er richtig was her.

Galant öffnete Simon mir die Beifahrertür und half mir sogar beim Einsteigen.

»Dad und ich teilen uns den Wagen«, erklärte Simon, als ich

bewundernd über die hochmodernen Armaturen strich. Der Pick-up hatte sogar einen kleinen Bordcomputer inklusive Rückfahrkamera.

Das war typisch für Simon. Er war immer so bescheiden, so freundlich und bemüht, dass eine angenehme Stimmung herrschte. Andere Jungs hätten vielleicht so getan, als gehöre der Wagen ihnen ganz allein, oder hätten damit angegeben. Simon war einfach ehrlich.

Während der Fahrt nach Odessa waren wir beide etwas befangen, denn wir hatten noch nie auf so engem Raum nebeneinandergesessen. Im Wagen roch es schwach nach diesem typischen Neuwagengeruch – einer Kombination aus Plastik, Leder und der chemischen Imprägnierung der Fußmatten. Das Auto konnte nicht älter als ein halbes Jahr sein.

Ich warf Simon einen verstohlenen Seitenblick zu, als wir auf die Hauptstraße abbogen. Er schien beim Friseur gewesen zu sein, denn sein blondes Haar fiel noch akkurater als sonst. Er trug ein weißes, tailliertes Polohemd und dazu kakifarbene Bermudashorts. Wieder mal sah er aus, als sei er aus einer Calvin-Klein-Reklame gefallen. Die goldenen Härchen auf seinen Unterarmen schimmerten im warmen Sonnenlicht, als er das Lenkrad des Wagens drehte. Sein Profil war schön, männlich und kam ganz ohne weiche Linien aus. Ich mochte den kaum vorhandenen Schwung seiner Brauen, das energische Kinn und die kurzen dichten Wimpern, die seine Augen umrahmten. Gerade als ich ihn versonnen anlächelte, sah er kurz zu mir. Doch statt mich aufzuziehen, wie Dean es ganz sicher getan hätte, lächelte er einfach kurz zurück, bevor er sich wieder nach vorne wandte.

»Habe ich dir eigentlich schon gesagt, wie hübsch du heute aussiehst?«

Verlegen strich ich den Stoff meines Kleides glatt. Das letzte Mal hatte ich es getragen, als ich mit meinen Eltern zu irgendeiner Charity-Veranstaltung von Moms Grundschule eingeladen gewesen war. Hellblaue Baumwolle, kurz und mit kleinen Rüschen versehen. Eigentlich war es nicht so mein Stil. Aber ich hatte Simon gefallen wollen und offenbar hatte ich ins Schwarze getroffen.

»Danke schön.«

Simon sah zurück auf die Straße, dann wieder kurz zu mir. »Schön, dass das heute geklappt hat.«

»Ich freue mich auch.« Ich umklammerte die Henkel meiner Tasche, weil ich nicht wusste, was ich sonst noch dazu sagen sollte. Simon sah wieder nach vorne und das Gespräch erstarb. Offenbar waren wir wohl beide keine Talente, was Smalltalk anging.

Simon erlöste uns aus der peinlichen Stille, indem er das Radio anmachte. Ein Country-Radiosender dudelte leise vor sich hin und ich war erleichtert, dass ich mir nicht ständig selbst beim Atmen zuhören musste. Mein Blick glitt aus dem Seitenfenster auf die Landschaft um uns herum. Auch hier war die Verwüstung nicht zu übersehen. Ich sah schnell weg, als wir an einem toten Stinktier vorbeifuhren, das aus Augen und Nase geblutet hatte, bevor es am Straßenrand verendet war. Auch aus der Ferne sah ich Tierkadaver. Warum gab es hier keine Straßenpatrouille? Aus New York kannte ich die Highway-Patrouillen, die auf den Autobahnen für Recht und Ordnung sorgten und auch überfahrene Tiere von der Straße räumten.

Doch ich wollte dieses Thema jetzt nicht ansprechen, denn die

Stimmung sollte nicht wieder in den Keller sinken. Ich beschloss, mit Tom zu reden. Ich wusste, dass die Ranch Öl in großen Fässern für die Landmaschinen angeliefert bekam. Wenn man diese Fässer längs durchschnitt und gründlich reinigte, konnte man sie vielleicht zu Tiertränken umfunktionieren. Wenn das möglich war, würde ich noch morgen direkt rund um die Ranch Wasserstellen für die Wildtiere aufbauen. Suzan würde vermutlich schimpfen und mir die hohe Wasserrechnung vor Augen halten. Doch dann würde ich ihr wieder anbieten, meinen Wagen zu verkaufen, um damit das Wasser zu bezahlen. Ich konnte und würde nicht weiter mit ansehen, wie in meiner unmittelbaren Umgebung Tiere starben, während ich einfach nur einen Wasserhahn aufdrehen musste, wenn ich duschen wollte.

Obwohl Simon kein einziges Tempolimit überschritt, waren wir schneller in Odessa, als ich angenommen hatte. Richard stöhnte immer so, wenn er zur Arbeit fahren musste, und irgendwie hatte ich mir vorgestellt, dass der Weg viel länger war. Odessa entpuppte sich als moderne Kleinstadt mit gepflegten Straßen. Unzählige Cafés säumten die Hauptstraße und ein großes Schild wies auf die Einkaufsstraße der Stadt hin. Simon schien sich gut auszukennen und chauffierte uns auf direktem Wege zu einem großen Parkplatz. Das Gebäude, das vor uns aufragte, wirkte extrem modern, ja fast futuristisch in seiner Schlichtheit. Und auch wenn Odessa um einiges moderner gestaltet war als Littlecreek, wirkte dieses Haus fast ein wenig fehl am Platz. Der große graue, fensterlose Klotz schien einfach wie vom Himmel gefallen. Ich löste meinen Sicherheitsgurt und beugte mich vor.

»Wow!« Ich ließ meinen Blick an dem riesigen Gebäude hinauf gleiten. »Das ist das Kino? Wie viele Leute passen da rein?«

Simon löste ebenfalls seinen Gurt und beugte sich nach vorn. »Vermutlich mehr, als Odessa Einwohner hat.«

Ich lachte leise und drehte mich zu ihm. Wieder trafen sich unsere Blicke und mir wurde ein paar Grad wärmer. Wieder sah er nicht weg, wieder versank ich ein kleines Stückchen tiefer in seinem Blick.

Als draußen ein Auto hupte, riss ich mich von ihm los. »Es sieht echt beeindruckend aus.« Natürlich kannte ich große Kinogebäude aus New York, doch in der monumentalen Skyline des Big Apple gingen diese eher unter.

Simon griff nach seinem Handy, das er auf einer Ablage liegen hatte. »Texas ist auf Öl gebaut und es gibt hier eine Menge reiche Leute. Einer dieser Öl-Millionäre hat uns dieses Kino spendiert. Irgendwo drinnen hängt auch eine große goldene Gedenktafel. Ich kann sie dir gleich mal zeigen, wenn du Lust hast.«

»Unbedingt.« Wir grinsten uns an, dann deutete Simon mit dem Kopf nach draußen.

»Wollen wir dann mal?«

»Gerne.« Ich drückte meine Tür auf. Doch kaum dass ich einen Fuß auf das Trittbrett des Pick-ups stellen wollte, war Simon schon da und reichte mir galant die Hand. Ich hätte fast schon wieder gekichert. Er war so ein Gentleman. Sein Blick fiel kurz auf die verblassende Wunde an meinem Bein, doch er sagte nichts. Wenn er es nicht schon wusste, dann nahm er nun vermutlich an, dass ich mich bei der Arbeit auf der Ranch verletzt hatte. Andererseits sah die Wunde viel zu gut verheilt aus dafür, dass es erst gestern passiert war. Die aufgekratzte Haut war verschwunden. Und obwohl gestern beide Wunden ein wenig geblutet hatten, war davon nichts mehr zu sehen. Merkwürdig.

Simon hielt meine Hand einen Moment lang fest, dann ließ er sie langsam aus seinen Fingern gleiten. Auf dem Parkplatz war es nicht besonders voll. Ich vermutete, dass nirgendwo auf der Welt der Samstagmorgen ein beliebter Zeitpunkt war, um ins Kino zu gehen. Aber eigentlich ging es uns ja auch gar nicht um den Film. Es ging uns darum, alleine Zeit zu verbringen. Nur für uns zu sein und das ein gutes Stück von Littlecreek entfernt. Simon ließ die Tür des Pick-ups hinter mir zuschnappen und ich drehte mich einmal um mich selbst, um mich zu orientieren. Auf der gegenüberliegenden Seite entdeckte ich einen hübschen Park, der mit seinen schnurgeraden Spazierwegen zwar sehr modern, aber doch irgendwie einladend wirkte. Auf einer der Wiesen warfen sich ein paar Jungs einen Baseball zu. Mädchen saßen auf bunten Decken, die Gesichter hinter großen Sonnenbrillen verborgen, und sonnten sich. An einer Ecke baute ein Eisverkäufer seinen Stand auf. Zwei Foodtrucks fuhren vorbei und ich, die eigentlich immer Hunger hatte, sah ihnen sehnsüchtig nach.

Erst da fiel mir auf, wie anders das Wetter in Odessa war. Littlecreek war heiß, regelrecht stickig und so trocken wie eine Wüste. Auch in der kleinen Collegestadt kratzten die Temperaturen bereits an der 30-Grad-Marke, doch es ging ein leichter Wind, der angenehm kühl um meine Beine strich. Ich erinnerte mich an meine Ankunft auf der Ranch. Zu diesem Zeitpunkt war das Wetter ähnlich wie in Odessa gewesen. Doch innerhalb der letzten drei Wochen schien es sich rapide geändert zu haben. Bisher war mir das gar nicht so richtig aufgefallen. Doch im Gegensatz zu Odessa schien mir Littlecreek nun wie eine Wüste, die alles Lebendige nach und nach vertrieb. Wie ein Ort, der sich Stück für Stück selbst zugrunde richtete. Schnell verwarf ich diesen Gedanken. Odessa und Littlecreek lagen ein ganzes Stückchen von-einander entfernt und natürlich konnte es gut sein, dass in dem einen Ort ein Wind ging, während es in dem anderen einfach nur heiß war. Trotzdem war es hier so angenehm, dass ich mich wun-derte, warum es mir nicht aufgefallen war. Ich lachte, als eine kleine Windböe meine Haare erfasste.

»Gefällt es dir hier?«

Ich nickte und sah Simon begeistert an. Wenn ich gewusst hätte, wie gut der Ort mir auf Anhieb gefiel, wäre ich schon viel früher hierhergekommen. Vielleicht sogar zu einem Streif-zug durch die Klamottenläden. Ich war wirklich neugierig, ob ich auch hier einige Filialen der großen Modeketten und außerge-wöhnliche Boutiquen finden würde.

»Dieser Wind«, sagte ich und lächelte zu Simon hoch. »Er ist einfach herrlich. Fast so, als wäre man am Meer.«

»Stimmt. Und es ist auch nicht zu warm.«

Fast gleichzeitig sahen wir auf den großen grauen Klotz vor uns. Wollte ich jetzt wirklich da rein? Ich seufzte und Simon fiel darin ein. Als wir uns ansahen, war unsere Entscheidung eigent-lich schon gefallen.

»Kein Kino?«

Ich nickte. »Kein Kino. Das Wetter ist viel zu schön dafür.«

Simon grinste schief, verschränkte die Arme vor der Brust und deutete dann mit dem Kopf auf die Lagerfläche seines Pick-ups. »Das sollte eigentlich eine kleine Überraschung nach dem Film sein, aber das können wir gerne vorziehen.«

Ich machte große Augen. »Was denn?«

Simon sah ziemlich zufrieden aus. »Ich habe ein kleines Pick-nick vorbereitet.«

»Hast du nicht«, erwiderte ich lachend. »Oder doch?«

Ich drehte mich zum Pick-up und musste auf die Zehenspitzen gehen, um auf die Ladefläche sehen zu können. An der Fahrerkabine schloss sich eine Art großer Kasten an, der in dem gleichen Dunkelblau lackiert war wie der Pick-up. Der Deckel wurde mit einem großen Schloss gesichert. Es war die einzig überdachte Möglichkeit, um etwas zu transportieren. Doch ich war mir relativ sicher, dass dort Werkzeug reingehörte oder vielleicht ein Ersatzreifen?

»Sehr scharf kombiniert, Sherlock.« Simon stellte sich zu mir an die Ladefläche. »Also? Schnappen wir uns eine Decke, den Korb und die Kühlbox und suchen uns im Park ein nettes Plätzchen? Wir können auch gerne in den Schatten unter einen Baum gehen, wenn du keine Sonnenanbeterin bist.«

Ich war begeistert. Simon hatte sich wirklich Gedanken gemacht. Mit der Idee des Picknicks hatte er mich wirklich überrascht. Ich strahlte ihn an. »Sehr gerne.«

Simon ging ans Ende des Pick-ups, denn dort konnte man die Ladefläche herunterklappen. Er sprang elegant darauf und reichte mir nacheinander einen Korb mit Besteck, Pappteller und diverse Tüten. Dann eine große grüne Kühlbox und eine blaue Stoffdecke.

Simon verschloss die Kiste wieder und wir machten uns auf den Weg. Ich hielt lediglich die Decke locker vor den Bauch gedrückt, denn Simon hatte darauf bestanden, sowohl den Korb als auch die Kühlbox zu tragen.

Der Park war größer, als ich vermutet hatte. Es gab sogar eine Art kleinen Pavillon, auf dem, so las ich auf dem Schild davor, regelmäßig Konzerte stattfanden. Auf den Freiflächen hatten sich immer mehr junge Leute eingefunden – Collegestudenten, wie ich vermutete. Die meisten saßen in größerer Runde zusammen und genossen die freie Zeit.

Simon und ich fanden einen Platz im Halbschatten. Ich war dankbar dafür, denn obwohl meine helle Haut nicht so empfindlich war, hatte die Sonne doch ihren Zenit noch nicht erreicht. Es würde definitiv noch wärmer werden.

Ich ließ mal wieder den Blick schweifen, während Simon schon damit beschäftigt war, Korb und Kühltasche auszupacken. Wir hatten uns auf der Decke unter einem Baum niedergelassen und das Sonnenlicht, das durch die Blätterkrone fiel, malte kleine Punkte auf den dunklen Stoff.

Simon hatte wirklich an alles gedacht. Er hatte Pappbecher und diverse kühle Getränke dabei. Sogar einen besonderen Himbeersirup, mit dem man Zitronenlimonade verfeinern konnte. Dazu belegte Bagel, einen Fertigsalat, zwei Schalen mit frischen Früchten und zum Nachtisch Schokoladenriegel. Für mich hatte er sogar extra einen Joghurt mit Müsli-Topping gekauft.

Kurz fehlten mir die Worte. So was hatte noch kein Junge für mich gemacht. Simon grinste wie ein Honigkuchenpferd und hatte sich seine schicke Pilotensonnenbrille in die blonden Haare geschoben.

Er hatte sich mir gegenübergesetzt und all die Köstlichkeiten zwischen uns aufgebaut. Doch ich fasste mir ein Herz und rutschte neben ihn. Sein Lächeln verblasste ein wenig und es schien, als würde er die Schultern recken. Fast so, als wüsste er, woran ich gerade dachte.

Naja, eigentlich dachte ich gar nicht groß darüber nach. Bevor mich der Mut verließ, umarmte ich ihn. »Danke, Simon. Was für ein zauberhaftes Picknick.«

Simon erwiderte meine Umarmung und der zarte Druck seiner Hände auf meiner Haut sandte ein aufregendes Prickeln durch meine Glieder. Der Moment war viel zu schnell vorbei und schon als ich mich von ihm löste, bedauerte ich, dass er nicht länger gedauert hatte.

Wir saßen zwar nah nebeneinander, aber nicht so nah, dass unsere Körper sich berührten. Wir hatten die Gesichter einander zugewandt und es würde kaum mehr als ein Senken seines Kopfes brauchen, um mich zu küssen. Der Gedanke war aufregend, jedoch genauso wunderschön wie die Vorstellung, einfach nur seine Finger mit meinen zu verschränken. Gerade als ich mich zu ihm gelehnt hatte, war es kaum mehr als die Berührung unserer Schultern gewesen. Eine schüchterne, unschuldige Umarmung und doch meine gefühlvollste Geste seit Langem. Ich hatte es zugelassen, hatte es gewollt, von ganzem Herzen. Und nun fühlte es sich wie ein Funken an, den ich unbedacht an eine Zündschnur gehalten hatte. Etwas in mir hatte Feuer gefangen und drängte geradezu schmerzlich sehnend gegen diesen Schutzwall aus Trauer und Einsamkeit, den ich seit dem Tod meiner Eltern aufgebaut hatte. Ich wollte es zulassen, wollte heilen, meine Scherben aufsammeln und jede einzelne scharfe Kante, jedes Bruchstück und Fragment wieder zu einem Ganzen zusammenfügen.

»Es ist schön, dich so lächeln zu sehen.« Simons Stimme klang rau. »Und es ist schön, dass du jetzt hier bei mir bist.«

»Das finde ich auch.«

Simon lächelte, strich mit zwei Fingern ganz kurz über meinen

Handrücken und dann räusperte er sich. »Was darf ich dir zuerst geben? Ein Getränk vielleicht?«

»Sehr gerne. Und ich möchte unbedingt diesen Himbeersirup probieren.«

Wir ließen es uns so richtig gut gehen. Obwohl ich vorhin noch hungrig gewesen war, war ich nun so aufgeregt, dass ich kaum einen Bissen herunterbrachte. Doch ich probierte von allem und schaffte es so, diesen Umstand etwas zu überspielen. Die Limonade mit dem Himbeersirup war einfach köstlich. Simon erklärte, dass er eine Spezialität des Diners war. Man schüttete ihn wohl sogar über Eisbecher und Milchshakes.

Gemeinsam räumten wir die verderblichen Lebensmittel zurück in die Kühlbox, dann zogen wir die Decke noch ein wenig weiter Richtung Stamm, denn die Sonne brannte immer heißer vom Himmel. Nur hier war das Blätterdach so dicht, dass kaum Sonnenstrahlen den Boden erreichten.

Ein kleiner Käfer verirrte sich in meinen Haaren und Simon schaffte es tatsächlich, das Insekt zu entfernen, ohne es zu verletzen.

»Tut mir leid, mein Freund, aber Aria gehört heute ganz allein mir.« Mit diesen Worten ließ er den Käfer vor uns ins Gras rutschen.

»Du bist so lieb.« Ich senkte den Blick und zupfte etwas verlegen an einer Traube herum.

Wieder berührte er kurz meine Hand. »Sag mir, wie es dir wirklich geht. Ich weiß, dass in der Schule alle nur deine toughe Fassade präsentiert bekommen. Geht es dir wirklich gut?«

Ich gab mir einen Ruck. »Die letzten zwei Monate waren schlimm.«

Als ich wieder hochsah, war sein Blick ernst geworden. »Möchtest du darüber reden?«

Ich schüttelte den Kopf, obwohl ich im nächsten Moment zu sprechen begann. »Da gibt es nicht viel zu reden. Meine Eltern haben Freunde besucht und waren auf dem Rückweg. Auf dem Highway hat ein Mann beschlossen, in die falsche Richtung aufzufahren, um Selbstmord zu begehen. Er hat sich den Wagen meiner Eltern ausgesucht, das Lenkrad verrissen und ist frontal gegen sie geprallt. Laut Bericht des Arztes waren sie sofort tot, der Geisterfahrer hat noch gelebt. Er ist später im Krankenhaus verstorben. Sie haben seinen Abschiedsbrief gefunden. Angeblich hatte er wohl Gelder in seiner Firma veruntreut und ihm drohte ein Haftbefehl. Seine Wahl war völlig willkürlich. Meine Eltern waren einfach zum falschen Zeitpunkt am falschen Ort. Keiner der beiden hatte Alkohol im Blut, sie haben sogar einen Test gemacht. Der Anwalt des Geisterfahrers hat vor Gericht erwirkt, dass Mom und Dad untersucht werden, um auszuschließen, dass sie eine Mitschuld tragen am Unfall. Denn dann wäre der Witwe des Geisterfahrers ein Teil von seiner Lebensversicherung ausgezahlt worden. Das war aber nicht der Fall. Man hat der Familie des Geisterfahrers nahegelegt, dass sie mit mir Kontakt aufnehmen, vielleicht das Gespräch suchen oder sich sogar entschuldigen. Aber das haben sie nie getan und ich hätte es ohnehin nicht gewollt. Man kann sich für die Taten eines anderen nicht entschuldigen, und Mom und Dad bringt es auch nicht zurück. Da ich noch nicht alleine leben darf und kein Geld verdiene, hat Suzan mich aufgenommen. Und jetzt bin ich hier.« Ich sah zu ihm hoch und in meinen Augen standen Tränen. Zu meiner Überraschung waren auch Simons Augen feucht.

»Mein Gott …«, murmelte er einfach nur, dann zog er mich an sich. Er streichelte meinen Hinterkopf, immer und immer wieder, während ich die Augen geschlossen hatte und einfach nur seine Nähe genoss. »Ich verspreche dir, ich bin für dich da«, murmelte er. »Ob du es willst oder nicht. Ich bin immer für dich da.«

»Danke«, murmelte ich, während Simon mich noch einen Moment lang festhielt.

Als wir uns voneinander lösten, war ich befangen, doch Simon schaffte es sofort, mich ein wenig abzulenken. »Wir könnten die Sachen kurz ins Auto bringen und dann noch einmal den Park erkunden, wenn du magst. Er ist größer, als es auf den ersten Blick aussieht.«

»Das habe ich auch schon gemerkt.« Meine Stimme klang immer noch belegt. »Ja, sehr gerne.«

Wir hatten kaum die Sachen im Pick-up verstaut und den Park wieder betreten, da fasste ich mir ein Herz.

»Ich muss dir noch etwas erzählen. Gestern im Wald ist etwas passiert, was ich mir nicht so ganz erklären kann. Noemi und Dean waren auch dabei.«

Ich konnte spüren, wie alles in Simons Haltung sich bei Deans Namen anspannte.

»Okay, was hat er wieder abgezogen? So langsam geht er mir echt auf die Nerven.«

Simon schien mir gar nicht richtig zugehört zu haben. Deans Name war wohl wie ein geheimes Codewort, das dafür sorgte, dass sich seine Stimmung um 180 Grad drehte.

»Es geht gar nicht in erster Linie um ihn. Es geht um mich.« Das schien Simon wieder zurück in die Realität zu katapultieren.

»Was ist passiert?«

Wieder zögerte ich, wieder musste ich mir einen Ruck geben. Jetzt oder nie. Ihm lag etwas an mir und ich wollte endlich damit aufhören, meinen Schutzwall immer noch höher zu ziehen. Ich wollte mich jemandem anvertrauen und nach Tammy war Simon der nächste, dem ich vertraute. Ich erzählte ihm alles. Von den Raben, den Zähnen und den Hörnern.

Einen Moment lang schien er wie versteinert, doch dann fasste er sich erstaunlich schnell und drehte sich im Gehen zu mir, um mich neugierig zu mustern. »Bist du dir da ganz sicher?«

»Das habe ich nicht geträumt, da bin ich mir sehr sicher.«

»Es war ziemlich heiß gestern«, sagte er mit beruhigender Stimme. »Vielleicht …« Er brach ab und warf mir erneut einen Blick zu. »Du bist diese extreme Hitze nicht gewöhnt, Aria. Und vielleicht auch nicht diese lange Zeit an der frischen Luft. Es ist doch möglich, dass du einen Sonnenstich hattest und dir diese ganze Geschichte mit den Zähnen und den Hörnern nur eingebildet hast?«

»Aber ich habe mir diese Viecher doch nicht ausgedacht«, protestierte ich und war schockiert, dass er mir nicht glaubte.

»Nein, so meine ich das doch gar nicht«, sagte er sanft, während wir weitergingen. »Es kann gut sein, dass in diesem Waldstück Raben zu Hause sind. Vielleicht hast du sie durch dein Auftauchen aufgeschreckt. Aber ganz bestimmt haben sie sich nicht irgendwie verwandelt und Hörner bekommen. So etwas gibt es nicht.« Er klang eindringlich und als er wieder zu mir sah, wirkte seine Miene besorgt.

Da ich plötzlich wieder Angst hatte, dass er mich für eine Verrückte halten und mich abservieren würde, schüttelte ich den Kopf. »Ja, das kann natürlich nicht sein«, lenkte ich ein.

Einerseits hatte ich insgeheim gehofft, dass er mir glauben würde. Andererseits war es natürlich total irrational und bescheuert, dass Simon sagen würde: »Ja genau, in diesem Waldstück hausen seltsame Raben, die Zähne haben und hin und wieder auch kleine Hörner. Ich habe sie schon häufig gesehen, und manchmal fahren mein Dad und ich da hin und füttern sie.« Die Geschichte klang wirklich zu unglaubwürdig, um auch nur ein Quäntchen davon für real zu halten. Noemi hatte das Ganze als Spinnerei abgetan und Dean würde es vermutlich genauso sehen. Warum sollte ausgerechnet ich daran festhalten? Ich, die sowieso schon so einen schweren Stand an dieser Schule hatte.

Trotzdem hatte ich gehofft, Simon würde all das nicht so standhaft anzweifeln, wie er es getan hatte. Immerhin gab es zwischen Schwarz und Weiß noch jede Menge Grautöne. Er hatte zwar nicht offen gesagt, dass er mir nicht glaubte, aber er hatte auch nicht das Gegenteil behauptet. Er hatte nicht angeboten, zusammen herauszufinden, worum es sich gehandelt haben könnte. Diese Erkenntnis traf mich dann doch. Ich hatte ihn nach Tammy an zweite Stelle gesetzt. Ich hatte mich ihm anvertraut. Ob ich einen Fehler gemacht hatte?

»Hör zu, Aria …« Simon blieb stehen. Er zögerte kurz, dann nahm er meine beiden Hände und sah mich ernst an. »Ich werde dafür sorgen, dass es aufhört.«

Zuerst wusste ich nicht, wovon er sprach. Fragend sah ich zu ihm hoch.

»Ich werde dafür sorgen, dass die Leute in der Schule aufhören, dir das Leben schwerzumachen.« Um seinen Mund lag plötzlich ein harter Zug. »Sie können ja versuchen, sich mit dir anzulegen, aber ganz gewiss wollen sie sich nicht mit mir anlegen.«

Ich fragte mich, ob er es wirklich schaffen würde, Noemis Lakaien Einhalt zu gebieten.

»Das hört auf«, sagte Simon und sein Blick wurde noch etwas härter. Plötzlich war da diese neue Seite an ihm. Eine Kälte, die ich vorher noch nie gesehen hatte. Er wirkte so entschlossen, ja zu allem bereit, dass ich die Reaktion fast etwas zu heftig fand. »Simon, du musst nicht …«

»Doch, ich werde«, sagte er.

»Ich kann zur Not auch immer noch zu Direktor Carmack gehen und …«

Er drückte sanft meine Hände, um mich zu unterbrechen. »Nein. Ich werde mich darum kümmern. Das wird jetzt aufhören. Du hast wirklich genug mitgemacht in den letzten Wochen. Da musst du dir hier nicht diesen Kindergarten antun.«

Ich entzog ihm meine Finger, ganz langsam, sodass er es nicht als Affront ansehen könnte. Ich hatte mich ihm anvertraut. Ich mochte ihn. Und wir waren immer noch in einer Phase, in der wir einander erst kennenlernten und in der einem einige Reaktionen noch fremd oder komisch vorkamen. Aber ganz sicher wollte ich nicht jemanden in meinem Leben, der sich dafür verantwortlich fühlte, Dinge für mich zu regeln. Der über meinen Kopf hinweg für mich entschied.

»Simon, dein Angebot ist lieb, aber das musst du nicht. Sie werden dich für den Rest unserer Schulzeit als meinen Babysitter ansehen.«

Simon schnaubte. »Das würde niemand wagen.«

Vermutlich hatte er recht. Simon, als Kapitän des Football-Teams, war noch beliebter als Noemi. Und die konnte sich so ziemlich alles erlauben. Wie groß wäre dann erst sein Spielraum?

»Denkst du, ich bin übernervös? Dass ich mir vor lauter Stress in der Schule Dinge einbilde, die gar nicht da sind?«

Simon schüttelte den Kopf. »Nein. So ist es nicht.« Er klang halbherzig.

Ich zog die Karte, die ein 50/50-Joker war. Entweder sie würde mich retten oder noch tiefer in den Abgrund reißen. »Frag Noemi.« Ob er wenigstens ihr glauben würde?

»Ich will Noemi nicht fragen. Ich brauche doch keine Zeugen, um dir zu glauben.«

Er glaubte mir also. Das war immerhin ein Fortschritt.

»Ich weiß selbst nicht, was genau ich da gesehen habe. Aber es beunruhigt mich einfach. Zumal diese Raben es wirklich nur auf mich abgesehen hatten. Da waren bestimmt acht Leute in dem Wald und sie haben nur mich angefallen.«

»Haben sie dich verletzt?«

Das hatte ich zwar schon erzählt, doch zum Beweis blieb ich stehen und deutete auf die Stelle am Bein, an dem einer der Rabenschnäbel mich erwischt hatte. »Genau dort. Und am Bauch auch noch.«

Simon betrachtete die rosige Haut stirnrunzelnd, dann sah er wieder hoch zu mir. »Diese Wunde ist von gestern Abend?«

Ich nickte. »Der Ranger hat sie desinfiziert. Vermutlich ist sie deshalb so gut verheilt.«

Simons Stirnrunzeln vertiefte sich noch. »Verstehe.«

»Ich bin nicht verrückt.«

Simon kam ruckartig wieder hoch. »Wer sagt denn so was?«

»Die Stimmen in meinem Kopf.« Meine Zunge war mal wieder schneller als mein Hirn.

Simon lachte laut auf und legte dann überschwänglich einen Arm um meine Schulter. »Lass uns weitergehen. Und sei dir versichert: Ich mag euch alle. Egal wie viele Varianten es von dir in deinem kleinen Kopf geben mag.«

Ich fiel in sein Lachen ein. »Das finden wir sehr beruhigend.«

Simons Lachen verklang. »Ich glaube dir. Egal, was du mir erzählst, ich bin auf deiner Seite. Wenn es sich vorhin so angehört hat, dass ich deine Worte anzweifle, dann tut es mir leid. Und erst recht brauche ich keine Zeugen.«

Ich sah zu ihm hoch. Vielleicht hatte ich mich doch nicht in ihm getäuscht. »Ich danke dir.« Wir lächelten uns an, doch meines war nicht zu einhundert Prozent ehrlich. Ein Gedanke hatte sich in meinem Kopf festgebissen und nun ließ er einfach nicht mehr los. Ich wusste, dass die erste Reaktion meist die ehrlichste war. Wenn man noch keine Zeit hatte, sich zu fangen, sich an Konventionen zu erinnern, sich zu verstellen. Simon hatte im ersten Moment versucht, mir auszureden, was ich gesehen hatte. Hatte es auf die Hitze und mein beschädigtes Nervenkostüm geschoben.

Obwohl wir weitergingen und alles gut schien, blieb diese Frage ungeklärt. Warum hatte er mir alles ausreden wollen, noch bevor er sich davon überzeugt hatte, dass es nicht wirklich der Wahrheit entsprach?

Wir spazierten unsere Runde zu Ende und Simon kaufte mir noch ein Eis für die Rückfahrt. Wieder hielt er mir die Tür auf und half mir in den Wagen. Mittlerweile war ich zu dem Schluss gekommen, dass Simon einfach so war. Dass er nicht an meiner

Aussage gezweifelt, sondern sich um meine Verfassung Sorgen gemacht hatte. Er hatte es als eine Art Alarmsignal interpretiert und war sofort darauf angesprungen. Ich sah Gespenster. Vermutlich war ich schon so beziehungsgestört, dass ich in jedem, der sich für mich interessierte, etwas Böses sah. Dass ich schon gar nicht mehr zulassen wollte, dass sich mir jemand näherte. Dass ich meine Mauern zu hoch gezogen hatte und nun keinen Ausweg mehr fand. Simon war aufmerksam, liebenswürdig und alles in mir wurde ganz flattrig, wenn ich ihn nur ansah. Warum ließ ich es zu, dass mein Kopf solche Gedanken produzierte? Warum hatte ich so überreagiert? Wäre mir das Thema nicht so unangenehm, hätte ich das Gespräch jetzt noch mal darauf gebracht. Ich wollte ihm sagen, dass ich zu heftig reagiert hatte. Mich dafür entschuldigen, dass ich ihm unterstellt hatte, mir nicht zu glauben. Doch irgendwie fand ich die Gelegenheit dazu nicht mehr.

Wir waren schon auf dem Weg raus aus Odessa und wieder dudelte das Radio, als Simon plötzlich an dem Knopf drehte und die Musik verstummte.

»Ich werde mich in dem Waldstück mal umsehen.«

Ich erschrak so sehr, dass ich mich in meinem Sitz aufrichtete.

»Mach das nicht. Diese Viecher sind unberechenbar. Wenn Noemi und Dean nicht gewesen wären …«

Wieder verdunkelte sich seine Miene sofort.

»Ich weiß nicht, ob ich mit ihnen alleine fertiggeworden wäre. Keine Ahnung, ob ich es geschafft hätte, sie zu vertreiben.«

»Vielleicht ist der Ranger da. Ich werde mit ihm sprechen.«

»Simon, hast du mir nicht zugehört? Du gehst bitte nicht in diesen Wald.«

»Ich habe einen Baseballschläger. Den werde ich mitnehmen.

Zusammen werden wir ein paar wild gewordene Vögel schon vertreiben können.«

Ich drehte mich ihm noch mehr zu. »Mal abgesehen davon, dass ich dich inständig bitte, nicht dorthin zu gehen, möchte ich dich daran erinnern, dass die Raben nur mich angegriffen haben. Sie haben Noemi und Dean komplett ignoriert und sie nicht mal angegriffen, als die beiden nach ihnen mit Stöcken geschlagen haben.«

Simon lächelte grimmig. »Noch ein Grund mehr, ihnen mal einen Besuch abzustatten.«

Ich ließ mich in meinen Sitz zurücksinken. »Ich habe schon genug Sorgen und Ängste im Moment.« Ich schluckte krampfhaft. Das hier war nicht einfach, aber ich wollte, dass er wusste, was ich in diesem Moment empfand. »Ich will mir nicht auch noch Sorgen um dich machen, Simon.«

Simon erwiderte nichts, bis wir an einer roten Ampel halten mussten. Er zog die Handbremse mit einem Ruck an, bevor er sich zu mir drehte. Mit seiner Linken strich er ganz zart meine Wange hinab. »Das bedeutet mir sehr viel.«

»Ich meine es ernst.« Meine Stimme war zu einem Flüstern verebbt.

»Ich auch.« Sein Blick glitt kurz zu meinem Mund. »Und genau deshalb lasse ich es nicht zu, dass dir irgendjemand wehtut.«

Ich wollte wieder protestieren.

»Doch wenn das dein Wunsch ist, dann respektiere ich das.«

Er ließ die Hand sinken. »Versprich mir, dass du mir sagst, wenn du Hilfe brauchst.«

»Das mache ich.«

Simons Lächeln war voller Wärme. Ich tastete mich vor, ließ

dieses Gefühl wieder zu, dieses Flattern, die Wärme, dieses zuckersüße Sehnen. Er war so eine Versuchung, so ein Kopfsprung in all das, was ich so sehr vermisst hatte und was mir gleichzeitig Angst machte. Angst vor noch mehr Trauer und Einsamkeit, vor nie gesagten und tief bereuten Worten.

Wir zuckten beide zusammen, als hinter uns gehupt wurde.

Simon drehte sich zurück nach vorn, löste die Handbremse und hob entschuldigend die Hand. »Wir Texaner und unser hitziges Temperament.«

»Böses, böses Temperament.« Ich versuchte im Seitenspiegel die Person im Wagen hinter uns zu erkennen. »Wir sollten froh sein, dass er nicht sofort seinen Baseballschläger gezückt hat so wie ein gewisser Jemand hier.«

Simon lachte auf. »Hey. Ich wollte dich verteidigen. Das ist eine Ehrensache hier im Süden.«

Ich tätschelte seinen Unterarm. »Und das ist sehr lieb von dir.«

Simon biss sich auf die Unterlippe und das Lächeln auf seinen Lippen verschwand die ganze Heimfahrt nicht. Hin und wieder warf er mir einen Seitenblick zu, und auch ich musste ihn immer wieder verstohlen betrachten. Viel zu schnell hielt der Pick-up auf dem Hof.

Die Gardinen vor einem der Küchenfenster bewegten sich. Wir hatten Zuschauer. Was mich noch befangener machte als sowieso schon. Ich hatte die letzten zehn Minuten überlegt, wie ich mich von Simon verabschieden sollte. Simon war schon wieder vor meiner Tür, kaum dass ich mich abgeschnallt und nach meiner Tasche gegriffen hatte.

»Komm mit.« Ich hakte mich bei ihm unter und zog ihn mit

mir. Vor der Haustür standen wir in einem toten Winkel und unsere Zuschauer würden nichts sehen. Simon war ein wenig überrumpelt von meinem Überfall, ließ sich aber bereitwillig mitziehen.

Ich deutete mit dem Kopf Richtung Fenster. »Sie wollen sehen, ob du mich in einem Stück zurückgebracht hast.«

Er grinste. »Was würdest du sagen?«

»In einem Stück und sehr happy.«

»Das freut mich.« Er rückte noch ein wenig näher. »Danke für den schönen Tag.«

»Ich muss dir danken. Niemand hat mich je zu einem Picknick eingeladen.«

Er wirkte fast verlegen. »Das freut mich.«

Wir sahen uns an und ich … ich wollte nicht, dass er ging.

»Ich schreibe dir, wenn ich zu Hause bin«, flüsterte er.

Ich nickte. *Bitte geh noch nicht. Nur noch eine Minute, so nah, so neu und vertraut, so wunderbar aufregend …*

Simon beugte sich vor und küsste mich ganz zart auf eine Wange. »Bis nachher.«

»Bis nachher.« Ich wiederholte die Worte wie in Trance. Er war so nah gewesen. Seine Lippen auf meiner Haut. Ich war viel zu nervös, um all meine Sinne unter Kontrolle zu haben. War das Zitronenverbene in seinem Duft?

Dann hatte er sich von mir gelöst. Ein letzter Blick, ein zartes Streifen meiner Finger und schon war er über den Hof und bei seinem Wagen. Ich winkte und sah ihm nach, bis er von der Staubwolke, die ihm folgte, verschluckt wurde. Die trockene Hitze von Littlecreek brannte in meiner Nase. Schnell wandte ich mich um und verschwand im Haus.

Kapitel 11

Als ich am Montag in die Schule kam, hatte Noemi ganz zu ihrer alten Form zurückgefunden. Sie hatte so ziemlich der gesamten Schule von dem Vorfall im Naturschutzgebiet erzählt und es wohl so blumig ausgeschmückt, dass man mir zur Mittagspause unterstellte, dass ich im Wald ein paar Drachen ausgebrütet hätte – ganz wie Daenerys aus »Game of Thrones.« Und Noemi hatte mich mit ihnen beim Spielen erwischt. Das alles hörte sich so weit entfernt an von der Wahrheit, dass selbst ich in Gelächter ausbrach, als Simons Freunde es mir beim Essen erzählten. Doch in der zweiten Hälfte des Schultages blieb mir das Lachen im Halse stecken, denn meine Situation zum Thema »Alle hassen Aria« hatte sich kein bisschen geändert. Zwar verbrachte ich die Mittagspausen mit Simon und seinen Freunden, aber die waren nun mal nicht in meiner Stufe. Hinter meinem Rücken tuschelten meine Mitschüler und nannten mich Drachenmutti, Zombie oder einfach nur Freak – vermutlich, weil ihnen nichts Besseres mehr einfiel. Wieder wurde dieses dämliche Flugblatt in der Klasse herumgereicht, und mittlerweile war es sogar mit einem Schnurrbart und kleinen Teufelshörnern verziert. Irgendjemand ganz besonders Talentiertes hatte mir sogar einen kleinen Drachen auf die Schulter gemalt.

Doch das war nichts gegen das Szenario, das sich mir bot, als ich zum Parkplatz kam, und entdeckte, was sie Shrek angetan hatten. Ich hatte vorher Simon noch eine Weile beim Football-Training zugesehen und obwohl er anbot, mich zum Auto zu bringen, hatte ich ihm versichert, dass ich den Weg auch alleine finden würde. Jetzt wünschte ich mir, er wäre mitgekommen. Ich stand fassungslos vor Shrek, wobei mir das ganze Ausmaß der Schweinerei erst nach und nach richtig bewusst wurde. Jemand hatte ihn mit einer Mischung aus Ei und Vanilleeiscreme attackiert. Die Scheiben waren nicht nur vollends verklebt, nein, natürlich war die zähe Masse auch in die Dichtungen gelaufen. Ich schluchzte auf. Wann würde es endlich aufhören? Hatten sie nicht endlich genug?

»Hey, kann ich dich mal kurz sprechen?« Ich schwang herum und rechnete schon ganz instinktiv mit einem weiteren Angriff, doch es war nur Dean. Er stand da und schien erst jetzt zu sehen, was mit meinem Auto passiert war.

»Ach, du Scheiße. So langsam fangen sie echt an zu spinnen.« Ich drehte mich wieder zu Shrek. »Es ist alles in die Dichtung gelaufen«, sagte ich tonlos.

»So sieht's aus.« Dean stellte sich neben mich und legte den Kopf schief. »Ziemliche Sauerei. Da brauchst du ein echt krasses Spülmittel, um das wieder loszuwerden. Am besten baust du gleich die ganze Verkleidungen ab, dann kommst du innen besser dran.«

»Ich soll die Türverkleidungen abmontieren?« Sah ich aus, als wäre ich in einer Autowerkstatt großgezogen worden?

»Genau das meine ich, New York. Bist du handwerklich geschickt?«

Ich seufzte. »Ähm … du erinnerst dich schon noch an unser Kennenlernen, oder?«

Dean drehte sich zu mir und der übliche Spott in seinen Zügen verschwand. »Hör mal, ich wollte mit dir noch über etwas reden.«

Ich seufzte erneut und schüttelte den Kopf. »Dean, heute nicht, bitte. Ich habe einfach keine Kraft mehr dafür und …«

»Es geht um das, was Freitagnachmittag im Wald passiert ist«, unterbrach er mich.

»Ja … haha, total lustig, ich weiß. Ich habe mit meinen Feuer speienden Drachen trainiert und bald werde ich sie abrichten, um euch alle zu vernichten. Ich plane den Weltuntergang. Schade, dass ihr jetzt dahintergekommen seid. Zufrieden?«

Dean ließ seinen Blick über mein Gesicht wandern und noch während ich sprach, schüttelte er vehement den Kopf. »Jetzt lass den Scheiß, Aria. Ich weiß, was ich gesehen habe. Und das waren keine Raben.« Seine Stimme klang eindringlich und plötzlich fiel mir auf, dass er zum ersten Mal meinen richtigen Namen benutzt hatte. Es musste ihm also wirklich ernst sein.

»Du hast gerade meinen Namen gesagt.«

Er stutzte. »Was?«

»Du hast Aria gesagt.«

Dean hatte sich sofort wieder im Griff und tat möglichst unbeteiligt. »Warum nicht. Es ist doch ein schöner Name.«

»Ja, aber du nennst mich doch sonst immer …«

»Ich weiß, wie ich dich nenne. Können wir zum Thema zurückkehren? Was zur Hölle war das im Wald?«

»Du glaubst mir?«

Er nickte. »Ich habe es ja mit meinen eigenen Augen gesehen.

Keine Ahnung, warum Noemi sich jetzt solche Märchen aus-
denkt.«

»Da kommst du wirklich nicht drauf? Sie war von Anfang an
gegen mich. Die Müllberge in meinem Spind, die Fahndungsplakate und jetzt auch noch mein Auto«, ich gestikulierte wild
in Richtung Shrek. »Allein die tägliche Attacke mit ihrem chemischen Bodyspray ist schon eine Zumutung. Ich werde mir wegen
ihr meinen Geruchssinn zerschießen und das war's dann mit
meiner Zukunft.«

»Willst du Drogenspürhund beim Zoll werden?« Nicht einmal
jetzt konnte er ernst bleiben.

Ich verdrehte die Augen. Ganz bestimmt würde ich ihm jetzt
nicht erzählen, was ich für Zukunftspläne hatte. »Okay, wir haben es also beide gesehen.«

»Ja, haben wir … Was genau haben wir eigentlich gesehen?«

»Irgendwelche mutierten Raben?« Ich konnte meine Worte
selbst kaum glauben.

Dean kaute auf seiner Unterlippe. »Okay, also bin ich doch
nicht verrückt.«

»Nein, es sei denn, wir drehen zusammen durch.«

Auf Deans Gesicht malte sich wieder dieses Aufreißergrinsen
ab. »Ich glaube, das könnte mir gefallen. Erzähl mir mehr davon.«

Ich knuffte ihn vor den Oberarm. »Jetzt hör schon auf. Diese
Sprüche nerven langsam nur noch.«

»Unsinn«, erwiderte er und zwinkerte mir zu. »Du willst es
doch auch.«

Ich stöhnte theatralisch. »Zurück zum Thema, bitte. Wir haben beide diese Viecher gesehen und wir haben beide keine Ah-

nung, was sie sein könnten. Fakt ist, sie haben mir eine Heiden-
angst gemacht, als sie mich angegriffen haben.«

»Das war schon ziemlich heftig. Sind die Wunden gut verheilt?
Sie sind ja auch ein Beweis, dass wir uns nicht alles nur eingebildet haben.«

»Ja, sogar erstaunlich gut. Es ist kaum noch was zu sehen.
Trotzdem weiß ich nicht, was passiert wäre, wenn du und Noemi
nicht aufgetaucht wären. Ob sie mich dann gefressen hätten?«

Dean trat mit der Spitze seines Schuhs gegen einen herumliegenden kleinen Stein. »Gut, dass uns niemand reden hört. Das
klingt alles ziemlich abgedreht.«

Ich gab ihm stumm recht. Selbst das Internet hatte keine passende Lösung parat, außer Halluzinationen durch Medikamen-
tenvergiftung oder durch – wie Simon schon vorgeschlagen
hatte – zu viel Sonne. »Ich habe gestern Nacht schon mal versucht, im Internet irgendetwas herauszubekommen. Doch da
gibt es einfach nichts.«

»Komisch, und ich dachte, gerade das Netz ist voller Spinner
und wilder Verschwörungstheorien.«

Ich musste lachen. »Da hast du schon recht, es war nur leider
nicht die richtige Theorie dabei.«

»Und nun? Behalten wir es für uns, als unser kleines Geheimnis? Oder gehen wir damit an die Öffentlichkeit, in der Hoffnung, dass irgendjemand weiß, was hier wirklich los ist?«

»Ich bin mir noch nicht sicher. Ich muss das alles erst mal sa-
cken lassen. Dieser Angriff war schon echt heftig. Aber wer weiß,
vielleicht gibt es in diesem Wald auch einfach mutierte Vögel,
die ihren Feinden mit einem besonders schnellen Flügelschlag
irgendwelche Trugbilder zeigen. Was weiß ich …«

»Okay, das klingt definitiv abgedreht.«

»Ja, aber eine bessere Erklärung haben wir im Moment nicht.«

»Mutierte Raben?«, fragte Dean skeptisch.

Genervt stieß ich die Luft aus. »Hast du eine andere Erklärung?« Dean blieb stumm. »Siehst du.« Meine Recherche hatte mich nicht weitergebracht und ich musste mich wohl damit abfinden, dass wir drei in diesem Wald nur einer Fata Morgana aufgesessen waren. Außerdem hatte ich nun wirklich andere Probleme. Ich deutete auf den verschmierten Shrek. »Und jetzt sag mir lieber, wie ich das Zeug wieder loswerde?«

»Naja, zunächst wird es reichen, wenn du einfach nur die Scheibenwischer benutzt. Das sollte dir genügend Sicht geben, um zurück zur Ranch zu kommen. Dann musst du den Kleinen unter einen Wasserstrahl stellen und dir ein wirklich starkes Putzmittel besorgen, das Proteine auflöst.«

Ich sah ihn überrascht an. Er kannte sich wirklich aus. »Wer bist du? Und was hast du mit dem Dean gemacht, den ich kenne?«

Dean lachte dunkel. »Du kennst mich nicht, New York. Ich sage es immer wieder.«

»Okay, wo bekomme ich so ein Putzmittel her?«

»Ich habe so eins vorrätig und ich kann dir auch beim Ausbau der Innenverkleidung helfen. Aber was würde Goldjunge dazu sagen? Immerhin müsstest du dafür zu mir kommen, in mein dunkles Reich, aus dem ich dich vielleicht nie wieder freigeben werde.« Er beugte sich noch ein Stückchen näher zu mir und gab seiner Stimme einen düsteren Ton. »Dann wird das böse Monster die Prinzessin für viele Jahrhunderte gefangen halten.«

»Du bist so ein Blödmann.« Glucksend stieß ich ihn ein Stückchen von mir.

Dean taumelte gespielt zurück und wir beide mussten lachen. »Siehst du, da ist es wieder, dieses Temperament, was unter deiner Oberfläche schlummert. Weiß Goldjunge schon davon?«

»Lass Simon da raus. Und kapier es endlich: Ich brauche keine Erlaubnis, mit wem auch immer ich mich treffe.«

Dean schnaubte. »*Mit wem auch immer.* Du weißt mein Angebot wohl wirklich zu schätzen.«

»Ich werde es erst mal so versuchen, danke dir trotzdem.«

Dean macht ein paar Schritte zurück, als ich nach der Wagentür fasste. »Wie du magst.«

Er drehte seine Messenger-Bag nach vorn und wühlte darin herum. Dann zog er einen Collegeblock hervor, riss eine Seite raus, schrieb etwas darauf und reichte sie mir schließlich. Darauf stand: »Burg des dunklen Fürsten, Durchwahl Thronsaal« und eine Handynummer. Ich konnte nicht anders, ich musste lachen. Dean grinste und schien hochzufrieden, dass ich endlich einen seiner Witze verstand. »Nur falls du es dir anders überlegst.«

»Danke dir.« Ich faltete das Blatt ordentlich zusammen und schob es in meine Jeanstasche. Deans Lächeln wurde noch breiter, als hätte er heimlich damit gerechnet, dass ich den Zettel zerreißen würde.

Er deutete mit dem Finger auf mich und schnalzte mit der Zunge. »Du weißt, wo du mich findest, New York.«

»Ja, das weiß ich«, sagte ich und schloss Shreks Tür auf. »Bis morgen, Dean.«

Er nickte, wartete aber noch ab, bis ich die Scheibenwischanlage oft genug betätigt hatte, um wieder einigermaßen freie Sicht zu haben. Als ich rückwärts aus der Parklücke rollte, hob er kurz

die Hand zum Abschied. Ich betrachtete ihn einen Moment –
wie er dastand, so groß und dunkel, so ganz anders als Simon
mit seinen hellen Haaren und den blauen Augen. Aber dann war
da sein Lächeln, das all die Dunkelheit um ihn herum verblassen
ließ. Ein Lächeln, das nicht verschwand, selbst als ich ihm im
Rückspiegel noch einmal nachblickte.

Auf der Ranch angekommen, parkte ich Shrek etwas abseits des
Haupthauses, in der Hoffnung, dass Suzan ihn nicht entdecken
würde, bis ich die Sauerei notdürftig beseitigt hatte. Richard war
heute auf einer Tagung in Odessa und Macy hantierte sicher
schon wieder in der Küche, um eines ihrer reichhaltigen Abendessen zu zaubern. Nur ein paar Rancharbeiter, die wohl auf dem
Weg zu den Stallungen waren, schauten mich fragend an. Doch
ich wollte kein Mitleid.

Deshalb sollte ich lieber zusehen, dass ich Shrek in ein Wasserbad bekam, bevor das ganze Eiklar unwiederbringlich in all
seinen Dichtungen eingetrocknet war. Also lief ich zum Geräte-
schuppen, um mir einen Wasserschlauch zu holen, und befestigte
ihn an einem der Anschlüsse, die überall auf der Ranch verteilt
waren. Das Wasser war knapp und ich hatte wirklich ein schlechtes Gewissen, so viel davon zu verbrauchen. Aber wenn ich jetzt
nicht handelte, war Shrek bald reif für den Schrottplatz.

Natürlich hatten meine Mitschüler gewusst, was sie taten,
denn die Mischung aus Vanilleeis und Eiklar bewegte sich keinen Zentimeter und in die Fugen kam ich erst gar nicht. An einer
Stelle hatte sich das Zeug so stark festgesetzt, dass ich mit dem
Fleck auch gleich den kompletten Lack abkratzte. Okay, jetzt

musste ich handeln. Von Macy hatte ich mir ein herkömmliches Spülmittel besorgt, wobei ich ihr verschwiegen hatte, wie es wirklich um Shrek stand. Sie glaubte, ich wolle einfach den Präriestaub von meiner Windschutzscheibe waschen. Dann war ich heimlich in die Materialkammer geschlüpft, um nach einem stärkeren Reinigungsmittel zu suchen. Leider ohne großen Erfolg, da die Ställe nicht mit scharfen Reinigern gepflegt wurden. Schließlich hatte ich sogar den Putzschrank der Ranch durchwühlt und dort einen extra starken Fettlöser für den Backofen gefunden. Die Flasche hatte in der hinterletzten Ecke gestanden und sah schon so eingestaubt aus, dass ich keine großen Hoffnungen mehr in die Reinigungskraft hatte.

Wie erwartet gab die Sprühdose ein trockenes Husten von sich und ein gelblich verfärbter Schaumklumpen quoll hervor. Das war aber auch schon alles. Der Tropfen gelblichen Schaums fiel zäh zu Boden und danach gab die Dose nicht mal mehr ein Zischen von sich. Ich stellte sie frustriert zur Seite und versuchte es mit dem Spülmittel, doch auch ohne großen Erfolg. Da Simon während seines dreistündigen Football-Trainings gut beschäftigt war, machte es keinen Sinn, ihm zu texten, ob er einen Trick auf Lager hatte.

Jetzt musste eine schnelle Lösung her, bevor sich die Mischung für immer in Shreks Lack brennen würde. Also suchte ich nach dem Zettel mit Deans Telefonnummer. Er war einfach nur ein Mitschüler, der mir seine Hilfe angeboten hatte. Was war schon dabei? Trotzdem hatte ich ein komisches Gefühl im Bauch, als ich seine Nummer in meinem Handy abspeicherte. Ich rief ihn nicht direkt an, das war mir doch irgendwie … ach, keine Ahnung, stattdessen schrieb ich ihm eine Nachricht.

Nur Sekunden später war er online und antwortete sofort:

Du kannst herkommen, ich habe alles da.

Darunter folgte eine Adresse in Littlecreek. Nun gut. Jetzt war
es Zeit, Nägel mit Köpfen zu machen. Also schwang ich mich in
Shrek, gab Deans Adresse ins Navi ein und brauste vom Hof. Natürlich schrieb ich Suzan vorher kurz, dass ich noch einen Klassenkameraden besuchen würde, denn schließlich wollte ich ihr
beweisen, dass ich kein störrischer Teenager war, den sie anketten
musste. Sie antwortete nicht, aber sie las die Nachricht und das
genügte mir. Nachdem ich auf die Landstraße abgebogen war,
sah ich nur noch stur geradeaus. In letzter Zeit hatte ich genug
verendete Tiere am Straßenrand gesehen. Ich musste einmal quer
durch Littlecreek und glaubte schon fast, ich hätte die richtige
Abfahrt verpasst, da tauchten einige kleine, eher verwahrlost
aussehende Häuser in meinem Sichtfeld auf. Das letzte, das etwas
abseits von den anderen lag, schien es zu sein. Das Haus war umgeben von Autowracks, die aussahen, als würden sie schon seit
Jahrzehnten hier lagern. Am Haus selbst blätterte die Farbe ab
und ein paar der Dachschindeln fehlten. Die Fensterrahmen
hätten dringend einen neuen Anstrich gebraucht. Die große
Doppelgarage stand auf und war auf einer Seite fast komplett
mit Müll zugestellt. Vor dem Haus entdeckte ich den verrosteten
Kleinwagen, mit dem Dean zum Naturschutzgebiet gefahren
war. Daneben stand ein Motorrad, das einen krassen Kontrast zu
dem Auto bildete. Die Maschine wirkte extrem hightech und war
penibel gesäubert. Jedes Chromteil glänzte, nur der Lack war etwas matt und an einigen Stellen abgesplittert. Doch die Reifen

schienen komplett neu zu sein. Auf der Veranda saß ein kleiner Junge von höchstens vier Jahren und blätterte in einem zerfledderten Bilderbuch. Ein Hund mit langen Schlappohren lag neben ihm und stupste den Jungen regelmäßig auffordernd an. Mich beachteten die beiden nicht weiter. Von drinnen erklang Gebrüll, als ich die Wagentür öffnete und aus Shrek auf den unebenen Boden sprang. Sollte Dean hier wirklich wohnen? Obwohl seine Klamotten betont abgerissen wirkten, war er doch immer ordentlich gekleidet und schien sehr gepflegt. Er passte so gar nicht zu diesem Haus. Vielleicht hatte ich mich doch verfahren?

Die Tür des Hauses flog auf und Dean erschien auf der Veranda. »New York!« Er machte eine große Geste und breitete die Arme aus. »Welch Glanz in unserer bescheidenen Hütte.«

»Hi, Dean«, sagte ich noch etwas befangen.

»Das ist Cody«, erklärte Dean und beugte sich zu dem Kleinen. »Los, Cody, sag mal Hi zu der Lady.«

Cody hob nur kurz den Kopf und sah mich an, dann widmete er seine ganze Aufmerksamkeit wieder seinem Buch.

»Es freut mich, dass du hergefunden hast.« Dean spazierte auf mich zu.

»Bin ich hier richtig?«, fragte ich zur Sicherheit.

»Da ich gerade aus dieser Haustür gekommen bin, kannst du schon davon ausgehen, dass du hier richtig bist.« Dean lächelte, doch plötzlich wirkte es ein wenig aufgesetzt. Wieder flog die Haustür auf. Ein Kerl erschien, bestimmt zehn Jahre älter als Dean, bepackt mit Muskeln und von Kopf bis Fuß tätowiert.

»Schwing deinen Arsch wieder ins Haus, Dean, und sieh zu, dass du diesen Brief zu Ende schreibst. Dad sagt, der Staatsanwalt wartet nicht ewig.«

Dean drehte sich um. »Dann soll Dad ihm doch zur Abwechslung mal selbst schreiben.«

Erst da schien der Typ mich zu bemerken. »Oh, hi«, brummte er. »Hättest ja ruhig mal ein Wort sagen können, wenn du deine Tussi zu uns einlädst«, grölte er dann zu Dean herüber. »Schick sie weg, wir haben für so einen Mist im Moment keine Zeit.«

»Das ist Eddie«, sagte Dean. »Aber du kannst ihn gleich wieder vergessen. Er ist nämlich völlig unwichtig.«

»Das habe ich gehört«, rief Eddie von der Veranda aus.

Dean neben mir stöhnte auf und es schien ihm wirklich peinlich zu sein, dass ich diese Szene mitbekam. Der Hund sprang auf und trottete hinter Eddie her, der eben wieder die Haustür aufriss, um im Haus zu verschwinden. Cody schaute von seinem Buch auf, woraufhin Dean eine kurze Geste mit dem Kopf machte, die wohl so etwas bedeuten sollte wie »Jetzt hau schon ab, Kleiner.« Er schien kurz zu überlegen, erhob sich dann aber von den morschen Dielen und tapste seinem ältesten Bruder hinterher.

»Sorry«, meinte Dean. »Alle außer mir sind hier echt peinlich.« Dazu sagte ich lieber nichts.

»Möchtest du nicht doch reingehen und deinem Dad bei seinem Brief helfen?«

Dean winkte ab. »Dad hat Zeit. Er sitzt nämlich im Knast.« Ich war zu perplex, um darauf zu antworten. Deans Vater saß im Gefängnis? Aber wer kümmerte sich dann um ihn und seine Brüder? »Jetzt schau nicht wie ein angeschossenes Reh«, sagte Dean und knuffte mich leicht vor den Oberarm. »Dad kennt sich da aus, er kommt klar. Er hat nur demnächst irgendeine Anhörung und will von mir, dass ich einen Brief schreibe, der so aussieht, als habe er ihn verfasst. Er muss seine Unschuld beteuern. Das übliche Spiel.«

»Und was ist mit deinem Bruder Eddie? Er ist doch älter als du, kann er das nicht übernehmen?«

Dean seufzte tief. »Hast du ihn dir mal angesehen? Glaubst du im Ernst, er kann schreiben?« Als Dean mein schockiertes Gesicht sah, lachte er. »Jetzt leg doch nicht jedes Wort auf die Goldwaage, New York. Aber mal im Ernst, traust du ihm große verbale Ergüsse zu?«

Ich schüttelte vage den Kopf. Schon wieder flog die Haustür auf. Ein Typ, ungefähr drei oder vier Jahre älter als Dean, stand auf der Veranda. Er schien ein gutes Stück kleiner als seine Brüder, dafür aber doppelt so breit. »Scheiße, Mann!«, rief er. »Alle meine Jeans sind im Trockner eingelaufen. Kannst du mir mal verraten, was ich morgen anziehen soll? Du hast das Ding vom Schrottplatz geholt und behauptet, es würde funktionieren, wenn du nur ein bisschen daran rumschraubst. Sieh dir den Mist an, den du angeschleppt hast, und dann fahr gefälligst nach Littlecreek und kauf mir ein paar neue Hosen!«

»Ich habe Besuch, Lewis!«, rief Dean, ohne sich umzudrehen. »Setz deine verdammte Brille auf.«

Lewis kramte aus irgendeiner seiner Taschen tatsächlich eine Lesebrille hervor, klemmte sie sich auf die Nase und zog sie dann kritisch kraus. Im nächsten Moment nahm er die Brille wieder ab, um sie zu verstauen. »Schick sie nach Hause. Du bist beschäftigt. Ich habe dir schon ein Dutzend Mal gesagt, mach deine Mädels woanders klar. Vielleicht wäre es sinnvoller gewesen, statt dieses Motorrads einen Kombi mit ordentlicher Rückbank zu restaurieren. Dann klappt es auch mit den Ladys.«

Dean sah aus, als habe er körperliche Schmerzen. »Herrgott, verschwinde, Lewis. Ich bin beschäftigt.«

»Ja«, brüllte Lewis zurück, »du bist beschäftigt mit meinen Hosen.«

»Ich kümmere mich später darum. Das hier ist ein dringenderes Problem.«

»Ja, ja. Ich kann mir schon vorstellen, wo es bei dir zwickt. Dringendes Problem, dass ich nicht lache. Du kannst die Kleine auch noch morgen klarmachen.«

Nun hatte ich genug davon, dass man über mich redete, als wäre ich gar nicht anwesend. »Entschuldigen Sie mal, ich stehe zufällig auch hier.«

Dean grinste. »Er hat wahrscheinlich schon wieder vergessen, dass du da bist. Er sieht dich ja nicht.«

»Hör zu, Mädchen«, rief Lewis. »Ich geb dir 'nen guten Rat und den geb ich dir genau einmal. Lauf, lauf so schnell du kannst. Passiert es nicht heute, passiert es morgen und danach hat er dich vergessen. Du bist nicht die erste, die denkt, sie könnte sein Herz gewinnen. Vergiss es. Er besitzt gar keins. Er hat sein Herz zwischen den Beinen und dieses Herz vergisst sehr schnell.«

Ich zog ein Gesicht. »Das war jetzt eindeutig zu viel an Informationen.«

Dean schien irgendwie verlegen. »Verschwinde, Lewis«, rief er ein weiteres Mal. »Und friss gefälligst weniger, dann passt du auch wieder in deine Hosen.« Lewis schnappte empört nach Luft, trollte sich aber tatsächlich. Erst als die Haustür ins Schloss fiel, atmete Dean erleichtert auf. »Wo waren wir doch gleich?«

»Hast du noch mehr Brüder?«, wollte ich wissen. »Ich meine, nur damit ich mich darauf einstellen kann.«

»Nein, es gibt nur uns vier und Dad. Cody ist der Nachzügler und wir vermuten, dass er auch einer der Gründe ist, warum Mom damals abgehauen ist. Er hat als Baby unentwegt geschrien. Tagelang, nächtelang, die ganze Zeit. Wir haben alle mit Ohropax geschlafen und ich glaube, Mom hat es irgendwann einfach nicht mehr ausgehalten.« Dean sah den Weg hinunter, der zum Haus führte, als erinnere er sich bei diesem Anblick an etwas. »Es ist zwar traurig, aber ich kann sie irgendwie verstehen. In diesem Saustall hier würde es vermutlich keine Frau lange aushalten.« Als ich nicht antwortete, setzte er wieder sein altbekanntes Grinsen auf. »Aber genug davon, wie kann ich dir helfen?«

Ich wollte eigentlich noch etwas zu der Situation mit seiner Mom sagen, doch Dean schien mir einfach keine Chance dazu geben zu wollen. »Warte einen Moment«, rief er und spazierte schon Richtung Garage. »Ich suche mal eben den Reiniger raus. Siehst du den Gartenschlauch da drüben? Hol ihn doch schon mal, dann drehe ich den Hahn auf.«

»Aber das Wasser ist doch knapp.« Deans Familie schien deutlich weniger Geld zu besitzen als Suzan. Hier würde ich mich noch mieser fühlen, wenn ich es für Shrek benutzte.

Dean blieb stehen. »Das ist kein Frischwasser. Ich habe einen großen Tank in der Garage gebaut, in dem ich Regenwasser sammle. Die Regenrinnen sind damit verbunden.« Er wedelte mit der Hand. »Ist hinter dem ganzen Krempel verstaut, damit er von allen Seiten im Schatten steht. Mach dir keine Sorgen.«

»Wow.« Ich betrachtete ihn fasziniert. Auf die Idee war nicht mal jemand auf der Ranch gekommen. Dabei war sie so einfach wie genial.

Er salutierte kurz und ging weiter.

Ich griff nach dem Schlauch und zog ihn hinter mir her. Dann war Dean auch schon wieder da. »Der Wasserdruck aus dem Schlauch ist zwar nicht so krass, aber zum Wagen waschen reicht es. Okay, jetzt sprühen wir das Reinigungsmittel auf, ohne die Scheiben vorher angefeuchtet zu haben. Es wirkt nämlich besser, wenn es unverdünnt ist. Danach lassen wir es kurz einwirken, bevor wir den Wagen abduschen. Vielleicht müssen wir noch einen zweiten Durchgang machen, wer weiß. Hast du ein wenig Zeit mitgebracht?«

Ich nickte. »Hauptsache, das Zeug verschwindet wieder.«

»Das ist die richtige Einstellung. Willst du oder soll ich?« Er hielt mir die Sprühflasche hin.

»Lass mich mal versuchen.« Wir tauschten Gartenschlauch und Putzmittel. Ich drückte den kleinen Hebel und ein feiner Schaum quoll hervor. Das Mittel roch nach Zitrone, Veilchen und Mimose. Eine abenteuerliche Mischung, die ich so in dieser Kombination noch nicht gerochen hatte. Die Marke kannte ich nicht, vermutete aber, dass es sich um ein Profiprodukt handelte. Es ließ sich gut aufbringen und der Schaum rutschte sogar bis in die Dichtungen. Dean wirkte ziemlich zufrieden, während er mir zusah.

»Und was macht der Goldjunge?«

Ich seufzte. »Du weißt doch, dass die Football-Mannschaft jeden Montag Training hat.«

»Das heißt, er weiß gar nicht, dass du hier bist?« Er stand so nah hinter mir, dass er sich nur ein wenig vorbeugen musste und seine Lippen würden meine Wange berühren. »Jetzt fühle ich mich ein wenig verboten. Fast so wie dein geheimer Liebhaber.

Deine Affäre, mit der du dich irgendwo triffst, wo dich garantiert niemand kennt.«

Ich machte ungerührt einen Schritt zur Seite und entkam so seiner Nähe. Immer noch sprühte ich den feinen Schaum auf die beschmierten Scheiben. »Nun, mit Letzterem hast du auf jeden Fall recht, denn hier kennt mich wirklich niemand.«

Hinter mir hörte ich Dean belustigt schnauben. »Was glaubst du, wie er reagiert, wenn er es erfährt? Meinst du, er wird zu mir fahren und mich zusammenschlagen? Vielleicht wird er dir auch endlich sein Brandzeichen verpassen. Damit alle Welt weiß, dass du ganz allein zu ihm gehörst.«

Ich drehte mich halb zu ihm um. »Mal abgesehen davon, dass das eine ziemlich kranke Fantasie ist, würde ich so was eher dir zutrauen als Simon.«

Er nickte. »Oh ja, ich bin rasend eifersüchtig. Was meins ist, ist meins und das darf ein anderer nicht mal angucken.«

Ich verdrehte die Augen. Dass er immer so übertreiben musste.

Einen Moment ließen wir das Putzmittel einwirken, dann zog Dean an dem Gartenschlauch und verpasste Shrek eine ordentliche Dusche. Erleichtert sah ich dabei zu, wie die schmierige Eiscrememasse von meinem Auto glitt. Nur vereinzelt konnte ich noch Reste entdecken. »Okay, jetzt noch eine zweite Ladung.«

Ich nickte und fing erneut an, Shrek mit dem Putzmittel einzuschäumen. Danach drehte ich mich wieder halb zu Dean. »Fertig. Das Zeug wirkt echt Wunder.«

Dean überging meine Worte. »Ich glaube, du hast da was im Gesicht …«

»Was?«

Ohne groß darüber nachzudenken, drehte ich mich ihm komplett zu. »Du hast etwas Schaum im Gesicht«, sagte er und seine Stimme klang plötzlich ganz weich. »Warte mal.« Er hob die Hand und strich ganz sanft über meine Wange. Ich hielt atemlos inne.

»Das Mittel ist sehr stark, deshalb sollte es auf jeden Fall runter von deiner Haut«, erklärte er.

»Danke.« Ich ließ die Hand mit der Flasche sinken.

»Habe ich noch mehr irgendwo?«

Dean ließ seinen Blick über mein Gesicht gleiten. »Du glaubst jetzt nicht, wie gern ich sagen würde, dass da überall Schaum ist, aber ich bin wohl einfach ein schlechter Lügner.«

»Punkt für dich«, flüsterte ich.

Dean lachte leise. Ich stand mit dem Rücken zu Shrek, berührte den Wagen aber nicht, um dem Putzmittel auszuweichen. Dean beugte sich noch etwas weiter vor. »Aber für dich könnte ich mir fast überlegen, damit anzufangen. Einfach nur, damit du noch ein paar Sekunden so wunderbar still hältst.« Er war nah, sehr nah und ich spürte die Wärme seiner Haut. Da war etwas Aufregendes an ihm, etwas Wildes, Ungezähmtes, das er auch in mir zu sehen schien. Dean war ein Tanz auf dem Vulkan, ein Pulverfass, einer, der von innen heraus brannte. Er legte eine Hand hinter mir auf den feuchten Lack.

»Du hast doch gesagt, das Zeug soll nicht mit der Haut in Berührung kommen.«

Dean bewegte sich keinen Zentimeter zurück, stattdessen legte er nun auch noch die zweite Hand hinter mir ab. »Ist mir gerade völlig egal.« Sein Atem strich warm über meine Wange. Ich schloss für einen kurzen Moment die Augen. Vielleicht auch, um diesem Gefühl zu entkommen. Diesem Gefühl, das so anders war als das mit Simon. Rauer, direkter und eindeutig beunruhigend. Ich holte tief Luft durch die Nase. Dean roch ein wenig nach dem Reiniger, ein wenig nach Deo mit all seinen künstlich männlichen Duftnoten und dennoch erahnte ich unter all dem den wahren Geruch seiner Haut. Ich wusste, ich hatte so etwas schon mal gerochen, und ich wusste, dass es etwas war, dem ich mich nicht zu lange hingeben sollte …

Dann erkannte ich es. Dean roch nach Agarholz. Einem extrem teuren Rohstoff, extrem schwer zu bekommen und extrem hoch gehandelt. Er war würzig, erdig, holzig und geheimnisvoll. Ganz zart schwang darin eine Süße mit, die jedoch nicht gefallen, sondern einfach nur provozieren wollte. Agarholz war für seine halluzinogene Wirkung bekannt und genauso fühlte ich mich jetzt, als Dean mich zwischen seinen Armen gefangen hielt, seinen Körper so nah an meinem und seine Lippen, die mein Ohr fast berührten.

Wieder flog die Tür auf. »Verdammt noch mal, nehmt euch ein Zimmer! Wir haben hier Kinder.«

Der Moment war so schnell vorbei, wie er gekommen war. Dean schwang herum. »Das sagt doch echt der Richtige, Lewis! Ich habe dich mit deinen Frauen schon überall erwischt, in jedem Winkel auf diesem Grundstück. Und jetzt verzieh dich.«

»Fahr zur Hölle!«, brüllte Lewis und die Tür klatschte wieder zu, ging in derselben Sekunde aber wieder auf. »Dad wartet übrigens immer noch auf seinen Brief.«

»Das Postamt hat schon geschlossen und ich glaube kaum, dass sie wegen uns eine Ausnahme machen. Aber vielleicht trägt der gute Name der Musgroves ja dazu bei, dass sie für uns einen berittenen Boten zum Knast schicken? Wie findest du das?«

Lewis macht eine ziemlich deftige Geste, dann verschwand er

wieder. »Ich hol noch mal ein paar Lappen«, sagte Dean und ließ mich einfach stehen.

Ich blieb atemlos zurück. Was war denn jetzt gerade bitte passiert?

Danach waren wir beide etwas verlegen. Fast so, als hätten wir uns die Finger verbrannt und mussten nun erst mal allein unsere Wunden lecken.

Nichtsdestotrotz, das Putzmittel bewirkte wahre Wunder. Ich konnte Shreks Scheiben nun sogar herunterlassen und wieder hochkurbeln, ohne dass schleimiges Eiweiß seine Schlieren zog. Wir hatten nicht mal die Innenverkleidung dafür ausbauen müssen. Ich bedankte mich ausgiebig bei Dean. Und obwohl seine Brüder es nun endgültig aufgegeben hatten, uns zu nerven, wollte ich möglichst schnell wieder verschwinden. Auch Dean schien es recht zu sein, als ich eine Viertelstunde später vom Hof rollte. Wieder betrachtete ich ihn im Rückspiegel und fragte mich, was mich an ihm so nervös machte.

Kapitel 12

Mein schlechtes Gewissen war so groß, dass ich es kaum erwarten konnte, die Ranch zu erreichen und mich bei Simon zu melden. Doch was sollte ich schreiben? Dean macht mich irgendwie nervös? Ich beschloss, dass ich mich stattdessen dringend an Tammy wenden sollte, um ihr von den neuesten Neuigkeiten zu erzählen. Ganz besonders von diesem absolut verwirrenden Moment mit Dean.

Ich hatte seinen Geruch immer noch in der Nase. Spürte immer noch die Wirkung, die er auf mich hatte. Dass zwischen Dean und mir irgendetwas passiert war, konnte ich einfach nicht leugnen. Erst recht nicht vor mir selbst. Ich musste ganz dringend mit Tammy reden.

Auf dem Hof angekommen, blieb ich im Wagen sitzen und drückte die Kurzwahltaste für ihre Nummer, bevor ich das Handy in die Freisprechanlage klemmte. Es klingelte fünf Mal, dann sprang die Mailbox an. Ich legte auf. Entweder war Tammy beim Training oder sie hatte keine Lust, mit mir zu sprechen. Es war einfach nur frustrierend.

Um mich abzulenken, hatte ich Tom gebeten, Snow von der Weide zu holen, damit ich einen kleinen Spaziergang mit ihr machen konnte. Aber schon nach ein paar Minuten fühlte ich mich verschwitzt. Es schien immer heißer zu werden und obwohl bereits später Nachmittag war, brannte die Sonne gnadenlos vom Himmel. Es dauerte keine viertel Stunde und ich hielt es nicht mehr aus.

Wir waren in die Box zurückgekehrt, wo ich Snow mit Stroh abrieb. Jetzt stand sie zufrieden neben mir und hatte ihre Nase wie so oft unter meinen Arm geschoben. Egal wem sie gehörte, ich war unendlich dankbar, dass derjenige noch kein Bedürfnis verspürt hatte, eine große Suchaktion auszurufen. Suzan war mittlerweile auch mehr als verwundert, doch sie schien zu spüren, wie gut Snow und ich uns verstanden, und betrachtete es vermutlich als glücklichen Wink des Schicksals, dass die Stute in der Lage war, meine Laune derartig aufzuhellen.

Snow schnaubte leise und stampfte mit den Vorderhufen unruhig auf den Boden. Ich tätschelte ihren Hals. »Alles gut, Mädchen. Jetzt kannst du dich ein wenig ausruhen und etwas abkühlen. Draußen ist es wirklich sehr heiß, oder?« Es schien, als wollte die Stute mir etwas sagen. Wieder stampfte sie mit den Hufen auf, sodass feiner Staub sich in die Luft erhob. Dann stupste sie mich an, ein bisschen kräftiger als sonst.

»Was ist denn los?«, fragte ich. Sie sah mich an und es schien, als ob ihre pechschwarzen Augen kein Weiß besaßen. Hätte ich sie nicht von Anfang an tief in mein Herz geschlossen, wären mir diese Augen vermutlich unheimlich gewesen. Schon wieder schnaubte sie leise, aber es klang nicht vergnügt oder entspannt, im Gegenteil.

In mir erhob sich ein seltsames Gefühl. Da war etwas. Etwas in der Luft, das ich kannte. Das mich an eine Begebenheit erinnerte, die noch gar nicht so lange her war. Ich atmete tief ein und befand mich plötzlich wieder in meinem Traum. Ich erinnerte mich an die Blitze, die so hell und leuchtend vom Firmament gezuckt waren, und die ich in der Luft riechen konnte. War es das vielleicht? Noch mal atmete ich tief ein. Kein Zweifel. Metallisch, scharf und pulvrig kitzelte es mir in der Nase. Ich sah Snow an, die noch mal heftig mit den Hufen aufstampfte. Nun schienen es auch die anderen Pferde zu spüren, denn aus den wenigen Boxen, die zu dieser Tageszeit besetzt waren, hörte ich ein unruhiges Wiehern.

Mein Blick glitt hoch zu einem der großen Dachfenster. Der Himmel war immer noch strahlend blau. Kein einziges Wölkchen. Ich horchte, ob ich irgendwo einen der Arbeiter rufen hörte, doch da war nichts. Bildete ich mir das alles nur ein? Bildete Snow sich das alles nur ein? So recht wollte ich nicht daran glauben. Trotzdem versuchte ich Snow zu beruhigen, denn sie sollte keine Angst haben.

»Alles gut, meine Kleine«, sagte ich und streichelte sie erneut. Ich ließ meine Finger durch ihre weiße Mähne gleiten und bewunderte ihr seidiges Fell. Snow drückte sich an mich und schnaubte ganz leise.

Im nächsten Moment fiel ein dunkler Schatten auf uns und als ich noch einmal zum Dachfenster hinaufschaute, war der Himmel pechschwarz. Es fühlte sich an, als habe jemand in den Stallungen das Licht ausgeknipst. Ich zuckte zusammen, als Snows schrilles Wiehern den Raum erfüllte.

»Oh mein Gott«, flüsterte ich. Wieder fühlte ich mich in meinen Traum zurückversetzt. Wieder schien eine zähe böse Dunkelheit vom Himmel hinabzufließen und mich in die schlimmste Angst meiner Kindheit zurückzuziehen: Gewitter. Ich sah zu Snow und in ihren tiefschwarzen Augen glomm etwas auf, das mich erschrocken Luft holen ließ. Ob ich schon so sehr in einer

Panikattacke steckte, dass ich nicht mehr klarsehen konnte? Noch mal wieherte die kleine Stute schrill. Meine Angst gewann die Oberhand. Nicht vor Snow, sondern vor der plötzlich auftretenden Dunkelheit am Himmel und den lauten Rufen, die darauf folgten.

Ich drückte mich mit dem Rücken gegen die Boxentür und riss sie dann schwungvoll zur Seite auf. Für einen Moment glaubte ich, Snow wolle zu einem Sprung ansetzen und einfach über mich hinwegfegen, um irgendwo in der Dunkelheit zu verschwinden. Zitternd hob ich beide Hände. »Ganz ruhig, Mädchen. Ganz ruhig. Ich werde nur nachsehen, was da draußen los ist. Hab keine Angst, hier bist du sicher.«

Snow rührte sich nicht. Stattdessen wirkte sie plötzlich seltsam still. Sie stand sehr aufrecht und ihre dunklen Hufe wirkten, als wäre sie mit dem Boden verwachsen. Als würde sie Energie aus der Dunkelheit ziehen, die um uns herum waberte wie zähflüssiger Nebel. Ein Strahlen ging von ihrem Fell aus und für den Bruchteil einer Sekunde konnte ich sie nur fasziniert anstarren. Ich zog mit aller Kraft an der Boxentür, die scheppernd einrastete. Kurz hielt ich mich an den Streben fest, dann riss ich mich endgültig von Snows Anblick los.

»Alles gut, Mädchen«, rief ich. »Alles gut. Ich muss nur nachsehen, was da los ist.« Im Stall war es so dunkel, dass ich mir meinen Weg mehr oder weniger ertasten musste. Die Rufe draußen wurden lauter. Gerade als ich aus den Stallungen trat, raste Suzan mit ihrem Pick-up auf den Hof. Ich wusste, dass sie einen befreundeten Rancher besucht hatte, um dessen Fohlen für die Zucht zu taxieren. Richard war schon mittags vom College wiedergekommen, da er heute nur einen kurzen Tag hatte.

Suzan sprang aus dem Wagen und begann sofort Befehle zu brüllen. Priorität hatten natürlich die wertvollen Pferde und sie einzufangen würde bei dieser Dunkelheit schwierig werden. Dann zerriss ein Blitz das Firmament und der Donner folgte fast in derselben Sekunde. Das Gewitter musste schon unglaublich nah sein. Mir setzte das Herz einen Moment aus, als ich dank der unverbauten Sicht über die Weiden den Blitz vom Himmel direkt in den Boden einschlagen sah. Ich presste meine Hand vor den Mund, um nicht zu würgen, so sehr hatte der Anblick mich aus der Fassung gebracht. Das Donnern hallte immer noch hohl in meinem Brustkorb wieder. Ich ignorierte Suzan und die herumrennenden Arbeiter, stürmte an Richard vorbei, der im Haus soeben alle Lichter entzündet hatte, und rannte hinauf in mein Zimmer.

Schnell ließ ich die drei großen Jalousien herunter und knipste meine Nacht- und Schreibtischlampe an. Mit klopfendem Herzen saß ich auf meinem Bett und hielt mein Kissen umklammert. Es sollte vorbeigehen, es sollte einfach möglichst schnell vorbeigehen. Zwar schämte ich mich für meine Angst, aber ich konnte mich nicht daraus lösen.

Eigentlich hätte ich bei Snow bleiben müssen. Immerhin war sie ganz allein in dieser winzigen Box eingesperrt. Vielleicht hatte sie genauso große Angst wie ich, und ich saß einfach nur hier und umklammerte mein Kissen wie ein kleines Kind.

Ich zwang mich aufzustehen und zwei Schritte zur Tür zu gehen. Doch als ich durch die schmalen Linien der Lamellen einen weiteren Blitz über das Firmament jagen sah, blieb mir die Luft weg. Ich stöhnte auf und floh zurück zum Bett.

»Aria!«, rief Suzan die Treppe hinauf. »Bist du da oben?«

Ich blieb stumm und krallte mich noch tiefer in das Kissen. Vermutlich wollte sie, dass ich half, dass ich mit den anderen dort draußen dem wütenden Unwetter entgegentrat, aber das konnte ich nicht.

»Aria«, hörte ich sie noch mal rufen. »Komm bitte runter. Wir brauchen jetzt jede Hand. Es ist wirklich wichtig.«

Ich wollte antworten, wollte Suzan von meiner Angst erzählen. Doch mein Hals war staubtrocken und ich zitterte so sehr, dass ich kein Wort herausbrachte. Stattdessen sprang ich vom Bett auf und schloss mich im Badezimmer ein. Dort gab es keine Jalousien, deshalb sah ich vom zweiten Stock des Hauses aus das volle Ausmaß der Katastrophe. Unzählige Blitze zuckten gleichzeitig über das Firmament und schlugen krachend und Funken sprühend in die trockene Erde ein. Die Wolken, die so schwarz waren, wie ich sie noch nie gesehen hatte, jagten in halsbrecherischem Tempo am Himmel entlang. Die Welt da draußen war düster und wurde nur erhellt von diesem schrecklichen Naturspektakel, das mich fast zu lähmen schien.

»Aria!« Nun war Suzan direkt vor meiner Zimmertür. »Aria, sich jetzt einzuschließen ist wirklich eine denkbar schlechte Idee. Wir sind eine Familie, wir helfen uns gegenseitig und ich brauche jetzt wirklich deine Unterstützung. Wir …« Sie brach ab, weil sie scheinbar nicht wusste, wie sie mich noch überzeugen sollte. Im nächsten Moment hörte ich sie die Treppe hinunterpoltern und der Kloß in meinem Hals drohte mich zu ersticken. Was war ich nur für ein Feigling?

Ich lehnte mich gegen die kühlen Fliesen, als plötzlich mein Handy klingelte. Simon. Ich ging sofort dran.

»Alles okay bei dir?« Er klang besorgt und es rührte mich, dass er bei diesem Chaos zuerst an mich dachte.

»Ich habe solche Angst, Simon. Dieses Gewitter …«, platzte es aus mir hervor.

»Wo bist du? Bist du in Sicherheit?«

»Ich bin in meinem Zimmer«, sagte ich. »Aber wir brauchen Hilfe. Suzan war die ganze Zeit nicht da und das Unwetter kam völlig aus dem Nichts. Wir hatten keine Zeit, uns darauf vorzubereiten. Suzan will, dass ich helfe, aber ich traue mich einfach nicht vor die Tür. Was soll ich bloß machen? Simon, ich will sie nicht enttäuschen, aber gleichzeitig kann ich mich vor Angst kaum bewegen.«

»Wo ist Suzan denn jetzt?«, fragte er.

»Sie war gerade noch vor meiner Tür, aber jetzt ist sie wieder weg. Ich will sie nicht enttäuschen, Simon, ich will ja helfen, aber ich habe einfach so unglaublich große Angst. Was soll ich nur tun?«

Ich wusste nicht, vor wem ich mich jemals so verletzlich gegeben hatte, außer vielleicht vor Tammy. Diese Sache mit Simon, sie nahm so rasant Fahrt auf, dass ich kaum hinterherkam. Verwirrt und atemlos sah ich zu, wie sich da etwas zwischen uns entwickelte, das ich so intensiv noch nie erlebt hatte.

»Ich bin gleich da«, war das einzige, was er sagte. Dann machte es Klick, er hatte aufgelegt. Eine volle Minute hielt ich mein Handy in der Hand und starrte auf das schwarze Display. Er wollte durch den tosenden Sturm hierher fahren? Das konnte ich nicht zulassen. Er sollte sich nicht meinetwegen in Gefahr bringen. Immerhin saß ich hier sicher in meinem Dachzimmer und Simon in seinem Pick-up war auf der offenen Landstraße ein leichtes Ziel für die gleißenden Blitze. Das war nicht nur lebensmüde, sondern auch einfach egoistisch von mir. Schnell wählte ich seine Nummer, doch er hob nicht ab, vermutlich, weil er gerade damit beschäftigt war, seinem Vater zu erklären, warum er jetzt noch das Haus verließ. Ich fühlte mich so unendlich mies. Also textete ich ihm:

Simon, bitte bleib zu Hause. Wir werden das hier schon schaffen, ich muss mich einfach überwinden. Dein Angebot ist wirklich sehr lieb, aber bitte komm nicht her. Bitte bringe dich meinetwegen nicht in Gefahr.

»Aria!«, hörte ich Suzan erneut rufen, dieses Mal von irgendwo im Haus. Ich gab mir einen Ruck, schloss die Tür auf und stand mit zitternden Knien an der Treppe.

»Ich komme«, rief ich. Wie sollte ich das bloß durchstehen? Ich kam vor Angst fast um. Trotzdem wollte ich Suzan helfen, wollte ihr zeigen, dass ich zu dieser Ranch gehörte. Ich musste jetzt einfach stark sein, so wie ich in den letzten Wochen auch schon hatte stark sein müssen. Und genau wie meine Trauer würde ich auch die Angst überwinden.

Meine Beine liefen los, obwohl mein Gehirn sich protestierend aufbäumte. *Du gehst jetzt da runter*, sagte ich zu mir selbst. *Rechts, links – Stufe für Stufe. Du schaffst das. Du besiegst deine Angst.*

Suzan erwartete mich im Flur. »Was war denn los? Wieso hast du mir nicht geantwortet?« Sie suchte meinen Blick und erst jetzt schien ihr mein blasses Gesicht aufzufallen. »Du bist ja kreidebleich. Wirst du krank?« Ich, die immer noch damit zu kämpfen hatte, dass meine Knie unkontrolliert zitterten, konnte ihr keine Antwort geben.

»Aria«, sagte Suzan und legte mir eine Hand auf die Schulter. Sie klang ganz ruhig, trotzdem verlieh sie ihren Worten Nachdruck. »Wir sind hier eine Familie. Auf der Ranch arbeiten alle zusammen und wir halten auch zusammen, wenn es hart auf hart kommt. Ich will nicht, dass du dich in Gefahr bringst, aber wir brauchen wirklich jede Hand.«

»Ja«, sagte ich leise, konnte meine Tante jedoch nicht ansehen. Einer der Arbeiter stellte sich hinter sie und murmelte ihr zu, dass ihr Pferd nun bereit sei. Sie nickte knapp.

»Hör zu«, sagte sie zu mir. »Ich werde nun mit den Männern losreiten und versuchen, die Pferde zusammenzutreiben. Richard wird am Haupthaus bleiben und die Fenster mit Beschlägen versehen. Hier auf dem Hof bist du sicher, da du von großen Gebäuden umgeben bist, die die Blitze im Ernstfall ableiten. Deshalb wird es deine Aufgabe sein, alles was nicht angewachsen oder angeschweißt ist, ins Haus zu tragen, damit es nicht herumfliegt. Werkzeuge, Eimer, Blumentöpfe, egal was. Alles was abheben und jemandem gefährlich werden könnte, sammelst du bitte ein.«

Ich nickte wieder. Ich würde mich zusammenreißen, denn ich wollte helfen. Sie brauchten mich jetzt und ich würde mich nicht wieder verkriechen.

»Sollen wir dann?«, fragte Suzan.

Wieder nickte ich nur.

»Gut.« Sie drehte sich um und zeigte hinaus auf den Hof. »Das ist jetzt dein Einsatzgebiet. Sei vorsichtig und gehe sofort ins

Haus, wenn die Lage zu schlimm wird. Aber wie gesagt, hier zwischen den Gebäuden solltest du vor den Blitzen sicher sein.«

»In Ordnung«, würgte ich hervor.

»Sehr schön.« Suzan klopfte mir auf die Schulter, dann stiefelte sie davon und schwang sich mit einem dermaßen filmreifen Auftritt auf ihr Pferd, dass ich fast ein wenig neidisch wurde. Sie galoppierte voraus und die Arbeiter mit ihren Pferden folgten ihr in die Dunkelheit. Ich stand im Hauseingang und sah ihr noch einen Moment atemlos hinterher, als mich eine Männerstimme aufschreckte.

»Na, alles klar?« Ich drehte mich um, gerade als Tom sich neben mich stellte. In einer Hand hielt er einen wirklich beeindruckend großen Hammer und in der anderen eine Box mit Nägeln.

»Ja, alles klar«, sagte ich, doch er warf mir einen Seitenblick zu.

»Hast du etwa Angst?« Ich zuckte die Schultern.

Er seufzte. »Ich mag das Wetter auch nicht, es macht einfach zu viel kaputt, aber wenn es so weit ist, muss man einfach handeln.«

»Vermutlich.« Jetzt fühlte ich mich noch mieser.

»Sind wir dann so weit?« Noch eine männliche Stimme.

»Du packst das schon.« Tom klopfte mir auf die Schulter, als Richard sich zu uns gesellte.

»Gut, dann holen wir die Beschläge aus dem Schuppen neben dem Südstall und Tom, du trommelst noch ein paar Leute zusammen, die die Dinger festhalten, während wir sie anbringen.«

Tom nickte. »Bin schon unterwegs.«

»Kümmerst du dich um den Hof?«, fragte Richard, während Tom sich auf den Weg machte.

»Genau«, erwiderte ich und rang mir ein Lächeln ab.

»Sehr schön. Eine wichtige Aufgabe.« Er lächelte mir aufmunternd zu, dann wandte er sich ab. »Pass auf dich auf und bis später.« Er ließ mich stehen und folgte Tom in Richtung des Südstalls.

Ich konnte mich immer noch nicht rühren. Mein Gott, wie sollte ich das bloß schaffen? Dann kam der nächste Blitz und ich hatte das Gefühl, dass er in unmittelbarer Nähe der Ranch einschlug. Dem Knistern, als er sich in den Boden bohrte, folgte schon im nächsten Moment der Donner. Ich zuckte so heftig zusammen, dass es sich anfühlte, als habe jemand meinen Bauchmuskeln einen schmerzhaften Stromschlag verpasst.

Als ich mich wieder gefangen hatte, machte ich einen Schritt zur Seite und bewegte mich nah an der Hauswand entlang, weil ich mich einfach nicht auf die Mitte des Platzes traute. Noch ein Schritt und noch einer, ich musste mich wirklich dazu zwingen und es war echt peinlich. Hoffentlich hatte niemand mehr die Zeit, mein Schauspiel zu beobachten. Zwei kleine Blumentöpfe standen unter einem der Küchenfenster. Ich blieb seitlich stehen, immer noch mit dem Rücken an die Hauswand gepresst, und ging in die Hocke. Die Töpfe waren nicht schwer und ich bekam beide zu fassen. Wieder schlug in der Ferne ein Blitz ein. Ich unterdrückte einen Aufschrei und mein Herz raste schmerzhaft schnell in meiner Brust.

Mitten auf dem Hof entdeckte ich einen Stapel umgefallener Eimer, mit denen die Pferde normalerweise getränkt wurden. Ich vermutete, dass er von einem der Pick-ups heruntergerollt war, nachdem mehrere der Rancharbeiter eiligst von den umliegenden Weiden zurückgekehrt waren. Es waren bestimmt zehn ineinandergestapelte schwere Plastikeimer. Ich wusste, wie gefährlich solche eher harmlosen Behältnisse werden konnten, wenn sie in einer stürmischen Böe so richtig Fahrt aufnahmen. Bis jetzt hielt der Wind sich in Grenzen, doch ich rechnete damit, dass der Himmel ein noch weitaus größeres Spektakel für uns bereithielt. Wie um alles in der Welt sollte ich bis in die Mitte des Hofes gelangen, um diese Eimer einzusammeln?

Fast so, als hätte ich es heraufbeschworen, kam eine leichte Böe auf, strich um meine Beine und ich hörte ihr Zischen in den Ritzen der massiven Holzverkleidung des Haupthauses. Der Wind wurde stärker, während ich immer noch wie erstarrt dastand und die zwei kleinen Blumentöpfe in der Hand hielt. Die Töpfe in meinen Händen begannen zu zittern, so sehr bebte ich am ganzen Körper. »Du liebe Zeit …«, flüsterte ich, machte die drei Schritte nach rechts Richtung Tür und verschwand wieder im Inneren des Hauses. Vorsichtig stellte ich die Blumentöpfe irgendwo in dem weitläufigen Flur ab. *Weiter, du musst weitermachen. Sei nicht so feige!*

Als ich wieder durch die Haustür trat, hatte der Wind erneut Fahrt aufgenommen und die Eimer quer über den Hof verstreut. Innerlich stöhnte ich auf. Wie sollte ich das bloß schaffen?

Dann sah ich die näher kommenden Scheinwerfer. Ich erkannte einen Pick-up und nahm automatisch an, dass es sich um einen Arbeiter handeln musste, denn die fuhren eigentlich alle ähnliche Modelle. Ich blieb im Eingang stehen, weil ich immer noch nicht wusste, wie ich es schaffen sollte, in die Mitte des Hofes zu gelangen, ohne vor Angst tot umzufallen.

Der Donner war nun so laut, dass ich meinte, die Gebäude würden wackeln. Der Pick-up kam mit quietschenden Reifen zum Stehen und der Fahrer stieß im selben Moment die Tür auf. *Simon!*

Erleichterung durchflutete mich, als ich seine Silhouette erkannte. Er entdeckte mich sofort und kam auf mich zugerannt.

»Alles okay?«, fragte er. Ich schüttelte den Kopf und mein ganzer Körper bebte. Simon zog mich in seine Arme. Ich zögerte eine Sekunde, dann schmiegte ich mich an ihn und es fühlte sich so vertraut, so gut an.

»Komm, wir machen das zusammen«, flüsterte er in mein Ohr. »Ich bin mit Gewittern aufgewachsen und kenne mich gut damit aus. Diese hier sind zwar eine ganze Nummer krasser als sonst, aber uns wird nichts passieren.« Er löste sich sanft von mir und strich mit einem Finger über meine Wange.

»Warum machst du das?«, stieß ich hervor.

»Ich bin für dich da, Aria. Egal was passiert.« Er nahm mein Gesicht in beide Hände und sah mich liebevoll an. »Ich habe Dad gesagt, dass ich auf einer der Farmen aushelfen will, und da wir uns hier alle kennen und zusammenhalten, hat er mich gehen lassen. Das ist keine große Sache, Aria.«

»Nein, ich …« Ich brach ab und sah zu ihm hoch. »Die Fahrt hierher war gefährlich. Das hättest du nicht machen müssen … nur wegen mir.«

Simon sah mich einen Moment lang an und wieder zuckte ein Blitz am Firmament hinab. Ein unwirklicher goldener Schimmer jagte über Simons Haar. »Es ist mir total egal, ob es gefährlich ist«, sagte er so leise, dass ich ihn durch das Rauschen des Windes kaum hören konnte. »Alles was ich will, ist bei dir sein, dir helfen, wenn du Angst hast.«

Erneut sah ich in diese offenen blauen Augen, die so gar kein Geheimnis zu haben schienen. Simon war einfach so, wie man sich den perfekten Freund vorstellte. Ich hätte nicht gedacht, so jemanden mal zu treffen. »Danke. Wirklich. Ich meine es ernst.«

»Jederzeit.« Er hielt meinen Blick immer noch. »Und jetzt sag mir, was zu tun ist.« Ich deutete auf den Hof. »Ich soll hier alle losen Gegenstände einsammeln, aber ich traue mich einfach nicht in die Mitte des Hofes.«

Simon sah auf meine rechte Hand. »Machen wir es zusammen.« Er ging zwei Schritte voraus und streckte dann seine Hand nach mir aus.

Ganz langsam schob ich meine Hand in seine. Gemeinsam machten wir einen weiteren Schritt auf den Hof, als der Himmel über uns zu grollen begann. Ängstlich blieb ich stehen.

»Alles gut«, flüsterte er mir zu. »Ich bin hier. Komm, wir gehen einfach ein Stückchen weiter.«

Ich spürte den Eisregen, noch bevor er auf die Erde traf. Vorsichtig wagte ich einen Blick gen Himmel. »Simon«, sagte ich gerade alarmiert, da prasselten die ersten gefrorenen Kügelchen bereits auf uns herab.

Simon fluchte leise und zog mich zurück zum Haus. »Okay, das wird jetzt zu fies. Warte hier, ich sammle die Eimer schnell ein.«

»Nein, warte Simon. Ich will nicht, dass du dich wegen mir ...« Doch Simon war schon vorgerannt und bückte sich nach den ersten Eimern. Er war einfach unglaublich schnell. Trotzdem wollte ich nicht hier stehen bleiben und ihn die Arbeit machen lassen. Ich zog den Kopf ein und stürmte durch die prasselnden eiskalten Tropfen auf ihn zu. Kaum dass ich nach dem ersten Eimer griff, jagte wieder ein Blitz über den Himmel. Ich schrie auf, doch dann besann ich mich auf meine Situation. Ich stand mitten auf dem

Hof, im Eisregen, dem Gewitter und der Dunkelheit, die von den umliegenden Strahlern nur spärlich erleuchtet wurde.

Simon hatte mir den Rücken zugedreht und jagte gerade einem Eimer hinterher. Eigentlich wollte ich nur tief Luft holen, um die zitternden Reste meines Mutes zusammenzukratzen, als ich es bemerkte. Der Boden zu meinen Füßen war mit Hagelkörnern übersät, meine Stoffschuhe schon völlig durchweicht – eigentlich müsste mir eiskalt sein. Doch ich sah die Kälte nur, ich fühlte sie nicht. Ich hob beide Arme und da war sie wieder: diese zarte Eisschicht, die mich schon im Naturschutzgebiet eingehüllt hatte. Die winzigen Kristalle brachen sich glitzernd auf den Härchen meiner Unterarme, als wieder ein Blitz über das Firmament zuckte. Ich hob den Kopf gen Himmel, wartete auf die Angst, doch irgendetwas in meinem Inneren schien ihr den Weg zu versperren. Ein zweiter, kleinerer Blitz schoss hinterher und wieder fühlte ich nichts. Keine Angst, keine Kälte, keine Panik. Stattdessen jedoch eine wilde Faszination, die mich den Blick einfach nicht abwenden ließ.

Komm her, Blitz, flüsterte eine fremde Stimme in mir. *Komm näher und zeig mir deine Schönheit, deine unbändige Kraft.* Ich wusste, dass er direkt über mir war, schmeckte seine rohe Energie, als ich den Mund öffnete und lachte.

Um uns herum brauste der Hagel so laut, dass Simon mich wohl nicht gehört hatte. Er drehte sich nicht mal zu mir um.

Dann entlud sich die Energie mit aller Macht in der von Eiskristallen flirrenden Luft. Ich sah wieder nach oben, lächelte dem Gewitter entgegen und die Helligkeit ließ mich blinzeln. Ich ließ den Eimer fallen und für einen kurzen Moment schien die Zeit stillzustehen. Der Blitz traf mich nicht, er schlug eine Handbreit neben mir in den Boden ein. Ich hörte das Ächzen, als er die Erde teilte, und dann war da nichts als Energie. Mir tanzten blau schimmernde Lichtpunkte vor den Augen, als der Strom über meine Fußsohlen in meinen Körper eindrang. Keine Schmerzen, keine Kälte, keine Angst. Ich holte ein weiteres Mal tief Luft und die Energie schien in jede einzelne meiner Poren zu strömen. Es fühlte sich an, als würde ich fallen und doch gleich samtweich landen. Adrenalin tobte durch meine Adern, als die Energie sich in meinem Körper verteilte, während ich alle Luft aus meinen Lungen entließ.

In der Ferne hörte ich Simon schreien, doch ich konnte nicht reagieren. Jeder Zentimeter meiner Haut prickelte, meine Sinne wirkten geschärft. Meine Beine schienen mit dem Boden verwachsen. Wie in Trance hob ich eine Hand, um die Haut dort zu betrachten. Ich konnte die Energie, die darunter pulsierte, förmlich sehen. Sie war eiskalt, unwirklich und doch so wunderschön.

Dann war Simon da. Ich hörte ihn immer wieder meinen Namen rufen. Als ich nicht reagierte, legte er mir beide Hände auf die Schultern und schüttelte mich leicht.

»Geht's dir gut? Hast du Schmerzen? Von hier aus sah es aus, als wäre der Blitz direkt neben dir eingeschlagen. Das Wasser hätte den Strom bis zu dir weiterleiten müssen. Hast du gar nichts gemerkt?«

Ich musste kurz meinen Kiefer lockern, um antworten zu können. Gerade noch hatten meine Sinne messerscharf gewirkt, jetzt fühlte ich mich fast etwas benommen. »Alles gut«, murmelte ich. »Mir ist nichts passiert.«

»Hätte ich dir doch bloß nicht den Rücken zugedreht!« Simon ließ mich los und raufte sich die Haare. »Ich hätte die Eimer alleine einsammeln sollen. Dann hättest du dich nicht in Gefahr begeben.«

»Es ist doch nichts passiert«, versuchte ich ihn zu beschwichtigen. Das war grandios gelogen, denn immerhin hatte ich einen Blitzeinschlag überlebt. Im Gegenteil, mein Körper schien es seltsamerweise sogar genossen zu haben. Nochmals sah ich kurz auf meine Hand, doch dieses Mal fand ich keine verräterischen Spuren des Blitzes.

Simon zog mich in seine Arme. »Geht es dir wirklich gut?«
Ich nickte.

Er schob mich ein Stückchen von sich und sah mich ernst an. Immer noch prasselte der Eisregen auf uns herab und Simon musste fast schreien, damit ich ihn verstand. »Wo ist der Blitz eingeschlagen? Ich verstehe das einfach nicht. Du müsstest …«
Er brach ab. »Das hättest du nicht überlebt.«

»Es geht mir gut«, wiederholte ich erneut. Obwohl meine Angst wie weggepustet schien, war ich mir über die Gefahr, in der wir schwebten, plötzlich wieder sehr bewusst. Ich hatte vielleicht Glück gehabt oder mein Körper besaß ein Talent dafür, Stromschläge auszuhalten, aber das hieß nicht, dass wir jetzt nicht mehr in Gefahr schwebten. »Ich habe einfach Glück gehabt. Das ist alles.«

Simon lief das Wasser über die Brauen in die Augen und er blinzelte. »Du hast unglaubliches Glück gehabt.«

»Wir sollten von diesem Hof verschwinden. Bevor wieder ein Blitz einschlägt, denn ich glaube, mein Schutzengel wäre damit eindeutig überfordert.«

Simon schüttelte sich fast wie ein nasser Hund. »Du hast recht. Machen wir, dass wir wegkommen.« Noch mal sah er mich an.

»Ich kann nicht glauben, was gerade passiert ist. Was für ein unendliches Glück du hattest. Ich bin so froh, dass es dir gut geht.«

Ich nickte, doch die Realität traf mich wie ein Fausthieb ins Gesicht. Was immer das gewesen war, es war kein Glück gewesen. Hier stimmte etwas nicht. Man wurde nicht vom Blitz getroffen und stand dann aufrecht da. Irgendetwas in mir hatte geflüstert, den Blitz angelockt und ihm dann furchtlos entgegengesehen. Dieses Erlebnis war noch weitaus Furcht einflößender als das mit den Raben. Ich war mir sicher, dass irgendetwas mit mir ganz und gar nicht stimmte. Das waren eindeutig zu viele komische Zufälle, zu viele mysteriöse Begebenheiten. Und da war es plötzlich wieder, das altbekannte Zittern. Der Mut war verraucht und auch von der Energie in meinem Inneren war nichts mehr zu spüren.

Ich beugte mich zu dem Eimer, den ich fallen gelassen hatte, und hob ihn wieder hoch. In meinem Kopf rasten die Gedanken. Niemand überlebte so einen Blitzeinschlag. Niemand fand es toll. Ich erinnerte mich an das Hochgefühl, das mich durchströmt hatte, und fast hätte ich mich geschüttelt vor Abscheu. Ich brauchte dringend Antworten. Irgendwie musste ich es schaffen, an Informationen zu kommen, denn ich konnte ganz gewiss mit niemandem darüber reden. Danach würden sie mich endgültig als verrückt abstempeln. Aber ich war nicht verrückt, ich wusste sehr genau, was ich gesehen und was ich gefühlt hatte. Und ich schwor mir, dass ich herausfinden würde, was mit mir geschah.

Simon sah mich noch einmal prüfend an. »Ich hole mal eben die Eimer, die ich fallen gelassen habe.«

Ich sah ihm kurz hinterher und überlegte, wie viel er tatsächlich gesehen hatte. Immerhin hatte er mir den Rücken zugedreht.

Mehr als einen kurzen Moment konnte er von all dem nicht mitbekommen haben. Und er schien tatsächlich zu glauben, dass der Blitz nicht direkt neben mir eingeschlagen war. Vielleicht würde ich bei dieser Geschichte bleiben können, so lange, bis ich mehr wusste.

Als Simon wieder da war, stürmten wir zurück zur Eingangstür und hinein ins Haus. »Jetzt noch die restlichen Blumentöpfe«, rief ich.

Simon und ich arbeiteten routiniert zusammen. So als hätten wir das schon Hunderte Male gemacht. Die ganze Zeit lang überlegte ich fieberhaft, was gerade passiert war. Meine Angst vor den Blitzen, vor dem Gewitter war wie ausradiert. All die Panik schien verschwunden, und mein Puls ging ruhig und gleichmäßig. Ich sammelte Blumentöpfe ein, hob umgewehte Heugabeln auf und fand sogar ein verirrtes Kätzchen, das sich ängstlich in eine Ecke gedrückt hatte. Ich wusste, dass Richard furchtbar allergisch gegen Katzen war, aber ich konnte das arme Tier nicht einfach seinem Schicksal überlassen. Also nahm ich es mit ins Ranchhaus. Mittlerweile waren Simon und ich klatschnass, doch auf dem Hof war alles eingesammelt.

Wir gingen in die große Wohnküche, wo Macy schon mit einem warmen Tee und ein paar selbst gebackenen Keksen auf uns wartete. Ich trug immer noch die kleine Katze auf dem Arm und Macy suchte in den Tiefen ihrer Vorratsschränke nach einem verbliebenen Döschen Katzenmilch, mit dem sie im Winter manchmal die Streuner in der Scheune fütterte. Jetzt saßen wir auf den Stühlen vor dampfenden Bechern und nachdem Macy der Katze etwas zu trinken gegeben hatte, brachte sie uns zwei große Badehandtücher. Sie kümmerte sich einfach um alles.

Wir bedankten uns und ich rollte mich sofort ein. Simon rubbelte sich die Haare trocken und legte das Handtuch dann über seine Schultern.

»Danke für deine Hilfe«, sagte ich zu ihm. Er lächelte mich über seinen Teebecher hinweg an und die Zuneigung, die ich in seinen Augen sah, ließ mich all die Schrecken der letzten Stunde vergessen. Macy schielte zwischen uns hin und her, und ein feines Lächeln kräuselte ihre Mundwinkel. Sie sagte nichts, aber ihr Blick sprach Bände.

Das Gewitter hörte so plötzlich auf, wie es gekommen war. Das Tageslicht kehrte zurück und alle Helfer trudelten wieder am Haupthaus ein. Die meisten hatten es zum Glück noch während des Gewitters geschafft, die Pferde in Sicherheit zu bringen, und waren dann in ihren Zimmern verschwunden, um die nassen Klamotten loszuwerden. Macy hatte mittlerweile alle Hände voll zu tun, ausreichend heiße Getränke und Snacks für die durchgefrorenen Arbeiter in deren Speiseraum zu schaffen. Obwohl Simon und ich immer noch ziemlich durchnässt und fertig waren, boten wir an, ihr mit den Kannen zu helfen, was sie dankend annahm.

Als wir wiederkamen, saß Suzan in der Küche und umklammerte einen Becher Kaffee. »Simon«, sagte sie überrascht und ihr Blick glitt zwischen uns hin und her.

»Hallo Suzan«, erwiderte Simon.

»Alles in Ordnung? Ist etwas passiert?«

Simon lächelte unbekümmert. »Ach nein. Ich wollte Aria nur ein wenig helfen. Bei uns war nicht viel los, weil Dad schon einen genauen Plan hat, wenn es wieder losgeht.«

»Es ist lieb von dir, dass du Aria geholfen hast.«

»Das war doch keine große Sache.«

Suzan schüttelte den Kopf. »Das war es wohl. Danke, Simon.«

»Gerne.«

Ich war mir sicher, Suzan bereitete noch weitere Fragen vor, die sie auf Simon abschießen wollte, als Richard in der Küchentür erschien. »Ach, hallo äh …«, sagte er und musste wohl einen Moment überlegen, um sich an Simons Namen zu erinnern. Richard, der nicht in Littlecreek aufgewachsen war, schien im Gegensatz zu Suzan nicht alle Leute zu kennen, was mich irgendwie beruhigte. Hinter seiner Stirn ratterte es immer noch.

»Simon«, sprang Simon in die Bresche.

»Richtig. Entschuldige, Simon.« Sie schüttelten sich kurz die Hände. »Ich bin Richard, Suzans Ehemann.«

Simon grinste. »Ich weiß.«

Richard ließ sich neben uns an den Tisch sinken. Er hatte sich schlauerweise bereits umgezogen und sein trockenes Hemd saß wieder makellos. »Jetzt ist der Spuk schon vorbei und wir können alle Verschläge wieder abnehmen«, sagte er und schien nicht wirklich Lust darauf zu haben.

Suzan schüttelte den Kopf. »Es ist wirklich unglaublich, mit welcher Heftigkeit diese Gewitter über uns niedergehen.« Sie goss sich noch mal Kaffee nach und angelte dann nach dem Milchkännchen. »Jetzt gönnen wir uns alle eine Verschnaufpause und dann machen wir uns an die Aufräumarbeiten.«

Die kleine Katze erschien und strich neugierig um den Tisch herum. »Na, wer ist das denn?«, fragte Suzan.

»Ich habe sie draußen gefunden«, sagte ich. »Vermutlich hat sie den Eingang zum Heuboden nicht mehr gefunden, weil alle Tore schon verriegelt waren.« Ich wusste, dass auf dem Heuboden ein paar Katzen wohnten, die allerdings wegen Richards Allergie nicht ins Haus durften.

Suzan nickte mit nachsichtigem Blick. »Es war richtig von dir, sie nicht draußen zu lassen. Aber bitte trage sie doch zurück in die Scheune, sobald wir hier anfangen aufzuräumen, ja?«

»Geht klar.«

Suzan schob ihrem Ehemann die Thermoskanne mit dem Tee herüber, doch der winkte ab. »Ich werde mir auch einen Kaffee nehmen.«

»Und jetzt stellen wir alles wieder an seinen Platz zurück?« fragte ich.

Suzan lächelte resigniert. »Man muss sich der Natur anpassen. Mittlerweile sind wir schon Profis darin.«

Ich sah zu Simon, der seinen Stuhl nah neben meinen gerückt hatte. So nah, dass unsere Schultern sich hin und wieder berührten. Sein Haar war immer noch dunkel verfärbt von der Feuchtigkeit. Ich sollte seine Zeit nicht länger in Anspruch nehmen. Sicher wollte er nach Hause, um sich umzuziehen und bei seinem Dad nach dem Rechten zu sehen. Ich hingegen würde mich an meinen Rechner setzen und versuchen, etwas über das seltsame Phänomen herauszufinden, was mir widerfahren war. Konnten Menschen der Energie von Blitzen überhaupt standhalten?

Richard bemerkte wohl unseren Blickwechsel. »Simon, möchtest du dir etwas zum Anziehen von mir leihen? Du siehst noch ziemlich durchnässt aus.«

Simon winkte ab. »Danke, nein, das geht schon. Es trocknet ja schnell bei diesen Temperaturen.« Er wandte sich zu mir. »Ich kann dir noch helfen, alles wieder zurückzustellen«, bot er an.

Ich musste mich echt zusammenreißen, um ihn nicht wieder so verknallt anzugrinsen. Erst recht nicht vor Richard und Suzan. Ich täuschte ein Räuspern vor und nickte dann scheinbar neutral. »Das wäre sehr nett, Simon.«

Richard und Suzan wechselten einen eindeutigen Blick. Genau in diesem Moment kam auch Macy wieder in die Küche. Sie hatte ein paar Vorräte unter dem Arm, die sie wohl aus einem der großen Abstellräume geholt hatte. Sie grinste über beide Ohren, als sie sah, wie nah Simon und ich mittlerweile beieinandersaßen. Als Suzan den Kopf zu ihr umdrehte, wackelte Macy mit beiden Augenbrauen. Suzan zog ein Gesicht, bei dem ich mir nicht ganz sicher war, wie sie wirklich empfand. Doch Simon war hier, er hatte mir geholfen und mich getröstet, und nun würde er sogar noch länger bleiben. Was Suzan darüber dachte, war mir in diesem Moment völlig egal.

Als die kleine Katze ein paar Minuten später mitten auf den Tisch sprang und Richard anfing, haltlos zu niesen, bat Suzan uns mehr oder weniger energisch, das Tier wieder zu seinen Artgenossen in die Scheune zu bringen. Mir war das ganz recht, denn ich wollte gerne noch etwas mit Simon allein sein.

Als wir auf den Hof hinaustraten, schimmerte der Boden noch, aber die Sonne brannte schon wieder gnadenlos vom Himmel, sodass die Flüssigkeit in kleinen Nebelschwaden verdampfte. Ich hielt die Katze auf dem Arm und warf einen nervösen Blick Richtung Stallungen. In Gedanken war ich bei Snow. Ging es ihr gut? Ich hätte sie in meiner Angst nicht allein lassen dürfen. Jetzt da die Sonne wieder schien, war ich mir sicher, dass ich mir die wabernde Dunkelheit um meine geliebte Stute nur eingebildet hatte. »Wenn wir das Kätzchen weggebracht haben, möchte ich dir noch Snow vorstellen«, sagte ich. Als ich zu Simon aufblickte, hatte der bereits mehr oder weniger alles auf den Hof zurückgeräumt. Er war wirklich unglaublich schnell und routiniert in allem, was er tat. Ich entschuldigte mich bei ihm, weil ich gar nicht geholfen hatte, doch er winkte ab.

»Kümmere du dich um das kleine Kätzchen, das hier geht mir eh schneller von der Hand.« Wieder schenkte er mir dieses Lächeln, das mich so absolut in seinen Bann zog. Simon erwiderte meinen Blick und auch er schien nicht daran zu denken, jetzt irgendetwas anderes zu machen, als einfach nur hier zu stehen und mir tief in die Augen zu sehen. Irgendwann fuhr einer der Rancharbeiter mit seinem Pick-up auf den Hof und wir schreckten wie ertappt auseinander.

»Wir sollten die Katze zurückbringen«, stammelte ich schnell. Ich hatte keine Ahnung, wie Simon es schaffte, mich derartig um den Finger zu wickeln, aber ich wollte mich auch nicht dagegen wehren. Dieses zarte Flattern, dieser Hauch von Glück in mir fühlte sich einfach zu verlockend an nach der Last der letzten Monate. Nach den vielen Tränen und dem Schmerz, die mich fast zerrissen hätten.

Simon und ich gingen über den Hof zur Scheune und vorsichtig schob ich die Tür auf. Sofort begrüßte uns ein Maunzen. Die Katzen hatten sich während des Unwetters eng zusammengedrängt. Als wir eintraten, kamen uns ein paar von ihnen neugierig entgegen. Das Kätzchen auf meinem Arm zappelte und ich ließ es herunter.

»Schau mal.« Ich drehte mich zu Simon und deutete auf einige hoch aufgestapelte Strohballen. »Dahinter gibt es noch etwas, das ich dir zeigen möchte.«

Simon kniff ein Auge halb zu. »So, so.«

Ich kicherte. »Ich möchte nicht wissen, was du jetzt denkst.«

Er lachte dunkel. »Sagen wir mal so: Ich bin gespannt.«

Ich legte einen Finger über meine gespitzten Lippen und bedeutete Simon, mir zu folgen. Wir pirschten näher und guckten dann vorsichtig an den Strohballen vorbei.

Eine der Katzen hatte vor zwei Tagen Junge bekommen und sich hier ein gemütliches kleines Nest gebaut. Die Babys krochen umeinander, stolperten auf dem unebenen Boden und kugelten herum wie kleine Fellbälle.

»Total süß, oder?«, hauchte ich und sah zu ihm hoch.

Er hatte sich halb hinter mich gestellt, fast so, als wolle er seine Hände schützend um mich schlingen, und unwillkürlich fiel mein Blick auf seinen Mund.

»Hinreißend«, flüsterte er, doch er sah die Katzen nicht an. Ich lächelte verzückt. Niemand von uns sagte etwas, wir verharrten einfach in dieser Pose und wieder sahen wir uns an, als bräuchten wir nur den anderen, um alles auf dieser Welt zu schaffen.

Ganz langsam senkte Simon den Kopf. Der Moment war perfekt, so unglaublich perfekt, dass ich mich nicht rühren wollte. Seine Lippen berührten meine ganz zart und ich bekam weiche Knie. Simon presste mich noch etwas enger an sich und dann verschmolzen unsere Münder endgültig miteinander.

Gerade wollte ich meine Finger in seinem Nacken verschränken, da zerriss das Klingeln eines Telefons die Stille. Wir fuhren auseinander und Simon wirkte so benommen, dass er im ersten Moment gar nicht registrierte, dass es sein Handy war und nicht meins. Er sah mich an, doch ich schüttelte den Kopf. Dann endlich schien er wieder klar denken zu können und zog ärgerlich brummend sein Handy aus der Hosentasche.

»Dad?« Sein Vater am anderen Ende der Leitung fragte wohl etwas. »Nein, alles prima, mir geht es gut. Alles in Ordnung. Wie sieht es bei euch aus?« Kurz hörte er zu, dann nickte er. »Alles klar. Nein, wir sind hier fertig. Ich kann dann sofort kommen. Ja, warte auf mich. Bin gleich da. Bis dann.« Er beendete das Gespräch und steckte das Telefon zurück in die Tasche seiner Bermudas.

Mit Bedauern im Blick sah er zu mir. »Tut mir leid, ich muss los. Bei uns ist eine herumfliegende Mülltonne gegen das Dach geknallt und hat ein paar Dachschindeln zerschlagen. Nun ist es undicht und die Lücke muss schnellstmöglich abgedeckt werden. Dad ist relativ geschickt in so was, aber er braucht jemanden, der von innen dagegenhält, wenn er provisorisch ein Brett davor anbringt.«

»Dann mach dich sofort auf den Weg. Du hast mir schon so viel geholfen. Und wir sehen uns ja morgen in der Schule.« Ich biss mir auf die Unterlippe, die sich noch immer warm anfühlte von Simons Kuss. Am liebsten wollte ich ihn gar nicht gehen lassen, aber ich wusste, dass er daheim gebraucht wurde.

Auch Simon schien sich nur schwer losreißen zu können. »Jetzt hast du mir gar nicht mehr dein Pferd vorgestellt.« Das Bedauern in seiner Stimme klang echt.

Ich wiegelte ab. »Snow kann ich dir bestimmt noch zeigen, bevor jemand sich meldet und sie zurückhaben will. Jetzt werden erst mal alle mit Schadensbegrenzung beschäftigt sein.« Das redete ich mir zumindest ein, um den Gedanken zu verdrängen, die Stute schon bald für immer abgeben zu müssen. »Fahr zurück zu deinem Vater und seht zu, dass ihr euer Dach dicht bekommt, bevor das nächste Unwetter aufzieht. Ich begleite dich noch zu deinem Auto.«

Simon schien innerlich mit sich zu ringen. »Ist es wirklich okay?«

»Natürlich ist es okay. Du hast schon mehr für mich getan, als nötig war. Ich danke dir für alles.«

Als wir die Scheune verließen und über den Hof zu seinem Wagen spazierten, ging Simon so nah neben mir, dass unsere nackten Arme sich immer wieder berührten.

Wir blieben vor seinem Pick-up stehen, der leider mit der Fahrertür zu den Küchenfenstern stand. Ich war mir sicher, dass ich hinter den Gardinen drei neugierige Gestalten ausmachte. Wir hatten mal wieder Zuschauer. Ich versteifte mich und sah unschlüssig auf meine Füße. »Danke, Simon«, wiederholte ich.

Er lächelte, dann strich er mir ganz sanft den Arm hinunter. »Bedank dich nicht immer wieder, Aria, ich habe es gern getan.«

Ich sah zu ihm hoch. Ein letztes Mal erlaubte ich es mir, für einen ewigen Moment in diesem Blick zu versinken. In Gedanken meine Finger durch diese goldglänzenden Haare gleiten zu lassen und mich an seine breite Brust zu schmiegen.

»Komm her.« Er zog mich in eine Umarmung und mein Kopf lag auf seiner Brust. Er drückte seine Wange gegen meinen Haaransatz und dann endlich … da war es. Das Echte von ihm, was mich schon im Diner gestreift hatte. Etwas Intensives, Fremdes, sogar Exotisches, das ich noch nie gerochen hatte. Frisch, aber zugleich unendlich warm wie ein kühler Ton, der sich auf den zweiten Blick als warm entpuppte. Eukalyptus mit der Süße von

Karamell. Anders ließ es sich nicht beschreiben. Ein verwirrender Duft, der keinen Boden zu haben schien. Nichts, das ihn erdete, und nichts, was ihm nach oben Einhalt gebot. Etwas Freischwebendes, Flüchtiges und Geheimnisvolles. Geradlinig und doch so verschwiegen und mystisch wie ein lang gehütetes Geheimnis. Etwas, von dem nie erzählt werden würde, weil niemand die richtigen Fragen stellen konnte.

Er löste sich von mir. Überrascht hielt ich inne, noch zu gefangen von diesem vielschichtigen Dufterlebnis.

»Wir sehen uns morgen«, flüsterte er, strich noch einmal ganz sanft meinen Arm hinab, nahm für den Bruchteil einer Sekunde meine Hand und ließ dann meine Finger aus seinen gleiten.

»Bis morgen.«

Er stieg ein, schnallte sich an und ließ den Motor aufheulen. Vermutlich sah ich aus wie das verliebteste Mädchen auf diesem Planeten, während ich dort stand und ihm nachblickte. Ich schaffte es gerade noch, die Hand zu heben und zu winken, als er über den Hof verschwand. Die Stunden, bis ich ihn wiedersah, würden sehr lang werden …

Ich drehte mich um und in den Küchenfenstern raschelten eindeutig die Gardinen. Zwar konnte ich Suzan und den anderen keinen Vorwurf machen, weil ich auf dem Hof mitten auf dem Präsentierteller stand, aber peinlich war es mir trotzdem.

Statt allen den Gefallen zu tun und zurück in die Küche zu kehren, um dort haarklein zu erklären, was es mit Simons spontanem Besuch auf sich hatte, machte ich mich auf den Weg zu den Stallungen, um endlich nach Snow zu sehen.

Kaum dass ich die Stallgasse betrat, kehrte mein schlechtes Gewissen zurück. Ich hatte Snow im Stich gelassen. Von meiner

Angst übermannt, war ich weggerannt und war dann von Suzans Aufgaben und Simons Nähe so vereinnahmt worden, dass ich nicht zurückgekehrt war, um nach ihr zu schauen.

Doch der kleinen Stute schien es gut zu gehen. Sie stand in ihrer Box, kaute eine Handvoll Hafer und zuckte erfreut mit den Ohren, als ich durch die Metallstreben zu ihr hereinschaute. Sie schien weder von dem Gewitter traumatisiert noch besonders ängstlich. Einige Pferde hatten so wild mit den Hufen gescharrt, dass in ihren Boxen das reinste Chaos herrschte. Wassereimer waren umgefallen, Hafer lag überall verteilt und an einigen Stellen war sogar das Holz gesplittert. Bei Snow war alles in Ordnung. Ich öffnete die Tür und streichelte ihren Kopf, doch sie schien so mit Fressen beschäftigt, dass ich mich irgendwie wie ein Eindringling fühlte. Vielleicht hatte das Unwetter sie hungrig gemacht? Da der Hafer im Moment Priorität zu haben schien, ließ ich sie in Ruhe. Ich schloss die Boxentür leise, grüßte einige Arbeiter, die sich um die Pferde kümmerten, die weitaus mehr gelitten hatten als Snow, und machte mich auf den Spießrutenlauf gefasst, der mich im Haus erwarten würde.

Ich war kaum durch die breite Eingangstür in den Flur getreten, da stürzte Macy sich auf mich, als habe sie mir aufgelauert.

»Dein Simon ist ja ein richtiger Schatz«, sagte sie und schleifte mich in die Küche. Dort saßen Suzan und Richard immer noch am Tisch, doch ihr Grinsen verriet, dass sie uns ungeniert beobachtet hatten.

»Ihr seid so ein hübsches Paar«, sagte Macy. »Mein Gott, was werdet ihr für süße Babys haben.«

»Macy!«, rief Suzan empört und drehte sich im nächsten Moment zu mir. Sie deutete mit dem Zeigefinger auf mich. »Das war keine Aufforderung. Keine Babys, klar?«

Ich brach in verlegenes Gelächter aus.

»Er ist älter als du, oder? Man sieht, dass er älter ist. Er wirkt so vernünftig und erwachsen.«

»Er ist ein Jahr älter als ich«, erklärte ich.

Macy stutzte. »Nur ein Jahr? Er ist siebzehn?«

Ich nickte.

»Na dann ist er wirklich reif für sein Alter«, überlegte sie laut und polierte dabei ein paar der Tassen, die sie gerade aus der Spülmaschine nahm. »Erstaunlich. Normalerweise sind Jungs ja kindisch, bis sie aufs College gehen, und dort wird es eigentlich noch schlimmer.«

Richard lachte. »Punkt für Macy.«

»Und ihr seid wirklich nicht zusammen?«, bohrte Macy ungeniert weiter und zwinkerte Richard zu.

»Na ja … offiziell noch nicht.«

»Und trotzdem kommt er einfach hierher, um dir zu helfen?« Suzan hatte die Arme vor der Brust verschränkt. »Hattest du etwas gut bei ihm oder wie?«

»Nein, er wollte mir einfach nur helfen. Mehr nicht.«

Richard kicherte dunkel. »›Mehr nicht‹ gibt es bei Männern nicht, Aria. Sei dir ganz sicher, wenn ihr nur Schulkameraden wärt, wäre er garantiert nicht hinaus bis zur Ranch gefahren und das mitten in einem Unwetter, nur um nett zu dir zu sein.«

»Ich kenne seinen Vater sehr gut«, warf Suzan ein. »Er hätte sicher nicht erlaubt, dass Simon ihn mit dem Diner alleine lässt, wenn es ihm nicht wirklich wichtig gewesen wäre.«

»Ach, das ist der Sohn des Diner-Inhabers?«, überlegte Macy weiter laut und ungeniert. »Kein Wunder, der Vater sieht ja auch wirklich nicht schlecht aus. Wie ein großer blonder Cowboy, von dem man sich gern mal retten lassen würde.«

Jetzt wurde ich doch rot. Zeit zu gehen.

»Ich sollte mir mal die nassen Klamotten ausziehen«, murmelte ich und drehte mich Richtung Tür.

»Aber halte uns auf dem Laufenden«, flötete Macy hinter mir her.

»Jaja.« Ich nahm gleich zwei Stufen auf einmal, weil ich es nicht erwarten konnte, diesem Tribunal zu entkommen. Die drei waren zwar irgendwie lustig, aber gleichzeitig auch ein wenig nervig. Und über meine Gefühle für Simon wollte ich nicht wirklich mit ihnen reden. Fakt war: Ich hatte mich in Simon verknallt. Da gab es nichts mehr zu leugnen. Und dass er sich durch die Blitze bis zu mir gekämpft hatte, hatte mir gezeigt, wie viel er für mich empfand. Ein Lächeln schlich sich auf mein Gesicht.

Ich schlüpfte aus meinen feuchten Klamotten und warf sie in den Wäschekorb. Da es mittlerweile noch wärmer war als vor dem Gewitter, schlüpfte ich in ein paar kurze Jeansshorts und ein Spaghettiträgertop. Dann setzte ich mich mit meinem Rechner aufs Bett. Laut dem Internet gab es wohl tatsächlich Leute, die von einem Blitz getroffen worden waren und es überlebt hatten. Ich war also keine Ausnahme. Hinzu kam, dass der Blitz mich nicht direkt getroffen hatte. Sein Strom war nur durch das Wasser zu meinen Füßen weitergeleitet worden. Allerdings hatte ich nicht die zu erwartenden Symptome. Keine Verbrennungen, keine Herzrhythmusstörungen, keine Probleme. Im Gegenteil, ich hatte mich danach besser und stärker denn je gefühlt. Doch dazu fand ich rein gar nichts im Internet. Es war wirklich absolut zum Verzweifeln.

Das alles regte mich so auf, dass an Ruhe natürlich nicht zu denken war. Ich musste etwas mit meinen Händen machen, mich ablenken, mich noch etwas kreativ austoben. Also legte ich den Laptop beiseite und stellte die Kiste mit meinen Duftölen auf dem Schreibtisch ab.

Ich nahm eine der drei »Familien«-Kerzen, öffnete den Schraubverschluss und sofort entströmte der feine Duft. Kurz schloss ich die Augen und holte tief Luft. In solchen Momenten waren Mom und Dad wieder ganz nah bei mir. Es fühlte sich gut an und mittlerweile war es so, dass ich nicht mehr automatisch traurig wurde, wenn ich an sie dachte. Ich ließ meinen Blick über die Duftöle gleiten. Eine Idee schwebte in meinem Hinterkopf, seitdem das Unwetter über die Farm hinweggezogen war. Ich spürte, wie gut es mir tat, kreativ zu sein, wie sehr es mich befreite, diese Energie auszuleben. Ich griff nach den Duftölen, als wüsste ich genau, was es brauchte, um die Erlebnisse des Tages in einem Duft festzuhalten. Zwei kontrastierende Pole, zwei Naturspektakel, die so Funken sprühend aufeinanderprallten. Ich griff nach dem Fläschchen mit der Aufschrift »Ackerminze« – spritzig, kühl und herb – und gab ein paar Tropfen in meine Mischschale. Dazu etwas Zeder – holzig, hart und weich zugleich. Einen Hauch Myrrhe – trocken, luftig und würzig. Ja, das passte perfekt. Der Gegenspieler bestand aus Aloe Vera kombiniert mit Blauem Rainfarn, dessen Geruch oft die Basis von Sonnencremes bildete. Ich verrührte alles vorsichtig und schnupperte.

Die Ackerminze mit ihrem frischen, kalten Geruch stand für den Eisregen, der heute auf uns niedergegangen war. Zeder mit ihrer filigranen Härte spiegelte das Unwetter wieder. Insbesondere die Blitze, die so zart aussahen und doch so eine zerstörerische Kraft besaßen. Myrrhe war wie die Trockenheit der Wüste, die ganz Littlecreek umgab. Aloe Vera und der blaue Rainfarn zeigten die Strahlkraft und die Wärme der Sonne, ihren wohligen Schein und das Glück, das sie auslöste, wenn sie einem ins Gesicht schien. Gegensätze so krass und scheinbar unvereinbar fanden sich hier in diesem Duft wieder. Ich hatte ein wenig mehr produziert, also stellte ich fünf Einmachgläser vor mir auf den Tisch, nahm die Sojaflocken und die Dochte aus dem Karton und platzierte alles auf das Tablett. Dann zog ich den Bogen mit den Etiketten hervor und suchte wieder nach meinem Kalligrafiestift. Heiß und kalt. Dunkelheit und Licht. Wärme und Kälte.

Ich nannte den Duft »Wüsteneis«.

Kapitel 13

Am Donnerstag war ich zum ersten Mal Nebensache an der Littlecreek High. Nicht nur, dass meine Mitschüler immer noch mit dem Austausch von Katastrophenberichten beschäftigt waren, nein: Noemi fuhr in einem nagelneuen, knallroten Sportcabrio vor und katapultierte sich so ins Zentrum der Aufmerksamkeit. Aus Gesprächen auf dem Gang schnappte ich auf, dass es sich um ein verspätetes Geburtstagsgeschenk ihrer Eltern handelte, das endlich geliefert worden war.

In der Mittagspause gesellte ich mich zu Simon, der mindestens genauso genervt von Noemis angeberischem Gehabe schien wie ich. Wir saßen am Tisch mit seinen Leuten und Simon hatte einen Arm um mich gelegt. Dean, der irgendwann dicht neben uns her schlenderte, schenkte mir ein träges Lächeln. Schnell sah ich weg.

Ich konnte mir diese Spannung zwischen uns immer noch nicht erklären und um ehrlich zu sein, beunruhigte sie mich nach wie vor irgendwie.

Ich nutzte den Rest meiner Mittagspause und verzog mich in die Bibliothek. Simon ging mit seinen Footballfreunden nach draußen, um noch ein paar Bälle zu werfen. Er versprach, mich rechtzeitig zur nächsten Stunde abzuholen.

In der Bibliothek entschied ich mich für einen der Computer

etwas abseits des Eingangs. Ich hatte eine Idee, für die ich keine Zuschauer wollte. Ich tippte »weiße Haare, weißes Pferd, Blitze« in die Suchmaschine. Der Begriff »Blitze« war in keinem der Ergebnisse enthalten und doch klickte ich sie nacheinander an. Die meisten Links führten zu Fotos von Frauen mit weißblonden Haaren auf weißen Pferden. Na super, das brachte mich wirklich weiter. Trotzdem klickte ich mich durch verschiedene Homepages und pseudowissenschaftliche Portale, bis Simon plötzlich vor mir stand.

»Fleißiges Bienchen«, flüsterte er, als ich mich erhob und er einen Arm um mich legte. »Hast du heute Nachmittag schon was vor?«

Ich strahlte ihn an und schüttelte dann den Kopf. Außer vielleicht herausfinden, warum ich einen Blitzeinschlag überlebt hatte …

Simon brachte mich zu meinem Klassenzimmer. Ich wollte schon durch die Tür verschwinden, da zog er mich noch mal an sich und küsste mich. Unsere Lippen verschmolzen miteinander und für einen Moment war da nichts als Glück, das mich durchflutete. Vergessen waren der mysteriöse Blitzeinschlag, meine ergebnislose Suche und meine Sorgen. Ich schmolz in seinen Armen dahin und blendete alles andere aus. Als wir uns voneinander lösten, war es im Klassenraum totenstill. Die eine Hälfte der Klasse war bodenlos schockiert, die andere hielt es vermutlich für einen Riesengag, den Noemi eingefädelt hatte. Doch mir war egal, was die anderen dachten oder was sie tuschelten. Ich hatte nur Augen für Simon.

In der letzten Doppelstunde des Tages hatten wir Sport und da ich mittlerweile in der Verwaltung gewesen war, um mir eine neue Sportuniform zu holen, konnte ich wieder am Unterricht teilnehmen. Wir mussten im Stadion Runden laufen, bis uns fast die Füße bluteten. Irgendwann blieb Celine, eine von Noemis Hofdamen, stehen und sah auf ihre Arme.

»Das brennt vielleicht«, rief sie, was dazu führte, dass einer nach dem anderen stehen blieb, dankbar für eine kurze Unterbrechung.

»Hat hier irgendjemand was von Anhalten gesagt?« Coach Fairfield blies zur Bekräftigung in seine Trillerpfeife, während er straffen Schrittes in unsere Richtung marschierte.

»Es tut wirklich richtig weh«, betonte Celine und streckte dem Coach ihre verbrannten Arme hin.

»Das ist ein ordentlicher Sonnenbrand«, diagnostizierte Coach Fairfield sofort. »Hat noch jemand Probleme?«

»Meine Arme sind auch total rot«, erklang eine weibliche Stimme aus der zweiten Reihe.

Meine Wangen fühlten sich zwar heiß an, doch bisher hatte ich es einfach auf die Anstrengung geschoben.

Dean, der weiter vorne mitgelaufen war, trabte zusammen mit den anderen Spitzenreitern zurück zum Mittelfeld, wo auch ich mich befand.

»Was ist denn los?« Dean, braun gebrannt und nicht einen Hauch außer Atem, hatte natürlich keinen einzigen roten Fleck am Körper.

»Wie siehst du denn aus?«, sagte er grinsend, als er mich entdeckte. »Kennst du Rudolph mit der roten Nase?«

»Total witzig«, erwiderte ich. »Ist es so schlimm?«

Für einen Moment tat Dean, als müsste er ernsthaft überlegen. »Ich bin mir sicher, Goldjunge liebt dich auch mit verbrannter Nase.« Er tätschelte meine Wange. »Du siehst halt einfach aus, als könntest du dem Weihnachtsmann den Weg durch den nächsten Schneesturm leuchten.«

»Na toll. Wer will denn bitte ein Rentier daten?«, brummte ich.

Dean setzte gerade zu einer Erwiderung an, als Coach Fairfield die Notbremse zog. »Ab in die Umkleiden«, rief er. »Alle mit Sonnenbrand stellen sich bei der Schulkrankenschwester an.« Er schaute gen Himmel und schimpfte irgendetwas Unverständliches in seinen Bart.

Also hatte mein Gefühl mich nicht getäuscht: Die Sonne schien seit einigen Tagen deutlich stärker als bisher. Selbst nach dem Gewitter war es nicht abgekühlt, ganz im Gegenteil.

»Soll ich dich tragen?«, bot Dean an. »Ich meine, schließlich bist du verletzt. Vielleicht hast du sogar einen Sonnenstich. Ist dir schwindlig?«

Einerseits war ich erleichtert, wie entspannt er mit diesem nennen wir es mal ›besonderen‹ Moment vor zwei Tagen zwischen uns umging – dass Simon und ich zusammen waren, war ja nicht mehr zu übersehen. Andererseits hatte ich gehofft, Dean würde sein Aufreißerverhalten deswegen endlich ablegen. Was aber nicht der Fall war. »Mir geht es gut Dean, danke.«

»Ich könnte dich stützen.«

»Das einzige, was eine Riesenstütze braucht, ist dein Ego.«

»Aber mein Ego hat im Gegensatz zu dir keinen Sonnenbrand«, bemerkte er lässig und ging an mir vorbei, um sich mit ein paar seiner Lacrosse-Freunde zu unterhalten. Ich schielte wachsam in Richtung Noemi, doch sie schien ganz damit beschäftigt, Celine zu bemuttern. Obwohl Noemis Haut hell war, hatten sich ihre nackten Arme kaum gerötet. Vielleicht lag es an ihren langen, goldblonden Haaren, die sanft auf ihre Schultern fielen und die empfindliche Haut bedeckten. Konnten Haare als Lichtschutz dienen? Egal.

Ich war froh über den vorzeitigen Abbruch des Sportunterrichts, denn so hatte ich mehr Zeit, die ich zu Hause vor dem Spiegel mit Schadensbegrenzung verbringen konnte. Immerhin hatte Simon sich für heute Nachmittag angemeldet. Da dieser noch Unterricht hatte, war es Dean, den ich auf dem Parkplatz traf.

»Wie geht es dem Patienten?«, sagte er und ich dachte erst, er würde immer noch über meinen Sonnenbrand reden. Doch dann legte er fachmännisch eine Hand auf Shreks Motorhaube.

»Es war knapp, aber ich glaube, er wird durchkommen.«

Dean klopfte zweimal auf das Blech, dann wollte er sich wegdrehen.

»Dean, warte«, platzte es aus mir heraus.

»Ja?« Sofort hatte er sich umgedreht. Ich bemerkte die plötzliche Anspannung in seiner Haltung.

»Ich …« Eigentlich wusste ich gar nicht, was ich sagen wollte, aber irgendwie hatte ich das Gefühl, ich sollte noch etwas zu Montag sagen. Die letzten Tage war ich ihm einfach aus dem Weg gegangen. Dean betrachtete mich eine Weile, dann verzog er enttäuscht die Lippen.

»Du musst nichts dazu sagen. Sprechen wir einfach nicht mehr drüber.« Schon wollte er sich wieder abwenden.

»Aber ich will darüber sprechen«, hielt ich ihn auf. Er zögerte einen Moment, dann kam er in großen Schritten zu mir herüber.

»Simon ist zwar so perfekt, dass es mich ankotzt, aber er scheint dir gut zu tun. Ich sehe, dass du glücklich bist in seiner Gegenwart. Mehr gibt es dazu nicht zu sagen.«

Ich schluckte hart. Wie konnte es sein, dass ich einerseits nicht an meinen Gefühlen für Simon zweifelte und andererseits doch so sehr spürte, dass Dean mir nicht egal war?

»Es sei denn, du möchtest noch etwas dazu sagen?«

Ich sah ausweichend zur Seite. Schließlich gab ich mir einen Ruck. »Was war das da zwischen uns?«

Dean zuckte die Schultern. »Du weißt es nicht?«

Als ich nichts erwiderte, atmete er deutlich hörbar aus. »Wie war es denn für dich? Du bist diejenige, die mehr und mehr in eine feste Beziehung gleitet. Was glaubst du denn, was das zwischen uns war?«

Schachmatt. Wie sollte ich darüber mit ihm reden?

»Vergessen wir es einfach, okay?«, sagte Dean, ohne mir in die Augen zu schauen. »Ich muss jetzt auch los, Cody aus der Vorschule abholen, und dann wollen alle irgendwas essen.«

Überrascht sah ich ihn an. Das klang so verantwortungsbewusst. Dabei tat er immer so großspurig und die Gerüchte, die in der Schule über ihn rumgingen, trugen das Übrige zu seinem Image bei.

»Dean«, sagte ich noch einmal, doch er schüttelte nur den Kopf, wandte sich ab und ging davon.

Weil in diesem Moment weitere Schüler auf den Parkplatz strömten, stieg ich schnell in Shrek und riss die Tür zu. Ich umklammerte das Lenkrad mit beiden Händen und musste einmal tief durchatmen. Meine Nase war immer noch gerötet, doch sie brannte nicht mehr so stark. Ich verstand es einfach nicht. Musste alles so kompliziert sein? Simon war wunderbar und perfekt. Warum nur konnte ich Dean nicht einfach aus meinem Kopf radieren?

Als ich auf der Ranch ankam, herrschte schon wieder Katastrophenstimmung. Die Schäden des Gewitters waren gerade erst beseitigt worden und nun spielte das Wetter schon wieder verrückt. Ähnlich wie die Schüler beim Sportunterricht hatten einige der wertvollen Pferde Verbrennungen erlitten, während sie auf der Weide grasten.

Der Tierarzt war schon da gewesen und hatte große Eimer mit kühlendem Gel dagelassen. Die meisten Arbeiter waren nun damit beschäftigt, die Pferde damit einzureiben. Der Rest bereitete große Planen vor, die wohl irgendwo als Schutz angebracht werden sollten. Ich parkte Shrek und machte einen kurzen Abstecher in die Stallungen. Erleichtert stellte ich fest, dass Snow nicht unter den verletzten Tieren war. Ich versicherte mich, dass sie genügend Hafer und Wasser hatte, und ging dann in die Ranchküche.

»Du hast schon Schulschluss?«, fragte Suzan, die gerade ein Glas Wasser getrunken hatte. Sie sah prüfend auf ihre Uhr. »Sag mir nicht, dass du schon wieder abgehauen bist, ohne dich abzumelden?«

»Nein, Suzan. Wir durften eher gehen, weil einige Schüler beim Sportunterricht Verbrennungen durch die Sonne erlitten haben.« Sie nickte knapp, denn das leuchtete ihr wohl ein.

»Geht es dir gut?«

Ich nickte. »Ja, ich habe nur einen leichten Sonnenbrand auf der Nase und die Schulkrankenschwester hat mir gleich eine Salbe gegeben.«

»Gut, dann geh bitte hoch und zieh dir einen langärmligen Hoodie an, damit du den Arbeitern helfen kannst, Unterstände für die Pferde aufzustellen. Wir spannen Planen darüber, damit sie vor der Sonne auf den Koppeln geschützt sind.«

Ich seufzte innerlich. Warum musste dieses verdammte Wetter rund um Littlecreek meinen Alltag so durcheinanderbringen? Das Date mit Simon konnte ich vergessen. Zwar hatte ich mich auf einen entspannten Nachmittag zu zweit gefreut, aber das Wohl der Tiere war mir natürlich wichtiger. Mitanzupacken war also Ehrensache.

Ich ergriff die Gelegenheit beim Schopf und fragte Suzan nach den Wildtier-Tränken, die ich bauen wollte. Natürlich war sie auf diesem Ohr taub. Sie verbot mir ausdrücklich, irgendwo auf der Ranch Trinkwasser aufzustellen, das nicht ausschließlich für die Pferde gedacht war. Diese Ansage war deutlich gewesen. Also machte ich mich ohne weitere Diskussionen auf den Weg in mein Zimmer, um mir trotz der Hitze ein langärmliges Oberteil anzuziehen.

Ich textete Simon, um für heute abzusagen. Sofort bot er seine Hilfe an, doch ich lehnte ab. Er hatte mir ja schon bei dem Gewitter so selbstlos zur Seite gestanden und ich wollte seine Hilfsbereitschaft nicht überstrapazieren. Doch davon ließ sich Simon nicht bremsen. Er schlug vor, gleich in sein Auto zu steigen und zur Ranch zu kommen. Aber das wollte ich nicht. Zwar hätte die Arbeit mit ihm doppelt so viel Spaß gemacht, doch Suzan hatte mir eindeutig nahegelegt, mein Treffen zu verschieben. Ich wollte keinen Streit mit ihr und deshalb gab ich nicht nach. Ich bedankte mich noch mal bei Simon und schickte virtuelle Küsschen. Zum Glück schien er nicht enttäuscht.

Bei der Arbeit mit den Planen schlug ich mich tapfer und Tom lobte mich sogar vor Suzan, als wir zwei Stunden später wieder auf die Ranch zurückkehrten. Doch mein zufriedenes Lächeln erstarb, als ich plötzlich ein Krächzen hörte. Auf dem Dach des Haupthauses saßen ein paar pechschwarze Raben. Ich zuckte zusammen bei ihrem Anblick. Suzan blieb neben mir stehen und sah hoch.

»Das ist ungewöhnlich«, sagte sie dann. »Wir haben hier kaum Raben. Und dass sie in so einer großen Gruppe direkt auf dem Dach sitzen, habe ich noch nie gesehen.«

»Vielleicht sind sie durstig«, mutmaßte Tom. Das Argument schien Suzan einzuleuchten. Sie zuckte die Schultern und betrat das Haus. Ich hingegen konnte meinen Blick einfach nicht von den Raben lösen. Und wie zum Beweis, dass sie rein gar nicht zufällig hier waren, drehte sich einer der Vögel direkt zu mir und streckte drohend seine Schwingen aus. Durch sein Krächzen stellten sich alle Haare auf meinem Unterarm auf. Schnell verschwand ich im Haus.

Diese Viecher machten mich echt nervös. Was mich zu meinem nächsten Punkt brachte, der mich langsam in den Wahnsinn trieb. Tammy. Wieder hatte sie nicht auf meine Nachrichten reagiert.

Ich war nicht der Typ, der viele Freunde hatte, und deshalb kostete es mich ein wenig Überwindung, ein paar Leute aus meiner alten Klasse anzuschreiben. Von ihnen wollte ich wissen, ob es Tammy gut ging.

Ein paar Antworten trudelten sofort ein. Viele waren netter und mitfühlender, als ich gedacht hatte. Sie wollten wissen, wie es mir ging, wie ich mich einlebte und wie mein neues Leben im sonnigen Texas so war. Von Tammy berichteten alle das Gleiche. Sie war so wie immer. Nur dass ich eben nicht mehr an ihrer Seite war. Dieses Ergebnis ernüchterte mich noch mehr. Anders als ich vermutet hatte, schien sie nicht in irgendwelchen Schwierigkeiten zu stecken. Sie hatte mich wohl tatsächlich einfach aufgegeben.

Das alles machte mich so fertig, dass ich an diesem Abend nicht einschlafen konnte und noch zu nachtschlafender Zeit aufstand, um in einer Kiste mit Sachen von meinen Eltern zu wühlen. Ich fand das sündhaft teure Rosenparfüm meiner Mom von ihrem letzten Hochzeitstag. Der Flakon war schon halb leer, doch er würde noch eine ganze Weile reichen. Besonders, wenn ich sehr sparsam damit umging. Ich sprühte nur einmal und ein sanfter Nebel schwebte in der Luft über meinem Kopfkissen. Erst als der vertraute Duft sich vollkommen entfaltet hatte, stellte ich die Kiste beiseite und verkroch mich wieder unter die Decke. Ich knipste die Nachttischlampe aus und zart umhüllt von dem süßen Geruch der Königin aller Blumen sank ich in einen traumlosen Schlaf.

Als ich am Vortag davon ausgegangen war, dass der Donnerstag die größte Überraschung der Woche bereithalten würde, hatte ich nicht mit dem Freitag gerechnet.

Noemi, die so schrecklich stolz auf ihre goldene Haarpracht war, kam mit einem Seidentuch um den Kopf gebunden in die Schule, das jede einzelne Strähne verdeckte. Alle starrten sie an und viele der Mädchen überlegten ganz offen, ob es sich um einen neuen Modetrend handelte. Ihre Augenbrauen hatte Noemi dunkel übermalt, was der Merkwürdigkeit die Krone aufsetzte.

Doch gleich in der ersten Stunde beendete der cholerische Mr Renfro das Spektakel, indem er Noemis Seidentuch als eine Kopfbedeckung in geschlossenen Räumen deklarierte und sie dazu zwang, es abzunehmen.

Ein paar Sekunden lang war es in der Klasse so mucksmäuschenstill, dass man eine Stecknadel hätte fallen hören.

»Du liebe Zeit!«, entfuhr es Mr Renfro. In Noemis Augen stiegen Tränen. Ich hingegen starrte immer noch völlig fasziniert auf ihre Haare. Die vorher goldblonde Mähne war nun so rot wie die Haarpracht von Arielle der Meerjungfrau. Es war ein kräftiges, absolut nicht zu übersehendes Rot, das »Hier bin ich!« zu schreien schien. Fatalerweise stand es Noemi mit ihrem Porzellanteint ausgesprochen gut, doch niemand, wirklich absolut niemand hätte ihr diesen Typwechsel zugetraut.

Dean beugte sich ein Stückchen zu mir herüber. »Hat sie den Friseur, der ihr das angetan hat, verklagt oder läuft der etwa noch frei herum?«

Mir war nicht nach Spaßen zumute. Irgendwo tief in meinem Unterbewusstsein leuchtete ein Alarmlämpchen warnend auf. Ich wusste noch nicht, worauf es hinwies, doch ich war mir sicher, das würde sich bald offenbaren.

Noemi saß wie erstarrt da und sagte den Rest der Stunde kein Wort. Selbst ihre Hofdamen schienen schockiert und folgten ihr völlig verstört, als sie noch mit dem Klingeln grußlos aus dem Klassenzimmer rauschte. Wenig später sah ich sie in ihrem feuerroten Cabrio davonbrausen. Ich blickte ihr nach und war mir plötzlich sicher, dass ich etwas übersah. Das Tuch löste sich aus ihren Haaren und die feuerrote Pracht strahlte mit der Sonne um die Wette. Ich kniff die Augen zusammen, um ganz sicher zu sein. Ich hatte mich nicht getäuscht. Ihr Cabrio und ihre Haare besaßen exakt denselben Rotton.

Kapitel 14

Am Montag leuchteten Noemis Haare immer noch in diesem strahlenden Rot. Und da man ihr ansah, dass sie nicht glücklich damit war, blinkte mein inneres Warnlämpchen immer greller auf. Teilten wir etwa das gleiche Schicksal? Hatten sich auch ihre Haare von alleine verfärbt?

Fakt war, es stand ihr immer noch ausgezeichnet. Sie hatte sich die Augenbrauen nicht mehr schwarz übermalt, stattdessen schimmerten sie nun zwei, drei Nuancen dunkler als ihre Haarfarbe. Ich, die absolut ein Fan davon war, wenn Frauen sich nicht an den gängigen Schönheitsidealen maßen, fand das Rot wesentlich ausdrucksstärker als ihr braves Blond. Noemi konnte es tragen, und dank ihrer Arroganz und dem stolzen Blick verlieh es ihr eine noch größere Aura der Unnahbarkeit.

Doch augenscheinlich war ich die einzige, die so empfand.

»Sorry, wir sind verabredet«, sagte Tessa gerade.

Die drei standen mal wieder zusammen an Noemis Spind und ich direkt daneben an meinem, weshalb ich unfreiwillig Zeugin des Gesprächs wurde.

»Natürlich sind wir verabredet.« Noemi klang übermüdet und gereizt. »Wir gehen schließlich immer zusammen mittagessen, schon seit der Middleschool, Tessa.«

»Wir sitzen heute bei den Jungs.« Celine strich sich ordnend über ihr Rüschenkleidchen und wich Noemis Blick aus. Ihre Arme waren immer noch deutlich gerötet, seitdem sie sich im Sportunterricht verbrannt hatte.

»Bei den Jungs?« Noemi drehte sich ungläubig zu ihren beiden Freundinnen. »Worüber wollt ihr reden? Football? Autos? Ihre neuesten Eroberungen?«

»Über die Klassenfahrt vielleicht? Immerhin ist es nur noch eine Woche, bis es losgeht. Und außerdem: Wir können doch wohl auch mal bei jemand anderem sitzen, oder?«

»Okay, von mir aus. Setzen wir uns zum Footballteam. Ich bringe einen Eimer Chickenwings mit, vielleicht macht mich das zu ihrem ›Bro‹.«

Innerlich seufzte ich auf. Wollten sie sich echt zu Simon und seinen Teamkollegen setzen? Das war bisher meine Oase der Ruhe in dieser Schule gewesen. Doch dann setzte Tessa nach.

»Sie haben nur uns beide gefragt.« Ihr Oberwasser war nicht mehr zu übersehen. Noch vor zwei Wochen hätte sie sich unter Noemis Blick geduckt. Jetzt wich sie keinen Zentimeter zurück. Ich zählte innerlich mit, bis Noemi der Kragen platzen würde. Ich kam bis zwei.

»Ernsthaft?«

Tessa reckte arrogant das kleine Kinn. »Ernsthaft.«

»Sie haben wirklich nur uns gefragt.« Celine hatte hektische rote Flecken an Hals und Dekolleté bekommen, was ihre Lüge nur noch offensichtlicher machte. »Sie wollen, dass …« Tessa schoss ihr einen warnenden Seitenblick zu und sie brach ab. »Ich meine, wir wollten …«

»Ihr wollt mich abservieren.« Noemi klang atemlos vor Wut und Fassungslosigkeit.

»Sag doch so was nicht.« Tessa lachte gekünstelt. »Sie haben uns gefragt, wir haben ja gesagt, du weißt schon …« Wie ein Filmstar, der über lästige Journalisten sprach, wedelte sie mit der Hand. Da war plötzlich erschreckend viel von Noemis Gestik und Mimik an ihr. So als habe sie jahrelang im Schatten zugesehen und gelernt. Ein unangenehmer Schauer rieselte mir dir Wirbelsäule hinab.

Sie belog Noemi und sie gab sich nicht mal Mühe, es zu verbergen. Sie und Celine hatten sich um einen anderen Sitzplatz in der Mensa bemüht. Und nun hatten sie nicht mal genug Mumm, ihr die Wahrheit ins Gesicht zu sagen.

Zugegeben, es war erschreckend, dem Fall einer Königin zuzusehen. Erschreckend und lächerlich zugleich. Es war doch bloß eine Haarfarbe! Noemi hatte sich nicht das Gesicht tätowieren lassen oder sich irgendeiner radikalen Sekte angeschlossen. Was sollte das Drama? Die einzige Erklärung für diesen Aufstand war, dass doch mehr Schüler als erwartet von Noemis Hoheitsgehabe genervt gewesen waren und nun endlich der Moment da war, in dem sie es ihr heimzahlen konnten.

»Wisst ihr was? Ihr könnt mich mal«, blaffte Noemi. »Los, geht mir aus den Augen.« Sie warf ein Buch in ihren Spind. »Ich ertrage euch sowieso nicht mehr«, murmelte sie mehr zu sich selbst.

»Du schickst uns nicht weg, Noemi.« Tessa funkelte Noemi an. Celine war unbemerkt ein Stückchen hinter ihren Rücken gewichen. Was irgendwie witzlos war, denn hinter Tessas schmalen Größe-34-Schultern konnte sich kaum ein Kind verstecken. »Aber wie gesagt, die Einladung galt nur uns zweien.« Ihr Blick schweifte zu mir. »Schließ dich doch unserem Zombiemädchen an. Ihr passt super zusammen.« Ich sparte mir die Mühe, sie daran zu erinnern, dass ich dank Simon auch am Tisch der Foot-baller saß. Bei dieser ›angenehmen‹ Gesellschaft würde ich ihn ohnehin lieber zu meinem alten Stammplatz auf der Schultreppe entführen.

Tessa schloss provozierend langsam ihren Spind und stolzierte dann davon. Celine folgte ihr mit geducktem Kopf. Das war deut-lich gewesen.

Noemi holte geräuschvoll Luft, dann ließ sie ein zweites Buch in den Spind fallen.

Es war dumm und naiv, aber ich hatte Mitleid mit ihr. Mein Mund sprach, bevor mein Gehirn Schlimmeres verhindern konnte. »Mach dir nichts …«

Sie schwang herum, den Zeigefinger direkt vor meinem Ge-sicht erhoben. »Wage es ja nicht …« Ihre Stimme verebbte zu einem Flüstern. »Wage es nicht, mir dein Mitleid anzubieten, Freak. Du magst an Simons Seite unantastbar geworden sein, aber glaube mir, auch diese Zeit geht vorbei. Dann sitzt eine an-dere neben ihm und du bist wieder das traurige Häufchen Elend, das sich selbst ins Aus geschossen hat, indem sie freiwillig wie eine hundertjährige Wasserleiche aussieht. Hast du eigentlich keinen Spiegel zu Hause?«

Jedes ihrer Worte war darauf ausgelegt, mich zu verletzen und das ziemlich tief unter der Gürtellinie. Doch ihr Gehabe beein-druckte mich nicht mehr. Sie war wie ein verwundetes Tier, das lieber mit letzter Kraft noch biss und kratzte, anstatt sich helfen zu lassen.

»Die Frage nach dem Spiegel würde ich gerne zurückgeben«, sagte ich also. »Du solltest dich als Rettungsboje bewerben, wenn das mit dem Abschluss hier nichts wird.« Dann knallte ich meinen Spind zu und ließ sie stehen. Mir würde sie den Tag nicht verderben.

Die restliche Woche bot einen Showdown, mit dem ich nicht im Entferntesten gerechnet hätte. Natürlich war ich froh, dass das Interesse meiner Mitschüler so rapide von mir auf Noemi umgesprungen war, doch was darauf folgte, ließ sich kaum mitansehen.

Noemi war sich ihres eigenen Absturzes bewusst und doch machtlos dagegen. Die Schüler waren gnadenlos und je mehr mitmachten, desto schneller schlossen sich weitere an. Für Exoten schien es hier im wohlgeordneten ländlichen Texas keinen Platz zu geben.

Ich hoffte, dass ich nicht die einzige war, der ihre permanent verheulten Augen auffielen. Wann würden die anderen endlich Mitleid zeigen? Nachdem Noemi sich mehr oder weniger mit der ganzen Schule angelegt hatte, ihre Mitschüler abgewiesen oder beleidigt hatte, befand sie sich nun im freien Fall und dem Erdboden so nah wie nie zuvor.

Sie saß stocksteif und stumm im Unterricht, doch ich sah genau, wie ihre Hände zitterten, wenn sie sich unbeobachtet fühlte. Keine ihrer ach so wunderbaren Freundinnen hielt mehr zu ihr. Im Gegenteil, es schien sogar, als würde Tessa sich mehr und mehr zur Anführerin aufschwingen, fast so, als habe sie nur auf diese Chance gewartet. Ich hatte Noemi nie gemocht, doch das gönnte ich selbst ihr nicht.

Gleichzeitig hatte ich noch eine andere Sorge: Die Verbrennungen durch die Sonne wurden immer schlimmer, weshalb der Sportunterricht nicht mehr im Freien stattfand. Mittlerweile konnten auch die Pferde nur noch in den frühen Morgenstunden und am Abend aus ihren Boxen gelassen werden. Als ich nach Littlecreek gekommen war, waren sie tagelang auf großen Weiden unterwegs gewesen und hatten dort als Herde zusammengelebt. Nun wurden sie nach wenigen Stunden wieder in den Stall getrieben. Folglich war die Stimmung entsprechend aufgeheizt und die Pferde, ebenso wie die Arbeiter, unruhig. Es gab mehr Unfälle auf der Ranch, weil die Tiere durch die dauerhafte Enge im Stall unberechenbar wurden. Nur Snow war immer noch völlig entspannt, was mich sehr erleichterte.

Sie gehörte mittlerweile fest zu uns und ich wollte einfach nicht mehr daran glauben, dass noch jemand kommen und sie abholen würde. Die kleine Stute hatte sich gut in die Herde integriert und schien sich hervorragend gegen die deutlich größeren Quarter Horses durchsetzen zu können. Unser Verhältnis wurde immer inniger.

Auch mit Simon lief es super. Aber der Gedanke an Noemi bereitete mir Bauchschmerzen. Es schien ihr von Tag zu Tag schlechter zu gehen. Eigentlich hätte es mir egal sein sollen. Immerhin hatte sie mich bisher nur schikaniert und beleidigt. Doch die Situation mit der veränderten Haarfarbe ging mir nicht aus dem Kopf. Noemi wollte diese Farbe nicht, schien aber auch nicht in der Lage, sie zu ändern. All das erinnerte mich auf beunruhigende Weise an mich selbst. Aber warum waren ihre Haare nicht auch silberweiß geworden? Was hier in der Umgebung war verantwortlich dafür? Ich recherchierte sogar auf Instagram, dem zuverlässigsten Newsticker für Trends und Katastrophen. Doch auch hier fand ich niemanden, der von einer plötzlich veränderten Haarfarbe berichtete.

Ich konnte und wollte nicht glauben, dass Noemi und ich die einzigen waren, denen so ein Mysterium widerfahren war. Das war einfach ein zu großer Zufall für ein kleines Dorf wie Littlecreek. Wieder dachte ich an Noemis vom Weinen rot geäderte Augen. Sie tat mir leid und genauso, wie ich mir damals eine Freundin gewünscht hätte, die zu mir hielt, so wünschte ich ihr nun auch jemanden, der bedingungslos an ihrer Seite stand.

Am darauffolgenden Dienstag war ich noch länger in der Bibliothek geblieben, um für meinen Chemietest zu lernen. Wie üblich hatte ich mich in der vielen Fachliteratur verzettelt, weil mich einfach zu vieles begeisterte und interessierte. Es war schon kurz nach 17 Uhr, als ich die Toiletten im Obergeschoss aufsuchte, um danach einen Endspurt in Sachen Lernen hinzulegen. Ich freute mich auf eine entspannte Stunde mit Snow und danach vielleicht noch ein wenig Texten mit Simon.

Schon als ich den Waschraum betrat, hörte ich das Schluchzen. Ich verharrte, um mir ganz sicher zu sein. Nein, ich hatte mich nicht getäuscht.

Der Waschraum in der Nähe der Bibliothek war klein und wurde eher selten benutzt. Keine der Kabinentüren war verschlossen, also ging ich die Reihe entlang und drückte eine nach der anderen auf. In der letzten fand ich Noemi, die seltsam zusammengesunken auf dem Boden saß. Ihre sonst so langen, glatten Haare standen ihr wild vom Kopf ab. Es sah aus, als habe sie sich ihre Mähne so stark gerauft, dass die Hälfte nun verfilzt und verknotet war. Ein paar Haare hatten sich um ihre Finger gewickelt oder hingen an ihrer Kleidung. Auch Noemis sonst so perfekt sitzendes Make-up war verschmiert und von ihrem penetrant riechenden Lipgloss fehlte jede Spur.

Es zerriss mich innerlich, sie so zu sehen, mich in ihrem Schmerz und ihrer Verzweiflung zu erkennen. Zwar hatte ich weniger krass reagiert, aber ich verstand sie nur zu gut. Wortlos ging ich vor ihr in die Hocke. Sie sah erschrocken zu mir hoch, ihre Pupillen waren riesig und ich rechnete schon damit, dass sie mir im nächsten Moment mit ihren langen Nägeln quer durchs Gesicht kratzen würde.

Stattdessen schluchzte sie laut auf. »Sie werden einfach immer wieder rot. Ich kann machen, was ich will, wenn ich am nächsten Morgen aufwache, haben sie wieder diese grässliche Farbe.« Noch mal fuhr sie sich mit roher Gewalt durch die Haare. Ich zuckte zusammen. Sie riss sich ja fast die Haare aus.

»Es soll endlich aufhören!« Wieder wollte sie sich in die Haare greifen, doch ich hielt sie am Handgelenk fest. »Es soll weggehen«, wimmerte sie. »Es soll einfach weggehen.«

»Pschhht«, machte ich betont ruhig, dann zog ich Noemi zu mir. Ihre Finger krallten sich in meine Haut und sie weinte so heftig, dass ihr ganzer Körper bebte.

Behutsam streichelte ich ihr über den Rücken.

»Wir kriegen das wieder hin«, sagte ich und löste mich leicht von ihr. Mit dem Daumen strich ich ihr unter dem rechten Auge entlang, um die verschmierte Wimperntusche wegzuwischen. »Wir schaffen das«, wiederholte ich.

Sie schüttelte einfach nur den Kopf und ich entdeckte einen frischen Kratzer auf ihrer Kopfhaut. Vermutlich war einer ihrer langen Nägel schuld daran.

Wieder zerriss es mich schier innerlich, denn von der stolzen arroganten Noemi, die ich kennengelernt hatte, war nichts mehr übrig.

Jetzt wirkte sie einfach nur noch verzweifelt. Verstoßen von einer Welt, die sie vorher ihr Eigen genannt hatte. Noch mal zog ich Noemi an mich und hielt sie fest, bis ihr Schluchzen etwas leiser wurde.

»Können dir deine Eltern nicht helfen?«

Noemi schüttelte an meinem Hals den Kopf. »Sie waren die ersten, die mich zu einem Friseur geschleppt haben. Sechs Stunden habe ich dort verbracht, bis ich endlich wieder blond war. Und dann gehe ich ins Bett und wache morgens auf, und die Haarfarbe ist wieder da. Meine Eltern unterstellen mir jetzt zum hundertsten Mal, dass ich meine Haare nachts färbe. Was für ein Unsinn.« Wieder brach sie in Tränen aus. Ich hielt sie ganz fest und strich wieder beruhigend über ihren Rücken.

Einen ewigen Moment lang überlegte ich, ob ich ihr all das wirklich erzählen sollte. Doch dann gab ich mir einen Ruck. »Erinnerst du dich an den Tag, an dem ich plötzlich mit weißblonden Haaren in die Schule gekommen bin?«

Sie nickte.

»Es ist auch über Nacht passiert. Und es lässt sich auch nicht umfärben.«

Noemi löste sich abrupt von mir und sah mich mit großen Augen an. »Ist es eine Krankheit? Vielleicht ist es ja eine Krankheit, hast du das untersuchen lassen?«

Ich schüttelte den Kopf. »Nein, ich glaube nicht, dass es eine Krankheit ist.« Ich zögerte. Sollte ich ihr wirklich die ganze Wahrheit sagen? »Ich hatte in der Nacht zuvor einen Traum.«

Noemi zuckte deutlich zusammen.

»Ich habe mich selbst gesehen … mit diesen Haaren.« Ich umfasste eine meiner weißblonden Strähnen. Von Snow erzählte ich ihr nicht und auch nicht von dem Blitz und den Raben, aus Angst, dass sie mich dann für vollkommen irre halten würde.

Ein Zittern lief durch Noemis Körper, dann ballte sie beide Hände zu Fäusten. Auf einmal war ihr Gesicht kalkweiß. »Ich kann mich nicht mehr gut erinnern, aber ich glaube, ich habe auch von dieser Haarfarbe geträumt. Ich weiß noch, wie geschockt ich war.« Wieder durchlief ein Zittern ihren Körper.

Erst jetzt fiel mir auf, dass Noemis rosafarbener Nagellack fast komplett abgesplittert war. Das hier war alles so nicht sie. Ihr Verhalten versetzte mich in Alarmbereitschaft. Sie brauchte dringend Hilfe. Jemanden, der ihr zuhörte, jemanden, der ihr glaubte.

»Meine Eltern wollen mich zu einem Therapeuten zerren. Sie glauben, ich wolle gegen sie rebellieren.« Wieder liefen ihre Augen über. »Und jetzt wollen sie mir verbieten … sie …« Ihr Schluchzen wurde noch heftiger. »Sie wollen mir verbieten, dass ich …«

Wieder brach ihre Stimme. »Dass ich Jonah treffe. Sie wollen ihn mir wegnehmen. Sie wollen uns trennen, weil sie glauben, dass er … Sie wollen ihre Chance nutzen, damit ich aufhöre, ihn zu sehen.«

»Wer ist denn Jonah?«, hakte ich leise nach, doch Noemi überging meine Frage.

»Sie glauben, ich mache das wegen ihnen«, sagte sie immer wieder. »Sie sind der Meinung, dass ich mich gegen ihre Autorität auflehne. Dass ich als Nächstes anfangen werde, die Schule zu schwänzen und zu rauchen. Dass ich meinen Abschluss nicht schaffe und ein Versager werde. Und das nur wegen einer Haarfarbe. Ich bin ihre Tochter, warum kennen sie mich nicht? Warum glauben sie mir nicht?«

Ich streckte Noemi eine Hand hin. Sie tat mir leid, denn was hatte sie bitte schön für Eltern? »Komm, lass uns rausgehen. Ich hole meine Sachen aus der Bibliothek und du machst dich ein wenig frisch. Ich wollte jetzt eh Schluss machen. Sollen wir uns noch irgendwo in Ruhe unterhalten?«

Obwohl wir uns vorher so innig umarmt und ich sie getröstet hatte, wurde ihr Blick nun misstrauisch.

»Was kümmert es dich denn?«

»Mich kümmert, dass du weinend auf dem Boden einer Toilettenkabine hockst und dir fast die Haare ausreißt, Noemi. Mal ganz davon abgesehen, dass mit uns beiden scheinbar etwas ganz und gar nicht stimmt und ich endlich rausfinden will, was hier verdammt noch mal los ist. Nenne mir also nur einen Grund auf dieser Welt, warum mich das nicht kümmern sollte?«

Noemi machte den Mund auf, klappte ihn dann aber einfach wieder zu. Sie starrte mich immer noch an, scheinbar unschlüssig, ob sie sich mit mir abgeben sollte oder nicht.

»Ich will das nicht«, sagte sie schließlich. »Ich will einfach nur meine alte Haarfarbe zurück. Mein altes Leben.«

»So wie es aussieht, könnte das schwierig werden. Ich weiß ja auch noch nicht, was dafür verantwortlich ist, aber zu zweit haben wir auf jeden Fall bessere Chancen, es herauszufinden.«

Noemi schien auf stur zu schalten. »Wir haben einfach nur eine seltene Krankheit, die dafür sorgt, dass unsere Haare irgendwelche ekelhaften Knallfarben annehmen. Vermutlich ist es irgend so ein mutiertes Zeug, das mit der Alge zu tun hat. Oder du hast mich einfach angesteckt, Freak.«

Ich schüttelte den Kopf. »Komm mal wieder klar, Noemi. Wie oft soll ich dir noch sagen, dass es keine Krankheit ist? Du siehst doch auch die Parallelen zwischen uns.«

»Zwischen uns sehe ich überhaupt gar keine Parallelen«, sagte sie unnachgiebig.

Ich verdrehte die Augen.

»Du fährst am Donnerstag in einem knallroten Cabrio vor und einen Tag später haben deine Haare genau diese Farbe. Ich erwache mit weißblonden Haaren und gleichzeitig steht im Stall meiner Tante ein fremdes Pferd, das …«

»Wow, Moment mal«, unterbrach Noemi mich. »Das ist mir eindeutig zu abgedreht. Ich will dir nicht sagen, dass du verrückt bist, denn im Moment zweifle ich an meinem eigenen Verstand, aber wenn du jetzt deinen Gaul mit meinem brandneuen Sportwagen vergleichst …« Sie schüttelte sich. »Sorry, da bin ich raus. Das ist selbst mir im Moment zu unrealistisch. Da kannst du mir auch gleich erzählen, dass du in einer Kürbiskutsche herumfährst und sprechende Mäuse deine Klamotten nähen.«

Ich atmete tief durch und flehte stumm um Geduld. Sie wollte mich gar nicht verstehen. »Im Stall meiner Tante steht plötzlich ein Pferd, dessen Fell dieselbe Farbe besitzt wie meine Haare …«, setzte ich erneut an.

»Oh, ihr habt die gleiche Fellfarbe«, murmelte Noemi höhnisch. »Vielleicht seid ihr verwandt? Lang genug ist deine Nase ja.«

»Hey.« Ich berührte meine Nasenspitze. Ich hatte nun wirklich keine Ähnlichkeit mit einem Pferd. »Noemi, hör mir einmal richtig zu. Wie viele Zufälle muss es noch geben, damit dir auffällt, dass hier etwas komisch ist?«

Bisher hatte ich Snows und meine Haarfarbe für einen wohlwollenden Wink des Schicksals gehalten. Doch jetzt im Vergleich mit Noemis Situation fügten sich die Puzzleteile plötzlich zu einem neuen Bild zusammen. So viele Zufälle auf einmal konnte es gar nicht geben.

»Komisch?«, blaffte Noemi. »*Komisch* ist ja wohl die Untertreibung des Jahrhunderts!« Sie sah mich wütend an. »Du bist dir also sicher, dass da irgendeine Verschwörung hintersteckt oder was? Da lachen ja die Hühner.«

»Hat der Lack deines Cabrios die gleiche Farbe wie deine Haare?«, fragte ich ungerührt.

Noemi sah stur zur Seite, dann nickte sie knapp.

Ich kramte in meiner Hosentasche nach meinem Handy und zeigte ihr das Bild von Snow, das ich für den Sperrbildschirm nutzte. »Na? Was sagst du?«

Sie sah auf das Foto, dann zu mir, dann wieder zurück auf das Foto. »Ihr könntet wirklich Geschwister sein.«

Immer noch fuhr sie die Krallen aus. Man konnte es kaum glauben. Ich sah sie fest an. »Du hast einen ziemlich steilen Fall hinter dir und ich bin die einzige, die dir an dieser Schule noch bleibt.«

Noemi lachte trocken auf, aber dann schienen die Worte ihren Verstand zu erreichen. »Wir haben nichts gemeinsam.«

»Doch«, sagte ich. »Wir haben die schrägen Haarfarben gemeinsam. Und wie gesagt: Ich bin die einzige, die derzeit noch mit dir redet. Das sollte für den Anfang an Gemeinsamkeiten reichen.«

Ich hörte Noemi resigniert ausatmen und hoffte, dass ich zumindest einen Teilsieg errungen hatte. Sie biss einmal so fest auf ihre Unterlippe, dass die Abdrücke ihrer Zähne als helle Spuren darauf zurückblieben. »Gut«, sagte sie dann. »Gehen wir es an. Finden wir heraus, wer oder was uns so verunstaltet hat.«

Noemi weigerte sich, mit ihrem ruinierten Make-up die Bibliothek zu betreten, deshalb schlug ich vor, zu mir zu fahren. Irgendwie rechnete ich immer noch mit einer Abfuhr ihrerseits, umso überraschter war ich, als sie zustimmte. Während ich meinen Kram aus der Bibliothek holte, wollte sie ihre Eltern anrufen. Wir hatten uns auf dem Parkplatz verabredet, um in Kolonne zur Ranch zu fahren.

Ich lehnte gerade ganz unbedarft an Shrek, starrte auf meinen Instagram Feed und überlegte, ob noch genug Zeit blieb, um Simon kurz von meiner neuen Allianz mit Noemi zu schreiben, als ein dunkler Schatten vor mir auftauchte. Ich hob den Kopf und ließ das Handy sinken.

Dean trug seine Lacrosse-Uniform mit dem großen Pegasus-Wappen auf der Brust und sein dunkles Haar war an den Schläfen feucht.

»New York, wer hat dich denn auf dem Parkplatz vergessen?«

Ich verdrehte die Augen. »Könntest du das lassen?«

Er lachte dunkel.

Ich packte etwas umständlich mein Handy zurück in meine Schultasche und wich seinem Blick aus. Ich musste mich ablenken, denn wie immer in seiner Gegenwart hatte mein Puls gefährlich Fahrt aufgenommen. Er war frech, er war verschwitzt und gerade eben tippte er mir mit seinem Lacrosse-Schläger provozierend unter das Kinn. Vermutlich, damit ich den Kopf hob und zurück in seine gefährlich dunklen Augen sah. Ich hätte mir gerne aus vollster Überzeugung eingestanden, dass ich ihn nervig und ätzend fand. Doch ich war so schlecht darin, mich selbst zu belügen.

Dean lehnte seinen Lacrosse-Schläger an Shrek, als würde der Wagen ihm gehören. »Freust du dich schon auf die Klassenfahrt?«

Ich antwortete nicht, stattdessen schenkte ich ihm einen Blick, der keine Fragen offenließ.

Er grinste. »Du bist ja schüchtern, wie niedlich.« Er kam noch etwas näher.

Weil ich bereits mit dem Rücken an meinem Wagen lehnte, konnte ich nicht ausweichen. Ich hatte erwartet, dass er nach Schweiß riechen würde, doch das war nicht der Fall. Da war bloß etwas Salziges, das dem verwirrenden Geruch seiner Haut einen interessanten Twist gab. Er erinnerte mich an einen sonnenverwöhnten trägen Tag am Meer. Sonnenmilch, Meersalz und das süße Nichtstun.

»Stell dir vor, wie schön das wird«, murmelte Dean gerade. »Du und ich, 24/7 zusammen, fünf Tage am Stück. Jede Menge Möglichkeiten, um zu verschwinden. Jede Menge Möglichkeiten, die Natur zu genießen.« Der letzte Satz war unverschämt zweideutig und Dean machte nicht mal einen Hehl daraus.

»Du stehst auf Botanik? Warum ist mir das im Biologieunterricht bisher noch gar nicht aufgefallen?«

Deans Lächeln wurde noch breiter. »Ich bin halt genauso schüchtern wie du.«

Ich ließ die Schultern hängen. Konnte er keinen einzigen Satz sagen, ohne zu flirten? »Sag mal, hast du nicht noch irgendwas zu tun? Weltfrieden, Hausaufgaben …« Ich ließ meinen Blick betont auffällig an ihm hinab- und hinaufgleiten. »… duschen?«

In Deans Augen blitzte es amüsiert auf. »Immer wenn ich mit dir reden will, schickst du mich weg. Du brichst mir noch mein kleines düsteres Herzchen, New York.«

Ich schnaubte, um meine Verlegenheit zu verbergen. »Immer wenn du mit mir redest, endet es *so*.«

Ich deutete zwischen ihm und mir hin und her, soweit das noch möglich war. Dass er auch immer so nah rücken musste …

»So?« Dean legte interessiert den Kopf schief.

Nun war guter Rat teuer. Ich konnte ja schlecht erwidern: *Immer wenn wir miteinander reden, ist diese seltsame Spannung zwischen uns. Dieses Gefühl von Verunsicherung und Aufregung, das mich gewaltig nervös macht.* »Na … so halt«, erwiderte ich.

»Ach, so.« Dean nickte bedeutungsschwer. »Dieses ›so‹ meinst du.« Er neigte den Kopf zu meinem Ohr. »Und? Findest du dieses ›so‹ genauso aufregend wie ich?«

»Dean, bitte.« Ich schob ihn energisch ein Stückchen von mir weg. »Könntest du das lassen? Ich weiß, die Rolle gefällt dir, aber so langsam ist es echt etwas too much. Männer und Frauen können sich auch miteinander unterhalten, ohne sich permanent verbal einzuseifen.«

Er lachte trocken. »Ach? Und worüber willst du dich mit mir unterhalten? Schlag doch mal was vor.«

Ich zögerte. »Schule?« Toll. Eloquenz, dein Name sei Aria. Schule! Wie absolut uncool.

»Langweilig.«

Ich gab ihm stumm recht. »Dein aufregendes Privatleben?«

Er schüttelte den Kopf. »Langweilig.«

Das bezweifelte ich. »Wichtige weltpolitische Themen?«

»Nur, wenn wir dabei nackt sind.«

Oh. Mein. Gott. Ich stöhnte erneut. »Dean.«

Er lachte. »Schon gut, ich hab's kapiert, New York. Ich kriege heute kein Bein bei dir auf den Boden. Vermutlich quälen dich ganz im Gegensatz zu mir wichtige weltpolitische Diskussionsfragen.« Er schnappte sich seinen Lacrosse-Schläger. »Dann lasse ich dich mal allein in den düsteren Säulengängen deines Gedankenpalasts.«

Er tat immer noch großspurig und sein Lächeln war nicht verrutscht, doch ich konnte die feine Nuance in der Tonlage seiner Stimme nicht ignorieren. Ich hätte schwören können, dass da nun ein wenig Verletzlichkeit mitschwang.

Ich erinnerte mich an unsere letzte Unterhaltung. *Simon ist zwar so perfekt, dass es mich ankotzt, aber er scheint dir gut zu tun. Mehr gibt es dazu nicht zu sagen.*

Dean hatte recht und doch ging er mir nicht aus dem Kopf. Warum hörte er nicht auf mit seinen Spielchen? Warum fiel es mir so schwer, nicht darauf einzusteigen?

»Okay, ich habe die offizielle Erlaubnis meiner Eltern, bei dir zu lernen.« Noemi, das Gesicht fast komplett verdeckt von einer riesigen Sonnenbrille, stellte sich zu uns. Ich war so vertieft in das Gespräch mit Dean gewesen, dass ich ihr Kommen nicht bemerkt hatte.

Wir mussten wohl beide so ertappt ausgesehen haben, dass Noemi interessiert zwischen uns hin und her sah. »Habe ich euch bei irgendetwas gestört?«

»Weltpolitik«, erwiderte Dean wie aus der Pistole geschossen.

Noemi runzelte die Stirn noch etwas mehr.

»Wir waren jetzt sowieso fertig damit«, stieß ich hervor. »Ich meine, es ist natürlich ein Thema wie ein Fass ohne Boden, aber …«

Noemi hob die Hand. »Faszinierend. Aber ich muss raus aus der Sonne. Ich bin weiß wie ein Bettlaken und meine Haut wirft schon Blasen, wenn ich das Wort Sonne nur ausspreche.«

Dean wedelte lässig mit seinem Lacrosse-Schläger. »Ich muss dann mal los.«

Noemi winkte grazil mit der Hand. »Bye-bye, Loser.«

Dean imitierte ihre Geste. »Bye-bye, Streichholz.«

Ich schenkte ihm einen tadelnden Blick, wobei der Gedanke, die schlanke Noemi und ihre feuerroten Haare mit dem üblicherweise roten Kopf eines Streichholzes zu vergleichen, schon ein wenig lustig war.

»Mach's gut, New York. Ich denk an dich.« Er zwinkerte mir zu. »Heute Abend, an den Weltfrieden … und so.«

Meine Wangen brannten. Bevor ich etwas Passendes erwidern konnte, hatte er sich umgedreht und spazierte über den Parkplatz davon.

Noemi stupste mich an. »Weltfrieden?«

Ich seufzte. »Frag nicht.«

Noemi und ich machten uns auf den Weg, mussten aber einen Umweg über Littlecreek einschlagen, weil Noemi von ihrer Mutter eine Liste mit Artikeln diktiert bekommen hatte, die sie aus dem Drugstore mitbringen sollte.

Inhaberin Betsy war so streng frisiert und akkurat geschminkt wie das letzte Mal. Sie legte alle zehn Fingerspitzen in einer eleganten Geste aneinander und betrachtete uns mit kritischem Blick.

»Kinder, warum macht ihr das mit euren Haaren?« Sie nickte kurz einer Kundin zu, die den Laden verließ, und das mir inzwischen vertraute Zwitschern des Vögelchens ertönte. Noemi schien nicht zu wissen, was sie auf Betsys Frage antworten sollte. Und auch mir fiel keine passende Entgegnung ein.

»Wollt ihr als ein Kabarettduo auftreten? Ihr könntet euch ›Feuer und Eis‹ nennen, das wäre sicherlich passend.«

Ich überlegte noch, was sie mit Kabarettduo meinte, als Noemi neben mir die Schultern straffte. »Wir sind in Eile, Betsy. Vielen Dank.« Dann stiefelte sie los und ließ mich stehen.

Ich, die nicht so unhöflich sein wollte, lächelte entschuldigend zu Betsy hinüber. »Sie macht gerade eine schwierige Phase durch, wissen Sie.«

Betsy sah Noemis flammenden Haarschopf hinterher. »Da wäre ich nie drauf gekommen.«

»Ich bin auch eigentlich nur Begleitung«, sagte ich. »Wir wollen gleich noch lernen.«

Betsy lächelte wie eine Königin, die Hof hielt. »Das ist schön.«

Ich fragte mich, wie alt sie wohl war. Ob sie Familie hatte? Einen Ehemann? Kinder? Oder ob dieser akkurat aufgeräumte Laden ihr Leben war? Dieser perfekt gebügelte Kittel, die aufwändig frisierten Haare, das makellose Make-up. Unauffällig schielte ich auf ihre Hände. Kein Ehering.

»Warst du nicht zufrieden mit den Haarfarben?«

Ihre Frage riss mich aus meinen Gedanken. »Oh, die …« Ich sah ausweichend auf meine Füße. Schließlich waren meine Haare wieder so hell wie zuvor. »Da bin ich noch nicht zu gekommen.«

Ich lächelte wieder entschuldigend. »Zu viel Stress in der Schule und …« Ich brach ab. Fast hätte ich ihr von meinem merkwürdigen Traum erzählt. Ich kannte Betsy kaum. Und sie machte auch eher einen strengen Eindruck. Doch komischerweise fiel es mir bei ihr leichter zu reden. Als ich nicht weitersprach, wechselte Betsy das Thema. Vermutlich dachte sie, dass mir irgendetwas unangenehm war und ich deshalb gestockt hatte.

»Noemi ist ein liebes Mädchen.« Betsy sah mich ernst an. »Es ist gut, dass sie in dir eine Freundin gefunden hat.«

Obwohl Noemi sich seit meiner Ankunft in Littlecreek alle Mühe gegeben hatte, mir genau das Gegenteil zu beweisen, würde ich sie vor Betsy nicht bloßstellen. Soweit ich das mitbekommen hatte, waren Noemis Eltern super streng und setzten alles daran, das Leben ihrer ohnehin perfekten Tochter komplett zu kontrollieren. Ich vermutete, dass Noemi eingetrichtert worden war, alles mit Skepsis zu betrachten, was irgendwie anders war. Und bedeutete ›anders‹ auch nur eine auffällige Haarfarbe und ein etwas weniger konservativer Kleidungsstil. »Freunde sind wichtig, da haben Sie recht.«

Betsy lächelte wieder und die zarten Fältchen unter ihren Augen kräuselten sich.

Ich deutete in den Gang, in dem Noemi verschwunden war. »Ich sollte mal nachsehen, ob ich ihr helfen kann.«

»Natürlich. Wenn ihr mich braucht, ruft einfach nach mir.«

»Danke schön.«

Ich holte Noemi ein, doch die war schon so gut wie fertig. Sie riss gerade noch einen Fünferpack Putzschwämme aus dem Regal und machte sich im nächsten Moment schon Richtung Kasse auf. Mir hatte sie eine große Flasche Weichspüler in die Hand gedrückt.

Nachdem sie die Sachen bei Betsy aufs Band gestellt hatte, sah sie auf ihre Handinnenfläche. »Gott, ich hoffe, ich habe nichts vergessen.«

»Das ist doch nicht so schlimm«, sagte ich und betrachtete die hastig auf die Haut gekritzelten Worte. »Dann geht deine Mom eben morgen früh einkaufen. Oder muss sie arbeiten?«

»Nein, Mom arbeitet nicht.«

»Siehst du, dann passt das doch.«

»Du kennst meine Eltern nicht.«

Betsy mir gegenüber lächelte wissend, während sie die Preise in die Kasse tippte.

Noemi zog noch eine Papiertüte unter der Theke hervor. »Die auch noch, bitte.«

Betsy kassierte zu Ende und Noemi bezahlte, während ich damit begann, die Artikel einzuräumen. Das alles fühlte sich so normal an. Es war kaum zu glauben, dass Noemi und ich uns vor wenigen Stunden noch permanent angezickt hatten. Wenn sie sich mal nicht verhielt, als wollte sie mir die Augen auskratzen, konnte ich mir gut vorstellen, mehr Zeit mit ihr zu verbringen.

»Hört bitte auf, so einen Unsinn im Internet zu bestellen.« Betsy schloss das Fach ihrer Registrierkasse und deutete auf unsere beiden grellen Haarfarben. »Ihr seid hübsch, ganz ohne diesen Schnickschnack.«

Noemi machte den Mund auf, vermutlich um sehr impulsiv und wortreich ihre magische Über-Nacht-Verwandlung zu erklären. Doch ich bremste sie aus, indem ich ihr die Tragetasche in die Hand drückte. Mit einem »Vielen Dank und bis bald!« zu Betsy schob ich Noemi aus dem Laden. Sie protestierte nicht, was wieder mal nicht zu ihr passte. Sie musste echt ganz schön fertig sein.

Ich stellte den Weichspüler neben ihre Tüte in den Kofferraum. Noemi griff nach der Heckklappe, hielt dann aber inne. »Ich will es jedem erklären. Jedem sagen, dass diese Haarfarbe nicht meine Idee war. Aber ich muss mir abgewöhnen, jeden überzeugen zu wollen. Die glauben mir eh kein Wort.«

»Hättest du mir geglaubt, wenn ich dir vor zwei Wochen die Wahrheit erzählt hätte?«

Sie sah mich an und ihr Blick wurde noch ernster. Dann schüttelte sie den Kopf.

»Hätte es irgendetwas gebracht, wenn ich dir das ganze Drama erzählt hätte?«

Wieder schüttelte sie den Kopf

»Siehst du. Du hast ganz recht. Manchmal lohnt es sich nicht, Dinge zu erklären.«

Wir wichen ein Stückchen nach hinten, als Noemi den Kofferraum leise schloss. »Du meinst das ernst.« Sie sah zu mir herüber. »Oder?«

»Was?«

»Das mit mir?«

»Du meinst, ob ich dir wirklich helfen will?«

Sie zuckte die Schultern.

»Keine Angst, ich entführe dich nicht in mein Zimmer, das eigentlich ein getarnter Friseursalon ist, und versuche erneut, deine Haare zu bleichen.«

Ein Lächeln huschte über ihr Gesicht. »Du Freak.«

Ich grinste. »Du Zicke.«

Noemis Lächeln wurde breiter und zum ersten Mal wirkte es wirklich echt. »Also los. Fahren wir.«

Ich wusste, dass Suzan noch Termine hatte, aber bei dem obligatorischen Abstecher in die Küche erwartete uns Macy. Sie trug überdimensional große, pinkfarbene Plastikkreolen und eine rosarote Geranie schmiegte sich in die hochgesteckten weichen Locken. Zusammen mit dem Vintagekleid und den goldenen Sandalen wirkte sie eher wie eine Filmschönheit aus den Fünfzigern als die zünftige Köchin einer Pferderanch.

»Ihr wollt eine Band gründen, richtig? Das finde ich so aufregend.« Sie klatschte begeistert in die Hände, nachdem sie uns je ein Glas mit selbst gemachter Limonade gereicht hatte.

Noemi und ich wechselten einen Blick.

Auf dem Herd kochte ein großer Topf mit Maispudding, und es roch verführerisch nach Vanille und einer Prise Safran. Macy griff nach einem Holzkochlöffel, mit dem sie die goldgelbe Masse enthusiastisch umrührte.

»Ich finde das super. Ihr seid jung, ihr könnt das alles machen. Ihr müsst euch ausprobieren. Und egal, was ihr mit euch anstellt, ihr seht immer wunderschön aus.« Sie beugte sich tief über den Topf, um an dem Pudding zu schnuppern, und kam dann mit leicht gerötetem Gesicht wieder hoch.

»Was gäbe ich darum, noch mal so jung zu sein. Du liebe Zeit, was ich alles angestellt habe. Meine Mutter ist fast ohnmächtig geworden, als ich mir die Haare gefärbt habe, und dabei war es bloß mit Hennapulver. Aber euch beiden stehen kräftige Farben eindeutig. Toll!« Sie legte den Löffel auf einen bereitstehenden Teller und wackelte mit den Augenbrauen. »Hat Suzan euch beide schon zusammen gesehen? Ach, richtig …« Sie winkte ab. »Sie hat ja noch einen Termin.« Sie kicherte. »Ich bin gespannt.«

»Noemi und ich wollen lernen«, sagte ich, in der Hoffnung, noch ein paar selbst gebackene Kekse abzustauben.

»Sehr vorbildlich.« Macy begann sofort in ihren Schränken zu wühlen. »Wo habe ich sie denn? Die können doch nicht schon alle sein. Wenn ich Richard erwische, dass er wieder die gesamte Dose mit in sein Arbeitszimmer genommen hat … da sind sie ja.« Sie fischte eine große Tupperdose hervor. »Möchtet ihr Kekse als Nervennahrung?«

»Total gerne.« Ich nahm die Dose entgegen.

Noemi, die ich noch nie etwas anderes als Salat hatte essen sehen, nickte, guckte aber skeptisch.

»Danke schön, Macy.« Ich strahlte sie an. Mein Plan war aufgegangen.

»Wenn ihr noch irgendetwas braucht, kommt mich einfach besuchen«, sagte Macy, als wir uns zu Tür wandten.

»Danke, gerne.«

Ich führte Noemi nach oben in mein Reich. Wieder mal war ich froh, dass das gesamte Wohnhaus klimatisiert war. Hier unterm Dach hätte man es bei diesen Temperaturen sonst bestimmt gar nicht aushalten können.

Noemi sah sich kurz um. »Schön«, murmelte sie schließlich.

»Ich räume eben den Schreibtisch leer. Du kannst dich solange aufs Bett setzen, wenn du möchtest.« Ich deutete auf die bunte Flickentagesdecke.

Noemi setzte sich auf die Bettkante und ließ ihre Schultasche neben sich gleiten. »Mein Zimmer liegt direkt neben dem meiner Eltern.«

Ich stellte die Plätzchendose und mein Glas auf dem Schreibtisch ab, legte meine Schultasche auf den Stuhl und machte mich dann daran, die Tischplatte etwas leer zu räumen.

Noemi nippte an ihrer Limonade und sah sich immer noch um. »Du hast sogar ein eigenes Bad.«

»Ja, die Etage gehört so ziemlich mir allein. Suzan hat die linke Seite des Dachbodens für mich ausbauen lassen. Die Fläche rechts ist noch mal genauso groß, aber sie steht leer.«

»So viel Privatsphäre hätte ich auch gerne.«

Ich lächelte. »Das ist hier oben echt super. Hier läuft keiner ständig an der Tür vorbei.« Ich hob die schwere Holzkiste mit meinen Duftölen an, um sie neben dem Schreibtisch auf den Fußboden zu stellen.

»Was ist das?« Noemis neugieriger Blick fiel auf die Kiste. »Die sieht aus, als ob sie sehr alt wäre.«

Ich erklärte ihr, wo und wie ich die Kiste gefunden hatte.

»Sie ist ein bisschen groß, um Stifte darin aufzubewahren.«

Ich musste lächeln. »Da sind keine Stifte drin.«

Noemi wich plötzlich zurück und umklammerte ihr Glas mit beiden Händen. »Oh, entschuldige. Ich wollte nicht indiskret sein. Ist das eine Kiste mit Sachen von …« Wieder stockte sie. »Ich meine, sind in der Kiste …« Sie blinzelte. »Sind es … Erinnerungen?«

Wie auf Kommando schnürte sich mein Hals zu. »Du meinst Erinnerungen an meine Eltern?«

Noemi wirkte betroffen und nichts daran schien gespielt. »Ja«, sagte sie schließlich leise.

»Nein, da sind keine Andenken an sie drin.«

»Es tut mir leid, ich wollte nicht …« Noemis Augen waren plötzlich wieder riesig und die Emotionen, die sich darin spiegelten, kannte ich nur zu gut. Trauer und Ohnmacht über einen Verlust, der einen einfach nicht losließ. Doch wen hatte sie verloren? Soweit ich das mitbekommen hatte, war sie ein Einzelkind und ihren Eltern ging es gut.

»Entschuldigung«, murmelte sie erneut.

Ich war nun schon drei Wochen an dieser Schule und doch hatte es nur eine Stunde gebraucht, um die Noemi kennenzulernen, die sie vielleicht wirklich war.

»Ist schon gut.« Ich nahm mein Glas und setzte mich auf die andere Bettkante, dann drehte ich mich so, dass wir uns über das Bett hinweg ansehen konnten. »Es ist ja kein Geheimnis. Ich meine, das mit meinen Eltern.«

»Es war unsensibel«, sagte Noemi. »Ich rede manchmal schneller, als ich denke.«

»Geht mir genauso.« Ich sah ihr noch mal forschend ins Gesicht und da war sie immer noch. Diese Trauer, die sich in ihren Augen widerspiegelte. Es erschreckte mich, wie tief dieser Schmerz zu sitzen schien. Hier ging es nicht um Haarfarben, um nervige Eltern oder irgendwelche albernen Schüler, die sich über sie das Maul zerrissen. Hier ging es um einen Verlust, mit dem sie jeden Tag lebte. Mit etwas, was lange schon ein Teil von ihr geworden war und was sie fest umklammert hielt.

»Möchtest du darüber reden?«

Ich schreckte zusammen, als sie sprach. »Was? Nein, danke.« *Jetzt nicht. Noch nicht.* Hier ging es nicht um eine Frage des Vertrauens. Noemi und ich hatten dort im Waschraum in der Schule auf dem Boden ein Band geknüpft. Etwas, das uns ab jetzt zusammenschweißte und was wir mit jeder Stunde, die wir miteinander verbringen würden, fester knüpfen konnten. Es war fatal, aber ich wünschte es mir sogar. Tammy fehlte mir und ich sehnte mich nach einer Vertrauten. Nach jemandem, der mich verstehen würde. Ich konnte mir die Frage nicht verkneifen.

»Möchtest *du* darüber reden?«

Noemi wurde noch blasser. Sie hatte sofort verstanden, dass ich nicht fragte, ob sie gerne mit mir über meine Eltern reden wollte. Sie wusste sofort, dass es um etwas anderes ging, um ihren eigenen Verlust, um *ihre* Trauer.

»Nein.« Es klang eher wie ein Würgen. Sie räusperte sich. »Alles okay.«

Sie wand sich unbehaglich und als ihr Blick wieder auf die Kiste fiel, stand ich auf und öffnete den Deckel. »Es sind Duftöle.«

Noemi zog eine Augenbraue hoch. »Heißt das jetzt, du badest gerne?«

»Nein, es sind keine Badeöle.«

»Öle für ein Duftstövchen?«

»So ähnlich. Meine Auswahl ist groß genug, um eigene Düfte damit zu kreieren. Ich mache meine eigenen Kerzen und hatte auch einen Etsy-Shop, auf dem ich sie verkauft habe.«

»Du mischst deine eigenen Düfte?« Noemi stand auf und kam zu mir herüber. Gemeinsam sahen wir hinunter in die Kiste. »So wie jemand, der ein Parfüm kreiert?«

»Ja, genau. Ich möchte später Parfümeurin werden.«

Noemi sah mich von der Seite an, die Lippen leicht geöffnet. »Parfümeurin? Diesen Beruf gibt es noch?«

»Ja, natürlich. Die besten Schulen sind in Frankreich, aber auch in den USA gibt es mittlerweile einige anerkannte Institute, an denen man diese Ausbildung absolvieren kann. Oft sind es auch große Konzerne, die ihre Leute auf Schulungen nach Europa schicken, um sich ihren Nachwuchs heranzuzüchten. Irgendwie so etwas schwebt mir vor. Zuerst ein naturwissenschaftliches Studium, vermutlich Chemie, und dann eine Parfümeurausbildung.«

»Das hätte ich nie von dir gedacht.« Noemi stockte, als sei ihr diese Bemerkung nur so herausgerutscht. »Ich meine, ich …«

Ich lachte. »Schon gut. Wir kennen uns ja kaum.«

»Darf ich?« Noemi ging in die Hocke und stellte ihr Glas vorsichtig auf dem Boden ab.

»Natürlich.« Ich ließ mich neben sie auf den Fußboden sinken. »Du kannst auch gerne eins aufschrauben, wenn du magst.«

Noemi schien wirklich interessiert. Sie nahm einige der Fläschchen hoch, las die Etiketten und schnupperte. Von Düften, die sie wiedererkannte, wie Bergamotte oder Muskatnuss, schien sie regelrecht begeistert.

»Das muss toll sein, seinen eigenen Duft zu kreieren. Schüttest du einfach auf gut Glück etwas zusammen und probierst dich dann durch?«

»Nein. Ich kenne die meisten Düfte und versuche, zu überlegen, welche harmonieren. Manchmal ist aber auch die Disharmonie spannend.«

»Faszinierend.« Noemi öffnete gleich zwei Fläschchen und hielt sie parallel unter ihre Nase. Sie zog ein Gesicht. »Okay, das passt nicht.«

»Es gibt verschiedene Duftfamilien, von denen bekannt ist, dass sie untereinander gut passen. Alles Süße zum Beispiel. Vanille, Schokolade oder Karamell. Man kann sie quasi blind kombinieren. Mischt man aber zum Beispiel Schokolade, Erdbeeren und Pfeffer, ergibt das eine Kombination, die zwar gegensätzlich ist, die aber trotzdem harmoniert. Man muss sich ein bisschen durchprobieren.« Ich sah sie von der Seite an. »Und was willst du werden?«

Noemi zögerte keine Sekunde. »Krankenschwester.«

Meinen perplexen Blick kommentierte sie mit einem triumphierenden Lächeln, bevor sie antwortete. »Tja, siehst du mal, jetzt bist du genauso erstaunt wie ich eben.«

Ich hatte Noemi als arrogant, egoistisch und wenig sozial kennengelernt. Als Königin der Schule schien sie nicht gerade um das Wohl ihrer Mitmenschen besorgt. »Du hast Supernoten. Wollen deine Eltern nicht, dass du Medizin studierst?«

»Natürlich wollen sie das. Wir haben uns darauf geeinigt, dass ich zuerst eine Ausbildung zur Krankenschwester machen darf. Danach reden wir noch mal über ein Medizinstudium. Aber ich interessiere mich nicht für Wissenschaft und Forschung. Ich interessiere mich für das, was täglich an einem Krankenbett passiert.«

Ich schaute sie immer noch sehr skeptisch an.

»Ich kann das.« Ihr Blick war starr geworden. »Ich habe in Odessa schon ein Praktikum im Krankenhaus gemacht. Sie waren sehr zufrieden mit mir und haben gesagt, mit diesen Noten bekomme ich auf jeden Fall einen Ausbildungsplatz.«

Ihre Entscheidung schien so unumstößlich, dass ich nicht mit ihr darüber diskutieren wollte. Warum auch? Mein Lebenstraum war auf den ersten Blick noch viel abstruser. Dahingegen schien die Ausbildung zur Krankenschwester bodenständig und sehr vernünftig.

»Das ist kein leichter Job.«

Sie schluckte. »Was ist schon leicht im Leben?«

Ich dachte an ihr reiches Elternhaus, ihre perfekten Noten und ihr ehemals so makelloses Auftreten. Wenn es jemand theoretisch leicht im Leben hatte, dann war es ja wohl sie. Trotzdem ließ mich die Bitterkeit in ihrer Stimme aufhorchen. Wieder schwang da dieses Echo eines schmerzlichen Verlusts mit. Doch ich traute mich nicht, sie noch einmal darauf anzusprechen. Noch nicht.

Jetzt hatten wir erst mal Wichtigeres zu klären. Vielleicht konnten wir das, was sich zwischen uns entwickelte, ausbauen, wenn wir uns Zeit gaben. Vielleicht konnten wir unsere Differenzen endgültig beilegen. Doch zuerst sollten wir versuchen, ob wir mehr über dieses seltsame Haarfarben-Phänomen herausbekommen konnten.

»Sollen wir ein bisschen recherchieren?«

Noemi nickte und klappte den Deckel der Kiste vorsichtig zu. »Ich habe zwar keine Ahnung, wo wir Antworten finden, aber wer weiß, was wir aus den Tiefen des Internets ausgraben können.«

Wir kamen gleichzeitig hoch und wandten uns zum Schreibtisch. Ich räumte noch schnell den Stuhl ab, auf den ich abends immer meine Klamotten legte, damit wir nebeneinandersitzen konnten. Dann klappte ich meinen Laptop auf und stellte ihn so, dass wir beide den Bildschirm gut erkennen konnten.

Noemi zog ein leeres Blatt Papier zu sich und griff nach einem Bleistift. »Wir sollten uns Notizen machen. Dann wissen wir, was wir schon alles recherchiert haben.«

»Ein guter Plan. Womit fangen wir an?«

»Plötzlicher Haarfarbenwechsel über Nacht?«

»Das habe ich schon gegoogelt, aber wir können es gerne noch mal versuchen.«

Leider landeten wir wieder nur auf pseudowissenschaftlichen Seiten, die von irgendwelchen Atomen sprachen und wie sie den

Körper verändern konnten. Ich zeigte Noemi eine Seite, auf der erklärt wurde, dass Haare sich nicht von Natur aus verfärben konnten. Jedenfalls nicht die Haare, die das Follikel bereits verlassen hatten.

Noemi seufzte tief und notierte ein paar Stichpunkte. »Ich glaube es einfach nicht.«

Als nächstes googelten wir »Haarveränderungen aufgrund von Wasserqualität.« Auch hier fanden wir nur wieder das, was ich bereits recherchiert hatte. Bestimmte Chemikalien konnten blondes Haar verändern. Nirgendwo jedoch wurde von einem Fall berichtet, dass blondes Haar über Nacht silberweiß oder feuerrot geworden war. Ich berichtete kurz über meine Recherche zum Thema »weiße Haare, weißes Pferd«, doch an dieser Stelle wirkte Noemi wieder mehr als skeptisch.

»Ich besitze kein Pferd. Mein Auto ist zwar rot, aber das finde ich sehr weit hergeholt. Zumal meine Eltern die Farbe ausgesucht haben, weil es eine Überraschung war.« Ich gab ihr recht. Obwohl ich damit rechnete, dass sie hier abbrechen würde, blieb sie sitzen und sah mich erwartungsvoll an. Um es kurz zu machen: Wir recherchierten sehr viel und fanden nichts mehr dazu.

Noemi kritzelte gerade etwas gelangweilt auf unserem Notizblatt herum, als ihr Handy klingelte. »Ja, Mom?« Sofort veränderte sich ihre Haltung, verkrampfte und wie automatisch richtete sie sich auf ihrem Stuhl auf. Es war fast unheimlich, mitanzusehen, welchen Einfluss ihre Eltern auch aus dieser Entfernung auf sie hatten.

»Ja, Mom. Nein, Mom. Ja, dann komme ich jetzt sofort. Nein, wir haben noch gearbeitet. Ja, ich weiß, wie spät es ist. Ja, natürlich habe ich morgen Schule. Aber so spät ist es doch noch gar nicht? Was? Ich habe dir doch gesagt, dass ich auf der Harper-Ranch bin. Ja. Nein, dann komme ich jetzt sofort nach Hause. Bis gleich.«

Ich sah die pochende Ader an Noemis Hals. Es war erschreckend zu sehen, wie nervös ihre eigene Mutter sie zu machen schien.

Im nächsten Moment war sie aufgesprungen. »Ich muss los. Meine Mutter wartet mit dem Abendessen.«

»Hat sie dir vorher gesagt, um wie viel Uhr ihr esst?«

»Nein, sie war davon ausgegangen, dass ich dann zu Hause bin.«

»Ist sie jetzt etwa sauer?«

Noemi packte ihre Sachen ein und sah dann zu mir. »Sie meint es nur gut. Krieg jetzt keinen falschen Eindruck.«

Es berührte mich, dass sie ihre Eltern in Schutz nahm, obwohl die sie eindeutig behandelten, als wäre sie ein kleines, unmündiges Kind.

Ich klappte den Laptop zu und erhob mich ebenfalls. »Immerhin wissen wir jetzt, dass wir nichts wissen.«

Sie zog ein schiefes Lächeln, als sie sich ihre Schultasche über die Schulter schob. »Ich hatte es mir immer aufregender vorgestellt, ein Mysterium zu sein.«

»Vermutlich liegt es daran, dass wir gleich zwei Mysterien sind, das nimmt ein wenig die Spannung aus der Sache.«

Noemis Blick wurde ernst, als sie sich durch ihre lange rote Mähne fuhr. »Aria, wie sehe ich wirklich aus?«

Ich lächelte sie an. »Wenn jemand diese Wahnsinnsfarbe tragen kann, dann du.«

Sie lächelte etwas schüchtern zurück. »Dito.« Sie seufzte, dann sah sie erneut auf ihr Handy, bevor sie es in ihre Tasche gleiten ließ. »Aber ganz ehrlich? Es ist kein Tag vergangen, an dem ich mir meine alte Haarfarbe nicht zurückgewünscht habe.«

Was sollte ich darauf antworten? Ich schwankte auch immer noch zwischen Akzeptanz und Ablehnung. Die Haarfarbe war für Littlecreek vielleicht skandalös, aber auf Instagram hatte ich Dutzende Komplimente dafür bekommen. Denn dank des kühlen Untertons meiner Haut stand mir das Weiß meiner Haare zum Glück ganz gut.

»Irgendwann werden wir uns daran gewöhnen«, sagte ich also. »Und irgendwann wird auch der Rest der Welt sich daran gewöhnt haben. Wir bleiben einfach dran. Jede von uns sucht daheim noch einmal weiter. Wir recherchieren, bis wir das gesamte Netz durchforstet haben. Wir fragen jeden, der sich damit auskennen könnte. Vielleicht treffen wir irgendwann genau die Person, die uns die Augen öffnet. Diejenige, die eine ganz einfache Erklärung für all das hat. Und vielleicht reicht diese Erklärung schon aus, um zu akzeptieren, warum wir jetzt so aussehen.«

Noemi strich sich wieder gedankenverloren durch die langen Strähnen. »Du hast recht.« Dann wurde sie hektisch, als sie in ihrer Tasche herumwühlte. »Moment, ich habe was vergessen.« Sie kritzelte etwas auf einen Zettel und reichte ihn mir dann. »Meine Nummer. Texte mir einfach, dann habe ich auch deine. Nur für alle Fälle und falls wieder irgendwas Gruseliges passiert.«

»Danke dir.« Sie hätte mir die Nummer theoretisch auch diktieren können, wenn sie sie eh auswendig wusste, aber darüber wollte ich mit ihr jetzt nicht diskutieren. »Dann bringe ich dich noch runter.«

Aus der Küche hörten wir Macy laut und schief singen, als wir durch den Flur zur Haustür gingen.

»Dann bis morgen.«

»Ja, bis morgen«, sagte Noemi und zog die Sonnenbrille aus ihrer Tasche. Sie wollte sie gerade aufsetzen, doch dann ließ sie sie sinken. »Aria?«

»Ja?«

»Tut mir leid für …« Sie wedelte mit der Hand – eine Geste, die wohl all die Gemeinheiten zusammenfassen sollte, die sie mir bisher angetan hatte. Etwas verlegen sah sie auf ihre Schuhe.

»Schon okay«, sagte ich, bevor sie weiter so herumdruckste.

Sie lächelte und wirkte erleichtert. »Dann bis morgen.«

Ich sah ihr noch hinterher, wie sie vom Hof fuhr. Als sie in einer Staubwolke verschwunden war, schloss ich die Tür und lächelte. Ich würde jetzt Snow einen Besuch abstatten und dann vielleicht noch kurz mit Simon telefonieren. Ich fühlte mich gut, leicht und beschwingt, und ich fragte mich, ob ich heute Nachmittag vielleicht eine Freundin gefunden hatte.

Am nächsten Nachmittag traf ich mich wieder mit Simon auf der Ranch. Wir führten Snow ein wenig auf einem schmalen Feldweg entlang der Weiden spazieren. Da ich nicht reiten konnte, aber Zeit mit ihr im Freien verbringen wollte, war es die einzige Möglichkeit. Obwohl Simon mich damit aufzog und es mit dem Gassigehen mit einem Hund verglich. Wäre er nicht so süß, Snow und ich wären ernsthaft beleidigt gewesen.

Der Himmel war heute wolkenverhangen. Trotzdem hatte ich der Stute eine Sommerdecke über den Rücken gelegt, um sie vor Verbrennungen zu schützen. Sie lief zwischen uns, wobei ich ihr den Führstrick mittlerweile abgenommen hatte, da sie sowieso nicht von meiner Seite wich. Ich hatte beide Hände in den Taschen meiner Shorts vergraben und auch Simon schien ganz in Gedanken versunken.

»Soll ich Richard mal fragen, ob sie einen Experten für solche Phänomene am College haben?« Simon sah an Snow vorbei zu mir.

»Ich glaube, du verrennst dich da in etwas.«

»Aber Simon«, protestierte ich. »Weder Noemi noch ich haben einen Dachschaden. Sie hat es genauso erzählt, wie es mir ergangen ist: ein Traum und am nächsten Tag wacht man mit einer anderen Haarfarbe auf. Das ist doch alles total seltsam. Ich meine, wenn so ein Phänomen einmal auftritt, okay. Aber mehrfach?«

Simon schien eine Antwort schwerzufallen. »Noemi hat sich so verändert in den letzten Wochen. Vielleicht ist es auch nur eine inszenierte Show, um wieder im Zentrum der Aufmerksamkeit zu stehen.« Er schüttelte den Kopf. »Keine Ahnung.«

»Simon, sie hätte sich fast die Haare ausgerissen. Selbst wenn man einen wirklich großen Auftritt hinlegen will, greift man doch nicht zu solchen Mitteln.«

Simon schien immer noch nicht überzeugt, was mich beunruhigte, denn er kannte Noemi schließlich schon sein ganzes Leben lang.

Wir bogen in einen schmalen Weg ab, der auf ein winziges Waldstück zulief.

»Und was soll es sonst mit all dem auf sich haben?« Ich hörte die Ungeduld in seiner Stimme. »Übernatürlicher Hokuspokus? Magie?« Er sah zu mir. »Ob ich vielleicht mal in Hogwarts anrufen sollte?«

Auch wenn das vermutlich lustig gemeint war, konnte ich mir

kein Lächeln abringen. Noemi entweder nicht zu glauben oder
aber es als Spinnerei meinerseits abzutun – beide Varianten gefielen mir nicht.

»Was ist denn deine Erklärung für all das?«

Er ließ die Schultern hängen. »Aria, du hast mir am Anfang
auch erzählt, dass du dir die Haare aus einer Laune heraus gefärbt
hättest. Vielleicht wollte Noemi die Aufmerksamkeit nicht teilen
und ist deshalb auf diesen Zug aufgesprungen. Du hast es vorgemacht und sie nutzt es für sich, um mal so richtig aus der Reihe zu
tanzen. Nur dass der Schuss deutlich nach hinten losgegangen ist.«

»Du unterstellst also deiner Kindergartenfreundin, dass sie das
alles nur inszeniert hat? Siehst du denn nicht, wie sehr sie leidet?«

Simon schnaubte. »Ich glaube nur einfach nicht an irgendeine
höhere Macht, die Mädchen über Nacht die Haare färbt«, sagte er
so scharf, dass sowohl Snow als auch ich ihm einen interessierten
Seitenblick zuwarfen. »Ich war übrigens in dem Wald und habe
keine Raben gefunden. Und der Ranger behauptet, nicht genau
beurteilen zu können, wie deine Verletzungen entstanden sind.
Noemi hat das Thema in der Schule so aufgebauscht, dass es wie
ein Märchen klingt, und Dean hat gar nichts dazu gesagt. Vielleicht haben deine Augen dich getäuscht. Du warst überrascht und
Raben können von Nahem sehr groß wirken. Reden wir einfach
nicht mehr darüber. Hast du schon für die Klassenfahrt gepackt?«

Sein mehrfacher brutaler Themenwechsel ließ mich stehen
bleiben. Er war im Wald gewesen? Und jetzt wollte er sich nicht
einmal meiner Reaktion stellen, sondern versuchte gleich auf die
Klassenfahrt umzuschwenken? So einfach würde ich es ihm nicht
machen. »Warum hast du mir nichts davon erzählt?«

Er zuckte etwas unbehaglich die Schultern. »Na ja, weil …«

Ich verstand. »Weil alles, was du herausgefunden hast, zu meinen Ungunsten ausfällt.«

»Ich will dir nichts unterstellen. Ich glaube dir, wenn du mir sagst, dass die Raben dich angegriffen haben. Ich habe die verheilten Wunden gesehen.«

»Aber du glaubst nicht, dass sie Zähne hatten.«

Er wand sich.

Etwas in mir bäumte sich protestierend auf. Er glaubte mir wirklich nicht. »Simon?«

Er blinzelte, dann setzte er sein berühmtes Lächeln auf. »Ich glaube dir, jedes Wort.« Er nahm meine Hände. »Du bist meine Freundin. Wenn ich nicht dir glaube, wem denn dann?«

Ich wollte, dass er es ernst meinte. Wollte glauben, was er sagte.

Simon hauchte zwei schnelle Küsse auf meine Handknöchel, bevor er sich von mir löste. »Und? Schon gepackt?«

»Nein, noch nicht.«

»Am liebsten würde ich mir einfach eine Woche freinehmen, um dich zu begleiten.«

»O ja, Mr Renfros Gesichtsausdruck, wenn er dich beim Schwänzen erwischt, kann ich mir nur zu gut vorstellen.« Ich lachte auf, weil der Gedanke so absurd war. Doch als ich Simons ernsten Blick sah, wurde mir unbehaglich. War das eben etwa kein Scherz?

»So mitten in der Wildnis kann wer weiß was passieren.« Simon legte einen Arm um mich. Er schien nicht gemerkt zu haben, dass ich seine Worte anzweifelte. »Gerade wenn man nicht in der Natur groß geworden ist, so wie du.«

»Ich komme schon klar. So weit wagen wir uns ja auch nicht in das Naturschutzgebiet vor.«

Simon schien immer noch besorgt. »Ich würde mich trotzdem wohler fühlen.«

Ich lächelte ihn an, doch es fiel mir schwer, weiter so unbeschwert zu klingen. »Das weiß ich doch. Aber es fahren nicht nur zwei Lehrer mit, sondern auch jede Menge Klassenkameraden, die sich in dieser Gegend sehr gut auskennen.«

Simon hob nur eine Augenbraue. »Und genau das ist auch noch ein Punkt, der mir nicht gefällt. Noemi ist wie verändert und Dean ist leider ganz der Alte.« Er presste die Kiefer aufeinander. »Eine Verrückte, die jeden mit ihrer Haarfarbe tyrannisiert, und ein Typ, der allem hinterherrennt, was Brüste hat – das beruhigt mich natürlich sehr.«

Ich lachte. Doch mein Herz nahm Fahrt auf, sobald nur Deans Name fiel. Und da ich mir das selbst nicht erklären konnte, vermied ich es lieber, über ihn zu sprechen. Als ich deshalb nicht direkt antwortete, fuhr Simon fort.

»Und du bist neuerdings mit Noemi befreundet?« Simon klang nicht überzeugt. Kein Wunder, Noemi hatte mir ab dem ersten Tag das Leben schwer gemacht. Dass wir plötzlich zusammen abhingen, musste den meisten Mitschülern seltsam vorkommen.

Ich nickte. »Na ja, Freundinnen würde ich es noch nicht nennen. Aber wenn sie mal nicht die Kratzbürste spielt, kann sie sehr sympathisch sein. Und immerhin schweißt uns die ganze Sache mit den Haarfarben ungewollt zusammen.«

Simon warf mir einen komischen Blick zu. »Du glaubst also ernsthaft an eine Verbindung?«

»Warum denn nicht? Ich habe es dir doch jetzt schon mehrfach erklärt. Wir beide hatten diese seltsamen Träume und sind dann mit einer krassen Haarfarbe aufgewacht.«

Simon wechselte wieder mal abrupt das Thema. »Soll ich dir für die Berghütte noch einen WLAN-Repeater besorgen? Damit du erreichbar bleibst?«

Ich seufzte. »Ach, Simon … das ist wirklich zu viel des Guten. Vielleicht haben sie da oben in den Gemeinschaftsräumen sogar WLAN.«

»Also letztes Jahr hatten sie noch keins.«

Ich hatte vergessen, dass alle Klassen dorthin fuhren. »Okay, aber ich denke trotzdem nicht, dass das nötig sein wird. Wir werden viel unternehmen. Da kann ich eh nicht dauernd am Handy sein. So wie ich mich kenne, lasse ich das Ding besser im Zimmer, sonst verliere ich es noch in der Wildnis.«

»Das ist doch Quatsch«, sagte Simon leise. »Du bist weder schusselig noch ungeschickt.«

Er hatte meinen Bluff durchschaut. Ich hatte seit dem Kindergarten nichts mehr verloren. »Simon …«

»Nein, schon okay. Ich will mich nicht aufdrängen.«

Es tat mir leid, ihn zu verletzen. »Ich will doch nur nicht, dass du denkst, ich würde dir absichtlich nicht antworten. Wir sind auf einem Schulausflug, da ist man eben hauptsächlich mit seinen Klassenkameraden unterwegs.« Sofort musste ich wieder an Dean denken. An das, was er auf dem Parkplatz zu mir gesagt hatte: *Wir, 24/7 zusammen und jede Menge Gelegenheiten, um zu verschwinden.*

Ich wollte nicht mit Dean verschwinden. Nein, das wollte ich nicht. Trotzdem fühlte ich die verräterische Hitze wieder in mir aufsteigen.

Simon schien Gedanken lesen zu können.

»Dean ist bestimmt gerne mit dir unterwegs.« Er knurrte seinen Namen fast. »Er guckt dich immer an, als würde er dich am liebsten fressen.«

Mir wurde noch heißer.

»Das nächste Mal, wenn er dich so dreist anmacht, werde ich ihn mir mal vorknöpfen.«

Zeit, erneut das Thema zu wechseln. Ich sortierte meine Gedanken. »Ich meinte eigentlich eher Noemi.«

Sofort wurde Simons Miene weicher. »Natürlich. Wenn du Noemi magst, kannst du die Zeit nutzen, um sie besser kennenzulernen.«

»Genau.«

Simon merkte, dass er und sein komischer Repeater sich gerade selbst ins Aus geschossen hatten. Sofort begann er von vorn. »Aber du könntest ihn abends nutzen. Da ist nix los. Du wirst dich langweilen.«

»Simon, nein.« Ich blieb standhaft. »Es ist lieb, aber das brauche ich nicht.«

Eine Weile duellierten wir uns stumm mit Blicken, bis Simon irgendwann die Schultern zuckte. »Wie du magst.« Er löste sich von mir und ging mit schnellen Schritten weiter. Snow und ich holten sofort auf, aber die Stimmung hatte einen deutlichen Knick bekommen.

»Simon.«

»Nein, reden wir nicht mehr drüber.«

»Bist du jetzt böse auf mich?«

Er lächelte. »Nein, bin ich nicht.«

Ich lächelte zurück. Doch ich glaubte ihm kein Wort.

Kapitel 15

Am nächsten Montag brachen wir zu besagter Klassenfahrt auf. Die Littlecreek High zählte zu ihrer Ausstattung einen modern wirkenden Bus, der für solche Ausflüge genutzt wurde. Ziel war ein Naturschutzgebiet mit einem schier unaussprechlichen Namen. Ich hatte ihn schon dreimal gelesen und brachte ihn einfach nicht über die Lippen. Der Trip sollte fünf Tage dauern, also hatte ich nur leichtes Gepäck dabei.

Simon hatte noch ein paar Mal mit dem WLAN-Repeater angefangen, doch ich war standhaft geblieben. Mir war klar, dass er es gut meinte, doch was zu weit ging, ging zu weit.

Dean saß zum Glück weit genug entfernt, um mich mit seinen Sprüchen zu verschonen. Neben mir hatte sich Noemi zurückgelehnt. Sie trug eine große schwarze Sonnenbrille und tat so, als würde sie schlafen. Jemand rappelte an meinem Sitz und versuchte meine Aufmerksamkeit zu erregen.

»Wie süß«, sagte Megan Simmons. »Haben die zwei Loser in Liebe zusammengefunden? Seid ihr jetzt lesbisch?«

Ich zog ein Gesicht. »Was für eine absolut indiskrete Frage, Megan. Geh jemand anderen damit langweilen.« Ja, ich hatte mir in den letzten Tagen einiges von Noemi abgeguckt.

Megan gab noch ein schnippisches Geräusch von sich, dann ließ sie sich zurück in ihren Sitz fallen.

»Was für eine blöde Kuh«, murmelte Noemi hinter den dunkel getönten Gläsern. »Wenn sie auf irgendeinem Gipfel meinen Weg kreuzt, werde ich sie hinunterschubsen und es wie einen Unfall aussehen lassen.«

»Wir haben zwar krasse Haarfarben, aber wir bringen doch niemanden um.«

»Sie hat mich geärgert«, gab Noemi ungerührt zurück. »Wenn ich eh schon unten durch bin, kann mir auch völlig egal sein, was sie von mir hält. Vielleicht stelle ich ihr einfach ein Bein, damit sie sich den Knöchel bricht.«

»Wow, du bist ja gemeingefährlich.« Ich musste ein Grinsen unterdrücken. »Will ich wirklich so nah neben dir sitzen?« Ich rückte demonstrativ ein Stückchen von ihr weg.

Noemi erwiderte nichts. Sie schob sich nur die Sonnenbrille noch höher auf die Nase und ein nicht zu übersehendes Lächeln spielte um ihre Mundwinkel.

Die Fahrt war zum Glück nicht lang und selbst Mr Renfro, den sonst überhaupt nichts hinter dem Ofen hervorlockte, schien begeistert von dem rustikalen Bergpanorama, das sich uns bot. Mr Mallory schwärmte sofort von den wunderbaren Wanderwegen und schien sich hier sehr gut auszukennen.

Noemi hatte tatsächlich Geduld bewiesen und mir den Namen des Naturschutzgebiets eingetrichtert: »Guadalupe Mountain National Park.«

Wir waren in rot gestrichenen Blockhütten untergebracht, die wir uns zu jeweils drei oder vier Leuten teilen sollten. Jungs und Mädchen getrennt, versteht sich. Und natürlich kam es so, dass die Mädels sich alle zu viert in die Hütten quetschten und nur Noemi und ich übrig blieben. Was mich nicht weiter störte, denn zu zweit hatten wir in unserer Hütte massig Platz.

Noemi hatte viel zu viele Klamotten eingepackt, die sie nun auf einem der Betten lagerte, das sie als Schrank umfunktioniert hatte. Zum Glück erwies Mr Mallory sich eher als der gemütliche Gegenpol zu dem temperamentvollen Mr Renfro. Und so glichen sich unsere Unternehmungen in der freien Natur und in der großen Gemeinschaftshütte eigentlich ganz gut aus. Am letzten Tag vor unserer Abreise stand außerdem noch ein Museumsbesuch an, auf den ich mich schon sehr freute. Die Privatsammlung eines exzentrischen Texaners war mit Sicherheit nicht so beeindruckend wie die Ausstellungen, die ich mit Tammy in New York besucht hatte. Trotzdem hatte ich die Atmosphäre in Museen immer als sehr inspirierend empfunden und merkte erst jetzt, dass mir diese Ausflüge fehlten. Dean hingegen hatte die Aussicht auf ein wenig Kultur zu einem überdeutlichen Gähnen animiert. Mr Mallory hatte nur gegrinst, während Mr Renfro ernsthaft zu überlegen schien, ob er Dean auch auf Klassenfahrt zum Nachsitzen verdonnern konnte.

Am ersten Abend waren alle so müde, dass sie früh in ihren Hütten verschwanden. Ich, die getrödelt hatte, während Noemi schon bettfertig war, verlief mich prompt auf dem Weg zu den Waschräumen. Ich fand mich vor der Gemeinschaftshütte wieder, in der schon seit Stunden kein Licht mehr brannte. Eine Bewegung im Schatten der Veranda ließ mich innehalten. Ich hatte definitiv nicht mehr damit gerechnet, noch jemanden anzutreffen. Wie immer trug ich Dads altes »The Clash«-Shirt, das mir ein gutes Stück über die Oberschenkel reichte. Dazu eine weite graue Trainingshose. Nackt war ich also nicht, trotzdem wollte ich nicht unbedingt jemandem in meinem Schlafoutfit begegnen.

Dean tauchte aus den Schatten auf, als habe er sich eben erst aus ihnen manifestiert.

»Hast du mich erschreckt.«

Er lächelte träge. »Eins meiner vielen Talente.«

Dann glitt sein Blick tiefer. »Dein Shirt ist cool. Das hätte ich auch gerne.«

Zog er mich jetzt etwa mit meinem Outfit auf? »Die Spitzenunterwäsche, mit der ich für gewöhnlich in Naturschutzgebieten herumspaziere, habe ich leider zu Hause vergessen.« Ich gab mir Mühe, zerknirscht zu wirken. »Sorry.«

Dean stieg natürlich sofort darauf ein. »Verdammt. Sollen wir einen Wagen klauen und sie holen fahren?« Er lächelte mich treuherzig an. »Ich meine, nur damit du diese Klassenfahrt auch wirklich genießen kannst?«

»Das ist so selbstlos von dir.«

»Ich weiß.« Er schüttelte scheinbar geknickt den Kopf.

Jetzt musste ich doch lächeln. Seine Augen glitzerten belustigt und für einen kurzen Moment zwang ich mich, wegzusehen. Das, was auch immer sich da aufbaute, zu durchbrechen, es nicht zuzulassen. Mit nervösen Fingern kontrollierte ich den Reißverschluss meines Kulturbeutels.

Als ich wieder hoch sah, war Deans Blick plötzlich ernst geworden. »Lass dich nicht von mir ärgern. Du siehst hübsch aus, egal was du trägst.«

»Danke.« Es sollte mir eigentlich egal sein, ob Dean mich

hübsch fand. *Eigentlich.* »Und was machst du noch hier draußen?«

Sein Lächeln kehrte zurück. Das dunkle Shirt spannte über
der Brust und entblößte einen Streifen Haut zwischen Saum und
Jeansbund, als er sich kurz streckte und dann zurück zu mir sah.
»Ich brauchte einen Moment Ruhe.«

Das schien nicht so recht zu ihm zu passen.

»Aha«, erwiderte ich deshalb vage.

»Du glaubst mir nicht.«

»Doch.«

»Kleine Mädchen sollen doch nicht lügen.«

Ich schüttelte bloß lächelnd den Kopf, weil mir keine passende Antwort einfiel. Er sah gut aus, ganz besonders in diesem
schummrigen Licht. Obwohl seine Schultern nicht ganz so breit
waren wie Simons, war ich mir sicher, dass er der größere von den
beiden war. Er wirkte unruhiger als Simon, wendiger, schneller
und damit irgendwie angriffslustiger. Ich war mir nicht sicher,
ob es an dem Lacrosse lag, einem schnellen, aggressiven Sport,
oder ob es einfach seine Natur war, immer auf dem Sprung zu
wirken.

»Einen Penny für deine Gedanken«, flüsterte Dean.

Ich blinzelte ertappt. »Gar nichts. Ich meine, ich habe an nichts
Bestimmtes gedacht.«

»Schade, New York. Wirklich schade.«

»Wieso? Woran hast du denn gedacht?«

»Bekomme ich einen Penny dafür?« Er kam etwas näher. »Du
weißt, ich bin ein armer, bedürftiger Junge aus einer ganz miesen
Ecke von Littlecreek.«

Natürlich hatte ich kein Geld dabei. Doch meine Neugier war

so groß, dass ich improvisierte. Ich öffnete den Reißverschluss meiner Kulturtasche und reichte ihm eines meiner ausgeleierten Haargummis. Es war pink und zu allem Überfluss war ein glitzernder Lurexfaden darin eingewoben. »Das ist mein Angebot.«

Deans Augen weiteten sich, doch dann nickte er, nahm das Haargummi und drehte es zwischen den Fingern. »Du willst also wissen, was ich denke.« Er schob sich das Haargummi über das rechte Handgelenk.

Ich erstarrte. Er wollte mein Haargummi als Armband tragen? Das meinte er jetzt nicht ernst, oder? Langsam drehte er das glitzernde Haargummi an seinem Handgelenk. »Ich bin froh, dass ich noch nicht im Bett war.«

»Weil du mich so in Jogginghose und Schlabbershirt gesehen hast? Ganz toll …«, murmelte ich.

»Glaubst du wirklich, es geht hier um das, was du anhast?«, schoss er zurück.

Nein, ging es nicht. Und genau deshalb riss ich mich von ihm los. »Ich sollte jetzt mal weiter.«

»Ich halte dich nicht auf, New York.«

Doch, das machst du und du weißt es ganz genau. »Dann schlaf gut und bis morgen.«

»Träum was Schönes.«

»Danke.« Ich sah ihn noch mal kurz an. »Du auch.«

Als ich hastig herumschwang, folgte mir sein leises Lachen in die Nacht hinaus.

In der Nacht von Donnerstag auf Freitag ging die Nachricht rum, dass in einer Hütte der Jungs noch eine geheime Party stattfinden

würde. Noemis Ego war mittlerweile fast komplett wiederherge-
stellt. Sie war zwar keine Königin mehr, aber ihre Schlagfertigkeit
verschaffte ihr trotzdem Respekt. Sprich: Es war ihr völlig egal,
dass wir nicht eingeladen waren, wir würden trotzdem dort auftauchen.

Sie zwang mich dazu, mich in meine engste Röhrenjeans zu
quetschen, und zupfte dann ordnend an mir herum, bis sie mich
für ›partytauglich‹ hielt. Ich hatte absolut keinen Plan, wie wir
uns alle in diese winzige Blockhütte drängen sollten, doch ich ließ
es auf einen Versuch ankommen. Vermutlich würden einige absagen, die einfach zu müde waren von unseren Exkursionen in
die Bergwelt.

Natürlich handelte es sich bei der Partylocation um die Hütte,
in der auch Dean wohnte. Die Leute saßen bereits gestapelt wie
die Hühner nebeneinander auf den Stockbetten, deren schmale
Beine gefährlich quietschten. Jemand hatte eine kleine Bluetooth-
Box aufgestellt und es lief elektronische Musik, die jedoch so mo-
derat eingestellt war, dass sie unsere Aufsichtspersonen nicht aus
dem Schlaf reißen würde. Die Party war schon in vollem Gange,
als wir ankamen, und irgendjemand hatte eine Flasche mit Wodka
und ein paar Sixpacks Bier mit auf die Fahrt geschmuggelt.

Alle hoben den Kopf, als wir eintraten. Noemi genoss den Auftritt, ich versteckte mich ein wenig hinter ihr. Tessa und Celine
begannen zu tuscheln, und es war offensichtlich, dass sie über uns
lästerten. Die Jungs warfen einen ausgiebigen Blick auf Noemis
Endlosbeine in ihren abgeschnittenen Jeansshorts und als sie den
Mund wieder zuklappten, hatten sie ihre dummen Sprüche über
unsere Haarfarben wohl vergessen. Tessa stupste zwei Jungs aus
dem Footballteam an, doch die zuckten bloß mit den Schultern.

Noemi lächelte böse in Tessas Richtung. Diese wich sichtbar zurück. Zugegeben, Noemi sah mit den dunkel umrahmten Augen und dieser flammenden, hüftlangen Mähne aus wie ein Wesen, das den Höllenfürsten persönlich beeindruckt hätte. Keine Spur mehr von dem netten Polohemd-Mädchen von nebenan mit den braven Faltenröcken. Ich fand, es stand ihr ausgezeichnet.

Auch ich hatte mich, wie üblich, eher dunkel gekleidet und – ganz wie früher mit Tammy – meine Augen dunkler geschminkt. Meine hellen Haare hatte ich zu einem lockeren Dutt hochgesteckt. Eine Frisur, die mein schulterfreies Top betonte. Unsere Mitschüler starrten uns immer noch an, doch jetzt verhaltener und weniger offensichtlich. Ich wusste, wie Noemi und ich nebeneinander aussahen, aber es gefiel mir. Früher war ich mit Tammy so ein düsteres Doppel gewesen. Jetzt hatte ich unerwartet ein neues Gegenstück gefunden.

Die Luft war stickig, verbraucht und geschwängert von einem Potpourri aus Deo und günstigen Duftwässerchen. Dean lehnte in einer Ecke, trank ein Bier und ich fühlte seinen Blick überall auf meinem Körper. Schnell drehte ich mich weg. Genau in meinem Blickfeld knutschten Mary Lou James und Stephen Santos, als gäbe es kein Morgen mehr. Mary Lou ging eigentlich mit einem Zwölftklässler, wenn ich mich richtig erinnerte. Okay, das hier war keine gute Alternative. Ich drehte mich zu Noemi. Die versuchte immer noch, Tessa und Celine mit Blicken zu töten.

»Vergiss sie«, raunte ich ihr zu. »Niemand interessiert sich für Tessa und Celine. Du bist der neu erwachte Vamp mit der bleichen Freundin und alle fragen sich, was sie tun müssen, um von dir beachtet zu werden.«

Noemi schnaubte, lächelte aber. »Wir sind beide Vamps, so

sieht es aus.« Dann reichte sie mir ihr Bier, um es sich mit mir zu teilen. Ich hatte nicht mal mitbekommen, dass ihr jemand eins gebracht hatte. Offensichtlich befand sie sich schon auf der Zielgeraden zurück in die gute alte Zeit ihrer Herrschaft. Ein paar mutige Jungs stellten sich zu uns und begannen ein Gespräch. Noemi ließ Gnade walten und sie nicht gleich abblitzen.

Ich wollte mich an der Unterhaltung beteiligen, doch Simon textete mir im Minutentakt. Am Anfang hatte ich es schmeichelhaft gefunden, denn zwischen den Zeilen hatte ich sogar ein wenig Eifersucht herausgehört. Jetzt begann es, anstrengend zu werden, die Balance zu finden. Einerseits wollte ich die Gelegenheit nutzen, vielleicht ein paar meiner Mitschüler etwas besser kennenzulernen. Anderseits wollte ich nicht, dass Simon sich Sorgen machte, weil ich mich nicht mehr meldete.

Nachdem ich eine weitere Nachricht beantwortet hatte, steckte ich das Telefon weg und sah mich nach etwas Essbarem um. Da ich Bier eigentlich gar nicht mochte, hoffte ich auf eine Tüte mit Weingummis oder Chips, um den Geschmack von der Zunge zu bekommen. Ich sagte Noemi Bescheid, dann begab ich mich auf die Suche. Als ich den Blick schweifen ließ, hielt ich überrascht inne.

Shirley McMallon stand sehr nah bei Dean und zupfte gerade an etwas an seinem Handgelenk. Ich erstarrte, als ich erkannte, um was es sich handelte. Er trug immer noch mein pinkfarbenes Haargummi. Es passte zu ihm wie ein Pinguin in die Sahara. Jetzt sagte Shirley etwas und wollte es ihm vom Arm ziehen. Dean legte die Hand darüber. Sanft, aber sehr bestimmt. Ihre ganze Körperhaltung wirkte daraufhin irgendwie schmollend, doch Dean wich nicht davon ab. Irgendetwas tief in mir begann ganz zart zu prickeln. Und genau deshalb vergaß ich, dass ich ihn völlig ungeniert anstarrte. Vermutlich mit einem Ausdruck verträumter Verzückung auf dem Gesicht.

Dean fing meinen Blick auf. Ich blinzelte, schaffte es aber nicht, mich wegzudrehen und so zu tun, als hätte ich das alles nicht mitbekommen. Alibimäßig zückte ich mein Handy, nur um zu sehen, dass Simon mir schon wieder geschrieben hatte. Ich öffnete den Messenger, um ihm schnell zu antworten, aber ich war ganz und gar nicht bei der Sache. Ob Dean mit Shirley auch auf eine Toilette zum Knutschen verschwinden würde? Warum dachte ich überhaupt darüber nach?

»New York.«

Deans Stimme ließ mich den Blick vom Display heben. Wie kam er so plötzlich hierher? »Hi.« Ich deutete mit dem Kopf in Shirleys Richtung. »Ich wollte dein Gespräch nicht unterbrechen.«

Er blieb völlig ernst. »Ich aber.«

»Hast du eine neue Eroberung gemacht?«

Das war mir jetzt nicht wirklich rausgerutscht, oder?

»Nein.« Kein Muskel zuckte in seinem Gesicht. »Ich spare mich für eine andere auf.«

»Aufsparen?« Dean fiel in mein Lachen ein und ein Grübchen, das ich vorher nie bemerkt hatte, erschien an seiner Wange.

Er beugte sich zu mir wie ein Geheimagent, der eine streng vertrauliche Nachricht übermittelte. »Ich versuche schon länger, ihr Herz zu gewinnen. Leider ist sie etwas schwer von Begriff.«

»Soso.«

Deans Atem streifte meinen Hals und die nackten Schultern, als er sprach. »Aber ich bleibe dran, keine Sorge.«

Ein prickelnder Schauer jagte meine Wirbelsäule hinab. Er war so unverschämt nah. »Da hat sie ja wirklich Glück.«

Mein Blick fiel auf seinen Mund und glitt dann hinab über sein Kinn und den Hals bis zum tiefen Ausschnitt seines Shirts. Die Haut dort war glatt und goldgebräunt. Er war dunkler als Simon, doch es passte gut zu seinen Haaren und den fast schwarzen Augen.

Als ich wieder hochsah, spürte ich das Kraftfeld zwischen uns. Diese Anziehung, die es schwer machte, rational zu reagieren. *Simon.* Ich sagte mir seinen Namen im Geist immer wieder vor. *Simon ist dein Freund, er sieht toll aus, er ist lieb zu dir und er ist der Richtige für dich. Der sichere Hafen.* Dean hielt meinen Blick. *Und nicht das schwankende Schiff auf offener See.*

»Ich muss mal ins Bad«, stieß ich hervor. Die Toiletten lagen in einem separaten Gebäude und der kurze Gang durch die kühle Nachtluft würde mich auf den Boden der Tatsachen zurückholen. Dann wurde mir klar, was ich gerade gesagt hatte. *Oh mein Gott. Hatte ich ihm jetzt ernsthaft mitgeteilt, dass ich aufs Klo musste?*

»Warte, ich begleite dich. Da draußen ist es stockdunkel.« Dean zog eine schwarze Sweatjacke unter dem Hintern eines Typen hervor, der es sich wohl auf seinem Bett gemütlich gemacht hatte.

Ich war noch wie paralysiert von dem Gedanken, mit Dean alleine zu sein, da war er schon wieder bei mir.

»Auf geht's.« Er legte ganz leicht eine Hand an meinen Rücken, wobei seine Berührung meine Haut durch den Stoff meines Shirts zu verbrennen schien. Himmel, was machte ich hier bloß?

Draußen empfing uns die kalte Nachtluft. Sofort begann ich

zu frösteln und eine Gänsehaut jagte über meinen Körper. Ich schlang die Arme um mich.

Wortlos hielt Dean mir seine Sweatjacke hin.

Er hatte sie für mich mitgenommen? Ich lächelte ihn dankbar an, während ich hineinschlüpfte.

»Mondlicht.«

»Hm?«

»Jetzt weiß ich, woran deine Haarfarbe mich erinnert.« An mir vorbei deutete er auf den silberblassen Vollmond. »Dein Haar hat die Farbe des Mondes.«

Die Sweatjacke war kuschelweich und sie roch nach ihm. Zu allem Überfluss war ich so nervös, dass ich es nicht schaffte, sie zu schließen.

Dean beugte sich zu mir und zog geschickt den Reißverschluss der Jacke hoch. »Mondlicht.« Er stupste mir zart unters Kinn.

Ich war schon wieder hin- und hergerissen. Er konnte so unglaublich süß sein. So verwirrend liebevoll, so zärtlich. Mein dummes Herz hüpfte vor Verzückung, doch mein Verstand bäumte sich auf, bei allem, was so falsch daran war.

»Danke.«

Dean nickte nur und schweigend setzten wir unseren Weg fort.

Er wartete in diskretem Abstand vor dem Eingang der Waschräume, bis ich zurück war. Nach dem Händewaschen hatte ich einen kurzen Blick aufs Handy geworfen. Acht neue Nachrichten, alle von Simon. Ich antwortete ihm, hielt mich aber nicht lange damit auf, denn ich wollte Dean nicht so lange warten lassen – Dean, der nicht mein Freund war. Und Simon, der es vermutlich nur gut meinte, bekam nur eine kurze Antwort. Ich sollte mich schlecht fühlen, doch alles, woran ich dachte, war der Rückweg mit Dean, ganz allein im Mondlicht und er so nah an meiner Seite.

Dean lächelte und bot mir seinen Arm an, als ich aus der Tür trat. Es wirkte altmodisch und etwas kitschig, doch jetzt, in diesem Moment, passte es perfekt. Ich hakte mich bei ihm unter.

»Ich habe gerade einen Waschbären im Dickicht gesehen.« Deans Stimme klang ungewöhnlich rau. War er genauso nervös wie ich? »Jesus, die Viecher sind hier groß wie Kälber.«

»Du solltest die Fenster geschlossen halten, damit sie dich im Schlaf nicht fressen.«

Er lachte dunkel. »Ich werde ihnen nicht schmecken.«

»Wieso? Du siehst doch lecker …« *Aus.* Ich verschluckte das letzte Wort. Es hatte ein Spaß sein sollen, doch die Zweideutigkeit dahinter war mir erst aufgefallen, als es zu spät war.

Dean lachte auf und hatte sich gleich darauf von mir gelöst, um mir in einer fließenden Bewegung den Arm um die Schultern zu legen. »Wenn hier jemand einen anderen frisst, dann bin ich das.«

Er zog mich noch etwas enger an sich und für eine ewige Sekunde lehnte ich meinen Kopf an seine Schulter. *Nur einen Moment. Nur einen winzigen Moment.*

Dean neigte den Kopf und seine Lippen berührten meinen Haaransatz in einer flüchtigen Berührung. Es war kaum ein Kuss. Kaum wahrnehmbar. Es war eine zärtliche, beschützende Geste. Was es nur noch schlimmer machte.

Abrupt blieb ich stehen und Dean ließ mich frei.

»Tut mir leid.« Mein Herz raste.

Dean sah wohl das Wechselbad der Gefühle auf meinem Gesicht, denn alles, was er sagte, war: »Sehen wir zu, dass wir wieder ins Warme kommen.« Er machte eine auffordernde Geste mit der Hand Richtung Hütte und wartete, bis ich ihn eingeholt hatte, bevor er weiterging.

»Danke.« Für den nächsten Satz musste ich mir einen Ruck geben. Aber es war besser so. »Vielleicht solltest du mal nachsehen, was Shirley so treibt. Ich meine, gerade da habt ihr, da hast du doch …«

Diesmal blieb Dean abrupt stehen. Er drehte sich zu mir und umfasste mein Gesicht mit beiden Händen. »Ernsthaft, New York?« Ungläubig sah er mich an. »Du willst zugucken, wie ich mit einer anderen rummache?«

»Ich … ich weiß nicht«, stammelte ich. »Ich habe einen Freund und du …« Mein Herz schmerzte und ich brach ab.

»Bullshit.« Seine Stimme war zu einem Flüstern verebbt und sein Daumen streifte kurz meinen rechten Mundwinkel, als er über meine Wange streichelte. Jede seiner Berührung war Verführung pur. Am Anfang hatte ich es für kühles Kalkül gehalten, für geplant und durchdacht. Doch jetzt vermutete ich, dass Dean einfach so war. Sinnlich und brennend vor Leidenschaft in allem, was er tat.

»Shirley und ich hatten regelmäßig mal was miteinander, weil sie ihren Ex Mike eifersüchtig machen wollte. Aber das ist schon lange her. Zwischen uns läuft nichts. Zumindest nicht von meiner Seite.«

Ich wollte vor Erleichterung aufschluchzen. Doch stattdessen sagte ich: »Ich habe kein Problem damit. Simon und ich sind zusammen. Ein Paar. Und was auch immer du mit Shirley hast, ist nur deine Sache.«

Ein wildes Funkeln glomm in Deans Augen auf. »In Ordnung«, erwiderte er. Etwas in seiner Stimme versicherte mir, dass ich mir eben gewaltig ins eigene Fleisch geschnitten hatte.

Er ging immer noch nah neben mir, nichts an ihm schien verändert, doch ich spürte, dass es tief in ihm brodelte.

Zurück in der Hütte gesellte ich mich wieder zu Noemi, die mich sofort nach der Sweatjacke fragte. Ich erzählte ihr von meinem Ausflug zu den Waschräumen, wobei mein Blick immer wieder zu Dean wanderte.

Er stand dicht bei Shirley, die ihn anstrahlte. Als Deans Blick mich über die Menge hinweg traf wie ein Flammenwerfer, ahnte ich Böses. Im nächsten Moment zog er Shirley an sich. Der Kuss war filmreif. Kein Wunder, dass sie in seinen Armen schmolz wie Butter. Die Anzahl ihrer Zuschauer wurde sekündlich größer und als Dean beide Hände in Shirleys Haaren vergrub, ergriff ich die Flucht. Ich stammelte etwas von »Simon« und »telefonieren« und stürzte aus der Hütte.

Mein Atem ging schnell und mein Herz überschlug sich fast in meiner Brust. Ich ließ mich gegen das kühle Holz der Außenwand sinken und schloss die Augen. Ich hatte es so gewollt, hatte ihn regelrecht dazu ermutigt. Und jetzt brannte alles schmerzhaft in mir, als hätte ich ätzende Säure getrunken.

Jemand polterte durch die Tür und warf sie dann krachend hinter sich zu.

»Das ist es doch, was du wolltest, New York.« Dean stand vor mir, aufgebracht und schwer atmend. »Warum genießt du die Show dann nicht?«

»Geh weg.« Ich sah ihn nicht an.

»Den Teufel werde ich.« Er zog mich an sich, hüllte mich mit seinem Körper ein, hielt mich ganz fest. Einen Moment lang bekam ich vor Überraschung keine Luft. Doch dann wurde mein Körper ganz weich und ich ließ mich fallen. In meine Gefühle für Dean, in die brennende Eifersucht, zu der ich gar kein Recht hatte. Ich fühlte seinen Atem in meinem Haar.

»Was machst du bloß für Sachen, New York.« Es war ein zärtliches Flüstern.

Wieder flog die Tür auf. Wir hoben simultan die Köpfe. Shirley war Dean gefolgt, scheinbar um herauszufinden, was es mit seinem rasanten Abgang auf sich hatte.

Ich rechnete mit einer Riesenszene.

Doch stattdessen lachte Shirley nur bitter auf. »Und du nennst mich naiv, weil ich immer noch an Mike hänge? Weil ich mich an einen dummen Traum klammere?« Sie hielt die Hand hoch, als wolle sie mit Dean zum High Five einschlagen. »Willkommen im Club, Dean.« Sie lachte noch mal auf, dann verschwand sie wieder in der Hütte.

Dean hatte die Stirn gerunzelt. »Okay, das gerade war wohl nicht die feine englische Art. Hätte ich gewusst, dass sie immer noch so sehr an Mike hängt ...« Er brach ab. »Ich werde mich nachher bei ihr entschuldigen. Ich dachte, sie nimmt es lockerer.«

Ich wollte gerade etwas erwidern, ihm sagen, dass ich es richtig und gut fand, dass er sich bei Shirley entschuldigen wollte, da schrillte mein Handy. Wer rief mich um diese Uhrzeit noch an? Der letzte Anruf, den ich mitten in der Nacht erhalten hatte, war von Suzan, die mir erzählte ... Sofort begann ich zu zittern.

»Alles okay?«

Ich hörte Dean wie aus weiter Ferne. Suzan hatte mich angerufen, um mir möglichst schonend beizubringen, dass Mom und Dad einen furchtbaren Unfall gehabt hatten. Dass sie heute Nacht nicht mehr nach Hause kommen würden. Dass die Polizei bei mir klingeln würde. Dass sie eine Psychologin schickten.

Bitte nicht, flehte ich stumm. *Bitte nicht noch einmal so ein Anruf …*

Ich zwang mich, auf das Display zu sehen.

Simon? Schnell nahm ich das Gespräch an. »Ist was passiert?«

»Wieso antwortest du nicht mehr? Ist bei dir alles okay? Ich habe dich mehrfach angetextet und die letzten Nachrichten hast du nicht einmal gelesen.« Er ertränkte meine Frage einfach in seinem Wortschwall.

»Deshalb rufst du an, Simon?« Ich klang fassungslos, meine Stimme zitterte. All die Erinnerungen, den Schrecken dieser albtraumhaften Nacht, all das hatte er mir beschert, um mir Vorwürfe zu machen?

Dean verdrehte genervt die Augen, als Simons Name fiel.

»Darf ich dich nicht anrufen?«

»Doch, natürlich darfst du mich anrufen. Und deine Nachrichten hätte ich gleich noch beantwortet.«

Noch mal verdrehte Dean die Augen und ich boxte ihn halbherzig in die Seite. Er taumelte gespielt ein Stück zurück, kam dann aber sofort wieder näher. Vermutlich, um keine Sekunde dieses Schauspiels zu verpassen.

»Warum ist es so still bei dir? Bist du schon im Bett?«

»Nein, ich bin noch auf der Party, aber ich musste mal raus an die frische Luft. Etwas abkühlen.«

»Abkühlen?«

»Ja genau.« Ich fühlte mich fast wie bei einem Verhör. Und natürlich wurde mein schlechtes Gewissen Simon gegenüber noch größer.

Dean schnaubte amüsiert, dann beugte er sich zu mir und tat so, als wolle er auch etwas ins Telefon sagen.

Mir rutschte vor Schreck fast das Herz in die Hose. Das würde er nicht wagen. Wieder schob ich Dean energisch ein Stückchen von mir weg.

»Simon, sollen wir …«

»Sag das noch mal, ich verstehe dich kaum, ich …« Die Leitung knarzte plötzlich, als wäre sie kurz davor durchzubrennen. »Aria, was …« Rauschen.

»Simon, hallo?« Ich ging ein Stückchen von Dean weg. »Simon. Ich höre dich kaum.«

»Ist alles …« Ein schrilles Tuten erklang. Die Verbindung war unterbrochen. Ich warf einen kurzen Blick aufs Display – null Empfang – und schwenkte dann wieder zu Dean.

Na warte.

Ich umfasste seine Schultern, damit er sich mir ganz zudrehte. »Spinnst du eigentlich?« Dean ließ sich gespielt gegen die Hauswand taumeln. Als wenn ich die Kraft besessen hätte, ihn zu schubsen …

»Der Goldjunge hat dich ja schon ganz schön an die Kette gelegt.«

»Wie bitte?« Ich baute mich vor ihm auf. Er hatte sich lässig ein Stück heruntersinken lassen, sodass wir nun fast auf Augenhöhe waren. Und natürlich schien er sich keiner Schuld bewusst, was mich nur noch mehr provozierte.

»Ja, Simon. Nein, Simon. Es tut mir leid, Simon, dass ich nicht sofort auf all deine Nachrichten geantwortet habe. Bitte verzeih mir.«

Ich schnaubte. »Du würdest dich also nicht verpflichtet fühlen, deiner Freundin zu antworten?«

»Doch. Aber ich würde sie nicht mit Nachrichten bombardieren, um zu kontrollieren, dass sie auch jede Minute des Tages an mich denkt.«

»Du meinst, Simon kontrolliert mich damit?«

Dean lachte trocken auf. »Das fragst du mich wirklich?«

Er musste die Wahrheit in meinen Augen gelesen haben. Dass es auch mir zu viel wurde. Dass es aufdringlich war. Dass es meinen Tagesablauf bestimmte. Doch wollte ich Simon deswegen wirklich böse sein? Es hatte begonnen, als der Bus das Schulgelände verlassen hatte, und seitdem war es immer schlimmer geworden. So schlimm, dass ich ein schlechtes Gewissen bekam, sobald ich auf mein Handy schaute. Weil dort eigentlich immer eine ungelesene Nachricht auf mich wartete. Weil sich irgendwas zwischen Simon und mir mit einem Mal nicht mehr richtig anfühlte.

Ich drehte mich von Dean weg, sah zum Waldeingang und sehnte mich plötzlich nach einem Spaziergang. Ich brauchte einen Augenblick Ruhe, musste runterkommen, meine Gefühle sortieren, einfach mal durchatmen.

Ich sah kurz zu ihm zurück. »Ich brauche mal einen Moment für mich.«

Dean wollte protestieren, doch ich schnitt ihm das Wort ab. »Respektier das bitte.«

Er nickte bloß. Sein Gesicht war ernst, als er sich wieder zu voller Größe aufrichtete. »Bitte bleib in der Nähe der Hütten.«

Ich nickte knapp, dann drehte ich mich um und verschwand auf den Pfad zwischen den Hütten. Die Nacht war wunderschön. Blauschwarz, still und ihr Frieden wirkte so verlockend.

Hier zwischen den Hütten war es gut beleuchtet. Doch dann erinnerte ich mich an die Stelle, wo ein schmaler Weg in den Wald führte. Dort würde ich vielleicht ein wenig Ablenkung und Ruhe finden. Hinter mir rief Dean prompt meinen Namen. Ich brummte einen Fluch. Natürlich hatte er bemerkt, dass ich den Weg verlassen hatte. Der böse Wolf, der das Rotkäppchen davor warnte, zu tief in den Wald zu gehen … welche Ironie. Doch statt zu reagieren, drang ich immer weiter in das Dickicht vor. Der runde Vollmond am Himmel spendete zum Glück genügend Licht. Tief sog ich die frische Luft in meine Lungen und in meinem Kopf wurde es wieder etwas klarer.

Trotzdem fuhren meine Gefühle Achterbahn. Simon hatte sich verändert, eine Seite von sich gezeigt, die ich noch nicht kannte. Und Dean … an ihn wollte ich erst gar nicht denken. Er provozierte mich, brachte mich zur Weißglut und doch raste mein Herz nicht vor Wut, wenn er mir nah kam. Lautlos seufzte ich auf. Ich brauchte dringend noch mehr frische Luft.

Kapitel 16

Die Luft im Wald war feucht und roch seltsam erdig und morsch, fast wie in einer Gruft. Irgendwo im Unterholz hörte ich ein kleines Tier rascheln. Ich stolperte über eine Wurzel und wäre fast gefallen. Verflixt! Ich war einfach viel zu sehr mit meinen Gedanken beschäftigt, um mich auch noch auf den Weg zu konzentrieren. Schnaufend blieb ich stehen und sah kurz nach oben. Die Baumkronen waren mittlerweile so dicht, dass sie das Licht des Mondes kaum noch zu mir hindurchließen. Zu einem anderen Zeitpunkt hätte ich mich vielleicht unwohl, ja sogar ängstlich gefühlt. Doch in meinem Kopf kreisten so viele Emotionen, dass die Angst keinen Platz zu finden schien.

Der Weg wurde beschwerlicher, ließ sich eigentlich kaum noch Weg nennen, denn nun wuchsen niedrige Bodendecker kreuz und quer. Hin und wieder lagen sogar ganze Äste auf dem dunklen Waldboden. Ich beschloss, dass es klüger war, nicht noch weiter in dieses Dickicht vorzudringen.

Gerade wollte ich umdrehen und mich auf den Rückweg machen, da entdeckte ich etwas aus dem Augenwinkel. Etwas Massives, Graues auf einer kleinen Lichtung. Neugierig machte ich einen Schritt darauf zu. Es war ein großer Stein, der majestätisch aus dem Waldboden ragte. Das Unterholz drumherum schien ihm ehrfürchtig Platz zu machen, denn kein Moos wuchs in seinen Tälern und keine Ranken streckten sich an ihm empor. Er sah aus, als sei er von einem Riesen persönlich in diesem Wald abgelegt worden. Quarzsplitter schimmerten im Gestein und neugierig ging ich näher. Das Mondlicht, das in sanften Bahnen über den Stein wanderte, ließ die Kristalle unwirklich aufleuchten. Ich legte eine Hand darauf.

»Wie schön …«, murmelte ich. Überraschungen wie diese gefielen mir besonders gut. Man verließ vertraute Gefilde, ging abseits des Weges und entdeckte etwas Außergewöhnliches, von dem man gar nicht wusste, wie sehr es einen faszinierte, bevor man es sah. Ich strich gerade noch mal bewundernd über den Stein, als hinter mir jemand durch das Unterholz brach.

Erschrocken drehte ich mich um. Zum Glück war der Stein so hoch, dass ich mich daran anlehnen konnte. Ich hörte jemanden fluchen und erkannte die Stimme sofort. Dean. Noch hatte er mich nicht erreicht und vielleicht würde er mich auch abseits des Weges gar nicht entdecken, wenn ich mich nicht rührte. Ich zögerte. Einerseits wollte ich nicht, dass er sich wegen mir noch weiter in den Wald begab, andererseits fühlte ich mich einer weiteren Diskussion mit ihm gerade nicht gewachsen.

Ein Rascheln in meinem Rücken ließ mich erneut herumwirbeln. Zwar hatte ich den Stein nun wie einen Schutzwall vor mir, doch dieses Geräusch alarmierte mich, denn es war mir auf unheimliche Weise vertraut. Das Schlagen großer Schwingen.

Oh nein.

Es verging nur knapp ein Atemzug, in dem ich meine Hände rechts und links auf den großen Stein legte, als wollte ich ihn noch näher an mich ziehen, da brachen sie auch schon durch die Bäume. Es waren nicht so viele wie im Naturschutzgebiet, doch ich zählte bestimmt sechs Stück und sie alle steuerten direkt auf mich zu. Ihr Geruch, pulvrig-scharf und stechend zugleich, erreichte mich noch einige Sekunden, bevor der erste Rabe einen engen Bogen um mich flog. Er krächzte schrill. Ich duckte mich hinter den Stein und griff automatisch nach einem Ast, der wie zufällig zu meinen Füßen lag. Er war zwar nicht so groß und schwer, wie ich es mir gewünscht hätte, aber zur Not konnte ich mich auch damit verteidigen.

»Verschwindet«, rief ich. Nun hatten mich schon vier der Raben erreicht. Ich presste mich mit dem Rücken gegen den Stein, um ihnen wenigstens dort keine Angriffsfläche zu bieten. Dann hörte ich Dean meinen Namen rufen, doch noch schien er mich nicht entdeckt zu haben. Vermutlich war er sogar ein Stückchen an mir vorbeigelaufen.

»Haut endlich ab!«, brüllte ich. »Was wollt ihr von mir?« Inzwischen flogen alle sechs um mich herum, als wollten sie mich einkesseln.

»Verschwindet!«

Der Kreis wurde größer, als ihre Schwingen sich veränderten, breiter wurden und dunkle Schlieren durch die Luft zu ziehen schienen. *Oh nein, bitte nicht.* Ich schlug nach ihnen, in dem hoffnungslosen Versuch, sie zu verscheuchen, bevor sie mich angriffen.

Dann war Dean da. Ich erkannte den Schock in seinem Gesicht, die Überraschung, als er meine Angreifer wiedererkannte, noch bevor er sich instinktiv nach einer Waffe umsah. Auch er hob einen Ast vom Waldboden auf. Die Raben schienen ihn nicht entdeckt zu haben oder er war ihnen egal. Eines der Viecher flog so nah an mir vorbei, dass ich sehen konnte, wie seine Augen sich veränderten. Es öffnete den Schnabel und ich keuchte auf vor Angst. *Zähne!* Genau wie beim letzten Mal.

Dean wollte auf mich zustürzen, doch zwei der Raben drehten ab und flogen ihm entgegen.

»Pass auf!« Meine Stimme überschlug sich fast.

Dean schien wesentlich geübter in Selbstverteidigung als ich. Oder er konnte nur einfach gut mit einem Stock umgehen, weil er Lacrosse spielte. Jedenfalls holte er beide Raben aus der Luft. Ihre Körper fielen mit einem dumpfen Geräusch zu Boden und blieben mit verdrehten Gliedern auf dem Waldboden liegen. Sie rührten sich nicht mehr.

Die anderen Raben schien das Schicksal ihrer Kameraden nicht zu stören. Ihre Flügel waren nun fast kahl und ledrige Haut trat zutage. Ihre Augen wurden größer und menschlicher, doch sie griffen mich nicht an. Ihre Verwandlung war eine einzige Drohung. Als würde ihre fürchterliche Gestalt schon ausreichen, dass ich vor Angst tot umfiel. Doch so leicht war ich nicht mehr einzuschüchtern. In letzter Zeit war einfach zu viel abgedrehtes Zeug passiert.

Dean stand immer noch aufrecht zwischen den beiden Vögeln und hob alarmiert den Stock, als die Schwinge des einen plötzlich noch einmal zuckte. Ich schlug mit meinem Ast nach einem der Wesen, die mich umkreisten, doch es lachte nur.

Ich brauchte einen Moment.

Richtig. Es war kein Krächzen. Es war ein Lachen. Ein böses dunkles Kichern, das überheblich und siegessicher klang. Ich hatte nie darüber nachgedacht, wie weit sie sich verwandeln konnten. Ich hatte nie überlegt, zu was sie tatsächlich wurden, wenn ihnen genug Zeit blieb.

Ich sollte wirklich Angst vor ihnen haben, aber ich war ganz ruhig, fast so, als wäre irgendein unbekannter Teil in mir erwacht, der mir nun zuflüsterte, dass ich sie fertigmachen konnte.

»Macht 'nen Abflug!«, brüllte ich. »Ihr geht mir auf die Nerven.« Jetzt kicherten sie alle. Vier misstönende Stimmen, die zusammen ein Geräusch ergaben wie metallene Fingernägel auf einer Schultafel.

Als Dean meinen wütenden Aufschrei hörte, schreckte er erneut auf. Er stürzte nach vorn und schlug auf einen der Raben – oder was auch immer das für Wesen waren – ein. Der Ast erzeugte ein seltsames Geräusch auf dem gefiederten Körper. Hohl und irgendwie künstlich, so als wäre es eine Puppe und kein Lebewesen. Der Rabe ging zu Boden und blieb mit weit geöffnetem Schnabel liegen.

Wir kämpften in verbissener Zweisamkeit. Dean holte noch einen der halb verwandelten Vögel aus der Luft und auch ich erwischte einen. Das Wesen gab einen Schrei von sich, der mir durch Mark und Bein ging. Schwarzes Blut quoll hervor, das widerwärtig süß und scharf zugleich roch. Schockiert starrte ich auf das reglose Mischwesen aus Vogel und irgendetwas anderem Grauenhaften, etwas Menschlichem, aber auch so abgrundtief Nichtmenschlichem. Ich hielt die Luft an, weil mich der Geruch der Kreaturen so sehr in der Nase reizte.

Wieder erklang ein Kichern. Unser letzter Gegner stand nun fast aufrecht, umgeben von einem Regen aus Federn, die er abzustoßen schien wie eine Schlange ihre Haut. Ich wich erschrocken zurück. Dean neben mir keuchte auf. Das Wesen grinste. Es war eher ein Zähneblecken als ein freundliches Lächeln. Eine Art Schuppenpanzer raste wie lebendig über seinen gesamten Körper. Seine Krallen sahen fast aus wie Hände, bewehrt mit langen dunklen Nägeln und Knöcheln, die seltsam verkrüppelt hervorstanden. Seine Beine waren krumm und knackten hohl bei jedem Schritt, wie der Panzer eines Insekts. Dean rückte nah zu mir, den Stock genau wie ich kampfbereit erhoben.

»Was zur Hölle ist das? Hast du so was schon mal gesehen?«

Ich schüttelte den Kopf.

Das Wesen war mittlerweile halb so groß wie ich, und obwohl es immer noch gekrümmt und vogelhaft wirkte, vermutete ich, dass wir mit unseren beiden Ästen nur noch wenig gegen es ausrichten konnten. Allein die Zähne in seinem Maul konnten uns mühelos in Fetzen reißen. Uns würde nur die Flucht bleiben.

»Dean, wir sollten jetzt schnell …«

Plötzlich sprang das Wesen vor.

»Los, zusammen!«, rief Dean in diesem Moment. Ich verstand und riss meinen Ast hoch. Das Wesen konnte seinen Sprung nicht mehr abbremsen und knallte mit voller Wucht in die Äste, die wir zu einem harten Schlag ausgeholt hatten. Ich schauderte, als ich erkannte, wo mein Ast das Wesen getroffen hatte. Aus einem Auge quoll dunkles Blut und der Schnabel schien seltsam verbogen. Ich musste ein Würgen unterdrücken. Das Wesen gab ein ersticktes Geräusch von sich und rollte sich zur Seite. Noch in der Bewegung verwandelte es sich zurück. Dean und ich sahen gebannt zu, wie der Kopf des Wesens schrumpfte und sein dichtes Gefieder zurückkehrte. Die Rückverwandlung verlief viel schneller und auch der letzte Vogel rührte sich nun nicht mehr.

Ich ließ meinen Blick über die leblosen Tierkörper gleiten, dann sah ich kurz nach oben, weil ich mit einem weiteren Angriff rechnete, doch der Himmel blieb ruhig. Dean ließ sich mit dem

Rücken gegen den Stein sinken und schloss für einen kurzen Moment die Augen. »Was für ein abgefahrener Mist war das denn?« Er öffnete die Augen und drehte sich zu mir. »Sag mir, dass ich nicht den Verstand verloren habe.«

Ich musste tief Luft holen, um die Übelkeit zu vertreiben, dann warf ich den Ast neben mir ins Gras. Von seiner Rinde war meine Handfläche aufgeschürft und brannte unangenehm. »Wenn ja, dann haben wir beide zusammen den Verstand verloren.«

Ich deutete auf die sechs toten Vögel, die um uns verstreut auf der Lichtung lagen. Es war nicht unbedingt das beste Argument, denn sie alle hatten sich zurückverwandelt. Doch wir wussten schließlich, was wir gesehen hatten.

»Was sind das für Viecher?« Dean beugte sich zu dem Vogel, der ihm am nächsten lag. Vorsichtig stupste er ihn mit seinem Ast vor eine Kralle. »Jetzt sehen sie alle wieder aus wie ganz normale Raben, aber ich könnte schwören, dass …«

Die Vögel öffneten gleichzeitig ihre Augen.

Oh mein Gott.

Dean riss den Ast hoch und wich zu mir zurück. Wie auf ein geheimes Kommando begannen die Vögel sich zu regen. Das Knacken, als ihre Glieder sich wieder einrenkten, war ein so ekelhaftes Geräusch, dass erneut Übelkeit in mir hochkroch.

»Los!« Dean deutete auf den Ast, den ich fallen gelassen hatte. Schnell hob ich ihn wieder auf. Jetzt machte sich doch der metallische Geschmack der Angst in meinem Mund breit. Würden wir sie wirklich ein zweites Mal besiegen können? Und wenn auch nur, um genügend Zeit zu finden, um zu flüchten? Doch was, wenn sie uns folgten? Wenn sie mich finden würden? Wenn sie genau nach mir gesucht hatten? Wenn …

Die Vögel stürzten sich auf mich wie eine schwarze Wolke. Sie waren unglaublich schnell, ihre Bewegungen so präzise, als würde ein unsichtbarer Puppenspieler sie steuern. Ich schlug blind nach ihnen. Ihre Federn streiften meine Wangen und eine Kralle riss am Stoff meiner Sweatjacke. Ich hörte Deans wütenden Schrei, als er den Ast ins Gras warf, vermutlich aus Angst, mich damit treffen zu können. Mit bloßen Händen schlug er nach den Rabenwesen.

In diesem Moment schwenkte die Aufmerksamkeit der Vögel um. Sie ließen von mir ab und stürzten sich gemeinsam auf Dean. Wahrscheinlich wollten sie ihn zuerst kampfunfähig machen, bevor sie sich wieder mir zuwandten. Panik erfasste mich, als ich Deans Schmerzensschrei hörte. Ich warf den Ast beiseite und stürzte hinterher. Mit bloßen Händen traf ich Flügel und Klauen, doch die Viecher schienen stärker geworden zu sein. Dieser widerliche Geruch, der von ihnen ausging, trieb mir Tränen in die Augen und ich musste blinzeln. Dann erwischte mich ein Flügel. Er traf mich knapp oberhalb des Auges, streifte mein Lid und hinterließ ein scharfes Brennen. Ich wich zurück und presste meine Hand auf die schmerzende Stelle. Wieder erklang ein Kichern, noch mal schienen die Vögel ein wenig größer zu werden und dann ging Dean zu Boden.

Sie waren über ihm wie eine schwarze Masse, die ihn unter sich begraben und ersticken würde. Ich sah noch, wie er seinen Kopf mit den Händen schützte, bevor ich ihn nicht mehr erkennen konnte. Ihre Bewegungen waren so schnell, dass sie zu einer wogenden Masse verschwammen. Noch mal erklang Deans Schrei, aggressiv und schmerzverzerrt zugleich, und es zerriss mir fast das Herz.

Meine Ohnmacht darüber, dass ich nicht wusste, wie ich diese Viecher vertreiben, wie ich Dean helfen konnte, ließ eine unbekannte Wut in mir erwachen. Als ich ausatmete, sah ich winzige Eiskristalle durch die Luft flirren. Die Härchen auf meinen Armen knisterten, so kalt war meine Haut plötzlich.

Etwas Wildes, Unbezähmbares brach sich in mir Bahn, als ich einen Schrei ausstieß. »Hier bin ich, ihr feigen Mistviecher!«

Jede Zelle meines Körpers schien unter Strom zu stehen. Meine Handflächen prickelten und fast fühlte es sich an, als würden meine Haare leicht im Wind schweben. Ich wusste nicht, was ich tat, aber ich wusste, dass ich es tun würde.

Ich sah helles Blut auf einem der Rabenschnäbel. Sie hatten Dean verletzt. Bei mir brannte endgültig eine Sicherung durch. Einer der Raben keckerte schrill. Es klang wie ein Zeichen, ein Befehl und gemeinsam ließen sie abrupt von Dean ab. In der nächsten Sekunde stürzten sie sich auf mich wie eine schwarze Wolke. Danach ging alles ganz schnell.

Ich ließ die Wut in meinem Innern frei und instinktiv reckte ich die Hände nach vorn. Energie schoss aus ihnen hervor, fand ihren Weg, fand ihr Ziel und alle sechs Raben waren für einen kurzen Moment lang von einer Art weiß schimmernden Aura umgeben. Dann schmolzen ihre Körper wie Teer. Noch bevor sie den Boden erreichten, hatten sie sich in Luft aufgelöst.

Ich hielt inne, starrte auf meine weit nach vorn gestreckten Hände und fragte mich, was gerade passiert war. Genau so hatte es sich angefühlt, als der Blitz durch meinen Körper gejagt war. Genau das gleiche Prickeln, genau dieser wilde Tanz von Energie in all meinen Zellen. Es schien, als hätte ich den Blitz in mir gespeichert, als hätte er nur darauf gewartet, wieder freigelassen zu werden.

Dass diese Vögel etwas Übernatürliches waren, genau wie meine Kräfte, war nicht mehr zu leugnen. Doch wie das alles zusammenpassen sollte, war mir immer noch ein riesengroßes beängstigendes Rätsel.

Ich stürzte zu Dean, der sich gerade mühsam wieder aufrichtete. Die Vögel hatten ihn an der Wange erwischt und ein wenig Blut sickerte aus der Wunde.

»Wo sind sie?« Er sah sich alarmiert um, als rechne er immer noch mit einem Angriff.

Offenbar hatte er nicht gesehen, wie ich diese Wesen mit einem Blitz pulverisiert hatte. Und es ihm jetzt zu erklären, erschien mir etwas zu viel. Er hatte schließlich ganz schön was abbekommen. Außerdem musste ich selbst erst mal verstehen, was hier vorging.

»Der eine Rabe hat so komisch gekrächzt und dann sind sie alle wie auf ein geheimes Zeichen hin abgehauen.« Zuerst zögerte ich, Dean zu berühren, denn ich wollte ihm keinen Stromschlag verpassen. Wer wusste schon, wie viel dieser Blitzenergie noch durch meine Finger strömte. Doch dann überwand ich mich und legte meine Hand auf seine Schulter. »Alles okay?«

Kurz berührte er meine Hand mit seiner, dann schüttelte er sich, fast wie um endlich aus einem schlechten Traum zu erwachen.

»Was für ein krasser Scheiß.«

Dean sprang auf die Füße und griff nach meiner unverletzten Hand, um mir aufzuhelfen. Ich war erleichtert, dass es ihm bis auf ein paar Kratzer gut zu gehen schien.

Er ließ meine Hand nicht los. »Wir sollten schnellstens raus

aus diesem Wald.« Noch bevor ich darauf antworten konnte, zog Dean mich mit sich. Hektisch sah er sich nach möglichen Angreifern um. »Das war jetzt das zweite Mal, dass diese Viecher aufgetaucht sind, und beide Male in einem Wald. Oder haben sie dich noch öfter angegriffen?«

Ich schüttelte den Kopf, als Dean sich im Gehen kurz zu mir umwandte.

Er schob einen tief hängenden Ast zur Seite. »Ich wollte dich ja aufhalten. Es ist gefährlich, nachts allein in einem Wald herumzuspazieren, in dem man sich nicht auskennt. Ganz abgesehen von irgendwelchen mutierten Viechern, die dich verfolgen wie ein Schatten. Ich bin mir sicher, dass du mich gehört hast, als ich dir nachgerufen habe.« Wieder sah er sich zu mir um. »Aber du hast deine Ohren ja auf Durchzug gestellt. Wie hätte ich es nachher bitte unserem Goldjungen erklären sollen, dass du leider mit Haut und Haaren gefressen wurdest?«

Warum musste er schon wieder von Simon anfangen? Ich machte mich von Dean los und blieb abrupt stehen. Uns trennten nur wenige Baumreihen von den Hütten und durch die Lücken im Dickicht konnte ich bereits den beleuchteten Weg erahnen. Dean drehte sich zu mir und um seine Mundwinkel spielte schon wieder das altbekannte selbstsichere Grinsen. In diesem Moment hätte ich ihm gerne erzählt, wer hier wessen Hintern gerettet hatte. »Zum letzten Mal, Dean, lass Simon da raus. Würdest du dich nicht so dreist in meine Beziehung einmischen, hätte ich gar keinen Nachtspaziergang nötig gehabt.«

Er lachte trocken auf. Die Wunde auf seiner Wange war zum Glück nur ein Kratzer und hatte bereits aufgehört zu bluten.

»Jetzt mal im Ernst, New York: Bist du tatsächlich das naive

Großstadtmädchen, das nachts irgendwo in die Wildnis verschwindet, nur um zu schmollen?«

Das Wort »schmollen« überspannte meinen ohnehin sehr dünnen Geduldsfaden endgültig. »Erstens brauchst du mein Verhalten nicht zu beurteilen. Und zweitens hast du mich den ganzen Abend auf Simon angesprochen. Also glaube ich kaum, dass du dich darüber beschweren kannst, wenn ich darauf reagiere.«

»Ich habe dich lediglich darauf hingewiesen, dass du nur am Handy hängst.«

Ich deutete gen Himmel. »Das gerade weißt du aber noch, oder? Die Viecher, die uns angegriffen und dich sogar verletzt haben? Alles andere kann doch gar nicht so wichtig sein. Was, wenn sie zurückkommen? Was, wenn wir das nächste Mal nicht so viel Glück haben?«

Dean erwiderte nichts, das Grinsen war plötzlich aus seinem Gesicht gewichen. Jetzt presste er nur die Kiefer aufeinander und ich sah in seinen Augen, dass er all das, was passiert war, noch gar nicht richtig verarbeitet hatte. Trotzdem wollte ich noch etwas klarstellen.

»Und hör bitte endlich auf, dich über Simon lustig zu machen.« Meine Worte klangen halbherzig. Es war schlimm, dass Dean immer wieder den Finger in die Wunde legte. Und noch schlimmer war es, dass er irgendwie recht hatte. Simon war lieb zu mir gewesen, und in seiner ruhigen und ehrlichen Art hatte er mir einen Hafen geboten. Den Hafen, den ich in Littlecreek so dringend gebraucht hatte. Doch mittlerweile fühlte sich seine Fürsorge an wie ein Schraubstock, der sich schwer um meinen Brustkorb geschlungen hatte. Ich wusste, Simon meinte es nicht böse, aber seine permanenten Nachfragen und sein Kontrollzwang engten mich nicht nur emotional ein.

»Na gut.« Dean hob scheinbar resigniert die Arme. »Dann verleugne es halt. Er kontrolliert jede Minute deines Lebens, aber offensichtlich stehst du darauf.«

Warum konnte er nicht endlich aufhören, darüber zu reden? Warum konnte er mir keine Zeit geben? Ich wollte irgendetwas erwidern, aber mir fehlten die Worte. Um ehrlich zu sein, hatte ich mich von Simon in den letzten Tagen mehr entfernt, als ich es mir bisher eingestanden hatte. Doch ich wollte das nicht mit Dean diskutieren. Nicht bevor ich wusste, was das mit uns zu bedeuten hatte. Ich ballte hilflos die Hände zu Fäusten und im nächsten Moment durchfuhr mich ein scharfer Schmerz. Mir entwich ein leiser Fluch und ich hob die rechte Hand, um die aufgeschürfte Haut dort zu betrachten.

»Bist du verletzt?« Dean nahm meine Hand, doch dieses Mal war es vorsichtig und langsam. »Das war der Ast, oder?«

Er hob meine geschundene Handfläche an seine Lippen. Seine Augen waren fast schwarz. Dann hauchte er einen Kuss auf meine Haut. »Jetzt ist es wieder gut.«

Diese Berührung, so harmlos und unschuldig, ließ meine Knie weich werden. »Danke, es geht schon.« Schnell entzog ich ihm meine Hand. Meine Stimme klang dunkel und viel zu weich dafür, dass ich gerade aus einem Kampf kam. Dafür, dass Dean mich schon wieder mit seinen Worten über Simon provoziert hatte. Ein Teil von mir wollte ihn anschreien, ihn hilflos anbrüllen und immer wieder fragen: Was machst du mit mir? Wie machst du es? Und warum machst du es? Ein anderer Teil wollte es einfach zulassen.

Mein Herz nahm gefährlich Fahrt auf, als ich an das Gefühl seiner Lippen auf meiner Haut dachte.

Dean war natürlich nicht entgangen, wie schnell ich ihm meine Hand wieder entzogen hatte. »Herrje, das war doch nun wirklich nichts Schlimmes. Falls unser Goldjunge dich fragt: Ich bin dir nur hinterher, weil ich ein verantwortungsvoller Mitschüler bin, mehr nicht.«

»Lügner.« Das Wort war einfach so aus meinem Mund gehüpft. Doch je länger es zwischen uns hing, desto größer und bedeutungsvoller wurde es.

Da war er wieder, dieser provozierende Blick. Dean machte zwei große Schritte auf mich zu, drängte mich gegen den Baum hinter mir und war so nah, dass ich all seine Konturen, die harten Ecken und Kanten seines Körpers, viel zu nah an meinen spürte.

Er senkte den Kopf in Richtung meiner Lippen. »Und du, New York, bist ein Feigling. Ein elender Feigling.«

Die Stille danach schien fast mit Händen greifbar.

Mein Blick fiel auf seinen Mund. Diese unverschämt sinnlich geschwungenen Lippen. Das Haar hing ihm zerzaust in die Stirn. Die Wunde auf dem Wangenknochen ließ ihn fast ein wenig verwegen wirken. Jede Zelle seines Körpers schien nach mir zu rufen, mich zu locken, mich zu ihm zu treiben. Es war kaum eine Bewegung, kaum ein halber Schritt, da waren unsere Körper einander ganz nah. Es waren nur noch Millimeter, die uns trennten. Deans Atem ging schnell und auch ich hatte Mühe, nicht zu vergessen, dass ich Sauerstoff zum Überleben brauchte. Ich konnte das Adrenalin des Kampfes noch an Dean riechen. Es mischte sich mit dem Duft seiner Haut, mit den Spuren des Waldes an seinem Shirt, dem brutalen Sehnen, das in jedem seiner raschen Atemzüge mitschwang.

Wir griffen gleichzeitig nacheinander.

Ich krallte alle zehn Finger in seine Haare und zog seinen Kopf zu mir herab. Im gleichen Moment umfasste Dean mein Gesicht mit beiden Händen und bog es zu sich hoch. Mein Rücken berührte den Stamm des Baums hinter mir und ich war froh über den Halt, den er mir gab. Als unsere Lippen sich das erste Mal berührten, fühlte ich mich fast schwebend. Die Aufregung des Kampfes tobte immer noch durch meine Adern. Wie von selbst öffnete ich den Mund und ließ Dean ein. Seine Zunge suchte nach meiner. Ich bog mich ihm entgegen und strich mit den Händen seinen Rücken hinab. Dean keuchte auf und presste sich noch enger an mich. Unser Kuss wurde langsamer, intensiver und dann lösten sich unsere Lippen für einen kurzen Moment voneinander. Doch ich wollte mehr. Mehr von ihm.

Und ich dachte nicht an morgen.

Er war immer noch ganz nah, es war nur ein Schmetterlingskuss, ein hauchzartes Berühren unserer Lippen.

»Aria.« Deans Lippen bewegten sich über meinen, als er meinen Namen flüsterte.

Ich neigte leicht den Kopf zur Seite. Noch mal berührten sich unsere Lippen, unschuldig und süß. Doch dann flammte der Kuss erneut auf, wurde tiefer und inniger, und ich schmeckte die geheimnisvolle raue Süße, die jede Pore von Deans Körper zu verströmen schien. Wieder umfasste Dean mein Gesicht mit beiden Händen, streichelte mich ganz zart, hielt mich fest. Wieder trafen sich unsere Lippen und wieder küssten wir uns, bis wir nach Luft schnappen mussten. Als wir uns voneinander lösten, standen wir beide einen ewigen Moment sprachlos voreinander. Meine Wangen, nein, mein ganzer Körper schien vor Hitze zu glühen.

Doch die Realität erwischte mich wie eine kalte Dusche. Ich hatte Dean geküsst. Simon war mein Freund und ich hatte ihn hiermit offiziell betrogen. Es gab keine Möglichkeit, diesen Kuss zu rechtfertigen. Nicht vor mir und erst recht nicht vor Simon.

»Dean …« Ich wollte irgendetwas sagen, musste etwas sagen, musste erklären. Ich wusste, dass er die Schuldgefühle in meinen Augen sah, in dem Moment, in dem in seinem Blick etwas zerbrach. In dem Moment, in dem er realisierte, dass dieser Kuss nicht der Anfang von etwas gewesen war, sondern ein Ende für ihn bedeutete. Kurz glaubte ich, er würde mich einfach hier stehen lassen. Zu groß war die Enttäuschung in seinen Augen.

»Bitte …« Meine Stimme war nur ein Flüstern.

Er rührte sich immer noch nicht. Sein Blick wanderte suchend über mein Gesicht, als wollte er einfach nicht aufgeben.

Ich gab mir einen Ruck. »Dean, wir müssen dringend …«

Da straffte er plötzlich die Schultern und seine Mimik wurde völlig ausdruckslos. »Richtig. Wir müssen dringend klären, was für Viecher dich da verfolgen.«

Das war deutlich gewesen.

»Richtig.« Mehr brachte ich nicht zustande.

Er trat einen Schritt zurück, um mir Platz zu machen. Dann deutete er auf den Weg vor uns. »Lass uns hier verschwinden.« Die plötzliche Kälte in seiner Stimme war nicht zu überhören.

»Danke.« Ich ging voraus, mit Knien, die immer noch weich wie Pudding waren, und einem schlechten Gewissen, das so groß war, dass es mich zu ersticken drohte.

Als wir den Weg zwischen den Hütten erreichten, lief Dean neben mir.

Ich warf ihm einen kurzen Seitenblick zu, doch er schien tief in Gedanken versunken. Die Lippen hatte er fest aufeinandergepresst, als koste es ihn alle Kraft, so stumm zu sein.

Vor der Tür zu Noemis und meiner Hütte blieben wir stehen. »Danke, dass du mich noch hergebracht hast.«

Deans linker Mundwinkel hob sich kurz. »Kein Ding.«

»Dann …« Ich hatte die Schlüssel hervorgekramt und drehte sie unschlüssig in meinen Händen hin und her. *Los, entschuldige dich bei ihm. Sag ihm, dass es dir leidtut. Dass du nicht mit seinen Gefühlen spielen willst. Dass ihr morgen redet. Euch aussprecht.* Doch mein Mund blieb stumm. *Feigling.* Ja, Dean hatte recht. Ich war ein Feigling. »Dann sehen wir uns morgen. Gute Nacht, Dean.«

Als er nichts erwiderte, drehte ich mich um und machte die zwei fehlenden Schritte auf die Tür zu. So sollte es nicht sein zwischen uns. So viele ungesagte Worte, so viele verwirrende Gefühle. Ich schloss kurz die Augen, ließ den Schlüssel in der Tür stecken und drehte mich zu ihm um. Wieder sah Dean mich nur an. In seinen dunklen Augen spiegelten sich Ratlosigkeit und etwas, das ich nicht genau benennen konnte.

»Es tut mir so leid. Ich wollte nicht, dass du …« Das Licht über dem Eingang der Hütte brach sich auf Deans Haaren. Ich sah erneut hin. Waren seine Haare etwa dunkler geworden? Oder war es das Adrenalin in meinen Adern, das mir die Sinne trübte?

»Warum kannst du nicht einfach dazu stehen, dass da was zwischen uns ist?« Dean verschränkte die Arme vor der Brust.

Ich erkannte den Kampf in seinem Inneren und wie sehr er sich zwang, keine Gefühle nach außen dringen zu lassen.

»Dean …« Ich sah auf meine Schuhe, damit er die Zerrissenheit in meinen Augen nicht lesen konnte. Ich wollte reden, wollte das hier wieder in Ordnung bringen. Doch wie?

»Ja, ich weiß, du hast einen Freund. Aber das gerade …«

Ich sah hoch, als Dean den Arm ausstreckte und zurück in den Wald deutete. »Das war nicht irgendeine besoffene Knutscherei auf einer Party. Kein Teil eines blöden Trinkspiels. Oder ein Kuss, weil uns beiden so schrecklich langweilig war und gerade kein anderer zur Verfügung stand.« Er lachte heiser auf. »Das war nicht einfach nur ein Kuss. Das war es nicht und das weißt du genau.«

Wieder wollte ich seinem Blick ausweichen. Er hatte recht, doch das machte es nur noch schlimmer. Ich schämte mich gegenüber Simon, genauso wie gegenüber Dean. War ich wirklich so durcheinander, so egoistisch und wankelmütig, dass ich gleich zwei Jungen wehtun musste? Was war bloß aus mir geworden? Mittlerweile schien es, als habe ich mich wirklich komplett verloren. Als wäre da nichts mehr, was mich an mein ehemaliges Selbst erinnerte. Die Aria von früher hätte nicht mit Gefühlen gespielt. Sie hätte ihren Freund nicht betrogen. Das war etwas gewesen, das ich bei anderen immer verachtet hatte.

Ich sah zurück in Deans Gesicht. »Ich weiß nicht, was ich jetzt sagen soll, Dean.«

Sein Blick war nach wie vor eindringlich. »Sag mir, was das da draußen wirklich war. Ich schwöre dir, Simon wird niemals davon erfahren. Aber sag mir, wie es sich für dich angefühlt hat.«

Ich schluckte und mein Mund war plötzlich ganz trocken. Was

sollte ich ihm darauf antworten? Im Moment waren da nur die Schuldgefühle und diese nervöse Unruhe, die mich überkam, sobald ich daran dachte, wie sehr ich diesen Kuss gewollt hatte.

Dean stieß die Spitze seines Schuhs in den weichen Erdboden. Er schnaubte und schüttelte resigniert den Kopf. »Vergiss es, New York. Geh schlafen, wir sehen uns morgen.« Er wollte sich umdrehen.

»Dean.«

Er hielt inne.

»Wie hat es sich für dich angefühlt?«

Sein Blick war undurchdringlich und einen Moment lang war ich mir sicher, er würde mir nicht antworten.

»Richtig.« Seine Stimme klang weich und dunkel. »Es hat sich richtig angefühlt.« Dann ließ er mich endgültig stehen und verschwand zwischen den Hütten.

Als ich die Hütte betrat, machte ich kein Licht an. Der fahle Schein des Mondes und der Außenbeleuchtung genügten mir. Ich ließ mich auf mein Bett sinken und minutenlang saß ich einfach so da. Deans Worte hallten in mir wider. *Richtig. Es hat sich richtig angefühlt.* Mein schlechtes Gewissen türmte sich vor mir auf, zum Bersten gefüllt mit Vorwürfen und Schuldzuweisungen. *Du hast ihn geküsst. Du wolltest es. Es hat sich richtig angefühlt. Und jetzt schämst du dich.*

Ich sprang auf und ging zu einem der Fenster. Das flackernde Licht aus der Hütte, in der immer noch die Party tobte, ließ mich an Noemi denken. Mir war nicht mehr nach Feiern zumute und ich überlegte, ob ich ihr kurz texten sollte, dass ich ins Bett gehen würde. Doch dann dachte ich an Simon. Er würde sehen, dass ich online gewesen war, ihm aber nicht geantwortet hatte. Er würde mich fragen, warum, würde wissen wollen, ob alles in Ordnung war. Schnell verwarf ich den Gedanken. Noemi würde mich schon finden. Ich konnte mich Simon jetzt nicht stellen. Nicht nach alldem, was heute Nacht passiert war. Es war jämmerlich, denn ein Gespräch zwischen uns war unausweichlich.

Ich ging zurück zu meinem Bett und schälte mich aus meinen Sachen. Deans Sweatjacke faltete ich ordentlich zusammen und legte sie ein gutes Stück entfernt auf einem Stuhl ab. Mein Handy drehte ich extra um, damit ich den Bildschirm nicht sah. Es war so lächerlich. Dann verschwand ich im Bad. Mit dem Gefühl, noch irgendetwas von diesen Viechern am Körper zu haben, würde ich garantiert gar nicht mehr schlafen können. Ich nahm eine schnelle Dusche, schlüpfte in meinen Schlafanzug und kroch ins Bett. Zum Glück schien der Rabenflügel mich nicht wirklich verletzt zu haben, denn über meinem Auge hatte ich nur noch einen verblassenden rosa Fleck entdeckt.

Noemi hatte mir zu Beginn der Klassenfahrt angeboten, dass ich jederzeit ihr supermodernes Tablet nutzen durfte, und jetzt beschloss ich, davon Gebrauch zu machen. Die Bedrohung durch die Raben hatte eine neue Stufe erreicht. Sie war real und surreal zugleich geworden. Einer der Raben hatte sich so weit verwandelt, dass seine Vogelgestalt praktisch nicht mehr zu erkennen gewesen war.

Es fröstelte mich und ich zog die Decke höher. Dann startete ich das Tablet, das ich nach dem Duschen aus Noemis Koffer gezogen hatte. Ich googelte »sich verwandelnde Tiere«, landete aber ausschließlich auf Seiten, die sich mit Schamanismus befassten, plus einem Wikipedia-Eintrag, der das Wort »Metamorphose« erklärte. Also versuchte ich es erneut mit dem Thema »Blitze«, um vielleicht klären zu können, wie ich deren Energie als Waffe hatte nutzen können. Hier landete ich auf diversen Comic-Foren. Bei den Stichworten »Blitze« und »Tiere töten« wurden mir digitalisierte Zeitungsartikel angezeigt, die über Pferde und Kühe berichteten, die beim Weiden auf der Wiese vom Blitz getroffen wurden. Frustriert schloss ich alle Tabs und legte das Tablet zur Seite. Im hellen Schein der Nachttischlampe betrachtete ich meine Hände. Sie sahen nicht verändert aus. Ich versuchte mich zu konzentrieren, wollte die Energie spüren, doch da war nichts mehr. Kein Kribbeln, kein Betteln, aus mir herausbrechen zu dürfen. Was, wenn das hier nur ein Zufall, eine große Ausnahme gewesen war? Was drohte mir, wenn die Raben ihren Angriff das nächste Mal endlich zu Ende führen konnten?

Als ich am nächsten Morgen aufwachte, schlief Noemi noch. Ich erinnerte mich nicht mehr, wann ich eingeschlafen war. Nur dass ich noch lange im Dunkeln wach gelegen und verzweifelt überlegt hatte, was genau mit mir passierte. Langsam richtete ich mich auf, wodurch mein Handy von der Bettkante rutschte und laut polternd auf dem Holzboden aufkam.

Noemi saß sofort kerzengrade im Bett. »Was?« Ihr Blick glitt verschlafen zu mir. Mit einem Mal änderte sich ihre Mimik. »Du!«

Sie verschränkte die Arme vor der Brust. »Ich habe dir fünf Nachrichten geschickt und mehrfach versucht, dich zu erreichen. Und dann komme ich in unsere Hütte, und du liegst seelenruhig im Bett und schläfst?«

»Entschuldige.«

Sie warf mir ein Kissen an den Kopf. »Mich einfach alleine zu lassen …«

Als Noemi mein Gesicht bemerkte, wurde ihr Blick weicher. »Alles okay? Du siehst ja aus, als hättest du einen Geist gesehen. Wo warst du denn gestern so plötzlich? Ich dachte, auf dem Klo einschließen und heulen ist meine Rolle.«

Ungewollt lachte ich auf. »Ich musste einfach mal raus und …« Ich brach ab, als sich die Bilder der letzten Nacht in mein Gedächtnis drängten. Dann holte ich tief Luft und erzählte Noemi von den Rabenwesen.

»Geht es dir gut? Bist du verletzt?« Noemi schien keinen Moment an meiner Geschichte zu zweifeln und ich sah die Sorge in ihren Augen.

»Nein, alles in Ordnung.« Ich zögerte. »Da ist noch etwas.«

Noemi sah mich fragend an.

»Ich habe dir nicht erzählt, wie ich sie losgeworden bin.«

»Aber hast du nicht gesagt, ihr hättet wieder Äste gefunden, mit denen ihr euch verteidigen konntet?«

»Ja, am Anfang.« Ich gab mir einen Ruck und erzählte ihr von der Szene auf dem Hof mit Simon und dann, wie ich die Raben gestern Nacht vertrieben hatte.

Noemi unterbrach mich nicht, nur ihr Blick wanderte kurz zu meinen Händen und wieder zurück in mein Gesicht.

»So langsam wächst mir die ganze Sache über den Kopf. Vielleicht sollten wir das FBI informieren. Oder es gibt die Ghostbusters wirklich. Dann könnten wir da mal einen Termin machen.« Ich versuchte locker zu klingen, aber das Zittern in meiner Stimme verriet mich.

»Ich weiß gar nicht, was ich sagen soll.« Noemi musterte mich wachsam. »Diese Sache mit den Blitzen übersteigt meinen Horizont. Ich meine, das mit unseren Haarfarben ist ja schon unheimlich genug, aber das hier nimmt nun Formen an, die …« Sie beendete den Satz nicht, vermutlich um mich nicht zu beleidigen. »Hast du mal überlegt …«, begann sie erneut.

»Mich an einen Psychologen zu wenden? Ja klar. Und einer von ihnen wird mir garantiert eine posttraumatische Belastungsstörung attestieren. Meine Eltern sind beide bei einem Verkehrsunfall umgekommen. Das ist noch nicht mal vier Monate her. Was glaubst du, was dabei herauskommen wird? Sie werden mir irgendwelche Tranquilizer verschreiben und das war's. Damit komme ich auch nicht weiter. Im Moment weiß ich gar nicht, wie ich reagieren soll. Und hier auf der Klassenfahrt kann ich eh nichts machen. Ich habe also noch ein wenig Zeit. Dann stürze ich mich in meine Recherche und hole mir Hilfe, wenn ich nicht weiterkomme.« Bevor Noemi etwas sagen konnte, setzte ich ein Lächeln auf. »Erzähl mir jetzt mal, wie der Rest deiner Nacht so war.«

Noemi zögerte. Kein Wunder, mein Themenwechsel war so rasant, dass einem schwindelig werden konnte.

»Es war eigentlich ganz okay, aber irgendwann ging alles den Bach runter. Alle haben sich gezofft. Ich habe nicht mal mitbekommen, wie oder wo das angefangen hat. Zwei Jungs wollten sich sogar prügeln.« Sie schüttelte den Kopf. »Tessa und Celine haben sich angebrüllt. Es war wie in einem schlechten Film. Ich bin dann schnell abgehauen, weil ich keine Lust hatte, mich einzumischen.«

»Merkwürdig.« Ich sah sie fragend an. »Und es gab gar keinen richtigen Grund?«

Sie schüttelte den Kopf. »Es kam einfach aus dem Nichts.« Kurz zog sie die Stirn kraus, dann sprang sie auf.

»Egal. Ich werde mal in den Waschraum verschwinden. Diese Geschichte mit den Raben muss ich erst mal verdauen.« Sie schlüpfte in eine Jogginghose und zog eine Sweatjacke über ihren leichten Schlafanzug. »Versuch bitte in der Zwischenzeit nicht wieder von irgendwas angegriffen zu werden.« Sie schnappte sich ihren Kulturbeutel und zog ein frisches Badetuch aus einer ihrer vielen Reisetaschen.

Ich schnaubte. »Haha.«

Obwohl Noemi schon fast die Tür erreicht hatte, blieb sie stehen und drehte sich noch mal zu mir um. »Was läuft da zwischen Dean und dir?«

Ich wich ihrem Blick aus. »Gar nichts.« Leider klang es halbherzig.

»Ich bin nicht blind, Aria. Und ich sage dir nur eines: Überlege dir gut, ob es das wert ist, dass du Simon wehtust. Er ist einer von den Guten. Wenn du dir deiner Gefühle unsicher bist, dann halte ihn nicht hin. So etwas verdient er nicht.«

Ich schenkte es mir, ihr mitzuteilen, dass niemand so ein Verhalten verdiente. Und wie schlecht ich mich deswegen fühlte, konnte sie vermutlich in meinem Gesicht lesen.

Sie nickte bedeutungsschwer. »Klärt eure Verhältnisse«, sagte sie. »Wenn du Lust auf einen Tanz auf dem Vulkan hast, dann bitte. Ich bin deine Freundin, ich warne dich nur, aber abhalten kann ich dich nicht. Trotzdem finde ich, dass du es mit Simon besser getroffen hast. Ich weiß, was für eine Wirkung Dean auf Frauen hat. Und ich weiß, dass er auf dich steht. Aber weißt du, worauf Dean am meisten steht? Auf Herausforderungen. Und du bist gerade die eine große Herausforderung, das neue interessante Spielzeug in dem Kindergarten, der sich unsere Schule nennt. Du gehst mit Simon und er ist so beliebt, wie man nur sein kann. Was wäre es für ein Triumph für Dean, wenn er dich Simon ausspannen könnte. Denk mal darüber nach.« Sie nickte mir noch mal zu, dann verließ sie die Hütte und schloss die Tür leise hinter sich.

Doch ihre Worte hallten bedeutungsschwer in mir nach. Hatte sie recht? War ich für Dean tatsächlich nur eine Herausforderung?

Mein Blick fiel auf mein Handy und weil ich seit gestern nicht draufgeguckt hatte, drehte ich es neugierig um. Ich erschrak so sehr, dass ich fast aus dem Bett fiel. Zwei Anrufe und drei Textnachrichten von Noemi. Fünf Anrufe von Simon. Gut doppelt so viele Textnachrichten. Ich überflog sie und tippte dann schnell eine Antwort, damit er sich nicht länger Sorgen machte. Ich versicherte ihm, dass es mir gut ging und wir uns nun bereit machten für den Ausflug nach Pine Springs. Heute Nachmittag würden wir wieder zu Hause sein und ich schlug vor, dass wir uns dann treffen sollten. Nur noch etwas mehr als ein halber Tag. Mein Magen krampfte sich zusammen. Ich brauchte noch Zeit. Ich brauchte so dringend noch etwas Zeit.

Nach so einer unruhigen Nacht war es geradezu eine Höchststrafe, Mr Mallorys ekelhaft gute Laune ertragen zu müssen. Wir würden das Privatmuseum des Öl-Milliardärs Bill Packins besuchen. Eine große Ehre, wie Mr Mallory uns versicherte, dessen glänzende Augen verrieten, dass er sich nichts Schöneres vorstellen konnte, als stundenlang in der Sammlung des exzentrischen Texaners zu stöbern.

Auch wenn ich eher auf moderne Kunst stand – Installationen, die einem den Atem raubten, die provozierten und schockierten, Bilder, die einen wie magisch in sich hineinsogen, Damien Hirst, Jackson Pollock oder der Streetart-Künstler Banksy –, hatte ich mich eigentlich auf den Ausflug gefreut. Doch aufgrund der gestrigen Ereignisse hielt sich meine Begeisterung ziemlich in Grenzen. Zusätzlich hatte Noemi auch noch mit einer groß angelegten Recherche begonnen, um endlich zu klären, um was es sich bei den Viechern handelte, die mich ständig angriffen.

Dean hatte sich im Bus direkt hinter uns gesetzt, doch nun schlief er, denn ich hörte ihn leise schnarchen. Er hatte sich mit der Sweatjacke zugedeckt, die ich ihm unter Noemis vorwurfsvollem Blick zurückgegeben hatte. Zum Frühstück war er nicht aufgetaucht, sondern erst kurz vor der Abreise aus seiner Hütte geschlichen. Wir hatten uns nur kurz einen guten Morgen gewünscht, aber ich war schon froh, dass er überhaupt noch mit mir redete.

Ich dachte an gestern Nacht zurück. Jetzt, da die Morgensonne hoch am Himmel stand, konnte ich mich nicht beherrschen. Ich drehte mich vorsichtig auf meinem Sitz um und spähte nach hinten. Dean trug immer noch mein Haargummi am Handgelenk. Sein Kopf war an die Lehne zurückgesunken und sein Mund leicht geöffnet. Seine geschlossenen Augen wurden von dichten schwarzen Wimpern umkränzt, die auch jedem Mädchen alle Ehre gemacht hätten. Er sah viel zu harmlos aus, wenn er schlief. Ich lächelte.

Doch dann besann ich mich auf den Grund, warum ich mich eigentlich umgedreht hatte. Jetzt im hellen Tageslicht war es offensichtlich. Sein Haar war immer schon von einem tiefen warmen Braun gewesen – so dunkel wie hochprozentige Bitterschokolade. Jetzt jedoch glänzte es so abgrundtiefschwarz wie Klavierlack.

Er hatte die Arme über der Brust verschränkt und schien völlig entspannt. So hatte ich ihn noch nie gesehen. Er schien zwar ein wenig übernächtigt und blass unter seiner goldenen Sonnenbräune, aber er sah immer noch aus wie eine hingegossene griechische Statue, die irgendein verpeilter Bildhauer hier im Bus vergessen hatte.

»Herrgott, jetzt reiß dich mal zusammen.« Noemi stieß mich unsanft mit dem Ellbogen in die Seite.

»Seine Haare«, rechtfertigte ich mich, als ich wieder gerade in meinem Sitz saß und mir die schmerzenden Rippen rieb. »Hast du sie dir mal genau angesehen?«

Noemi ließ genervt ihren Block sinken. »Habe ich nicht, denn das erledigst du im Moment für zwei.«

»Seine Haare sind pechschwarz.«

»Seine Haare waren schon immer schwarz.«

»Nein, sie waren dunkelbraun.«

Noemi verdrehte die Augen. »Du spinnst. Der liebe Dean hat es dir ja ganz schön angetan. Was habt ihr eigentlich im Wald getrieben?« Sie legte den Kopf schief und ihre Stimme verebbte zu einem Flüstern. »Ich meine, außer Monstervögel verhauen natürlich.«

Ich spürte, wie Hitze über meine Wangen flammte.

Noemi riss die Augen auf. »Nein«, wisperte sie dann. »Nein, sag mir nicht, dass das wahr ist. Dean ist der größte Verführer diesseits des Äquators. Sag mir nicht, dass du …«

Ich schüttelte heftig den Kopf. »Da war nichts.«

Noemi deutete ein Gähnen an. »Na klar.«

»Nur ein Kuss«, wisperte ich.

Sie senkte das Kinn. »Ein Kuss, soso.«

Ich beugte mich vor, um nach hinten durch die Lücke zwischen unseren Sitzen zu gucken. Sicher war sicher. Das Letzte, was ich gebrauchen konnte, war ein ungebetener Zuhörer. Doch Dean schien immer noch fest zu schlafen. Sein Kopf rollte einmal zur rechten Seite und dann wieder zur linken, als der Bus um eine Kurve bog.

»Es ist halt einfach passiert.«

»Und wie willst du das Simon verkaufen?«

Ich schluckte. »Mit Simon muss ich reden, sobald wir wieder zu Hause sind.«

»Bist du jetzt doch mit Dean zusammen, oder was?«

»Nein.«

Noemi nickte langsam. »Wenn du das sagst. Aber versprich mir, dass du Simon nicht hinhältst.«

»Hast du mitgekriegt, dass er mich quasi jede Minute mit seinen Anrufen und Nachrichten bombardiert? Findest du das normal?«

»Nein, natürlich nicht. So kenne ich Simon auch gar nicht. Eigentlich ist er der entspannte Typ, der an das Gute im Menschen glaubt. Dass er dich so bewacht, ist absolut schwer vorzustellen. Ich weiß wirklich nicht, was mit ihm los ist. Vielleicht spürt er, dass dein Herz nicht hundertprozentig ihm gehört.«

Schuldgefühle wallten in mir auf und ich wusste nicht, was ich darauf erwidern sollte.

Noemi streichelte mir kurz über den Arm. »Wenn du jemanden zum Reden brauchst, sag Bescheid. Morgen ist Samstag und du kannst gerne bei mir vorbeikommen.«

Ich nickte. »Danke.« Vielleicht würde ich drauf zurückkommen. Wieder jemanden zum Reden zu haben, war eine schöne Vorstellung. Jetzt, nachdem Tammy mich so abserviert hatte. Ich tippte ihre Fingerspitzen an. »Und wie weit sind wir mit der Recherche?«

Sie wollte gerade Luft holen, als Mr Mallory wie aufgezogen von seinem Sitz aufsprang. »Liebe Leute, wir sind jetzt gleich da. Ich möchte Sie noch einmal darauf hinweisen, dass wir es nur Mr Packins Großzügigkeit verdanken, dass wir uns seine private Sammlung ansehen dürfen. Was bedeutet das?« Er zählte die Punkte an seiner Hand auf. »Wir benehmen uns höflich, wir sagen Bitte und Danke und fassen nichts an, was nicht angefasst werden darf. Haben wir das verstanden, meine Herrschaften?«

Die Schüler murmelten ein mehr oder weniger melodisches »Ja.«

Ich hörte, wie Dean hinter mir aufschreckte. »Was?«

»Gut, dass Sie fragen, Mr Musgrove«, rief Mr Renfro, der neben seinem Kollegen aufgesprungen war, über die Sitzreihen. »Wir sind jetzt gleich beim Museum, also benehmen Sie sich gefälligst. Verstanden?«

Dean brummte zustimmend, dann begann er an meinem Sitz zu rütteln, bis ich mich zu ihm umdrehte.

»Hey Sonnenschein«, sagte er mit dieser Stimme, die mir immer durch und durch ging. »Hast du gut geschlafen?«

Dieses unverschämt verführerische Grinsen spielte wieder um seine Lippen. Er war so ein großartiger Schauspieler. Seine Augen waren rot gerändert von zu wenig Schlaf. Selbst wenn er sich alle

Mühe gab, mir zu verkaufen, dass das gestern alles an ihm abgeprallt war, kannte ich ihn mittlerweile gut genug, um die Zwischentöne herauszuhören.

»Danke, ja.« Ich nickte ihm kurz zu, lächelte und drehte mich dann hastig wieder um. Einerseits war ich erleichtert, dass er mich nicht komplett ignorierte, andererseits fühlte ich mich befangen in seiner Gegenwart.

Noemi tippte auf meine Wangen, die sich verdächtig heiß anfühlten. Ich machte eine abwinkende Geste und bedeutete ihr, still zu sein. Doch dann fiel mir etwas ein. Ich drehte mich noch mal zu Dean um. »Was hast du heute Nacht geträumt?«

Wieder ein träges Grinsen, das seine wahren Gefühle so perfekt verbarg. »Das sollte ich dir erst erzählen, wenn wir allein sind.«

Noemi neben mir murmelte etwas, das verdächtig nach »Großmaul« klang.

»Jetzt mal im Ernst. Irgendein wirres Zeug?«

Dean beugte sich vor und unsere Gesichter kamen einander durch den Spalt zwischen den Sitzen wieder gefährlich nah. »Das sollte man nach diesem Abend doch auch meinen, oder?«

»Also ja?«

Dean riss die Augen auf, hielt aber seine Stimme gesenkt. »Natürlich ist das ein Ja. Was denkst du denn?«

Ich war so nervös über die Vermutung, Dean könnte es wie mir und Noemi ergangen sein, dass ich mit der Tür ins Haus fiel. »Ist dir auch aufgefallen, dass deine Haare plötzlich schwarz statt braun sind?«

Dean ließ sich so heftig in seinen Sitz zurückfallen, dass selbst die Reihen dahinter noch wackelten. »Ich würde ja behaupten, dass du noch niedlich bist, selbst wenn du wirres Zeug redest. Aber dann drohst du mir wieder mit Simon und eurer großartigen Beziehung, und echt mal … davon habe ich so was von die Schnauze voll.«

Um uns herum wurde gekichert.

Ich schüttelte bloß den Kopf. Wurde er es denn nie leid? »Schon wieder das alte Lied?«

Dean richtete sich auf und war erneut nah bei mir. Als er flüsterte, strich sein Atem warm über meinen Mund. »Möchtest du lieber über das neue Lied reden? Das, in dem sich unsere Lippen so wunderbar miteinander amüsiert haben? Oder lieber das Lied, in dem wir von irgendwelchen Viechern fast zerhackt worden wären? Ist mir alles recht, gib mir einfach nur ein Zeichen.« Dummerweise fiel mein Blick auf seinen Mund.

Dean bemerkte es sofort. Er senkte die Stimme noch mehr. »Das mit uns ist noch nicht vorbei.« Er kam so nah, dass ich nur noch seine Augen sah. Ich wollte zurückweichen, doch ich hielt wie paralysiert inne. »Und du weißt es.«

Ich wusste, dass er auf eine Antwort wartete, und ich überlegte fieberhaft. Doch mir wollte einfach nichts Passendes einfallen. Als ich mich wortlos von Dean abwandte, schnaubte der nur in meinem Rücken.

Gerade steuerten wir auf ein großzügiges Anwesen zu und der Busfahrer suchte bereits einen Parkplatz.

Irgendwie war ich froh, mich in diesem Museum ein wenig von meinen eigenen Problemen ablenken zu können. Und sei es auch nur dadurch, mir irgendwelche verstaubten Ölschinken und holzwurmzerfressene Kleinmöbel anzusehen.

Bill Packins erwartete uns auf dem Vorplatz. Er und Mr Mallory schienen sich bereits zu kennen. Vermutlich weil unser Lehrer regelmäßig Klassen durch das Privatmuseum des Milliardärs schleuste. Mr Packins erfüllte das Klischee eines waschechten Texaners: Er trug Jeans, Karohemd und Cowboystiefel, und sein Gesicht zierte ein sorgfältig in Form gebrachter Schnäuzer. Seine Stimme klang so penetrant wie ein Nebelhorn und seine Fröhlichkeit war zu aufgesetzt, um ansteckend zu wirken. Einem Klassenkameraden in der ersten Reihe klopfte er freundschaftlich auf die Schulter, doch der schien über diese Vertrautheit eher irritiert.

Dean, der irgendwo hinter uns her spazierte, gab plötzlich ein ziemlich enthusiastisches »Ha« von sich, woraufhin ich mich fragend umdrehte. Er starrte breit grinsend auf sein Handy und tippte gerade eine Nachricht ein. Dann bemerkte er meinen Blick.

»Mein Motorrad ist fertig lackiert«, erklärte er. »Endlich! Die dämliche Bank hatte meine Überweisung sonst wohin geschickt und es hat ewig gedauert, bis die Werkstatt ihr Geld bekommen hat. Noch heute Abend werde ich mit dem Baby eine Spritztour unternehmen.«

»Das freut mich für dich«, erwiderte ich, bevor ich von Noemi energisch am Arm weitergezogen wurde. Sie verdrehte genervt die Augen.

Mr Packins führte uns am Haupthaus der Ranch vorbei zu einem eigenen Gebäude, in dem sich das Museum befand. Alles hier strahlte Luxus und Wohlstand aus, gespickt mit einer großen Portion neureichen Kitschs. Hier gab es keinen einzigen wackligen Zaun. Nicht ein Geländer, das nicht makellos gestrichen war. Keine windschiefen Hütten, keine klappernden Türen ... nichts, das Gemütlichkeit ausstrahlte. Das gesamte Gelände wirkte so steril und unecht wie eine Playmobil-Landschaft. Vor dem Eingang des imposanten Gebäudes standen zwei bunt bemalte Putten, die in der texanischen Pampa geradezu skurril fehl am Platz wirkten.

Das Museum selbst war vollgestopft mit irgendwelchen Antiquitäten, zu denen Mr Packins immer eine Geschichte zu erzählen wusste. Mehrere Renaissance-Gemälde, eine kleine Kommode, die angeblich Napoleon gehört hatte, ja sogar eine echte Reliquie sollte sich unter seinen Ausstellungsstücken befinden.

Da man zwar mit Geld vieles, aber nicht alles kaufen konnte, ließ es sich Mr Packins nicht nehmen, auch die Kopien einiger großer Werke in seinem Museum auszustellen. Neben einer Reproduktion von Michelangelos David hing ein hochwertiger Kunstdruck der Mona Lisa an der Wand. Auf einem Sockel in der Ecke stand die nachgebildete Büste der Nofretete. Dank Mr Packins' Vorliebe für knallige Farben waren die meisten der Stücke auffällig koloriert. Selbst die David-Statue hatte einige farbige Akzente, um die Schatten besser hervorzuheben. Auch die Mona Lisa wirkte etwas knalliger, als ich sie von Bildern aus dem Internet kannte. Genau wie Mr Packins' Persönlichkeit wirkte auch seine Kunst einen Touch too much, weshalb es mir schwerfiel, das Ganze allzu ernst zu nehmen. Wild gestikulierend warf er mit großen Künstlernamen um sich und wurde nicht müde, seinen erlesenen Geschmack zu loben. Das Ganze war so absurd wie unterhaltsam, dass es mich tatsächlich etwas ablenkte.

Irgendwann stand Dean viel zu dicht hinter mir und gab Schnarchgeräusche von sich.

Ich sah über meine Schulter. »Sei ruhig, hier kann man noch was lernen«, sagte ich, konnte mir aber ein Grinsen nicht verkneifen.

Dean schenkte mir einen müden Blick unter halb geschlossenen Lidern. »Das einzige, was ich in einem Museum gelernt habe, ist, wie man im Stehen schläft.«

Zwar lag mir eine Erwiderung auf der Zunge, doch dann sprach Mr Packins weiter.

»Und das ist einer von Albrecht Dürers berühmten Kupferstichen«, erklärte Mr Packins gerade. »Eigentlich ist er nur schwarzweiß, aber ich habe ihn kolorieren lassen, weil es so einfach etwas lebendiger wirkt.« In meinem Kopf hörte ich förmlich, wie alle Kunsthistoriker des Landes entsetzt aufstöhnten. »Dieses Werk zeigt die vier Apokalyptischen Reiter und ist wirklich große Kunst. Ist es nicht faszinierend?«

Die Schülergruppe gab ein mäßig begeistertes Brummen von sich.

»Kommen wir nun zum nächsten Artefakt …«

Die Gruppe wanderte weiter. Ich jedoch blieb stehen und sah genauer hin. Mr Packins hatte den Stich hinter Glas rahmen lassen. Noemi, die schon ein paar Schritte weitergegangen war, bemerkte, dass ich stehen blieb, und kam zu mir zurück.

»Mein Gott, ist das geschmacklos«, sagte sie so laut, dass ich mich erschrocken nach Mr Packins umdrehte. Doch der war schon bei dem nächsten ›Kunstwerk‹ angekommen und achtete gar nicht auf uns.

Stattdessen gesellte sich Dean zu uns und kam so nah, dass ich seinen Atem an meinem Ohr spürte, als er hinter mir sprach. »Das sieht ja aus wie Malen nach Zahlen. Kann dem Kerl mal jemand die Filzstifte wegnehmen?«

»Er hat es nicht selbst koloriert«, erklärte Noemi, obwohl Dean mit Sicherheit nur einen Witz gemacht hatte.

Ich hingegen starrte den Stich immer noch an. Ein Reiter auf einem weißen Pferd mit weißen Haaren. Ein Reiter auf einem roten Pferd mit roten Haaren. Ein Reiter auf einem schwarzen Pferd mit schwarzen Haaren. Und zuletzt ein Reiter auf einem grauen Pferd mit grauen Haaren.

Irgendwo hinter uns fiel ein Lichtstrahl durch eines der Fenster und reflektierte unsere Spiegelungen im Glas. Ein eiskalter Schauer rieselte meine Wirbelsäule hinab. Ich holte erschrocken Luft.

Weiß, Rot, Schwarz. Die Farben unserer Haare legten sich wie ein Abziehbild über den kolorierten Stich. In meinem Kopf raste es. Ich besaß seit Kurzem ein Pferd mit schneeweißem Fell. Und Noemi ein feuerrotes Cabrio. Mein Mund war ganz trocken. Die rote Alge, die die Flüsse vergiftete. Die sengende Hitze, die Mensch und Tier verbrannte. Die plötzlich auftretenden Unwetter, die für Verwüstung sorgten. Ich war nicht besonders bibelfest, aber die Vorboten der Apokalypse kannte ich aus einigen Hollywoodstreifen. Ich blinzelte und starrte wieder auf die vier apokalyptischen Reiter. Nein, das konnte nicht sein. Wie sollte das möglich sein?

»Dean, welche Farbe hat dein Motorrad?«

»Was soll die Frage, New York?«

»Sag es einfach.«

»Also, als ich es vom Schrottplatz geholt habe, war es ziemlich verrostet, man konnte die moosgrüne Farbe nur noch erahnen. Jetzt habe ich es natürlich tiefschwarz lackieren lassen. Ist einfach viel cooler.«

In mir wurde alles ganz zittrig. Ein schwarzes Motorrad. Nein, das konnte nicht sein. Ein weißes Pferd, ein rotes Cabrio und ein schwarzes Motorrad. Weiße Haare, rote Haare, schwarze Haare. Die Plagen, die den Landstrich heimsuchten. Oh mein Gott, war ich etwa dabei, den Verstand zu verlieren?

»Alles in Ordnung?« Noemi legte mir eine Hand auf die Schulter. »Du siehst aus, als würdest du gleich umkippen.«

Wortlos deutete ich auf die Glasscheibe.

»Hey, Mr Renfro hat ausdrücklich gesagt, wir dürfen hier nichts anfassen.« Dean klang verdächtig amüsiert.

»Das Bild«, flüsterte ich. »Seht euch das Bild an und dann unsere Reflexionen.«

Noemi brauchte nicht so lange wie Dean. Sie drehte sich zu mir und in ihren Augen stand Panik. »Nein«, sagte sie. »Nein, das kann nicht sein.«

»Kann mir mal jemand erklären, warum ihr plötzlich schaut, als würde die Welt untergehen?« Dean schien keinen Zusammenhang zu erkennen, auch wenn er mit seiner Wortwahl genau ins Schwarze traf.

»Guck dir die Koloration der Reiter an und dann unsere Haare.« Wie um meine Worte zu unterstreichen, griff ich in meine schneeweiße Mähne.

Dean lachte trocken auf. »Du spinnst, New York. Hier hat ein reicher Irrer mit seinen Filzstiften rumgespielt und du interpretierst da wer weiß was rein. Du hast einfach zu wenig geschlafen.«

»Also haben sich deine Haare seit gestern wirklich nicht verändert?«

Ich erkannte in Deans Gesicht, dass ich mit meiner Vermutung richtig lag. »Sie sind vielleicht ein bisschen dunkler. Aber das kann tausend Gründe haben.«

Noemi lachte traurig auf. »Ja, das habe ich mir auch die ganze Zeit eingeredet.«

Dean zeigte mit dem Finger auf das Bild der apokalyptischen Reiter. »Du willst mir jetzt nicht ehrlich sagen, dass wir die da sein sollen? Du hast dir deine Haare gefärbt und Madame ›brav und langweilig‹ probt den Aufstand. Bei mir ist es vermutlich bloß das grelle Licht hier oben. So ein Blödsinn. Das hier …«, wieder deutete er auf den Stich, »… ist doch bloß irgendeine von diesen Weltuntergangsgeschichten. Jede Religion hat so ein Märchen im Repertoire. Und wenn du jetzt behauptest, dass wir uns in irgendwelche Todesboten verwandeln, die das Ende der Welt einläuten, dann haben diese Rabenviecher dich gestern doch härter erwischt, als ich dachte.«

»Ich habe meine Haare nicht gefärbt, genauso wie Noemi. Sie waren plötzlich so. Versuche mal, deine neue Haarfarbe zu verändern, dann siehst du es.«

Dean schnaubte ironisch. »Wie schade, dass mein Friseur heute Abend schon zuhat.«

»Aria ist außerdem vom Blitz getroffen worden«, fügte Noemi noch hinzu. »Seitdem hat sie Superkräfte.«

Dean stöhnte auf. »Oh Mann, ich bin umgeben von Verrückten. Sorry Leute, da bin ich raus.« Ohne sich noch einmal umzudrehen, ließ er uns stehen und folgte dem Rest der Klasse zum nächsten Kunstwerk aus Bill Packins' Sammlung.

»Das war jetzt nicht hilfreich«, zischte ich ihr zu.

»Aber es stimmt doch. Und viel verrückter, als dass wir die Todesboten ohne Plan sind, klingt es doch auch nicht.«

»Jetzt machst du dich also lustig über mich.« Ich sah sie fassungslos an.

»Ganz ehrlich. Hörst du nicht selbst, wie abstrus das alles klingt? Das kann doch nicht sein«, flüsterte Noemi mir zu. »Sag mir bitte, dass du auch glaubst, dass all das nur Zufall ist.«

»Das würde ich mir auch wünschen, Noemi. Du weißt gar nicht wie sehr. Aber kann das, was rund um Littlecreek und mit uns passiert, wirklich reiner Zufall sein? Ich weiß, du hast im Religionsunterricht gut aufgepasst. Vermutlich kennst du dich um einiges besser aus als ich, weißt mehr über die Apokalypse, die Plagen und alles, was dazu gehört.« Ich musste an Noemis strenge texanische Erziehung denken. Auch Simon hatte mir einmal erzählt, dass er sie jeden Sonntag in der Kirche traf. »Überleg mal, was in Littlecreek in letzter Zeit alles passiert ist, und dann sag mir, dass dir das nicht verdächtig bekannt vorkommt.«

Ich konnte förmlich zusehen, wie Noemi eins und eins zusammenzählte, doch wieder schüttelte sie heftig den Kopf. »Das kann nicht sein. Nur weil wir ein paar krasse Haarfarben haben, sind wir doch noch lange keine Todesboten. Außerdem besitze ich ja nicht mal ein Pferd.«

»Es ist das Cabrio, Noemi«, sagte ich. »Früher waren Pferde das Fortbewegungsmittel, heute sind es Autos oder …«, ich warf einen Blick zu Dean, der scheinbar interessiert eine Picasso-Nachbildung betrachtete, »… Motorräder.«

Schon wieder ratterten die Zahnräder in Noemis Kopf. Dann sanken ihre Schultern nach unten. »Und jetzt? Wie soll es weitergehen? Warten wir darauf, dass der nächste unserer Mitschüler graue Haare bekommt, und dann fällt uns der Himmel auf den Kopf? Das klingt ziemlich verrückt. Ich will davon nichts mehr hören.« Sie ließ mich stehen.

Zugegeben, es fiel schwer, diese Theorie für bare Münze zu

nehmen. Das alles fühlte sich viel zu surreal an. Vielleicht irrte ich mich ja doch? Vielleicht suchte ich nur verzweifelt nach einer Erklärung, weil ich einfach nicht wahrhaben wollte, dass der Tod meiner Eltern in meinem Kopf bleibende Schäden hinterlassen hatte.

Ich folgte Noemi und Dean, doch zum ersten Mal in ihrem Leben schienen sich beide einig: Sie ignorierten mich. Und ich fühlte mich mehr und mehr wie der Freak, der alle in den Wahnsinn trieb.

Den gesamten Rest der Führung hörte ich nicht mehr zu, sondern versuchte mich an das zu erinnern, was ich über die biblische Apokalypse wusste. Es war nicht viel, aber gleichzeitig traute ich mich auch nicht, mein Handy zu zücken, denn Mr Renfro wachte mit Argusaugen über unser gutes Benehmen.

Am Ende der Führung standen Noemi und ich zwar wieder nebeneinander, als wäre nichts gewesen, doch ich spürte ihr stummes »Sprich mich ja nicht auf dieses Thema an« über uns schweben. Dean hatte sich zwei seiner Lacrosse-Kollegen angeschlossen und tat so, als wären wir Luft.

Zum Abschluss durften wir uns alle noch eine Postkarte aussuchen, die Mr Packins bereitgelegt hatte. Es waren Fotografien all seiner Schätze. Wie selbstverständlich griff ich nach einer Fotografie des Dürer-Stichs. Und genauso selbstverständlich langte Dean über mich drüber, nahm mir die Karte aus der Hand und reichte mir stattdessen eine Fotografie der Mona Lisa. Ich funkelte ihn wütend an, tauschte die Karte aber nicht aus.

Als wir auf den Hof hinaustraten, erwartete mich die nächste Überraschung. Ich erkannte den Pick-up sofort.

Simon wurde augenblicklich von einigen seiner Teamkollegen begrüßt. Noemi stupste mich an, als hätte ich ihn nicht sofort gesehen. Simon war hier? Konnte mich mal jemand kneifen?

Er ließ seine Teamkollegen stehen und kam mit schnellen Schritten auf uns zu. »Ich war grad in der Gegend«, sagte er und küsste mich auf den Mund. »Ich dachte, die Heimfahrt nur zu zweit wäre schöner als im stickigen Schulbus. Hi, Noemi, alles gut?«

»Hi, Simon«, murmelte Noemi.

»Du warst nicht in der Gegend, Simon«, sagte ich.

»Erwischt, ich wollte dich überraschen. Freust du dich nicht?«

Irgendwo neben mir spürte ich Deans Blick und erwiderte ihn kurz und warnend. Denn das Letzte, was ich brauchen konnte, war seine Einmischung.

»Komm, steig ein«, sagte Simon. »Entschuldige, Noemi, wir wollen uns nur zu zweit unterhalten. Ist es okay, wenn du mit dem Schulbus fährst?«

Ich stand wie paralysiert da. Sollte ich mich nicht freuen, wenn mein Freund mich überraschte? Wenn er den langen Weg auf sich nahm, um mich abzuholen? Stattdessen fühlte es sich an, als wäre es einfach falsch. Als wäre Simon nicht hier, um mir eine Freude zu machen. Sondern als wäre er nur hier aufgetaucht, weil er mir beweisen wollte, dass er wie ein Schatten immer einen Schritt hinter mir wartete. So ging es nicht mehr weiter.

Noemi wollte gerade etwas erwidern, als Mr Renfro plötzlich neben uns stand. »Was soll das hier werden, Mr Bellamie?«

»Hallo Sir«, sagte Simon. »Ich war gerade in der Gegend und

dachte, ich könnte meine Freundin im eigenen Auto nach Hause fahren.« Er lächelte sein berühmtes Quarterback-Lächeln. »Wenn Sie nichts dagegen haben, Sir.«

Doch Mr Renfro schien wenig beeindruckt. »Das geht nicht. Miss Clark ist auf diesem Ausflug über die Schule versichert. Und der dauert, bis wir wieder auf dem Schulparkplatz gehalten haben. Es tut mir leid, Mr Bellamie, aber Sie müssen alleine nach Hause fahren.«

Simon erkannte wohl, dass ein Protest sinnlos war. Er sah zu mir und in seinen Augen stand trotz allem noch ein stummer Vorwurf. Ich hatte nicht begeistert gewirkt, schon bevor Mr Renfro einen Riegel vor die Sache geschoben hatte.

»Wir sehen uns zu Hause, Simon. Ich rufe dich an, wenn wir da sind.«

Ich sah in seinem verletzten Blick, wie sehr ihn die Niederlage traf. Doch Simon hatte hier mal wieder eine Grenze überschritten und wir würden noch ein klärendes Gespräch führen müssen. Er drehte sich grußlos um und stiefelte zu seinem Auto. Ich hörte den Motor aufheulen, als er vom Gelände raste. Um der Szene ein Ende zu setzen, betrat ich schnell den Bus. Kurz darauf ließ Noemi sich neben mir in den Sitz fallen. Ich sah sie nicht an.

»Hey.« Sie stupste mich mit ihrem Block an. »Er hat es bestimmt nicht böse gemeint.«

Ich antwortete nicht.

»Hast du Lust, ein wenig zu recherchieren? Vielleicht macht der Internetempfang mit.« Sie zeigte mir den Browser ihres Handys, in den sie »Apokalyptische Reiter« eingegeben hatte.

Ich lächelte sie dankbar an. »Wirklich?«

Sie nickte. »Wir haben bisher keine Erklärung für die Haarfarben, oder? Das ist unser erster richtiger Anhaltspunkt, also sollten wir zusehen, dass wir mehr darüber herausfinden.«

Hinter uns ließ sich Dean in den Sitz fallen. »Ich will davon nichts hören.«

»Mit dir redet gar keiner«, sagte Noemi nach hinten.

Dean beugte sich in seinem Sitz vor, sodass er durch den Spalt zwischen unseren beiden Sitzen gucken konnte. »Lasst mich raten. Ihr fangt jetzt an, über das Thema zu recherchieren. Glaubt mir, wir sind keine Todesboten. Wenn ich zu Höherem berufen wäre, dann hätte ich das schon früher gemerkt, garantiert. In meiner Familie hat noch nicht mal jemand studiert. Ich bin ganz gewiss nicht irgendein höheres Wesen, das den Untergang der Menschheit einläutet. Und überhaupt: Habt ihr mal über die Auswirkungen nachgedacht? Heißt das, die Welt geht unter? Werden wir alle sterben?« Er hatte einen betont lockeren Tonfall aufgesetzt, doch ich kannte ihn mittlerweile gut genug, um zu wissen, dass er es ernst meinte.

»Ich weiß nicht, wie viel davon stimmen kann«, erwiderte ich. »Fakt ist: Es gibt einige Parallelen mit der Geschichte rund um die Apokalypse.«

Mittlerweile hatten sich alle Schüler im Bus versammelt und Mr Renfro gab dem Busfahrer das Zeichen für die Abfahrt. Langsam rollte der Bus vom Hof.

»Verarschst du mich?« Dean strich sich aufgebracht die Haare nach hinten. »Ich bin ein Reiter ohne Pferd und soll die Welt untergehen lassen?«

»Du hast stattdessen ein Motorrad, Dean.«

»Oh mein Gott«, murmelte Dean. »Ich glaube es echt nicht. Ihr seid beide verrückt. Warum rede ich überhaupt mit euch?«

»Weil du eigentlich auch irgendwie daran glaubst, dass etwas dran sein könnte.«

Daraufhin wusste er nichts zu erwidern.

Noemi hatte ihr Handy gezückt und wohl bereits den Begriff gegoogelt. »Die Reiter sind vom ›Buch der sieben Siegel‹ abhängig.«

»Jetzt geht es auch noch um ein Zauberbuch«, seufzte Dean. »Ganz ehrlich? Das hier ist mir eine Nummer zu groß. Mit den dunklen Haaren kann ich leben und an euch zwei Verrückte würde ich mich auch gewöhnen, aber dass jetzt noch ein uraltes Zauberbuch mitspielt, das wir vermutlich finden müssen, um die Welt vor dem Untergang zu retten, das ist mir zu viel. Ich habe schon Harry Potter nicht gemocht.«

»Jedes Mal, wenn ein Siegel gebrochen wird, erscheint ein Reiter«, las Noemi weiter vor. »Das heißt, es existiert tatsächlich ein Buch, das das Erscheinen der Reiter auslöst.«

»Und wer bricht die Siegel? Vielleicht liest jemand es aus Versehen und nur durch Zufall geht die Welt unter«, brummte Dean. »Noemi, google mal, wem das ›Buch der sieben Siegel‹ gehört.«

»Niemandem«, sagte Noemi, nachdem sie es in die Zeile ihres Browsers eingegeben hatte. »Das Buch existiert nicht.«

»Und warum gibt es dann uns?« Dean stöhnte auf. »Mein Gott, ich kann nicht glauben, dass ich das gerade wirklich gesagt habe.«

»Das weiß ich nicht. Ich habe hier nur fünf Minuten gegoogelt, um einen groben Überblick zu bekommen. Ich habe keine Ahnung, was davon wahr ist und was davon vielleicht auf uns zutreffen könnte.«

»Lasst mich einen Vorschlag machen.« Ich sah sie beide an.

»Es ist Freitag, wir haben morgen keine Schule. Warum treffen wir uns nicht alle später bei mir und recherchieren gemeinsam.«

»Da muss ich gucken, ob mein schwarzes Pferd so spät am Abend noch Lust auf einen Ausritt hat«, sagte Dean affektiert.

Ich drehte mich zu ihm um und gab ihm einen kleinen Klaps vor die Stirn. »Benimm dich, du spielst eine wichtige Rolle in der Welt.«

Er lachte und das Lächeln, das er mir zuwarf, strafte die Gefahr, die von einer möglichen Apokalypse ausging, Lügen. »Schon gut, schon gut. Ich werde ihm gut zureden.«

»Noemi, darfst du auch noch zu mir kommen?«

Sie zuckte die Schultern. »Vermutlich. Ich werde meinen Eltern erzählen, dass wir für den Chemietest nächste Woche lernen wollen. Das klappt schon.«

»Dann ist es abgemacht. Vielleicht finden wir in diesem Zusammenhang auch etwas über diese Raben heraus. Ich bin mir sicher, sie haben etwas mit der ganzen Sache zu tun.«

»Das ist eine gute Idee«, sagte Noemi und lächelte mich an. »Daran habe ich noch gar nicht gedacht. Vielleicht sind sie auch irgendwelche Plagen.«

»Plagen sind sie allerdings«, sagte Dean. »Sie wollten unseren weißen Reiter fressen.«

»Mach dich ruhig lustig«, sagte ich. »Meine Idee ist besser als gar keine Idee.« Ich sah auf mein Handy. »Meine Internetverbindung bricht auch immer wieder ab.« So musste ich Simon zwar auf den Abend vertrösten, aber ich hoffte, dass wir trotzdem noch die Zeit für ein Gespräch fanden. Wir mussten dringend reden, denn so ging es mit uns einfach nicht weiter.

Kapitel 17

Eine knappe Stunde später parkte der Bus auf dem Parkplatz des Schulgeländes. Die Zeit drängte und obwohl Dean all das immer noch als ein Hirngespinst meinerseits bezeichnete, hatte er sich bereit erklärt, mich direkt nach Hause zu begleiten. Der Mechaniker, der sein Motorrad lackiert hatte, war ein guter Freund von Dean und hatte ihm die Maschine freundlicherweise auf den Schulparkplatz gestellt. Dean war also startklar. Noemi hingegen wurde von ihren Eltern erwartet, obwohl sie mit ihrem Cabrio zum Schulparkplatz gekommen war. Ihre Eltern schienen besorgt und verwickelten sie sofort in eine Diskussion, weshalb wir uns nonverbal darauf verständigten, dass sie uns hinterherfahren würde, sobald sie sich von ihnen loseisen konnte.

Nachdem Dean ausreichend verliebt sein Motorrad gestreichelt hatte, machten wir uns auf den Weg. Eine schwere, dumpfe Dunkelheit lag bereits über der Landstraße und irgendwo zuckten Blitze über das Firmament. Wie automatisch dachte ich an Simon. Beim letzten großen Gewitter hatte er mir beigestanden und jetzt hatte ich fast darum gebetet, dass er nicht auf dem Schulgelände auf mich warten würde. Donner grollte durch die Luft, doch das Gewitter machte mir keine Angst mehr. Ganz im Gegenteil, seit ich den Blitzeinschlag überlebt hatte, spürte ich eine merkwürdige Verbindung zu diesem Wetterphänomen.

Kein Wunder, immerhin schien dessen Energie durch meine Adern zu strömen.

Ich hatte die ganze Zeit nichts von Tammy gehört. Mittlerweile hatte ich es aufgegeben, sehnsüchtige Nachrichten zu schreiben, und hingenommen, dass sie mich scheinbar aus ihrem Leben gestrichen hatte. Es tat weh, aber ich konnte nichts daran ändern.

Wieder zuckte ein Blitz über das Firmament und ich lächelte. Die Ranch kam in Sicht und kurz darauf parkte ich Shrek auf dem Hof. Dean kam neben mir zum Stehen.

Macy stand in der Haustür und schüttelte ein paar Tischtücher aus. »Du bist wieder da!« Sie legte die Tücher auf eine Fensterbank und stürmte auf mich zu. »Willkommen zu Hause.« Sie zog mich in eine herzliche Umarmung, und ich wurde in einen zarten Duft nach Vanille und süßem Pudding gehüllt.

»Hi, Macy.« Ich löste mich von ihr und lächelte sie an. »Ich bin auch froh, wieder hier zu sein. Dean kennst du noch nicht, oder?«

Sie musterte ihn neugierig. »Nein.«

Dean streckte ihr die Hand hin. »Freut mich.«

»Hi, Dean.« Macy schüttelte seine Hand.

Schon wieder zuckte ein Blitz über den Himmel.

»Das Wetter spielt komplett verrückt.« Macy warf einen besorgten Blick gen Himmel. »Schon seit du weg bist, wird es bereits am frühen Nachmittag dunkel. Die Meteorologen sind ratlos. Mitten in Littlecreek haben sie sogar eine Art Zentrale errichtet. Drei Wissenschaftler sitzen in einem Minivan mit jeder Menge Antennen auf dem Dach. Wenn diese schnellen Wetterwechsel nicht so unheimlich wären, wäre das zum Totlachen. Mit ihren piepsenden und blinkenden Maschinen erinnern sie mich ein wenig an die Ghostbusters.«

Dean neben mir lachte. »Ich bin gespannt.«

Macy sah erneut zu Dean und dann zurück zu mir, als wolle sie abschätzen, was genau uns beide verband. »Geht ihr zwei in dieselbe Klasse?«

Ich machte den Mund auf, doch Dean war schneller. »Ja. Wir wollen noch für einen Chemietest lernen.«

Macy lachte und zwinkerte mir zu. »Ihr seid aber fleißig. An einem Freitagabend? Direkt nachdem ihr von einer Klassenfahrt wiedergekommen seid?«

Sie hatte recht. Natürlich klang es nach einem völlig unrealistischen Vorwand. Ich spürte ein leichtes Brennen auf den Wangen. Jetzt bloß nicht rot werden.

Noch mal ließ Macy ihren Blick interessiert zu Dean wandern. Ich wusste, wie empathisch sie war. Und ich war mir sicher, dass sie das, was zwischen uns schwebte, sehr genau spürte. Doch sie war diskret genug, um nicht weiter nachzufragen.

»Na dann wünsche ich euch einen erfolgreichen Abend. Suzan ist im Arbeitszimmer.«

»Danke dir.«

Macy spazierte zum Hauseingang, wo sie wieder anfing, die Tischdecken zu malträtieren. Ich zerrte meine Reisetasche von Shreks Ladefläche, doch Dean war ausnahmsweise ganz Gentleman und nahm sie mir ab. Als wir gemeinsam Richtung Tür gingen, begann es zu regnen.

»Ach, Macy, Noemi kommt gleich noch. Schickst du sie einfach zu mir hoch? Danke.«

»Kein Problem.« Macy wedelte spielerisch mit einer der Tischdecken nach mir, als wir durch die Tür traten. Ich lachte und wich ihr aus. Dean sprang samt Reisetasche elegant zur Seite.

Ich hatte sie vermisst. Ihre Herzlichkeit, die fröhliche Art, ihre Wärme. Sie machte diese Ranch zu einem Zuhause.

Suzan saß in ihrem Arbeitszimmer und tippte auf einem Taschenrechner herum. Sie hob den Kopf, als sie uns bemerkte. »Da bist du ja wieder. Wie war die Fahrt?«

»Der Rückweg kam mir kürzer vor.« Ich hatte ihr eine kurze Nachricht geschickt, bevor wir uns auf den Heimweg gemacht hatten.

Dann fiel Suzans Blick auf Dean und ihr Lächeln verschwand.

»Guten Abend.« Dean gefiel sich in der Rolle des unerwünschten Eindringlings, ich hörte es in seiner Stimme.

»Wir wollen noch für einen Test lernen«, stieß ich hervor. »Chemie. Am Montag.« Ich klang nervös und das machte mich unglaubwürdig. Außerdem traute ich es Suzan zu, dass sie Dean hochkant vom Hof warf.

Sie fixierte ihn immer noch, seine Begrüßung hatte sie nicht erwidert.

»Wir wollen für einen Test lernen«, wiederholte ich. »Noemi kommt auch noch.«

»Wann?«, fragte Suzan und ich hatte den Eindruck, sie wolle die Zeit überschlagen, die ich mit Dean allein verbringen würde. Fast so, als ob wir übereinander herfielen, wenn sie einen Moment lang nicht hinsah. Wie lächerlich.

Dean war klug genug, Suzan nicht weiter zu provozieren, und hielt den Mund.

»Sie müsste jeden Moment eintreffen. Sie wollte nur kurz ihre Eltern begrüßen und dann nachkommen.«

Suzan hatte nach einem Stift gegriffen und tippte damit auf der Tischplatte herum. Sie ließ Dean nicht aus den Augen. »Verstehe.« Ihr Blick glitt nur kurz zu mir. »Ihr könntet in der Küche auf sie warten. Vermutlich seid ihr hungrig nach der langen Fahrt? Macy könnte euch etwas machen.«

Dean unterdrückte ein Kichern, ich hörte es genau. Ich tat so, als müsste ich husten, damit Suzan es nicht mitbekam. »Danke, aber wir gehen schon mal nach oben.«

Suzans Blick verdunkelte sich noch mehr. Doch andere Argumente als das Offensichtliche schienen ihr nicht mehr einzufallen. Sie kapitulierte. Mit einem Klappern legte sie den Stift zur Seite und schenkte Dean einen letzten strengen Blick.

»Dann frohes Schaffen. Richard ist gerade im Stall, aber ich denke mal, er wird gleich noch zu euch hochkommen, um dich zu begrüßen.« Schon wieder ein versteckter Hinweis, dass sie Dean im Auge behalten würde. So langsam war es mir peinlich.

»Super, dann bis später.«

Suzan nickte und ich konnte spüren, wie sie mich taxierte, als wir uns zum Gehen wandten.

Auf der Treppe nach oben seufzte Dean theatralisch auf. »Was glaubt sie eigentlich von mir? Dass ich über dich herfalle, kaum dass du die Zimmertür schließt?«

Vermutlich dachte sie genau das. Ich ging hinter Dean her und sah ihm dabei zu, wie er sich mit meiner überdimensional großen Reisetasche abmühte.

»Und? Sollte ich Angst vor dem großen bösen Wolf haben?«

Dieses Mal drehte Dean sich nicht um. »Quatsch«, murmelte er und es klang irgendwie verärgert.

Wir erreichten den oberen Treppenabsatz und ich dirigierte ihn in mein Zimmer.

»Nett hier.« Dean ließ die Reisetasche auf den Boden klatschen und setzte sich dann ohne Einladung auf mein Bett. Es fehlte eigentlich nur noch, dass er sich die Boots von den Füßen schob und nach der Fernbedienung griff.

Mir gefiel das gar nicht. Erstens machte mich sein Anblick auf meinem Bett irgendwie nervös und zweitens mussten wir damit rechnen, dass jeden Moment entweder Richard oder Noemi ins Zimmer kamen.

»Wir sollten wenigstens den Anschein erwecken, dass wir lernen.« Hier galt mein Gedanke ganz besonders Richard, der garantiert von Suzan zum Spionieren geschickt wurde.

»Ich lerne doch«, sagte Dean und ließ sich unverschämterweise nach hinten in meine Kissen sinken. »Ich lerne dein Bett gerade besser kennen.«

Ich musste mich wegdrehen, weil schon wieder eine verräterische Hitze über meine Wangen flammte.

Nachdem ich meinen Laptop aufgeklappt hatte, beugte ich mich rechts neben den Schreibtisch zu einer Steckdose, um das Ladekabel anzuschließen. Als ich hochkam, lümmelte Dean immer noch auf meinem Bett und griff gerade nach einer Kunstzeitschrift, die auf dem Nachttisch lag. Er blätterte geräuschvoll darin und murmelte irgendetwas, das ich nicht verstand. Der Regen klatschte gegen die Fensterscheiben und wieder grollte Donner auf.

Es war irgendwie surreal. Da lag er im Halbdunkeln auf meiner Matratze in meinem Zimmer und er wirkte tatsächlich so, als wäre er schon tausendmal hier gewesen, als würde er hierhergehören, hier auf meine verwaschene Patchworkdecke und die Bettwäsche mit Moms Weichspüler. Ich ging offiziell mit Simon, aber so weit hatte er es noch nicht geschafft.

Ich starrte Dean noch einen Moment lang an, dann tastete ich mit meiner Hand nach dem Schalter der kleinen Schreibtischlampe. Diese schummrige Dunkelheit musste verschwinden. Sie ließ die Umgebung wie mit einem Weichzeichner skizziert erscheinen – verführerisch, anschmiegsam, zart. Das perfekte Licht, um einfach eng neben jemandem zu liegen und dem rasenden Takt des eigenen Herzens zu lauschen.

Ein schrilles Krächzen zerriss die Stille. Ich zuckte zusammen. Es war nur irgendein Vogel, der draußen Schutz suchte, aber trotzdem …

Es raschelte, als Dean die Zeitschrift zurücklegte und sich aufsetzte. »Alles okay? Hast du Angst?« Er schien das Krächzen auch gehört zu haben.

Ich nickte wortlos, die eine Hand fest um die Kante des Schreibtisches hinter mir geklammert. Dean erhob sich vom Bett und mit zwei langen Schritten war er bei mir. »Hier im Haus bist du sicher. Das weißt du doch, oder?«

Wieder nickte ich. Noch mal schrie der Vogel und dieses Mal klang es so nah, als würde er direkt über mir auf der Dachspitze sitzen. Meine Fantasie ging mit mir durch, als ich mir vorstellte, wie ein Schwarm Raben nah an dem Fenster in meinem Rücken vorbeiflog, wie sie mich ansahen, mich erkannten … Ich wollte ausweichen, weg vom Fenster, doch mit dem Schreibtisch hinter mir und Dean vor mir war das nicht möglich. Scharf holte ich Luft, um den Drang zu fliehen zu unterdrücken.

»Hey …« Dean berührte mich sanft an der Schulter. »Alles ist gut. Komm, ich lasse die Jalousien herunter, das macht es gleich besser, du wirst sehen.«

Er griff über mich hinweg und zog an dem Band. Seine Halsbeuge befand sich nun in unmittelbarer Nähe zu meiner Nase. Er roch so gut. Warum roch er immer so verdammt gut? Der Gedanke lenkte mich von meiner Angst ab und ich atmete einmal tief durch. Es war ein erleichtertes Seufzen, dunkel und tief aus dem Bauch heraus. Als Dean wieder so weit zurückwich, dass er mir ins Gesicht sehen konnte, wanderte sein Blick von meinen Augen hinab zu meinem Mund. Sofort musste ich an den Kuss im Wald denken.

Nein. So ging es einfach nicht weiter. Zuerst musste ich klare Verhältnisse schaffen. Reinen Tisch machen. Für mich selbst und auch, um nicht mehr Menschen zu verletzen als sowieso schon. Um nicht noch mehr für Verwirrung zu sorgen.

»Danke«, sagte ich schnell. »Das war eine gute Idee.«

Sofort veränderte sich Deans Blick. Er wich ein wenig zurück. »Kein Problem.« Er deutete auf die Jalousie rechts von uns. »Die auch noch?«

»Ja, danke.« Ich stieß mich von der Schreibtischkante ab, um zur Tür zu gehen. »Dann mach ich jetzt das große Deckenlicht an, denn sonst wird es hier wirklich zu dunkel.«

Dean nickte nur knapp, bevor ich ihn mit der Jalousie hantieren hörte. Die Deckenlampe war wirklich unglaublich hell. Mindestens 60 Watt und die vier Strahler leuchteten jeden Zentimeter des Zimmers aus.

»Wow.« Dean presste eine Hand über die Augen. »Hier kannst du ja zur Not am offenen Herzen operieren.«

Ich knipste das Licht wieder aus. Er hatte recht. Ich hatte die Deckenstrahler noch nie benutzt, weil ich eher ein Freund von warmem Licht war. Wenn die Lampen auf meinem Schreib- und Nachttisch nicht reichten, zündete ich noch ein paar Kerzen an.

Gerade war ich dabei, die kleineren Leuchten einzuschalten, da donnerte es schon wieder und zwar so heftig, dass die Wände wackelten. Dean schob zwei Finger zwischen die Lamellen und bog sie auseinander. »Wenn Noemi ohne Verdeck losgefahren ist, wird sie definitiv nass.« Er ließ die Lamellen zurückschnellen, drehte sich zu mir und grinste schief. »Das tut uns aber leid.«

»Dein Sarkasmus ist hier unangebracht, mal abgesehen davon, dass du nicht von mir auf dich schließen solltest.«

»An diesem Punkt komme ich nicht mehr mit.« Dean schlenderte betont lässig zu mir herüber, beide Daumen in die Taschen seiner Jeans gehakt.

»Mir tut es leid, dass Noemi nass wird.«

»Du hast ja auch ein gutes Herzchen und durftest sie nicht schon im Kindergarten und in sämtlichen Schuljahren danach ertragen.«

»Sie hat sich verändert.«

Dean nickte langsam. »Okay. Das lasse ich gelten. Warten wir mal ab, wie lange diese Läuterung noch vorhält.«

Ich verschränkte die Arme vor der Brust. »Du bist auch nicht gerade everybody's darling.«

Ich konnte zusehen, wie sich ein Lächeln auf sein Gesicht malte. »Und ich habe hart dafür gearbeitet.«

Ich schnaubte.

Deans Blick wurde ernst. »Glaubst du das alles wirklich, New York?«

»Das mit Noemi und dir?«

»Das mit dem Weltuntergang.«

Ich ließ die Arme kraftlos sinken. »Was soll ich dazu sagen? Es ist bisher unsere einzige Idee. Und wir hätten es vermutlich auch nie herausgefunden, wenn Bill Packins den Kupferstich nicht so grausam bunt hätte kolorieren lassen.«

»Herausgefunden.« Dean wiederholte das Wort, als hätte ich ihn beschimpft. »Wir haben gar nichts ›herausgefunden‹. Es ist nur eine Vermutung und die ist so abstrus, wie an das Loch-Ness-Monster oder den Yeti zu glauben. Ich meine, hör dir doch mal zu. Du willst der Welt allen Ernstes erklären, dass du zu einer Inkarnation irgendeines biblischen Wesens geworden bist, das als Vorbote der drohenden Apokalypse erscheint? Was kommt als Nächstes? Die himmlischen Heerscharen? Oder vielleicht doch eine Heuschreckenplage, so wie in der Bibel?«

»Diese Diskussion hatten wir schon im Bus, Dean.«

»Ja, und das Ganze ist genauso sinnfrei geblieben.«

Langsam verlor ich die Geduld. Ich machte einen Schritt auf ihn zu und funkelte ihn an. »Warum diskutieren wir dann schon wieder darüber?«

Deans Blick fiel auf meinen Mund. »Wir müssen nicht diskutieren. Es kann auch jeder einfach nach Hause fahren und am Montag gehen wir ganz normal in die Schule. Es gibt unzählig viele Kalender, die den Weltuntergang prophezeien. Nichts davon hat sich bisher bewahrheitet. Ich bin zwar kein Ass in Naturwissenschaften, aber die Theorie, dass der Mensch sich und den Planeten in ein paar Jahrhunderten selbst zugrunde richtet, erscheint mir viel plausibler als die, dass die Inkarnationen irgendwelcher Todesboten die Welt systematisch untergehen lassen.

Was soll das überhaupt bedeuten? Stellen wir uns irgendwann im Kreis auf und fassen uns an den Händen, und dann wird alles schwarz?« Er schnaubte. »Das ist doch Blödsinn und wir verschwenden unsere Zeit damit.«

Seine Worte trafen mich härter als erwartet. Ich war diejenige, die diese Schlüsse gezogen hatte. Mir war in der Reflexion des Glases die Ähnlichkeit der Haarfarben aufgefallen. Ich hatte den Stein ins Rollen gebracht. Und nun hatte Dean mehr oder weniger alles, was ich bisher erzählt hatte, als Blödsinn deklariert.

»Weißt du was?« Meine Stimme klang gefährlich ruhig. Wir standen schon wieder sehr nah voreinander, doch dieses Mal machte mich nichts daran nervös. »Fahr nach Hause, Dean. Ich will deine Zeit nicht länger verschwenden.«

Dean knirschte mit den Zähnen. Wir funkelten uns an.

»Geh«, sagte ich noch mal und deutete mit einer Hand zur Tür.

Er rührte sich nicht, stattdessen schien er vor unterdrückten Gefühlen zu vibrieren.

»Na los.« Ich umfasste seine Oberarme, um ihn von mir weg zur Tür zu drehen.

Dean war unheimlich schnell. Er packte mich um die Taille und zog mich an sich. Seine Lippen lagen an meinem Ohr. »Sag mir nicht, was ich zu tun habe.« Seine Stimme klang dunkel und weich.

Unsere Körper passten perfekt zueinander.

Meine Hände waren wie automatisch über seine Arme auf seinen Rücken geglitten. »Du behauptest, ich rede Blödsinn. Also schmeiß ich dich aus meinem Zimmer. So einfach ist das.«

Dean lachte leise auf und wollte gerade etwas erwidern, als Noemi den besten Moment erwischte, um ins Zimmer zu platzen. »Bonsoir, ihr Loser!« Sie erstarrte in ihrer Bewegung, die rechte Hand immer noch fest um die Türklinke geklammert. Ich konnte mir vorstellen, wie wir aussahen. Eng umschlungen, erhitzt von der Diskussion und Deans Lippen verdächtig nah an meiner Wange. Wir lösten uns voneinander, besser gesagt, ich stieß Dean von mir weg und zwar so hart, dass er taumelte.

Noemi ließ die Tür los und ihr Blick galt nur mir. »Störe ich gerade?«

»Wir streiten.« Meine Wangen brannten vor Verlegenheit.

Noemis linke Braue wanderte steil nach oben. »Also auf die Art würde ich auch gerne öfter streiten.«

Ich verdrehte die Augen. »Dean kann froh sein, dass du jetzt da bist. Ich wollte ihn gerade rausschmeißen.«

Noemi seufzte, als bete sie innerlich um Geduld. »Könntest du aufhören, so wirr zu reden? Womöglich ist das ansteckend.«

Ich erzählte ihr, was Dean mir vorgeworfen hatte. Der hatte sich mittlerweile völlig desinteressiert abgewandt und auf meinem Schreibtischstuhl vor dem Laptop Platz genommen.

»Dann ist es wohl an mir, klare Verhältnisse zu schaffen.« Noemi stiefelte an mir vorbei und stellte sich zu Dean. »Wie sieht's aus? Schmollen und nach Hause fahren, oder mitmachen und zur Aufklärung beitragen?«

»Ich bin dafür, ihn rauszuschmeißen«, sagte ich. »Er macht nicht richtig mit und Suzan kann ihn auch nicht leiden.« Noemi drehte sich kurz zu mir und als sie mein Grinsen sah, nickte sie verschwörerisch.

»Okay, Herr der Finsternis. Mach 'nen Abflug.«

Dean blieb ziemlich unbeeindruckt sitzen. »Ich weiß, dass ihr zwei mich hin und wieder für komplett verblödet haltet, aber selbst mir ist bewusst, dass du hier kein Hausrecht hast, Merida.«

»Merida?«, echoten Noemi und ich gleichzeitig.

Dean ließ den Kopf nach hinten sinken, als wäre ihm in diesem Moment klar geworden, dass er einen schweren Fehler begangen hatte.

»Seit wann kennst du dich denn mit Kinderfilmen aus?« Meine Neugier war einfach zu groß und ich stellte mich neben Noemi auf.

Dean ließ die Lider auf Halbmast sinken. »Ich habe einen kleinen Bruder, okay? Und der ist eindeutig noch zu jung, um allein vor der Glotze zu hocken. Also gucke ich mir diesen ganzen bunten Mist mit ihm an.«

Noemi sah zu mir. »Er ist zwar ein Blödmann, aber das ist schon irgendwie niedlich.«

»Hey.« Dean sah empört zu uns hoch. »Ich bin anwesend.«

»Wie praktisch.« Ich beugte mich ein klein wenig zu ihm herunter. »Hättest du dann die Güte, uns deine Entscheidung mitzuteilen?«

Deans Augen sprühten Funken. »Jede von euch allein ist ja schon eine Herausforderung. Aber als Doppel sollte man euch echt nicht auf die Menschheit loslassen.«

»Was ist nun?« Noemi klang ungeduldig. »Wenn das Wetter weiter so eskaliert, wird mein Vater mich abholen kommen und dann war's das mit der Recherche.«

»Du bist doch mit deinem eigenen Auto hier?«

Sie zuckte die Schultern. »Du weißt doch, wie Eltern sind. Ich habe zwar offiziell meinen Führerschein, aber sie tun immer noch so, als wenn alles, was ich fahren könnte, ein Bobbycar wäre.«

Dean grinste. »Die Farbe stimmt ja schon mal.«

Noemi schnipste ihm in den Nacken. »Haha.«

Dean wedelte in Noemis Richtung, als wäre sie ein lästiges Insekt, dann beugte er sich vor und öffnete den Internet-Browser auf meinem Laptop. »Da ich heute sowieso nichts mehr vorhabe, kann ich euch auch helfen zu beweisen, dass an dieser Weltuntergangsgeschichte nichts dran ist.«

Noemi sah zu mir, die stumme Frage, ob Dean bleiben durfte, im Blick. Ich seufzte und nickte dann. Als mein Handy brummte, überließ ich Dean und Noemi die hitzige Diskussion, mit welchem Suchbegriff wir anfangen sollten.

Die Nachricht war von Simon. Sofort meldete sich mein schlechtes Gewissen. Ich hatte mich melden wollen, ich hatte mich mit ihm treffen wollen. An all das hatte ich nicht mehr gedacht, seit wir die wilde Theorie mit den Todesboten im Bus besprochen hatten.

Wo sollen wir uns treffen?

Ob ich es auf das Wetter schieben konnte? Andererseits: Simon war in dieser Gegend aufgewachsen. Er kannte jede Straße, jeden Weg, jede noch so weit entfernte Ranch. Ich wusste ja, dass ein Gewitter ihn nicht aufhalten würde. Und wenn ich mich erst einmal in diese Diskussion verstrickt hatte, käme ich aus der Nummer kaum wieder raus, wenn er trotz allem entschied, hier aufzutauchen.

Es ist etwas dazwischengekommen. Noemi ist eingefallen, dass wir am Montag einen Chemietest schreiben. Daran hatte ich gar nicht mehr gedacht. Jetzt lernen wir noch dafür.

Wer ist wir?

Simon schien tatsächlich einen siebten Sinn für so was zu besitzen. Ich hatte ihn jetzt schon einmal angelogen. Statt für Chemie zu lernen, recherchierten wir über die Vorzeichen der Apokalypse. Doch ihn im Unklaren darüber zu lassen, wer hier war, ging mir dann doch zu weit.

Noemi, Dean und ich.

Simon las die Nachricht, doch er schrieb nicht zurück.

Simon?

Er war noch online. Wieder wurde die Nachricht gelesen, doch er reagierte nicht.

Simon, bitte, es ist alles ganz harmlos.

Endlich erschien: »Simon schreibt …«

Ihr habt also spontan im Bus beschlossen, dass ihr den Freitagabend dazu nutzen wollt, für die Schule zu lernen? Und dann ausgerechnet ihr drei?

Ja, genau.

Wieder las er meine Nachricht sofort, wieder schien er zu zögern, bevor er antwortete.

> Du warst jetzt fünf Tage auf Klassenfahrt und den ersten
> Abend, den du wieder zu Hause bist, verbringst du nicht
> mit mir? Gerade nach heute Mittag würde ich wirklich
> gerne mit dir reden.

Er hatte so recht. Was machten wir hier eigentlich gerade? Selbst wenn ich an meinen Gefühlen für Simon zweifelte, so war er immer noch mein Freund und ich war es ihm schuldig, klare Verhältnisse zu schaffen. Ich konnte nicht anders, also schrieb ich:

> Du hast recht. Ist es okay, wenn wir noch ein Stündchen
> lernen und du dann vorbeikommst?

Dieses Mal antwortete er sofort.

> Einverstanden.

Und dann etwas später:

> Ich freue mich auf dich. Du hast mir gefehlt.

Mein Herz fühlte sich an, als habe man es in den Entsafter gesteckt. Genau genommen hatten wir so viel Kontakt gehabt, dass ich gar keine Zeit hatte, ihn zu vermissen. Er hatte sich omnipräsent in all meine Tage geschlichen. Die vielen Nachrichten, das

Telefonieren, all das hatte dafür gesorgt, dass ich mich mehr in seiner Nähe gefühlt hatte als hier, wo wir nur einen Steinwurf voneinander getrennt waren. Trotzdem tippte ich:

Ich freue mich auch.

Einfach nur, um nicht etwas zu diskutieren, von dem ich selbst gar nicht wusste, wie ich wirklich dazu stand.

Ich steckte das Handy zurück in meine Hosentasche. »Leute, es tut mir leid, wir müssen uns beeilen. Simon und ich müssen uns noch treffen und …« Ich brach ab und schluckte. »Wir haben uns eine ganze Woche lang nicht gesehen.« Ich wollte noch etwas sagen, aber die Worte blieben mir im Hals stecken.

»Schon okay.« Noemi hatte sich mittlerweile den zweiten Stuhl vor den Schreibtisch gezogen. Sie und Dean hatten sich beide zu mir umgedreht. »Vielleicht ist es wirklich besser, bei diesem Wetter wieder nach Hause zu fahren.«

Dean sagte gar nichts. Er hatte nur die Kiefer so fest aufeinandergepresst, dass seine Wangenknochen noch deutlicher hervortraten.

Noemi drehte sich wieder dem Bildschirm zu. »Dann sollten wir die verbleibende Zeit gut nutzen.«

Schon wieder ließ ein Donnern das ganze Haus vibrieren.

»Hast du noch einen dritten Stuhl hier?« Noemis Blick war weiterhin fest auf den Laptop gerichtet, während sie sprach.

»Bevor ich hierherkam, war das hier oben eine Abstellkammer. Ich habe schon die seltsamsten Dinge in diesen Einbauschränken gefunden. Da ist sicher auch ein Klappstuhl dabei.«

Ich riss eine der großen Türen auf und hatte Glück: Rechts an der Wand, direkt neben meinen Wintermänteln, die ich vermutlich hier in Texas nie wieder brauchen würde, lehnte der eingeklappte Stuhl. Ich zerrte ihn hervor und baute ihn an Deans freier Seite auf. »Habt ihr schon was gefunden?«

»Nichts«, brummte Dean.

»Nichts bedeutet, dass er nur wieder die gleichen Ergebnisse gefunden hat, die wir schon im Bus gegoogelt hatten.« Noemi sah an Deans Rücken vorbei zu mir.

»Moment mal.« Dean hatte weitergelesen. »Die Reiter erscheinen nach und nach, bis das vierte Siegel gebrochen wurde. Danach kommt es zu irgendwelchen schlimmen Naturkatastrophen, die die Welt daraufhin komplett untergehen lassen.«

Ich setzte mich aufrecht hin. »Das passt doch. Meine Haare haben sich zuerst verändert. Dann Noemis und dann deine, Dean. Wenn die Reihenfolge auch aus der Überlieferung stammt, hätten wir ein weiteres Puzzleteil, das uns zu einem Gesamtbild führen könnte.«

Noemi zog den Laptop zu sich. »Wartet mal. Ich kenne da eine Seite, die die Bibel von vorne bis hinten erklärt. Alle Geschichten, alle Gleichnisse, alle Hintergründe.« Ihre Finger flogen über die Tastatur. »Jetzt gebe ich noch apokalyptische Reiter in die Suchmaske ein …« Sie sah triumphierend zu uns. »Tadaaa. Und schon haben wir's.«

»Lies es doch einfach vor«, brummte Dean.

Sie drehte den Laptop wieder zu sich. »Okay. Hier steht, der erste Reiter, der erscheint, ist der weiße. Der zweite ist der rote und der dritte ist der schwarze.« Sie war blass geworden, als sie erneut zu uns sah. »Mein Gott«, murmelte sie leise. »Der letzte Reiter ist der graue Reiter. Er ist derjenige, der die Apokalypse vorantreiben will. Er will das Ende der Menschheit, anders als die drei Reiter zuvor, die den Weltuntergang noch verhindern können.«

»Und wie?«, wollte ich wissen.

»Das steht hier nicht.«

Dean seufzte. »Leute, überlegen wir uns das noch mal gut. Ist das nicht alles etwas zu abgedreht?«

»Aber unsere Haarfarben«, warf Noemi ein. »Was ist damit?«

Dean zuckte die Schultern. »Eine simultane hormonelle Störung? Irgendeine mysteriöse Krankheit?«

»Das habe ich alles schon nachgeguckt. Das trifft nicht auf uns zu.« Ich drehte nachdenklich meine Haare um den Finger. »Versucht doch mal, das große Ganze zu sehen. Das Wetter spielt verrückt, Tiere sterben. Die Algenplage, das vergiftete Wasser, die sengende Sonne. Steht in diesem Text irgendetwas davon, dass das Erscheinen der apokalyptischen Reiter durch etwas Bestimmtes angekündigt wird?«

»Vermutlich durch einen Engel, der auf seiner Wolke einen Gong läutet.« Dean ließ seinen Kopf auf die Tischplatte sinken. »Oder wir bekommen alle Post aus Hogwarts.«

Ich ignorierte Dean einfach.

Noemis Blick klebte immer noch an dem Computerbildschirm. »Hier ist von Naturkatastrophen die Rede. Von ausgetrockneten Brunnen, von rot gefärbtem Wasser und von Verbrennungen, die Mensch und Tier betreffen. Der Himmel verfinstert sich, es gibt Unwetter, die sich bis zu einem gewaltigen Asteroidenschauer steigern. Dann beginnt die Stunde null und die Welt geht unter.« Noemi verstummte und im Zimmer war es mucksmäuschenstill.

Dean hob langsam den Kopf. Noemi sah aus, als glaube sie

selbst nicht, was sie da gerade vorgelesen hatte. Mir war ein wenig schlecht, als ich im Kopf all die Punkte abhakte. Genau diese Katastrophen hatten Littlecreek heimgesucht.

Ich fing mich als Erste. »Wir sind schon zu dritt. Und bisher hatten wir keine Ahnung, was wir tun sollen, um den Untergang der Menschheit zu verhindern. Schon bald wird also der graue Reiter erscheinen. Er ist der letzte und er ist nicht auf unserer Seite. Er wird die Apokalypse vorantreiben.« Meine Schultern sanken kraftlos nach unten. »Wann genau sind deine Haare rot geworden, Noemi?«

Sie rechnete nach. »Vor ziemlich genau zwei Wochen.«

»Okay. Da Deans Haare sich gestern verändert haben und zwischen eurer beider nennen wir es mal ›Erscheinen‹ zwei Wochen liegen, dann müsste es ziemlich genau vier Wochen her sein, dass meine Haare sich über Nacht verfärbt haben. Ich habe es in meinen Kalender geschrieben. Moment …« Ich blätterte durch die Seiten.

»Vier Wochen. Es waren fast genau vier Wochen.« Ich sah wieder hoch.

»Also bleiben uns nur noch zwei Wochen, bis der letzte Reiter erscheint?«

Dean schüttelte den Kopf. »Bei uns ist nichts passiert, als dass sich die Haarfarben verändert haben. Wie sollte also irgendein Mitschüler, dessen Haare sich plötzlich grau färben, uns gefährlich werden?«

Noemi verdrehte die Augen. »Wir stehen noch am Anfang. Du könntest die heutige Nacht ja dazu nutzen, alles über die Apokalypse herauszufinden, was das Internet so hergibt. Ich bin mir sicher, danach sind wir einen großen Schritt weiter.«

Dean lachte auf, dann drückte er den Stuhl nach hinten und erhob sich. »Ganz im Ernst? Die Erklärung mit unseren Haarfarben ist sicherlich ganz nett. Aber alles andere? Plagen, bunte Reiter, der Weltuntergang?« Dean schüttelte den Kopf. »Das Wetter spielt ein bisschen verrückt. Aber wir haben hier in Texas immer mit extremen Wettersituationen zu kämpfen. Jedes Jahr verdorren Weiden. Jedes Jahr gibt es Unwetter. Bisher hat noch niemand an den Weltuntergang gedacht, wenn er sich einen Sonnenbrand zugezogen hat. Dieses Jahr ist es alles etwas heftiger, und vermutlich hat es einzig und allein mit der Klimaerwärmung zu tun. Ich habe mich überhaupt kein bisschen verändert. In meinem Inneren spricht niemand zu mir und ich empfange auch keine Botschaften von sonst woher. Meine Haare sind bloß einfach dunkler geworden. Wir sind wir und nur unsere Haarfarben haben sich verändert. Ihr sucht einen Grund und ihr legt ihn euch so zurecht, dass alles passt.« Er sah zu mir. »Glaubst du wirklich daran?«

Einerseits hatte er recht mit dem, was er sagte. Andererseits hatte ich bis jetzt keine bessere Erklärung gefunden und vieles passte einfach.

Als ich nicht antwortete, holte Dean noch weiter aus. »Und dann die Sache mit diesen mutierten Raben. Wo genau in eurer Überlieferung der Apokalypse steht irgendetwas von durchdrehenden Vögeln? Von Viechern, die plötzlich halb Mensch, halb sonst was werden?«

Noemi und ich sahen uns an. Den Punkt hatten wir total außer Acht gelassen.

Dean zog die Schlüssel seines Motorrads hervor. »Ich verschwinde, bevor Goldjunge hier auftaucht. Auf den habe ich nämlich noch weniger Lust als auf irgendwelche Verschwörungstheorien.« Ich hielt ihn nicht auf und Noemi war vermutlich sowieso froh, dass er das Weite suchte.

»Wir sehen uns, Ladys.« Er sah ein letztes Mal zu mir, doch ich erwiderte den Gruß nicht. Ein Teil von mir wollte nicht, dass er ging. Wollte, dass er blieb, trotz des Streits, trotz der Differenzen und seiner absoluten Ablehnung gegenüber unseren Theorien. Ein anderer Teil war froh, dass er verschwand, bevor Simon hier auftauchte. War erleichtert, seine abschätzigen Kommentare gegenüber unseren Erklärungsversuchen nicht mehr hören zu müssen. Doch dann setzte mein Verstand wieder ein.

»Draußen tobt ein Unwetter. Wäre es nicht sicherer für euch beide, wenn ihr zusammen fahrt? Die Straßen sind jetzt doch bestimmt menschenleer und wenn einem von euch beiden etwas passieren sollte, ist es besser, wenn ihr zu zweit unterwegs seid.«

Dean, schon mit der Klinke in der Hand, hielt inne. Er sah kurz zu mir. »Vermutlich hast du recht.« Sein Blick glitt zu Noemi. »Was sagst du dazu?«

Noemi nickte und stand auf. »Eine gute Idee. Morgen ist auch noch ein Tag. Dann können wir weiter recherchieren und vielleicht finden wir auch einen Hinweis auf die Raben.« Sie griff nach ihrer Handtasche und hängte sie sich über die Schulter.

Draußen donnerte es schon wieder. Noemi zog ein Gesicht. »Zum Glück schließt das Deck meines Cabrios sich ganz automatisch, sonst wäre ich schon auf dem Hinweg total nass geworden.«

Dean hinter ihr grinste.

Ich brachte die beiden noch zur Tür und sah ihnen nach, wie sie in dem Unwetter verschwanden. Ob ich ihnen nicht doch besser angeboten hätte zu bleiben? Ich sah zwar keine Blitze mehr am Himmel, doch der Regen schien immer stärker zu werden. Ich zückte mein Handy und schrieb beiden eine Nachricht, in der ich sie bat, mir zu texten, wenn sie gut angekommen waren.

Gerade als ich die Haustür hinter mir schloss, brummte mein Handy. Sofort dachte ich an Dean und Noemi. War ihnen etwas passiert? Doch es war Simon:

Es tut mir leid, ich muss absagen. Bei meinem Onkel ist ein Blitz in den Stall eingeschlagen. Dad und ich fahren hin, um zu helfen. Sehen wir uns morgen?

Einerseits war ich froh, dass er sich bei diesem Unwetter nicht auf den Weg zu mir machte. Andererseits würde sich so unser Gespräch noch weiter verschieben. Ich wollte mit ihm reden, ich musste mit ihm reden. Wir mussten endlich klären, was da zwischen uns war und warum es nicht funktionierte. Ich schrieb ihm schnell zurück, versicherte ihm, dass es kein Problem sei und dass er bitte auf sich aufpassen sollte.

Ich überlegte gerade, einen Abstecher in den Stall zu machen, weil ich Richard immer noch nicht begrüßt hatte. Da hörte ich Suzan aus der Küche lachen.

Sie saßen zu dritt um den Küchentisch und Macys Lächeln wurde breiter, als sie mich im Türrahmen erblickte. Richard drehte sich um. »Da ist ja unsere Musterschülerin. Willkommen zurück.« Ich fiel in sein Lachen ein und umarmte ihn.

»Komm«, Suzan deutete auf die Bank unter dem Fenster, »setz dich zu uns.«

Macy schob mir einen Becher mit dampfendem Tee zu.

Suzan legte mir eine Hand auf den Unterarm. »Und jetzt erzähl uns alles von der Klassenfahrt.«

Am nächsten Morgen machte ich mich auf den Weg nach Littlecreek. Simon hatte in der Nacht noch von den Zerstörungen berichtet. Er hatte müde geklungen und irgendwie resigniert. Jetzt wollte ich ihn mit einem Besuch überraschen, denn ich wusste, dass er bis 11 Uhr im Diner arbeiten musste und dann frei hatte. Vielleicht würden wir danach Zeit finden für ein Gespräch. Und mein Gewissen wurde durch diese Aktion auch etwas erleichtert. Simon hatte traurig geklungen. Ich wusste, wie sehr er an seiner Heimatstadt hing und Littlecreek war in letzter Zeit einfach zu oft von der zerstörerischen Kraft der Natur heimgesucht worden. Mein Blick glitt über die Landschaft, als ich mit Shrek die Straße hinabbrauste. Die Schneisen der Verwüstung waren unübersehbar. Nicht nur die der Unwetter, sondern auch die der sengenden Sonne. Große Grasflächen waren verdorrt und erinnerten mehr an eine Wüste als an das ehemals so fruchtbare Weideland. Was passierte hier nur? Sollte Littlecreek sich tatsächlich als Epizentrum der Apokalypse herausstellen? Sollten diese dreitausend Jahre alten Überlieferungen tatsächlich wahr sein? Würde die Welt in nicht allzu langer Zeit in einem brennenden Inferno untergehen?

Eine Gänsehaut jagte meinen nackten Arm hinab. Ich sah auf meine Arme und schnipste dann mit der linken Hand eins von Snows langen weißen Mähnenhaaren vom Bündchen meines Shirts. Ich hatte gestern Abend noch nach ihr gesehen, doch wie immer schien sie von der tobenden Natur unbeeindruckt. Auch heute Morgen hatte ich ihr schon einen Besuch abgestattet und ein wenig mit ihr gekuschelt. Ein Besitzer hatte sich immer noch nicht gemeldet und mittlerweile ging ich davon aus, dass dies auch niemals geschehen würde. Dass sie schon immer zu mir gehört hatte und nun einfach ihren Weg hierher gefunden hatte. Dass sie Teil meiner Verwandlung war.

Ich passierte den Ortseingang von Littlecreek und musste bremsen, weil zwei große Feuerwehrwagen quer vor dem Supermarkt parkten. Hier war ein Teil des Daches eingestürzt und einige der Dachbalken wurden mit schwerem Gerät in kleine Teile gesägt, um sie abtransportieren zu können. Sofort wanderten meine Gedanken zu Betsy und ihrem adretten Drogeriemarkt. Doch wenig später konnte ich erleichtert aufatmen. In diesem Teil der Straße schien alles in Ordnung zu sein.

Kurz bevor ich das Diner erreichte, sah ich den großen Van der Meteorologen. Er trug das Wappen der Universität von Odessa und hatte wirklich eine beachtliche Anzahl Antennen auf dem Dach montiert. Kurz danach kam das Diner in Sicht und ich parkte direkt davor. Überrascht hielt ich inne, als ich das große »Geschlossen«-Schild in der Tür sah. Ich wühlte mein Handy aus der Handtasche hervor und rief Simon an. Da er nicht dran ging, schrieb ich ihm eine Nachricht.

Wieder starrte ich auf das Schild in der Eingangstür und mein Herz klopfte wild. Was war passiert?

Zum Glück bekam ich schnell eine Antwort. Simon freute sich zwar über meinen Überraschungsbesuch, doch er war schon wieder auf der Baustelle. Sein Vater hatte beschlossen, das Diner erst am Nachmittag aufzumachen. Er wollte seinen Bruder bei der Schadensbegrenzung und dem Wiederaufbau des Stalls unterstützen und hatte Simon ebenfalls dazu eingeteilt. Unser Gespräch musste also warten.

Ich überlegte kurz, nach Hause zu fahren, doch andererseits war ich nun schon mal hier und vielleicht könnte ich die Zeit anderweitig nutzen. Zum Beispiel für weitere Recherchen zum Thema Weltuntergang. Dean war nicht die erste Option, also rief ich Noemi an. Sie lud mich zu sich ein und textete mir dann ihre Adresse.

Noemi wohnte eindeutig in einer der wohlhabenderen Straßen von Littlecreek. Weiße Lattenzäune säumten adrett gestutzte Vorgärten und prachtvolle Auffahrten. Das Haus ihrer Eltern besaß sogar rechts und links des Eingangs eine Säule. In dieser Gegend kam ich mir mit Shrek fast ein wenig schäbig vor. Noemi erwartete mich bereits vor der Haustür.

Sie lächelte, winkte und kam dann auf mich zu, gerade als ich Shreks Tür hinter mir zuschlug. »Du kommst gerade richtig. Ich möchte dir jemanden vorstellen.« Sie hakte sich bei mir unter und zog mich zu ihrem Auto.

Noemis Cabrio sah nicht nur brandneu aus, es roch von innen auch so. Der Motor knurrte auf wie ein verschlafenes Raubtier, als sie den Schlüssel im Zündschloss drehte.

»Kann ich meinen Wagen einfach so stehen lassen?« Shrek passte so gar nicht in die militärische Aufgeräumtheit dieses Anwesens.

Noemi winkte ab. »Klar. Dafür sind die Parkplätze auf der Auffahrt doch da.« Damit schien das Thema für sie beendet.

»Wo fahren wir hin?«

Ein warmes Lächeln spielte um ihre Lippen. »Ich möchte dir meinen Freund vorstellen.«

Ein paar Sekunden lang glaubte ich, mich verhört zu haben. »Deinen Freund?«

»Ja.«

»Moment mal. Du hast einen Freund?« Simon hatte mal etwas angedeutet, aber war nie konkret geworden.

»Ja.«

Ich drehte mich noch mehr zu ihr. »Und du hast mir noch nie von ihm erzählt, weil …?«

»Ich ihn dir erst persönlich vorstellen wollte.«

Das klang so kryptisch, als habe sie ihn sich aus Hefeteig selbst gebacken. »Muss ich das verstehen?«

Ihr Lächeln wurde noch breiter, dann schüttelte sie den Kopf. »Nein.«

»Du entführst mich jetzt aber nicht doch noch in eine dunkle Ecke von Littlecreek, um mich dort umzubringen?«

Sie lachte auf und gab noch mehr Gas. »Das wäre eine Überlegung wert, aber nein.«

Ich seufzte. »Gehe ich recht in der Annahme, dass ich keine weiteren Informationen mehr bekomme, bis ich live vor ihm stehe?«

»Ja.« Sie schien vergnügt, was es irgendwie noch seltsamer machte. Noemi drückte auf einen Knopf und alle Türverriegelungen schnappten gleichzeitig herunter.

Ich ließ die Schultern hängen. »Du machst das absichtlich, oder?«

Sie grinste, sagte aber nichts mehr.

Obwohl ich nicht wirklich damit rechnete, dass sie mir irgendetwas antun würde, war die Aktion mit der Türverriegelung irgendwie unheimlich.

Zum Glück war der Weg so kurz, dass ich nicht ausreichend Zeit hatte, meine überbordende Fantasie weiter anzufeuern. Noemi hielt vor Littlecreeks kleiner, aber sehr moderner Kirche.

Meine Augen wurden immer größer. »Wenn du mir jetzt erzählen willst, dass Jesus dein bester Freund ist, dann schockiert mich das nicht so sehr, wie du es dir vielleicht ausgemalt hast.« Ich hatte schließlich schon mitbekommen, welche große Rolle hier in Texas Religion spielte.

Wieder lachte sie auf. »Halt den Mund und komm einfach mit.«

Sie öffnete die Verriegelung und stieg aus. Ich folgte ihr, während sie schon einen schmalen Weg rechts der Kirche entlang zu einem Haus dahinter ging. Es war deutlich bescheidener als das von Noemi, doch es wirkte sehr gepflegt und einladend. Eine dunkelhaarige Frau stand im Vorgarten zwischen hoch wachsenden bunten Blumen. Dieser Garten hier schien von der Zerstörung bisher nicht betroffen zu sein. Die Frau hielt eine kleine Harke in der rechten Hand und wollte sich gerade bücken, doch dann richtete sie sich auf, strich die grüne Gartenschürze glatt und sah uns lächelnd entgegen.

»Noemi, Liebes, wie schön, dich zu sehen. Wie war die Klassenfahrt?«

»Hallo Emilia.« Noemi umarmte die Frau herzlich. Dann sah sie zu mir. »Aria, das ist Emilia Preston. Ihr Mann ist der Pfarrer von Littlecreek. Emilia, das ist Aria Clark, die Nichte von Suzan Harper.«

Emilia Prestons Augen weiteten sich. Auch sie schien zu wissen, wer ich war. Doch dann hatte sie sich wieder im Griff und schnell hielt sie mir ihre Hand hin. »Hallo Aria. Willkommen in unserer Gemeinde. Ich bin Emilia.«

Ich lächelte. Sie wirkte herzlich und offen, und es freute mich, dass sie mir sofort das Du angeboten hatte. Sie schien ungefähr in Suzans Alter zu sein und vermutlich kannten die beiden sich schon seit ihrer Kindergartenzeit. »Freut mich, Emilia. Vielen Dank.«

Emilia sah zwischen uns beiden hin und her. »Und ihr zwei habt also den Klub der krassen Haarfarben eröffnet?« Sie sah zu mir. »Was sagt Suzan dazu?« Ihr Lächeln verriet mir, dass sie bereits ahnte, dass es Suzan nicht gefallen hatte.

Ich lächelte zurück. »Genau das, was du gerade denkst.«

Emilias Lachen war ansteckend. »Solange ihr jetzt nicht anfangt, euch von Kopf bis Fuß zu tätowieren, wird der Protest sicherlich irgendwann von allein verstummen.« Sie deutete hinter sich. »Geht ruhig hoch, die Tür ist nur angelehnt.«

Ich rekapitulierte messerscharf. Noemis Freund war also der Sohn der sympathischen Emilia? Dann freute ich mich schon, ihn kennenzulernen, wenn man davon ausging, dass der Rest der Familie genauso herzlich und offen war.

»Danke.« Noemi zog mich hinter sich her. »Bis später.«

»Bis später, Mädchen.«

Im Haus roch es nach frisch gewaschener Wäsche und Zitronenkuchen. Es war penibel aufgeräumt und nicht ein Staubkörnchen flirrte durch die Luft. Ich fand es seltsam, dass Noemi jetzt einfach so in das Zimmer ihres Freundes platzen wollte. Würde man nicht den Namen rufen, wenn man die Treppe hinaufging?

Ich wollte gerade fragen, da waren wir auch schon oben angekommen. Obwohl die Tür angelehnt war, klopfte Noemi an. Immerhin.

Ich folgte ihr in einen Raum, der viel zu aufgeräumt war für das Zimmer eines Teenagers. Es roch nach Desinfektionsmitteln und Weichspüler. Mir stockte der Atem, als mein Blick auf das große stahlgraue Krankenbett fiel, das mitten im Zimmer stand. Wie automatisch glitt mein Blick über die Decke hinauf Richtung Kopfkissen.

Der Junge sah aus wie ein verwunschener Prinz, den eine böse Macht zu ewigem Schlaf verdammt hatte. Sein dunkles Haar lag in weichen Wellen um seinen Kopf. Die Augen waren fest geschlossen, die Lippen ganz leicht geöffnet. Er schien wirklich zu schlafen. Ich betrachtete ihn noch etwas genauer. Sein Profil war elegant und scharf geschnitten: eine gerade Nase, ein perfektes Kinn, hohe Wangenknochen. Er war zu blass für die Hitze Texas', aber auch das konnte nicht verheimlichen, dass er überdurchschnittlich attraktiv war. Simon war der All-American-Sunnyboy, Dean auf verwegene, raue Art gut aussehend, aber dieser Junge hier war einfach schön. Er hätte modeln können für die bestbezahltesten Fotografen dieser Welt, wenn nicht etwas an ihm grausam aus dem Lot geraten schien. Das hier war kein Überraschungsbesuch, bei dem wir einen verschlafenen Jungen aus dem Bett werfen würden. Das hier war nicht mal ein Schlafzimmer. Ich betrachtete die vielen Fotos, die überall herumstanden. Die Kerzen, die Engelsfiguren, die kleinen Spruchkarten. Ein Frösteln jagte meine Arme hinab. Das hier war ein Schrein.

Beklemmung machte sich in mir breit. Warum hatte Noemi mich nicht vorwarnen können?

»Das ist Jonah«, sagte Noemi. »Komm ruhig näher, Aria. Er

beißt nicht.« Sie ließ ihre Tasche auf den Boden gleiten, beugte sich über das Bett und küsste Jonah ganz zart auf die Lippen. Er rührte sich nicht.

Doch Noemi schien das nicht seltsam zu finden. Sie setzte sich auf einen der Stühle, die an Jonahs Bett standen, und deutete dann einladend neben sich. »Setz dich zu mir.« Sie lächelte mich kurz an, dann strich sie Jonah in einer liebvollen Geste eine verirrte Haarsträhne aus der Stirn.

Ich betrachtete sie – immer noch überrascht – und plötzlich machten Simons Worte Sinn. Noemi hatte ihr Herz bereits verschenkt. Verschenkt an diesen wunderschönen Jungen, der sehr krank zu sein schien.

Sie lächelte zu mir hoch, als sie seine Hand nahm, und ich sah in ihren Augen, dass sie ihn liebte. Dass es nie einen anderen gegeben hatte als ihn.

Ich kam zögerlich näher.

»Weiß er, dass wir hier sind?«, flüsterte ich, immer noch leicht unbehaglich. »Ich meine, spürt er es?« Wie sollte ich mich dann verhalten? Ich hatte keine Erfahrung mit so was.

»Da bin ich mir ganz sicher.« Sie zog mich neben sich auf den noch freien Stuhl. »Jonah, das ist Aria. Ich habe dir doch schon von ihr erzählt.«

Etwas überrascht sah ich zu ihr. »Wirklich?«

»In letzter Zeit nur Nettes.«

»Schon klar.«

»Aria, das ist Jonah.«

Ich sah in das Gesicht des Jungen. Keine Regung. »Hi, Jonah, freut mich.«

Noemi strich ordnend seine Bettdecke glatt. »Puh, wo soll ich anfangen? Adam und Tracy haben sich schon wieder getrennt. So ein Drama. Sie hat in Politik die ganze Zeit mit ihm getextet, um ihm zu versichern, dass sie auf Juliens Party nichts mit Philippe hatte. Mrs Lilliens war kurz davor, sie rauszuwerfen. Und du glaubst nicht …« Noemi tat so, als würden sie eine Unterhaltung führen – erzählte ihm von der Klassenfahrt, von der Schule und den neuen Folgen einiger Netflix-Serien. Dabei hielt sie seine Hand und streichelte ihm über die Finger.

Ich bewunderte, wie ungezwungen sie klang. Natürlich war ich befangen, weil ich Jonah gar nicht kannte. Aber Noemi hatte diese Leichtigkeit an sich, eine Fröhlichkeit, die ansteckend war.

»Ich hätte nie gedacht, dass Archie so krass reagieren würde«, warf ich ein, als Noemi ihm von der aktuellen »Riverdale«-Folge erzählte.

Noemi strahlte mich an. »Ich auch nicht. Das war so ein Schock, Jonah.« Sie drehte sich wieder zu ihm und strich ihm über die Wange.

Danach war das Eis gebrochen. Noemi und ich erzählten gemeinsam, ergänzten uns und lachten sogar zusammen. Jonahs Lider bewegten sich, als würde er mit geschlossenen Augen lesen.

Als Noemi es bemerkte, drehte sie sich zu mir. »Das ist ein gutes Zeichen«, raunte sie mir zu. Sie klang ganz aufgeregt. »Ihm scheint zu gefallen, was wir erzählen.«

Ich wollte gerade etwas erwidern, da erschien Emilia im Türrahmen. »Ihr Lieben, ich will euch nicht stören, aber die Physiotherapeutin kommt gleich. Sie konnte gestern Abend nicht kommen, weil der Sturm ihre Gartenmöbel quer durch die Nachbarschaft geworfen hatte, und deshalb wollen wir den Termin jetzt nachholen. Ich habe ganz vergessen, dir Bescheid zu sagen.« Entschuldigend sah sie zu Noemi.

Die warf einen letzten liebevollen Blick auf Jonah, dann stand sie auf. »Ist doch nicht schlimm. Ich wollte Jonah gerne Aria vorstellen. Wir kommen einfach noch mal wieder.«

Auch ich erhob mich, gerade als Noemi nach ihrer Handtasche griff und sie sich über die Schulter schob. »Ich hatte ihn jetzt nur die ganze Woche nicht gesehen und …«

»Ich weiß, Liebes, ich weiß.« Emilia kam zu uns herüber und legte einen Arm um Noemi. »Aber Simon war zweimal hier und er hat Jonah sogar vorgelesen.« Sie legte die freie Hand auf ihr Herz. »Es rührt mich, dass Jonah immer noch so in eurer Mitte ist. Dass ihr ihn so an eurem Leben teilhaben lasst. Das macht mich sehr glücklich.«

Noemi umarmte Emilia und ich fühlte mich ein wenig ausgeschlossen. Gleichzeitig dachte ich über Emilias Worte nach. Simon war hier gewesen? So gut kannte er Jonah also? Warum hatte auch er mir nie von ihm erzählt? Wenn er ihn sogar besuchte und ihm vorlas?

Schon wieder hatte ich das komische Gefühl, Simon weit weniger zu kennen, als ich annahm.

»Ihr könnt gerne morgen noch mal vorbeikommen, wenn ihr mögt.«

Noemi lächelte. »Ich sage dir rechtzeitig Bescheid.«

»Das ist lieb.«

Noemi verabschiedete sich von Jonah genauso, wie sie ihn begrüßt hatte. Mit einem Kuss auf die Lippen. Ich berührte ihn nur sanft an der Schulter und murmelte leise: »Mach's gut, Jonah.«

Emilia brachte uns zur Tür und umarmte uns noch mal.

Auf dem Weg, der vom Haus weg entlang der Kirche zur Straße führte, sprachen wir kein Wort. In mir hallten die neuen Eindrücke wider. Die vielen Fragen, die nun aufgeworfen worden waren. Das komische Gefühl, wenn ich an Simon dachte.

Noemi drückte auf die Fernbedienung und die Schlösser des Wagens öffneten sich. Sie warf die Tasche auf den Rücksitz und auch ich schlüpfte auf meinen Sitz.

Ich rechnete damit, dass Noemi etwas vorschlagen würde, was wir nun machen könnten. Oder dass sie zumindest den Motor starten würde. Doch nichts geschah.

Wir saßen in dem Wagen, doch Noemi rührte sich nicht mehr. All die Fröhlichkeit schien von ihr abzufallen, wie ein Schleier, der lautlos zu Boden glitt.

»Noemi, ich …« Ich wollte ihr sagen, wie toll sie gewesen war. Wie liebevoll und leidenschaftlich zugleich. Dass ich sie bewunderte für ihre Kraft. Doch sie schnitt mir in einer scharfen Handbewegung das Wort ab.

»Es war ein Unfall. Es …« Ihre Stimme zitterte.

»Du musst mir das jetzt nicht erzählen.« Ich legte ihr eine Hand auf den Unterarm. »Sammle dich erst mal. Erzähl mir davon, wenn dir danach ist. Ich kann warten.«

»Nein.« Sie schob meine Hand weg. Ihr Blick ging starr geradeaus, jeder Muskel ihres Körpers schien zum Zerreißen angespannt. Sie schluckte einmal, dann drehte sie den Kopf zu mir. »Ich habe dich hierhergebracht, weil ich wollte, dass du ihn kennenlernst. Ich wollte, dass du weißt, was er mir bedeutet. Und dazu gehört auch seine Geschichte.« Sie schluckte schwer. »Unsere Geschichte.«

»Wir können auch erst wieder zurück zu dir fahren und wir reden dort in Ruhe.«

»Nein.« Sie rieb sich einmal kurz über die Augen, dann sah sie mich an. »Jonah war nicht immer so, weißt du. Es war ein Unfall vor eineinhalb Jahren. Wir waren mit ein paar Leuten am Lake Genesse schwimmen. Er ist mit Anlauf vom Bootssteg gesprungen und hat einen Salto versucht. Dabei hat er sich den Kopf angeschlagen. Er muss schon ohnmächtig gewesen sein, als er ins Wasser fiel. Er ist sofort untergegangen.« Noemis Augen nahmen einen gehetzten Ausdruck an. »Wir sind alle sofort hinterher ins Wasser gesprungen. Aber wir konnten ihn in dem aufgewühlten Wasser nicht schnell genug finden.« Tränen stiegen in ihre Augen. »Als wir ihn an Land zogen, war ich mir sicher, dass er tot ist. Er hatte diese große blutende Kopfwunde und er …« Sie brach ab. Wieder legte ich ihr beruhigend eine Hand auf den Arm.

»Er hat nicht geatmet. Ein Mann hat versucht, ihn wiederzubeleben, aber es hat nicht funktioniert. Ich habe fieberhaft versucht, mich zu erinnern, was in so einer Situation zu tun ist, und es mit noch mehr Kraft probiert.« Über ihre Wange lief eine Träne. »Ich habe gespürt, wie ich ihm eine Rippe dabei brach, und die anderen wollten mich schon wegziehen, doch dann hat er plötzlich geatmet. Aber …« Wieder brach sie ab. »Es hat so lange gedauert, bis der Rettungswagen da war. Und Jonah hat einfach die Augen nicht mehr aufgemacht.« Sie schluchzte. »Er ist einfach nicht mehr wach geworden.«

»Mein Gott.« Ich beugte mich über die Lenksäule und zog sie in meine Arme. »Das tut mir so leid.«

»Die Ärzte sagen, dass er einen Schock erlitten hat. Dass sein Körper ihn in dieses Koma hat fallen lassen, um ihn zu schützen. So wie wenn Leute aus Angst ohnmächtig werden. Nur dass Jonah eben den Rückweg nicht mehr findet.«

»Es tut mir so leid, Noemi.«

»Er ist eigentlich gesund, weißt du? Sie haben Tests gemacht. Seine Hirnströme sind normal, seine Organe arbeiten und seine Blutwerte sind super. Aber er ...« Wieder schluchzte sie. »Aber er kommt einfach nicht zurück.« Sie bebte am ganzen Körper. »Er kommt einfach nicht zurück zu mir. Es könnte alles wie vorher sein. *Wir* könnten wie vorher sein. Ich habe alles versucht, aber es hilft nichts.«

»Sag das nicht.« Ich schob sie ein kleines Stückchen von mir, damit ich sie ansehen konnte. »Bitte, sag so was nicht. Jede Minute, die du für ihn da bist, zählt. Du bist bei ihm und ich bin mir sicher, er ist glücklich. Du hast ihn nicht aufgegeben, du bist für ihn da. Und wenn du zweifelst, dann betrachte jede Kleinigkeit, jede Minute, in der du bei ihm bist, als ein Puzzleteil. Ein winziges Teilchen eines sehr großen Puzzles. Eines Puzzles, das manchmal so übergroß und beängstigend scheint, dass du aufgeben willst. Doch irgendwann kommt der Tag des letzten Puzzlestücks.« Ich sah sie fest an. »Verliere deine Hoffnung nicht. Glaub daran, dass Jonah auf der anderen Seite dieser Barriere zwischen euch genauso kämpft. Er will zurück zu dir, so wie du ihn zurückhaben willst.« Meine Stimme klang fest und ich zweifelte keinen Moment. Ich hatte ihre Liebe in diesem Zimmer spüren können. Dieses übermächtige Gefühl, das sie miteinander verband.

Noemi brach in Tränen aus und wieder zog ich sie an mich. Ich hielt sie, während sie weinte und weinte und ihr Körper sich unter den Schluchzern wand.

»Pschhht ...« Ich streichelte ihren Hinterkopf, bis sie irgendwann ruhiger wurde.

»Ich will ihn wiederhaben.«

»Ich weiß.«

»Was, wenn unsere Vermutungen wahr sind? Was, wenn der Welt Schlimmes bevorsteht?« Sie machte sich von mir los. Ihre Augen waren vom Weinen gerötet. »Was, wenn alles den Bach runtergeht und er mich vorher nicht mehr in den Arm nehmen konnte?«

Dieses Mal kostete es mich Kraft, überzeugend zu klingen. »Das wird nicht geschehen.«

Ich wischte ihr eine Träne aus dem Augenwinkel. »Weißt du was? Lass mich fahren.« Ich sah sie forschend an. »Okay?«

Sie nickte. Wir tauschten die Plätze und Noemi dirigierte mich zurück zu ihrem Elternhaus. Ich hätte mit ihr noch weiter über Jonah gesprochen, doch ich war auch froh, als sie aufhörte zu weinen. Sie tat mir leid und dass sie nach all dieser Zeit immer noch so sehr litt, krampfte mir das Herz zusammen.

Schneller als ich erwartet hatte, fuhren wir die Auffahrt zum Haus ihrer Eltern hinauf. Noemi hatte ein Taschentuch hervorgezogen und tupfte an ihrer verschmierten Wimperntusche herum. Ich hatte das sichere Gefühl, dass sie nicht wollte, dass ihre Eltern bemerkten, dass sie geweint hatte.

»Das sieht schon gut aus«, sagte ich beschwichtigend. »Niemand wird es bemerken.«

Noemi schnaubte nur und rieb weiter unter ihren Augen. Der Ruf eines Vogels ließ mich den Blick abwenden. Wir hatten seitlich am Haus mit Blickrichtung in den Garten geparkt. Dieser ging nahtlos von den hellen Kieseln der Auffahrt in eine akkurat gestutzte Grünfläche über. Ein Vogel saß auf dem Rasen und im nächsten Moment gesellte sich ein weiterer dazu. Ihr Gefieder war dunkel, aber nicht so schwarz wie das der Raben, die uns angegriffen hatten. Die Vögel pickten mit ihren langen Schnäbeln in der Erde herum und ich nahm an, dass sie immer noch nach Würmern suchten, die sich während des Unwetters an die Erdoberfläche verirrt hatten. Noch ein Vogel kam dazu und dann noch einer. Mit einem Knall klappte Noemi die Sonnenblende nach oben. Ihr Blick glitt zu den Vögeln und ich sah, wie ein gefährliches Feuer darin aufloderte.

»Diese verdammten Mistviecher.« Ihre Stimme klang nur noch wie ein Knurren. Ihre Hand lag auf der Türklinke.

»Noemi, nein«, sagte ich. »Das sind einfach nur Vögel.«

Sie drückte die Tür auf. »Diese verdammten Viecher. Ich werde sie …«

»Das sind keine dieser Wesen«, rief ich ihr noch hinterher, doch sie hörte mich schon nicht mehr.

»Ihr verdammten Mistviecher«, rief Noemi. »Verschwindet! Lasst mich endlich in Ruhe! Ich habe andere Sorgen, verdammt.« Schon wieder sah sie aus, als würde sie anfangen zu weinen.

Ich sprang aus dem Wagen. »Noemi! Das sind keine der mutierten Raben. Sie tun uns nichts.«

Noemi ignorierte mich. »Verschwindet!«, brüllte sie. »Ich will das alles nicht. Ich will Jonah zurück. Das ist alles, was ich will. Ich pfeife auf den Weltuntergang.«

»Noemi!« Fast hatte ich sie erreicht, als irgendetwas mit ihr passierte.

»Verschwindet!«, hörte ich sie ein letztes Mal rufen und dann war es auf einmal so hell, dass ich instinktiv die Augen zukniff. Noemis Stimme hallte schrill in meinen Ohren wider. Hitze prallte mir entgegen und ich wich zurück. Die Vögel kreischten auf und dann war da der hässliche Geruch von verbrannten Federn. Ich duckte mich, weil ich überhaupt nicht verstand, was gerade passierte.

Danach war es unheimlich still. Vorsichtig drehte ich mich zurück. Und öffnete gerade in dem Moment die Augen, als Noemi aus einem gleißenden Feuerball hervortauchte. Nein, sie tauchte nicht daraus hervor. Es schien eher so, als würde ihre Gestalt das Feuer in sich aufsaugen. Als würde jede Pore ihres Körpers sich öffnen und das Feuer einfach in sich hineinziehen. Genauso, wie es zuvor aus ihr hinausgelodert war. Mir wurde heiß und kalt zugleich.

Noemi stand da und ihr Blick war genauso fassungslos wie meiner. Die verbrannten Kadaver lagen zu ihren Füßen. Es waren einfach nur Vögel gewesen. Was war geschehen?

»Aria?« Noemi begann am ganzen Körper zu zittern und sie sprach meinen Namen aus, als zweifelte sie an ihrem eigenen Verstand.

»Ja, ich bin hier.« Eigentlich wollte ich zu ihr gehen, doch etwas hielt mich zurück. Hatte sie sich wirklich gerade in einen überdimensional großen Feuerball verwandelt?

»Was war das?« Ihre Stimme überschlug sich in wilder Panik. Im nächsten Moment stand die Hand, die sie mir nun Hilfe suchend entgegengereckt hatte, lichterloh in Flammen.

Noemi schrie erschrocken auf und ich stürzte auf sie zu. Feuer hin oder her, ich musste ihr helfen.

»Mittagessen!«

Die Flammen erloschen in einem fast lautlosen Zischen.

»Was macht ihr denn da?«

Noemis Mutter, eine hochgewachsene blonde Frau in Faltenrock und akkurat gebügelter Bluse, war wie aus dem Nichts hinter uns aufgetaucht. Ich starrte sie an, unfähig, etwas zu erwidern. Noemi hielt immer noch ihre Hand hoch, als handle es sich um einen Fremdkörper. Die Luft roch nach verbrannten Federn.

»Was riecht denn hier so streng?« Noemis Mutter schien nicht aufzufallen, wie aufgelöst ihre Tochter wirkte. Sie sah an ihr vorbei in den Garten. Alarmiert folgte ich ihrem Blick. Doch als ich auf den Rasen sah, bekam ich eben noch mit, wie ein leichter Windhauch die letzten Reste der zu Asche zerfallenen Vögel davontrug.

Was zur Hölle war gerade passiert?

»Mom.« Noemi sah ihre Mutter an, als sähe sie sie zum ersten Mal.

»Zeit fürs Mittagessen«, wiederholte Mrs Gladis und ihr Ton war nicht gerade freundlich. »Schick deine Freunde nach Hause, ihr könnt euch später treffen.«

Oh Mann. Das hier war eine so ganz andere Begrüßung als die von vorhin.

»Das ist Aria.« Noemi klang immer noch so tonlos.

Mrs Gladis warf einen ausgiebigen Blick auf meine schrille Haarfarbe, dann zog sie verächtlich die Mundwinkel nach hinten. »Verstehe«, war alles, was sie erwiderte. Keine Begrüßung, kein Du, keine Umarmung. Ich verstand immer mehr, warum Noemis Zuhause mehr einem Erziehungslager glich als einem Heim.

»Ich komme gleich, Mom.«

Mrs Gladis blieb unnachgiebig. »Nein, du kommst sofort. Ich habe das Essen auf den Tisch gestellt, als ich dein Cabrio auf den Hof habe fahren sehen.« Nun sah sie zu mir. »Auf Wiedersehen.«

Das war keine Bitte, keine Aufforderung, es war ein Befehl.

Doch da ich Noemi nicht noch mehr in Schwierigkeiten bringen wollte, nickte ich resigniert. »Einen schönen Tag, Mrs Gladis.«

Ihr Nicken war so knapp, dass ich es kaum bemerkte.

»Warte.« Noemi stürzte zu mir. Ihr Körper strahlte immer noch eine ungesunde Hitze aus. Sie schien völlig unversehrt, was mich einerseits beruhigte, andererseits das komplette Gegenteil davon bewirkte. Sie tat so, als wolle sie sich von mir verabschieden und mich umarmen. In Wirklichkeit presste sie ihre Lippen nah an mein Ohr. »Du musst herausfinden, was gerade mit mir passiert ist. Wir müssen irgendwo suchen, wo es mehr Informationen gibt als die vagen Aussagen des Internets. Ich komme nach. Egal wo du hinfährst, ich komme nach. Ich will hier nicht noch mehr Verdacht erregen. Versprich mir, dass wir irgendwo hinfahren und mehr darüber herausfinden. Das ist doch gerade wirklich passiert. Ich bin doch nicht verrückt, oder?«

»Nein, das bist du nicht«, murmelte ich leise. »Ich habe es genauso gesehen. Ich überlege jetzt, wo wir mehr Informationen bekommen können. Dann texte ich dir.«

Ein Stück entfernt von uns räusperte sich Mrs Gladis ungeduldig.

Noemi löste sich abrupt von mir. »Bis später. Wir schreiben, ja?«

Mrs Gladis verdrehte die Augen, dann sah sie ihrer Tochter ungeduldig entgegen. Sie ließ sie vorausgehen, trieb sie vor sich her wie ein entlaufenes Lamm, das sie nun endlich wieder zurück in seinen Stall bringen würde.

Noemi tat mir echt leid. Sie hatte es wirklich nicht leicht.

Ich schloss Shreks Tür auf und ließ mich hinters Steuer fallen. Was verdammt noch mal war da gerade geschehen? Sie schien keine Schmerzen gehabt zu haben. Schien trotz des Feuers noch sie selbst gewesen zu sein. Wie konnte das sein?

Keine der Quellen im Internet hatte auf so eine besondere Gabe hingewiesen. Ich musste mit jemandem reden, der sich auskannte. Der wissen würde, wo wir suchen mussten. Der so viel Hintergrundwissen besaß, dass er auf die richtigen Quellen zurückgreifen konnte.

Ich richtete mich ruckartig im Sitz auf.

Richard. Er hatte Geschichte studiert. Er musste sich einfach auskennen. Ich erinnerte mich, dass Suzan heute Morgen erzählt hatte, dass Richard nach Odessa zum College fuhr, weil er heute Nachmittag eine Ringvorlesung mitgestalten würde. Da diese sich auch an Besucher richtete, die nicht Studenten waren, fanden diese Veranstaltungen immer an einem Samstag statt, um den regulären Uniablauf nicht zu stören.

Mein Plan stand fest. Mir schlotterten zwar immer noch sämtliche Knochen, doch ich würde nach Odessa fahren und Richard in der Universität besuchen. Ich würde ihn einweihen und um Hilfe bitten, denn allein kamen wir nicht weiter.

Grübelnd trommelte ich auf das Lenkrad. Sollte Richard mich vor einen Stapel Bücher aus der Universitätsbibliothek setzen, könnte ich garantiert noch Hilfe gebrauchen. Ich nahm mein Handy von der Ablage und öffnete den Gesprächsverlauf mit Dean. Ich hatte Glück, er war gerade online.

Du musst mit mir nach Odessa kommen. Hast du Zeit?

Sekunden später hatte er die Nachricht gelesen.

Eiscreme und Kino, ein großartiger Vorschlag! Ich bin dabei.

Ich seufzte innerlich auf.

Ich brauche deine Hilfe beim Recherchieren. Ich fahre zu
Richard ans College und weihe ihn ein. Kann sein, dass wir
eine Menge Papierkram wälzen müssen, und da du quasi
mit im Boot bist, wäre es super, wenn du Zeit hättest, mich
zu begleiten.

Dieses Mal dauerte es etwas länger, bis er antwortete.

In Ordnung. Ich kläre kurz, wer auf den Kleinen aufpasst,
dann mache ich mich auf den Weg. Fahr schon mal los, auf
der Bundesstraße nach Odessa hol ich dich mit meinem
Pferdchen sowieso wieder ein.

Sehr witzig. Alles klar, bis gleich.

Ich textete Noemi unseren Plan. Auch sie antwortete sofort und
versprach, nachzukommen, sobald sie mit dem Mittagessen fertig war.

Es war so bescheuert. Wir sollten die Welt retten, mussten aber
pünktlich am Mittagstisch sitzen wie die Kleinkinder.

Ich warf Shreks Motor an und gab Gas. Noch während ich die
Einfahrt hinunterrollte, rief ich Richard über die Freisprechanlage an. Er schien zwar ziemlich überrascht über mein Anliegen,
in der Universitätsbibliothek über etwas zu recherchieren, bot
mir aber sofort an, mich in seinem Büro zu treffen und von da

aus das weitere Vorgehen zu besprechen. Ich war zufrieden. Vor Ort könnte ich ihn dann komplett einweihen.

Der Weg aus Littlecreek hinaus war kurz und wenig später konnte ich auf die Bundesstraße abbiegen. Mein Magen knurrte vernehmlich und erinnerte mich daran, dass auch er sich ein Mittagessen wünschte. Doch jetzt hatte ich dringendere Probleme.

Shrek fuhr durch ein Schlagloch und ich wurde unsanft hin- und hergeschleudert. Im nächsten Moment war alles um uns herum dunkel wie in tiefster Nacht. Es schien, als habe jemand einfach eine Decke über die Sonne gehängt. Shreks Scheinwerfer erhellten die Landstraße vor mir und im Rückspiegel sah ich Dean hinter mir. Auch er hatte die Scheinwerfer seines Motorrads angestellt. Plötzlich jagte ein Blitz in unmittelbarer Nähe über das Firmament. Und dann noch einer. Im nächsten Moment ging Shrek einfach aus, als habe ihm jemand den Stecker gezogen. Ich gab Gas, doch es tat sich nichts mehr. Der Wagen rollte einfach aus. Ich drehte den Schlüssel im Zündschloss, doch nichts passierte.

Schnell warf ich einen erneuten Blick in den Rückspiegel. Auch Deans Maschine schien nicht mehr zu funktionieren.

Ich zog die Handbremse an und sprang aus dem Wagen.

Dean nahm gerade seinen Helm ab. »Alles okay?« Er kam auf mich zu.

»Ja, alles in Ordnung, aber der Wagen ist einfach ausgegangen.«

»Geht mir genauso.« Dean stellte sich zu mir und suchte nach seinem Handy. »Ich rufe mal in der Werkstatt an, vielleicht ist da noch jemand, der uns abschleppen kann.«

»Danke dir.« Doch dann war da plötzlich ein anderes Geräusch. Ein vertrautes, beängstigendes Geräusch. Mein Herz setzte einen Moment aus. Das Geräusch großer Schwingen, das durch die Luft hallte. Ich wirbelte herum. Etwas Großes fiel aus dem Himmel und landete dann geschmeidig und beinahe lautlos auf der Landstraße vor uns.

Ich war so schockiert, dass ich einen Moment lang wie erstarrt war. Das konnte nicht sein. Ich musste träumen, halluzinieren, den Verstand verlieren.

Ich kannte sie. Ich wusste, wer sie war. Und doch traute ich meinen Augen nicht. Ihre Silhouette war mir so unendlich vertraut. Und doch sah sie verändert aus. Fremd, majestätisch, beeindruckend.

Kapitel 18

»Tammy?« Ich starrte die Gestalt, die aussah wie meine ehemals beste Freundin, ungläubig an. Ja, das war Tammy, aber woher kamen diese riesigen schneeweißen Schwingen an ihrem Rücken? Und war sie wirklich gerade mehr oder weniger vom Himmel gefallen? Wenn ich meinen Augen immer noch trauen konnte, war sie sogar bewaffnet. Zwei ziemlich gefährlich aussehende Dolche waren in Holstern an ihren Oberschenkeln befestigt. Sie stand breitbeinig und sehr aufrecht, was sie trotz ihrer 1,50 Meter irgendwie einschüchternd und bedrohlich wirken ließ.

Dean schien ebenso geschockt wie ich. Mit weit aufgerissenen Augen betrachtete er Tammy. »Was zur Hölle …?«, stieß er hervor.

Das Gleiche hatte ich auch gerade gedacht. Wieder ließ ich meinen Blick an ihr hinab- und hinaufwandern. Die riesigen Flügel, die trotz der Dunkelheit irisierend schimmerten, bewegten sich leicht. »Tammy?«, wiederholte ich tonlos. Sie war ganz in Schwarz gekleidet und trug ihre schweren Boots, die fast bis zur Mitte ihrer Waden geschnürt wurden. Nun entdeckte ich einen Gürtel um ihre Hüfte, an dem ein mit Leder umwickelter Griff aus einem weiteren Holster ragte. Das konnte kein Schwert sein, denn dafür war es viel zu kurz.

Tammy sparte sich eine Begrüßung. »Ich habe nicht viel Zeit. Also hört mir jetzt gut zu.« Trotz ihres wachsamen Blicks wirkte sie ganz ruhig, so als wüsste sie genau, was sie tat. So als wäre all das hier das Normalste der Welt. Kurz drehte sie sich um, als vermutete sie, verfolgt zu werden, dann sah sie uns eindringlich an. »Ich muss …«

»Moment mal«, unterbrach ich sie. »Wochenlang höre ich nichts von dir und jetzt plötzlich stehst du … nein, du landest direkt vor meinen Augen. Verdammt, du hast Flügel, Tammy!«

Tammy strich sich über das Gefieder. »Ziemlich cool, oder?«

»Tams!«

»Schon gut«, sagte sie schnell. Als sie sich bewegte, schimmerte es an ihrem Gürtel golden auf. »Zurück zum Wesentlichen. Ich habe …«

»Was bist du?« Meine eigene Stimme klang fremd in meinen Ohren.

In der Ferne jagte ein Blitz über das Firmament. Ich konnte seine Energie in der Luft spüren wie ein sanftes Locken, wie eine Funken sprühende Einladung. *Komm näher, spiel mit mir, fang mich ein.* Jetzt war da keine Angst mehr, nur noch ein gleichberechtigtes Erkennen. Als er mit aller Kraft in das Erdreich einschlug, pulsierten die Vibrationen im Boden im Takt meines Herzens.

Tammy zögerte einen Moment. »Ich bin ein Engel.«

Es kostete mich Mühe, meine nächste Frage auszusprechen. »Wie lange schon?« Vielleicht hatte sie eine ähnliche Verwandlung durchgemacht wie wir und sich deshalb nicht gemeldet? War ich ihr vielleicht wegen etwas böse gewesen, was sie genauso überrannt hatte wie mich?

»Schon immer.« Ihre Stimme klang selbstbewusst und fest.

Ich konnte nicht antworten, stattdessen betrachtete ich sie wie versteinert. Das war Tammy, meine Tammy, meine beste Freundin aus Kindertagen. Uns verbanden Erinnerungen an heiße Sommertage im Planschbecken auf dem Balkon, den ersten Tag auf der Junior High, den ersten Liebeskummer. Mit ihr zusammen hatte ich schwimmen gelernt, im Central Park die Hunde reicher Leute ausgeführt und mir den Magen mit zu viel Softeis verdorben. Sie war fast mein gesamtes Leben lang an meiner Seite gewesen, meine Vertraute, die Hälfte zu meinem Ganzen und nun … hatte ich das Gefühl, sie überhaupt nicht zu kennen. Wie hatte sie das vor mir verheimlichen können? Hatte ihr unsere Freundschaft etwa nicht dasselbe bedeutet wie mir?

Dean gab ein ersticktes Keuchen von sich und sah zwischen mir und Tammy hin und her.

»Weshalb ich auch eigentlich gar nicht mit euch reden dürfte … jetzt wo eure Verwandlung begonnen hat«, fuhr Tammy fort. »Aber es gibt etwas …«

»Du bist ein was?« Deans Stimme überschlug sich fast. Dann lachte er trocken auf und drehte sich einmal um sich selbst. »Okay. Jetzt reicht es endgültig. Wo sind die verdammten Kameras?« Er sah nach oben in den schwarzen Himmel, als würde eine Drohne über uns hinweggleiten.

Ich wollte etwas sagen, doch in diesem Moment jagte ein rotes Cabrio heran. Tammy legte die Hand auf einen ihrer Dolche, ließ sie aber wieder sinken.

»Ah, wir sind fast vollzählig.«

Könnte mich mal bitte jemand kneifen? Immer noch starrte ich Tammy ungläubig an. Jetzt erkannte ich auch, was vorhin so golden an ihrem Gürtel geschimmert hatte. Es war eine Art massive Brosche: eine Lanze, gekreuzt mit einer gezackten Klinge und verbunden durch etwas, das mich entfernt an eine Schlange erinnerte. Sie wirkte majestätisch und einschüchternd, wie eine nonverbale Kampfansage. Mein Blick glitt wieder hinauf zu ihrem Gesicht. Warum war sie plötzlich hier aufgetaucht? Und was hatte sie mit meinem Schicksal zu tun? Tammy schien so überhaupt nicht überfordert mit der Situation, mit all dem Übernatürlichen, was mir schlaflose Nächte bescherte und mich an meinem Verstand zweifeln ließ.

Mit quietschenden Reifen kam das Cabrio vor uns zum Stehen. Noemi sprang heraus und lief zu uns. »Oh Mann, ich hasse diese Gewitter«, sagte sie zur Begrüßung. Dann fiel ihr Blick auf Tammy. »Was zum …«

Die Dunkelheit um uns schien sich spontan zu verdichten. Irgendwo hörte ich ein tiefes Grollen, gemischt mit einem mir nur allzu vertrauten Geräusch. Ich erstarrte, als mir ein beißender Geruch in die Nase stieg. *Oh nein. Bitte nicht …*

»Sie sind wieder da«, flüsterte ich panisch. »Ich kann sie riechen. Sie sind irgendwo über uns.«

Trotz seiner ablehnenden Haltung gegenüber Tammy war Dean sofort alarmiert. Denn dass diese Bedrohung real war, konnte selbst er nicht leugnen. »Verdammt! Diese Viecher haben uns gerade noch gefehlt.«

»Ich wusste doch, dass mir jemand gefolgt ist.« Tammy legte den Kopf in den Nacken, klang aber nicht sonderlich beunruhigt. Weder über den Umstand, dass wir angegriffen wurden, noch, dass die Bedrohung aus der Luft zu kommen schien. Gerade wollte ich sie fragen, ob sie mehr über diese Wesen wusste, da fielen die riesigen Vögel wie schwarze Tintenflecke vom Himmel. Dieses Mal verwandelten sie sich sofort, wurden größer und menschlicher.

Noemi kreischte auf und auch ich musste einen Schrei unterdrücken. Tammy knurrte und zog in einer geschmeidigen Bewegung den unscheinbar wirkenden Griff aus dem Holster an ihrem Gürtel. Es zischte, die Dunkelheit wich zurück und im nächsten Moment schwang sie ein riesiges Flammenschwert.

Vor Schreck bekam ich fast keine Luft mehr. Tammy besaß ein Schwert, dessen Klinge aus purem Feuer bestand? Wie selbstverständlich wirbelte sie damit herum, als wolle sie sich für den Kampf ein wenig lockern. Dean stolperte zur Seite, als rechnete er damit, dass Tammy gleich auch auf uns losgehen würde. Noemi hingegen war zur Salzsäule erstarrt. Sie sah mit weit aufgerissenen Augen in das hell leuchtende Feuer der Klinge, dessen Schein ihr rotes Haar aufleuchten ließ wie flüssiges Magma.

Ich riss mich von Tammy los, als mein Verstand die Notbremse zog. Wir wurden angegriffen! Die Wesen gaben tierhafte Laute von sich, als sie sich auf uns zubewegten. Ihr Gang war plump und die Extremitäten wollten in ihrer Größe nicht ganz zu den gekrümmten Körpern passen. Wieder war ihre Haut teilweise mit reptilienhaften Schuppen bedeckt, dort wo sie ihre Federn abgestoßen hatten.

»Alle in Deckung, sofort!« Tammy griff mit der freien Hand nach mir und schob mich hinter sich. Noemi stürzte zu mir und presste sich gegen meinen rechten Arm.

»Du auch!«

Dean, der noch gezögert hatte, stürzte bei Tammys Befehl zu meiner Linken.

Eins der Wesen löste sich aus der Gruppe, richtete sich auf und grinste, wobei es spitze lange Zähne entblößte. Es war fast so groß wie Dean, sein Körper massig und erstaunlich muskulös. Sein Tiergesicht schien wie Wachs zu schmelzen, bis es menschliche Züge bekam. Bronzefarbene Haut, durchbrochen von ledrig glänzenden Schuppen, buschige Augenbrauen, eine wulstige Narbe quer über der Wange.

»Was hast du hier verloren, Michael?« Seine Stimme triefte vor Boshaftigkeit.

Als Noemi mich fragend ansah, war ich mir sicher, mich nicht verhört zu haben. Das Wesen hatte Tammy angesprochen, sie aber »Michael« genannt. Was hatte das zu bedeuten?

Trotz seiner furchterregenden Gestalt schaffte das Wesen es, gespielt überrascht zu wirken. Es trug die zerfetzten Reste einer Uniform, die mich entfernt an eine Soldatentracht aus der Antike erinnerte. Hinter ihm geiferten die anderen, ihre Augen glühten und sie scharrten mit Krallen und Füßen auf dem Boden, als könnten sie es gar nicht erwarten, uns endlich in Fetzen zu reißen.

Offenbar schien das Wesen ganz vorne das einzige zu sein, das eine fast menschliche Gestalt annehmen konnte. Nichts an ihm erinnerte mehr an den Körper eines Raben.

»Das Gleiche könnte ich dich fragen, Belial.« Tammys Stimme klang eiskalt.

Belial strich sich mit seiner rechten Klaue das dunkle Haar aus der Stirn und ein überhebliches Grinsen malte sich auf seine Züge. »Dein Gesetz bindet mich nicht, also spiel dich nicht so auf.«

»Verschwinde von hier, sofort. Und lass dich nie wieder blicken.« Sie ließ das Flammenschwert einmal drohend herumwirbeln. »Und richte meinem Bruder Grüße aus.«

Belial lachte auf. »Oh, ganz gewiss werde ich ihm erzählen, wen ich hier so überraschend angetroffen habe. Es wird ihn freuen zu hören, dass der treueste Vasall seinen Eid gebrochen hat.«

»Verschwinde, du Handlanger.« Die Klinge von Tammys Flammenschwert loderte hell auf. »Und rufe meinem Bruder unseren Kodex ins Gedächtnis.«

Belials Grinsen war nun kaum mehr als ein Zähnefletschen. »Du hältst dich nicht an das Protokoll, also tun wir es auch nicht.«

Tammy reckte herausfordernd das Kinn. »Das wagt ihr nicht. Leg deine Dämonen an die Leine und verschwinde, solange du noch kannst.«

Noemi und ich warfen uns einen Blick zu. Tammy hatte diese Wesen »Dämonen« genannt. Neben mir hörte ich Dean leise fluchen.

»Du hast mir nichts zu befehlen.« Belial ließ ein kleines Trillern hören. Es klang wie eine Mischung aus Vogelzwitschern und menschlichem Kichern. Ich kannte es gut und es klang verdächtig nach einem Befehl. Im nächsten Moment stürzten sich die Dämonen an Belial vorbei auf Tammy. »Du glaubst doch nicht wirklich, dass ich diese Chance verstreichen lasse, Michael«, rief Belial über das Krächzen und Geifern hinweg.

Tammy sprang ein Stück vor und war im nächsten Moment komplett von Angreifern umringt.

Noemi und ich schrien auf und wichen zurück. Sofort schob Dean sich vor uns.

»Wir müssen ihr helfen.« Fieberhaft überlegte ich, wie ich die

Aufmerksamkeit der Dämonen auf mich lenken konnte. Die Energie brannte in meinen Adern, schien nach außen brechen zu wollen, um diese Viecher zu erledigen.

»Das schafft sie nicht allein«, rief Dean. »Es sind zu viele.«

Ich versuchte immer noch krampfhaft, mich zu erinnern, wie ich die Energie in mir heraufbeschwören konnte. Es musste einen Weg geben, Tammy in diesem Kampf beizustehen. Doch das hier waren keine Vögel mehr, nach denen man einfach mit einem Ast schlagen konnte. Sie waren so groß wie wir und bewehrt mit Klauen und Zähnen. In anderen Worten: Für mich, die ich keine Ahnung von Nahkampf hatte, gab es nur eine Möglichkeit. Ich musste meine Kräfte entfesseln.

Konzentrier dich, versuchte ich mir einzureden. *Konzentrier dich auf die Energie in deinem Inneren.*

Tammy kämpfte verzweifelt gegen diese Übermacht an Gegnern und ich hörte sie keuchen. Ich musste ihr helfen. Sie war immer noch Tammy. Wir wären füreinander durchs Feuer gegangen. Langsam machte sich Verzweiflung in mir breit. Warum schaffte ich es nicht, nach meiner Kraft zu greifen, wenn ich sie brauchte?

»Genug«, brüllte Belial. Wie aus dem Nichts hatte er eine altmodisch wirkende Lanze hervorgezaubert. Ihre schwarze Metallspitze glänzte ölig.

Ich schrie auf, als er sie warf, wollte Tammy warnen, doch ich kam zu spät. Die Dämonen wichen zurück wie in einem einstudierten Tanz. Sie machten der fliegenden Lanze den Weg frei, die sich in der nächsten Sekunde mit einem ekelhaften Reißen in Tammys rechten Flügel bohrte. Tammy taumelte und ein erstickter Schrei löste sich aus ihren Lungen. Sofort quoll Blut aus dem

Flügel. Das Feuer ihrer Klinge flackerte und dann durchbrach einer der Dämonen Tammys Verteidigung. Er stürzte sich auf Noemi zu meiner Rechten, warf sie um und bedeckte sie komplett mit seinem Körper.

Dean und ich eilten ihr zu Hilfe. Aus dem Augenwinkel sah ich noch, wie Tammy nach der Lanze in ihrem Flügel griff. Ihr Schrei brach mir fast das Herz. Ich hörte Belial genüsslich auflachen. Das Spektakel schien ihm zu gefallen.

»Runter von mir, runter, los runter!« Noemi schlug panisch um sich. »Runter, runter, runter!«

Wir wollten den Dämon gerade packen, als alles vor uns in Flammen aufging. Ich hörte das überraschte Krächzen der Dämonen, spürte, wie Dean zurücksprang, und dann war da nur noch gleißende Helligkeit. Dean hatte mich am Shirt zurückgerissen und fast wären wir gefallen. Hinter uns war der Kampf um Tammy erneut entbrannt, doch jetzt mussten wir uns erst mal um Noemi kümmern.

»Wir müssen ihr helfen«, schrie Dean auf, als ich ihn am Arm zurückhielt.

Noemi hatte keine Schmerzen. Sie schien einfach von innen heraus zu lodern. Feuer. Haare wie ein leuchtendes Inferno. Ein rotes Gefährt. »Nein, warte. Das ist nicht der Dämon, das ist Noemi. Es ist ihre Kraft.«

»Sie verbrennt!«

Wieder wollte Dean sich nach vorne werfen, doch ich nutzte das gesamte Gewicht meines Körpers, um ihn irgendwie auszubremsen. Das Feuer versiegte so schnell, wie es aufgeflammt war. Der Dämon war zu Staub zerfallen und seine Überreste bedeckten Noemi wie feiner Wüstensand. Belial lachte auf, als genieße er eine Bühnenshow. Wenn er sich so siegessicher war, warum machte er uns dann nicht gleich den Garaus? Noemi schien unversehrt, doch kurz vor einem Nervenzusammenbruch. Als sie sich aufrichtete, rieselte der Staub von ihrer Haut zu Boden. Noemi fing laut an zu weinen und ihr ganzer Körper bebte.

»Kümmere dich um sie«, rief ich Dean zu. »Ich muss Tammy helfen.«

Ich erschrak, als ich zu meiner ehemals besten Freundin blickte. Sie war blass geworden und ihre Bewegungen wirkten fahrig. Dunkelrotes Blut rann die langen weißen Federn entlang und schien von der öligen Schmiere des Speers durchzogen. Mein Gott, war der Speer etwa vergiftet gewesen?

Dann kicherte Belial böse. Alles passierte wie in Zeitlupe. Plötzlich war da noch eine Lanze in seiner Hand. Wieder sah ich ihre glänzende Spitze, erkannte, dass eine zähe Flüssigkeit aus dem Metall quoll. Ich hörte mich schreien, als Belial mit einer kraftvollen Bewegung ausholte. Ein gleißend heller Blitz zerriss das von Gewitterwolken bedeckte Firmament. Die Lanze teilte die Luft, glitt lautlos ihrem Ziel entgegen. Ihre Spitze durchschlug Tammys anderen Flügel mit einem Übelkeit erregenden Schmatzen. Von der Wucht wurde Tammy ein Stück nach hinten geworfen. Schmerz verzerrte ihr Gesicht, als weiteres Blut hervorquoll. Sie schrie nicht auf. Es war der Moment der Erkenntnis in ihrem Gesicht, der meine Welt totenstill werden ließ. Noemis Schluchzen verblasste, der Donner verhallte ungehört, das Keckern der Dämonen verklang.

Unsere Blicke trafen sich. Ich kannte den Tod. Wusste, wie es aussah, wenn das Leben aus einem Menschen wich. »Nein!« Ich warf mich nach vorn, doch eine Dämonenpranke traf mich wie aus dem Nichts und schlug mir hart vor die Brust.

Ich schnappte nach Luft, den Blick fest auf Tammy gerichtet. Sie umklammerte ihr Schwert nun mit beiden Händen. Doch dann schwankte sie und schien sich nur mit Mühe auf den Beinen zu halten.

Ich schlug nach dem Dämon, der mich ausgebremst hatte, doch er stieß mich grob zurück, als wäre ich bloß ein lästiges Insekt. Sein Stoß war so heftig, dass ich wieder nach Luft rang. Er hatte mich in den Bauch getroffen und eine seiner Krallen hatte mich erwischt.

Ich konnte nur tatenlos zusehen, wie Belial sich mit einem wilden Ausruf in die Gruppe der Kämpfenden warf. Das Flammenschwert verbrannte seine Haut, doch es schien ihn nicht aufzuhalten, weil Tammy die Kraft verließ und sie ihn immer wieder verfehlte. In meiner Verzweiflung bückte ich mich, nahm ein paar Schottersteine hoch und warf sie in die Gruppe. Natürlich interessierte es niemanden.

Noch während Belial Tammy um die Taille packte, begann er sich zu verwandeln. Wieder erklang dieses hohe Trillern. Wieder ein Befehl. Panik stieg in mir auf. Die Rabendämonen stürzten sich augenblicklich auf Tammys Flügel. Sie packten sie mit ihren Krallen und im nächsten Moment schwebten ihre Füße in der Luft. Belial verwandelte sich weiter zurück und war von den anderen Dämonen kaum noch zu unterscheiden. Einige hatten bereits ihre Rabengestalt zurück, andere verwandelten sich immer noch.

»Tammy!« Verzweiflung brach sich in mir Bahn. Ich rannte zu ihr und versuchte nach ihr zu greifen. Die Wunde an meinem

Bauch schmerzte, doch immer wieder sprang ich in die Luft, um sie vielleicht doch noch erreichen zu können. Es fehlten nur ein paar Zentimeter, doch ich hatte keine Chance. Ich streifte metallisch scharfe Federn und Schnäbel, die mir die Haut zerkratzten. Doch ich griff ins Leere. »Tammy!«

Ein Ruck durchfuhr mich und riss meine Schultern nach hinten. Die Energie in meinem Körper schien sich erst zu bündeln und dann mit aller Macht nach draußen zu drängen. Meine Fingerspitzen prickelten und alles in mir wurde ganz still. Kälte hüllte mich ein und ließ den Stoff meines T-Shirts knistern.

Endlich.

Ich sah hoch, als habe ich das plötzlich aufkeimende Interesse gespürt. Das Wahrnehmen einer neuen Bedrohung, das Erkennen eines ernst zu nehmenden Gegners. Obwohl er schon fast komplett verwandelt war, erkannte ich Belials Augen in der Masse wieder. Ich sah, wie in seinem Blick Interesse aufglomm. Er hatte meine Kraft gespürt. Doch in dem Moment, in dem mir klar wurde, dass er mir immer einen Schachzug voraus war, war es schon zu spät.

Er krächzte einen weiteren Befehl, und vier der Rabendämonen ließen von Tammy ab und stürzten sich auf Dean, der sich immer noch um Noemi kümmerte. Ihr Angriff war brutal. Mit Klauen und Schnäbeln hackten sie auf ihn ein.

Doch auch Tammy wehrte sich plötzlich wieder. Die Dämonen hatten Mühe, sie zu halten, und immer wieder sanken sie ein gutes Stück mit ihr Richtung Erdboden zurück.

Dean brüllte auf vor Schmerz. Sie packten ihn, zerrten ihn mit sich und ich hörte das Reißen von Stoff. Er schlug nach ihnen, erwischte einen und der ging zu Boden. Die anderen hackten nun nach seinem Hals, seinem Gesicht, seinen Augen. Wieder schrie er auf, doch er kämpfte verbissen. Ein Blitz in der Ferne erhellte das Szenario und ließ das Blut an Deans Hals gespenstisch grell aufleuchten. Lange würde er das nicht mehr durchstehen. Jetzt war auch Noemi aus ihrer Starre erwacht, aber ihr Blick huschte nur hilflos zwischen Dean und mir hin und her.

Ich konnte die Energie in meinen Fingern kaum noch bändigen und fast bedauerte ich es, dass der Blitz so weit entfernt über den Himmel gejagt war. Gerne hätte ich versucht, auch seine Kraft für mich zu gewinnen. Wut mischte sich mit wilder Entschlossenheit. Belial wollte mich provozieren? Ich sollte ihm meine Macht beweisen? Das konnte er haben.

»Auf den Boden, Dean«, schrie ich.

Zum Glück diskutierte Dean dieses Mal nicht, er reagierte einfach. In der Sekunde, in der er seine Angreifer abschüttelte, ließ ich meine Energie los.

Blauweißes Licht schoss hervor und traf die Dämonen mit aller Kraft. Meine Wut war so groß, dass die Energie ausreichte, um alle vier zu dunklem Staub zerfallen zu lassen. Dean schien unversehrt, er hustete bloß und rieb sich ungläubig die Augen.

Als ich mich wieder umdrehte, zerrten die Dämonen Tammy gerade mit brutaler Kraft an ihren Flügeln in die Luft. Tammys kraftloses Keuchen zerriss mich fast. Ich hob die Hände gen Himmel, um nun auch ihre Angreifer zu Staub zerfallen zu lassen.

Nichts passierte.

Noch mal reckte ich die Hände, noch mal konzentrierte ich mich auf die Energie in meinem Innern, doch da war nichts mehr.

»Tammy«, schrie ich völlig verzweifelt.

Aus ihrem Gesicht war mit einem Schlag sämtliche Farbe gewichen. Ihr Kopf sackte zur Seite und ihr Körper wurde schlaff. Als ihr Blick verlosch, gewann die Dunkelheit ihr Terrain zurück.

Epilog

Es waren nicht das neue Leben, die neuen Kräfte, all die neuen Wahrheiten, die mich verrückt machen würden. Es war die Hilflosigkeit.

Die unerträgliche Erkenntnis, dass ich meine Freundin verloren hatte, dass ich einer Bedrohung machtlos gegenüberstand und die Welt wie aus den Angeln gehoben schien. Der Wind ließ das vertrocknete Gras zu meinen Füßen flüstern. Er trieb skelettierte Blätter vor sich her und ihr Rascheln klang wie eine Warnung.

Oh, ich vermisste diese friedliche Stille. Was gäbe ich darum, das alles nicht hören zu müssen. Das schmerzerfüllte Wiehern der Pferde, deren Verbrennungen nicht richtig heilten. Suzan, die sich verzweifelt mit einem Vertreter der Umweltbehörde stritt. Macys leises Weinen in der Küche, wenn sie glaubte, alle seien bereits zu Bett gegangen.

Ich stand auf der kleinen Anhöhe und sah auf das, was zu meinem Zuhause geworden war. Die gemütliche Ranch mit ihren geschäftigen Arbeitern, den imposanten Pferden, mit Suzan und Richard, die alles taten, damit ich mich hier willkommen fühlte.

Ich hatte all das nicht gewollt, hatte sie alle nicht gewollt. Doch ich hatte sie in mein Herz geschlossen – auch weil sie mir einfach keine Wahl gelassen hatten. Jetzt hatte ich Angst um sie, wusste, ich würde sie nicht alle retten können, und diese Erkenntnis ließ mich verzweifeln. Tammy war gestorben und ich hatte sie nicht retten können. Noch ein Verlust. Noch mehr Trauer.

»Aria?«

Starke männliche Arme schlossen sich um mich, umfingen mich ganz, gaben mir Halt.

Er war da. Er war von Anfang an da gewesen. Unerschütterlich, mutig, selbstlos. Er hatte an mich geglaubt, immer, und war bis jetzt nicht davon abgewichen.

Ich lehnte mich an ihn, schloss die Augen, als er seine Wange an meine Schläfe legte. Seine schützenden Arme, sein Vertrauen in mich waren mein sicherer Hafen. Der Wind schien in seinem Flüstern einen Moment lang innezuhalten, als meine Lippen seinen Namen formten. »Simon.«

Es ist dein Erbe,
der Welt das Ende zu bringen.

Es ist dein Schicksal,
genau dies zu verhindern.

LOVELY CURSE

Band 2
ab Frühjahr 2020

Wenn die *Wellen* tosen,

Blitze, Wind, Erde und

Feuer aufbegehren,

wenn eine uralte *Fehde* sich

neu entfacht

und jeder *Kuss* einen Wirbelsturm

herbeiruft –

dann ist die Zeit der *Sturmkrieger*

gekommen.

Die Elemente-
Trilogie von
*Bianca
Iosivoni* ...

LESEPROBE – EIN AUSZUG AUS:

Sturmtochter

Für immer verboten
von Bianca Iosivoni
ISBN 978-3-473-58531-1

Das Meer war tödlich, täuschend und besänftigend zugleich. Diese Eigenschaften hatten mich schon immer fasziniert. Ich suchte seine Nähe, seit ich denken konnte. Ängstlich zuerst, mit der Furcht, dass es mich wieder verschlingen und diesmal nicht mehr freigeben würde, dann immer mutiger, immer herausfordernder. Manchmal wünschte ich mir sogar, wieder in die Tiefe gesogen zu werden, nur um mir selbst und aller Welt beweisen zu können, dass das Wasser mich nicht besiegen würde. Dass ich als Gewinnerin aus diesem Kampf hervorgehen konnte. Gleichzeitig wusste ich, dass meine Angst vor dem Ertrinken viel zu groß war. Es hatte ewig gedauert, bis Dad mich dazu überredet hatte, schwimmen zu lernen. Mittlerweile traute ich mich zwar auch in tiefere Gewässer, doch ein Teil der Angst, ein Teil der Erinnerungen daran, wie es sich anfühlte, wenn alles um mich herum verstummte und ich keine Luft mehr bekam, war stets präsent. Es war nur eine Frage der Zeit, bis diese Angst wieder zuschlagen würde.

Seit ich das Haus der Dundas fluchtartig verlassen hatte und einfach drauflosgefahren war, war über eine Stunde vergangen. Autofahren hatte schon immer eine beruhigende Wirkung auf mich gehabt. Dad zufolge waren Mum und er abwechselnd mit mir durch die Gegend gefahren, wenn ich als Baby geschrien hatte.

Mittlerweile hatte sich der Sturm gelegt. Es regnete nicht mehr, aber der Himmel war noch immer wolkenverhangen. Ich saß am Strand auf der Motorhaube meines Wagens, konnte aber weder das Rauschen der Wellen noch das Pfeifen des Windes hören, da AC/DC mir über die Kopfhörer *Thunderstruck* in die Ohren brüllten. Trotzdem bemerkte ich das Vibrieren neben mir. Es war nicht das erste Mal, dass mein Smartphone sich meldete, seit ich hier am Meer saß, und eigentlich war es ein Wunder, dass der Akku noch hielt, schließlich war es schon Abend und die Sonne würde bald untergehen. Ich schob mir eine Haarsträhne hinters Ohr, die mir der Wind ins Gesicht geweht hatte, und griff nach dem Handy.

Brianna hatte sich nicht gemeldet, aber das überraschte mich nicht. Sie wusste von allen am besten, dass sie nichts damit erreichte, wenn sie mich zu drängen versuchte. Anders als Dad. Seit unserem Streit im Pub hatte er mir ganze sieben Nachrichten hinterlassen, dazu noch einige verpasste Anrufe. Ich biss die Zähne zusammen. Wenn nur dieser Streit um die nächtlichen Ausflüge mit Jagd auf Elementare zwischen uns stehen würde, hätte ich mich längst bei ihm gemeldet. Aber er hatte mich belogen. Er hatte mir mein Leben lang etwas vorgemacht, hatte mir verheimlicht, wer ich wirklich war und woher ich kam. Wozu ich in der Lage war. Und ich hatte nicht die geringste Ahnung, wie ich damit umgehen sollte.

Die neueste Nachricht war jedoch nicht von Dad. Sie war von Lance.

Oh verdammt. Ich hatte total vergessen, dass wir zurück nach Quiraing fahren wollten, um die Elementare, jene todbringenden Kreaturen mit den Kräften der fünf Elemente, auf die wir gestern dort gestoßen waren, endgültig auszuschalten. Bevor ich auf seine

Nachricht reagieren konnte, vibrierte das Smartphone ein weiteres Mal in meiner Hand. Wieder Lance.

Wo steckst du?

Ich tippte eine Antwort, dann legte ich das Handy zurück auf die Motorhaube und starrte wieder aufs Meer hinaus. Bald würde dieser Strand mit Touristen überfüllt sein, die wie immer im Sommer herkamen, aber noch hatte ich diesen kleinen Fleck Erde ganz für mich allein. Tief sog ich die salzige Seeluft ein und stieß sie genauso langsam wieder aus. Kein Tropfen fiel vom Himmel und auch keine Schneeflocken. Das war ein gutes Zeichen, oder? Es musste eines sein. Genau wie die Tatsache, dass ich mich noch nicht in eines der Monster verwandelt hatte, auf die ich für gewöhnlich Jagd machte.

Ich biss mir auf die Unterlippe. Fast im selben Augenblick krachte eine Welle so heftig an den Strand, dass die Gischt beinahe meinen Jeep erreichte. Oh ja. Alles hatte sich beruhigt. Von wegen! Ich schnaubte.

Reid hatte behauptet, ich würde zu einem Clan gehören. Doch was auch immer das bedeutete – mal ganz davon abgesehen, ob es überhaupt die Wahrheit war –, ich wollte nichts damit zu tun haben. Ich wollte keine mysteriösen Kräfte. Ich wollte keine Kontrolle über das Meer, den Regen und jede verdammte Flüssigkeit um mich herum. Aber vor allem wollte ich nicht zu einem der Wesen werden, die ich mein Leben lang gejagt und getötet hatte. Die Monster, die meine Mutter auf dem Gewissen hatten. Wie hatte Dad mir all das nur verschweigen können?

Drei Songs später hörte ich das Knirschen von Reifen auf dem Sand. Ich zog mir die Kopfhörer von den Ohren, drehte mich aber nicht um. Der Motor wurde ausgeschaltet, dann ging eine Tür auf und wurde wieder zugeschlagen. Jemand stapfte durch den Sand in meine Richtung. Gleich darauf setzte sich Lance neben mich auf die Motorhaube. Er musste in der Nähe gewesen sein, sonst hätte er nicht so schnell hier sein können.

»Die Leute reden …«, sagte er nach einem kurzen Moment des Schweigens.

»Worüber?«

»Über den ungewöhnlichen Wetterumschwung heute Nachmittag. Es soll sogar geschneit haben.«

Mein Magen zog sich zusammen, aber ich tat alles, um mir nichts anmerken zu lassen. Kein Muskelzucken, keine Bewegung, bis Lance den Kopf zu mir drehte.

»Hast du davon gehört?« Der Blick aus seinen braunen Augen war forschend. Und bildete ich mir das nur ein oder lag eine Spur von Misstrauen in seiner Miene?

Ich zögerte. Wenn es jemanden gab, mit dem ich über all das reden konnte, was an diesem Tag geschehen war, dann war er es. Er wusste um die Elementare und ihre Kräfte. Er jagte sie. Doch genau da lag das Problem. Lance war ein Jäger. Wie würde er reagieren, wenn ich ihm erzählte, dass ich plötzlich selbst übernatürliche Kräfte besaß und Einfluss auf das Wasser nehmen konnte? Wäre er geschockt? Verständnisvoll? Oder würde es damit enden, dass er mir eine Klinge an den Hals hielt?

An seiner Stelle würde ich genau das tun. Ich würde ihm meinen Dolch gegen die Kehle drücken und Antworten verlangen. Aber ob ich es auch zu Ende bringen könnte …? Ob *er* es konnte? Das wusste ich nicht. Dad behauptete immer, ich wäre todesmutig, und in gewisser Weise hatte er auch recht damit. Aber ich war nicht völlig bescheuert.

»Nein«, antwortete ich daher und hasste mich dafür, wie brüchig meine Stimme klang. Bevor er etwas von meinen Gedanken in meinem Gesicht lesen konnte, sah ich wieder aufs Meer hinaus. »Ich habe nichts gehört.«

Denn ich hatte nichts von diesem Wetterchaos *gehört* – ich hatte es erlebt. Und es, wenn man Reid und Brianna Glauben schenken wollte, sogar selbst verursacht.

»Wirklich?« Diesmal nahm ich die Skepsis in seiner Stimme ganz deutlich wahr. »Dabei bist du doch sonst so gut informiert.«

Ich zwang mich dazu, mit den Schultern zu zucken. »Sieht so aus, als hättest du diesmal die besseren Informationsquellen.«

Er gab einen undeutlichen Laut von sich.

Obwohl alles in mir danach drängte, wagte ich es nicht, zu ihm zu schauen. Denn ich wusste, dass ein einziger Blick genügen würde, um mich zu verraten. Lance und ich mochten uns noch nicht allzu lange kennen, aber dort draußen, wenn es um Leben und Tod ging, waren wir ein eingespieltes Team. Ich konnte ihn nicht anlügen. Nicht nachdem wir uns unzählige Male gegenseitig das Leben gerettet hatten. Nicht nachdem wir in manchen Nächten bis zum Morgengrauen auf meinem Jeep gesessen, Snacks gegessen und gemeinsam geschwiegen hatten, während wir auf das Auftauchen weiterer Elementare gewartet hatten. Nicht nachdem ich einmal sogar neben ihm eingeschlafen war und er mich rechtzeitig geweckt hatte, damit ich zurück nach Hause fahren konnte, bevor Dad und Neal mein Verschwinden bemerkten.

Wenn er jetzt erfuhr, was mit mir passierte … Nein. Einfach nein. Das konnte ich nicht zulassen.

Lance stützte sich auf den Händen ab und atmete tief durch. Aber er drängte mich nicht, hakte nicht weiter nach. »Und was ist der Plan? Willst du lieber aufs Meer starren, statt Elementare zu jagen?«

Ich schnaubte. »Ich weiß nicht, was ich tun will.« Um genau zu sein, hatte ich nicht die geringste Ahnung, wie es weitergehen sollte. Ich wusste ja nicht mal mehr, wer ich eigentlich war. Oder *was* ich war. »Aber nur aufs Meer starren ist sicher nicht der Plan.«

Jetzt spürte ich seinen Blick ganz deutlich auf mir. »Was willst du dann?« Seine Stimme war eine Spur leiser geworden. Eine Spur tiefer.

Ich schloss die Augen und atmete tief durch. Neben der salzigen Meeresluft konnte ich noch etwas anderes wahrnehmen. Ein Geruch, der genauso frisch und vertraut war, den ich aber nicht benennen konnte. Kopfschüttelnd öffnete ich die Augen wieder und sprang von der Motorhaube.

»Lass uns schwimmen gehen.«

Lance starrte mich an. »Du willst schwimmen? Jetzt?«

Ich will einfach nur vergessen.

»Was denn?«, spottete ich und drehte mich zu ihm um. »Bist du neuerdings wasserscheu? Oder hast du Angst vor der Kälte?«